怅土一方

高晓天 著

中国文史出版社

目　录

/ 第一章 /

一九三七年八月初，上海，一个无风的夜晚。

罗儒站在宿舍的窗前，凝视着校园外旖旎绚烂的霓虹，陷入了久久的沉思。他是国立上海医学院的医学生，原本马上就将大学毕业，走进医院成为真正的医生，不想中日两国战事升级，毕业事宜也因此被搁置起来。此时的上海，依旧是十里洋场，但所有人都能感觉到，战争的阴云正慢慢在这座大都会的上空聚拢。

一个月前，日军制造了七七事变，华北大片国土迅疾沦丧。中国共产党通电全国，号召全民族抗战，为保卫国土流尽最后一滴血。国民政府也表示对日应战：如果战端一开，那就是地无分南北，年无分老幼，无论何人，皆有守土抗战之责，皆应抱定牺牲一切之决心。负责上海防务的京沪警备司令部也发布文告，称上海虽暂未卷入战火，但祸不久矣，号召将士用命，以鲜血捍卫国土。

罗儒从兜里摸出一封信，信封上写着"长兄绝笔"四个血红色的大字。他抚摸着这四个字，泪如雨下。信是罗儒的大哥罗道在北平同日军战斗的间隙写的。罗道是一名军人，率部驻守北平。七七事变后，罗儒便没了大哥的消息，他还是在报纸上知道了大哥生命的最后一刻——"罗道率部死战不退，弹尽粮绝之际，怀抱炸药与敌同归于尽。"

大哥在绝笔信中写道："读书之人亦当有报国之志，万不可'平时袖手谈心性，临危一死报国家'。相伴多年，深知吾弟聪慧异常，故智力杀敌为上策，蛮武拒敌为下策。吾弟当有中华死士之志。所谓死士，为国而死者，其不畏死，亦不枉死。"死士，是大哥最为推崇的军人境界，它要求军人既敢于捐躯赴国难，又能够死得其所，不白白丢掉性命。这种观念也潜移默化地影响着罗儒。

罗道正直忠诚，对国家民族满腔热忱。罗儒十分敬畏大哥，用"长兄如父"一词形容他们的关系再贴切不过。大哥罗道既疼爱弟弟，又对他要求极为严苛。大哥二十岁时赴日本陆军士官学校学习，不顾家人的强烈反对，把年仅十岁的罗儒带到了日本。

对罗儒而言，日本的生活无疑是一场噩梦，毫无乐趣可言。白天他要在日本的学校里学习功课，晚上则要跟着罗道学习中国传统文化。除此之外，罗道还要求罗儒必须会说一口地道流利的日本话，为此逼着他每天到外面找日本人聊天。倘若被对方听出来是外国人，回家后必会挨上一记耳光。为了少挨打，罗儒拼命地模仿日本人说话。直到半年后，一位素不相识的日本老太太在同罗儒畅聊后，语重心长地劝说道："你是日本的年轻人，你一定要到满洲去，保卫我们日本的生命线！"也是从那时起，罗儒脸上落下的巴掌渐渐少了。

罗儒自幼喜读兵书，大哥也有意栽培，常常将军校内学到的日军战术战法系统地讲与罗儒。罗儒天赋异禀，学得极快。一次，军校布置了一道题目，要求在极为严苛的条件设定下制订进攻计划，罗道思索数日仍想不出来好的对策。罗儒见大哥苦恼，也帮着琢磨起来，半日不到，他便想出一个别出心裁的制胜之法，让罗道又惊又喜。罗道按弟弟的想法写好进攻计划，提交给日本教官，竟也引得日本教官拍案叫绝，连声称赞。

三年后，罗道学成回国，成为驻守北平的一名团长。罗儒也跟着回到中国上学，最后考进了国立上海医学院，成为了一名医科生。大哥一直关注罗儒的学业，看着他成为一名大学生自然是满心欢喜。

罗儒的思绪在回忆中狂奔了一整夜，眼泪也流了一整夜。见天空褪去暗色，露出了一抹鱼肚白，他不敢再耽搁，洗了把脸就跑出门去。今天，他有一件要紧的大事要干——参军！罗儒跟着罗道长大，耳濡目染，民族情感厚重，亦有着浓烈的军人情结，加之大哥在抗日战场上阵亡，因而他打定主意要弃笔从戎，投身抗日战争。

七七事变后，上海的各个爱国团体组织了演讲、募捐、义演等抗日宣传活动，痛陈日军在中国东北、华北的种种暴行，号召全民团结抗战、抵御外辱，整座城市都掀起抗日的热潮。上海的大学生们参军热情高涨，想参军的同学比比皆是。虽然很多学校马上就要停课转移到大西南去，但仍有不少同学像罗儒一样，决意不随校西迁，而是留在上海参军打鬼子。

爱国学生成群结队地满上海转，寻找着中国军队，但找了好几天却一无所获。这不难解释，一九三二年中日两军在上海发生了大规模交火，之后双方签订了停战协定，其中规定，中国军队必须全部撤出上海。因此，这偌大的上海，只有维持秩序的中国警察，而找不到一个真正的中国军人。

罗儒不死心，在街上从晨光熹微逛到日上三竿，走遍了上海的犄角旮旯，仍然连个中国军人的影子都没看到。他垂头丧气地回到学校，刚进校门就见一个胖乎乎的年轻男子被几个人五花大绑地扛进了学校。那胖子虽然被捆缚住手脚，但是仍在他人肩头不断挣扎，口中高呼："抗日无罪，杀敌有功！"一个他爷爷模样的老人边走边向看热闹的人群作揖："新生入学！新生入学！我们不是汉奸！"围观的人笑成一片，罗儒也觉得奇怪，学校都要关门西迁了，还入哪门子学？

罗儒回宿舍没多久，屋门就被一脚踹开。一个男生唉声叹气地走进屋，一屁股坐在床铺上，嘴里愤愤道："参个军比登天还难！"

他叫赵元朗，与罗儒同在医学专业，还是同班同宿舍。他为人内向，惜字如金，不喜欢同人交流。不过他和罗儒志趣相投，都怀有满腔抗日爱国之情，因而两人相处得很不错。旁人都说赵元朗的父亲很有背景，但他本人对此闭口不谈，更不以此招摇，罗儒也没有那份好奇，从未多嘴相问。赵元朗也是一门心思地想参军，这会儿正因为寻不到中国军队而苦恼。

门"吱扭"一声又开了，负责住宿事宜的老师带着一名学生走进屋，指着一个空床铺说道："这是你的床。"罗儒定睛一看，这学生不就是刚才那个被绑着进校还高呼抗日口号的胖子嘛！

这胖子倒也不认生，大方地向罗儒和赵元朗点头致意，说道："你们应该看得出来，我是打鬼子的。你们知道去哪里能参军吗？"

虽然这胖子有点愣，但是爱国青年之间总是有一种天然的亲近感，三个都想打鬼子的年轻人很快熟络起来。原来，这个胖子叫张可好，送他来的那位老人不是他爷爷，而是他爸爸。老爷子是上海郊县小有名气的财主，虽说不上富可敌国，但也是家财万贯。张财主喜欢儿子，可第一个孩子就是闺女，遂起名叫张运改，希望能改改运气，来个儿子。然而天不遂人愿，后面生的依然是闺女，于是依次取名张还改、张再改、张又改、张连改。终于，张财主五十岁的时候，生了一个大胖小子。"这下可好了！"张家人欢欣鼓舞。于是，这个大胖小子取名张可好。

张可好虽是富家子弟，却不好吃喝玩乐，反而喜好读书，涉猎广泛，因而颇懂得救亡图存的道理，这才一心想要参军打鬼子。老爷子生怕这个宝贝儿子有什么闪失，又听说军方不会征召大学生入伍，所以花钱上下打点，把张可好送进了大学。由于儿子死活不依，万不得已才把他绑了来。

三个人正讨论着如何参军，老师走了进来，通知他们学校从明天起开始停课，学生可以回家，也可以随校西迁。三人一听乐了，这下时间充裕了，如果上海参不了军，就去南京！

次日一早，三人结伴上街寻找中国军队，一路溜溜达达，来到了虹口的日本海军陆战队司令部。这是日本军队在上海的大本营，周边聚集了大量日侨，区域内的治安和防务也由日本人负责。七七事变后，日军司令部的戒备等级骤然上升，在虹口的街道上紧急构建了大量的机枪掩体，同时派出为数众多的日本兵荷枪实弹地在街头巡逻。

"抢劫啊！"街上传来尖锐的呼喊声，引起了一阵骚动。三人循声望去，只见一个男子紧攥着个女包飞快地狂奔，一名女子在他身后紧追不舍。

行人纷纷避闪，罗儒三人正想追那劫匪，人群中突然冲出一高个儿青年，飞腿直踢那劫匪面门，把他踢得在地上打了好几个滚。那劫匪也是个练家子，一个鲤鱼打挺站了起来，从怀中掏出匕首，直刺高个儿青年胸口。高个儿青年毫不慌张，身体微微一侧避过刀锋，接着提起膝盖直撞劫匪腋下。"哎哟"一声惨叫，那劫匪的胳膊脱了臼，疼得躺在地上嗷嗷直叫。

高个儿青年将钱包还给失主，而后抬脚踩在劫匪脑袋上，骂道："国难当头，你一个七尺男儿不为国尽忠为民用命，反倒干这龌龊勾当，踩你都嫌脏了我的鞋！"众人一片喝彩，罗儒三人也大呼过瘾。

这时，几个巡逻的日本兵大喊着远远地跑来。那高个儿青年一见日本人来了，马上挤进人群，快步离开了。

罗儒三人快走几步，悄悄尾随在高个儿青年身后。他们觉得，这高个儿青年不简单，既有拳脚功夫，又一身正气，很有军人气质，如果跟着他，没准儿能找到中国军队。

这高个儿青年行动很诡异，一边走一边细致地观察街边大大小小的建筑。遇到矗立在十字路口的建筑，他能盯上半个多小时，前后左右不停地看，并在笔记本上勾勾画画。罗儒等人尾随其后，远远观望，越发觉得这人肯定大有来头。

突然，他们发现不远处还有一人也在暗中观察着那高个儿青年的一举一动。那人虽然是一身上海市民的打扮，但眼中渗出的阴冷杀气却非寻常百姓所有。那人视线片刻不离高个儿青年，并未发现罗儒等人。

赵元朗警觉地说道："那人跟踪高个儿青年，是不是也想参军？"

"想参军打鬼子的都是咱们这样的热血青年，光明磊落，一身正气，哪有这样鬼鬼祟祟，浑身上下散发着阴气的？要我说，他就是鬼子，要害那高个儿！"张可好低声说道。

罗儒看那高个儿青年一门心思地察看建筑，根本没注意到身后有人尾随，便说道："我去试试那人。若他也想参军，那就一起做个伴；若他是鬼子，正好给高个儿青年报个信儿。"

他猫着腰，蹑手蹑脚地来到那鬼祟之人背后。那人注意力都在高个儿青年身上，全然没有留意到罗儒靠近。罗儒伸脚踩住那人的鞋跟，然后猛地一推，那人便一个踉跄跌了出去。那人的布鞋被踩掉了，露出了只有日本人才会穿的木屐袜！

"他是日本人！他一直在盯你的梢，快点跑！"罗儒对那高个儿青年大喊道。

那日本人见跟踪行动被眼前这个年轻人破坏，顿时火冒三丈，拔出匕首起身扑来。罗儒见势不妙，拔腿就跑，但那日本人体格强壮，身形矫健，几步便追上罗儒，一拳将他打翻在地。日本人挥舞着匕首，直刺向罗儒要害。元朗和可好尚在百步之外，根本无法施救。眼见着刀尖越逼越近，罗儒满心凄凉，自己寸功未建就成了日本人的刀下之鬼，真是无脸去见九泉之下的大哥。

就在罗儒绝望之时，高个儿青年突然出现在日本人身后。他双手夹住日本人脖子使劲一拧，只听一声脆响，日本人便歪着脑袋瘫软在地上。

高个儿青年把罗儒从地上拉起来，拱手抱拳道："刚才真是谢谢你了！如果不是你报信儿，我真没留意有个鬼子跟踪我。"

他在日本人的尸体上摸索，搜出一个小本，一边翻看一边瞪着眼睛惊叹道："他娘的，这小鬼子跟踪我多久了，把我的活动轨迹记录得一点不差！看样子鬼子已经察觉到我们来了，我得赶紧回去报告。多亏了你，要不然我就要耽误大事儿了！"

罗儒兴奋异常，凑到他身边，小声道："你是不是中国军人？"高个儿青年淡淡地笑了笑，留下句"谢谢"，就飞奔离开了。

罗儒、元朗和可好回到学校后细细分析，都觉得中国军队会有大动作。在外奔波一天，三人议论没多久就各自沉睡过去。

/ 第二章 /

第二天一早，天刚蒙蒙亮，窗外便传来一片欢腾之声，像过年一般热闹。三人被吵醒，不知道发生了什么事情，赶忙爬起身冲出校园去看个究竟。街道两边人山人海，欢呼雀跃声震耳欲聋。三人挤到人群最前面，非常震惊，竟然是中国军队在列队行进！"中国军队开进上海了！"罗儒高声欢呼起来。

这支中国军队的士兵头戴德式钢盔，身着青色军装，打着绑腿蹬着布鞋，肩上挎着带刺刀的步枪和子弹带，腰上挂着手榴弹，胸前佩戴胸章，上面写着"德械一师"。德械一师的大名可谓如雷贯耳，这支部队全部是德式装备，士兵按照德国操典进行训练，并由德国军人担任军事顾问，战斗力在中央军中也是一等一的，可谓王牌中的王牌。

朝思暮想的中国军队突然出现在眼前，令急欲参军的大学生们激动至极，不少学生甚至直接背上背包，每遇军官便上前急切询问："我能加入你们吗？"军官们或淡然一笑，或默不作声，总之没人应允。后来学生们索性也不问了，径直往行军队伍里挤，但没走几步就被士兵们笑着推了出来。眼见着过了半天的队伍，却没有一个学生成功参军。

罗儒、赵元朗和张可好也不断向军官们毛遂自荐，但每次都碰一鼻子灰。正在一筹莫展之时，三人突然看见行军队伍中有一张熟悉的面孔——昨天有过一面之缘的那个高个儿青年！此时的他身着军官制服，正在组织部队行军。

"踏破铁鞋无觅处，得来全不费工夫！"在行军队列中见到高个儿青年，罗儒顿觉峰回路转参军有望，便径直向他跑了过去。高个儿青年见到罗儒也很高兴，握住他的手再三道谢。

"你昨天问我是不是中国军人，我当时不方便回答你，现在你知道答案了吧？"高个儿青年指着德械一师的胸章，说道，"七七事变后，我们德械一师进入紧急战备状态，悄无声息地开进到上海外围，并派人秘密潜入上海进行侦察。我昨天在日本司令部周边来回转悠，就是为了准确获知我师在对日军发起进攻时，哪些建筑能为我军所用。原以为侦察行动毫无破绽，直到你向我报信儿，我才知道自己早已经被日本人盯上了。我把情况汇报上峰后，德械一师决定抢占先机，提前开进上海。真是谢谢你啦！"

"都是中国人，打鬼子也是我的义务嘛！"罗儒笑着说道，"你如果真想谢我，就让我们三个参军吧！我们做梦都想打鬼子，昨天遇到你的时候，我们正满上海找中国军队呢！"三人满脸期待地看着高个儿青年。

"原来这才是你们的目的啊！"高个儿青年笑了起来，"不过我们有规定，不得征召学生入伍，所以你们还是踏踏实实地学文化吧！等把鬼子赶跑了，还指望你们重建国家呢！"

罗儒正色道："这叫什么规定？学生也是中国人，是中国人就应该打鬼子！地无分南北，年无分老幼，无论何人，皆有守土抗战之责，这可是你们委员长的原话！"罗儒上纲上线，元朗和可好也在一旁起哄。

"总要我们死完了，才能轮到你们啊！我们死，就是为了你们不死。"高个儿青年笑着回答。他声音不大，却引得三人一脸肃穆。

罗儒不愿放弃这难得的机会，说道："我是医学生，又精通日语，加入贵部肯定能发挥很大的作用！"

"你懂医术？"高个儿青年忽然来了兴趣。

可好赶忙挽起元朗的胳膊，接着说道："我们三个人都是学医的，都是优等生！一起都要了吧！"

高个儿青年思忖片刻，说道："师部医院确实很缺医生。你们跟我去师部吧，咱们去请示一下！"

在众多学生欣羡的目光中，罗儒、赵元朗和张可好得意地走进行军队列，随同部队一起前进。四人一边走一边聊，慢慢熟悉起来，方才知道这个高个儿青年名叫曲威，是国民革命军德械一师第一旅的一名营长。

德械一师开到距离日军司令部不远的地方设防，立刻与日军紧张地对峙起来。曲威布置好防务工作，便带着罗儒等人一路来到了英国租界。罗儒和元朗面面相觑，想不明白为什么要来英国租界。曲威看出二人的疑惑，尴尬地笑笑，说道："师部设在租界，安全些。"

罗儒恍然大悟，心想这德械一师的师长可真够贼的，租界是西方列强在华势力的枢纽，日军虽然骄横，却没胆在太岁头上动土，不敢往租界内开枪开炮，更不敢派兵入内，因此将指挥部设立在租界内可谓万无一失，绝无性命之忧。但他转念一想，将士们在前线拼杀，师长却藏身租界，躲在西方人的羽翼之下，这实在有失中国军人之气节。

进入租界前，曲威脱下军装，叠整齐后塞进背包，又换上一身便装。罗儒等人不解其意，他未作回应，只是又尴尬地苦笑了一下。一行人进入英国租界，左转右转来到一座普通的民宅前。

"师部临时设立在这里。师长姓刘，架子比较大，生活上也很讲究，你们进去以后千万不要多说话。"曲威说道。

一名农民装束的青年男子手持齐眉棍笔直地站在屋子门口，见到曲威后马上行军礼，曲威则回以军礼。推门而入，罗儒发现师部内有不少人，全都忙得不可开交，但同屋外值守那人一样，屋内之人全部身着便装，且无一人佩带武器。

罗儒有些迷惑，他原以为作为中央军样板师的德械一师师部会是戒备森严且肃穆威严的，不想怎么尽是些手无寸铁的老百姓？正欲开口相问，赵元朗凑过身来，附在罗儒耳边，低语道："别问了，这里就是师部，这些穿着便装的'老百姓'就是师部的参谋们。想来是英国人不愿意彻底惹毛了日本人，所以以缴械换装为要求，才同意德械一师把师部设在英国租界。哎，这个师长，军人气节尽失！"罗儒哑然。

屋内坐着一名大腹便便的中年男子，他眯着眼，轻轻摇晃着手中的酒杯，杯中的红酒不停旋转，酒香四溢。他的面前摆放着大大小小十几部电话，参谋们接起这个放下那个，忙个不停。

"师长！"曲威冲那人立正喊道。罗儒、元朗和可好一听，方知眼前这品酒之人正是刘师长，赶忙立正站好。刘师长并未理会，继续眯着眼摇晃酒杯。

曲威向刘师长进行了汇报，并推荐了罗儒等人。"这三个大学生抗日热情高涨，又都是学医的，不妨让他们到师部医院工作吧！那里人手急缺，开战后肯定更忙不过来。"曲威说道。

刘师长依旧眯着眼，懒洋洋地说道："那就去师部医院吧！提前说好，你们都是自愿来帮忙的，一旦战死战伤，可是没有任何抚恤的。"

"是！"罗儒三人齐声回答。刘师长冷笑一声，挥了挥手，示意他们四人退下，随后继续摇晃着酒杯。

一个参谋盯着元朗看了许久，附在刘师长耳边密语几句，刘师长这才抬起头，问道："你叫赵元朗？是赵部长的公子？"

得到肯定的答复后，他先恶狠狠地看了曲威一眼，然后又忽地换上一副笑脸，对元朗说道："赵公子，我是你父亲的老部下。你的报国之心难能可贵，参军之志尤为可嘉。但是战争不是儿戏，是要出人命的！师部医院虽然不在一线，但也并不安全，小鬼子肯定会轰炸那里。你还是回去吧！我是真不敢要你！"

赵元朗微微一笑，抓起电话，说道："给我接赵部长！"电话马上就接通了。罗儒暗暗吃惊，一句"赵部长"对方就能知道是谁，这来头可真大！

"爸，我找到部队了，按照咱们之前的约定，我要参军打鬼子！但是因为你我被拒之门外，你帮我说说。"元朗说罢，将电话递给了刘师长。

刘师长赶忙站起身，放下手中的酒杯，毕恭毕敬地接过电话。他唯唯诺诺，一个劲儿点头称是，最后说道："您点头我心里就踏实了。"

原以为元朗进入师部医院没问题了，不想刘师长放下电话，狠狠地骂曲威道："看看你给我找的这些麻烦事！"

刘师长又转身对元朗说道："虽然你父亲同意了，但是我还是不能让你来我们德械一师的医院。说句不该说的话，子弹不长眼，如果你在我这里有个三长两短，你父亲不得恨死我？我还混不混了？所以啊，我把你们推荐到战区总医院去！一来更加安全一些，于你有利；二来与我没了干系，于我有利。两全其美！"说罢，他伏案写了一张条子。曲威接过条子，便领着三人退出了师部。

"你爸是赵部长？"一出门曲威便问道。罗儒虽不知赵部长是何许人也，但是明白肯定是个大人物。

元朗点点头，满脸愧疚地说道："我也没有想到会被认出来，给你添了这么多麻烦。你帮助我，我反而连累你挨骂，真的很对不起！"

"区区小事，何足挂齿！"曲威感慨道，"国难当头，不徇私情，不惧牺牲，你们父子让我心生敬佩！"

曲威将三人送到战区总医院后，便匆匆离开了。战区总医院设在上海郊外，负责治疗重伤的军官和士兵。医院是一栋二层的建筑，楼内环境十分清幽，窗明几净，桂馥兰香。医院后面是一片草地，各色的野花竞相开放。

一位军医接待了三人。这位军医姓钱，他详细地询问三人学过哪些课程、进行过哪些临床操作。罗儒和赵元朗一一回答，一天医学课没上过的张可好只能不断点头称是，淡定地重复着"对，这个我学得不错"。

这时，一位军医火急火燎地跑来，对钱军医说道："一个中国军官在阵地前沿被射杀，中日两军发生大规模交火！医院召开紧急会议！"

"娘的！终于打起来了！"钱军医一拳砸在桌子上，带着三个新人直奔会议室。

会议室内，医生护士站了满满一屋子。虽然都身着白大褂，但是依然遮挡不住他们身为军人的威严与从容。战区总医院院长是一位中年男子，他快步走上发言台，说道："总医院的诸位同人，反抗日本侵略的战争一个月前在华北的卢沟桥爆发。今日，战火终于烧到了上海！我们已经到了亡国灭种的边缘，退无可退！我们是医生，但我们更是军人，保卫国家与民族是军人义不容辞的责任！"

突然，远处传来一阵剧烈的爆炸声，震得窗户嗡嗡作响。人们望向窗外，几股浓浓的黑烟在上海市区腾起。

院长指着市区方向，说道："那里是前线将士的战场，而手术台就是我们的战场！我们同样是同日本鬼子战斗，他们要夺走的，就是我们要抢回来的，那就是我们将士们的性命！日本逞凶东亚已久，而我国积贫积弱，淞沪战区肯定伤亡惨重。我院作为战区总医院，负责整个战区的重伤员救治，工作量势必极大，还请诸位做好连续奋战的准备！新来的同事也要加紧培训，尽快独当一面！"

双方交火不久，大批的伤员就被源源不断地送进了医院。不到半天时间，曾经静谧空旷的医院便挤满了战场上撤下来的伤员，哀号痛哭之声沸反盈天。

无论是军人情结浓郁的罗儒，还是高官子弟赵元朗，抑或地主家少爷张可好，这会儿全都傻了眼。他们心中的战争，是横刀立马，百万军中取上将首级；是运筹帷幄，决胜千里之外；是金戈铁马，气吞万里如虎。但眼前的一切却颠覆了他们的理想主义幻想。医院内，血水四处流淌，没多久便把厚实的鞋底浸透了。断手断脚遍地都是，有的是被弹片直接削掉的，有的是被截肢扔掉的，如同废弃的零件随意地堆放在地上。不少断手上还握着枪或匕首，医护人员怎么使劲都掰不开那紧握的手指。士兵的尸体亦惨不忍睹，有的人被打得千疮百孔，有的人被烧得如炭一样黢黑，有的人则被炮弹炸得只剩半截身子。一个腹部受重伤的士兵被抬着冲进医院，颠簸之中他的肠子滑出体外，同行的战友抓起肠子就塞回了他的肚子。种种惨象，不胜枚举。

罗儒三人感觉腹内一阵翻江倒海，冲出医院，呕吐起来。可好吐得满脸泪花，哭丧着脸念叨着："太惨了！太惨了！"

很多士兵由于伤重没能抢救过来，医院便安排他们三人去掩埋尸体。医院后面那片点缀着野花的草地，成了殉国士兵的墓地。由于阵亡的士兵实在太多，罗儒他们一天时常要挖上百个墓坑。虽然医院说草草掩埋即可，但他们不愿让风雨侵扰到这些英灵，所以墓坑能挖深一寸就挖深一寸。一天挖下来，他们如被抽筋拔骨，全身疼痛，几无站立之力。

遇到肢体残缺的尸体，三人总会找来相应的断肢，想方设法将尸体拼凑完整。虽然大部分士兵的尸体已是千疮百孔，但那一张张年轻的面庞上依然残留着生命最后一刻对这个世界的无限眷恋。每当用黄土覆盖在他们的脸上，将这些年轻的生命葬入永恒的黑暗之中，痛彻心扉的痛苦便会袭遍三人全身。每每埋上几十具尸体，三人便要抱头大哭一场，哭痛快了才能继续处理尸体。

野花不再，每日平添新冢。

/ 第三章 /

医院越来越忙碌，运送伤员的卡车在枪林弹雨中不分昼夜地往返于前线和医院之间。那些卡车司机基本上都是十七八岁的少年，其中还有不少女孩儿。他们都是上海童子军，来到战场上义务帮助中国军队。这些少年虽然身板儿单薄，但无论是开车还是抬运伤员都非常麻利。

卡车的频繁往来引起了日军侦察机的注意，日军很快就将战区总医院列为空袭重点。一天，医院突然响起尖厉的防空警报声，医护人员迅速带着伤员躲进了防空洞。日本飞机旋即而至，瞄准医院丢下一连串炸弹，几名准备将卡车开进树林中躲避的童子军当即被炸得粉身碎骨。

手术室内，钱军医正在手术台上紧张地抢救一名伤员。罗儒冲进手术室，大喊："钱老师，鬼子飞机来了，快去防空洞躲一躲！"隆隆的爆炸声让大地阵阵发抖，但钱军医不为所动，丝毫没有暂停手术的意思。

"你去吧，不要管我了。"钱军医言语中没有一丝慌张。

话音未落，一颗炸弹在窗外爆炸，强大的冲击波将手术室的玻璃震得粉碎，碎片如雨点般溅落到地板上。罗儒吓得蹲在地上，对钱军医说："先进防空洞吧！这里太危险了！"

钱军医如同一尊雕像，稳稳地立在那里，一丝不苟地进行着手术。"我若逃命，他必丧命。我是军医，这里是我的阵地。"他声音不大，却如黄钟大吕，让罗儒第一次强烈地感受到了军医的神圣。他默默地站起身，在此起彼伏的爆炸声中感受着军医与死神的较量。

日军飞机丢完炸弹后就离开了。医院损毁并不严重，但医院后面那片坟场却落下了好几颗炸弹，把土地炸得如同刚刚翻耕过一般，许多尸体和残肢都被炸出来了，士兵本就血肉模糊的遗体更加支离破碎。罗儒、元朗和可好跪倒在地，捧着残肢失声痛哭。他们想不明白，为什么人都死了还要再受这样的罪？他们一边哭，一边捡拾着零碎的尸块。

轰鸣声再次从天空中传来，日军开始了第二波空袭。一颗颗炸弹直直地砸向医院，三人赶忙抱头卧倒。爆炸声此起彼伏，他们只觉得五脏六腑都要被震碎了。

突然，耳边传来一声闷响，他们抬眼一看，眼前竟然落了一颗巨大的航空炸弹。炸弹距离三人是如此之近，连弹体上"昭和十一年"的字样都看得清清楚楚。三人心想：这下可完了，比地底下那些兄弟还惨，肯定炸得连骨头渣儿也剩不下了。他们哆哆嗦嗦地趴在地上等死，可那炸弹却许久也没有爆炸。事后才知，这是日军扔下的上百颗炸弹中唯一的一颗哑弹。老兵们都说，是那些被妥善安葬的士兵们保佑着罗儒三人，让那颗炸弹哑了火，助他们逃过一劫。

三人虽然忙得不可开交，但是每有空闲就跟着钱军医学习。经过一段时间高强度的学习，医学基础扎实的罗儒和元朗进步神速，很快得到了医院的认可，被允许作为钱军医的助手参与手术。从未接触过医学的可好也学得很认真，已经可以独自处理简单的外伤了。三人不再负责掩埋尸体，转而做起治疗工作。

淞沪会战局势每况愈下，医院里的伤兵越来越多，而且还在源源不断地拥入，病房里满了，走廊里满了，大厅里满了，甚至医院前的空地上都躺满了人。

这天日落时分，医院召开会议。院长忧心忡忡地告诉众人，日军飞机空袭了淞沪战区的补给线，药品运输专列被日军炸毁，下一批药品不知何年何月才能运抵。战区总医院决定实施药品管控，要求优先保障军官治疗，对士兵则以安抚为主。与此同时，中央军和地方军也要差别对待，中央军少尉以上就可得到救治，但地方军只有少校以上才能提供药品。

罗儒愕然，这药品管控原则说到底，就是放弃对士兵和地方部队低级军官的救治。军医们对此颇有异议，在台下议论纷纷。院长反复强调："管控原则是战区司令部制定的，必须严格对外保密，否则会给医院招来大麻烦！"

棘手的差事落到了罗儒头上。药品管控第一天，罗儒站在医院大厅内，表面上是根据伤情将伤员分配至不同的科室，实际上则是根据军衔高低和是否为中央军来判断是否抢救。符合用药原则的，直接推进手术室；不符合用药原则的，则被安排在一旁，好生安抚，要其耐心等待。这工作他干得很痛苦，明明是可以救活的人，却因为只是普通士兵或地方部队的低级军官而放弃救治，让他们在等待中慢慢死亡。看着伤兵的生命之火逐渐熄灭，草菅人命的罪恶感始终萦绕在罗儒心头。

几个被战火熏得满脸黢黑、衣衫破烂的士兵抱着一个身受重伤的人跑进医院，那伤者气息奄奄，两臂内侧几乎已经没有血肉，白森森的骨头清晰可见。

"医生，快救人！"那几个士兵高喊着冲进医院，往手术室里挤。罗儒看了一眼军装，知道他们是来自广西的桂军。

罗儒赶忙拦住他们，问道："这位兄弟的两臂怎么受的伤？"他口中问的是伤势，但眼睛却在伤员破烂的军装上寻找着军衔。这个伤者，只是一个普通士兵。

"我们是桂军，他是我们的重机枪手。"一个眉毛和头发都被烧焦了的士兵回答道，"鬼子攻势太猛，上峰要求我们撤离阵地。我们武器太差，每挺重机枪都是宝贝。他重机枪的枪架被炸坏了，可他舍不得把枪丢掉，抱起打得发红的枪管就跑，把皮肉烫得'吱吱'响！枪救回来了，人也烫得没肉了！快点救救他吧！"士兵们泣不成声。

罗儒震撼于那白骨森森的双臂，宁丢命不丢枪，这样的英雄无疑是应该全力救治的，但他只是个桂军的普通士兵，完全不够用药标准，就算过了自己这关，手术室的医生肯定也不会给他用药的。罗儒无奈，只得昧着良心"安抚"道："暂时没有药，得从外面调运，你们需要耐心等等。"话一出口，负罪感便填满胸膛。

士兵们围拢过来，拉着罗儒的手苦苦哀求："医生，你行行好，救救他吧！他可是为了打鬼子才成这样的啊，不能眼睁睁地看着他疼死呀！"伤员气若游丝，再不抢救恐怕撑不了多久了。

血的鲜红，骨的惨白，罗儒再也忍受不了良心的煎熬，决定去找院长争取争取。"我去问问。"他转身跑向院长的办公室。

院长听完了罗儒的介绍，严肃地说道："生命确实是平等的，但无数的战场经验证明，当我们不得不做出抉择的时候，挽救军官比挽救士兵更有价值。虽然你现在还不是军人，但是你得明白，军官是军队的主心骨，主心骨断了军心也就散了。举个例子，现在上海集结了几十个师，如果这些师长都阵亡了，鬼子一天之内就能攻下上海！可是如果死的是几十个士兵，对战局能有多大影响？微乎其微！"

院长走到窗边，望着那些躺在地上被安排"等死"的伤兵，叹了一口气，说道："药品管控实属舍车保帅的无奈之举。我们是医生，救人性命是天职，如果不是医药短缺，谁愿意看到这些和鬼子拼命的英雄在自己眼前一点点咽气儿？但现在我们要顾全大局，确保最后的胜利！这个工作不好做，我们既要保障军官的治疗，又要防着普通士兵闹事，不能让他们知道药品管控的真相。为国尽忠舍生忘死，受伤后却只得自生自灭，这样的事传出去谁还会拼命杀敌？"

"军官的命比士兵的命值钱，那中央军的命也比地方军的命金贵吗？"罗儒追问。

院长沉默良久，说道："中央与地方势力的恩恩怨怨，是一笔陈年老账，十年八年也算不清楚。既然咱们是中央军的医院，就要按中央军的命令执行！如果咱们违背上峰的意思，停了咱们医院的药，那样死在咱们手里的伤兵会更多。我知道你心里不好受，但你得顾全大局，顶住压力！"

罗儒默然地点点头，转身走出院长办公室。医院内，许多伤兵蜷缩在地上，血流如注，凄厉哀号，痛苦地等待着不可能到来的药品。罗儒泪如雨下，所谓的"顾全大局"根本无法释然他心中的愧疚。

那几个桂军士兵见到罗儒，赶忙围拢过来，争相问道："医生，有药了吗？"

罗儒摇摇头，道："再等等吧。"

"他等不起啊，这眼看着就不行了！医生，你行行好，一定要想办法救救他！"这几个满脸硝烟的汉子，齐刷刷地在罗儒面前跪下来，"咚咚"地给他磕起头来。一个四十多岁的老兵，用浓重的方言口音哭着说道："我们兄弟几个，上跪天下跪地中间跪父母，旁的人从没跪过，战场上打鬼子也是脖颈子比刀硬。但是我们兄弟今天给你跪下了，求你无论如何也要救救他啊！"

罗儒上前搀扶，但是谁也不肯起来。他眼泪啪啪往下掉，也"扑通"一声与士兵们相对而跪，一个头磕在地上不再起来。

这时，一名受伤的中央军军官被推进了手术室，军医抱着一大箱药紧跟在后面。那老兵看个满眼，顿时勃然大怒，从地上一跳而起，指着那个军官质问罗儒："龟儿子！怎么抢救他就有那么多药，轮到我们就是再等等？我看你就是不想救人！你凭什么欺负老子？看不起老子是桂军，还是看不起老子是个大头兵？老子一枪崩了你！"说罢，将跪在地上的罗儒仰面踹倒，把步枪顶在了他脑袋上。

罗儒没有反抗，如此对待抗日士兵，吃枪子并不冤枉。老兵面露凶光，用枪口猛戳罗儒的脑袋，恶狠狠地吼道："快拿药救人！不然老子崩了你！"

突然，老兵身后蹿出几人，将他扑倒在地，死死钳住他的手脚。原来，是宪兵赶了过来。院长当军医几十年，对于医院可能出现的情况了如指掌。药品管控的第一天，院长就向战区请求派宪兵来医院维持秩序，没想到宪兵刚到就遇到了这事。

"他娘的，还敢在医院撒野！你要是受伤了就指着这帮医生救你了！"宪兵队长指着被按在地上的老兵大声说道。罗儒听罢无地自容。

"聚众滋事，扰乱军事管理区秩序，绑了带走！"宪兵队长一声令下，宪兵们掏出绳子准备将那老兵绑起来。

罗儒赶忙跑到宪兵队长面前，点头哈腰连连作揖："长官，医院也有不对的地方，不能全怪这位桂军大哥。您大人有大量，消消气，别绑人了！"

"他不行了！"有士兵喊起来。只见那重机枪手抽搐了几下，就再无气息。士兵们跪倒在地，抱着尸首号啕大哭。

罗儒抱起重机枪手的尸体，来到医院后面的坟场，和士兵们一起下葬了这个宁丢命不丢枪的汉子。罗儒跪在墓前，郑重地磕了三个头，为了一份敬重，也为了一份愧疚。

当天夜里，罗儒辗转反侧难以成眠，索性翻身下床，来到了医院后面的坟场。看着一座座披着清冷月辉的坟冢，他仿佛能够感觉到，有许多的不甘被憋闷在这土堆之下。

"这里有很多人，是因为药品管控才殉国的。倘若九泉有知，他们一定会怨恨我吧！"罗儒喃喃自语。

/ 第四章 /

天刚蒙蒙亮，四个士兵撞开医院大门，大声呼喊："医生！快救人！"他们

· 15 ·

抬着担架，上面躺着个血肉模糊的人。

罗儒飞奔出去，先看了一眼军服和军衔，见那伤者是中央军的中校军官，便赶忙安排手术。他忽地感觉那人很面熟，定睛一看，竟是引荐自己参军的曲威营长！

担架上曲威已是脸色惨白，气息奄奄。他伤得极重，右臂被炸断，两膝以下被弹片齐刷刷地削掉。"怎么现在才把曲营长送来？血都要流干了！"罗儒转身训斥抬担架的士兵，这才发现他们有的中了弹，有的手被炸没了，全都负伤了。

"前任团长阵亡后，曲营长被火线提拔为团长。"士兵说道，"日本鬼子的炮太厉害了，撵着人打。我们损失了整整一个排的人都没能送曲团长下来，只能不断地往伤口上扑止血粉。如果不是鬼子的炮在夜里不灵光，恐怕我们这会儿还没下来呢！"

"曲大哥！"罗儒俯下身子，在他身边轻轻喊道。

曲威慢慢睁开眼睛，有些茫然地环顾四周，而后猛然明白过来，一把抓住身旁士兵的手，急切地问道："阵地丢了吗？挡住小鬼子了吗？"他想从担架上下来，才发现自己的双脚已经荡然无存。

士兵回答道："阵地守住了，没放一个小鬼子过来！友军接防后，我们才把您送来医院！"

曲威听罢满脸欣慰，接着问道："咱们的伤亡情况怎么样？"

"咱们团三千多口子，能喘气儿的都在这了。"士兵低声说道。看着眼前这四个士兵，曲团长颓然躺倒在担架上，身体不住地颤抖，豆大的泪珠滚落下来。

罗儒着手安排曲团长的手术，这时一个小个子士兵吃力地背着个伤兵跑进医院。那个伤兵只是个普通士兵，不符合用药标准，罗儒将小个子士兵拦住，告之手术室药品告罄，需要等待。

"医生，等不起啊！人已经快不行了。再不救就完了！"小个子士兵指着伤兵不断冒着血泡的脖子，哀求道。

"这位兄弟是怎么受伤的？"曲威在担架上支起身子，问小个子士兵。

"我们是反坦克排的，奉命攻击鬼子的装甲车部队。打到最后炮弹全打没了，他就抱起炸药包冲了上去。他炸毁了一辆坦克，冲向第二辆坦克的时候被机枪打中了。"小个子士兵回答道。

"原来是位打坦克的英雄！了不起！"曲威对罗儒说道，"你们先抢救他，他这个伤更要紧！"

"这个恐怕不行。"罗儒低语道。

"啥叫不行？你要是水平不够赶紧换别人，人命关天没时间在这里废话！"曲威大声训斥罗儒。

罗儒见搪塞不过，便附在曲威耳边，把医院药品管控原则悄悄告诉了他。曲威听罢放声大笑，道："这事太好办了！把我的药让给他，既救了他的命，又免得我动手术挨刀子，两全其美！"

那小个子士兵哪里见过这样体恤下情的长官，惊慌得不知所措，嘴里念叨着："使不得使不得，长官的命最金贵，一定有别的办法！"

"按我说的办！"曲威对罗儒说道，"罗老弟，把这个炸坦克的英雄抬进去，把我的药全都给他用上，好好做手术！"

用团长的命换士兵的命，哪有这种事情？罗儒赶忙劝阻道："曲团长，虽然你现在还有点精气神儿，但是如果不手术，你肯定撑不过明晚！"

"罗老弟，你看看我，四肢只剩一肢，活下来不也是个废人吗？还能打鬼子吗？药品这么紧缺，给我用不是浪费吗？可如果把这药给了他，过上一年半载，他便又是条杀鬼子的好汉！"曲威笑着说道，眉宇之间尽是笑对生死的风轻云淡。

罗儒刚要再劝，便被曲威打断。"我意已决，旁人勿劝。我不手术，我要死在阵地上！"他大声说道。

院长闻讯赶来，决定特批药品，让曲威和那炸坦克的伤兵同时手术。皆大欢喜，罗儒松了一口气。

不想这个方案却被曲威严词拒绝了。"我的药已经给别人了，我就不能再要了。药这么金贵，得留着救那些有用的人！"他说道。

院长和一众军医围着他好说歹说，可他倔得像头牛，就是不肯接受治疗。无奈，医院只对曲威进行了最基本的消毒和止血处理。

曲威不肯进入病房，非要把病房留给那个炸坦克的伤兵，自己则执意要去院子里晒太阳。医护人员拗不过他，只得随他的意。一个月前曾拧死鬼子的曲威，此时毫无生气地躺在院中，如一块残破的石头在烈日下暴晒。

夜至凌晨，罗儒忙碌完毕，便去找曲威。他仍然躺在院子里，直勾勾地盯着苍穹，身上布满了晶晶点点的露水。曲威见到罗儒很高兴，费力地撑起身子靠在墙上。罗儒劝他躺好，免得墙壁的潮气钻进身体。

"啥也进不了我身体，"曲威苦笑一声，使劲捶了捶自己的胸口，"全被我们团那三千多个弟兄给填满了啊！"

夜幕中的上海，激战仍在继续，日军火炮的吼叫声和飞机的轰鸣声不绝于耳，高射机枪对空猛烈射击，如同将一串串亮晶晶的珍珠甩向天空。医院也依旧忙碌，伤员从前门运入，尸体从后门运出，往来穿梭络绎不绝。

曲威远眺市区，感慨道："这仗打得真叫一个惨！一个旅六七千人，一天就拼光了；一个整编师上万人，拉上去三天就被打残了。一个月伤亡了十几万人！这哪里是上海，这简直就是中国军队的血肉磨坊！"

"曲团长，那中国真的就这么亡了？"亡国论早就甚嚣尘上，如今听曲威这么一说，罗儒更觉得心里没底。

"中国弱归弱，但是绝不会亡国！"曲团长斩钉截铁地说道，"首先，咱们是在自己家门口打仗，天时地利人和。中国军队开进上海时的热烈场景你也见了，还没开战便享受了一把英雄的礼遇。上海市民自发地捐款捐物，冒着炮火运送伤员和食物，甚至还募捐了一架飞机。如果四万万中国人都有如此抗日热情，日本弹丸小国能猖狂几时？"

"再一个，中国军人不怕死！"曲团长凝重地说道，"你看我们团，三千弟兄全都拼光了！我伤心，但我更自豪！三千弟兄没有一个孬种，都是中华民族顶天立地的汉子！如果全国军人皆奋不顾身视死如归，日本弹丸小国能猖狂几时？"

曲威越说越兴奋，坐直身子问罗儒："战场上，有一个新气象令我异常振奋，更加坚定了我中国不会亡的信念，你知道是什么吗？"罗儒摇摇头。

"十几年来，地方势力与中央分庭抗礼，地方军阀之间也是兵戎相见，整个中国内战连绵，分崩离析。但是现在，中央军、川军、桂军、湘军等昔日杀得分外眼红的仇人，在淞沪战场上摒弃前嫌，勠力同心，为了救我大中华而并肩作战！兄弟阋于墙，外御其侮。中国人团结起来了，日本弹丸小国能猖狂几时？"曲威拍着自己的半截大腿，高兴地说道。

罗儒与曲威越聊越投入，一直聊到东方露出鱼肚白仍觉未尽兴。罗儒劝曲威回屋休息，免得被露水打湿。曲威满不在乎，只说他在等一个重要的人，不能回屋。罗儒拗不过他，只得随他的意。两人远眺着不时被爆炸点亮的市区，又海阔天空地聊了起来。

"曲威，你小子不老老实实养伤，着急忙慌地把我找来干什么？"一个响若洪钟的浑厚声音传来，这是军人特有的嗓音。罗儒抬头一看，只见一个身材魁梧的军人大步流星地走了过来。

"朱旅长，这是一直照顾我的大学生罗儒。小罗，这是德械一师第一旅朱旅长。"曲威见到那军人十分高兴，赶忙为两人介绍。

朱旅长伸出双手同罗儒握手，说道："小罗，一定要好好治疗我们的曲团长，他可是打鬼子的好手！"罗儒这时才看到朱旅长肩扛少将军衔，一时间紧张得手足无措。

"旅长，我不想做手术，您带我回前线吧！"曲团长近乎哀求地说道。

"胡说八道！"朱旅长调门高了八度，大声说道，"你们团死守阵地，抵挡两万鬼子整整五天，打得真叫个顽强！你不好好养伤哪行，你的路还长着呢！"

曲威翻身从担架上滚下来，挺着半截身子抱着朱旅长的腿，大哭起来："旅长，我两腿没了，胳膊也断了一条，活下来也是废人了。我十六岁就跟着您南征北战，行走半个中国，可如今我连吃饭拉屎都要人伺候！我活下去又有什么用，真的是生不如死啊！"

曲威抹掉眼泪，正色说道："我是军人，不能病恹恹地在医院等死，我希望能够有尊严地在同鬼子的战斗中结束生命！我请求重返阵地，望旅长成全！"他伏在地上磕头不起。

朱旅长蹲下身，凝视着曲威的双眼。那眼中，是重返战场的渴望和向死而生的决绝。朱旅长凝重地点点头，背起曲威，大喊一声："兄弟，咱们打鬼子去！"

一天后，从战场上抬下来的伤兵讲述了曲威生命的最后一刻。朱旅长阵地失守，鬼子蜂拥而上，曲威没有撤离，而是威风凛凛地端坐在阵前。他的身下，埋设了大量炸药。日军士兵都想活捉这个中央军的团长，于是争先恐后地蜂拥而上。一声巨响，半个阵地都被掀上了天，四十多个鬼子为曲威陪了葬。

/ 第五章 /

战事连连受挫，送往战区总医院的伤员也是与日俱增。军医们非常辛苦，每人每天要做几十台手术，经常忙到日夜不分。钱军医蓬头垢面，眼睛里布满血丝。他已经好几天没有睡过一个囫囵觉了，唯一的打盹时间就是做完一台手术后等待下位伤员的短暂几分钟。钱军医不肯休息，他觉得别人睡觉是休息，自己睡觉则是杀人。

驻守医院的宪兵队同样也是一天到晚忙个不停。由于日军的狂轰滥炸，补给线始终没有恢复通畅，医院也无法取消药品管控，士兵举枪逼着医生拿药救人的情况屡屡发生。每当此时，宪兵就会冲过来，将"闹事"的士兵五花大绑起来，被枪口指头的医生反而会苦苦哀求宪兵手下留情。

这日，一个只剩半截胳膊的士兵扛着个昏迷的伤员走进医院，大喊："医生，救人哪！"罗儒跑过来一看，两人都是普通的士兵，不可能得到治疗。他帮着把人放躺在地上，对那断臂士兵道歉："对不住兄弟，现在药不够了。"他发现这士兵断臂之处已然发黑，露出骇人的白骨，几缕细肉挂在断口上，令人毛骨悚然。

那士兵全然不顾自己的伤情，扯住罗儒的袖子不断哀求："医生，我的那份药不要了，全给我兄弟好吗？我不治了，你救救我兄弟！"罗儒心里一阵酸楚，这偌大的战区总医院压根儿就没给士兵准备药！

这时，医院门外传来嘈杂之声，一群人蜂拥而入，打头的副官喊道："我们师长受伤了，快点手术！"罗儒赶忙跑过去，却见担架上的伤员穿着一身整洁的西式高档睡衣。他一时间有些发蒙，上海已经血流成河，怎么前线军官还有雅兴穿睡衣？

副官掏出证件递给罗儒，说道："别愣神了！这是我们少将师长，有个三长两短你负得起责吗！"罗儒接过证件一看，果然是中央军的少将师长。他不敢耽搁，连忙安排手术。

断臂士兵扭身见了担架上的伤员，突然如被激怒的狮子，一把抄起地上的步枪，将枪口指向那名师长，大喝一声："我打死这个言而无信的畜生，为我五百多弟兄报仇！"断臂士兵额头上青筋暴起，两只眼睛几乎瞪出血来。

罗儒大惊，飞起一脚踢在枪口上。"砰"的一声，子弹把天花板打出一个洞来，墙灰"哗哗"往下落。宪兵们狂奔过来，冲上去把那断臂士兵死死按在地上。那士兵被压得动弹不得，号啕大哭起来。

枪声惊动了所有的人，医院内外的伤员全都围了过来，里三层外三层足有上百人。那副官本想直接把师长推走，但是周围聚拢的伤兵太多，根本出不去，只得躲在一旁默不作声。断臂士兵一边哭一边骂，众人这才知道了事情的原委。

　　原来，担架上那个穿着睡衣的人，是这断臂士兵的师长。他们师原本在上海与日寇搏杀，一日，这位师长突然命令全师撤退，仅留下断臂士兵所在营死守阵地，并约定一天后换防。在随后的战斗中，这个营五百余人顶着数倍于己的日军的疯狂进攻，如钉子般死死地钉在阵地上，未让敌人前进半步。然而整整五天过去了，师长没有出现，换防部队也没有出现。该营孤立无援，几近弹尽粮绝，遂派人回师部打探。打探的结果令所有人大吃一惊，师长畏敌如虎，已命令全师撤退出上海自行找地方休整，自己则乔装打扮躲进了一片太平的英国租界内。他根本没有回援这个营的计划，命这一营人死守阵地，只是为了营造他的部队誓死抵抗的悲壮气氛。最后，得知真相的这一营人仍然没有选择撤退，而是打光了所有子弹，挥舞着大刀冲向敌阵。

　　断臂士兵指着昏迷不醒的师长，大声骂道："这个畜生，被小鬼子吓尿了裤子，躲到洋人的地盘吃香的喝辣的。我不杀他杀谁！"

　　中国人和日本人都不能在租界内交战，日军甚至不敢向毗邻租界的区域开炮，生怕炮弹跑歪了钻进租界，炸出国际争端来。因此，虽然上海战火纷飞，但租界内依旧是一派歌舞升平。德械一师的刘师长便在缴械换装后，将指挥所搬进了租界，想来眼前这位师长也是想在租界内躲太平，难怪他如此惬意地穿着睡衣了。

　　"租界里很太平，怎么可能还受伤了呢？"罗儒觉得奇怪，便问那名副官。

　　副官红着脸，嘟嚷着说："师长洗澡的时候滑倒了，摔晕了。"此言一出，众人哗然，自己的士兵浴血奋战，他竟然躲在英国人的浴室里洗澡，好一个生活闲适的高级将领！

　　院长得知又有事端，赶忙跑了过来。罗儒一见院长，张口说道："这个师长擅离职守，畏敌如虎，把药给这种人纯属浪费！应该把药给这两个打鬼子的英雄！"一直在苦苦等药的伤兵们也气愤不过，皆随声附和，大声嚷嚷着要求放弃对那师长的治疗。

　　"胡闹！"见自己医院的人带头唱反调，院长一下子火了，"这个师长，他胆小也好，逃跑也罢，怎么处罚他那是军法处的事儿！和我无关！只要他还是师长，只要送到我这里来了，我就得给他治！药，该有的就是有，不该有的就是没有！"话一出口院长便知不妥，周围等药的伤兵马上骚动起来。

　　"什么意思？凭什么我们就没有药？说清楚！"有伤兵大声喊道。对战场上负伤的军官享有优先治疗的权利，士兵们是理解的。但是这个临阵脱逃的师长都有药，而自己遍体鳞伤却只能苦苦等药，他们便抑制不住内心的愤怒与委屈了。

"说清楚！"其余的伤兵也跟着质问院长。气氛一下紧张起来，宪兵们见状，赶紧端起枪驱散了人群。副官借机赶紧把师长抬进了手术室。

断臂士兵送来的那名伤兵突然急促地喘了几口粗气，头耷拉到一边，就咽了气。"兄弟啊！"断臂士兵凄厉的长啸直插每个人的心窝。

"不公啊！"他抓起枪，将枪口塞进嘴里，一声枪响，脑浆四射，断臂士兵铁塔般的身躯直挺挺地摔在地上。

断臂士兵的突然自杀，惊得所有人目瞪口呆。罗儒更是觉得胸口如压重石，压抑得透不过气来，逼得负伤士兵以死抗议不公，却花大力气治疗临阵脱逃的将领，自己真的是在抗日救国吗？他脑子里乱哄哄的。

罗儒浑浑噩噩地完成了一天的工作。晚上，他呆坐在宿舍内，脑子里来回转的都是断臂士兵吞枪自尽的一幕。院长推门而入，罗儒赶忙站起身来。

罗儒琢磨，院长无事不登三宝殿，这次肯定是专程来"修理"自己的，于是赶忙道歉："院长，对不起，我公开要求您放弃治疗那个师长，引起了伤兵的骚动，险些让医院出了大事。"他想起来确实感到后怕，如果不是有持枪宪兵奋力维持秩序，那些无药可医的伤员恐怕真要闹出事情来。如果战区总医院瘫痪了，那后果真是不堪设想。

院长凝视着罗儒，道："那断臂士兵是条汉子，而那师长就是个软蛋，我和你一样也不想给他治。但是我们别无选择，还是要拿出宝贵的药品给他医治。你知道为什么吗？"

"不知道。"罗儒没想到院长竟然愿意直面这个问题。

"你还年轻，体会不到这里面水有多深。"院长长叹一声，无奈地说道，"这个师长丢了阵地，还躲到租界悠然地过起小日子，若无深厚背景，他岂敢如此胆大妄为？这样一个大有来头的人，如果我们没有施救，后果不堪设想。小则随便捏造个罪名把我枪毙了，大则在药品、器械、经费、运输等方面处处刁难医院，那时这个战区总医院救不了一个人，只剩下埋尸了。"

罗儒听罢，吃惊地问道："现在和鬼子打得这么紧，谁敢这样为难战地总医院？"

院长冷笑一声，意味深长地说道："内战连绵，派系相争，民不聊生，这样的中国，还有什么事情是不可能的？"

罗儒正在回味院长的话，可好和元朗推门而入。"院长，您找我们有事儿？"两人问道。

院长见三人到齐，说道："我找你们是要出个紧急任务，可能会阵亡。"

三人猝不及防，脑袋嗡的一声响了起来。

/ 第六章 /

三个年轻人流露出紧张的神情，虽然一心想要抗日报国，但是真要让自己走向死亡，内心的恐惧依然压倒了一切。

院长说道："德械一师准备实施一次奇袭行动，战区要求我院派两名医生参加，钱军医已经决定前往。医院现在伤员多医生少，实在无力抽调第二名骨干医生随军行动。你们三人已经掌握了战场急救的基本技能，所以想请你们其中一人出这个任务。至于谁去，你们自己决定。"

"我去！"他们异口同声地答道。

罗儒与赵元朗本就是同学，亲密无间。虽然张可好与两人相识不久，但他们一起找部队，一起来医院，一起挖墓坑，一起救伤员，早已亲如手足。他们舍不得自己死，更舍不得兄弟死。

可好抢先开口："你俩医学底子好，很快就能上手术台主刀，能救更多伤员。我是半道出家，万一有不测，不会给医院造成大的损失。"

罗儒接过话茬儿道："我会日本话，化险为夷的可能性比你们都大。"

元朗冷笑道："子弹突突飞，还管你会不会日本话？我从小在军人家庭长大，耳濡目染，战场上的事比你们知道的多得多，我活下来的可能性最大。"

三人争论不休，半天没有讨论出结果。

"罗儒去吧！"院长打断他们的争吵，做出了决定。虽然刚才还巧舌如簧地强烈要求自己前去，但真的听到自己名字那一瞬间，罗儒却大脑一片空白，以至于院长阐述选择他的理由，他竟然一个字也没有听进去。

院长掏出红十字袖标，郑重地交给罗儒，叮嘱道："红十字是战地医疗人员的保护标志，军队严禁攻击有红十字标志的车辆、人员，这是国际通行法则。

戴上这个袖标，日本人就知道你是医生，没有武器，就不会向你开枪了。"罗儒接过袖标捧在手里，感觉自己把性命都托付在这个红十字上。

回到宿舍，元朗提议喝点酒，可好马上附和。虽然平素里滴酒不沾，但想到罗儒可能有去无回，三人还是决定畅饮一番。他们找来白酒，席地而坐，一同喝了起来。

虽说有红十字护身，但终究不能保证活着走下战场，罗儒的心里自是多了几分压抑与沉重，酒喝得自然也快。"我得多喝点，说不定明天就喝不着了。"罗儒虽被辣得龇牙咧嘴，却仍然一口接一口喝，没多久便三杯下肚。元朗视罗儒为手足兄弟，又是劝酒又是敬酒，一会儿便又灌了他五六杯。三人天南海北地胡侃，越聊越亢奋，直到深夜方才尽兴。元朗和可好去睡觉了，罗儒则强打着精神写遗书。无奈酒劲上头，草草写了几句便转身睡去。

罗儒一觉醒来，见天已大亮，赶紧起身。他发现自己枕边放着一封信，而元朗不知道哪里去了。罗儒心叫不好，拆信一看，上面写道："二位兄弟，原谅我的不辞而别。这段时间在医院的工作让我认识到，比死亡更可怕的，就是无助地看着自己的兄弟死亡。如果我们中间一定要有人赴死，我选择做那个痛苦少一点的。红十字袖标我拿走了。兄弟们珍重！期待再见！"罗儒回过神来，昨晚元朗劝酒是有意为之，为的就是灌醉自己，然后他去执行这个危险的任务。

罗儒拿着信一路狂奔，冲进了院长办公室。院长已经知道元朗随同钱军医去前线执行秘密任务了。罗儒转身欲追，被院长拦住。"这是秘密行动，没人知道他们在哪里。咱们就盼着他们平安归来吧！"院长看着满脸懊悔的罗儒安慰道。

罗儒一整天都浑浑噩噩，工作也全无心思，心中不停地祈祷元朗能够平安归来。临近傍晚，医院外传来一片嘈杂之声。"医生，快救人！"满身硝烟的中国士兵们抬着一个被五花大绑起来的日本兵，小跑着冲进医院。罗儒立马明白了，是那个执行秘密任务的小队回来了。

"这个小鬼子要完蛋，得赶紧救！钱军医阵亡了，尸体没有抢回来。这个年轻的医生也要不行了。"带队的老兵说道。

罗儒听罢心里一紧，接着便看到一人被抬进医院，竟然是元朗！元朗躺在担架上，身中数枪，鲜血像泉涌般往外冒。

"救人！"罗儒扑到元朗身边，将他抱在怀里，歇斯底里地大喊。军医们也不管药品管控条例了，马上准备药品，着手抢救这个连军人都不是的伤员。

元朗虚弱地摆摆手，示意众人不必抢救了。"中了那么多枪，内脏都打烂了，救不了了，不要浪费药了！"他轻轻地说道。

元朗扯下胳膊上早已被鲜血浸透的红十字袖标，扔在地上，对罗儒说道："日本鬼子不讲究，专门打军医！你以后千万不要戴红十字了！"

"我不害怕死，只是觉得没穿上军装就死了，有些不甘心。还有，我有点想我爸妈了。"元朗的声音越来越小，最终没了气息，躺在罗儒的怀里闭上了眼睛。罗儒抱着元朗的遗体号啕大哭。

"罗医生，快过来抢救伤员！"手术室里大喊。罗儒将元朗的遗体交给他人，抹了一把眼泪，便跑了过去。医生们正在抢救那个被俘的日本兵。日本兵被牢牢地绑在了手术台上，口中叫骂不断。

一个衣衫被战火烧得千疮百孔的少校军官，在手术室外焦急地踱着步子。他走到一个坐在地上的老兵身旁，蹲下身子低声密语。那老兵身材单薄，但眉宇之间却透着无比的精明。

两人商量了片刻，一同走进了手术室。少校对一直守在手术台旁的院长说道："我们是德械一师的，奇袭的任务是我们执行的，这个小鬼子也是我们抓住的。我想问问您，这小鬼子还有活头吗？"

院长摇摇头，说道："这个日本兵虽然目前神志清醒，但实际伤得很重，活下来的希望不大。"

"油爷，原计划是医好他之后再慢慢审问的，但现在看来不成了。这事油爷您得给拿个主意啊！"少校对那老兵说道。院长和罗儒听得一头雾水，军官怎么称呼士兵为"爷"，还让他做决定？

看着院长一脸茫然的表情，少校笑了笑，站在老兵身后毕恭毕敬地介绍道："这是我们德械一师最厉害的老兵油子，人送绰号老油，士兵们都尊称他为油爷。油爷本领通天，战场上的老寿星，打仗方法多得很，稍微传授咱们一点，咱们活下来的概率就会大很多。这次的奇袭任务，如果不是油爷，恐怕真是要全军覆没了！"

那个叫作老油的士兵没理会少校的奉承，而是独自蹲在地上，翻着日本兵的背包。他翻出几盒香烟，赶忙揣进自己兜里，又找出一张地图，刚看了一眼便惊叫起来："我日他娘！日本鬼子绘制的上海地图也太他娘精细了，比咱们中国人自己的地图都要强上百倍！"

罗儒凑过去一看，顿时目瞪口呆。在这个日军使用的上海村郊地图上，不仅大路标得十分清晰，就连很细小的田间小路也都画了出来，有的路段还写有"水洼路难行走"字样，甚至连村里水井的位置也都标注上了。

"鬼子这得下了多大的功夫，才把情报搞得这么细！上海的沟沟坎坎什么样，鬼子比咱们都明白，咱们不打败仗才是怪事！"老油拧着眉毛感慨道。

"这是个什么刀？"老油在日本兵的随身物品中，找到一柄精致的匕首，刀鞘上刻着"忠君"二字。日本兵见老油把玩此刀，顿时火冒三丈，声嘶力竭地冲着他大声咆哮。老油听不懂日本话，自言自语道："叽里哇啦地说些什么。"

罗儒摁住激动的日本兵，说道："他说这把刀是他家的祖传之物，让你把刀放下。"

老油抬起头，眼睛放光，问罗儒道："你会日本话？"

罗儒点点头，说道："以前随家兄在日本生活过一段时间，所以日本话还可以。"

"会日本话了不得，你可真是块宝！"老油笑着说道，"你问问他，既然是祖传的刀，怎么不放在家里供着，拿中国来干什么？"

罗儒转而问那日本兵。那日本兵回答道，他出征之前，父亲将这把刀赠送给他，要他维护家族之荣耀，一旦被俘就用此刀剖腹自杀。由于中国士兵动作迅速，以迅雷不及掩耳之势将其捕获，让他连自杀的机会都没有。

"日本鬼子都是些啥破爹啊！"老油感慨道。

老油让罗儒问他日军兵力部署如何，下一步作战计划是什么，但那日本兵置若罔闻，躺在手术台上一言不发，最后索性闭上眼睛哼起歌谣来。

见日本兵这副德行，老油火冒三丈，一个箭步蹿上去挥拳便打。罗儒上前阻止，挡在日本兵身前，身上挨了好几拳。他疼得眼泪都要掉下来了，对老油喊道："你干什么！他现在是战俘，你不能伤害战俘！"

老油方才对罗儒的几分敬意早已被抛之脑后，他指着那日本兵，对罗儒吼道："你少跟老子讲大道理，老子不吃那套！你他娘的不伤害日本战俘，可鬼子怎么对待中国战俘的？我们德械一师的兄弟被俘后，被他们拉到阵前，活生生地用铁锨给拍死了！脑袋都被砸扁了！"

老油气得在手术室里暴躁地踱着步，指着日本兵吼道："日本鬼子算人吗？咱们中国士兵斗大的字识不了一筐，可我们也知道戴红十字袖标的人不能杀。可是鬼子呢，专门挑我们的军医杀！你们的钱军医和赵军医，就是这么被打死的！赵军医好歹还留了一具全尸，可是钱军医呢？鬼子杀了他后还拿他的尸体泄愤，用轻重机枪把尸体打得稀碎，拖都拖不回来！这还是人吗？老子只问他是不是鬼子，不管他是不是俘虏！"老油杀气腾腾，像一头嗜血的野兽。

老油说的每一个字都深深地扎进罗儒的心里，眼前也不由自主地浮现出元朗和钱军医中弹之时的惨烈一幕。他恨日本人，可他不能因此置道义于不顾。

"你不能伤害战俘！"罗儒眼里噙着泪说道。

"你早晚会明白，日本鬼子是鬼不是人。那时，你也会杀日本俘虏。"说罢，老油转身走出手术室。

这个日本兵伤得太重，军医们回天乏术，只得放弃抢救。军医走后，门外的伤兵呼啦一下挤进手术室。罗儒十分紧张，以为他们要伤害这个日本兵，将痛苦与怨气撒在他身上，但他们只是静静地围了过来，没一人动手。"咦，还是娃娃哩！"一个老兵看着日本兵年轻的面庞说道。

日本兵越来越虚弱，突然，他铆足了全身的气力大喊了一声，随后便咽了气。围观的伤兵们吓了一跳，纷纷问罗儒那日本兵喊的是啥。

罗儒道："他在喊妈妈。"

伤兵们一片感慨："咦，这是临走想他娘呢！还是娃娃哩！"

罗儒和可好将元朗抬进了停尸房，触碰着他渐渐僵硬的尸体，两人跪在地上掩面大哭。如昨晚一样，三人又聚到了一起，彼时他们把酒言欢，高谈阔论，但此时却是一人无声，两人痛哭。他们擦掉元朗身上的斑斑血迹，让他干干净净地上路。他一心想参军，可是到最后也没能如愿穿上军装。罗儒含泪发誓："我一定给你争取到属于你的军装，让你圆了军人梦！"

当天晚上，几名高级军官在院长的陪同下将元朗的遗体领走。院长铁青着脸，他也是刚刚得知元朗竟然是一名军方高官的公子。

/ 第七章 /

这日清晨，天刚蒙蒙亮，空气中满是露水，似乎拧上一把就能挤出水来。上海的枪炮声又响了一整晚，罗儒替换下夜班医生，开始了一天的工作。

两个士兵用担架抬着一个昏死过去的伤员跑进医院，放下伤员后转身就走。罗儒赶忙追出去叫住他们："这人是谁，哪个部队的，怎么受伤的？怎么什么也不说就走呢？"

士兵挠挠头，说道："我们就知道他是川军，姓甚名谁我们也不知道。我们赶来增援的时候发现阵地上只剩他一个人，其他人都打没了。这人也中了好几枪，但之前一直硬扛着，一见到援军来了就倒了。我们赶紧把他送到医院来。"

这位川军伤员身体多处中弹，但好在都不是致命伤，经过抢救很快便苏醒过来了。经询问得知，他叫包武成，是川军的一名营长，但除此之外，他不肯再多说一句。医院规定伤员必须上交武器，但包营长不听那套，拒绝交出自己那支并不精致的手枪。医院威胁若不交出手枪就把他赶出医院，不想他毫不退让起身就走。无奈，医院只好妥协。罗儒问他为何如此珍视这把枪，他抚摸着枪柄上的图案说："手枪上刻着我们团的图腾，一只飞翔的雄鹰。枪在，人在，整个团就在。"

包营长是个怪人，从来不关心自己的伤情，即使忘记给他换药，他也不会像其他伤员一样主动来找医生。他唯一关心的就是报纸，每天送来医院的报纸一到，他会第一个冲出去，抓过报纸便蹲在地上聚精会神地读起来。有人嘲讽地喊他"疯秀才"，他也毫不理会。

后来，罗儒才了解到包营长"怪异举动"背后的原因。包营长所在的团奉命坚守阵地，面对日军潮水般的攻击，全团至死不退，最终除他侥幸生还之外，三千余人全部阵亡。他们团当初接到的命令是抵御五百名日军的进攻，但包营长坚称情报有误，他们当天实际面对的日军远远超过这个数量。所以他每天查阅报纸，就是要搞清楚他们团究竟是和多少鬼子作战。

一日，包营长又蹲在医院门口等着报纸。送报人刚到，他便大步迎上去，一把将报纸夺过来，那架势就像几天没吃饭的壮汉看见一锅馒头一般。突然，他暴跳如雷，将报纸撕得粉碎，狠狠地摔在地上，大声骂道："放屁！说我们团畏敌如虎阻敌不力，导致阵地丢失，这是胡扯！"

一名来自中央军的负伤军官在旁放声大笑："报纸说得很对啊！三千多川军挡不住五百号鬼子，这不是阻敌不力是什么？你们川军就是这个水平！"他斜倚在墙上，脸上写满了不屑。地方部队由于装备落后、兵员素质差、作战能力低，常常成为中央军嘲笑的对象，尤其是川军，在中央军口中几乎成了叫花子和土匪的代名词。即使在医院，这种嘲讽也无处不在。

包营长怒不可遏，如同被激怒的狮子，大声咆哮："情报肯定是错的！我们团挡住了日军十几次进攻，鬼子的尸体在阵地前面堆了好几层！日军总人数绝对不止五百人，至少有三千人！"他头上青筋暴起，两只拳头攥得死死的。

"哈哈哈！"那中央军军官捂着伤口放肆地笑起来，"把五百说成三千，你咋不说全中国的小鬼子都是你们川军打的呢！打不过就说打不过，非得扯什么情报不准，你们川军什么德行谁不知道？你把天吹个窟窿，你们也是废物团！"围观的伤病员们哄堂大笑。

包营长怒不可遏，飞起一脚将那中央军军官踹倒在地，一手掐着他的脖子，将他从地上拎起来高举过头顶，另一只手则掏出手枪，将黑洞洞的枪口顶在他的脑门上。"你说谁是废物团！你再说说看！"

那中央军军官没了刚才的嘲讽戏谑之情，他被钳子般的大手卡住了脖子，憋得脸色阵阵发青，两只脚悬空乱蹬。众人一看包营长来真的，赶忙对他好言劝慰。

包营长瞪着眼睛对那中央军军官吼道："第一，鬼子的数量远远超过五百人！第二，我们团不是废物团！"说罢胳膊一甩，那军官就被扔了出去。

这件事虽然很快过去了，但是废物团的说法却渐渐在医院流传开来，而且故事越传越离谱，甚至有人说，这个三千人的川军是被一百个鬼子全歼的。三人成虎，很多人都相信了这些谣言。包营长百口莫辩，深受打击，意志也一天比一天消沉。

这天罗儒去替包营长换药，发现他正站在窗前，凝视着窗外，缓缓举起手枪，将枪口顶在太阳穴上。罗儒大吃一惊，赶忙喊道："包营长，你这是干什么？快点放下枪！"

"感谢罗兄弟连日来的照顾，大恩大德无以为报！"包营长不为所动，背对着罗儒，说道，"全团阵亡，哐我一人苟活。每日在我眼前浮现的，就是三千多兄弟被打得支离破碎的情景，我早有追随全团弟兄而去的志向。如今，我团遭舆论诽谤，污蔑之词几欲将我团钉在民族的耻辱柱上，我唯有以死证清白！"

罗儒心知上前夺枪已来不及，便故作叹息："所谓废物团，不过是搬弄口舌之人的毁谤之言，你才是真正坐实这恶名之人！你对不起你的三千兄弟！"

包营长听罢一惊，转过身来，厉声质问道："你什么意思？"

罗儒一看有门，正色说道："你是你们团唯一活下来的人，是唯一能够维护你们团荣誉的人，也是唯一能够证明你们曾浴血奋战的人！三千英灵的荣辱皆系于你一身，这担子有多重你掂量不出来吗？你反倒不自重，想自行了断，如此一来便无人抗辩，'废物团'的恶名就是盖棺论定了！这么英勇的川军团，竟然要被当作'废物团'写进历史，不都是你一人的过错吗？你难道不是你们团的罪人吗？"

一番话说得包营长胆战心惊，倘若刚才指尖一动，这三千忠勇的四川将士不仅不会为人们敬仰铭记，反会被当作无能无勇之辈，沦为全国的笑柄。"我要好好活着！为了夺回我们团的荣誉而活着！我一定要等到真相大白的那天！"他浑浊已久的眼中终于再次放射出光芒。

此后，包营长精神状态大为好转，也不再抗拒治疗。他写血书罗列出种种证据，要求战区调查他们团当面之敌到底有多少人。他的血书一写就是好几十页，厚厚一沓浸染着鲜血的纸看得让人触目惊心。罗儒担心以血代墨太伤身体，包营长反而满不在乎，安慰道："多吃几碗饭不就补回来了吗！罗医生你放心，我们团还没平反昭雪，我惜命着呢！"

上海的战事每况愈下，中国军队力不能支，步步后撤，越败越惨。战区总医院本来设立在远离战线的后方，但随着我军接连失利，医院距离前线越来越近，枪炮的嘶鸣声也越发清晰尖锐。不仅送到医院的伤兵越来越多，医院门前的马路也常常因为撤退的部队过多而拥堵不堪。纪律尚可的部队，像一条毫无生气的长蛇，自前线蜿蜒而来蠕蠕而行。而有些被打散了的部队，像打开闸门的洪水一般向后方奔逃，军风军纪荡然无存，行凶抢劫路过村庄的事情时有发生。

虽然战局不断恶化，但是罗儒的医术进步飞速，已成为医院的手术骨干。这天，他被院长叫到了办公室。刚进屋，院长就锁上门，正色问道："你对共产党怎么看？"罗儒毫无思想准备，当时就被问傻了，虽然现在国共携手抗日，但共产党仍是讳莫如深的话题，国军内部避之不及，院长又为何突然如此发问？

罗儒辨不清虚实，见院长也不像套话的奸诈小人，便索性说出自己的看法："共产党虽然弱小，但是明知不可为而为之，竭尽全力和日本人周旋战斗，这种精神值得称赞。他们在平型关伏击日军也得到了蒋委员长的嘉奖。在上海，共产党组织了各种战地服务队，宣传抗战、运送物资、照顾伤员，还组织人力从后方给咱们扛回来那么多的药品……"

"够了！"院长勃然变色，用手指敲敲桌子，喝止住罗儒，说道，"明天有一位将军要来我们医院看望伤员，医院将借此机会推荐你们几个大学生现场参军。这不正是你来医院工作的目的吗？作为院长，我推荐你参军是要做审查把关的，你赤化倾向这么严重，审查根本通不过，怎么参军！"

罗儒觉得院长有些小题大做，便解释道："院长，我说的都是事实，再者现在国共都合作了……"

院长一巴掌拍到桌子上打断他："你还想不想参军了！有的事实能想不能说，说出来就是找死！国共结怨十余年，能因为打日本就相逢一笑泯恩仇吗？你记住，国是国，共是共！"

见罗儒满脸惊惧，院长一字一句地说道："明天是光明正大地参军，还是被拉去枪毙，都在你自己这张嘴！明白吗？"罗儒连连点头称是。从院长办公室出来后，他赶忙去找可好。可好已经和院长谈完话了，同样被批有赤化倾向，也一模一样地被吓唬了一番。

为了迎接将军的到来，医护人员把医院打扫得一尘不染。有传言说这次将军来会给包营长一个说法，所以他分外勤快，洗衣服洗头刮脸忙得不亦乐乎。伤兵们拿他开心："整得这么利索，要当新郎官吗？"包营长也不回答，只是嘿嘿地傻笑。这是人们第一次看见他笑。

第二天，院长、医护人员和伤兵们早早地在医院的院内恭候将军大驾。不多时，一个挂着上将军衔的人在副官和警卫的簇拥下，大步流星地走进院中，径直来到伤兵们的中间。士兵们纷纷行礼，右手被打没了的用左手敬礼，两手都被打没了的则笔直而立，行注目礼。将军见此，面色凝重，还礼致敬。

参军仪式开始，几名战争爆发后一直在医院内工作的大学生走上前去。将军并没有问他们对共产党的看法，而是问起各人毕业的学校。每当回答完毕，他总要拍拍那人的肩膀，一脸慈爱地说道："好孩子，有志气，救亡图存，多多珍重！从今天起你就是真正的军人了！"

轮到罗儒，他大声报出了自己的姓名和毕业院校，那将军听罢一怔，满脸的欣慰之色转而变得黯然神伤。将军把罗儒揽入怀中，哽咽得说不出话来。罗儒觉得奇怪，却也不敢多嘴发问。

将军批准了这几名大学生的参军请求，并将崭新的军服发到他们手中。这几人都被授予少尉军衔，唯独罗儒高一级，是中尉军衔。但罗儒见好不收，突然跨步向前，大声喊道："报告将军，我请求再发一套军服！"

将军的副官当即训斥他："胡闹，一人只有一套军服！衣服脏了马上洗，没有那么多衣服让你替换！"

罗儒不为所动,高声说道:"我有一挚友,最有参军之志。我们同在本医院实习,但他在一次任务中殉国。为了圆他的参军之志,请将军再给我一套军服!"罗儒说话的调门越来越高。

副官又欲训斥,被将军阻拦。将军走到罗儒面前,用一双浑浊的眼睛凝望着他。罗儒被看得心里发毛,但转念一想,自己曾在元朗尸体前立下此誓,便又吊着嗓门喊道:"请将军再给我一套军服!我要给我的挚友!"他的声音很大,惊得众人目瞪口呆,虽说兄弟情深颇为感人,但在将军面前如此大呼小叫也太放肆了。

将军毫不恼怒,反而问道:"你的挚友叫什么名字?"

"赵元朗!"罗儒大声回答。话一出口,就见将军痛苦地闭上双眼,老泪纵横。罗儒恍然大悟,眼前这位上将就是元朗的父亲!

"赵伯伯!"他"扑通"一声跪倒在地。

将军将罗儒扶起来,道:"你是元朗的好朋友,他常常和我提起你。我一直不让元朗参军,但他依然投身抗日战争。他走了,我这个当爹的心如刀绞。"他捂着心口,泪如雨下。

将军握着罗儒的手,转身对台下众人朗声说道:"可是,作为一名中国军人,我今日无比自豪!我的儿子元朗和你们一样,都是中国的有志青年!你们争着参军,争着杀敌,甚至争着牺牲!有这样的青年,区区日本何愁不灭!有这样的青年,中国一定会迎来独立而辉煌的明天!有这样的青年,中华民族必将洗刷屈辱,屹立于世界民族之林!"台下群情振奋,爆发出热烈的掌声。

将军大步走到台中央,慷慨激昂地说道:"反抗日寇侵略,地无分南北,年无分老幼,皆有守土抗战之责,皆应抱定牺牲一切之决心。我们的青年视死如归,我们各省的地方部队同样是铁骨铮铮,宁死不后退半步。川军的包营长,请你上来!"

包营长一身戎装,精神抖擞地走到台上,向将军和台下敬礼致意。人们第一次发现这个每日沉默阴郁的四川汉子竟是如此器宇轩昂,玉树临风。

将军指着包营长,大声说道:"在敌人的狂轰滥炸和集团冲锋下,他们团死守阵地,没有让一个鬼子跨过他们的防线!友军接防时,全团三千余人阵亡,仅包营长一人生还!这是何等的惨烈,这是何等的悲壮,这是何等的伟大!"包营长站在一旁,两眼发红,强忍着泪水。

"最初的情报显示,这个团当面之敌约为五百名日军。战区接到包营长的血书后重新进行了调查，多方调查后证实，向他们发起进攻的日军超过了一万人！三千川军，打到弹尽粮绝，打到全军覆没，硬是压得一万多鬼子寸步难进！川军了不起！你们团了不起！你们是英雄团！"将军说罢，取出奖章戴在包营长胸前，并郑重地向他敬了一个军礼。台下排山倒海般鼓起掌来。包营长因为激动而不住地颤抖起来。将军握住他的手，说道："来，和大家讲两句！"

包营长没有看台下那些曾经嘲笑过他的中央军官兵们，而是仰面朝天，凝望着浩渺苍穹。突然，他跪在地上，号啕大哭起来，仿佛一下子释放出心中积压了许久的委屈和痛苦，他哭着冲着天空大喊："团长，弟兄们，你们听到了吗，咱们不是废物团，是英雄团！咱们给四川父老争脸了！"

他抹了一把眼泪，起身立正，仰望天空再次喊道："报告团长，二营长包武成完成任务，请求归队！"说罢掏出手枪，向自己的脑袋扣动了扳机。

枪声久久回荡，英雄轰然倒地。一只雄鹰盘旋在医院上空，静静地凝望着这里发生的一切。它和刻在包营长手枪上那不屈的图腾一模一样。

/ 第八章 /

战事依旧在恶化。

中国空军虽然奋勇可嘉，无奈飞机数量屈指可数，打下一架就少一架，难以抗衡强大的日本空军，因此日军夺取了制空权，战机可以肆无忌惮地轮番攻击中国守军。他们敢贴着树梢低空飞行，脸上得意的笑容中国士兵都能看得清清楚楚。有的士兵耐不住火气，端起机枪就向飞机扫射。这样的结果常常是日本飞机未伤之毫毛，自己阵地的位置反倒暴露无遗，不一会儿便会遭到更为猛烈的轰击。日军频繁的炮击同样给中国军队带来了重大伤亡。他们绝少进行盲目的炮击，每一发炮弹都是经过细致观察和精准测算，确保发发都能砸到中国士兵。

中国守军伤亡惨重，早已称不上后方的战区总医院更是忙得焦头烂额。这日，医生们正各自忙活着手头上的工作，医院突然召开紧急会议。原来，德械一师第一旅准备执行一次军事任务，想请战区医院派个随队医生。这个任务凶多吉少，用院长的话说是"虎口拔牙"，召集众人就是为了商量派谁去。

"我去!"罗儒和可好当仁不让,主动请缨,却招来一片反对之声。元朗刚刚牺牲,军医们都不愿意一批同来的大学生再丢掉性命。

罗儒向众位军医鞠躬致谢,说道:"首先,我已经成为一名真正的军人了,救亡图存是我的使命。其次,诸位老师都是医院的顶梁柱,你们走一个医院便要塌一片,但我资历尚浅,不存在这个问题。再者,我曾照顾过德械一师第一旅的曲威团长,也因此结识了第一旅的朱旅长。既然是他们旅的行动,那我去是最合适不过的。"他苦苦劝慰,终于打动了院长和军医们,同意了他的请求。可好也吵着同去,被院长臭骂了一顿。

大义凛然也遮掩不住紧张与恐惧,罗儒觉得自己会和元朗一样有去无回。他和军医们握手话别,又狠狠地拥抱可好,说道:"兄弟先走一步!"

可好拍拍罗儒肩膀,举手发誓:"我发誓,如果你死了,我不会让钱军医的悲剧发生在你身上!就算是刀山火海,我也一定会把你的尸首抢回来!"

这番话在平时听起来或许不吉利,但是在尸横遍野的战场上,这却是对战友最深沉的承诺。中国人讲究入土为安,士兵们都非常害怕自己阵亡后没人收殓,任尸首被炮火摧毁,被风雨侵蚀,被野狗分食。罗儒心里暖暖的,感激地不住作揖。

第一旅的士兵带着罗儒走走停停,时而侦察,时而隐蔽,时而疾行。罗儒十分不解,这里明明是中国军队控制着,怎么搞得跟在敌占区似的。士兵们解释道,日本人虽还没打到这里,却已渗透了不少汉奸,抢夺公文,传递情报,破坏通信,阻断道路,背后打黑枪,都是他们的拿手本事,所以不得不防。

罗儒来到了德械一师第一旅的阵地。这是他第一次来到前线,第一次看到交叉纵横的战壕,第一次触摸到弹痕累累的工事,第一次嗅到令人窒息的硝烟味道,紧张、兴奋、好奇、恐惧交织在一起。

罗儒从战壕中冒出头,想看看日军的阵地是什么模样,但还没直起腰,就被人从背后一脚踹翻。"你他娘的活腻了!冒头给鬼子练枪当靶子吗!"那人恶狠狠地骂道。罗儒被踹得眼冒金星,爬起身一看,竟然是那个连军官见到都要客客气气的老兵油子——老油!

还没来得及打招呼,老油又见阵地上飘起一缕炊烟,顿时勃然大怒,弓着身子疾奔过去,一脚踢翻了挂着锅的支架。他一边用脚踩灭火堆,一边对端着饭碗呆愣在旁的士兵破口大骂:"一个个都他娘的饿死鬼,着急吃断头饭了!生火冒烟,怕鬼子不知道你在哪是吧!"

突然，老油脸色大变，扯着嗓子大喊起来："鬼子炮击，隐蔽！"又指着生火造饭的几个士兵吼道，"都他娘离这里远点！"这几人马上四下逃窜，其他士兵也都抱着头缩到了战壕里。

老油狂奔回罗儒身边，一下子把他摁倒在地。吃了一嘴泥的罗儒还没反应过来是怎么回事，就听得耳边传来空气撕裂的呼啸声，接着就是几声震耳欲聋的爆炸声。日军炮弹落点很近，震得他五脏六腑仿佛都搅在了一起，死亡的压迫感迅速袭遍全身。

日军打了几发炮弹就停止了炮击。罗儒半埋在泥土中，头昏眼花，耳鸣不已，耳朵里如同塞进数百只叽叽喳喳的鸟儿。他晕晕乎乎地站起身，却见老油正在挨个抽做饭官兵的耳光。原来，炮弹全部砸在刚才生火做饭的地方，炸出一个个硕大的弹坑，显然日军就是瞄着升起的炊烟开的炮。然而更令罗儒瞠目结舌的是，站在那里老老实实挨老油耳光的，除了普通士兵竟然还有一个军官！他惊得张大了嘴巴，心中暗想，这老油也太狠了，都敢揍军官了！

老油拽过罗儒就往旅部走去。说是旅部，其实就是个建得较为宽敞厚实的暗堡。早就听伤兵说过，德械一师第一旅的朱旅长不像其他部队长官一样跑到远离战线的地方指挥战斗，他一定要把指挥部放到能看见日军的第一线。

一进旅部，朱旅长便大步迎了上来："竟然是罗军医！好久不见！刚才炮一响我就知道是有贵客来了，想不到竟然是你！"罗儒受宠若惊，赶忙敬礼。自打进入战区医院，罗儒就发现，那些高官虽然在军事素养上参差不齐，但是他们有一个共同特点，那就是善于记人和认人。威风八面的少将旅长竟然可以张口叫出一个只有一面之缘的小军医的名字，罗儒既觉得荣幸又对这记人认人的本事佩服万分。

朱旅长向罗儒介绍了此次行动的任务。原来，第一旅的一个营被对面的日军第三师团包围，今夜准备实施突围。由于日军炮兵太厉害，没有办法使用大部队，因而决定派遣小部队进行接应。罗儒即随这支小部队行动。

朱旅长拍拍罗儒的肩膀，问道："不害怕吧？"

罗儒立正答道："我早有死士之志，有何惧哉！"

站在一旁的老油扑哧笑出声来："你当打仗是唱戏呢？一会儿鬼子万炮齐发，看你还能不能整出这些文词儿来！"一番戏谑说得罗儒好不尴尬。

"来，我给你介绍一下！"朱旅长指着老油说道，"这是我的警卫，也是出了名的浑球儿，更是出了名的战斗英雄，老油！你不用知道他的本名，因为没人知道他本名叫啥。他人机灵，鬼点子多，战场上的老寿星，是地地道道的老兵油子，所以都喊他老油！他的故事三天三夜也讲不完，总结一句话，就是立了不少功也惹了不少祸，所以现在还是个大头兵！"

老油笑着对朱旅长说道："上次任务，我和罗军医在战区总医院见过面了。"罗儒诚惶诚恐地连连点头。

"原来你们认识啊！这就更好办了！别看老油一天到晚没个人样，但是很多士兵和军官都很信服他。他是从死人堆里爬出来的，知道怎么更好地杀敌，更知道怎么在枪林弹雨中活下来，你说谁能不服他？这次行动就由老油负责保护你！"朱旅长说道。

"旅长，我活着回来没问题，这细皮嫩肉的大学生我可就不敢保证了！学问再高，它也挡不了子弹啊！"老油嬉皮笑脸地说。

"别废话了，赶紧去做准备吧！罗军医有个三长两短，你小子提头来见！"朱旅长对老油说道。

这时，旅部的电话响了起来。朱旅长接起电话，神情一下子肃穆起来。他将电话放在广播的话筒上，阵地的大喇叭响起了夹杂着枪炮声的男人声音："旅长，二营营长刘富春向您做最后的汇报！我营被围，遭日军轮番攻击，激战一日，士兵阵亡十之七八，副营长亦尸骨无存，但我营无一人退却。想日寇侵我国土、杀我同胞、侮我姐妹，又见我袍泽兄弟残肢遍地死无全尸，我营剩余官兵已无意突围，誓与敌血战到底！旅长无须派军接应，我等将战至最后一息！"

突然，电话那头响起一个急促的声音，打断了营长的汇报："营长，子弹打光了，鬼子又上来了！"这声音通过大喇叭传遍第一旅的阵地。

"上刺刀，跟老子杀！"喇叭里传来排山倒海般的喊杀声，那声音由近及远，最后渐渐消失。声音回荡，震人心魄，罗儒仿佛看到一群弹尽粮绝的中国士兵，端着刺刀向日军发起了最后的反击。

"兄弟，走好！"大喇叭里传来朱旅长声嘶力竭的喊声。

这次任务被取消了。

夜幕降临，四野一片漆黑。突然，阵地上一阵骚动，一个男子在众多士兵的搀扶下跟跟跄跄地走进旅部，来到朱旅长面前。

"旅长，卑职大难不死，回来继续为党国效力！"那人说道。

老油用胳膊肘顶了顶罗儒，低声说道："这是二营的副营长，他们营长还以为他被炸碎了呢！"

借着旅部内幽暗的灯光，罗儒发现这位副营长浑身上下都是血，就跟刚从大染缸里爬出来的一样。不过他兴致颇高，一进旅部便如说书先生一般，手舞足蹈地讲起他是如何率领士兵浴血奋战的。

未待他说完，朱旅长便冷冷地问道："你哪里受伤了？"

"胳膊上挨了一枪，当时就疼晕过去了。醒来后，天已经黑了，我们营都死光了！"副营长言罢，便号啕大哭起来。

朱旅长没有搭理他，上前扯开他的衣袖，端着台灯，仔细查看他的伤口。看了许久，朱旅长才叹了口气，说道："这伤是他自己开枪打的。拉出去毙了！"

副营长大惊失色，大声喊道："旅长，冤枉！卑职真的是为日本人所伤！绝非为了苟活于世而开枪自伤！"

朱旅长冷笑一声，说道："我参军二十多年了，这样的小把戏也看了足足二十多年，你根本骗不了我。不必再狡辩了，认罪伏法吧！"

副营长看再也无法蒙混过关，"扑通"一声跪倒在地，抱着朱旅长的大腿苦苦哀求："旅长，你就饶过我这一次吧！我开枪自伤，真的是无奈之举！我上有八十岁老母，下有嗷嗷待哺的孩子，我实在是不能死啊！我一死，家里这几口人就全完了！"

朱旅长指着旅部内的士兵们，厉声喝道："你看看他们，哪个没有父母，哪个没有妻儿？还有你那已经殉国的一营人，哪个不是爹妈的心头肉，哪个不是家里的顶梁柱？如果人人像你一样贪生怕死，别说这上海，就连大中国也早就亡了！那时，你更加无法保全你的家人！父母任人屠戮，妻女惨遭凌辱，兄弟遭人奴役，这难道就是你想要的吗？我们是军人，我们的使命就是牺牲自己，成全国家，成全民族！"副营长不再言语，伏在地上低声啜泣。

朱旅长叹了口气，说道："你是军官，是抗日大业的基石！基石若垮，抗日丰碑必将倾覆。所以，今日我是万万留你不得！"说罢，朱旅长掏出了手枪。

一声清脆的枪响划破了寂静的夜空。朱旅长转身告诉副官："通报战区和师部，被围之二营已全部殉国，无一人退却，甚为壮烈。该营营长、副营长指挥有方，予敌重创，第一旅特为其申请军功勋章。另外，告之我的妻子，我阵亡之后政府所发抚慰金，当拨出一部分给予副营长遗属。"

第九章

　　朱旅长盯着日军阵地的方向，似乎想透过如墨的夜色，看穿日军的军力部署。"老油，过来！"朱旅长一声招呼，老油赶忙凑了上去，"现在咱们被鬼子的炮火压制在这里，动弹不得。你挑几个得力的人，去侦察一下他们的炮兵阵地。"

　　老油话不多说，领命便走。罗儒急忙请命："我也去！"

　　老油一听不干了："你个大学生去干吗？一不会刀二不会枪，只会添乱！脑袋别到裤腰带上的活儿，我都不一定能活下来，更别说照顾你了！你就老实待着吧！"

　　罗儒没理会他，对朱旅长说道："我是军医，参加行动能对他们有所照应。我还会说日本话，兴许还能救救急。"朱旅长点头允许。老油虽一肚子不情愿，却也无可奈何。

　　侦察小队随即出发，钻入浓浓的夜色之中。老油一边走一边小声对罗儒说道："虽然你穿上军装了，可你骨子里还是个大学生。不是我瞧不上大学生，读书读得呆头呆脑的，这战场真不是你们该来的地方。一会儿你自己机灵点儿，真要是遇见鬼子，我自己都是泥菩萨过河，可别指望我去救你。"罗儒连连点头称好。

　　老油果然是个身经百战的老兵油子，他利用夜色做掩护，带着小队左钻右爬，绕过敌人的防线和哨兵，潜入日军炮兵阵地外围。炮兵是日军陆军的宝贝，阵地内每一门大炮的前后都有两名士兵来回巡视。大炮整整齐齐摆放在阵地上，众人趴在地上细细一数，竟然有整整三十门炮，中国军队所有重炮加起来恐怕也没有这么多。

　　突然，一个日本兵从不远处猛地蹿出来，举着枪高声大喊。他是个暗哨，之前藏匿在草窠里，因此侦察小队丝毫没有察觉到他的存在。所有人都吓了一跳，老油以为被发现了，起身便欲与日本哨兵搏命，却被身后一只手死死按住。

　　"别动！还没看见咱！"罗儒声音虽细若蚊鸣，却透出十足的把握。

老油不敢擅动，抓着枪伏在草里，观察了好一会儿才回过味来。原来这个暗哨在与一过路日本兵对口令，由于对方回答稍慢才举枪现身。暗哨并没有发现十步之外趴在草里的中国士兵。

　　探得日军大炮位置和数量，侦察小队迅速撤退。老油暗自后怕，如果不是罗儒阻拦，自己这一队人肯定全完了。"罗老弟，你咋知道鬼子是在对口令呢？"他问道。

　　罗儒道："你忘了，我听得懂日本话啊。"老油频频点头，头一回觉得读书人在战场上也能有点用处。

　　侦察小队小心翼翼地向后撤，突然一阵细碎的脚步声传来，老油赶忙命令众人躲入灌木丛中。不一会儿，一支日军巡逻队开了过来。老油仔细观察方才稍稍心安，这个灌木丛枝叶繁茂，藏身于此日军应该不会发现。然而意外还是发生了，不知是谁挪动了一下，身下的碎叶发出沙沙声响。这在平时是再细小不过的声音，但在这个静谧的战场的夜，对于精神高度紧张的士兵来说，就成了令人高度警觉的异响。

　　日军巡逻兵马上停下脚步，对着灌木丛叽里呱啦地高声大喊。他们将枪从肩膀上摘了下来，哗哗地拉上栓栓，对准了灌木丛。侦察小队伏在灌木丛中惊恐万分，老油此时也没了主意，他搞不清楚鬼子是真发现了自己，还只是试探性地咋呼。"待不住了，拼个鱼死网破吧！"老油心中暗想。

　　他正准备拔枪射击，却听见罗儒叽里呱啦地说起了日本话。众人虽然不知道罗儒说了些啥，但是明显感觉到巡逻兵敌意消退，将枪口垂了下去。罗儒又躲在灌木丛中叽里呱啦地说了一阵，那队日本兵哄笑一阵，背上枪离开了。

　　巡逻队走远之后，侦察小队的士兵们全都瘫软在地上。"差一点儿，咱哥几个就全死这儿了！谢谢你了！"老油向罗儒连连作揖致谢。

　　"鬼子都准备开枪了，你是怎么骗过他们的？"一个士兵问道，大伙儿也颇为好奇地凑过来。

　　"鬼子先是问口令，我回答上来后，他们理所当然地以为我也是日本鬼子，就放松警惕了。"罗儒笑着说道。

　　老油问道："小鬼子的口令你咋会知道？"

　　"刚才侦察炮兵阵地时，那个暗哨和过路士兵对口令的时候我听到的。"罗儒答道。老油拍拍脑门，恍然大悟。

　　"那你后来和他们说的那一大串，是在说什么？"老油饶有兴趣地追问。

"鬼子问我躲在灌木丛里干什么，我说我在拉肚子，不信的话进来瞧瞧。他们一听，就都跑了！"罗儒笑着说道。士兵们也捂嘴窃笑起来。

老油暗暗佩服起眼前这个大学生来，原以为罗儒只是个手无缚鸡之力的书生，带他出来还嫌碍手碍脚，没想到一晚上竟被他连救两次。如果没有他的沉着应对，没有他流利的日本话，这一队人断难化险为夷，肯定成了日本人的枪下之鬼。老油招呼众人："今儿咱能捡回这条小命，都靠着罗军医。回去以后都给他磕头，这是福将，拜拜有好处！"众人连连点头称是。

回到第一旅的阵地，天已经放亮。老油把此次侦察行动的经过完完整整地向朱旅长做了汇报，对罗儒更是不吝赞美之词。旁人听罢暗暗吃惊，老油从来没有这样称赞过一个人。朱旅长大喜过望，说什么也不肯放罗儒回总医院，一定要他留在第一旅。

朱旅长诚恳地说道："医院那边我和他们沟通，你就踏踏实实留在第一旅，咱们德械一师还没人会说日本话呢！你既是军医，又是参谋，还是翻译，你有多大本事就在这里使多大本事！"在前线虽然很危险，但罗儒觉得穿梭于枪林弹雨之中救人性命更能体现军医的价值，而且他也对"运筹帷幄之中，决胜千里之外"的参谋工作颇为倾心，所以便很爽快地答应了。

自从侦察归来，老油对罗儒的态度便是一百八十度的大转弯，他觉得这个大学生头脑聪明冷静，为人还很忠厚，实在是个可交的朋友。这日，他拉着罗儒蹲在战壕里，滔滔不绝地讲了起来。"你知道军队里什么最重要吗？是老兵！九死一生才活下来的，才配叫作老兵。老兵知道如何瞄得更准，知道怎么扔手榴弹杀得最多，更知道怎么在战场上活下去。一支军队里有新兵也有老兵，一场恶仗下来，新兵剩不了几个，但是老兵能活下来大部分。不管是哪支部队，新兵都是死得最多最快的。经过几次大战，活下来的新兵也就成了老兵，这就像那齐天大圣孙悟空，在炼丹炉里烧啊烧，受罪得不得了，可一旦活了下来，那也就成了精，轻易打不死了。有些军官是军校出身，但是也很服我，为什么呀？因为我说的那些经验窍门他们在军校也学不到，那可都是我用命换来的！你不用着急，我慢慢教给你，保准比穿钢丝马甲都好使。"罗儒听罢，不住地点头称是。

日军阵地轰轰作响，老油笑道："给大学生当回先生，小鬼子还挺配合我，我得好好显摆显摆！"他跳上战壕，伸长脖子大喊，"鬼子炮击，阵地东侧注意隐蔽！"果然，几秒钟过后，东边的阵地上传来几声爆炸。

罗儒兴奋地拉着老油的袖子，问道："你咋知道打到那边去了呢？"

"听的呗！"老油眉毛一扬，得意扬扬地说，"在战场上，宁肯闭上眼睛，也不要捂住耳朵。炮弹要落到哪里你能用耳朵听得真真儿的。你听这个！"一丝空气被撕裂的声音隐隐传来。罗儒赶忙趴到地上，却被老油一把拽了起来，"这个没事，远着呢！"果然，炮弹在距离他们很远的地方落下。

罗儒佩服得五体投地，正想奉承老油几句，却又被他猛地按倒："这次打得近，低头！"轰的一声，炮弹落在两人身前十几米处，巨大的爆炸声震得罗儒耳膜生疼。老油笑着说道："服了吧？这炮弹打哪老兵是听得出来的。你多跟我学，找到那感觉，以后也能听出来了。"罗儒连连点头。

战壕里有士兵大喊起来："油爷，你看那是个什么东西！"老油扒着战壕一看，有个鱼形的东西在日军阵地上空飘飘悠悠地升了起来。那东西下面还挂了一个大篮子，里面影影绰绰地似乎还有个人。"这他妈的是个什么鬼玩意儿！"老油挠了挠头，他也没见过这东西。

突然，日军阵地传来隆隆巨响。老油脸色陡变，声嘶力竭地大喊："隐蔽！快点隐蔽！这次瞄得准！"说罢将罗儒摁在战壕里。士兵们也慌忙卧倒，他们还是头回见老油如此惊慌，心知这次炮击肯定非比寻常。

果然，日军的这次炮击精准度大幅提升，每一颗炮弹都是瞄着阵地来的，不少还直接打进了窄窄的战壕里。日本人像是耕田一般，用炮火把第一旅每一寸阵地都翻了个遍，试图把所有藏身战壕的中国士兵都炸死。罗儒趴着一动不敢动，爆炸产生的冲击波不断冲击着他，五脏六腑似乎都被震得错了位。

炮击持续了整整一个小时才停歇下来，阵地上落了近千发炮弹。罗儒站起身，眼前的血腥场面几乎令他眩晕。不少人被炸得四分五裂，血肉和内脏溅落得到处都是；很多人被炸断胳膊和腿，鲜红的断口血如泉涌；有的人疼得在地上打滚，三四个人都摁不住；有的士兵外表无伤却已死亡，那是被爆炸的冲击波震碎了内脏；有的掩体被炸塌，直接将人活埋在里面；还有一发炮弹直接炸进了一座暗堡里，藏身其中的三十多人全部死亡。罗儒在阵地上飞奔着救人，几大袋子止血粉很快就见了底。

"必须得把鬼子的大炮搞掉！"朱旅长看着眼前的惨象，咬着牙说道。

/ 第十章 /

炮击过后，老油扯着嗓子大喊："一会儿小鬼子就要冲锋了。大家做好战斗准备，都机灵着点！"

果然没过多久，日军发起了冲锋。千发炮弹轰击的壮观场景让日军军心大振，日本兵号叫着冲向第一旅的阵地。第一旅虽然损失惨重，但全旅上下战斗意志非常坚定，一见鬼子发起冲锋，便全然不顾自己的伤势，立刻拼死阻击敌人。被炸断胳膊的士兵，把断肢往腰带上一别，面不改色地单手持枪射击；双腿被炸断的士兵也趴在地上，向日军投掷手榴弹；有些士兵伤势严重，自知即将丧命，索性不加隐蔽，挺着身子向日军疯狂射击。

日军没想到中国士兵仍有如此顽强的斗志，炽热的火力打得日本兵措手不及，不少人中弹倒地，其余人也被压制得动弹不得。日军连续组织几次冲锋，都因损失太大而败下阵来。最后，日军灰溜溜地退了回去，暂时放弃了进攻。

战场短暂地平静下来，但浓重的血腥味仍然令人阵阵作呕。罗儒来来回回救治伤员，连续奔忙了三四个小时都没有歇脚，两条腿像灌了铅一样，疲乏到难以附加。他刚刚瘫坐在地上，老油便找到他，说道："罗老弟，知道为什么鬼子这次打得那么准吗？就是因为那条飞得老高的大鱼！旅长说那叫系留气球，有个鬼子站在下面的篮子里，一手拿着望远镜观察咱们阵地，一手拿着电话告诉炮兵应该往哪里打，打歪了怎么改，所以他们这次才能一打一个准儿！"

阵地上传来一阵喧闹，原来是补充的兵员到了，看样子能有一千多人。他们脸上挂着对战场的紧张、兴奋、好奇和恐惧，一看便知都是入伍不久的新兵。

老油点燃一根烟，感慨道："这老兵，就像是烈酒，有劲儿，小鬼子喝一口就辣得不行！这新兵就像往这酒里面兑水，兑得太多酒味儿就淡了，小鬼子能咕咚咕咚喝好几壶！"

正和老油聊着，罗儒脑袋上狠狠挨了一下。"你小子没死啊！"身后传来熟悉的声音。回身一看，竟然是张可好。

可好见到罗儒很是高兴，狠狠地抱了抱他，兴奋地说道："今儿德械一师又向医院要医生，我当时就哭了，心想你一准儿是阵亡了，否则干吗又要人呢！我答应过给你收尸，怕你死在阵前没人理，所以就主动请缨过来了！没想到，你小子还活着！"

话中的情谊，绝非远离硝烟的人们所能体会。罗儒感激地说道："有你在，我死得踏实！"

看着阵地上一片忙碌的景象，罗儒对可好说道："这次兵员补充得这么快，又加派了军医，恐怕又要有大行动了吧！"

果然，天刚擦黑，作战命令就下来了：凌晨三时整，第一旅向日军发动突袭，摧毁其炮兵阵地。在战争中，黑夜是弱者最无奈的选择，也是最可靠的盟友。这个时间大地尚笼罩在一片黑暗之中，日军又正处于一天中最困乏之时，中国军队利用黑夜的掩护可以有效地减少伤亡。

凌晨三时，进攻命令下达。第一旅官兵跳上战壕，如静静上涨的潮水一般，静悄悄地向日军阵地冲去。罗儒和可好一起狂奔，老油见到后低声呵斥："怕鬼子不能一炮打死你俩吗？分开跑！"他自己领着罗儒，另指派了一名士兵保护可好。

在夜色的掩护下，中国士兵快速接近日军阵地，而日军阵地上静悄悄的，听不到任何异动。照此速度，中国军队很快便能悄无声息地冲入日军阵地，杀他们个措手不及，把那些天杀的大炮一窝端了。

然而在距日军阵地还有百余米的地方，部队冲击的速度突然慢了下来。原来，日军在阵地前架设了蜿蜒如长蛇的铁丝网，挡住了士兵的去路。老油颇觉意外，天黑之前日军还未设置此障碍，几个小时后竟然摆出这么长的家伙。铁丝网有半人多高，两米多宽，单凭人力根本跨不过去，几个试图跳过去的士兵都摔在了铁丝网上，被划得体无完肤，鲜血横流。由于没有破拆工具，士兵们只得停下脚步，被阻拦在铁丝网前的士兵越来越多。

老油见此情景，心中暗叫不好。他将罗儒带离大部队，安置在一块大石头后面，低声说道："这他妈要出事，你赶紧找地方隐蔽！我去找旅长！"

话音未落，日军阵地上升起几颗照明弹，把战场照得恍如白昼。耀眼的白光下，几千名中国士兵聚集在铁丝网前，呆愣地望着缓缓坠落的照明弹，茫然不知所措。寂静的夜色中响起了老油声嘶力竭的喊声："散开！都散开！"

静谧的原野瞬间变成了死亡横行的地狱。日军大炮猛然咆哮起来，密集的炮弹呼啸着砸了过来，在中国士兵中间炸开了花。中国士兵被成片地炸飞，残肢断臂和被炸碎的尸块像下雨一样从天而降。日军轻重机枪也响了起来，割麦子一样打倒惊慌失措的中国士兵。日本兵欢快地号叫着，享受着杀人狂欢。

照明弹渐渐熄灭，大地又迅速笼罩在黑暗之中。杀戮来得太快，罗儒恍然觉得是做了一场噩梦。又一颗照明弹蹿上了天空，眼前的一切让他无法自控地颤抖起来。尸横遍野，血流成河，哀号声震天，到处都是因痛苦而不停打滚的伤兵。一个被炸得只剩上半截身子的年轻战士，一边用手抓着地上的草向回爬，一边哭喊着："娘，我不想死！"他挪动了几步便不再动弹，身后留下一条浓浓的血印。

日本兵目睹了这番惨象，兴致更加高涨，借着照明弹的光，举枪向躺在地上的伤兵射击，每个尚未死透的人都会招来猛烈的枪弹。他们会在中国士兵的脑袋上打出好几个窟窿，以确保其彻底死亡。日本兵甚至开始了比赛，像打靶比赛般射杀着伤兵。几个伤兵知道在劫难逃，便挺身而立，戳着自己的胸口大骂鬼子："爷爷在这，小鬼子往这里打！"

照明弹一颗接着一颗升空，这片不大的战场上几乎没有活着的人了。由于老油的警觉，他和罗儒才得以躲到大石头后面逃过一劫。他俩吓得一动不敢动，只能静静等待脱身的机会。

看到中国伤兵都死得差不多了，日本兵的兴致也终于退了。见日军很久没再发射照明弹，罗儒和老油决定借着夜色潜回阵地。正欲起身，突然发现黑暗之中隐隐约约有个人影在晃动，不断翻动着尸体。"别动，鬼子在找活人！"老油轻声说道。与此同时，日军也发现了异样，"砰"的一声，又发射了一颗照明弹。

白昼般的强光下，罗儒大吃一惊，那个来回翻动尸体的人竟然是可好！他半蹲在尸体间，捏着一张张血肉模糊的脸不断翻看，似乎在搜寻着什么。见自己已被日军发现，可好从包中掏出一面大大的红十字旗，挥舞了几下，趁着光亮继续手脚并用地扒拉着尸体。日本人并未开枪，只是静静地看着这个不要命的中国军医。

眼见着照明弹即将下坠燃尽，可好干脆在尸体间小跑起来，嘴里也急切地喊起来："罗儒，你在哪呢？急死我了！"罗儒猛地反应过来，可好在尸堆里找的正是自己，他承诺过要给自己收尸！

罗儒心头一热，便要往外冲，却被老油一把拉住。"你没看出来吗？鬼子就等着这军医扒拉出个活人，然后一起给杀了！你他娘的现在冲出去不是找死吗！"老油低声说道。

罗儒只得倚在石头后面，高声喊道："可好，我还活着！你快隐蔽！"可好听到这熟悉的声音四下环顾，虽然没有看到罗儒，却已是满脸欣喜。

照明弹熄灭的瞬间，日本兵开枪了。可好当即中弹，摔倒在地，痛苦地叫喊起来，那面鲜艳的红十字大旗也被打出很多窟窿。罗儒心下一紧，正要冲过去营救可好，却又被老油死死按在地上。"兄弟，忍忍吧！那位军医肯定得殉国了，你再冲上去，那不是白白搭上性命吗！"老油苦劝道。

鬼子杀性再起，忙不迭地又发射了一颗照明弹。见可好一息尚存，日本兵欣喜若狂，又开始了他们的游戏。"啪啪"两声枪响，可好胳膊上又中了两枪，疼得他打起滚来。

"快来救他啊支那人！"日本兵狞笑着大喊，"眼睁睁地看着你的兄弟被打死吗？"接着又是两枪，可好腿上登时又多出两个血窟窿，日本兵笑得更加猖狂了。

日本兵通过折磨可好来取乐，借此激怒中国士兵，并引得他们前来营救，从而进行更多的杀伤。罗儒忍不下去了，牙几乎要咬出血来。

这时，照明弹熄灭了，战场又为黑暗所笼罩。罗儒趁机一个箭步从石头后面蹿了出去，平时力大如牛的老油，此刻竟拉他不住，使出全力仍被他挣脱了。

"快点发射照明弹！"杀得兴起的日本兵高声咆哮。天空很快又是一片亮堂，但他们却震惊地发现，刚才那个被当成肉靶子的中国军医竟然不见了！原来，罗儒利用两颗照明弹空当间的黑暗，冲到可好身边，将他拖入炮弹炸出的大坑内。

日本兵的杀人兴致被扫得一干二净，顿时恼羞成怒，对着可好最后出现的位置猛烈射击。罗儒和可好藏身弹坑，周遭虽子弹呼啸土石横飞，但终究没再伤害到两人。日本兵空打了一阵，觉得再没什么乐趣，便作罢了。

弹坑里，罗儒轻声呼唤着可好，试图唤回他逐渐模糊的意识。可好不住地颤抖着，十多处伤口往外冒着血。"我就知道你会来救我。"他躺在罗儒怀里，轻声说道，"原本想给你收尸，反倒让你帮我收尸了。咱们兄弟就不言谢了。"可好呼吸越来越急促，鲜血不断从嘴角淌下来。他慢慢闭上眼睛，很快就没了气息。

罗儒痛哭一阵，用绳子将可好的尸体绑在自己身上，爬入浓浓的夜色。等爬回中国军队的阵地，他的军装早已被可好的鲜血浸透。他把可好放在地上，抱着尸体号啕大哭起来。

罗儒将张可好的遗体埋在了阵地后方，磕了几个头就又投入到救治当中。第一旅在此次进攻中遭到了毁灭性的打击：基层军官损失近三分之一，士兵伤亡过半，新补充上来的一千新兵仅剩不到二百人。

有些人虽然勉强爬回了阵地，但早已身负重伤。阵地后方，横七竖八地摆放着数百名重伤员。难以忍受的疼痛消耗着他们的求生意志，由于担心有人自杀，罗儒命人收缴了伤员的武器，但有不少人绝望地哀求罗儒："长官，行行好，赏我一颗子弹吧，别让我受罪了！"

罗儒手中的药品仅够止血急救之用，而眼下很多伤员必须马上送到后方医院接受手术，才有可能保住性命。他一路小跑去找朱旅长商议，刚进旅部便看到朱旅长大发雷霆，挥舞着凳子将指挥桌上的电话砸得粉碎。

"你先等等，别去招惹朱旅长了！这会儿他正冒火呢！"老油将罗儒拉到一旁，附在耳边说道，"刚才上头打来电话，说军方内部有人通敌，把第一旅的进攻计划泄露给了日本人，日本人早有防备，所以咱们损失才这么大。"

"人命关天，我没法等，必须得招惹他了！"罗儒定了定神，硬着头皮走上前去，请朱旅长安排一下往后方运送伤员的事情。

朱旅长吼道："我也想把伤员运下去！可是狗娘养的汉奸把老子的电话线给剪断了，我根本联系不上担架队来运送伤员！"

"那咱们赶紧安排人抢修电话线呀！"罗儒说道。

"那帮汉奸剪电话线比伺候他爹娘还勤快呢！"朱旅长大吼，"咱们拼命接线，但线路畅通不过半小时肯定又被剪断了！有时一百米的电话线能被那帮王八蛋剪成四五段，连修都来不及！"

朱旅长越说越气愤，举起凳子狠狠地扔了出去，吼道："军内有通敌泄密的大汉奸，田间地头有剪电话线的小汉奸，我日他们祖宗！倘被我逮到，定然活剥了他们的皮！"

这时，一个哨兵闯进旅部，气喘吁吁地报告："旅长，大事不好，老油带着十几个士兵逃跑了！"

/ 第十一章 /

"老油当了逃兵？！"罗儒大惊失色，这才发现刚才还在身旁的老油已不见了踪影。逃兵现象虽在第一旅不常见，但在其他部队可是屡见不鲜。如今中国军队节节败退，战略要地尽数落入敌手，士兵们早就私下议论，委员长已决定放弃淞沪战场，上海既然横竖都是丢，晚跑不如早跑。难不成，老油也脚底抹油开溜了？

"说老油逃跑，你是新兵吧？"朱旅长道，"老油那人，你赶都赶不走他！不过他带这么多人出去，肯定又搞幺蛾子去了！"

过了小半天时间，"嘭"的一声，老油推门而入，背着手大摇大摆地走进旅部，一屁股坐在桌子上，跷起二郎腿，抓起桌上的茶缸就咕咚咕咚喝了起来，喝完后还吆喝传令兵再倒满。罗儒看得心里七上八下，这可是少将旅长的指挥部，他怎么敢如此放肆？

"知道您正上火呢。我想了个辙，能把咱们的伤员送下去。"老油笑呵呵地说道。

"有屁赶紧放！"朱旅长从怀中掏出一根香烟丢给老油。

老油拿着烟放在鼻子上闻了闻，别在耳朵上，嬉皮笑脸地说道："一根哪够！您再来点！"

"说来听听，若是不成我活剥了你！"朱旅长抽出两根烟甩到了他的脸上。

老油捡起烟揣进衣服兜里，眉飞色舞地说道："这周围十里八村的老百姓都逃难去了，我想走得那么急不可能啥都带走吧？所以我就带着人到各村看了看。这一看可发了大财了，有的留下了马驴骡，有的剩下了大车，有的连牲口带车都给老子留下了。有了这个咱不就能运伤员了吗？我一共带回来这个数！"他跷起三根手指，趾高气扬地扬起了嘴角。

朱旅长抽出一根香烟，点燃后塞进老油嘴里，老油才又继续说道："我搞到整整三十辆大车，只要有三十个会赶车的士兵，咱们说走就走！一车十个伤员，一次能运出去三百人！抽调三十人不是难事吧？"朱旅长听罢，兴奋地把整包烟扔到老油怀中。

第一旅士兵绝大部分都出身农村，赶大车对他们而言不是难事，三十人很快就召集齐了。罗儒放心不下，主动请缨运送伤员，朱旅长应允。朱旅长还让经验老到的老油随队押车，并再三叮嘱，虽然此去路程都在中国军队控制范围内，但有情报显示，这个区域内有汉奸活动，甚至还有日军骑兵小队时常出没，务必要千万小心。

几声鞭响，大车队吱扭吱扭地出发了。无论是赶车的士兵还是坐车的伤员，都觉得轻松了许多。下了火线，哪怕只有一小会儿，也会因为远离死亡而欢欣鼓舞。此时，周围十里八村的乡亲们早就离家逃难去了，留下大片的庄稼无人收割。车队穿行在庄稼地之间，耳边只有秋风扫过庄稼的沙沙声和不时响起的甩鞭子声。

大车队慢慢悠悠地经过一个小村庄。突然，老油大喝一声："滚出来！"他声若霹雳，惊得罗儒险些掉下车去。众人循声看去，只见一人鬼鬼祟祟地藏在村口，向大车队张望。那人听到喊声，转身就跑。

老油料定此人有鬼，跳下大车拔腿就追。他怕招来日本骑兵，因而不敢开枪，好在他身手敏捷，脚下生风，狂奔一阵便追上那人。那人虽生得膀大腰圆，但空有一身蛮力，哪里敌得过在战场上以命相搏的老油，几个回合便被打趴在地。

老油将那人擒来，让他跪在地上。这人面相淳朴，穿着粗布衣裳，看上去就像个老实巴交的农民，但是却从他身上搜出剪刀、钳子等工具和一张中国军队电话线路图，图上清楚地标明要在哪里对电话线进行破坏。这是个地地道道的破坏中国军队通信的汉奸！

老油问道："你们这伙破坏电话线的汉奸有多少人？据点在哪里？"

"打死我也不说！"汉奸轻蔑地说道，挺起胸昂起脖子，一副大义凛然的模样。

"他娘的，可真是活见鬼了！千年的王八没少吃，硬骨头的汉奸还是头回儿见！"老油笑着说道。突然寒光一闪，污血四溅，就见一团血糊糊的东西掉在地上，汉奸抱着半边脑袋在地上打起滚儿来。众人定睛一看，老油挥刀将那人的耳朵割下来了。

见这帮国军士兵来真的，那人"傲骨"全无，一五一十地和盘托出。原来他只是个最底层的小汉奸，剪一天电话线挣一天钱，并不清楚其他汉奸的活动规律。他的任务不单是剪电话线，还要沿着电话线进行潜伏蹲守，在中国士兵维修好线路后再次进行破坏。正因为有大批汉奸干此勾当，所以中国军队的电话通信总是恢复没多久很快就又陷入瘫痪状态。

"怎么处理他？"士兵们问身为长官的罗儒。

罗儒痛恨汉奸，说道："把他绑了，带回去，严加审问！"

老油连忙阻拦："你要这玩意儿干什么？一抓一大把，屁大的价值也没有！"

"那打他一顿？"罗儒试探着问道，他完全没有处理汉奸的经验。众人扑哧一声笑了出来。

"我的大学生长官，这祸国殃民的东西你留着他有啥用？杀了呗！"老油笑呵呵地拍着罗儒的肩膀说道，"哥几个问你如何处理，是问怎么杀合适，比如用枪打死、用刀砍死还是用绳子勒死？"

罗儒吃惊不小，汉奸虽然可恶，但终究是一条生命，这样活生生地杀了着实有些残忍。看着被割掉耳朵的汉奸疼得哭爹喊娘满地打滚，罗儒建议道："他已经受到惩罚了，不如给他个改过自新的机会吧！"

老油叹了口气，掏出匕首往汉奸脖子上轻轻一划，鲜血便喷射出来。他动作极快，罗儒还没反应过来，汉奸就已捂着脖子咽了气。

罗儒急了，一把拽住老油，怒斥道："你怎么说杀就杀？那也是一条人命啊！"

老油推开罗儒，把滴血的匕首往衣袖上蹭了蹭，说道："毁路炸桥、剪电话线、给鬼子通风报信、帮鬼子滥杀无辜，抢了中国姑娘送给日本人，这都是汉奸干的事儿！都已经下贱到舔鬼子的腚沟子了，他们的命能值几个钱？他们不算人，连狗都不如，狗好歹还能看家护院，汉奸除了祸害自己人还能干什么？"

老油狠狠踩了尸体脑袋两脚，接着说道："他们剪断一根电话线，咱几百个伤员撤不下来；给鬼子报一个坐标，中国军人就要多死上万人；炸毁一座桥，几十万老百姓谁也别想跑。汉奸，说到底就是用同胞的性命，换他自己的大富大贵！留着这种害人的东西有什么用？汉奸，必须死！"士兵们纷纷附和。

老油拍拍罗儒的肩膀，道："你是文化人，又是医生，长了一颗菩萨心。可是眼下中国成了战场，咱们的大慈大悲赶不走鬼子，只能让他们加倍作孽。鬼子和汉奸心狠手辣，就是没上链子的疯狗，你饶它一命它反身就咬你一口！他们怎么对咱们，咱们就得怎么对他们，不能有半点心慈手软。你若在抗日战场上总揣着菩萨心肠，早晚会吃大亏。"

"鬼子骑兵！"有士兵大声喊起来。众人大惊，定睛一看，果然有二十多个日本骑兵沿着大道策马冲来。

　　"坏了！被发现了！"罗儒心中一阵惊慌。

　　老油拉起缰绳把牲口往村里拽，喊道："这里平坦开阔，最适合鬼子骑兵冲击！咱们赶快进村，村里路窄，马冲不起来！命硬的或许还能活下来几个！"

　　士兵们依令而行，前面拉后面赶，大车队缓缓开进旁边的村庄。村里的路虽然比大道狭窄，但四五个骑兵并行其间并无问题，仍然可以全速发起冲锋。日本兵的喊杀声越来越近，众人将大车赶入道两旁的农家，抄起枪准备迎敌。

　　罗儒也拎着枪进入一户人家。这家虽早已人去屋空，但院子里支着一排排木架子，上面挂着几张大网。院子的一角还堆放着成捆的线绳，显然这户人家是手艺人，靠手工编网为生。

　　看着那几张大网，罗儒计上心来。他从木架上扯下一张网眼较大且线绳结实的大网，展开后铺到道路中间，并命人拉住大网的四角。布置妥当后，他命士兵各找掩护，埋伏在大网四周。

　　没过多久，日军骑兵便杀气腾腾地追至村口。村庄寂静无声，只能听到村外麦浪起伏的声音，但敌我士兵都能感受到暗藏的杀机。老油暗暗祈祷，盼着日军担心中埋伏而掉头离开。

　　突然，罗儒拎着枪从墙后跳出来，站在道路中间，恶狠狠地盯着几十步开外的骑兵。老油惊得差点儿昏过去，日本骑兵们也有些吃惊，没想到有人敢对日军如此挑衅。

　　罗儒沉着地举起枪，默念着射击要领，瞄准了对面的日本兵。这二十几个骑兵装束一致，判断不出哪个是指挥官，于是他将枪口对准身处中间位置的日军。"砰"一声枪响，那日本骑兵应声落马，当即毙命。

　　日军骑兵小队根本没有把这支伤兵运输队放在眼里，认为吃掉他们是易如反掌的事情，不想尚未开打便折损一人，自然是愤怒至极。其中一人两脚踩在马镫上，抓住缰绳直立起身，抽出军刀大吼"进攻"。二十多匹军马随即嘶鸣着向罗儒奔来，小小的村庄都被这马蹄踏得震颤起来。

　　"找的就是你！"指挥官现了身，罗儒再次举枪，瞄准了那名下令进攻的骑兵。又是一声枪响，那名指挥官从飞奔的军马上直挺挺地跌落在地上，后面的骑兵躲闪不及，马蹄在他尸体上狠狠踩了几下。

　　罗儒心中暗暗得意，指挥官一死，他们必定无心恋战。但令他意外的是，日本骑兵丝毫没有减慢冲锋速度，反而越发疯狂地策马狂奔，裹挟着令人窒息的压迫感向罗儒扑来。

眼看着骑兵带着风声呼啸冲来，罗儒极力地控制自己的恐惧。当骑兵即将冲至身前时，他大喝一声："起！"铺在地上的大网陡然抬高，马蹄踏进网眼，一下就被绊住了，跑在前面的几匹马纷纷摔倒，将背上的骑兵重重地抛摔在地上。紧随其后的日本兵虽奋力拉紧缰绳勒住马头，但冲击速度太快，根本无从躲闪，直直地和前面的骑兵撞了个人仰马翻。二十多个杀声震天的日军骑兵，转眼间竟摔成一团，混乱不堪。

"打！"罗儒大喊一声，埋伏各处的中国士兵随即开火。被摔得头昏眼花的日本兵成了活靶子，毫无招架之力，接连中弹倒地。一阵急促的枪声过后，战斗结束了。这一仗打得干净利索，不仅中国士兵无一伤亡，还全歼了这支日军骑兵小队，俘获十多匹战马。老油兴奋地一把抱住罗儒，道："你小子打仗真是神了！"

突然，一名士兵大叫起来："长官，这有个活的！"罗儒赶忙跑过去，果然，一个浑身是血的日本兵伏在死马上，身中数枪，气若游丝。

士兵们围过来，看着那日本兵，说道："补一枪吧！"

罗儒俯身给那日本兵包扎，说道："他现在是战俘，是非战斗人员，我们不能伤害他。把他绑好放到大车上，和我们的伤员一起送到总医院！"士兵听罢皆默然不语。

老油搜查那日本兵的随身物件，找到了张照片。他端详了片刻，冷笑一声，将照片丢在罗儒怀里，说道："你先看看这个。"

罗儒接过照片，照片中有五个低头垂目的女子，她们赤身裸体，神情痛苦，身上伤痕累累，这个日本兵则在旁满脸淫笑，拉着一人的胳膊，不让她遮挡私处。照片的留白处写着：征服支那女人。显然，眼前这个日本兵强奸了中国女人，并逼迫着她们拍下下流的照片。

老油看着照片，说道："鬼子在中国残杀了多少无辜百姓，强奸了多少姑娘，坏事都做绝了，我恨不能活剥了他们！你面前的这个日本兵，就强奸过我们中国的女人！你给我一个不杀他的理由！"

罗儒无言以对，但他认为杀害俘虏有违道义，实在不可取。于是他试图从生命可贵的角度劝服大家，却遭到众人的反唇相讥："他能杀我，我却不能杀他，难道我们命贱吗？"

罗儒再次无言以对，情急之下他喊道："我是这里军衔最高的军官。请迅速执行命令！"

老油本不吃这套，但他不愿和这个年轻人一般见识，遂说道："日本鬼子是喂不熟的狼，你早晚吃大亏！"见老油都让步了，士兵们也不再坚持，将那日本兵捆好扔到了大车上。

大车队再次上路。乡间小路坎坷不平，大车左摇右晃上下颠簸，日本俘虏躺在车上，身体不断撞在车帮子上，数处刚刚包扎好的伤口血流不止，疼得他哭天号地。同车的一位伤兵虽然也恨日本兵，但见他如此痛苦却也于心不忍，于是将他揽入自己怀中，让他少受点颠簸，缓解些许疼痛。

又走了半晌，被俘的日本兵恢复了些元气，突然从靴子里掏出一把匕首，猛地刺向一直抱着他的伤兵。伤兵躲闪不及，喉咙被割断，鲜血四溅。日本兵并未罢手，不知从哪里又摸出一个手榴弹来，大喊"天皇万岁"，迅速拉开引信丢在车上，欲与中国伤兵同归于尽。

在另外一辆大车上的罗儒赶忙冲过去。"轰"的一声巨响，气浪迎面扑来，将他推出数米远。罗儒迷迷糊糊地站起身，眼前的一切让他痛哭起来。那辆大车已被手榴弹炸成两截，赶车的士兵身首异处，车上的伤员也都被炸得七零八碎。大车上的十一名中国士兵，全部身亡。

士兵们不干了，如果当初直接处决了这个日本兵，这十一名兄弟绝不会白白丢掉性命。他们将罗儒团团围住，大声讨要说法。

"啪"一声枪响，众人吓了一跳，立马安静了下来。老油高举着枪，站在大车上骂道："谁都有犯错的时候，诸葛亮都会犯迷糊！再他娘的在长官面前没大没小，我一枪崩了他！"老油在士兵中威信很高，众人听他这般言语，便不再为难罗儒，各自散开了。

罗儒泪流满面，跪在地上，给遇难的弟兄重重磕了一头，久久不肯起身。他万万没想到事情竟会如此发展，原想尊重日本俘虏的生命，反被日本俘虏杀了这么多兄弟。

老油将罗儒扶起来，罗儒泣不成声地对他说道："我对不住你，也对不住兄弟们。"

看着这个刚才还意气风发地指挥战斗的青年，现在却哭成这个样子，老油也很心疼，说道："你不愿意杀俘虏，觉得鬼子的命也是命，不能说杀就杀。况且杀俘虏不仁义，不讲究，不地道，是不是？"罗儒点点头。

"别看你会说日本话，可你对日本人还是见识得太少！"老油点燃烟，一口抽掉半根，缓缓说道，"五年前，我参加了'一·二八'淞沪抗战，和日本鬼子有了第一次接触。鬼子非常喜欢杀人，他们不是为了赢得战争而杀人，也不是为了战略需要而杀人，甚至不是为了震慑人心而杀人，他们纯粹是为了取乐而杀人。杀人对他们来说是乐趣，如果不杀人，那这日子便是无滋无味，没有一点意思。鬼子没有半点善心，无论是老人磕头求饶，还是小孩哇哇大哭，他们都会眼也不眨一下地把人杀掉。他们还喜欢强奸，就像一辈子没见过女人，无论老幼一哄而上，换着花样变着法地糟蹋女人！日本鬼子这样祸害中国人，逮着不杀，留着讲仁义？

"再者说，日本鬼子在上海俘虏了那么多中国士兵，一个活口都没有留下，我们俘虏了鬼子，凭什么就得讲仁义！以德报怨是圣人的看家本事，我不是圣人，我就是个普通的中国军人！我不会以德报怨，只会以牙还牙，以血还血！"老油恶狠狠地说道。

罗儒想反驳，但刚开口就被老油拦住了："你是不是要说，咱们优待日本战俘，能动摇日军军心？"

罗儒一怔，点了点头。

"我明白告诉你，指望着日本鬼子良心发现，不去烧杀抢掠，门都没有！"老油慢慢说道，"你还记得我们前些日子送到你们医院的那个日本俘虏吧，他爹送他一把刀，让他被俘时自杀。这样的事情，对鬼子来说可不稀罕。一九三二年，我俘虏过一个日本兵。他头上有道长长的伤疤，审讯后才知道，竟然是被他亲爹砍的。因为这个日本兵不想参军入侵中国，他父亲觉得家门不幸，便挥刀砍在他的脑袋上，若不是他跑得快，他那天就死在他父亲的手里了。虎毒不食子，你说天底下哪有这样当爹的？鬼子脑袋想的事，咱们真的搞不懂。这样的鬼子，咱们感化得了？"

罗儒哑然。

大车队再次启程。出发时的轻松愉悦此刻已经荡然无存，所有人都沉默不语，耳边只有大车发出的吱扭声响。一行人又走了三四个小时才到达战区总医院。罗儒将伤兵移交给军医后，便径直去了医院后面的墓地。

如今的这片墓地，比罗儒离开时的面积要大上数倍。初到医院之时，这还是一片芳草地，兄弟三人便在这里挖坑埋尸。然而不到三个月，这里已挤满了新冢，一眼望不到头，当初的三兄弟也阵亡了两位。想到元朗和可好，又想到因为自己而无辜送命的十一位兄弟，罗儒不禁潸然泪下。

院长来找罗儒，近三个月的超负荷工作让他更显疲惫和衰老。寒暄过后，院长说道："现在上海是想守也守不住了，战区总医院准备沿江转移至武汉。为了帮助军医和家属转移，医院给每位军医发了两张去武汉的船票。你虽然现在是德械一师的人，但是也为医院做出了很大贡献，所以医院决定也给你船票。至于你走不走，让谁走，那就是你的事情了。"罗儒接过船票，向老院长连连鞠躬致谢。

罗儒的感激是发自内心的。中国军队越败越惨，上海沦陷几成定局，很多人都已携家带口地逃难，向远离战火的大后方转移。没钱没势的穷人们带上几天的干粮，一路逃荒地徒步离开上海。而有钱有门路的人大多会选择乘船沿江而上，去南京、武汉甚至重庆，因此上海的大小码头上熙熙攘攘全是逃难的人。客轮船票也是一涨再涨，但即便如此，仍然是一票难求。此次医院一下给出两张船票，足见医院对自己的情分，罗儒自然感动万分。

老油找到罗儒，告知伤员已经安顿完毕，小队可以回前线了。罗儒将船票递给他，说道："油哥，你是上海人，家里的老父亲和老母亲都还在吧？这有两张去武汉的船票，把二老送去武汉吧！"

现如今船票价比黄金，随便一卖便是好价钱，可罗儒却将船票拱手相赠，老油感动不已。"我家里只有一个老母亲，岁数大了，想走也走不了了。"老油说道。

"老人家无人奉养，一个人过日子，太不容易了。"罗儒打心眼里替老人家难受。

"咱们抗日打鬼子，最终能活下来几个？原想着上战场之前给她留下点钱，但是当兵这些年什么也没有攒下来，东拼西凑拿了点钱给她，勉强度日都困难。倘若我娘活个高寿数，我给她老人家留的钱吃饭都不够！哎，就当她没我这个儿子吧！"老油神情黯然，几欲落泪。

"忠孝不能两全。你为国尽忠，却不能为母尽孝，也真是难为你了。"罗儒向老油拱手致意。

"我打鬼子，并非仅仅是为国尽忠，更多的是为父报仇！"

"为父报仇？"罗儒吃了一惊。

"五年前的'一·二八'事变，我爹让日本人杀了。"老油冷冷地回答道。

罗儒还想再问，老油却似乎不愿再提，说道："这船票不妨送给张可好的父母，看看他们是不是需要。"

这番话点醒了罗儒，自元朗和可好殉国后，他一直想去探望他们的父母，但由于战情紧急，一直没得空闲。如今暂时离开前线，两人的家又都在国军的控制范围，不妨趁此机会前去探望，替死去的兄弟尽份孝心。

/ 第十二章 /

告别老油，罗儒徒步行了半日，才来到元朗家。他家的宅邸气派非凡，院墙高而坚实，郁郁翠竹在高墙上探出头来，似乎在告诉每一个行走在墙下的行人，这里是声名显赫的高官宅邸。罗儒从院门探进脑袋，瞧得院内亭台轩榭，假山嶙峋，流水潺潺，一栋乳白色的西洋小楼坐落其间。

"你是干什么的？"耳边响起一声厉喝。抬头一看，原来是守院的士兵，罗儒赶忙向他说明来意。那士兵称，赵将军已带家眷离开了上海，仅留下数人看家护院，后续再行撤离。

自元朗殉国后，罗儒一直想来探望他的父母，此行虽然没有见到二老，但获知他们已经远离战火，心中便也十分踏实。他向守院士兵道谢后，转身前往可好家。

在乡野之中穿行了许久，方才来到可好家。他家虽在乡间，但一看这厚重宽大的院门便知其家境颇为殷实。罗儒在院门外整理了一下军装，敲了敲门便径直走了进去。

堂内有两位白发老人，一脸的焦躁不安。旁边的丫鬟一边给他们扇着扇子，一边劝慰："吉人自有天相，小少爷肯定安全着呢。您喝口水下下火。"两人端起茶杯，一口没喝便又放下，不住地长吁短叹。

罗儒上前行礼："二老可是张可好的高堂？"

陌生军人的突然造访，让堂内之人都吃了一惊。可好的父亲强作镇定，拱手问道："不知小将军大驾光临所为何事？"

罗儒说道："可好与我都是军医，我们是……"

话没说完，老爷子霍地站起身，大声问道："可好，可好他果真参军了？"罗儒点了点头。

老爷子死死地盯着罗儒，问道："你来是要告诉我们什么？我儿子怎么了？"看着眼前这个神情肃穆的军人，老人的声音因为恐惧而发颤，身体也不住地抖动起来。

　　罗儒还未答话，可好的母亲便"扑通"一声昏厥倒地，背过气去。丫鬟们赶忙去掐老太太的人中，不一会儿老人缓过气儿来，开始号啕哭叫着"我的儿"。老爷子也一下子瘫软在太师椅上，泣不成声涕泪横流。

　　罗儒被眼前这场突如其来的号啕大哭搞得不知所措，好半天他才回过神来，原来张家人还不知道可好参军并已经殉国，自己的突然造访让张家人以为是来传达讣闻的。虽然可好确实已经不在人世，但罗儒实在不忍告知真相，让老夫妇俩承受丧子之痛。

　　"卑职话没有说清楚，张长官安然无恙！卑职是奉张长官之命探望二老！"罗儒挺身立正，大声说道。

　　老夫妇俩止住哭声，目不转睛地盯着眼前这个年轻军官，厅堂内瞬间变得鸦雀无声。"这位小将军，请您把话说明白。张长官是谁？"老爷子问罢，便吃力地站起身，走到罗儒跟前侧耳细听，生怕耳背漏掉一个字。

　　"卑职说的张长官，就是令郎张可好。张长官现在任职于战区司令部，是一名作战参谋。上海即将不保，张长官特令我将离沪船票送给二老，请二老火速离开上海。"罗儒一脸正色地说道。

　　"小将军，是不是搞错了？可好离家尚不足三个月，怎么能当上参谋呢？"老爷子嘴上虽有质疑，但早已喜形于色。

　　"日寇横行，山河破碎，正是国家用人之际。张长官熟知兵法，常常料敌于先，出其不意地打击日寇，所以破格由大学生提拔成为作战参谋。我所说句句属实。这是我的军装、步枪，您看哪一样是假的。"罗儒从兜里掏出船票，接着说道，"如今船票价比黄金，若非张长官安排，我又怎么可能给您送来两张。"

　　罗儒一席话说得滴水不漏，老爷子毫不怀疑，脸上的绝望一扫而光。他连忙招呼丫鬟们看茶，笑着说道："小将军见笑了，我家老太婆实在是见识少，上不了台面，没等小将军的话说完就先哭作一团。"

　　未等罗儒接话，他话锋一转，扬扬自得地说起来："我中年得子，无论是我还是他前面几个姐姐，都把他宠得不成样子。不过，他酷爱读书，熟读《孙子兵法》《三十六计》等兵书，很早便生从军之志。我是百般阻挠，生怕他有危险。如今他成为司令部的参谋，既读有所用，又遂了他的心意，美事美事！"

老爷子大声招呼管家，中气十足："可好不仅安然无恙，又运筹帷幄之中，决胜千里之外，成为国之栋梁，可喜可贺！快快准备好酒好菜，我要设宴款待小将军！"

罗儒连忙推辞，说道："卑职不敢久留。张长官治军严格，绝无法外开恩之事，卑职回去稍晚一点必受棍棒伺候。张长官再三托我嘱咐，上海已非久留之地，还望您尽速起程！"说罢拱手奉上船票。

"我儿果然治军有方！"老爷子面带红光，笑着说道，"你回去告诉他，离沪船票早已备好，我们只因一直没有他的消息才迟迟没有动身。如今得知我儿下落，傍晚便可乘船离开！这船票留给他人吧。"

罗儒说道："张长官让我转达二老，他已军前立誓，不破日寇誓不还家。身为军人，当以国家之独立为己任，还望二老体谅。希望二老加衣强饭，颐养天年，切勿忧思。"

两位老人听罢，喜中带泪，直呼："理解理解，我儿有出息！"

罗儒跪在地上，"咚咚咚"磕了三个响头。"张长官让我代他行大礼！"罗儒的额头上磕出了血迹，他打心眼里觉得愧对两位老人，如果不是为了救自己，可好可能还活蹦乱跳地活在这世界上，还有机会侍奉双亲。

罗儒告辞离开，没走出几步，就听后面有人招呼："小将军留步！"回身一看，是可好的老娘。老太太抱着一摞衣服追出来，叮嘱罗儒："我也不知何时能够再见到我家可好。请小将军将这几件衣服带给他，每一件都是我亲手缝制的。"罗儒接过衣服，只见每件衣服的胸口上都绣着"保儿平安"。他鼻子一酸，眼泪几乎夺眶而出。他怕落泪露馅，赶忙把衣服往怀里一抱，拔腿就走。走出十几里，罗儒在一个十字路口将衣服烧给了可好。他本不信这风俗，但此刻他却虔诚地希望可好在另一个世界能收到家人的心意。

罗儒抹了眼泪，拿着船票直奔上海的一处码头。码头上人头攒动，都是准备逃离上海的人，但是很多人苦于无票，只能拎着行李望江兴叹。罗儒亮出船票，瞬间便吸引来很多人争相购买，最后没费吹灰之力便卖出一个好价钱，价格之高令他自己都咋舌。

返回第一旅阵地的路上，罗儒刚好碰到老油，赶忙将一沓厚厚的钞票递给他，说道："我把船票卖了，换了些钱，算是我的一点心意，快给你娘送去吧！"

老油一看这么多钱，赶忙推辞。罗儒将钱拍在他手中，诚恳地说道："虽然有了这些钱也比不上儿子在身边，但终究能让老人的生活宽松不少，不至于不舍得吃穿，能少受好多罪！"

老油激动得说不出话来，这些钱足以让老娘安享晚年，免除了自己的后顾之忧。他二话不说，当即便要给罗儒下跪。罗儒一把将老油扶住，笑着说道："咱兄弟不兴这个！"老油以前只服两个人，老父亲和朱旅长，但是从今往后要再加上一人——罗儒。

接近傍晚，两人才风尘仆仆地回到阵地。一个传令兵迎了上来："油爷、罗长官，你们怎么才回来？朱旅长找你们好半天了！"

罗儒一听心里凉了半截，垂头丧气地说："肯定是那日本俘虏炸死咱们十一个人的事情。"

老油拍拍罗儒，说道："有我在，一会儿你别说话！"

老油刚进旅部的门，就高声道："旅长，我检查俘虏不细致，那鬼子身上藏了刀和手榴弹，我竟然没有搜出来，导致我们十一个人殉国。这个责任都是我的，和旁人无关，要打要罚我没二话！"

朱旅长白了老油一眼，骂道："就你那德行还能打出这么漂亮的伏击？"他将一张嘉奖令拍在罗儒的胸前，高兴地说，"你们的任务是运送伤员，却顺手打了个伏击战，消灭了鬼子一个骑兵小队！不简单，有头脑！上峰接报后对这次战斗也是大加赞扬，专门发电嘉奖！你可真给咱第一旅长脸！"

虽然得了嘉奖，但罗儒依然情绪消沉，如果不是那个日本俘虏拉着一车人同归于尽，这会是一个令自己引以为豪的战例，但现在，自己用十一条兄弟的性命换来一张滴着血的嘉奖令。

朱旅长已经知道了事件的来龙去脉，他很明白眼前这个年轻人此刻的想法。他拍拍罗儒的肩膀，安慰道："战争，总是要死人的。中国军队打成什么样你不是不清楚，七个中国士兵才能换一个日本兵。你这一仗，虽说牺牲了十一个人，但也折了二十多个鬼子精锐骑兵，已经很值了。你记住，所有的指挥官都会有败笔，但优秀的指挥官会不断吸取教训、积累经验，确保不再犯同样的错误！"罗儒凝重地点点头。

朱旅长又从桌上拿起一个纸筒，甩给跷着二郎腿优哉游哉坐在一旁的老油："还有你的嘉奖令！这次表现不错！"

"嚯，还有我的呢！"老油靠在椅子背儿上，不慌不忙地展开嘉奖令，嬉皮笑脸地说，"写得真好！就是一个字儿也不认识！"

两人退出旅部，老油将嘉奖令塞到站岗小兵怀里，说道："这张嘉奖令油爷赏你了，你回头给你娘。'我儿子是抗日英雄！'老太太得多有面子！十里八村的姑娘发了疯地要嫁给你！"

小兵怯生生地说道："谢油爷赏！不过这上面写着您老的名字呢！"

"啪"的一声，小兵后脑勺儿挨了一巴掌。"老子都不认字，我就不信你娘还能认字！给你娘寄回去！"

日军阵地后方突然传来几声闷响，老油脸色陡然一变，将小兵和罗儒摁倒地上，喊道："趴下，鬼子炮击！"士兵们纷纷抱起脑袋葡匐在地。

几秒钟之后，炮弹接连在中国守军的阵地上炸响。这轮炮击过后，罗儒和老油仍然提心吊胆地伏在地上，而那小兵却扒开老油的大手站了起来。"你他娘的不要命了，小心鬼子的大炮撕烂你！"老油骂道。

"油爷，放心吧！"那小兵满不在乎地说道，"这阵炮弹落下来，得两个小时后才会再开炮呢！今儿都这么打一天了。"

其他士兵也都从地上站了起来，若无其事地掸着身上的土。老油和罗儒仍然不敢擅动，又在地上趴了许久，果然不见日军再开炮。两人细细询问才得知，日军每过两小时便会三十门大炮齐射轰炸中国守军阵地。这样的炮击持续了整整一天，早就被中国士兵摸到了规律。

日沉西山，天色暗了下来。往常日军一入夜便归于沉寂，但这次却一反常态地没有消停，即使是在夜里也依然每两小时炮击一次。每次炮击过后，罗儒都要弓着身子在战壕间巡视，检查有无被炮火所伤的士兵。日军一夜炮击了四五次，害得罗儒都没敢睡个囫囵觉。老油见他太辛苦，便劝道："你用不着一开炮就四处检查。鬼子开炮规律这么明显，稍微长点脑子就躲得开，这要都能给炸死，你也甭救他，那就是个短命鬼。"诚如老油所言，阵地上一夜虽落下了上百发炮弹，但受伤者寥寥无几。

天亮后，罗儒拿着望远镜。猫在战壕边观察对面日军的动向。此刻，他一头雾水，日军的炮击太反常了，这样的炮击几乎没什么杀伤效果，但是弹药消耗量却不低，完全不符合日军的炮击原则。鬼子到底想干什么，他百思不得其解。

罗儒目不转睛地盯着对面的阵地。时近中午，日军炊事员抬着装饭的大桶走进日军各处阵地，招呼着日本兵打饭。一番细致的观察，罗儒又发现一些不同寻常的现象。平常需要四个人抬的大桶，如今一个人就给拎过来了；平常日军分发饭食往往需要一个多小时，但是今天至多十五分钟就扛着空桶走人了。这些都说明了一件事，桶里的饭比往常要少很多。

罗儒蹲在战壕里，苦苦思索着日军到底在搞什么鬼，脑中突然有了一个大胆的推想。他赶忙找到老油，拉着他一起来到旅部。朱旅长也正在为时下的僵局而发愁，听到罗儒有重要情况汇报，赶忙让他细细道来。

罗儒把种种异常一一说给朱旅长，分析道："日军持续炮击，其意不在杀伤，而在吓阻，让我军知道日军枕戈待旦，战力旺盛，使我军怯于进攻，不敢轻举妄动。鬼子一向骄狂，怎么会一下忌惮起我军的进攻来？再联想日军生火造饭的量突然减少，我断定，此时此刻对面的日军阵地只是一个空架子，大部分鬼子已经撤走！"

罗儒语惊四座，旅部内众参谋议论纷纷。朱旅长沉思片刻，命令道："给司令部发电，询问是否有部队当面之敌突然大量增加！"司令部很快给了反馈，有一支中国军队扼守战略要地，日军久攻不克，伤亡惨重，但从昨日起，日军兵力突然雄厚了很多，向守军发起波浪式的攻击，整个防线目前岌岌可危，朝不保夕。朱旅长和罗儒断定，那支赶去增援的日军便是从第一旅对面阵地上抽调出去的。"对面的鬼子看到咱们在上次进攻中元气大伤，料定咱们短时期内无力进攻，才唱了这出空城计，把人调去攻打其他地方了。"朱旅长道。

他话锋一转，笑着问罗儒："罗参谋，既然你想到这里了，肯定有下一步的计划吧？"

罗儒说道："鬼子每轮炮击都是三十发炮弹同时落地，这说明日军的步兵虽然抽调走了，但那三十门炮没有带走，还在阵地上。这可是个千载难逢的好机会。我们可以趁着日军兵力空虚进行奇袭，夺了他们的阵地和大炮！那可是整整三十门大炮啊！"他说着说着，眼睛都冒出绿光来。

他的话让旅部内一片沸腾。第一旅饱受鬼子炮击摧残，很多士兵还没和敌人照过面，就被横飞的弹片夺去生命，因此众人一听说有机会可以拿下日军炮兵，皆摩拳擦掌。

罗儒继续说道："我的计划是这样的。我们兵分两路，大部人马迅速冲上敌阵，与敌人肉搏，绞杀在一起，这样位于阵地后方的鬼子炮兵就无计可施，无法再开炮了；另派一路奇兵，绕过日军阵地，直取其后方的炮兵，阻止其炸毁大炮或拖炮逃窜。"

朱旅长思忖片刻，猛一拍桌子，说道："就按这个打！机不可失，现在就打！"

有参谋提醒道："日军阵地前面那道铁丝网又宽又长，难以逾越。上次进攻中，我们大部人马便是折损在这铁丝网前。这次怎么跨过这个坎儿？"

"好说！"老油歪坐在椅子上接过话茬儿，"找一些大铁皮铺在上面，踩着便能过去了。"

见各种事项均已商量妥当，朱旅长命令全旅将士迅速做好战斗准备，一小时后进攻。

没到半小时，老油就带人扛回二十块又宽又大的铁皮，道："这些铁皮拼起来，足够三十个人一起通过！"朱旅长指定一个连携带铁皮冲在队伍最前面。

两颗信号弹蹿上了天空，士兵们翻出战壕，向着日军阵地狂奔。日军的机枪很快响了起来，炮弹也随之落了下来。诚如预料，日军火力较上次战斗虚弱不少。

日军发现冲锋队伍中有二十个背负着铁皮的士兵，立刻明白了其中的用意，随即将大部分火力对准了他们。这些士兵由于背负着宽大的铁皮，无法做出任何躲闪动作，只能迎着子弹往前冲，纷纷中弹身亡。跟在身后的战友没有耽搁，捡起铁皮，继续向前冲去。再死，再捡，再冲，这个连如此这般前赴后继，一人性命有时仅能换来前进七八米。跑到铁丝网跟前时，扛铁皮的士兵已经换了五拨，死了一百多人，但铁皮却一块也没少。

士兵们把铁皮扔到铁丝网上，一条宽阔的通道豁然出现在眼前。几个士兵迫不及待地踏了上去，不料都重重摔到了铁丝网上，全身当即被划出几十道口子，并被缠住动弹不得，日军的子弹旋即而至，将几人打死。原来，日军为防止我军铺设铁皮越过铁丝网，特意将其设计得光滑异常，因此铁皮在铁丝网上四处滑动，士兵们难以借力通过。

士兵们不知所措，冲锋的势头一下子又被遏制在铁丝网前。日军迅速将火力对准铁丝网附近，子弹"嗖嗖"飞来，不少士兵中弹倒地。上次进攻的悲剧眼看着又要重演了。

那名带领全连扛运铁皮的连长站出来，把钢盔摔在地上，吼道："娘的，你们过不去，我们弟兄就白死了！送佛送到西，英雄做到底！"说罢便趴到铁皮上，双手死死抓住铁丝网，双脚也紧紧钩住，奋力用身体压住铁皮，将铁皮稳稳地固定在铁丝网上。"这玩意儿不会动了，过！"他扭头对士兵们吼道。此时，他的手脚已被铁丝网上的尖刺划得鲜血淋淋。

"我们会踩死你啊！"有士兵喊道，一时间无人敢动。

"再废话全死这！别磨蹭，踩着我过！"连长大喊。情势紧急，士兵们不再犹豫，踏着连长的身体越过了铁丝网。连长手下的士兵一看这个办法可行，纷纷效仿趴到了铁皮上。这个连最后的二十人，用血肉之躯筑起一座桥梁，数千名将士踩着他们的身体翻越过日军阵地前这最后一道障碍。中国士兵冲上日军阵地，发现其大部人马果然被调走了，留守部队尚不足五百人。为了迫使日军停止炮击，第一旅官兵迅速同日军展开肉搏。见两军厮杀在一起难分彼此，日军炮火随即停止。

肉搏战很快进入白热化，战场上杀声震天，刀尖碰撞的声音和刺刀捅进身体的声音尤为刺耳。中国士兵士气旺盛，奋勇争先，日军也作困兽犹斗，拼死顽抗。第一旅士兵人数虽占绝对优势，但拼刺技术远逊于日本士兵，因此没能占到多少便宜，只能靠着不怕死的勇气压着日军步步后退。

两军正搅在一起激烈肉搏之时，突然，密集的炮弹从天而降，两军士兵躲闪不及，成片地倒下。中国士兵和日本士兵都傻了眼，阵地后方的日军炮兵全然不顾己方步兵的死活，竟然对准两军混战的战场开炮了！日本炮兵越打越凶狠，大有要将整个阵地轰平的架势。日本步兵一边抵挡着中国士兵的白刃进攻，一边承受着自己人的猛烈轰炸，很快军心涣散，无心作战，没多久便败下阵来。这时，炮声也戛然而止。原来，那支奇袭日军炮兵的小部队也得手了。

第十三章

大规模的战斗结束后，士兵们着手清理躲在工事里负隅顽抗的鬼子。罗儒正忙着救治伤员，传令兵赶来说朱旅长急着找他。他马上赶了过去，见到朱旅长等人正端着枪伏在一个小土坡上。见罗儒来了，朱旅长说道："咱们把四个鬼子围在前面的阵地上了，有一个看肩章还是中佐。咱们争取抓活的！你给他们喊话，就说只要放下武器，我保证他们的生命安全和人格尊严。你小心点，他们手里有机枪，打得还挺准，撂倒咱们好几个兄弟了。"

"劝降没用，鬼子不是那性格。得想个办法让他们把子弹耗光，方便咱们活捉。"罗儒说完，小心翼翼地爬到土坡顶上，细致地观察起来。

二十米开外有一圆形阵地，日本兵蜷缩其间，正警惕地观察着四周，他们手中握着三挺机枪，十几个压满子弹的弹夹摆在旁边。一名日军中佐正襟危坐，用白手绢反复擦拭着军刀，满脸的从容与镇定。

"我们靖国神社见！"中佐大声激励着手下。

罗儒从身边一个阵亡日本兵的尸体上扒下军装，穿在自己身上，又顶上他的屁帘儿帽和钢盔，露出半截身子，让那四个负隅顽抗的日本人看清楚自己这身行头，然后冲着他们大喊："中佐阁下，不要开枪！我是第三师团的竹内，我现在为蒋政府效力！请听我说几句！"名字虽然是罗儒信口胡编的，但他的日军军装和纯正的日本话，让对面的日军丝毫不怀疑这是个丧失气节的叛徒。"嗒嗒嗒"子弹迎面飞来，吓得罗儒赶紧缩到土坡后面。

"中佐阁下，我们都是日本人，听我说几句吧！"罗儒躲在土坡后面，扯着嗓子大声喊，"中国人已发布此战的捷报，全世界都已经知道贵联队丢失了阵地和三十门大炮。身在上海的天皇陛下特使朝香宫鸠彦王殿下下达命令，禁止贵联队士兵死后进入靖国神社，你们的遗属更不会有军人恩给金！事已至此，为什么不放弃抵抗，和我一样为蒋政府做事呢？"

虽然这些话是罗儒信口捏造的，但他了解日本的军队文化，他的话句句刺伤这几个日军的尊严。在日本，为国阵亡的士兵的牌位会被放入靖国神社中，这对日本军人来说是荣誉与认可。如果进不了神社，那便意味着国家不承认这个人为国而死，他也就成了无处安家的孤魂野鬼，因此日本兵在大战前常常高喊"靖国神社见"来激励彼此。阵亡士兵的家属也将得到被称为"恩给金"的死亡抚恤金，来保障遗属丧夫丧子之后的生活，免除士兵的后顾之忧。正因如此，死后进入靖国神社和家属领取恩给金，成为日本军人最为看重的身后之事，但罗儒却假借至高无上的天皇皇族之口剥夺了眼前这些日本军人的这两项待遇，不仅把他们联队贬得一钱不值，更将他们身为军人和男人的尊严摔得粉碎。

这四个日本军人自知这是日军自淞沪战役爆发以来未曾有过的败绩，因此对这个"叛徒"所言深信不疑，愤怒、惊恐、悲哀、绝望、愧疚、屈辱瞬间在他们脑中交织混杂成一团。刚刚还镇定自若的中佐，此刻如被激怒的公牛般暴跳如雷，挥舞军刀高声号叫："杀了他！杀了那个叛徒！"三挺机枪同时向罗儒开火，土坡上顿时尘土飞扬，罗儒赶忙抱头隐蔽。

虽然子弹打不着罗儒，但日本兵仍赌气似的向他射击，似乎要把所有痛苦都发泄在这个"叛徒"身上。罗儒躲在土坡后面暗暗发笑，为国而死的名分丢了，留给家人维持生计的恩给金也没了，这四个鬼子此时的心境恐怕比死还要痛苦百倍。他们一个接一个地换着弹夹，枪管打得发红仍不肯停手。

敌人的机枪相继哑了火，罗儒小心翼翼地从土坡后面露出脑袋，只见日本兵将机枪丢在地上，正在往步枪上装刺刀。"鬼子没有子弹了！快抓活的！"罗儒扯着嗓子大喊，在外侧包围的士兵们起身冲了上去。

一听"叛徒"突然说开了中国话，那中佐恍然大悟：那人根本不是什么叛徒，他用日本话激怒自己，让自己在盛怒之下盲目射击空耗子弹，为的就是子弹打光以后好进行活捉。中佐虽然意识到中计，但为时已晚，中国士兵已经冲了上来。

中佐高举双臂，大呼"天皇万岁""靖国神社再见"，然后抽出腰间的手枪，挨个击毙了身边的日本兵，而后吞枪自尽。

冲锋的中国士兵停下脚步，震惊地看着眼前这一幕。"为了避免自己的士兵被俘而亲手杀死他们，这样的事情中国军官做不来。"朱旅长看着四个日本军人的尸体说道，"弟兄们，鬼子对自己人都如此凶残，更何况是对我们呢？好好打仗吧，无论是我们军人还是平民百姓，一旦落入鬼子手里，除了死没有第二条出路。"

罗儒想起那些还趴在铁丝网上的士兵，拎起药箱向回狂奔。他远远望见这二十人仍然四肢大张，静静地伏在铁皮之上，仿佛仍在等待战友们踏着自己的身体翻越过去。罗儒走到跟前，发现他们已经全部牺牲，静悄悄地献出了生命。

罗儒想将他们从铁丝网上抬下来，但他们的双手死死地抓住铁丝网，网上的尖刺已经深深地嵌入骨肉之中，很难拔出来。伤口深可见骨，淌出的鲜血将身下的土地染得赤红。众人费了九牛二虎之力才将他们抬下来。这二十人被铁丝网划得血肉模糊，前胸后背青紫瘀血，肋骨全部骨折，有的骨头甚至断成了几节，内脏更是全部破碎。他们平均每人承受了上百人高速助跑后的踩踏，最终就这样被活活踩死了。

第一旅此役折损近千人，但战绩足以告慰英烈的在天之灵。第一旅不仅夺取了阵地，歼灭了五百多日本兵，更将日军的三十门大炮收入囊中。这是中国军队首次从日军手里一次性缴获这么多的重型装备。在此之前，国军总共没有多少门重炮，还都是啥口径都有的万国货，恨不能一门炮打一种型号的炮弹，愁得负责弹药供给的军需官们整天哭丧着脸。

虽然贵为中央军，但第一旅士兵也只见过迫击炮和小炮，还从来没见过这么大口径的重炮。士兵们围拢在大炮周围左看右看，一个小兵跳起来抱住高高扬起的炮管，兴奋地喊："这么粗个炮筒子，难怪炸得天崩地裂似的！"一旁的老兵咂咂嘴，说道："人家这才叫大炮，咱们那些也就算个大炮仗。"

然而大炮还没在手里焐热乎，统帅部和战区司令部就接连发来电报，要求务必保护好大炮，等待炮兵部队接收。"娘的，谁缴获归谁，那帮当官的太不讲究，老子用命拼来的好玩意儿凭什么都交出去！"老油听到命令骂骂咧咧，一肚子不满。

朱旅长虽不情愿，却也无可奈何。他吩咐士兵："这大炮不让咱们留，可没说不让咱们用。估计用不了多长时间小鬼子就要发动进攻抢回大炮。咱们赶快研究一下咋使这些大炮，小鬼子来的时候咱干他几炮，也出出天天挨炸的恶气！"

士兵们围着大炮左看右看，上摸下摸，就是不知道咋摆弄。突然，"轰"的一声巨响，一门大炮被鼓捣得炸膛了，毁了一门炮不说，还炸死了围观的四五人。朱旅长只得作罢，命令任何人不得靠近大炮。看着威力这么大的武器派不上用场，老油垂头丧气地哀叹道："好容易鸟枪换炮，想着风水轮流转，轮到小鬼子成地老鼠了，没承想咱还不会使！咱没炸人的福，只有挨炸的命！"

"鬼子！"哨兵大声喊起来。朱旅长举起望远镜，面色立刻凝重起来。他大声命令副官："命令全旅官兵做好战斗准备。给司令部发报，日军主力赶回，势在夺回大炮，请速派军增援！另外，命工兵安置炸药，准备随时炸炮。既然无福消受，那就得毁了，绝对不能再让鬼子抢回去。"

老油举起望远镜，看了一眼便脸色陡变，牙缝里挤出一句话："娘的，今天估计都得死在这儿了。"

几里开外的旷野上，一万多日军集结完毕，准备向这支胆敢抢夺日军大炮的中国军队发起进攻。这个师团原想神不知鬼不觉地抽调兵力攻打他处，事成之后再悄然返回，却不想被中国守军识破伎俩，乘虚而入，抢了三十门重炮。这是师团从未遭遇过的耻辱，日军高层也大为震怒，责令该师团必须夺回大炮。"抢回大炮！全歼支那人！"尚未发起进攻，日本兵便开始号叫起来。

第一旅请求增援的电文发出后，很快就收到了司令部的回复。司令部称，第一旅周围没有中央军，已命令在周边战斗的地方部队前来驰援。朱旅长心里凉了半截，中央军和地方部队一向不和，曾数次在战场上杀得日月无光，更何况此番恶战，凶险至极，素有拥兵自重传统的地方部队唯恐避之不及，怎么可能前来救援。"这一仗，全靠我们自己了。"朱旅长将电文揉成一团，自语道。

"兄弟们！"朱旅长放开嗓子，对士兵们战前训话，"此次恶战，恐怕是我第一旅的最后一战！能与诸位共赴黄泉，朱某三生有幸！今日一战，朱某愿为表率，奋勇杀敌，纵死不退，血祭中华！我若后退半步，人人皆可取我项上人头！此战势必凶险，我若战死，团长顶上；团长战死，营长顶上；营长战死，连长顶上；连长战死，排长顶上；排长战死，班长顶上；班长战死，老兵顶上！只要有一兵一卒，我们就决不后退半步，决不让这些大炮再次为祸中国！此战，为民族、为国家、为子孙、为自己！"

他要求将存贮的弹药全部下发。老兵心理素质好枪法准，因而多分子弹；刚刚补充过来的新兵则多发手榴弹，拉开弦就能招呼鬼子。士兵们迅速伏在战壕里，做好了战斗准备。

看着远处蝗虫一般向前涌动的日军，老油从怀里掏出两支香烟，给自己点上一根，又往罗儒怀里扔了一根："罗老弟，抽口吧！再不抽可真没机会了！"

他坐下身，四下环顾，笑着说道："死在这里也还成，风水虽不咋地，但至少清清爽爽的。你是没见过刚开战时守的那阵地，一铁锹下去能他娘的掘出来半锹水，死在泥汤子里可惨大了。对了，你给我老娘的钱我送到了，可惜这辈子还不了你了，人死债不烂，我下辈子还你！"

"这回真完了？"罗儒小心翼翼地问。

"但凡能活过今天，这烟我都不舍得给你！"老油吐着烟圈叹了口气。

自打见识到战场上的横尸遍野，罗儒就觉得这也一定是自己的结局。他常常思考两个问题，什么时候死和以什么方式死。第一个问题已经有答案了，今天是死定了，但怎么死还不知道，子弹打死？手榴弹炸死？刺刀捅死？想到这里，他心里陡然升起阵阵寒意。

日本士兵号叫着发起了冲锋，黑压压地拥了过来。"打！"朱旅长一声怒喝，第一旅所有的机枪都"嗒嗒嗒"地响了起来，手榴弹也划出一道道弧线落入敌群。因为再无明日，第一旅的官兵们毫无顾忌地消耗着弹药，子弹、手榴弹如雨泼一般砸向敌人，中国守军的火力一时间炽热至极，日本兵纷纷中弹倒毙。

中国军人的抵抗意志和骤然出现的伤亡让日军慌了手脚，赶忙就势卧倒。

"掷弹筒！"日本军官伏在地上大声呼叫着。"砰砰砰"，一连串闷响，几十颗榴弹飞进了中国守军的战壕，机枪登时哑了好几挺。老油被炸得有点蒙，吐了吐嘴里的土渣子，骂道："娘的，鬼子又把手炮掏出来了，就他娘的爱用这个！"掷弹筒轻便灵巧，杀伤力还不小，是日本陆军最喜欢的武器之一。日军一些老兵能把掷弹筒玩得神乎其神，指哪打哪。

中国守军的火力被掷弹筒炸哑了一片。眼见着身边的机枪手被弹片打得血肉横飞，朱旅长将尸体拽到旁边，操起机枪"嗒嗒嗒"地打了起来。他一手托着子弹链一手射击，口中大喊："继续打，顶住！鬼子就要上来了！"朱旅长亲自上阵，勇猛异常，令中国士兵士气大振，火力很快恢复了过来。

"掷弹筒！继续打！"日军军官伏在地上大声叫喊。

榴弹像一把把黄豆密集地扔向中国守军，阵地上弹片横飞。朱旅长全然不顾，他脱掉上衣，光着膀子顶着头盔，把机枪枪管打得通红。虽然官至少将，但他机枪打得丝毫不比老兵们差，日本兵跑哪儿子弹便追到哪儿。老油也杀红了眼，嘴里叼着三根香烟，一边使劲儿嘬着烟屁股，一边歪着脖子瞄准射击。

这支日军虽然没有大炮支援，但是他们手里的掷弹筒也让第一旅的将士无比头疼。掷弹筒打出的榴弹一波波准确地砸向机枪点，机枪一挺接着一挺被炸坏，机枪手非死即伤。轻重机枪火力越来越少，士兵们手里的步枪，难以压制住敌人，日本兵开始一边还击一边匍匐前进。

第一旅伤亡惨重，但身为军医的罗儒却无事可做。伤得重的救不过来，还能喘气儿的、意识尚存的则坚持战斗，不肯让他救治。一个老兵被榴弹炸伤腹部，他咬牙拔出插在肚皮上的弹片，然后一手捂着肚子一手操着机枪继续射击。罗儒见状赶忙将他摁倒，拿出药品准备急救，不想被那老兵一脚踹开："你干啥！没看我杀鬼子呢！"

"再不救你你就得死！"罗儒也气急败坏地嚷道。

那老兵拿开捂住腹部的手，一条几乎划开他整个肚皮的大伤口赫然出现在眼前，透过被炸翻开的皮肉，可以清晰地看到里面蠕动的肠子。他指着这伤口吼道："打成这样了还能活吗？谁也救不了！趁着还没死我赶紧多杀几个鬼子，你瞎搅和什么！"老兵不再理会罗儒，站起身端起机枪继续向鬼子射击。机枪强大的后坐力把他的肠子从伤口处震了出来，他抓起肠子塞回肚子，又端起机枪继续射击。第一旅士兵见状，无不奋发鼓舞，日军亦深觉惊骇。

日军人多势众、武器精良，步步逼近苦苦支撑的第一旅。"鬼子的援军来了!"士兵们大喊,声音颇为惊恐。果然,远处征尘四起,几路人马出现在日军后方。放眼望去,足有三四万人冲向第一旅阵地。

老油掏出三根烟卷夹在指间,依次点着,狠狠抽了几口,吐出个大大的烟圈后慢悠悠地说道:"前面有好几万的鬼子,可咱们弹尽粮绝,守着三十门不出响的大炮,苦等着坐山观虎斗的地方部队过来救援。情况不妙,这是要完。翘辫子之前我得好好抽几口。"

朱旅长叹了一口气,命令副官道:"给委座发电。委座钧鉴:我部激战一日,伤亡殆尽。敌已从四面包围,我部缴获重炮已无法运出,学生决定将其炸毁,以免再落敌手。学生等决心以死报国,不负党国校长栽培之恩。"

日军越逼越近,朱旅长端起步枪,插上刺刀,大声吼道:"各位兄弟,来生再见!全体上刺刀!工兵炸炮!"

工兵正欲点燃导火索,日军身后突然一声炮响,耳边听得呼喊:"友军莫慌!"

呼喊声响彻战场,震人心魄。第一旅将士定睛一看,出现在日军身后的五路大军并非敌人援军,而是前来救援的地方部队!他们虽军服各异,武器也是五花八门,但帽子上都戴着青天白日的帽徽。"是友军!是自己人!"第一旅官兵兴奋地大叫起来。

这突然杀出的人马如下山猛虎,枪炮齐发。日军腹背受敌,被打得措手不及,阵脚大乱,中弹毙命者不计其数。未及日军组织起有效反击,地方部队的士兵已径直冲入敌军阵中,同日军短兵相接。

在准备殉国成仁的最后时刻,这些与中央军多次兵戎相见的地方部队,竟如天兵天将一般从天而降,不仅挽救了第一旅,还一举扭转了战场局面。第一旅军心大振,朱旅长跳上战壕,高举刺刀,大声喊道:"一鼓作气围歼了小鬼子!跟老子冲!"将士们跳出战壕,冲向敌阵。

日军被数倍于己的中国军队团团围住。日军虽然擅长拼刺,但由于仓促之间进入白刃战,没有做好准备,被气势如虹的中国士兵逼得节节后退,每退一步都有日本兵被刺中身亡。反观中国军队,虽然彼此间是水火不容的宿敌,但面对日本人却是同仇敌忾,配合密切,整个包围阵形严丝合缝,滴水不漏,不给日军留一点破绽。

日本兵一个接一个栽倒,被众人护在中央的日军指挥官焦躁地走来走去。看着漫山遍野的中国士兵,他终于下达了突围命令。筋疲力尽的日本兵如蒙大救，赶忙组织突围。急欲突围的日本兵拼死一搏，攻击愈加凌厉，然而中国士兵毫不相让，死死地挡在日军的突破方向上。日军的刺刀杀透了一层，中国士兵便又补上一层，如此这般，日军折损百余人，却仅前进寥寥数米。日军指挥官见此情景，急得直跳脚，赶忙做出调整。

被困的日军突然闪出一条路，奔出来二十多个日本兵。这些人手无寸铁身无片甲，却直挺挺地冲向中国士兵。"轰"的一声巨响，跑在最前面的日本兵被炸得四分五裂，中国士兵也被炸倒一片。原来，这些日本兵是"人肉炸弹"，身上都绑着几十斤炸药，为的是炸开中国士兵用血肉之躯铸成的"铜墙铁壁"。未等中国士兵做出反应，其余的日本兵也接连引爆了身上的炸药，一连串巨大的爆炸把人墙撕扯开一个大口子，日本兵蜂拥逃出，留下数百具尸体，仓皇退去。

中国军队跟着日军身后放了阵枪，放弃了大规模追击。虽然给了日军出其不意的一击，让其毫无准备地陷入白刃战，折损了数百人，但中国军队损失也不小，千余名兄弟在白刃战中殉国。

战斗结束后，各地方军的长官和朱旅长聚在一起。朱旅长抱拳作揖，连声致谢："承蒙各位老兄舍命相救，你们再晚来一步，不仅第一旅完了，这几十门大炮也留不下来了。"

朱旅长看着穿着各色军服的地方部队长官，感慨地说道："今日一战，比生死更令我感慨的，是咱们虽身出不同派系，甚至还曾刀兵相见，但如今为了国家与民族，冰释前嫌，众志成城，共御外辱。这是我做梦都想见到的情景啊！兄弟齐心，其利断金。只要我们携手抗日，倭寇横行中国的日子岂能长久！行伍二十载，我朱某人从未像今天这般激动！"朱旅长言语激动，眼角闪出泪花。

/ 第十四章 /

短暂的把酒言欢后，各部队迅速划定防守区域，补充弹药，巩固防御。日军在这片不大的战场上，不仅损兵折将，还丢失了三十门重炮，着实跌了个大跟头。他们不可能善罢甘休，再度进攻只是早晚的事情。

劫后余生的第一旅士兵不敢有丝毫懈怠，更加玩命地修筑防御工事。老油也叼着烟，挖着自己藏身的掩体。他在士兵中威信高，吃饭的时候有人给送饭，衣服脏了有人给洗衣服，烟瘾犯了马上有人递烟，但修掩体这事，他从来都是亲力亲为，不允许别人碰一铲子，似乎掺杂进别人的一抔土就保不住那条油光溜滑的泥鳅命。挖完自己的掩体，他还要四处走走，看见挖得不对路的士兵总是要踹上几脚。士兵们毫不介意老油的暴脾气，屁股上挨几脚总比被炮弹削掉脑袋强，他们一边低眉顺目"油爷油爷"地叫着，一边拉着老油的衣袖让他检查自己的掩体是否合格。士兵们坚信，能让老油指点一二，这命就算保下来一多半了。

日近黄昏，副官报告："接收大炮的炮团来了！"朱旅长走出旅部，只见一队卡车隆隆驶来。为首的军官挂着中将军衔，跳下车一路小跑，未等朱旅长上前相迎便举手敬礼："哎呀呀！朱旅长！你们德械一师果然名不虚传，不仅出奇兵夺下重炮，更是以少胜多阻敌反攻，保住了这些宝贝疙瘩！委员长对朱旅长和第一旅是赞誉有加，特命我亲自前来接收重炮！"

中将拿出嘉奖令，双手奉上，说道："这是委员长签发的嘉奖令！给你道喜了，朱旅长！第一旅不愧是虎狼之师，朱旅长不愧是委员长的得意门生！"

身为少将的朱旅长见这位衔高一级的将军如此客气，诚惶诚恐地捧过嘉奖令，却发现嘉奖令中只提及第一旅作战之英勇，未涉及地方部队只言片语。朱旅长小心翼翼地问："地方部队在这次保卫大炮的战斗中亦有重要贡献，不知上峰是否有所考虑？"

"你是说那些杂牌军？"中将一愣，冷笑着说道，"嘉奖怎么可能有他们的！"

地方部队的兄弟们浴血奋战的情形依然历历在目，朱旅长不忍独占功劳，说道："奇袭日军虽是我部所为，但诸炮得以保全全赖地方部队舍命相救。倘若他们延误战机或怯于死战，那您不仅无法接收这些大炮，恐怕还要替卑职收尸了！还请您帮忙周旋一下，也为地方部队请功！"

中将没想到堂堂的中央军少将旅长会为穿草鞋打鸟枪的杂牌军求情，只得淡淡地回应道："再议再议。"

中将命人将大炮用卡车拖走。看着卡车渐行渐远，第一旅如释重负，大炮终于不会被敌人夺回去了。

夜幕深沉，寥星数点。四周黑漆漆一片，十步之外已不辨身影。战斗了一天，第一旅士兵们疲乏至极，除了警戒哨，大部分人都昏昏沉沉地睡了过去。

战壕里鼾声四起，唯有罗儒担心敌人夜袭，抱着枪蹲坐在一旁，两眼瞪得如铜铃一般。老油把罗儒拖进自己的战壕，并挡在他身前，说道："你就踏踏实实地睡觉！今晚鬼子不会来，就算来，子弹也是先打在老子身上！"没多久，两人便都沉沉地睡去。

夜半时分，阵地上传来一阵嘈杂的脚步声。老油不愧是老兵，虽然呼噜震天响，但耳朵却没漏掉半点的异响。他大吼一声，猛地从地上弹起来，抄起枪便跳上战壕。众人被他惊起来一片，以为鬼子夜袭，纷纷起身瞄准。

"什么人！老子开枪了！"老油伏在地上，对着那些在黑暗中移动的身影举枪瞄准。

"别开枪！是自己人！"一个人高举双手，小心翼翼地从黑暗中走了出来。待那人走近，老油细一端详，原来是个国军中校。朱旅长闻声而来，中校赶忙自我介绍："朱旅长，我是司令部的参谋。奉命给您带来了一些新兵。"

朱旅长顺着他手指的方向走去，才发现黑暗中还有好多人。他们都被老油的厉喝吓得魂飞魄散，抱着胳膊蹲在地上瑟瑟发抖。朱旅长拎起其中一人，只见那人穿着汗衫，踩着布鞋，全身上下没有半点武器。

"你给我送的还真是高纯度的新兵，军装、武器一样都没有！我这里是军队，要杀人要死人，你给我送这么多庄稼汉干什么！"朱旅长对中校吼道。他一松手，手中那人立马又蹲回地上。

"旅座息怒！"中校哭丧着脸道，"现在兵力紧张，各部队都损失惨重，争着要人。如果不是委座特批，恐怕您连这点人都分不到呢！还望朱旅长体谅！"

"你让日本鬼子也体谅体谅我！"朱旅长没好气地说。

"还有一个紧急命令，我必须当面传达。"中校正色说道，"战区命令，你部务必于天亮之前撤出当前阵地，向南京方向开进，做好固守首都的准备。"

这个撤退命令来得太突然，朱旅长颇感吃惊，问道："我部虽然损失惨重，但士气正盛，而且阵地工事坚固，加之与各地方部队互成犄角之势，此地再守上十天半个月当无问题，为何突然要我放弃此处阵地？"

"这个命令并非仅针对第一旅，而是淞沪地区所有的中国军队都要撤退！"中校解释道。

"什么？要放弃上海了吗？"朱旅长大惊失色。

"日军一个小时前在金山卫登陆，抄了我军的后路。如果不尽快撤离，淞沪战区所有的军队就全被包了饺子了！"中校解释道。

朱旅长大为震惊，日军在金山卫登陆，就直接出现在了几十万中国军队的背后，与在上海作战的日军形成对中国军队的合围之势。国民政府大部分精锐兵力皆抽调至淞沪战场，一旦在这里被围歼，日军进军中国腹地即可长驱直入，如入无人之境。为今之计只有趁金山卫日军立足未稳迅速撤退。朱旅长喟然长叹："上海完了！可怜于此殉国的十几万弟兄了！"

朱旅长想起侧翼阵地的地方部队，遂问中校："地方部队是不是也接到了撤退命令？"虽然朱旅长也曾对"杂牌军"嗤之以鼻，但经过上次之战，他已经芥蒂全无，时刻挂念着这些同样为了中华民族舍生忘死的地方部队。

中校回答道："战区命令他们为中央军殿后，完成掩护任务后再撤退至南京。"

朱旅长心叫不好，让中央军先撤，留下地方军断后，那些军长们肯定要骂娘了。抗日战争爆发以后，各派系军阀虽停止彼此间的攻讦倾轧，均通电表态拥护蒋委员长为领袖，但是他们也对中央存有戒心，担心中央借刀杀人，假日本人之手铲除自己。要求他们掩护中央军撤退的命令，更证实了地方派系的顾虑。

不出所料，那几位地方部队的军长拿着命令，骂骂咧咧地来找朱旅长了。

"后路让鬼子给断了，老蒋急着让他的中央军先跑，留下我们这帮叫花子给他当炮灰。当老子是傻子啊！"

"老蒋还是那个德行！脸上对你特别热情，背地里却给你下刀子。他把中央军撤走，咱们留下和鬼子打，谁死对他都有利，两败俱伤他才最高兴！"

"老蒋原来是直接攻伐我们，后来利用共产党红军来削弱我们，今天又借日本人的刀来杀我们。我们被打垮了，地盘就成他的了！"

"老蒋心怀鬼胎，咱们也不该那么实在！咱们还是应该老样子，把保存实力排第一位，抗日打鬼子排第二位，免得前脚和鬼子打得头破血流，后脚让老蒋乘虚而入。"

"咱们呀，各打各的算盘，各打各的鬼子，省得不明不白地中了老蒋的阴招。老蒋还让咱们掩护中央军撤退后，也去参加南京保卫战，做他的美梦去吧！反正我是不去，去的话肯定又成了中央军的炮灰。你们谁去南京？"

"我们也不听这个令，不去南京！南京城谁爱守谁守，咱自己寻个好地方休整去！"几位地方部队的军长义愤填膺地议论着，很快便达成了共识。朱旅长是中央军，自然说不得委员长的坏话，只得站在一旁一言不发。

各位军长正欲散去，忽然瞧见中校参谋送来的兵员和大批武器弹药，便质问那中校道："我们都在此浴血苦战，但朱旅长得到了兵员弹药的补充，却不见有丝毫拨予我等。不知是何缘故啊？"

"你们连委员长的命令都不听，还好意思伸手要钱？"那中校在朱旅长面前毕恭毕敬，在这几位地方部队军长面前嘴巴却如刀子一般。

"这命令太不公平，凭什么让中央军先走，让我们地方部队殿后？"

"让你们先走就是公平了？"中校说道，"你若觉得不公，大可以去申辩，何至于连南京保卫战都不参加了？是你的公平重要，还是国家的首都重要？我看是你拥兵自重最重要！"

"我们要枪没枪，要子弹没子弹，你让我拿什么保卫南京！"军长们咆哮起来。

"怎么打内战的时候你们要什么有什么！"中校也不甘示弱。

军长们暴跳如雷，拔出手枪就要枪毙那名中校。朱旅长赶忙上前劝阻，压住枪口，劝说道："罢了罢了，咱们都留着点精神头打鬼子，成不成？"

"妈的，又来了！"老油看着眼前的闹剧，对罗儒低声说道，"这十几年，中央和地方就是这个样子，先是互相骂娘，骂不过瘾就抄家伙干仗。"

"中央有中央的道理，地方有地方的道理，你觉得谁对？"罗儒问道。

老油冷笑道："朱旅长总结过，这叫各怀鬼胎！"

朱旅长又苦口婆心地劝了好一阵，那些军长才骂骂咧咧地走了。

第一旅很快整装完毕，在薄薄的晨雾中向南京进发。侧翼的几支地方部队拒绝留守殿后，也早早地撤出了阵地。

几百个农民打扮的新兵蔫蔫地跟在队伍后面。"没枪没弹没衣服，甚至连口粮都没有。这次分的新兵也就比刚从娘胎里出来的娃娃强点！这要拉上战场，不是给鬼子喂活食儿吗！"老油巴巴抽着烟，盯着一点生气也没有的新兵们说道。

德械一师是由中央警卫师改编而来，南京一直是其大本营所在。第一旅马不停蹄地狂奔了一个昼夜，颇有倦鸟归巢的急切。隆隆的枪炮声越来越远，国都南京的庄严肃穆与古香古韵似乎已近在眼前。

"回了家，先喝酒，后吃肉，最后再去泡泡澡！哎呀，想想都受不了！"老兵们兴高采烈地畅想着。兴奋的情绪也感染了那些新兵们，虽然他们大部分人没去过南京，却也对老兵们描述的惬意生活浮想联翩。

一辆吉普车从后面飞奔而来，车未停稳传令兵便跳下车，踉踉跄跄地跑到朱旅长面前，呈上一封电报，道："委员长手谕。"朱旅长不敢怠慢，赶忙双手接了过来。他盯着命令看了很久，长叹一口气，递给站在身旁的罗儒。

"九国公约会议，将于十一月三日在比利时首都召开。此次会议对国家命运关系甚大，放弃上海于我国之国际观瞻不利，故你部立即停止撤退，夺回原有阵地，在上海战场至少再支持十天，以期在国际上获得有力的同情和支援。你部作为德械装备精锐，务必做出更大努力，不辱荣光。"罗儒一字一句地将命令读完。

老油在旁跳起了脚，骂道："这不是坑人吗！好好的阵地让放弃了，后撤了一天一夜跑出去那么远，又让返回原阵地，这不是有病吗！一个人影儿都没有的阵地，鬼子还不知道去占领吗？"

朱旅长欲言又止，沉默半晌，叹道："没别的办法，咱们只能按照命令行事。"

"旅长，咱绝对不能回去啊！"老油苦苦劝谏朱旅长，"我老油是什么人你知道，我为什么一心打鬼子你也知道，只要能打鬼子，刀山火海我跟你闯！可眼下不是杀鬼子，而是去送死呀！一纸命令，咱们放弃已经修好的阵地，跑出来这么远，然后又一纸命令，让咱们掉头重新夺回阵地，这不是瞎胡闹吗！咱们死光了也拿不下那阵地！"

朱旅长沉默良久，说道："我也知道这是个糊涂军令，可是再糊涂它也是军令，军令如山，你让我怎么办？如果身为中央军嫡系的德械师都抗命不遵，那地方部队更有借口不听军令了，中国人还打不打鬼子了？再者，委员长是我的校长，一路提携我，对我有知遇之恩，我又怎么能对他的手谕置之不理呢？"

老油还欲再劝，朱旅长摆手不让他再说。朱旅长站上一处高坡，对着行进中的队伍大声喊道："第一旅，停止前进！全体向后转！后队变前队，夺回阵地！"

罗儒、老油和整支队伍都像霜打的茄子一样没了精气神儿。脚下还是那条土路，却没了刚才的幻想与欢歌。一路无语。

几乎所有的部队都接到了要求返回阵地的命令，但执行命令的都是中央军，地方部队压根不听那套。

/ 第十五章 /

第一旅马不停蹄地往回赶。走了一天一夜，行至曾经的阵地的外围，朱旅长派兵侦察，不出所料，日军早就占领了这处阵地，并配备了各式轻重武器，虎视眈眈地等待着中国军队的进攻。

朱旅长见日军壁垒森严，心里犯了难，以目前的兵力夺取阵地简直是痴人说梦。"罗儒，过来！"他大声喊道。经过一段时间的观察，他觉得这个年轻人颇有自己的想法。

罗儒一路小跑来到朱旅长面前。朱旅长开门见山地问道："我们长途奔袭，早已精疲力尽，鬼子却养精蓄锐，以逸待劳。我们贸然攻击无异于以卵击石，自取灭亡。你说这仗怎么打？"

罗儒端着望远镜观察了日军阵地片刻，说道："目前最好的办法就是等待！"

"等待天黑？"朱旅长问道。

"是等待放弃进攻的命令！"罗儒的回答让朱旅长吃了一惊。

罗儒分析道："不单咱们第一旅，恐怕所有的部队在夺回原有阵地时，都要付出十分惨痛的代价。那时司令部肯定会意识到这个命令根本执行不了，必然会再发命令要求各部队停止进攻。我们暂且按兵不动，省得白白丢掉兄弟们的性命。"

"我得到的命令是立刻进攻，夺回阵地，可不是这么干等着啊。"朱旅长说道。

"旅长，再等等吧！即使进攻，也要等到夜里。虽然鬼子有照明弹，那也比在太阳底下冲锋少死很多人啊！"罗儒劝道。

朱旅长沉思片刻，点头同意。他并非迂腐顽固之人，知道指挥官要根据战场情况灵活变通，但推迟进攻是他的最后底线。

罗儒窃喜，距离入夜还有很长时间，这期间肯定有很多军长、师长、旅长给司令部发报要求撤退，司令部肯定会收回成命，第一旅便可躲过这一劫，不必白白送死。他急忙代拟了一份回电，说第一旅疲劳异常，为保证最大攻击效果，将稍事休整，于明日凌晨三时整发动攻击。朱旅长看罢签字，将电文发给司令部。司令部未置可否，算是默许。

然而从烈日当空一直等到太阳落山，始终不见有撤退的命令，罗儒内心无比焦躁。突然，远处枪炮声大作，朱旅长赶忙带着罗儒等参谋悄悄摸了过去。原来，兄弟部队德械一师第二旅向其对面阵地发起了猛攻。这个阵地上的日军同样准备充分，几十挺轻重机枪喷出赤红的火焰，子弹交织出一张细密的网，呼啸着迎面扑来，成片地打倒冲锋的中国士兵。日军枪声响了许久后停了下来，阵地前只剩下中国负伤士兵的哀号声。日本兵又开始了残忍的游戏，向一个个挣扎中的中国士兵开枪，尽其所能地增加他们死前的痛苦。

　　朱旅长面色凝重返回第一旅。他很清楚，如果自己发起攻击，结局也势必如此。折损这么多兄弟，却连阵地也靠近不得，实在死得不值。但是凌晨三时一到，纵有千般不值，也唯有挺身进攻。

　　凌晨二时，如浓墨般的夜色笼罩着大地。繁星、细风、蝉鸣、蛙叫，这些千百年来文人骚客歌咏的美好事物，罗儒却没有半点闲情逸致去欣赏。还有一个小时就要进攻了，但是撤退命令依然没有到来，他急得像热锅上的蚂蚁，焦躁地走来走去。朱旅长下令，全旅做好进攻和殉国的准备。气氛凝重到了极点，士兵默默擦拭着步枪，心中满是不甘。

　　凌晨三时，第一旅蓄势待发。朱旅长望着黑漆漆的日军阵地，拔出手枪，缓缓地指向天空。只要他扣动扳机，全旅将士就将进行一场毫无意义的进攻。罗儒心如死灰，他没想到司令部反应竟然如此迟钝。

　　"旅长，司令部急电！"副官一边跑一边喊，"所有部队停止进攻，原地固守！"朱旅长收回手枪，长长舒了一口气，罗儒也如释重负。

　　朱旅长将罗儒等人召到身边，问道："命令说原地固守，可咱们在这里既没有战壕也没有工事，怎么固守？"众人叽叽喳喳议论了半天，也没能想出个好办法。朱旅长联系其他部队长，看看他们有无良策。

　　罗儒躺在地上，仰望星空，心里琢磨着固守之策。日军阵地突然飘来阵阵饭香，引起了第一旅小小的骚动。弥漫在空气中的香味直直地钻进鼻孔里，大家这才发觉已经一整天没有吃饭了。在这饭香的袭扰下，众人肚子咕咕叫成一片。罗儒一边贪婪地嗅着饭香，一边暗自纳闷，大半夜的小鬼子怎么想起来做饭了，难不成有鬼子军官肚皮饿了想吃消夜？

　　"其他部队也没有固守良策。"朱旅长走了过来，无奈地说道，"反倒都被这饭香搞得人心浮动。"

　　"还有其他部队闻到了饭香？"罗儒警觉起来。

"我给两个长官打了电话，他们一个在我们东面二十里，一个在我们西面二十里。他们都闻到了饭香。"

"旅长，好像有点不对劲儿！"罗儒觉得事情蹊跷，说道，"东西相距四十里，但对面的鬼子却同时在深更半夜埋锅造饭，这恐怕不是巧合。四十里之内的鬼子如此，恐怕这四十里之外的鬼子也是在这个时间吃饭。"他欲言又止，两眼直直地盯着朱旅长。

朱旅长倒吸一口凉气，道："鬼子这是有大动作啊！"

"中央军全都折返回上海，大部分在夺回阵地的时候遭到了重大损失。想必日军各师团是想趁机发动联合进攻，再一次重挫我军，甚至吃掉这十几万中央军！"罗儒分析道。

朱旅长越听越觉得后脊梁发凉，说道："你有何对策？"

"除了撤退，别无他法。"罗儒说道。

"司令部的命令要求所有部队原地固守，擅自撤退可是要杀头的。"朱旅长不无担忧。

"原地固守是死路一条。不如咱们先撤，途中肯定能收到撤退命令。您如果不踏实，咱们先慢慢撤，等命令来了咱们再撒丫子撤。"

朱旅长沉思片刻，点了点头。他觉得罗儒分析得有道理，不如赌一把，即使赌输了，也只是丢掉自己的性命，总比让一旅人白白等死强得多。这是他军旅生涯第一次违抗军令，第一次擅自撤退。

第一旅撤退了，悄无声息地钻入夜色之中。走了不到半个小时，副官便追上朱旅长，道："旅长，司令部急电！"

"什么内容？"朱旅长急切地问道。罗儒的心也一下子揪了起来。

"情报显示，日军数个师团将向我军发动大规模攻势，意图将我军一举击溃。司令部命令，各部队迅速撤退，在吴福国防线布防。"副官道。朱旅长与罗儒听罢如释重负。

"加快速度！跑起来！"朱旅长冲着行军队列大声喊道。

话音未落，身后响起如夏日惊雷般的隆隆炮声，接着便是疾风骤雨般密集的枪声和日军山呼海啸般的呼喊。第一旅虽已远隔数十里，但仍能感受到日军泰山压顶般的气势。"鬼子发起总攻了！"老油颇为后怕地说道。

虽然第一旅仅仅提前撤退了半个小时，但却足以使他们逃离日军的火力打击范围，远远地将追击的日军甩在了身后。朱旅长向罗儒表达感谢，但罗儒打心眼里觉得，是朱旅长的虚怀纳谏挽救了第一旅。事后得知，在日军大规模的联合进攻中，第一旅是唯一没有遭到重大伤亡，得以成建制撤离的部队。

第一旅向着吴福国防线迅速前进。罗儒问老油道："命令里面提到的吴福国防线是什么东西？"

老油回答道："不少人看到中国军队总吃败仗，就认为中国对日本一点防备也没有，被鬼子打了个措手不及。这还真是冤枉了那些官老爷们。他们还是有些眼光的，老早就料定日本人肯定会打过来，所以建立了一整套防范日本进攻的计划，吴福国防线就是计划的一部分。吴福国防线是一个非常庞大的防御工事，设置在上海外围，目的就是在上海失守后，阻止日军进攻南京。这条国防线设置有单兵掩体、机枪掩体、战防炮掩体、交通壕等等，据说还有专门洗澡、做饭、上茅房的地儿，可以伏兵百万。这个防线可是真金白银搭出来的！"罗儒听罢安心不少，重金打造的国防线总要比铁锹挖出来的战壕好多了。

第一旅快步疾行，宛如一条披着月辉的长蛇，消失在茫茫夜色中。

/ 第十六章 /

清晨，第一旅迎着金灿灿的曙光，顶着满身露水，终于赶到了吴福国防线，但眼前的景象却让士兵们大失所望。战壕里杂草丛生，野兔、狐狸、田鼠等生灵穿梭其间，各种军事设施锈迹斑斑，成片的爬山虎从掩体的机枪口蜿蜒地伸展出来。士兵们很难相信如此荒芜破败的工事，竟然承担着拱卫首都南京的重任。

老油跳进战壕，砍断了好几根藤蔓，才看到墙壁上的国防防御设施的标识。"娘的，要不是有这个标识，老子真他娘以为这是大宋朝留下来的古墓呢！"

朱旅长满脸愠怒，见各处掩体都落着大锁，问道："这锁是谁管理？"

"都是由当地的保长负责。"老油答道。

"全给我找来！"朱旅长喝道。老油马上差人分头去附近村镇寻人。

没多久，派出去的人就都回来了，却连一个保长都没有带回来。原来，保长们都逃难去了，掩体钥匙也不知所踪。

"砸开！"朱旅长道。老油夺起枪托对着一处掩体上的大锁狠狠砸去，大锁应声落地。推门而入，腐朽气味迎面扑来。几只已经在掩体内安了家的野兔受到惊吓，如同离弦之箭，飞快地从众人脚下穿过，逃了出去。掩体内荒草遍布，蜘蛛网密布，墙角还堆放着施工时候留下的一些木材，早已腐烂朽坏，长满了青苔。

老油翻身爬上战壕，指着高高矗立于地面之上的掩体说道："这玩意儿他娘的高出地面快两米，这是掩体还是盖楼？生怕鬼子看不见吗？这机枪口，大得跟窗户一样，小鬼子的手榴弹和掷弹筒要是连这么大的口子都打不进来，他们也趁早别打中国了，没戏！"他愤愤地朝着掩体的墙壁踢了一脚，不想竟直接踢下来一大块"混凝土"。众人目瞪口呆，朱旅长骂道："耗费如此庞大的人力物力财力，最后就造出来这么个东西。真他妈笑话！"

临近中午，才开始有零星的从上海方向溃败下来的中央军士兵穿过防线。老油拉住数人盘问，才知道他们的部队在日军夜间的大规模攻势中被冲散了，士兵各自逃生，因此对部队情况和日军目前位置一概不知。其后，穿越防线的士兵越来越多，但无一人接受第一旅收容，都不愿意留在国防线继续抵抗。下午，终于有成建制的部队出现，朱旅长赶忙同其部队长交流，力邀其留下来阻敌前进，但对方毫不犹豫地拒绝了，甩开步子继续向南京狂奔而去。

从中午到傍晚，溃兵接连不断地穿过了吴福国防线。突然，一大群狼狈的士兵如同惊弓之鸟，连滚带爬地跑了过来。老油拉住一人询问情况，那人回答道："鬼子追来了，是坦克车，足有上万人！"说罢甩开老油的手，飞也似的逃跑了。

得知有日军装甲部队尾随，第一旅迅速做好战斗准备。第一旅将士疲惫异常，不可能挡得住日军，但他们别无选择，因为第一旅可能是淞沪战区最后一支有勇气同日军作战的军队了。

老油对士兵们说道："打坦克没别的办法，只能抱着炸药和地雷往车底下钻。虽然死上十几个人也不见得能炸掉一辆鬼子的坦克，但是总比让他们平蹚过去强！一会儿我第一个钻，是爷们儿的就跟我后面上。"老油说罢，狠狠地抽了几口烟。

被坦克追得狼狈逃跑的中国士兵绵延不绝，足有上千人，每个人的脸上都写满了恐惧。老油指着他们骂道："你们就是拿着擀面杖一人一下也能把鬼子的坦克车敲扁！至于这么撒丫子逃吗！"溃兵们跑得脚下生风，没一人搭理老油。

"司令部命令下得荒唐，就别怪士兵逃得仓皇。"朱旅长无奈地说道。

一阵马达声传来，二十余辆日军挎斗摩托车出现在第一旅士兵的视野里。日本兵悠然自得地行进着，齐声高唱着日本歌曲，坐在挎斗里的机枪手更是扭着身子手舞足蹈。他们神态轻松，全然不像是追击敌人的士兵，更像是唱着歌谣赶羊的牧羊人。

"打！"朱旅长一声令下，密集的子弹射向日军，打头的几个日本兵当即毙命。日军瞬间没有了方才的闲情逸致，慌乱成一团，掉转车头猛加油门，飞也似的夺路而逃。

"这应该是日军装甲兵的前锋，大部队肯定在后面。你找个高处看看情况！"朱旅长对老油说道。老油把枪往背后一甩，撸起袖子又紧了紧裤腰带，"噌噌噌"如猴子般轻巧地爬上了一棵大树。

老油站在树顶举目远眺，只见狼狈逃窜扬起滚滚烟尘的日本摩托车车队，根本看不到装甲大部队的半点踪影。他蹲在树上点着烟，又等了多半天，却始终望不见一个日本兵杀来，更别提什么装甲部队了。

众人这才回过神儿来，哪里有什么上万人的日军装甲部队，从头到尾就只有这二十多辆挎斗摩托，就是他们把上千中国士兵撵得狼狈逃窜！众人哂笑不止，朱旅长却笑不出来，半天才从牙缝中挤出一句："抗日战争，我们留下了太多笑柄！"

"师长急电！"副官一路小跑，将电文呈送给朱旅长。朱旅长看罢，说道："刘师长在电文上说，这条花重金打造的所谓的国防线不可依靠，命令我旅放弃坚守，立即开赴南京。"

第一旅迅疾整装出发，但走了刚刚半日，便被堵在了路上。这条通往南京的道路上，挤满了逃难的百姓和溃退下来的士兵，仿佛一条臃肿不堪的大蛇在极为缓慢地向前蠕动。

人山人海，寸步难行。难民们大多拖家带口，带着好几个孩子一起逃难，大一点的领在手里，小一点的背在背上，还有的孩子被用胳膊夹着，手脚无力地悬空着甩来甩去。男人们艰难地拉着大车，前倾的身子几乎要贴到地上，一根系在车上的粗麻绳套在肩头，已经深深嵌入肉里，女人们则铆足力气在后面推着车。车上载着所有的家当，堆积得如小山一般，从桌椅板凳到锅碗瓢盆，有人怕牲口丢失，将羊的四蹄捆绑住也扔到了车上。逃难队伍中有不少白发苍苍的老人，他们弓着腰拄着拐颤颤巍巍地走着，大大的包袱扛在背上，身体几乎弯成了九十度，在人群的推搡中费力地保持着平衡，如同一叶小舟在波涛汹涌的大海上颠簸，随时都有可能倾覆。

路上还挤着很多从前线撤下来的士兵。他们有的横举着枪，不耐烦地向前推搡；有的拄着拐杖，一步一拐地跟着涌动的人潮；还有一些身负重伤的士兵，或与部队走散或被彻底抛弃，此刻只能奄奄一息地躺在路边，见有士兵经过便苦苦哀求："各位长官，各位兄弟，行个方便，别让我受罪了，补我一枪吧！"

这是上海通往南京的必由之路，第一旅也只得跟着拥挤的人流一起走。士兵们很快发现，拥挤的力量远远超乎他们的想象，人流中的每一个人都身不由己，不知道下一步迈向哪里，只能被裹挟着向前挪动。第一旅很快就被冲散了，分散在人海之中。

没多久，朱旅长身边便只剩下罗儒和老油。罗儒忧心忡忡地说道："人都冲散了，这可怎么办？"

"不用担心，咱们第一旅的魂儿就是打鬼子，鬼子一天不离开中国，咱第一旅就一天不会散！我唯一担心的就是路上挤了这么多人，招来鬼子可真就一锅端了。"

/ 第十七章 /

三人继续向南京前进，路上遇到不少国军溃兵抢夺老百姓粮食的事情。起初朱旅长还上前制止，但后来发现根本约束不住。这些溃兵几天没吃东西了，见到食物就如饿狼般扑上去，哪还顾得上王法军纪。朱旅长的少将肩章在饥饿面前没了往日的威慑力，甚至有饿急了眼的士兵一边狼吞虎咽地嚼着抢来的饼，一边举枪警告朱旅长不要靠近。到后来，只要抢粮时不伤人，朱旅长便不再多管。朱旅长三人也是食不果腹，但是他身为国军少将，不能失了体面，更不能纵容他的人去抢粮，所以三人只好空着肚子晃晃悠悠地朝前走。

三人正走着，忽然身后汽车喇叭声大作，一辆小轿车和三辆大卡车在人流中疾驰而来。轿车司机使劲摁着方向盘上的喇叭，副驾驶上的男子也从车窗探出身，冲着人们挥手大喊："离车远点，撞死了不管！"虽然路上行人很多，但那汽车车速却着实不慢，吓得人们纷纷避让。

朱旅长定睛一看，轿车后排坐的是老相识——上海的一名高官。那高官也看到了朱旅长，赶忙命令司机停车。高官跳下车，如同见到大救星一般，一路小跑到朱旅长跟前，说道："朱老弟，幸亏遇到你了！你赶快拨几个人保护我的安全，这里这么多流民，我担心他们抢我的东西！"他指了指后面跟着的三辆装得满满当当的卡车。

"大哥见笑了！小弟奉命率部赶往南京，不想行军至此竟然被人流冲散，身边只剩下两人了。"朱旅长不无尴尬地说。

"这样啊，那没有办法了！"高官满脸失望，却仍挤出一丝微笑，道，"朱老弟，如不嫌弃，咱们挤一挤，搭我的车去南京吧！"

朱旅长又饿又乏，有心答应邀请，不想罗儒却拉住他的胳膊，频频使眼色，示意他不要上车。朱旅长转念一想，自己乘车却让老油和罗儒步行，也着实内心不安，遂婉拒邀请。高官见状也不虚让，拱手告辞坐车疾驰而去。

老油颇有些恼怒，质问罗儒："旅长这几天多辛苦，你怎么还不让他坐车呢？"

"整条路上就这一队汽车，简直就是直白地告诉鬼子和汉奸，这里坐着大官。一旦遇袭，那轿车就是口活棺材！"罗儒说道。

话音未落，两架日军飞机突然呼啸着从高空俯冲而下，擦着树梢高速掠过，飞行员的脸庞清晰可辨。路上的难民四散逃窜，朱旅长等人翻身滚向路边。"嗒嗒嗒！"飞机的机关炮开火了，接着便响起巨大的爆炸声，大地也随之震颤起来。

飞机又扫射一阵方才离开。路中央，火光冲天，浓烟滚滚，四辆被打得千疮百孔的汽车被大火烧得只剩一副骨架。在最前面的小轿车上，透过火焰隐隐约约能看到几具被烧得焦黑的尸体，后面三辆卡车连同装载的物品全部化为了灰烬。这是那名高官的车队，车毁人亡，无人幸存。朱旅长擦了擦脑门上的冷汗，狠狠地拥抱了一下罗儒。

此后数天，日军飞机频繁地飞临这条熙熙攘攘的道路，搜索着路面上的"大鱼"。日军飞行员毫无顾忌地贴着难民的头皮飞行，让飞机巨大的轰鸣声撕扯着人们本已极度恐惧的神经。每当这时，人们就会看到飞机机舱里那因为得意而扬起的嘴角。日军飞机如果没发现有价值的目标，临走之前便会对着人群一通扫射直至打光子弹。道上尽是被飞机打死的人的尸体，躺在那里无人收殓。

朱旅长三人正走着，就见前方有五座"小土丘"正在缓慢地移动。"朱旅长！"一人从"小土丘"中钻出来，跑向朱旅长，紧紧握住他的手。

朱旅长有些尴尬，他没有想起来这人是谁。那人见状哈哈大笑："您不认识我，我可是认识您。我是第二炮兵团团长杜飞。前段时间，第一旅出奇兵缴获了三十门重炮，这些重炮后来就交到了我们炮团手里。您是我的大恩人，让我们团一下子成为主力炮团！"

朱旅长拍拍脑门恍然大悟，笑着问道："杜团长，这些炮挺厉害的吧？我们当初被这些炮揍得那叫一个惨！"

"我对不起您啊！"杜团长的脸阴沉下来，叹气道，"司令部先是命令我们撤出上海，后来又命令我们返回坚守，没多长时间又下令撤退。我们拖着十几吨的重炮，根本经不起这么折腾！最后只能在伪装准备不足的情况下带着大炮仓皇撤退，不想又被堵在了这条路上。大炮和拖曳卡车毫无伪装，很快就被鬼子的飞机发现了。卡车全部被毁，大炮也大多被炸坏。现在能用的就只有五门炮了。"朱旅长黯然神伤，第一旅也经历过这番折腾，幸亏罗儒机灵才没招致大的损失，但中央军其他各部多和炮团一样，被折腾得损兵折将，白白丢掉许多抗日健儿的性命。高层拍拍脑门想出来的决策，不知要多少国军将士付出生命的代价。

杜团长指了指身后的"小土丘"，说道："我们找来这些土黄色的布罩在炮上，又往上面插点花花草草、小树枝丫，总算是多少有点伪装效果了。"朱旅长听罢定睛一瞧，这才发现那"小土丘"竟然是披着伪装的大炮。

拉动这些大炮的是几十个光着膀子的大汉，他们将手腕粗的麻绳套在肩上，向前倾着身子，两手垂在地上，两腿吃力地蹬着地面，嘴里呼哧呼哧地喘着。若不是下半身穿着军裤，他们与河边拉船的纤夫并无二致。

"没有了卡车，我们只能靠人力来拉炮。别说拉，就是抬也得给抬回南京！"杜团长脱掉衣服，肩膀上一道巴掌宽的勒痕触目惊心，那紫红色就像用颜料涂抹上去的，看着就觉得疼。他背上麻绳，让绳子稳稳地卡在勒痕中，又拼命地拉起大炮来。

朱旅长三人赶忙上去帮忙。大炮虽有两个车轮，若要拉动也绝非易事。众人使出九牛二虎之力，才见大炮的轱辘缓慢地向前碾动。

空中突然又传来飞机的轰鸣声。"快把大炮拉到路边！"杜团长喊道。士兵们使出了全身的力气，头颈上青筋凸起，手也被绳子勒出了血。他们喊起号子，从嗓子眼里挤出来的每一个字似乎都因为过度用力而沾满鲜血的味道。

五门大炮终于被挪到了路边，土黄色的伪装和插在上面的小树，让这些庞然大物与路边的树木土地浑然一体。士兵们筋疲力尽，瘫倒在地上，如死了一般。

两架日军飞机呼啸着从头顶飞过，飞行员在机舱里不停地向下张望。飞机盘旋了几圈没有发现有价值的"猎物"，便将攻击目标转移到路面上四散奔逃的难民身上。两架飞机同时开火，子弹如同一条挥出的鞭子，鞭打之处土石横飞，血溅满地，一些百姓逃命不及，当即被拦腰打成两截。

日军飞机又往返轰击了几个来回，打光了所有子弹，才如饱餐后的秃鹫一般晃晃翅膀飞走了。道路上，尸体遍布，残肢满地，血流成河。有的人受伤倒地，哀号不止；有的人抱着血肉模糊的亲友，以头抢地号啕大哭；有的人发疯似的用手按住家人身上的血窟窿，试图堵住喷涌而出的鲜血；还有的孩童不知发生了什么事情，摇晃着躺在血泊中的双亲，奶声奶气地呼唤着爸爸妈妈。

"帮帮忙！补我一枪！"一人倒在地上，晃动着手臂，有气无力地喊着。此人被机关炮打成了两截，上半身和下半身相距数米之远。

杜团长一眼便认出那是自己的兵，他刚刚还在赤膊拉炮，肩膀上被绳子勒出的血痕依然清晰可辨。杜团长扑过去跪在地上，将他的上半身抱在怀里。罗儒束手无策，这样的伤既救不活，又一时半会儿死不了，伤者只能在巨大的痛苦中一点点疼死。

"团长，我这是被腰斩了啊。老书上说过，腰斩且先死不了！你快点补我一枪，别让我受罪了！"那士兵紧握着杜团长的手央求着。他虽然气若游丝，但是意识清醒，疼痛也是万分真实的。杜团长没有应声，豆大的眼泪滚落下来，砸在士兵的脸上。

"团长！"士兵见他不忍心，一把揪住他的领子，说道，"多活一会儿都是遭罪！你要是心疼兄弟，就补我一枪，别让我生生疼死！"杜团长紧锁着眉头，仍未应声，他实在下不了手。

那士兵挣扎着推开了杜团长的臂弯，哭着说道："团长，你这是害我啊！"

杜团长看着身边众人，喊道："我狠不下这个心，你们谁能送我兄弟一程？"众人眼角挂泪，无人敢应。士兵见状，看着自己的半截血身号啕大哭。

"兄弟，别哭，我来！"杜团长轻声说道，"兄弟，你走以后我会把你下半身拼好，给你留具全尸。"士兵看着他，点了点头。

杜团长双手缠绕在士兵的脖子上，低声说了句："兄弟，走好！"随着一声骨骼断裂的脆响，士兵瘫软在杜团长怀里，一抹微笑也定格在他的脸上。杜团长再也忍不下去，抱着他的半截尸首失声痛哭。

安葬好这个士兵，一众人拾起绳子，继续拉炮前行。行约半日，便见一湾河横在眼前。它悠悠地流淌向远方，最终消失在水天相接的一线。河水干净得如同一面透亮的镜子，将整个天空的湛蓝色拉入水中。河水轻轻地拍打着河岸，发出如韵律般哗哗的声响，听得人心旷神怡。几块青色的大石头，一半立在岸上，另一半则伸进水里，擦拨着淌过的河水。石头下挤出一些翠色欲滴的青草，顶着大大的水珠左摇右晃。朱旅长来到河边，欣喜地说道："过了这河，就是南京了！"众人听罢无不振奋。

行了二三里，只见一座大桥断成几截栽歪在河中。朱旅长无奈地说道："再往前走走，还有一座桥。"众人拖着大炮再行三四里，又见一断桥立于水中，桥面亦四崩五裂。

"为了迟滞日军进攻南京的速度，所有通往南京的桥梁都被城防部队炸了。"朱旅长叹一声，道，"炸了这些桥对日军的影响微乎其微，但是确确实实把咱们给困住了。"

"杜团长，咱们游过去！这炮不要了，毁了吧！"老油提出建议。

"不行！这炮是打鬼子的家伙，是我的命根子！我不要命也要炮！"杜团长一听就火了，立着眉毛说道。

众人站在河边苦思过河之策。突然老油一拍脑门，说道："再往前走几里地有一座木桥，已经废弃很久了，南京的城防部队肯定想不起来炸！只是不知道那桥能不能禁得住这些大家伙。"他指了指身后的五门重炮。

杜团长眼睛亮了起来，说道："不试试怎么知道，快走快走！"

一行人拉起大炮，继续艰难地行进。走出五六里，老油说的那座桥出现在眼前。这是一座旧式木桥，年代已颇为久远，如同一个形容枯槁的古稀老人。罗儒心里捏了把汗，这桥能禁得住这么重的大炮吗？

"大炮是咱炮兵的命根子，大炮可以被摧毁，但绝不能被丢弃！丢弃大炮，绝非真正炮兵之所为！这桥虽然年久失修，但我们无路可走，赌一把吧！"杜团长说道。他和炮团士兵背起麻绳，拉着大炮缓缓走上木桥。

大炮的炮轮压在桥面上，发出朽木开裂的"咔咔"声。走至桥中央时，突然"砰"的一声巨响，炮轮将木桥压出一道半米宽的裂缝，并向一侧栽歪过去。杜团长和士兵赶忙拉紧绳子，试图将已经倾斜的大炮拉正。但桥梁老化得厉害，那裂缝竟如冰山断裂一般越来越大，从桥中央开裂向两侧直至桥头，炮身也随之倾斜得越发严重，高高翘起的炮筒早已伸到了桥外。桥体开始不断地抖动，碎裂的木头稀里哗啦地掉落进河里。"轰"一声巨响，半个桥面沿着裂缝轰然坠入河中。此时大炮的大部分已经悬空，仅剩下一个炮轮还勉强压在脆生生的桥面上，大炮完全靠着众人用绳子拼命地拉拽才没掉到河里。然而大炮仍然不断向外倾斜，把十几个士兵拖向断裂的桥面。

见拉回大炮已绝无可能，朱旅长喊道："这炮保不住了，大家快松手！"众人闻声松开了手里的麻绳，但大炮仍然悬空栽歪着，并未坠下桥去。众人定睛一看，原来是杜团长仍然没有松手。他一只胳膊缠着麻绳，另一只手则死死地抓住桥栏。大炮倾倒的重量全靠他的双臂维持，他承受着五马分尸般的痛苦，极度的疼痛让他面色赤红，青筋暴起，人们仿佛能听到他肌肉断裂的声音。

"快松开手！"朱旅长大吼，"你会被撕成两半的！"炮团的士兵们哭着扑上去，去解杜团长胳膊上的绳子。

"啪！"老油开枪了，绑在杜团长胳膊上的绳子被打断了，大炮随即掉进河里，不见了踪影。杜团长摔倒在地，用满是鲜血的手爬到木桥断裂的边缘，望着滔滔河水大哭起来。

杜团长站起身，抹了把眼泪，走到剩余的四门炮前，对众人说道："这炮既然不能上桥，那就炸了吧！总归是不能留给日本人。不过，这炮是我的命根子，要炸也是我亲手炸掉。"众人退到远处，远远地望着他将炸药绑在炮筒等关键位置。

炸药安置完毕，杜团长没有离开，而是站在四门大炮中间，仰天大喊："身为炮兵，不能杀敌报国，我愧对民族，愧对国家！"说罢，点燃了手中的引线。

众人大惊失色，赶忙向前冲去。"轰轰轰"几声巨响，强大的气浪将朱旅长等人推倒在地。抬眼一看，四门大炮已成废铁，杜团长四分五裂，以身殉国。

第十八章

日渐西垂，一座高耸的城楼出现在众人眼前，"中华门"三个大字高悬在城门上方，威严地昭告世人：这里是国都南京。

这是罗儒第一次来南京，望着宏伟的城楼和斑驳的城墙，历史的沧桑与厚重迎面扑来。他感受到眼前这座城与上海截然不同的气质，在上海触摸到的是都市文明的繁荣和十里洋场的喧闹，而在南京，仅仅一座城门就让他折服于六朝古都不可侵犯的神圣与威仪。

夕阳慢慢收拢了余晖，远远地沉入西边的城垣之下。朱旅长凝视着城门上渐渐为夜色模糊的"中华门"三个大字，说道："李白诗云，'地拥金陵势，城回江水流。当时百万户，夹道起朱楼。亡国生春草，离宫没古丘。'千百年来，南京经历了太多亡国失地的痛苦与悲戚，也因此成为了咏古伤怀的文化符号。但愿我们能守得住中华门，守得住大中华，不要让后人再喟叹今人。"朱旅长所思所言，将罗儒从激动新奇的心境拉回山河破碎的悲凉现实之中。

南京是第一旅的大本营，三人很快到了第一旅驻地。诚如朱旅长所说，只要日寇一天不除，第一旅就一天不散。第一旅虽然在路上被冲散，但是归队者已十之八九，就连战时补充的新兵也一路打听寻了过来。

回到旅部，朱旅长马上致电德械一师刘师长汇报第一旅的情况。他听着电话，神情严峻，不时做着记录。罗儒暗想，肯定又有新情况。果不其然，放下电话，朱旅长便对众人说道："新的作战命令下来了，全旅校场集合！"

玉盘似的明月高悬在空中，皎洁的月光消散在灯火通明的驻地校场上。第一旅将士持枪列队，犹如笔直而立的钢铁城墙，景象蔚为壮观。朱旅长大步流星走上检阅台，朗声说道："日寇攻陷淞沪，虎视南京，不日便将对南京发起全面进攻！南京岌岌可危！南京，是我们德械一师大本营所在地，是国父中山先生陵墓所在地，更是我国国都所在地！丢掉南京，是国家之耻，更是军人之耻！

"在国破家亡的时刻，我们必须站出来！因为我们是威震全国的德械师，我们是令日寇胆寒的第一旅！日军叫嚣踏平南京城，那唯有先将我们的尸首踩在脚下！第一旅要用满腔的热血，在中华民族抵御外侮的历史上写上最浓重的一笔！"朱旅长说得气壮山河，全旅上下无不激昂振奋。

"在接下来保卫南京的战斗中，第一旅的作战命令只有两个字，死守！只要有一人一息尚存，就要有枪响，有抵抗！我们的防区是中华门。中华门绝不能在中华虎贲的面前倒下！今日我有言在先，若我朱某人畏敌，你等无论是谁皆可取我项上人头；若诸位有人临阵怯战，无论是士兵还是官佐，一律阵前正法！"校场一片肃静，只有军旗在寒风中猎猎作响。

朱旅长继续说道："南京挹江门外的长江上，大小船只将在今夜全部离开。现在的南京，陆路被日军封锁，水路亦被彻底断绝！这里已是孤城，我们退无可退，唯有背水一战！"此言一出犹如重磅炸弹，每个人心中都十分震惊。上天无路，入地无门，南京真正成了决死之地！

训示结束已近凌晨，朱旅长又马不停蹄地召集全旅军官开会，商讨固守中华门的作战计划。老油和罗儒也被要求参加。相比校场上的慷慨陈词，作战地图前的朱旅长十分冷静理智。"日军正在南京周边集结，很快就将发动全面攻击。按照部署，我旅阵地分为两线，第一线是设在中华门的外围雨花台阵地，这一线阵地失守后我们便退到第二线，也就是中华门，依托城墙进行抵抗。"

会议正在进行，突然电话响了起来，朱旅长接起电话，脸上刚毅的神情瞬间柔软了下来。他拿着电话倾听了许久后才开口说道："芬，嫁给我这么多年，让你受苦了！我知道你今夜要乘船离开南京，原想去码头送你，但刚刚接到了作战命令，实在是抽不出空来。真的对不起你。"

"我嘱咐你几句，就当作我的遗言吧。"朱旅长定了定神，对着电话说道，"我们的儿子很聪颖，将来必成大器，你一定要严加管教，若他在做人原则上出现丝毫错误，千万不可姑息！肚子里的孩子，名字我已经想好了，如果是男孩儿就叫讨虏，效命沙场征讨胡虏；如果是女孩儿就叫淑凡，取意树起藩篱，女孩子不能上战场就要好好保护自己。芬，我将于南京殉国，身后诸多事宜就拜托你了。你总是让我很放心，盼你身体安康，你辛苦了。我没什么遗憾，只是没能见上你和孩子最后一面。"朱旅长眼角泛红，有些哽咽。但他马上意识到旁边还有下属在，觉得自己儿女情长显得英雄气短，便抬手看看手表，清清嗓子说道："芬，还有一小时就要开船了，你快些上船吧！江上风大，你们就躲在船舱里！我在开会，就这样吧！"罗儒侧着耳朵，只能听到电话那头女子的哭泣声。

朱旅长放下电话，沉静了好一会儿后说道："抱歉，耽误时间了。家妻有孕，又是独自携子乘船前往重庆，我心中颇为记挂，所以通话时间长了些。"

军官们纷纷劝他去码头看看老婆孩子，说这一仗活下来的可能性太小，见上最后一面也就不留遗憾了。朱旅长摇了摇头，说道："大战在即，哪顾得了那么许多。更何况很快就开船了，时间上也来不及了！咱们继续开会！"

会议继续进行，但时间不长电话再次铃声大作。朱旅长拿起电话，电话那头焦急的大嗓门满屋子都听得真切："朱旅长，出大事儿了，江上那艘客轮让人劫持了，船长和好几个船员都被绑了！驾驶室里还被放了一个大炸弹！您夫人在这船上，您快带人过来看看吧！"

朱旅长大惊，马上召集工兵连，乘车奔赴码头。过了挹江门，便是长江边，一艘客轮正停靠在那里。因为受到炸弹威胁，轮船上所有乘客都被疏散下来。

早已候在码头上的船运公司经理一见朱旅长来了，马上迎了上去，满腹委屈地说："您可算是来了！这是离开南京的最后一趟船，我们夜里行船是为了躲避日军的袭击，哪承想还没开船就先遇到了劫船的歹人！您可得帮帮我，这船走不了，您的老婆孩子只能留在南京了！"

经理心有余悸地说道："我们正准备开船，突然有一蒙面歹人闯进驾驶室，打跑了船员，在舵轮上放了一个很大的定时炸弹。他让我们将所有乘客疏散下船，然后又点名让我们给朱旅长打电话报案。"

"爸爸！"一个四五岁的小男孩从人群中挤出来，飞奔着扑到朱旅长怀里。朱旅长大喜过望，举起孩子在空中转了好几圈。一个挺着大肚子的女子扶着腰走了过来。"妈妈！"那个男孩又喊了一声，坐在朱旅长的臂弯之中，紧紧地将爸爸妈妈的脑袋揽在一起。

罗儒一见旅长太太，赶忙敬礼问候。他觉得这次意外得来的团聚机会太宝贵，实在不想朱旅长一家被打扰，遂主动请缨道："旅长，这里交给我处理，您和夫人孩子好好说说话。"

朱旅长问道："你能行吗？"

"没问题！"罗儒满口答应。

这时，被派去拆弹的工兵们走下船，对罗儒说道："这个炸弹设计太复杂，我们拆不了。一个搞不好，我们哥几个报销了不说，这条船也得被炸成两半。"

经理一下瘫软在地上，抱着罗儒的腿苦苦哀求："长官，您得想想办法啊！我就指望您了，您可不能见死不救啊！"

"我上船看了，全中国就我能拆这种炸弹！"一个满是自信的声音响起。罗儒循声一看，竟然是老油！他正慢慢悠悠地从轮船上走下来。朱旅长要赶往江边的时候，罗儒找了老油好久，却始终寻不到他的人影，不想他竟然也来了码头。

"那还愣着干吗？赶快去啊！"那经理见老油一身士兵装束，说话自是毫不客气，推着老油上船。

老油厌烦地拨开经理的手，说道："你他娘的催谁呢？你以为是去吃饭打牌？那是去拆弹，是玩命！我凭什么为你玩命？"

"你们旅长夫人可还要坐这船离开南京呢！"经理把朱旅长搬了出来。

"就算你他娘的把蒋中正抬出来，老子不想拆弹，他也一点辙没有！这天底下的事，从来都是老子想干就干，不想干就不干，没人能逼老子！"老油冷冷地说道。

经理见无法让老油服软，便向罗儒投来求助的目光，可怜巴巴地等着他帮忙说句话。不想罗儒耸耸肩，说道："我们油爷就是这脾气，朱旅长也拿他没办法。你还是客气点，要是油爷不出手，你这船真走不了。误了这一船人性命，掉脑袋的可不是油爷。"

经理傻了眼，态度来了个一百八十度大转弯，立马点头哈腰地哀求老油帮忙。

老油冷笑一声，道："求人办事就靠空口白牙，你他娘的倒是会过日子。"说罢，伸出了手。

那经理岂能不明白，马上从兜里掏出一沓钞票，放到老油手里。老油看都没看，把头扭向一边，手继续在那里伸着。经理犹豫了一会儿，又拿出一沓钞票放到他手上。

"这是定金，事成之后再给我另一半。"老油淡淡地说。

那经理一下子火了："你他妈这是明抢啊！"

老油也不恼，将钞票扔到地上，二话不说转身就走。

见老油撂挑子了，经理一下子没了脾气，拿起钞票追上他，将钱塞到他手里，苦苦哀求他留步。

老油掂了掂手里的钱，冷笑道："这是刚才的价钱，现在可不是这价了。"

经理几乎是哭着连续往老油手里多塞了六沓钞票，老油方才露出笑容。老油收好了钱，对罗儒说道："长官，跟我一起去吧！"经理哈着腰恭送着两个人踏上客轮。

两人走进客轮驾驶舱，见一个炸药包绑在舵轮上。炸药包个头很大，上面缠绕着五颜六色的电线。老油说道："别看这炸药包做得挺糙，但这电线可他娘的有讲究了，有的能剪，有的不能剪，有的得先剪，有的得后剪，剪错一根就完蛋！"

老油蹲在地上，拎着剪刀，仔细研究起那些电线来。"怎么剪呢？"他自言自语地念叨着。又盯了几分钟，他明显急躁起来，嘴里也开始骂骂咧咧的。突然，他情绪失控了，大吼道："老子不活了！"一剪刀下去，竟然将所有电线全部剪断了！

"完了！"罗儒心头一惊，猛扑上去，将老油按倒在地。这只是罗儒本能的反应，其实他自己心里也清楚，距离炸弹这么近，无论如何也是活不了的。他伏在地上，等待着爆炸撕裂自己的身体。

突然，耳边传来老油放肆的大笑声。罗儒起身一看，老油正躺在地上笑得打滚。他抢过炸药包，扯开一看，里面竟然全是沙子！他恍然大悟，整个劫船事件都是老油设的局！

"你疯了是吗？劫船可是杀头的罪过！"罗儒颇为恼怒。

"我还不是为了这个！"老油指了指窗外。岸边，朱旅长正抱着儿子，搂着妻子。罗儒一下明白了老油的良苦用心。

"南京陆路被鬼子断了，水路被自己人断了，我们必然要死在南京。让朱旅长和家人见最后一面吧，轮船一开，这辈子就再也见不到了。以后他们再想见朱旅长，只能看看照片了。"老油黯然神伤。

"这也有点太冒险了。夜间行船是为了避开鬼子，现在一下让你耽误那么久，就不怕这船让鬼子飞机撵上？"罗儒不无担心地问道。

"放心吧，这点我早就想到了。这船速度快，跑上一个小时足以跑出鬼子飞机的攻击距离。"

罗儒说道："你小子可够黑的，耽误了船运经理的航程不说，还讹诈人家那么多钱！"

老油摆摆手，说道："可不是那么回事儿！这个经理我早就听说过，是个出了名的钱串子，最擅长发国难财。战争一爆发，他们开往大后方的船票就坐地起价，价格高得离谱。他们宁肯坐不满，也绝不会降价。这是最后一趟撤离南京的船，他们更是狮子大开口，一般人家根本买不起。现在船上至多坐了三分之一的乘客，就这样也要起航。可你看看江边，还有多少想逃难却掏不出那么多钱的老百姓？这样的黑心商人，就得收拾收拾他！"罗儒点头称是。

两人见朱旅长同家人聊得热烈，实在不忍心打扰，遂坐在船舱里聊起天来。"油哥，你说令尊大人是让日本人杀的，怎么回事啊？"罗儒想起了这事，遂问道。

一直眉飞色舞发表高见的老油瞬间沉静下去，原本神采奕奕的神情也变得面如死灰阴云密布。他狠狠地抽了一口烟，闪亮的火星烧掉了半支烟，蓝色的烟柱裹挟着痛苦从他的鼻孔喷出。"我爹死得惨呀……"老油说完这句，就不再言语。

沉默了半晌后，老油看了看手表，道："时间差不多了，咱们走吧！"说罢走出驾驶室，将"炸药包"扔进了江中。刚下舷梯，船运经理便迎了上来，急切地询问是否把炸弹拆除了。

老油点点头，转而问道："现在船票多少钱？"经理回答后，便被老油拽到了朱旅长面前。

"旅长，炸弹威胁排除了，客轮可以起航了。另外还有一事要向您汇报。"老油将经理推到朱旅长面前，说道，"这位经理是菩萨心肠，看到江边有坐不起船的民众，慈悲之心大发，加之这艘客轮远未满员，所以就想让那些百姓一起搭船离开。为了答谢我们拆除炸弹，这位经理给了我们不少钱。我想好人不能经理一个人做，我们拿这钱给那些百姓买船票，也算是第一旅爱国爱民的义举。您看可以吗？"

朱旅长十分赞同老油的提议，握住经理的手对他大加称赞。被老油搞得晕晕乎乎的经理半天才回过味来，虽然他对让那些没钱没势的百姓登船颇为反感，但考虑到这样能收回一大笔被讹诈的钱，还能落一个救国爱民的好名声，就满口答应下来。

在江岸上等了一个小时的乘客重新返回了客轮，在江边等船的百姓也获准登船。朱旅长等人看着客轮静悄悄地钻入如浓墨般的黑暗之中。

"浩浩长江，再无渡我之船。"朱旅长望江兴叹。

/ 第十九章 /

回到驻地已是夜里两三点，很多士兵没睡觉，都在眼巴巴地等着老油。老油在第一旅颇有传奇色彩，士兵们都知道油爷是打不死的，若能让他点拨一二，想死都死不了！自打朱旅长宣布第一旅将死守中华门后，全旅上下笼罩在一片悲壮的气氛中，士兵们都想找经验丰富的老油传授些战场生存之道。

老油被士兵们簇拥着，回到了他的房间。罗儒一进屋，就真切地感受到老油在第一旅与众不同的地位。别的士兵都是二十多人一间屋子，同样是大头兵的老油却是一个人住一间屋子，而且屋内还有沙发、茶几等家具，甚至还有一台能播唱片的留声机。罗儒想换个屋睡，但老油死活不答应。

老油刚刚坐上床，几个士兵便端着洗脚盆跑来，争先恐后地给他洗脚。士兵们一边搓泥儿一边恭顺地说："油爷，您老受累给小的们讲两句，我们和小鬼子干的时候也好心里有个底。"

老油指了指罗儒，问道："怎么没人管我兄弟？"士兵们一听，诚惶诚恐地又把洗脚水给罗儒打来，扒下他的袜子便要给他洗脚。罗儒哪里肯依，近乎哀求地谢绝数次，士兵们方才作罢。

屋里的士兵越聚越多，他们不敢站着，全都蹲在了地上，仰头看着老油。一屋子人看着两人洗脚，罗儒颇为尴尬，但是老油却斜靠在床背上，泰然自若地泡着脚。老油讲起战场上的生存技巧，细数种种战场上可能出现的危险以及应对之策。士兵们听得全神贯注，生怕漏掉一个字，罗儒更是睡意全无，洗脚水已然冰凉也全然不觉。众人深知，这些经验不知是老油经历了多少生死才总结出来的。老油滔滔不绝地讲了一个多小时，士兵们大开眼界，腿蹲麻了也没人离开。

士兵们散去之时，窗外的天空已经露出一抹鱼肚白。老油和罗儒虽然已经很长时间没睡过一个安稳觉，但熬到了这个时间却也毫无睡意。

"你怎么看南京守城战？"老油点燃一根香烟，问道。

"不看好，我军不利的因素太多。"罗儒分析道，"第一，日军派出三十万作战经验丰富的士兵进攻南京，配备了各式火炮。反观我军守城部队，不仅人少，还没有重武器，和日军相比简直是天壤之别。第二，从军心上说，日军刚刚攻占上海，士气正盛，此时兵临南京城下，必然铆足了劲儿。而我军各部都是从上海撤下来的，未经休整，疲惫不堪。"

"你说得没错，这也是我和大家伙儿说这么多的原因。南京已经成了逃不出的死城，我的这点门道没有办法让他们活下来，但至少可以多活一会儿，也好多杀几个鬼子。"老油苦笑着说道。

传令兵敲门而入，说道："罗长官，朱旅长让您赶快去师部，刘师长要见您。"

罗儒心头一惊，忙问道："知道是什么事情吗？"传令兵摇摇头。罗儒想不明白，他只在参军时见过刘师长一面，自那以后再没碰过面，刘师长找自己能有什么事？

老油安慰道："你放心，既然朱旅长在，指定是好事儿！"

罗儒随传令兵驱车来到德械一师师部。这是一座典型的西洋式庭院，一组喷泉高高低低地吐着水柱，正对着喷泉的是一座富丽堂皇的西洋小楼。楼内的装饰同样考究，罗儒就像刘姥姥进大观园，好奇地左右瞅个不停。他沿着红地毯来到刘师长的办公室，朱旅长也正在屋内同刘师长商谈。

刘师长看着罗儒，摇晃着手中盛着红酒的酒杯，笑盈盈地说道："侦察途中用日本话骗过鬼子哨兵，利用大网全歼鬼子骑兵小队，察觉到鬼子大部调走而缴获其三十门重炮，劝阻朱旅长不让他对日军固若金汤的阵地发动进攻，判断日军将发动大规模夜袭而提早做好应对准备，这些都是你的杰作吧？你的大名朱旅长是天天跟我提起，说你是个领兵打仗的旷世奇才。我可从来没听过他这么夸人，你是头一个！"

刘师长话锋一转，说道："像你这么优秀的青年，正应当留在战场上为国效力。不过，朱旅长强烈建议把你送到大后方去，你怎么看？"

"大后方？"罗儒心里咯噔一下，看看刘师长，又看看朱旅长，有些不知所云。

刘师长说道："委员长现在在武汉主持抗战大局。我们需要派出一人，作为德械一师驻武汉联络官，负责兵马钱粮的筹措，为德械一师日后的休整做准备。"

"休整？"罗儒小心翼翼地问道，"您是说，我们还有机会活着离开南京？我们不是要全体殉国吗！"

"全体殉国？"刘师长冷笑一声，喝了口酒，继续说道，"这些中央军大员有几个准备老老实实在南京殉国的？有的部队从上海撤下来不进南京，直接绕到了后方；有的部队悄悄撤走大部人马，只象征性地留下一两个团；还有的部队私下藏匿了船只，南京一旦不保，立马乘船撤到对岸。他们都留着后手呢，凭什么我就要留在这里等死？我刘某人好歹也是黄埔一期，手中的德械一师更是由委员长的警卫师而来。打可以，但我绝不能在这丢了老本儿！"刘师长狠狠地拍了下桌子，朱旅长和罗儒赶忙起身立正。

意识到自己有些失态，刘师长摆手示意他们坐下，换了一种缓和的口气对罗儒说道："刚才扯远了。朱旅长力荐你去武汉担任联络官，你意下如何？如果可以，今天就动身离开南京！"

朱旅长频频向罗儒使眼色，要他点头答应。

罗儒起身向刘师长和朱旅长敬礼，说道："承蒙师长和旅长抬爱，属下不胜荣幸。但赴武汉担任联络官意义重大，属下恐力不能及，况且躲到大后方实在有违我从军初衷。我已以身许国，生是第一旅的人，死是第一旅的鬼，生死关头绝不会离开第一旅。至于联络官人选，还请师长另请高明。"

朱旅长完全没有想到罗儒会拒绝，他刚要说话却被刘师长抬手制止。刘师长道："话说得再明白点，这是个活命的机会。你确定不走？"

"不走！"罗儒说得斩钉截铁。

"好！"刘师长高兴地拍着桌子对朱旅长说道，"老朱，你带兵可真是有一手。如果国家将士都如罗儒这般忠心耿耿，消灭东洋只是早晚的事情！老朱，罗儒不想走，我更不想放！联络官我再另找人，这个事情以后就不要提了！"朱旅长无奈，只得点头称是。

走出师长办公室，罗儒连忙向朱旅长连致谢带致歉。朱旅长一脸苦笑，道："这个机会我费了九牛二虎之力才争取到，没想到你小子竟然不要！我爱惜你的才华，实在不想让你就此殉国！"

罗儒很感动，没想到堂堂的国军少将在生死攸关的时刻还会惦记着自己。他回答道："旅长的良苦用心属下怎会不知。我愿活着，但更愿与第一旅同生共死！"朱旅长郑重地给他敬了一个军礼。

两个人向师部外走去，罗儒问道："刚才师长是不是话里有话，似乎没打算让咱们死守？"

朱旅长见四下无人，将罗儒拉到一边，悄声说道："刘师长是黄埔一期，深受委员长器重，政治前途非常光明，所以他有他的考量，他不愿在此终结他的政治生涯，更不愿在此丢掉生命。我们常说军令如山，但如果不加思考地执行上峰的所有命令，那我们就很有可能成为民族的罪人！你明白什么意思吗？"他表情极为严肃，两眼紧紧地盯着罗儒。罗儒没有料到朱旅长会说这番话，其中的深意更是一时无法解读，只得老老实实地摇了摇头。

朱旅长正色说道："第一旅守卫的是国家最重要的一座城门，丢了这道门，中国便没了首都。这一战，四万万国人在看，列祖列宗在看，后世子孙也在看！是彪炳历史还是遗臭万年，皆取决于我们是否抱必死之决心战斗。刘师长对我有提携之恩，我对他无比尊重。但若他为图自保，下令第一旅放弃抵抗，第一旅将恕难从命！我必将奋战至最后一刻！"

"明白。"罗儒原以为朱旅长是个愚忠之人，但现在看来，他并非家臣奴才似的忠于某人，而是忠于国家与民族。若是让他与日寇死战，他不惜飞蛾扑火与敌同归于尽；若是于国家民族不利，谁的军令他都嗤之以鼻。

两人刚刚走出师部，师长的副官便追了出来，到罗儒跟前说道："罗参谋，请留步！师部医院刚刚来电话，请师长协助找一名会做手术的医生。师长知道你是学医出身，想请你去一趟医院，看看能不能帮上忙。"罗儒同朱旅长告辞，随副官乘车前往师部医院。

一进医院大门，医院特有的消毒水气味迎面扑来，罗儒顿觉亲切无比。副官引着罗儒去见医院院长，院长刚刚从手术台上下来，由于接连做了好几台手术，他已经极度疲劳，几欲虚脱。罗儒一边进行术前清洁，一边听院长介绍医院目前的情况。原来师部医院也是在一片混乱中撤离上海，没有撤退方案更没有统一的安排调度，结果一部分医生和医疗设备被莫名其妙地用轮船直接拉到了武汉，另一部分人则从陆路撤进了南京。师部医院本就医生短缺，如今雪上加霜，救护力量更加薄弱，甚至一些未经过专业训练的护士都不得不拿起手术刀去挽救垂死的伤兵。

罗儒受过高等医学教育的专业培养，也曾在战区总医院参与过手术，所以他驾轻就熟，很快就进入了手术台主刀医生的角色。罗儒在手术台上站了整整十三个小时，连做了六七台手术，最后累得连手术刀都捏不住，才不得不下去休息。他这几台手术都很成功，院长激动地握住他的双手，连声说："我要给师长打电话，为你请功！"

罗儒拖着疲惫的身子离开医院，没走出去几步身后便有一辆汽车追了上来。师长副官从汽车上跳下来，将罗儒拉到车里，道："师部医院的院长刚才给师长打电话，好一番夸赞你，说你医术精湛，做了好几个棘手的手术，一定要让师长奖赏你。师长也十分高兴，让我带你去他的储藏室挑点好东西。"汽车载上罗儒，向师部疾驰而去。

又回到了师部的那栋小洋楼里，罗儒跟着副官来到一楼的一间房间前。几个身材魁梧、全副武装的士兵立于门前，旁边的墙上贴着醒目的大字：不得喧哗，非请莫入。虽然由师长的副官陪同，但士兵还是仔细地对罗儒进行了全身搜查，在确认没有携带任何危险品后，才放他进入。

推开房门，罗儒一下子就被惊呆了。房间十分宽敞，装潢更是极尽奢华，金灿灿的吊灯，宽大的沙发，足够睡四五个人的大床，镶着金边的茶几上摆着各式的金银器皿，整个房间金碧辉煌有如宫殿一般。罗儒哪里见过这样豪华的房间，惊得嘴巴都合不上。见罗儒看傻了眼，副官介绍道："这是师长的卧房。师长比较讲究生活品位。"

副官走到房间一角，用力掀起地毯，一个铁门赫然出现在眼前。抬起铁门，竟是条幽深的暗道。副官顺着梯子下到暗道里，罗儒也跟着爬了下去。借着电筒的光亮，罗儒发现这暗道不仅地面平整，而且顶高道宽，完全容得下成年人在里面奔跑，显然是经过精心设计和修筑的。

副官边走边说："除了师长和我，你是第一个进来的人。如果不是南京不保，你肯定也进不来。如今南京很快就会沦陷，师部也将弃之不用，这密室也没了价值，师长这才让你进来的。"他的声音在地宫一样的暗道中悠悠地回荡着。走了十来分钟，两人来到一道铁门前。

推开厚重的铁门，打开电灯，眼前的景象又让罗儒吃了一惊。这是一间密室，墙壁厚实且都用混凝土浇筑而成，极为坚固。紧贴着墙壁摆放着一排架子，上面摆满了数百瓶各式各样的洋酒，旁边还有几只大木桶。

副官如数家珍般为罗儒一一介绍："这些是日本清酒，这些是古巴的朗姆酒，那些是苏俄的伏特加和德意志的黑啤酒，橡木桶里装的是法国红酒。"罗儒目不暇接，仿佛置身于世界酒博览会之中。房间的另一侧，熏肉、腌肉、罐头、饼干堆积得如小山一般。"想不到师部地底下还有这么个美食密室啊！"罗儒感慨道。

"狡兔三窟嘛！"副官笑着解释，"当年修建这个暗道就是为了逃命。打了这么多年内战，谁也说不好会出啥事儿，今儿还信誓旦旦地和你称兄道弟，明儿就和你杀得日月无光，所以不得不防，多留个心眼儿总没错！如果哪天南京城有人造反，攻击德械一师师部，师长来不及撤退，他就可以往这地下一钻，顺着这暗道逃走。就算全城戒严逃不出去也无妨，躲在密室里靠这些酒肉活个十天半月没有问题。长官们精着呢，都留着保命的后手哪！"

副官指着一排排酒架，继续说道："后来，这密室就成了酒窖。师长喜欢收藏各国名酒，就把四处搜罗来的洋酒储藏在这里。"

罗儒虽然不喜欢喝酒，但也知道上好佳酿的价值不输金银，常有达官显贵一掷千金求得琼浆玉液。他问副官："这些酒都很贵吧？"

副官笑了笑，说道："这要看怎么说了。那些贮藏时间在几十年以上的好酒，一个月前就被师长空运到了武汉。这里剩下的酒都是他看不上眼的。当然，这些酒也绝非普通百姓能喝得起的。"

副官拿起几瓶酒，放在罗儒怀里，道："师长说你忠勇可嘉，又医术高超，很欣赏你，让你在这里随便拿点酒肉。你多拿一些，南京城是保不住了，这密室早晚也会被鬼子发现，你不拿也是便宜了鬼子！"

罗儒听副官这么说，便也不客气起来。他脱下军装，包住十几盒肉罐头，裹成一个口袋拎在手上，另一只手五指间的指缝里卡了四瓶酒，又让副官拿了几大条腌肉挂在了自己的脖子上。副官也拿了几瓶酒揣进自己怀里。罗儒随副官走出密室，一路摇摇晃晃地往回走。

走到暗道尽头，正欲顶开铁门爬出去，卧室内竟传来刘师长与女子的云雨之声，动静极大，令人面红耳赤。

副官一脸坏笑地拉住罗儒，附在耳边低声说道："师长肯定是忘了咱俩还在暗道里，结果忙活上了，咱们不能从他的卧室里走了，只能从暗道那头出去了。"

两人原路返回，穿过密室沿着暗道又走了十几分钟，来到了另一个出口。罗儒爬出一看，这处出口竟然是一口位于破落院子里的枯井。这院子显然已经很久没有人居住了，半人多高的荒草丛中有一栋摇摇欲坠的房子，门窗早已破败不堪，在寒风的吹动下吱扭吱扭作响。

副官从井口爬出来，掸了掸身上的土，说："为了修这个暗道，咱们一师很早就把这院子买下来了。这么多年一直没有派人打理就是为了让它荒成现在这个样子，不会有人想到这里竟然是德械一师师部逃生通道的出口！"罗儒虽然嘴上连声称赞设计精巧，但心里总觉得有些别扭，作为全军样板师的德械一师，怎么在逃跑事项上如此煞费苦心？

/ 第二十章 /

罗儒回到驻地，拎着酒肉去找老油。老油激动坏了，手舞足蹈地说道："这些东西咱们得抓紧时间吃了。明天鬼子一来，咱们可就吃不上了！"

"鬼子明天就来？"罗儒惊得张大了嘴巴。

"可不是嘛，鬼子推进速度太快了，现在距离南京已经很近了，搞不好今天晚上就攻城！"老油一边闻着酒香一边说道。

罗儒叫苦不迭，抱怨道："来到南京一直忙忙碌碌，先是你劫船，后又被叫去做手术，连个囫囵觉都没有睡过。刚想着吃点好东西饱饱睡一觉，结果鬼子又要攻城了！"

"睡觉着什么急，这仗过后咱想醒都醒不来，有的是时间睡觉！现在抓紧时间干点正事！"老油一本正经地对罗儒说道，"腊肉不炒不香，咱们找家饭馆，好好吃一顿！"他抱着酒，把腊肉往脖子上一挂，拽上罗儒便走。

此时的南京城已经全面进入战备状态，街上的行人寥寥无几，只有荷枪实弹的士兵伏在工事中。南京正在为城破之后的巷战做准备，街道口设置了铁丝网，堆垒起工事，马路被挖得沟壑纵横，一些房屋的屋顶也居高临下地架设上机枪。为避免房屋为日军利用，大量房屋都被军队强行焚毁。

一位老妇人哭号着被士兵从屋子里拖到街面上，接着她的房屋就燃起了熊熊大火，老妇人捶地大哭："日本人还没打来你就烧了我的房，你让我一把老骨头去哪里？你们比日本人还狠哪！"

士兵们说道："对不住了老太太！我们也不想这样，这不都是让鬼子逼的吗。你往前走，有个安全区，外国人办的，你去那里吧！管吃管住。"

罗儒和老油把老妇人从地上扶起来，搀扶着她向前面走。老妇人一步三回头，回望着烈焰中的老宅痛哭不止，浑浊的泪水沿着岁月刻下的皱纹不停地流淌。

走出不远，便来到一所大学的校门前。大门一侧的竖匾上写着"金陵大学"，而大门上方挂着一个手写的大横幅，上面写着"国际安全区"五个大字。几个黄头发的外国男子正在加固大门，将厚厚的铁皮包在门上。大门大开着，不时地有老百姓挎着包袱拖家带口地走进去。没进这道门，他们是南京市民；进了这道门，他们就是安全区的难民。

老油和罗儒将老妇人送至门口，又探身向门内一望，见里面已经人满为患，足有数千老百姓，与街上空空荡荡的场景截然相反。

罗儒说道："中国政府没想着城破之后怎么安置百姓，反倒是那些洋人安排周密，给中国人留了一条活路。日本人欺软怕硬，他们虽在中国人面前猖狂，但也不敢过分招惹西方人。南京的安全区是西方人建的，鬼子想必不敢太放肆，应该能保护不少老弱妇孺吧！"

"出去！这里不允许军人靠近！"几名正在加固大门的西方人见到穿着军装的罗儒和老油靠近，便停下手中的活，起身驱赶，"你们快点离开！这里只保护中国平民！"

老油一边后退，一边向那些西方人鞠躬，嘴里念叨着："这就足够了！谢谢！"罗儒亦心存感激地鞠着躬。

突然，南京各处防空警报声大作，远远传来飞机的轰鸣声。老油支起耳朵听了片刻，说道："这次不是打子弹的飞机，是投炸弹那种！快躲起来！"说罢，拉着罗儒趴到路边的壕沟里。

一架日军轰炸机出现在南京城上空。飞机飞得很高，不紧不慢地在南京上空盘旋。城防部队的高射机枪响了起来，子弹如同出渊之龙般追了上去，无奈飞机太高，子弹根本够不着。

一个站在大街上的士兵抄起步枪，笨拙地瞄准飞机，"砰砰"打了起来。"这他娘不是瞎胡闹吗！"老油气得骂道。

见那飞机暂时威胁不大，老油起身跳出壕沟，上去就给那个冲天开火的士兵几个耳光，吼道："你他娘的是不是傻？那么大个儿的高射机枪都够不着飞机，你手里这个鸟玩意儿能打着吗！"

那士兵被打蒙了，他身旁的战友们见这个打人者也是个普通士兵，便胆气陡升，纷纷聚拢过来将老油围在中间，一边推搡着一边喊："你凭啥打人！"

罗儒怕老油的鲁莽行为引起冲突，赶忙跳出壕沟，一声断喝："要造反吗！这是我们师长，微服出访，视察城防！"他拉起老油便走，想着赶快脱身。

士兵们见罗儒身穿军官制服，丝毫不怀疑他的话，一下便惶恐起来，开枪的那士兵竟"扑通"一声跪在地上，哭道："大人饶命，小人有眼不识泰山！这是我第一次摸枪，不知道规矩，还望大人饶命啊！"罗儒几次想把那士兵从地上拽起来，但他就是跪在地上痛哭不止，直到被老油狠狠踢了一脚，他才站起身。

"第一次摸枪？"老油疑窦丛生，问道，"你是哪个部队的？"那士兵竟支支吾吾答不出自己部队的番号，再问周围士兵，竟然也都答不上来。

"这可真他娘奇了！"老油气炸了，指着那些士兵骂道，"这些年我也算见识了各色各样的兵了，见过酒囊饭袋，也见过虾兵蟹将，但我还真是头回听说有人不知道自己是哪支部队的！你们都他娘干什么吃的！"

"师长大人，我是昨天下午才被拉来入伙的！昨天早上我还放牛呢！昨天发的衣服，今天领的枪。可真不记得说过我们是哪个部队的。"有士兵可怜巴巴地辩解道。旁边的士兵也纷纷附和："我们都是昨天被抓来的，不知道长官是谁，也不知道部队是啥。"

老油和罗儒大为震惊，原来这些人都是被抓壮丁强征来的农民！他们刚刚放下手中的农活儿，未经一天训练，甚至连枪都没打过，就要被送上卫戍南京的战场。这不是让他们白白送死吗？罗儒痛苦地摇了摇头，心里暗暗骂道：局面混乱至此，上峰昏聩至此，强征令荒唐至此，焉有不败之理？

"大鸟拉东西了！"一人仰着脸高声喊起来。老油和罗儒迅速爬进壕沟里隐蔽，"士兵们"惊慌失措，抱着脑袋没头苍蝇一样四处乱跑。幸好，日军轰炸机扔下来的不是炸弹，而是雪花一般的传单。

罗儒抓过一张传单，原来是号称"中国通"的松井石根以"大日本陆军总司令官"的名义写给南京守军的劝降书。上面力劝中国军队和平开放南京城，并承诺对普通民众和投降的中国军队"宽大处之不加侵害"。

老油从脖子上摘下两条腊肉放到那些"士兵"手中，拱手抱拳说道："兄弟们辛苦了！今儿吃点好的，明儿打起来的话注意安全，多动脑子少发慌！"这几个"士兵"从小到大哪里吃过腊肉，激动得一时不能自已，纷纷向老油敬军礼。他们敬礼的姿势千奇百怪，有的人用的还是左手。老油和罗儒苦笑一声，转身离去。

南京城的商人多半已经逃离，即使安土重迁不愿离家的也都不再营业，因此街上的店面全都门窗紧闭落着大锁。两人边走边寻，走到了挹江门也没看到一家饭馆开门。

突然，老油在一家小饭馆门前停住，说道："这家店有人！"说罢便上去敲门，然而敲了好半天也无人应门。老油不耐烦起来，撸起袖子砸起门来，仍然没人来开门。"明明就没人！"罗儒说道。老油也不应声，纵身攀上这家的院墙，翻进了人家后院。

不一会儿，门就从里面打开了。饭馆老板一脸惊恐地探出头来，对罗儒说："长官里面请！"罗儒刚要致谢，发现老油黑洞洞的枪口正顶在老板的腰上。

堂内装饰朴素而精致，一个"百年老店"的金字招牌挂在堂中。两人落座后邀请老板同坐，老油抱拳致歉："老板，对不起了！怕你不接待，不得已才翻墙入户，还请多多包涵！腊肉是我们自己带的，其余的菜我们一个子儿不少你的。"说罢，便将几张现钞放在饭桌上，推到老板面前。

老板见两人并无恶意，心里稍微放松了点。他笑了笑，又将钱推还到老油面前，说道："长官，不是我不识抬举，只是咱民国的现钞，真要成废纸了。我从上海过来的亲戚说，上海已经被逼着用日本人印的新钱了，现在您这钱在上海根本花不出去。南京沦陷后也得是这个样子。"老油听罢讪讪地将钱收了起来。

罗儒将带来的酒放在桌上。老板一看就是好酒之人，见到这酒登时两眼放光，捧着酒瓶连声称赞："这可是好酒哇，难得一见！从来没喝过！"

"老板与我们一同畅饮，如何？"罗儒问道。

"太好了！感谢感谢！"老板不断道谢，转身喊老板娘，"快整点下酒菜！"

酒过三巡，三人都颇觉畅快，老板也彻底放下了戒备，打开了话匣子。眼前这位老板姓林，是地道的南京人，经营的这家饭馆虽比不得金碧辉煌的高档酒楼，却也是南京人熟知的百年老字号。说起这些，林老板自豪之情溢于言表。

林老板话锋一转，举杯向老油发问："长官，我们隐蔽得挺好的，您怎么知道我家里有人呢？"

"这个东西出卖了你！"老油夹起一条胡萝卜说道，"你家院墙外的墙根底下有一大堆萝卜缨子，怎么也得上千根萝卜吧。你家饭馆就算开萝卜宴也用不了这么多！这些萝卜肯定是用来腌咸菜的。既然腌了这么多咸菜，那肯定就是没有逃难，指着这萝卜度日呢！"

"长官实在是洞若观火！我舍不得我家的老店，所以没想着离开南京。万一中日两军在南京打上一年半载，这吃饭就成了问题，所以才腌了几十坛的萝卜！想不到这些都逃不过长官的法眼，佩服佩服！"老板指了指堆厨房里垒得像堵墙似的咸菜坛子，举杯向老油敬酒，并吩咐儿子赶紧将那堆萝卜缨子埋了。

老板娘用腊肉炒了两盘菜，为三人端了上来，顿时香气四溢，飘满整个厅堂。老油狼吞虎咽地吃起来，罗儒则问道："林老板，为什么要留在南京呢？你有手艺，完全可以收拾细软，去武汉、重庆再开一家饭馆！何苦留在这险境之中？"

林老板回答道："早在三个月前，南京的官老爷官太太们，就把金银珠宝往船上一装，一溜烟跑到武汉去了。可是我不行，我最宝贵的就是这家祖上传下来的老店。南京是这家店的根儿，只有南京人知道我们的手艺，离开了南京就什么都没了，不能让我家的手艺和这百年老店断在我手里。等南京的战事告一段落，我就重新开张。"

"日本人嗜杀成性，城破之后必然会烧杀抢掠，如果你有个三长两短，对老店来说才是真正的万劫不复。留得青山在不怕没柴烧，人在老店就在。你不如躲到安全区，等到赶跑了日本人，这家店照开不误！"罗儒建议道。

"从东北到北平，从上海到南京，咱国军打得怎么样，二位军爷看得比我明白。说句大不敬的话，我对咱国军打回南京不抱希望。一句话，咱真打不过日本人，抗战没前途！"林老板一席话说得罗儒、老油神情黯然。这番话代表了很多民众，甚至不少军队高层的观点，罗儒自己有时也会怀疑抗日究竟有无前途。

"最重要的是，留在南京没你说的那么可怕！"林老板从怀里掏出一张纸放在桌子上。罗儒定睛一瞧，正是日军飞机从空中抛撒下来的劝降传单。

"这传单上写得很清楚，'日军对抵抗者虽极为峻烈而弗宽恕，然于无辜民众及无敌意之中国军队，则以宽大处之，不加侵害'。我不想抵抗，更没有抵抗的武器，日本人怎么可能伤害我呢？"林老板问罗儒。

"你把日本鬼子想得太简单了！"罗儒正色说道。在日本待过多年的他曾自以为是了解日本人的，他们彬彬有礼、礼貌谦和，是个无处不彰显文明的民族。但是走上战场后，他却发现在这文质彬彬的背后竟是嗜杀成性的凶残。他们敢于罔顾国际法，直接攻击戴有红十字标识的军医；他们喜欢将中枪倒地的伤兵当成猎物，把人一点点折磨死；他们会向老弱妇孺开火，打得他们支离破碎。

"不是我想得简单，而是日本人再三保证了呀！"林老板抖了抖手中的传单，说道，"咱们常说君无戏言。听说要管日本人喊太君，太君也是君哪，说话就得算话。更何况，飞机天天往下扔传单，还有人夜里往门缝里塞传单，足见日本人的诚意。他们如此信誓旦旦，倘若再杀人，那不是自抽耳光吗！"他走到柜台后面，从抽屉里拿出一厚沓各种传单，递给罗儒。

　　罗儒接过传单，一一翻看。日军传单有文有图，即使不认字的人也能看懂，日本人承诺不会杀害平民和放下武器的中国士兵。还有一些署名为大东亚共荣军、兴亚同盟军、东亚同盟救国军、东亚皇协军、和平建国军等汉奸组织的传单，上面大肆宣扬效忠日本人，推翻蒋政府，号召滞留南京的民众加入他们的队伍。"这些跳梁小丑上蹿下跳，激动坏了！"罗儒冷语道。

　　"这些传单就是我们的护身符！"林老板道，"日本人如果要伤害我们，我们就把这传单拿给他们看，'你们长官说得明明白白，不加侵害，所以你们不能伤害我们'。"他将传单从罗儒手中拿回来，仔细码放整齐，锁进柜台的抽屉里。

　　罗儒说不动他，心里一片凄然，道："幸亏南京没多少人了，否则人人都像你这样信任日军的宣传，那送到鬼子嘴边的肥肉可真就太多了！"

　　"没多少人？"林老板冷笑着转身推开靠在墙上的柜子，一道暗门出现在眼前。他打开暗门，对着里面喊道："出来吧，国军的长官，不是日本人。"接着，从暗门里竟然接连走出来三十多个人，有老有少，有男有女。罗儒看傻了眼，老油见那么多人出来，生怕这几盘腊肉炒菜进了别人的肚子，更加拼命地大口吃菜。

　　"一百年前，祖上开店的时候也是兵荒马乱，又是洋鬼子又是太平天国，所以在店里挖了这个暗道。一百年后还是个兵荒马乱，还要靠祖上的暗道活下去。"林老板说道。他指着暗门走出来的这些人，说，"这些都是我家在上海、苏州等地的亲戚朋友，躲避战乱逃难来到我家。您不说南京没多少人了吗？您还真说错了！是有不少南京人逃了出去，可是也有大量的人从上海、苏州等地逃到了南京。别看街面上空空荡荡，各家各户都锁着门，但不少人家都藏着挺多人呢！就像我们家，在外面看没有人，进来看三口人，仔细一搜三十五口人！"

　　罗儒听罢心里一紧，倘若诚如林老板所言，南京城还有数量庞大的百姓没有进入安全区，那城破之后他们的性命只能寄希望于日本人并不多的悲悯之心了。

罗儒劝说他们去国际安全区躲避，却被众人婉拒。"安全区缺衣少食，不如自己家里舒服。再说，就算日本人找来，我们不还有这个吗！"林老板指着日军的传单说道。他的亲戚们也人手一张传单。

突然，日军战机轰鸣声传来，接着便响起高射机枪齐发的声音。罗儒和老油一惊，忙让众人都躲进地道。林老板道："长官莫慌，这是日军战机正在攻击江面上的军舰。因为这里挨着挹江门，所以江面上的战斗听得尤为真切，但实际上是不会伤害到我们的。"

老油起身说道："去看看！"两人告别林老板，穿过挹江门，向江边跑去。

/ 第二十一章 /

罗儒和老油返回南京城，回到了中华门。第一旅士兵正在城墙上加固工事，几十挺机枪居高临下地对着日军即将来犯的方向。老油拍了拍中华门厚重的城墙，凝重地说道："这老城墙立在这里几百年了，不知道能不能躲过这一劫。"穿过中华门，两人来到雨花台阵地，这里是第一旅防守的第一道防线。雨花台的防御工事作为拱卫首都的重要防御设施，数年之前就已经修筑好，不仅工程质量上佳，而且一直有专门机构进行保养维护，因此整个阵地的工事状况颇为不错。

雨花台阵地上静悄悄的，士兵们都守在自己的位置上一声不吭。大战在即，虽然军心凝聚士气昂扬，但众人仍不免有些紧张害怕。南京已是进出不得的孤岛，所有人都将必死无疑，纵然是老油这样经历过几多生死的老兵也会觉得无比压抑。不过他很清楚，第一旅的士兵都很尊崇他，如果他也流露出恐惧，那这份恐惧就会在士兵身上放大千百倍，被吓破了胆的士兵是打不了仗的。

老油把工事查看了一番，高声称赞这是他见过的最好最坚固的工事。"这么结实的阵地，小鬼子都够呛能修出来。你在这里面要是还能挨上枪子儿，那你趁早回你娘肚子里多待几年！"见这个久经沙场的传奇老兵如此认可这些工事，士兵们顿觉心里踏实了很多。老油见阵地上撒落着许多日军的劝降传单，随手捡拾了十余张，抖了抖上面的土揣进怀里，大声说道："这些传单老子拿回去当擦腚纸！我这屁股打今天起可金贵了，擦腚纸都有鬼子司令的签名！"阵地上哄笑声一片，死亡带来的沉闷气氛缓解了不少。

为了便于指挥，朱旅长把旅部设在了最前沿的雨花台阵地上。有参谋说旅部位置如此靠前风险过大，不如设置在第二道防线中华门稳妥。朱旅长对此不屑一顾："南京就这么大，设到哪里能平安无事？"

罗儒和老油来到旅部所在的掩体内，朱旅长正抱着胳膊，眉头紧锁地盯着铺在桌子上的作战地图。朱旅长见到二人，指着地图苦笑道："以前第一旅南征北战，作战区域向来都是纵横数十里，地图上标的都是大江大河大山大川。可现在用的地图，只有雨花台和中华门两处地点，上面画的都是哪里有棵树哪里有个坑！真憋屈啊！"

老油笑着，说道："原来再过瘾，打的也全是中国人，如今虽然被憋在这巴掌大的地方，但打的是纯种的鬼子，不是更过瘾？"朱旅长听罢豁然开朗，连连点头称是。

朱旅长对众多参谋说道："日军分多路围攻南京，其中有三个师团以我旅据守的雨花台、中华门为主攻方向，预计明天午时可抵达雨花台外围。但是据侦察得知，鬼子的先头部队已经到了这里！"他在地图上轻轻一点，所指之处正是雨花台阵地！日军竟然已经近在咫尺，众人大惊失色。

"不要惊慌！鬼子先头部队距离我旅已不足一公里，但其必然按兵不动！"朱旅长颇为自信地说道，"这支充当急先锋的日军约一千人，人数远少于我旅，而且未携带任何重型武器，不具备攻城条件。因此，我断定，这支先头部队不会向我阵地发动进攻，必然会等日军大部队开到。所以大家按照原计划备战，今天打不起来！"众人深以为然。

突然，掩体外枪声大作。副官冲进旅部，喊道："鬼子的先头部队发动进攻了！"

朱旅长一愣，道："应该是试探性进攻。"

"不是，鬼子是来真的，玩了命地往上冲！"副官说道。

朱旅长把钢盔往脑袋上一扣，拎起枪就往外冲，嘴里念叨着："真他妈见鬼了！"

这支日军先头部队极不寻常的进攻方式，令朱旅长大感疑惑。往常，日军在进攻之前，都要大肆炮轰一阵，在有效杀伤中国士兵后，才会发起大规模冲锋。而眼前这支先头部队，竟然在毫无炮火掩护的情况下，直接往中国守军阵地上冲。第一旅火力炙热，子弹和手榴弹雨点般砸向日军，日本兵一片一片地倒下去。虽然顷刻之间已有大量死伤，但日军没有寻找掩护或者匍匐前进，而是继续挺直身子冲锋，恨不得一步就跨进守军阵地。负伤的日本兵倒在地上哀号不止，但后面的人却不管不顾，踩着他们的身体继续冲锋。这样的打法完全不符合日军的一贯风格，老泊看得目瞪口呆，罗儒也搞不明白，鬼子这是怎么了？

这支日军先头部队攻击了许久，不仅寸步难进，反而损失惨重，只得退了回去。其后又攻击数次，全部无功而返，直到日落时分才终于消停下来，偃旗息鼓不再进攻。第一旅阵前，日军横尸数百，枪械弹药无算。

夜幕降临，雨花台阵地为墨色所笼罩。刺骨的寒风中，飘散着浓重的血腥味。罗儒回想着白天的战斗，心中始终有个困惑，几万大军很快就会赶到，可这支千余人的先头部队为何迫不及待地独自发动这样近乎自杀的疯狂进攻。

老油坐到罗儒身边，抽了抽鼻涕，说道："他娘的，瘾犯了，烟还抽光了！"烟瘾上头的老油难受得抓耳挠腮，把身边十余个士兵全身上下摸了个遍，也没能找出一根烟来。

"我去扒拉扒拉鬼子！"他翻身爬出战壕，向遗弃在阵前的日军尸体爬去，很快便消失在夜色中。过了个把小时，老油爬了回来。他从日军尸体上摸到了不少宝贝，全身上下都鼓鼓囊囊的。老油一件件往外掏，将罐头、饼干、羊羹等全都丢给了士兵，自己则把香烟全都留下了。

老油附在罗儒耳边悄悄说道："我从鬼子身上摸出来一份地图，说不定还标着进攻计划呢！那样咱可赚六发了！咱俩去趟旅部邀功去！"

借着旅部掩体内昏黄的灯光，罗儒展开老油口中的"地图"，发现只是张日本报纸。老油顿时泄了气，朱旅长则来了兴致，让罗儒讲讲日本报纸上都说了些啥。

罗儒一边看一边说道："这份报纸是祝愿日军早日攻克南京的专刊。头版头条的标题是：拭目以待，谁是攻入南京的第一英雄？这篇文章主要就是讲日军攻陷南京意义有多么重大，日本国内有多么期盼。"

他摊开报纸，一整版的照片展现在众人眼前。罗儒一一翻译出照片下面的文字说明：东京街头张灯结彩，喜气洋洋，到处挂着祝愿攻陷南京的条幅；儿童身着小军装，跳起舞蹈为远方的勇士助威；妇女身着盛装上街游行，摇旗称颂帝国军人武勇神威；白发苍苍的老者和寺院的僧侣焚香祷告，祈愿帝国军队武运长久、百战百胜。

众人听罢愕然，老油更是愤愤不平。"原以为日本的老百姓也是可怜人，丈夫和儿子都被送上了战场，万万没想到，他们竟然全都这么支持鬼子到中国来祸害人！"他用手指啪啪戳着报纸上的照片，气愤地说，"这他娘的哪里是日本的老百姓，分明就是小鬼子、女鬼子、老鬼子！"

报纸上还有一行手写的字，可能是日本士兵在读报的时候写上去的，众人纷纷让罗儒给翻译出来。罗儒指着字念道："做第一个杀入南京的帝国勇士！"

"为什么今天鬼子这支小小的先头部队要发动攻击？这就是答案！"朱旅长指着报纸，说道，"日本觊觎我国已久。攻占我国国都，是日本对外侵略的里程碑，是日本民族历史的新纪元。这一天，他们已经盼了上千年！日本因此而举国沸腾，民众热情亦极为高涨。第一支攻入南京的日军，无疑会成为日本家喻户晓的大英雄，也一定会被写入日本的史册！因此，日军每个师团、每个旅团、每个中队、每个士兵，都在拼命竞争，想第一个攻进南京！这支日军先头部队，之所以不等身后的大军，在没有飞机大炮掩护的情况下，就急匆匆地发动进攻，正是因为他们想当第一支攻入南京的日本军队！"众人恍然大悟，明白了日军白天诡异举动的缘由。

/ 第二十二章 /

夜色深沉，罗儒睡在战壕中，突然被老油的喊声惊醒。"都醒醒！炮击！"老油声嘶力竭地向熟睡中的士兵大喊。几秒钟后，炮弹带着撕破空气的呼啸声，密集地砸在中国守军的阵地上。听着天崩地裂般的炮声，罗儒心里明白，日军主力来了！

炮击持续了整整一个小时，数千发炮弹砸向雨花台，地面如同被连续捶打的鼓面，跳动不停。阵地上土石横飞，树木被悉数拦腰炸断。很多士兵在炮击中阵亡，有的被炸得四分五裂，有的则被活活震死。一座机枪碉堡被炮弹直接击中，巨大厚实的顶盖如同玩具一般被高高地抛上天空，碉堡内数十名士兵无一幸存。

炮击终于止息，几颗信号弹蹿上了天空，日军步兵发起了冲锋，黑压压地冲向雨花台阵地，口中高叫着："第一个杀进南京！"日军先头部队在雨花台阵地折戟沉沙，对他们来说无疑是个好消息，因为这让他们还有可能成为"拔得头筹"的"英雄"。

"鬼子冲锋了！"第一旅的士兵们高喊着互相提醒，从战壕里冒出头来。阵地上枪声大作，冲锋中的日本士兵一个接一个被击毙，倒栽葱似的栽倒在地。不多时，阵前便横七竖八地躺满了日军的尸体。

"机枪不要停！往人多的地方打！"老油大声喊道。老油很重视机枪，哪里机枪枪声小日本兵便会从哪里进行突破。阵地上，一名机枪手中弹，脑袋被削下去半截，手中的重机枪也顿时哑了火，日本兵见状纷纷选择这个方向冲锋。老油发疯一般冲过去，推开士兵的尸体，操起重机枪"嗒嗒嗒"地开起火来。老油是轻易不碰机枪的，他曾私下里告诉罗儒，一定要离机枪远点，尤其是重机枪，"那玩意儿克鬼子命，也克咱们自己的命，鬼子打出去的子弹一半儿是冲着机枪去的"。但此刻，他全然忘记了自己的保命法则，任凭子弹"嗖嗖"地擦着头皮飞过，手中的机枪也不曾停下片刻。"子弹！"老油杀得兴起，大声吆喝身旁的副射手。他的枪口之下，横躺着一大片鬼子。

战斗打响后，第一旅有不少士兵受伤，但他们不肯被抬下去，能开枪的就开枪，能扔手榴弹的就扔手榴弹，总之绝不下火线。第一旅有个小兵，也就十六七岁的样子，面庞清秀，双眸透亮，平日里很受大家喜欢。他伏在战壕中射击，突然一颗手榴弹在他脚边爆炸，两条腿当即被炸断，仅剩皮肉相连。小兵从剧痛中苏醒过来，想站起来，才发现无从发力。他看着自己的断腿呆愣了一会儿，抽出匕首将连接的皮肉砍断，把两条断腿扔到了一旁。小兵奋力爬上战壕继续射击，他的脸上写满了从容和刚毅，看不出一丝慌乱与胆怯。在击毙了几名日本兵后，他打光了子弹，随后向身旁的罗儒伸出手，道："快给我子弹！"罗儒赶忙拿出子弹放在他手里，但那只手却始终没有收回去。抬眼一看，小兵已经死了。

中国士兵发起了狠，将枪管打得发红。日本兵死了一层又一层，但他们越冲越猛，号叫着向前突击。最终，日军凭借亡命式的冲锋冲上了雨花台阵地。

"弟兄们，拼了吧！"朱旅长大喝一声，高举战刀，跃出战壕冲向敌群，第一旅的士兵们也纷纷亮出刺刀杀了出去。罗儒虽不擅刀法，也掰开一名殉国士兵的手，拿起他的大刀，挥舞着杀向日寇。

一时间，枪声骤停，只有刀锋碰撞和身体被捅穿的声音。第一旅士兵一路从上海溃败下来且未经休整，很快便体力不支，拼刺动作也越发变形走样。日军虽然同样非常疲乏，但精湛的拼刺技术让他们在白刃对攻中占尽优势。

一名第一旅士兵被日本兵逼得连连后退，几无招架之力。他见毫无胜算，索性扔掉步枪猛冲上来，抱着日本兵的脑袋狠狠咬下去。那日本兵脸上登时血流如注，几经挣扎都没能挣脱中国士兵死死箍住自己脑袋的双手。日本兵掏出匕首，向中国士兵的腹部猛刺十余刀，但中国士兵的双手仍如虎钳一般，没有松开丝毫。一名日本军官赶来帮忙，举刀砍向中国士兵的脖颈。中国士兵瞬间身首异处，他的身体颓然倒下，但是他的头颅，仍然死死地咬在日本兵的脸上。

由于难以在一对一的拼刺中取胜，第一旅士兵不得不采取数人围攻的方式进行格斗，但即使这样也很难占到便宜。罗儒拎着大刀同十余名士兵围攻三个日本兵，但却久攻不下。三个日本兵训练有素，背靠背组成战斗团队。他们配合默契，攻守转换极为自如，防守时互相掩护、滴水不漏，进攻时交替出击、虚实结合。三人浑然一体，如同一头长着六只眼六只手的怪物，罗儒等人根本寻不到其防守的死角，围攻半天不仅未能近身，反倒接连被放倒了两人。一个日本兵注意到身着军官制服的罗儒，喊道："先杀那个支那军官！"说罢便向罗儒移动过来。三人步伐一致，其中两人负责掩护，格挡各方刺来的刀锋，另一人则旁若无人地专心刺杀罗儒。罗儒虽听得懂日本话，知道对方意图，但他的技巧、力量、速度完全无法和那个日本士兵抗衡，被刺得连连后退，毫无还手之力。罗儒身旁的士兵一心想搭救长官，便一齐乱枪刺去，但那两个负责掩护的日本兵防守极为严密，刺了半天也未能伤害这个"三头六臂"的"怪物"毫厘。

罗儒疲于躲闪，渐渐招架不住。突然，一个身影闪现在罗儒身前，挡住了刺来的刀锋。罗儒还没回过神来，便听"噗"的一声，那个攻势咄咄逼人的日本兵，此刻竟被削掉了半个脑袋，污血和脑浆流了一地。众人定睛一看，竟然是老油杀了过来，他手里的工兵铲正"啪嗒啪嗒"地往下淌着血。负责掩护的那两个日本兵目瞪口呆，完全不知道这人是何时从何处杀来的。老油不给敌人喘息之机，将手中的工兵铲舞得虎虎生威，逼得那两人方寸大乱破绽百出，不一会儿便接连倒在他的铲下。

老油扔给罗儒一支手枪，道："别装大尾巴鹰了，把刀扔了，用枪！"

"拼刺刀的时候用枪，不道义啊！"罗儒虽然险象环生，但还是觉得自己作为中央军军官在白刃战中暗地里放枪不好。

"等你被小鬼子宰了，你看看他们对你媳妇、姊妹讲不讲道义！"老油骂道。罗儒一想是这么个理儿，拉开枪栓，重新加入战斗。

两军血战一个小时，第一旅士兵越杀越少，已经明显处于劣势。但朱旅长挥舞着战刀在敌人堆里左冲右杀，令第一旅士气高涨不衰，纵使精疲力竭也不肯退却半步。朱旅长自从军之日起便日日操练，即使晋升为将军也未曾废弛，因此他的刀法和枪法在中国将官中堪称一流。此战面对凶残的日军，他也能不落下风，让敌人无法轻易近身。

日军也注意到了朱旅长。朱旅长正在搏杀之中，突然一个冒着火苗的瓶子向他头上飞来。

"燃烧瓶，小心！"老油声嘶力竭地大喊。

然而为时已晚，朱旅长挥刀将燃烧瓶砍碎。瓶中的汽油喷溅而出，瓶口的火苗爆裂成一团火球，瞬间将朱旅长全身引燃。

朱旅长身上烈焰滚滚，如同火人一般。老油和罗儒大惊失色，赶忙过去施救。罗儒脱下衣服，抽打着火苗，老油则将手伸进烈焰之中，把朱旅长着火的大衣扯下。两人费了好大劲，才扑灭他身上的火。

朱旅长伤势严重，头发已经被全部烧光，脸也被烧得面目全非，甚至有些炭化，一只眼睛被烧瞎，一只耳朵也被烧得蜷缩在一起。

焦炭一般的朱旅长，竟操起军刀欲起身再战。罗儒赶忙阻拦，说道："旅长，你的伤太重了，必须把你送到城里救治！"

"荒唐！如此恶战，我怎能离开前线！"朱旅长扶着军刀站起身。他如不知疼一般，大手一挥，竟将脸上焦黑的皮肤扯下，露出大片的鲜肉，鲜血瞬间涌了出来，流满了面颊。众人大惊失色，罗儒赶忙上前帮他包扎，却被他一把推开。

朱旅长面向敌人，挺身而立，大声说道："我朱某人早已以身许国，这区区皮外小伤，何足挂齿！中华血性男儿理应如此！第一旅的兄弟们，随我冲杀！"朱旅长举刀再度杀向敌阵。见此情景，将士们极为震撼，大受鼓舞。他们喊声震天，人人以一当百，势不可当。

这位中国将军的举动同样令日本士兵大为惊骇。更令日军感到棘手的是，这位将军点燃了中国士兵的斗志，让本已疲倦不堪的中国军队突然爆发出惊人的战斗力，每个中国士兵的脸上都燃起腾腾的杀气，刀尖上的杀意也一下浓厚了许多，与刚才那支只有招架之功的军队截然不同。

日军为中国士兵的气势所震慑，开始心生胆怯，渐渐抵挡不住，最终向后溃去。日军后方阵地上的机枪突然"嗒嗒嗒"响了起来，逃跑在最前面的十多个日本兵倒地毙命。开枪的是日军督战队，他们在用死亡阻止溃散。一名督战队军官举起军刀高叫道："冲上去！让我们靖国神社再见！"日本士兵无奈，只得转身再次冲向雨花台阵地，两军士兵又肉搏在一起。

正当两军杀得难解难分之时，五辆隆隆作响的坦克突然从雨花台阵地一跃而出，以迅雷不及掩耳之势径直冲入日军阵中。众将士定睛一看，将日本士兵撞得人仰马翻的竟是印着青天白日徽的国军坦克！"是我们的坦克！我们的坦克来啦！"第一旅的士兵们高兴地叫嚷起来。

前来参战的五辆坦克个头很小，比一个成年人高不了多少，和在上海看到的日军坦克相比可谓袖珍，它也没有长长的炮管，取而代之的是两个又短又细的枪管。若是战前见到这种袖珍坦克，不仅日军会嗤之以鼻，就连第一旅士兵也会认为难堪大用，但此刻，这五辆半路冲出的小坦克却着实将日军杀得措手不及。

坦克上的机枪持续射击，车身也如陀螺般不停地旋转，打击各个方向的日军。四散逃窜的日本士兵成了活靶子，接连中弹毙命。更令日军胆寒的是，这些坦克速度极快，如脱缰的野马在日军阵中横冲直撞，许多日本兵躲闪不及，成了履带下的肉泥。坦克边射击边碾轧，在日军阵中杀进杀出如入无人之境。不多时，日军便血流成河，残肢断臂铺了一地。日军一时无力抵挡，如潮水般仓皇退去。

见日军撤了回去，坦克也迅速退回到雨花台阵地。往常都是被日军坦克撵着打，这还是第一次看见国军坦克如此畅快地杀敌，第一旅士兵欢呼雀跃，大呼过瘾。众人将坦克围拢在中间，细细端详赞不绝口。

坦克舱盖打开，一个模样清秀的年轻军官跳出坦克，开口问道："你们是德械一师第一旅吧？我哥在哪里？"第一旅众人面面相觑。

朱旅长听到那坦克军官的问话，中气十足地喊道："大成！是大成吗？"

那坦克军官循声望去，顿时呆愣住，泪如雨下。他狂奔过去，"扑通"一声跪在朱旅长面前，哭道："哥，你咋成这样了！"

"为国负伤，何其幸运！哭哭啼啼，尽做女儿态，成何体统！"朱旅长口中虽是责骂，但仅剩的那只未被烧瞎的眼中却满是慈爱。

朱旅长将坦克军官扶起来，揽在怀里使劲儿抱了抱，颇为自豪地向众人介绍："这是我弟弟朱成，装甲师的参谋。这小子有的是才华，喝的那可都是德国的洋墨水，学的就是装甲兵！"

朱成向众人微笑着点了点头，算是打过招呼。朱旅长不满，责问道："朱成，这些都是我生死与共的兄弟，若不是他们，你哥哥早死了千百回了！"朱成听罢诚惶诚恐，赶忙整理衣装，立正敬礼，众人也纷纷还礼。

朱旅长拉过朱成的手，连珠炮似的发问："你怎么赶过来了？听说你们装甲兵早就过江了，怎么你还留在这里？你得到的命令也是死守吗？"他烧焦的脸庞已经辨不出表情，但声音中除了与弟弟意外相逢的喜悦，还有难以掩饰的伤感。

"你和我们师长打过交道，还不了解他吗？那心眼儿真叫个多！他担心被留下守卫南京，因此撤到南京后未作停留，直接跑过了江。没想到蒋委员长还是点名让我们装甲师参战，所以他就犯了难。来，手里就几十辆坦克的老本，拼光了实在舍不得；不来，又怕抗命不遵，惹怒了老头子。所以他思量再三，决定派出十辆坦克象征性地返回南京参战。我带五辆坦克在城外，另外五辆在城内准备巷战。"

"你是师部的参谋，要谁来也轮不着你来啊！"朱旅长打断了朱成的话，瞪着眼睛吼道。

"是我主动请缨的！"朱成这次没有被哥哥吓到，反而理直气壮地提高了调门，"师长畏敌如虎，也就怪不得手下的将领怯懦。他们都不敢去南京，但我敢！国家有难，我岂能坐视！"

"年轻气盛啊！"朱旅长说罢，长长叹了一口气。望着雨花台阵地上的碎砖烂瓦和一层层的尸体，朱旅长拉着弟弟的手，第一次感到害怕。

"我在德国留洋，学的不是龟缩后方纸上谈兵，也不是一触即溃望风而逃。我学的是装甲兵！我不想再跟着师长当逃兵，我要将所学用于战场，我要开着坦克上阵杀敌！为民族大义赴汤蹈火，我朱成万死不辞！"朱成斩钉截铁地说道。

听罢这番慷慨陈词，朱旅长反倒觉得是自己狭隘了，眼前的这个俊朗青年再也不是懵懂无知的孩子了，他已成长为一名心怀国家与民族的真正的军人。

"好样的，像我的弟弟！你不要走了，留在这里和我一起打。打虎亲兄弟，和弟弟一起上阵，也别有一番壮怀！"朱旅长大笑着说道。

朱成挽着朱旅长的手走到坦克前，敲了敲坦克的外壳，装甲发出颇为清脆的声响。"这是德国产的小坦克，装甲非常脆弱，大口径子弹就能把它打穿。方才那一战，我是胜在出其不意。倘若他们抬出反坦克炮，一炮就能把我报销了。"众人颇觉惊讶，没想到刚才威风八面的坦克竟然这么脆弱。

"不过，"朱成话锋一转，继续说道，"装甲薄弱也有好处，那就是重量轻，机动性好。你看刚才，我们的坦克电光石火一般杀入敌阵，闪转腾挪，极为机敏，不知有多少小鬼子成了我的车下之鬼！"朱成指了指坦克的履带，上面挂满了肉丝，那都是从日本兵身体上碾轧下来的。

朱成接着说道："如果固守阵地，坦克的生存会尤为困难，速度优势和机动优势也发挥不出来，这无异于坐以待毙。我建议，我们步坦协同作战，主动进攻！我的坦克在前面开路，迅速冲入日军阵地，吸引敌方火力并致其混乱，你部趁势掩杀过去，虽不能将其彻底击退，但也能要他几百人命！"

朱旅长再三权衡，一时拿不定主意。他觉得朱成的计划可行，对面的日军绝不会想到这支一直被压着打的中国军队还有胆量发起反冲锋。但第一旅士兵已经伤亡近半，这次出击之后还能活下来几人，剩下的中华门还怎么守？

突然，日军阵地上传来几声闷响。老油抽着烟，不慌不忙地对朱成说道："鬼子打炮了，估计是奔着坦克来的。不过这几炮不要紧，离咱得有一百米。不过你得赶快躲起来，估计下一轮就瞄准这里了。"话音刚落，阵地前沿被炸得土石横飞，正如老油所言，炮弹落在约百米之外的地方。朱成吃惊不小，没想到眼前这人单凭声音就能如此准确地判断炮弹落点。"服了！"他向老油拱手作揖，指挥坦克隐蔽起来。

吃了国军坦克大亏的日军报复性地炮击了整整一个小时才收手，虽然没有伤到五辆坦克，可阵地上的第一旅将士就吃了苦头了。日军的炮火如春耕犁地一般，把每一寸土地都轰了个遍，炸死炸伤一百多人。看着兄弟们支离破碎的尸体，朱旅长下了决心，咬着牙说道："准备跟在坦克后面进攻！咱们躲在这里也是白白被鬼子炸死，还不如冲出去咬他一口，咬死他最好，咬不死咱也要撕下一块肉来！"

朱旅长哥俩和罗儒等参谋很快便商量好了进攻计划。进攻之前，朱旅长拉着朱成面南而跪，眼噙泪水说道："爹、娘，我们不能替二老养老送终了！但儿子们为国尽忠，奋战至死，没有辱没我朱家忠烈门风！殉国之前，给二老磕头了！"说罢两人连磕三个响头。

朱成将五辆坦克的驾驶员和战斗员召集在一起，每人发了一个炸药包。他笑着说道："如果这是我们最后一次作战，兄弟们能结伴上路，在这乱世也是一种福气。如果诸位无法保全坦克，一定要将坦克炸毁！这是我们装甲兵为国家做的最后贡献！"

/ 第二十三章 /

一切准备妥当，五辆坦克从雨花台阵地一跃而出，以"之"字形行进，冲向日军阵地。日军紧急调来了反坦克炮，一见坦克便迫不及待地开火了。但坦克速度很快，左右飘忽不定，日军炮手很难瞄准，首轮发射的十余发炮弹竟无一命中。日军准备进行第二轮攻击之时，朱成等人的坦克已如旋风一般杀至眼前，将其连人带炮一起碾成了碎片。

坦克在日军阵地上连射击带碾轧，杀得好不痛快。朱旅长见朱成得手，振臂一呼，第一旅士兵跳出战壕，发起了冲锋。日军已被坦克的奇袭打得焦头烂额，又见大批的中国士兵杀气腾腾地冲过来，一时间阵脚大乱，未做像样抵抗便仓皇撤退。日军督战队没有向落荒而逃的士兵射击，也拎起机枪急匆匆地加入逃跑的大军中。

日军如潮水般退去，坦克一路追杀，竟然杀到了日军阵地后方的炮兵阵地。朱旅长举着望远镜眺望，见几十门大炮整齐地排列在阵地上，心中狂喜：朱成立大功了，又可以端掉鬼子一批大炮了！

朱成加大油门，向大炮冲去。步兵都已溃散，炮兵更加无心恋战，扔下大炮夺路而逃。第一旅将士大喜，毁掉日军大炮，已如探囊取物一般。

负责防空的高射机枪部队的日本兵也准备逃跑，但被这支部队的军官拦住了。那日本军官抱着机枪，吼道："你们就是这样效忠天皇的吗！你们还有什么资格进入靖国神社！全都回去，就是死也要死在你的高射机枪上！"日本兵面面相觑，没人听令。军官恼羞成怒，开枪打死数人，日本兵这才跑回自己的高射机枪。

"枪口放低至水平，高射变直射！对准坦克射击！"那名军官下令道。高射机枪是向天射击打飞机的，现在把枪口放平进行直射，能否奏效那军官心里也没有底，但总比被中国人追得落荒而逃好得多。

十多门高射机枪放平枪口，向迎面冲来的坦克喷吐出火舌。高射机枪子弹威力强大，一辆中国坦克瞬间被打出数十个窟窿，撞到树上不再动弹。"砰"的一声巨响，坦克发生剧烈爆炸，炮塔被炸飞到了空中。原来，中国坦克兵见坦克受损严重，实在无力回天，便引爆了炸药。

"打中了！平射！快！"那日本军官一见此法可行，兴奋地大叫起来。高射机枪更加放肆地吼叫起来，子弹如同一颗颗流星撞向坦克。朱成等人驾驶坦克一再变换方向，怎料那高射机枪异常灵活，始终甩不掉射来的子弹。很快，剩余的四辆坦克都被打得千疮百孔，冒着黑烟动弹不得。溃退的日本士兵见形势突然逆转，都转身冲了回来。

两辆坦克先后在内部发生了爆炸，但另两辆坦克仍然静静地趴在战场上。"看来，坦克内的成员还没来得及引爆炸药包就阵亡了。这两辆坦克要成鬼子的战利品了。"老油凝重地说道。

突然，一辆坦克的舱盖打开了，浑身是血的朱成抱着炸药包爬了出来。他跳下坦克，跑出去没几步，坦克便发生了巨大的爆炸，成了一堆废铁。他向那辆唯一没有爆炸的坦克奔了过去。日本人马上明白了他的意图，大喊道："射击！他要炸掉那辆坦克！"密集的子弹扑向朱成，朱成当即中弹倒地。

朱成拉开导火索，奋力将炸药包丢向那辆仅存的坦克。"轰！"坦克被炸翻了，碎片如天女散花一般炸得满地都是。至此，中国军队的五辆坦克全部被炸毁。

朱成强撑着坐起身子，指着日军放声大笑，那笑声中充满了对日军的嘲笑与鄙夷。日本兵恼羞成怒，数挺高射机枪对准他同时开火。朱成不躲不闪，当即被拦腰打断。日军仍不解气，发疯一般地向朱成的遗体开火。

正在冲锋的第一旅远远地目睹了这支坦克小队的惨烈结局，朱旅长强忍悲痛，命令部队停止冲锋，退回雨花台阵地。

"旅长，不能撤退！我们要把朱成的遗体抢回来！"士兵们大声喊道。朱旅长爱兵如子，平日里与士兵同甘共苦，在第一旅中威望很高。见旅长弟弟如此受日军凌辱，众将士气愤难当，非要冲上去和日军拼命。

"放弃进攻！鬼子从慌乱中回过神儿来了，已经恢复了战斗能力，再往上冲就是白白送死！"朱旅长咬着牙说道，浑浊的泪水从那只没被烧瞎的眼中淌出。

中国军队身处绝境却仍敢实施反扑，让日军意识到第一旅是支战斗意志极为顽强的劲旅，想从他们的阵地上打开通往南京的道路，远没有当初想的那么容易。日军随即调整策略，不再为抢头功而猛打猛冲，转而以炮击为主，步步为营，意图一点点地吃掉这个硬骨头。

日军对雨花台阵地进行不间断的狂轰滥炸，半日下来，已将这处苦心经营的国防工事炸成废墟。伏在碎砖烂瓦之中的第一旅士兵伤亡越来越大，朱旅长心急如焚，找来参谋商议如何应对。

众参谋皆说应当放弃雨花台阵地。朱旅长又问罗儒，罗儒道："雨花台阵地已经难以为继了，我们待在这里除了被动挨炸外，没有任何意义。如果咱们在这里都被打光了，鬼子就会大摇大摆地从中华门进入南京。中华门才是全旅殉国之地啊！"

"那就撤向中华门吧，我又让鬼子靠近了南京一步。"朱旅长叹了口气，道，"咱们不能就这么拍拍屁股走人，把手榴弹、地雷、炸药包全都摆上，这阵地就算老子不要了，也不能让鬼子白捡了！"老油对布设炸药颇为精通，主动请缨领命而去。

老油手脚麻利，很快就在阵地各处安装好了大量炸药，一处点火各处同时引爆。但是有个问题摆在了朱旅长面前——谁留下来点燃导火索。为避免敌人破坏，导火索必须留得非常短，几乎点燃就炸，没有时间撤离，因此留下来引爆的这个人势必也会被爆炸吞噬。朱旅长犯了难，他觉得无论指定谁留下都很残忍。但士兵们对这个任务却异常踊跃，争相请命。

"旅长，求求你，让我留下来吧！"一个微弱的声音从战壕的角落传来。众人循声望去，说话的是一个躺在地上的伤员。他伤情极为严重，两只脚和一只手都被炸断了。朱旅长看了他一眼，说道："兄弟，一会儿我们把你抬到中华门去，我不会放弃一个弟兄的！"

那士兵听罢号啕大哭起来。他吃力地用手撑起身子，又用嘴从上衣口袋里叼出一封信丢在地上，哭着说道："旅长，这是亲戚寄给我的信。我爹让鬼子乱刀捅死了，我娘和我妹被十几个鬼子轮奸完了扔到了井里，他们连我家的小孩也不放过，全给砍了脑袋。我一家十七口人，没留下一个活口！我家被鬼子灭门了啊！"

朱旅长蹲下身，将那伤兵揽在怀中。伤兵硬撑着端正坐好，说道："旅长，行行好，让我来点燃炸药吧！我想报仇啊！"说罢他伏倒在地，以头撞地，

"咚咚"地磕头。朱旅长点头同意。

老油点上两支烟，塞进伤兵嘴里，道："鬼子上来的时候用香烟点炸药吧！这天寒地冻的，用火柴怕你着急擦不着。这是鬼子的日本香烟，上路之前也好好享受享受！"伤兵连声致谢。

第一旅兵分多路撤出阵地，向第二道防线中华门撤退。朱旅长将朱成的大腿用白布包裹好，抱在胸前，生怕再受一点损伤。日军发现中国守军撤退，迅速冲上雨花台阵地，他们很快就发现了那名悠然抽着烟的中国伤兵。见阵地四处已经有不少日军，伤兵得意地笑了笑，狠狠地嘬了口烟，用冒着火星的烟头点燃了藏在身下的导火索。日本兵见势不妙转身欲逃，但没迈出几步，整个雨花台阵地便被巨大的爆炸所吞噬，数十名日军尸骨无存。

第一旅退至城墙下，仰视着城门上高悬的"中华门"三个大字，朱旅长大声喊道："于中华门守卫中华，是我等之荣幸；于中华门失掉中华，是我等之耻辱；于中华门血祭中华，是我等之豪迈！诸位兄弟，身后就是南京，我们已经退无可退！我朱某人，愿意同各位袍泽弟兄，于中华门以身许国！"众将士高声响应。第一旅退入中华门后，马上封死了城门。

天色渐晚，日军占据雨花台阵地后，没有继续进攻中华门，精疲力尽的第一旅终于能够喘口气儿了。罗儒劝朱旅长趁机去城里的医院治疗烧伤，但朱旅长根本不听。这道城墙是第一旅最后的阵地，朱旅长在城墙上摆上一张桌子，就算是旅部了。他阅罢司令部和师部发来的电文，便召集军官开会。

朱旅长道："南京卫戍司令部发来战报，不单我们丢掉了雨花台阵地，其他部队也没能保住各自的阵地。目前，南京外围的所有阵地已经全部落入敌手，我军残余部队均已被逼入城内，依托城墙进行抵抗。这几日的战斗实在太惨烈，各部均损失惨重，有几个师已经全打光了。现在城内守卫力量严重不足，其中水西门、光华门只剩数百人把守。"众人听罢心中一片惨然。南京有好几座城门，无论哪一座失守，日军都会如潮水般涌进来，南京也就完了。

"南京撑不到明天晚上喽！"老油吐着烟圈道。

"旅长，司令部又发来一封电文！"副官手里拿着电文跑了过来。

"念！"

"为激发我军背水一战之气势，除严格执行南京江面的禁船令外，现命令德械三师脱离守城战斗，前往挹江门，执行封锁城门任务。严禁任何守军部队通过城门，如有擅退者，格杀勿论。"副官读完命令，众人皆哑然。挹江门是南京城通往长江码头的大门，也是唯一没被日军封堵的城门。江上无船，守城将士已是没有退路，现在又加派了督战队封锁挹江门，便更是求生无望了。

"司令部是生怕咱们活着离开南京啊！"老油冷笑着说道。

"荒唐！"朱旅长拍案而起，被烧得焦黑的面庞变得更加狰狞，"南京兵力已如此紧张，部分城门只剩下区区数百人把守，他们竟然还要抽调一支主力部队去当督战队，荒唐至极！"

无论是禁船令还是封锁挹江门的命令，罗儒都认为太过草率。"兵法书上确有破釜沉舟、背水一战的成功战例，但置之死地而后生的前提条件是主将要有项羽之勇和韩信之智。可现如今那些军中高官不思在战略层面获取先机，不求在战术上予敌重创，反而一味地要求士兵有决死的勇气，这实在是本末倒置。"他忍不住说道。

朱旅长叹了口气，坐下身，道："我们的任务就是守好中华门，至于其他的，我们想管也管不了。咱们对得起自己，对得起列祖列宗，对得起国家民族，就足够了！"

/ 第二十四章 /

月亮如玉盘一般高悬在空中，皎洁的月光铺洒在斑驳陆离的城墙上。日本人距离实现积蓄千年的狼子野心，仅有这一墙之隔。天亮之后日军势必会发起极为猛烈的攻击，因此这将是将士们在人间的最后一个夜晚。士兵们不肯睡觉，如饥似渴地感受着月光，体会着冷风，宁静地享受着生命最后的美好。

老油靠在墙上，吐着烟圈，对罗儒说道："老弟，明年这时候是我的忌日。我觉得你会活下去，记得每年这时候给我摆两包烟。"

罗儒来了兴致，激动地问道："我能活下来？你给讲讲！"他觉得老油深不可测，身上似乎带着某种神秘力量。

"没！"老油笑嘻嘻地说道，"这话我跟很多人都说了，又不是单跟你说的。乱枪打鸟嘛，万一有哪个活下来，我在下面不是还有点盼头嘛！"罗儒被泼了一盆冷水，翻身躺下不再理他。

突然，老油如触电一般从地上弹了起来，跑到城墙边上，侧耳倾听。"快喊旅长来！"他突然大吼道。

朱旅长很快跑了过来，用那只没被烧瞎的独眼眺望城外，问道："什么情况？"

"你们仔细听，对面的鬼子正在活动，而且规模很大！"老油答道。

虽然明月高悬天上，但城外仍然是黑黢黢的一片夜色。"娘的！什么都看不见！"朱旅长端着望远镜看了半天，但除了无尽的夜色什么也看不到，懊恼地一拳砸在城墙上。

"我让鬼子给你照个亮！"罗儒一脸诡笑地说道。

他抱过机枪，向着茫茫夜色扫射起来。骤然而起的枪声引起了连锁反应，城墙上其他士兵听到枪声以为日军进攻，便也向城下胡乱射击。一时间，中华门枪声大作。南京其他城门听闻枪声，搞不清楚发生了什么事情，也跟着不明就里地一起开枪。几乎就在一瞬间，南京枪声四起，杀声震天。

南京城外，上百颗照明弹从各个方向同时蹿上天空，如同一颗颗明晃晃的太阳，将整个南京城照得恍如白昼。二十万日军不知道何时已经悄无声息地开到了城下，拉开了攻城的架势！原来，很少夜战的日军调动大军，准备出其不意地在夜间攻城，打中国守军一个措手不及，一举拿下南京城。但中国守军骤然响起的枪声打乱了日军的部署，各师团以为南京守军搞夜袭，赶忙发射照明弹探查，不想中了守军的圈套，暴露了隐匿于夜色之中的大军。

中华门的城墙上，第一旅士兵目瞪口呆地看着日军整齐的军阵。城外，日本士兵如蚂蚁一般黑压压的一片，阵中整齐地摆放着至少三百门各式火炮，黑洞洞的炮筒直指中华门，炮位后面的弹药箱堆得半人多高。

朱旅长出了一身冷汗，放声大喊："日军炮击，注意隐蔽！"

话音未落，日军的大炮便吼叫起来。不单是中华门，围攻南京其他城门的火炮也同时开炮轰击。一时间，地动山摇，声震云霄，令人骨寒毛竖肝胆俱裂。这斑驳陆离的古城墙虽历经数百年风雨而巍峨不倒，但在雨点般炮弹的轰击下，青灰色的石砖四处飞溅，腾起阵阵烟尘，城墙之上的将士感觉五脏六腑都要被震出来了。

日军的炮击似乎没有尽头，打了两个小时仍然没有停下的意思。老油按捺不住，匍匐到朱旅长身边，说道："旅长，光挨打太憋气了，我带几个人去城门外埋些地雷，等鬼子冲锋时也让他们喝一壶！"朱旅长点头应允。

老油点了十人，每人都背上七八颗地雷。罗儒也想同去，却被老油一把推到了旁边。由于城门已被堵死，一行人只能用绳子吊着下到城墙根。他们背着地雷，在隆隆的炮声中消失在夜色里。

约莫过了半个小时，老油等人完成布雷任务，悄然回到城墙底下。城墙上负责接应的士兵将他们缓缓拉起，升至城墙半腰时，一颗炮弹飞来，在几人身旁炸开。老油的绳子被炸断，重重地摔到了城墙下，触地的瞬间他清楚地听到自己骨头折断的脆响。他抬眼一看，那些仍被吊在半空的中国士兵已被炸得千疮百孔，像个破布娃娃一样在城墙半腰晃来晃去。

"油爷，我还活着！"一个同样摔落在城墙下的士兵，爬到了老油身旁。这个士兵虽然没被炮弹打死，身上却是多处骨折。

又有几根麻绳从城墙上甩了下来。两人拿起绳子想绑在腰间，但那士兵受伤严重，稍一动弹便感到钻心的疼痛。他放下绳子，慢慢躺回地上，呼呼喘着粗气，额头上渗满了汗珠。老油爬过去想给那士兵绑上绳子，那士兵摆摆手，道："油爷，我是上不去了。骨头碎了不少，喘口气都疼得要命，更别说用绳子拽到那么高的城墙上去了！能把我给生生疼死！我不上去了，油爷您伤得不重，您自己上去吧！"

老油解开自己腰间的绳子，对那士兵说道："行，我正好也不大想上去，我陪着你！"

那士兵欠起身，诚惶诚恐地对老油说道："油爷，您自己上去吧，别因为我拖累了您老人家！"

"上去能怎么着？疼个半死不活地被拉上去，过不了两三个小时，又得被小鬼子干死，何苦呢！"老油淡然一笑。

两人躺在地上缓了缓，老油问道："你现在能爬吗？"

"能！"士兵答道。

老油眯缝着眼，一脸坏笑地问道："咱们潜伏进鬼子阵地，再干他一票？同归于尽的那种！"

"成！"那士兵爽快地说道。

老油对着城墙上的第一旅士兵喊道："我俩不上去了，给我们扔下几个炸药包来！"

罗儒和朱旅长冒着炮火，从城墙上探出身子，对着城下喊话，提出好几套营救方案，却被老油一一否决。

老油道："旅长，罗老弟，我身边这位小兄弟上不去，我也不想把他一个人扔在这里。你们不用再想办法了，反正咱们横竖都是殉国，我只不过比你俩先走一步！你快点扔炸药包下来，我们临了再干一票大的！"见他心意已决，朱旅长只得将几个炸药包丢下城去。

老油和那名士兵将炸药包绑在身上，慢慢地向日军阵地爬去。十多分钟后，炮声隆隆的日军阵地上炸开一团巨大的火球。火光之中，日本兵四散奔逃的身影清晰可辨。耳边的爆炸从未止息，唯独远在日军阵地的这声爆炸，把罗儒的眼泪震了下来。

没过多久，东方露出了鱼肚白，响彻了半宿的日军炮火终于止息了。罗儒站在中华门上向南京城内眺望，目之所及，房屋全被损毁，地上密布着被炮弹炸出来的圆形大坑。炮击还引发了大火，熊熊烈火在城内四处蔓延，所经之处皆成废墟。残垣断壁间，血流成河，被炸死的百姓数不胜数。一个防空洞因承受不住狂轰滥炸而垮塌，藏身其中的上千百姓尽数被埋于厚实的土层之下，无一生还。

"冲锋！"鬼号般的呼喊声在日军阵地上响起，黑压压的日军跟在几十辆坦克后面，向中华门发起了冲击。日军对南京发起了最后的冲击！

老油等人之前埋设的地雷爆炸了，炸毁了几辆坦克，但这丝毫没有阻挡坦克部队的冲锋势头。"鬼子上来了！还能喘气儿的跟老子一起打！"朱旅长喊道。城墙上的第一旅开火了，然而他们没有反坦克武器，虽打得日军坦克叮当作响，却只是隔靴搔痒，不能伤其要害。战争爆发后，国军反坦克武器短缺的问题一直没能解决，如何打击坦克成为前线将士最头疼的问题。

看着坦克越逼越近，罗儒焦急地喊道："旅长，不能放着鬼子的坦克这么往前开啊！"

"我他妈也知道！我能有啥招！"朱旅长苦无良策，也急了眼。

坦克逐渐逼近，城墙上的士兵甚至已经能看到坦克瞭望口内那一双双鬼祟的眼睛。第一旅士兵们从城墙上扔下炸药包，试图炸毁坦克的底盘。那里的装甲最薄弱，一打就穿，是坦克的"七寸"。然而此法收效甚微，炸药包不是被协同进攻的步兵捡起扔到远处，就是爆炸后的弹片全都打在坦克正面厚厚的装甲上。扔出去了十几个炸药包，竟然没能打掉一辆坦克。

朱旅长挑出来五十名敢死队员。他们的任务是抱着炸药包从城墙上一跃而下，跳入坦克群中。倘若侥幸没有摔死，就要迅速钻入坦克底下，引爆炸药。这一跳有去无回，朱旅长让人将事先备下的几十瓶白酒抬了来，分给敢死队员。

　　"闲言絮语不多讲了，喝了这壮行酒，大家就上路吧！我先干为敬！"朱旅长拿过一瓶酒，仰头喝了一口。他的嘴唇烧残了，喝酒时不少酒洒落在他被烧焦的皮肤上，强烈的刺痛让他的身体微微发抖。

　　敢死队员们仰脖喝了起来，不想这酒太烈，呛得他们剧烈地咳嗽起来，鼻涕眼泪流了一脸。"这啥酒，咋这么辣！"一名敢死队员涨红着脸问道。

　　站在旁边的罗儒突然灵光一现，抢过一瓶酒放在鼻子上闻了闻，问道："这酒能点着火吗？"

　　一个敢死队员捶着自己的胸口，用手扇着嘴里的酒气，说道："遇火就着，不比汽油差！"

　　罗儒大喜，对朱旅长说道："等会儿再让兄弟们下去，先看看我这招儿行不行。"

　　"你准备怎么做？"朱旅长问道。

　　罗儒看了一眼他焦黑的皮肤，回答道："以其人之道还治其人之身！"他拿过一瓶酒便忙活起来。

　　也就十几秒钟，罗儒便将酒瓶改装好了。众人一看，他手中拿的正是将朱旅长严重烧伤的燃烧瓶！朱旅长半信半疑地问道："能行吗？坦克也点不着啊！"

　　罗儒笑着说道："坦克点不着，人还点不着？"他走到城墙边，见坦克已经开到了自己投掷范围之内，便点着燃烧瓶口的纱布，狠狠地朝行驶在最前面的坦克掷去。燃烧瓶在坦克上爆裂开来，烈酒四溅，迅速被纱布上的火苗引燃。火焰随着烈酒的流动在车体上不断蔓延，如同很多条扭动的火蛇，很快便覆盖了坦克表面。车体温度急剧升高，本就处于高温状态的发动机难以承受，"砰"的一声发生了爆炸。"火蛇"顺着装甲的缝隙流进坦克车内，两个浑身是火的日军坦克兵推开坦克舱门爬了出来。他们慌乱地满地打滚，但烈焰紧紧包裹着他们，从头烧到脚，没放过身体每一寸皮肤。

　　罗儒向众人示范如何制作燃烧瓶，大家上手极快，不一会儿，一大筐的烈酒就被做成了燃烧瓶。由于打头的坦克被烧毁，挡在了路中间，其身后的坦克一时间被堵在那里动弹不得。几十个燃烧瓶从城墙上飞下，日军坦克瞬间被火海吞没，失去了战斗力。

/ 第二十五章 /

日军坦克部队被打垮了，跟在后面的步兵失去了掩护，于是也作鸟兽散，一窝蜂地向后退却。日军阵地上的机枪响了起来，但子弹没有飞向城墙，而是径直打在几个退得最快的日本兵身上。

"不许后退！保持进攻！南京在你脚下！"一名日本军官高举军刀，歇斯底里地大喊。日军各师团彼此间也在进行着激烈的较量，都拼命争取第一个攻入南京。如今，城门已近在咫尺，距离成为首个攻入南京的日本师团只有一步之遥，师团军官们不愿意功败垂成，放弃这个唾手可得的载入日本史册的机会。

日本兵只得掉过头来，呼喊着又冲了过来。城墙上的第一旅士兵居高临下，视野开阔，瞄准射击得心应手，日本兵便成了一个个活靶子。第一旅的火力越发炙热，攻击如疾风骤雨。日军死了一层又一层，但面对高大城墙上的火力毫无招架之力。

日军不敢硬撑，终于下令撤退，留下大批尸体落荒而逃。然而，一支冲在最前面的中队不舍得撤退，仍然玩命地往中华门城门冲，终于在阵亡了一百余人后，幸存的三十多人躲进了城门洞中，藏在了城墙上士兵的射击死角里。

"轰"一声巨响，城墙为之一震。朱旅长大惊失色，因为这爆炸声是从城门洞里传来的。副官很快跑上来报告，称藏在城门洞的那股日军将城门炸塌了！

"他娘的！坦克和鬼子大部队没冲进来，反倒让这三十多个亡命徒把老子的城门给炸了！赶紧消灭他们！"朱旅长遂命罗儒前往。

罗儒带着几十人来到城下，细致观察一番，不禁为日军的作战素质暗自叫绝。这三十几个日本兵炸开城门，钻入城门洞后，利用堵门的沙袋，在极短的时间内构建起一个简易阵地。中华门的城门洞幽长狭窄且无处隐蔽，日本兵躲在沙袋后面射击，可以说是一夫当关万夫莫开。罗儒组织了几次冲锋，都被打了回来。

一个士兵耐不住性子，猛地闪出半个身子，准备向城门洞里投掷手榴弹。

不想，日军一枪击中他的面门，他当即倒地毙命，手中"刺刺"冒着烟的手榴弹也掉在地上，滚到罗儒脚边。罗儒慌忙飞起一脚，将手榴弹踢进了城门洞中。"砰"一声巨响，手榴弹爆炸了，迎面扑来的气浪把他掀了一个跟头，但他却像发现了什么似的，顾不得检查自己是否受伤，就连滚带爬地来到城门洞边上，若有所思地侧耳倾听。

"咱们一起往城门洞里投掷炸药包。记住，必须同时投掷，不能提前也不能延后！爆炸声响后，我们马上冲进去！"罗儒对士兵下达了战斗命令。

有士兵质疑道："炸药包二三十斤一个，咱们扔不了那么远，根本炸不着他们！"罗儒诡异地笑了笑，没有作声。士兵们不知道这个大学生参谋搞什么名堂，只得依令而行。

罗儒一声令下，几个炸药包一齐出手，扔进城门洞里。"轰！"炸药包同时爆炸，片刻之后罗儒下令出击。众人刚一进入狭窄的城门洞，便觉声浪四面袭来，耳膜刺痛不止，脑袋"嗡嗡"作响，原本清醒的头脑竟突然有眩晕之感。

士兵们强打精神，沿着门洞猛冲过去，不想竟未遭到任何抵抗。冲到日军跟前，众人都傻了眼，刚才还杀气腾腾的日本兵竟然如喝醉了酒一般，绵软无力地瘫倒在地上，几个晃晃悠悠试图起身反抗的日本兵也被轻松地制服了。大家兴奋至极，竟然一次性活捉了三十多个日本兵。

"罗长官，你这是施了什么道法，鬼子好端端的怎么一下子全都这副狗模样了？"这些日本兵身上全无外伤，却意识模糊形同烂泥，众人心里大感疑惑，觉得这个大学生参谋真是不得了。

"他们是为声音所伤！你们看这城门洞，幽深狭窄，声音容易积聚。这么多炸药包同时爆炸，产生的声音自然是极大的，人耳难以承受，所以人就被震晕了。"罗儒简要地解释了一番，把这些从没上过学的士兵们说得面面相觑，如堕五里雾中。

士兵们拖着晕晕乎乎的日本士兵就往回走。突然，一个日本军官大声喊了起来。士兵们听不懂日本话，但罗儒脸色大变，吼道："快跑！"士兵们不敢多问，扔下俘虏拔腿就跑。跑出去没几步，身后便发生了爆炸。众人都被城门洞内巨大的声响震倒，过了好半天才稍稍缓过来。

"长官，刚才咋回事？"一个士兵问道。他的双眼依然有些迷离。

"那个鬼子大喊'天皇万岁'，这是鬼子自杀前最常喊的口号，我害怕他拉着咱们同归于尽，所以才喊大家快跑。那鬼子果然引爆了身上的炸药。"罗儒趴在地上解释道，他也被震得如同喝了二斤白酒一般。

众人回身一看，三十多个日本兵被炸得血肉横飞，污血四溅。光耀祖庭的辉煌战果瞬间灰飞烟灭，众人无不扼腕叹息。

"长官，这还有个活的！"有士兵喊道。

罗儒过去一看，果然有个日本兵躺在血泊之中，艰难地呼吸着。这个日本兵看上去也就十六七岁，弹片在他身上划开了几个口子，虽然他用手死死按住伤口，但鲜血还是不停地从指缝间涌出来。他两眼满是求生的欲望，眼泪直在眼眶里打转，嘴里不停地往外吐血沫子。

罗儒大为失望，若是俘虏个军官或许还能套出点情报，可眼下这个少年肯定是个刚刚参军的新兵，不可能知道有价值的信息。罗儒扭头往回走，他没忘记在上海时，自己好心挽救的日本俘虏炸死了一车的中国伤兵。可走出没几步，他又觉得心有不忍。虽然痛恨日军，但学医出身的他比常人更加敬畏生命，如果任由这个日本小兵流血而死，他良心上过不去。

罗儒上前施救，不想日本小兵拼命挣扎，大喊道："落在你们手里，我一定会被杀死！请在这里杀我！这样我还能进靖国神社！我决不会出卖帝国军队！"

"自己瞅瞅你那军衔，你以为你有多大价值？关于日军的情报，你知道的都不一定有我多！"罗儒冷笑着说道。

日本小兵没想到这个中国军官竟能说这么纯正的日本话，先是一怔，而后大喊道："既然听得懂我的话，那就按我说的做，快点杀了我！"

"我不杀俘虏。"罗儒回答道。

罗儒将日本小兵抬到朱旅长跟前，朱旅长看了一眼，道："是个新兵蛋子，没啥大用，送到师部邀功去吧！"那小兵由于伤重，已经面无血色，嘴唇更是白得吓人。

"有个十万火急的事情，需要你亲自出马！"朱旅长将罗儒拉到一旁，附在耳边悄声说道，"你借着俘虏鬼子的由头，去师部探探情况。我给师部连发三封急电，但无一回复，打电话询问，结果对方告诉我刘师长上前线了。这不是睁眼说瞎话吗！刘师长是上前线的人吗？在上海打的时候他把指挥部安在了英国租界内，现在南京打成这样，他敢上前线？我怀疑师部有变！你赶快去师部，看看到底怎么回事！"

自打战前和刘师长见了一面，罗儒便觉得刘师长是一个把官场技巧玩得得心应手的官僚，而非敢于以死殉国的军人。他不敢耽搁，马上领命而去。

罗儒带着日本伤兵来到师部，一进大院便觉得气氛不对，这里兵不像兵将不像将，人人都是魂不守舍的样子。他背着刀枪大摇大摆地走进师部，无人盘问更无人阻拦。

罗儒推开师部指挥室的大门，顿时吃了一惊，这里怎么都是粗布衣衫打扮的农民？他定睛一瞧，坐在指挥室正中的那个"老农"不是别人，正是大名鼎鼎的德械一师刘师长！刘师长穿着厚厚的灰色大棉衣，棉裤的裤裆几乎垂到了膝盖，脚上的棉鞋也大得出奇，整个人看上去极为臃肿，如同圆球一般。罗儒简直不敢相信自己的眼睛，这哪里是那个穿着气派的将军服，蹬着油光锃亮皮鞋的中将师长，而分明就是个地地道道的农民嘛！再一细看，刘师长身边的副官、参谋、卫士也都一人一身大棉袄，灰头土脸地蹲在角落里。

刘师长见罗儒目不转睛地盯着自己，颇为尴尬和恼怒，拍着桌子吼道："看什么看！有屁快放！"罗儒吓得一怔，赶忙汇报了第一旅的战况，并说自己抓了个俘虏。

刘师长心神不定，焦躁地走来走去，根本没把罗儒的话当回事，直到听说抓了个俘虏才停下脚步。他不耐烦地让罗儒闭嘴，然后走到日本伤兵面前，冷笑着说道："妈的，新兵蛋子也送来？朱旅长是不是没见过日本人？留着他干吗，拖出去毙了！"

"师长，这是战俘，杀不得！"罗儒赶忙阻止。

"杀不得？行，那你领回去当祖宗供着吧！"刘师长吼道。

"师长，三思！"一个中年参谋凑到刘师长跟前，故作高深地说道，"日军破城在即，万一咱们没跑出去，咱们怎么对待这个战俘可就意义非凡了。"

刘师长如醍醐灌顶一般，拍拍脑门，连呼自己太糊涂，差点儿酿下大错。刘师长转身对罗儒说道："罗参谋，你不是日本话很好吗？你替我翻译一下，我要和这个日本兵说几句话。"

刘师长蹲下身，原本冷漠的脸瞬间堆满笑容，腔调也变得极为柔和。"我们德械一师是仁义之师，我更是一个仁爱之人，伤害俘虏的事情我绝对做不出来。我们不仅不会伤害你，还会给你格外的优待，会请最好的医生来治疗你，这是我们中国士兵都无法享受到的待遇。虽然我们在战场上是敌人，但我还是十分欣赏日本军队的，并且对日本民族抱有极大的友善与热爱。"罗儒听到这番话惊得不知如何翻译，刚刚还叫嚷着要枪毙战俘的刘师长怎么瞬间变成了这副嘴脸？

"快他妈的给老子翻译！"刘师长吼道。

刘师长脱掉大棉袄，穿好将军服，又从桌上拿起他镶着金边的杯子，然后跪在地上将日本伤兵揽在怀里，命令副官道："我要给他喂水，拿照相机给老子拍照！"

罗儒赶忙上前阻拦："师长，他这个伤暂时不能喝水。"

"滚！"刘师长一声怒吼吓得罗儒连连后退。

闪光灯接连闪动，定格了刘师长跪在地上，满脸慈爱地为日本伤兵喂水的镜头。

"马上把照片给我洗出来，我要带在身上！"刘师长喊道。

照完相，刘师长让罗儒带日本小兵去师部医院，并要求他亲自主刀治疗，一定要确保手术的成功。罗儒壮着胆子，问道："师长，我们下一步应该怎么打？中华门恐怕撑不到明天了！"

刘师长拿出司令部的电文拍在桌子，吼道："命令不变，继续死守！"

罗儒请示后，用师部的电话打给了朱旅长，告知其仍要继续死守。由于刘师长就在身旁，他没敢把刘师长和师部的人全都换上百姓衣服的事情告诉朱旅长。

刘师长安排一名参谋随同去师部医院，确保罗儒亲自上阵医治日本伤兵。见这名参谋没有穿大棉袄，而是穿着军装，罗儒刚出师部大院便好奇地问道："看你的同僚们都是农民装束，怎么唯有你还穿着军装呢？"

"妈的！提起这个事情我就窝火！"那参谋没好气地回答道，"他们为啥穿成那样？因为他们想逃跑，但穿着军装太显眼，不容易逃出去！为什么我还穿着军装？因为刘师长让我留在师部听电话，如果有人来电找他，就扯谎说刘师长正在前线指挥作战。指挥个屁！他早夹着尾巴跑了！你说说，师部那么多参谋，凭什么让我留下？我的命就不是命？"

那参谋突然露出一脸坏笑，继续说道："不过，他们机关算尽还是没跑出南京城！他刘大师长大名鼎鼎，虽然穿着粗布大棉袄，脸上糊上泥巴，但还是让守在挹江门的德械三师给认出来了！好说歹说都没用，就是不让出城，最后愣是让人家用枪给逼回来了！你去师部那会儿，没见刘师长心情不好吗？他正恼着呢！自己带师部几十号人乔装逃跑，被抓了现行，多丢人？这要是传出去，委员长那里他能有好果子吃？当然，和他的小命相比，名节啥的都是其次，他最发愁的就是逃不出南京，只能坐在那里干着急！"说罢，参谋幸灾乐祸地哈哈大笑起来。

那参谋显然被刘师长伤透了心，毫无顾忌地继续数落着："你以为他真是因为菩萨心肠才不杀那个日本兵的？我呸！如果不是因为鬼子兵临城下，他早就把鬼子毙了！这会儿他又喂水又拍照的，自是有另一番考虑：一旦被鬼子活捉，他可以拿出照片来说，'我对皇军是十分友好的，我还照顾过被俘伤兵呢！你们可不能杀我！'论起心眼儿来，没人是他的对手！"

参谋吐露的这些内情，让罗儒颇觉意外，他完全没想到刘师长为人竟然如此不堪。不过他心里倒没有太多波澜，因为在他眼中，高擎着抗日大旗的，是朱旅长这样忠肝义胆的将领和老油那样浴血奋战的士兵。他们才是抗日战争的基石，是国家与民族在生死存亡关头的中流砥柱，至于刘师长之流，付之一笑便可。

/ 第二十六章 /

师部医院躺着数百名伤兵，但医生只有寥寥数人，根本救治不过来。由于前段时间罗儒曾在这里做过几台手术，所以医护人员都知道他是个靠得住的医生，因此见了他都跟见了大救星似的，拉着他便往危重伤员的病房里走。但是那名一同前来的参谋却不答应，硬要罗儒按照刘师长的布置，优先抢救那名日本伤兵。众人无奈，只得如此行事。

见罗儒穿上了白大褂，日本伤兵也被送上了手术台，参谋如释重负，上前抱拳说道："罗参谋，我的任务完成了，我现在得赶回师部，别他妈又都溜了，丢下我一个人！"说罢一溜烟跑没了影儿。罗儒笑着摇了摇头，暗自感叹真是有什么样的将就有什么样的兵。

手术进行了整整四个小时，才把那个日本小兵从死亡线上拽回来。罗儒连日来一直在前线同日军苦战，未得片刻休息，这台手术又极耗体力与精力，因此他筋疲力尽，刚刚走下手术台便栽倒在地。不过手术非常成功，那名日本小兵很快便清醒了过来。医院里的中国伤兵对这个日本人颇感兴趣，一见他被抬出手术室，便"呼啦"一下子围过来，像看奇珍异兽似的盯着他，七嘴八舌地议论着。

虽然中国士兵并未表现出恶意，但是稍许恢复些精神的罗儒还是挣扎着起身，扒开人群，挡在日本士兵前面，对众人说道："弟兄们，他现在是战俘，我们绝对不能伤害他！这是道义，是人性，也是国际法则。如果我们伤害了他，会使我国在国际上受到谴责，不利于我国争取国际社会的同情与支持。"

"长官，你说的那些大道理太难懂了。"一个士兵笑着说道，"我们就明白一个道理，如果咱们杀了日本俘虏，那日本人也会杀中国俘虏；反过来，如果咱们好好待人家，日本鬼子也会好好待咱们的人。为了那些被日本鬼子抓去的弟兄，我们不会碰他的。"周围的士兵频频点头表示赞同。

此时已是数九寒天，冷风呼啸，滴水成冰，医院内也如冰窖一般。日本伤兵虽然穿着冬衣，但仍然冻得蜷缩成一团，瑟瑟发抖。罗儒也爱莫能助，医院里的毛毯被褥早已分完，没有多余的能匀给他，况且很多中国伤兵身上穿的还不如他厚。有个老兵不忍看着这个日本少年受冻，便将自己的棉大衣脱下来，裹在少年的身上，并把他抱在自己的怀里。

"这不行，他没事儿了，你可就给冻坏了！"罗儒说道。那老兵也是个伤员，脱了棉大衣就只剩下一件单衣了。

"不妨事儿！他比俺伤得重！"老兵摆摆手，调整了下姿势，让那个日本少年舒舒服服地躺在自己的怀里，"看着他，俺就想起俺儿子来，他和俺儿子差不多大。他在日本的爹娘看到自己的儿伤成这样，得多疼得慌啊！长官，你不用担心，俺不冷，俺们爷俩抱一起暖和着呢！"老兵一脸慈爱地搂着日本少年，仿佛那就是自己的儿子。

"罗参谋，快出来！你看这是咋了！"医院外有人大声招呼罗儒。罗儒跑出医院，立刻就被眼前的景象惊呆了。一队队的士兵从各处城门上撤下来，如蜿蜒的长龙一般向挹江门行进。南京数个城门，挹江门是唯一一个没有被日军封锁的城门。挹江门外，就是浩浩汤汤的长江。

"兄弟，你们怎么撤下来了？你们的城门失守了吗？"罗儒跑上前，拉住一个士兵急切地问道。

"南京弃守了！南京卫戍司令部要求所有守军撤退！"那名士兵的回答如晴天霹雳，让罗儒惊出一身冷汗。他对这个撤退命令深觉怀疑，自己在师部得到的命令还是死守，怎么一台手术的时间就风云突变，变成全军撤退了？

其他城门上的枪声已稀疏了不少，但中华门方向仍然枪声大作，炮声隆隆。罗儒在人流中张望了半天，也不见一个第一旅士兵。他心中甚是忐忑，决定先去师部探个究竟。

来到师部，才发现这里已是人去楼空，只留下几人在楼前焚烧着机密文件。这几人一边把大量的文件、地图等扔进火堆里，一边骂骂咧咧地抱怨自己倒霉，被留下来扫尾。"咱们麻利点，别管烧得干不干净，赶紧扔火里！要是慢一点鬼子杀进来，被扔火里的可就是咱几个了！"一名军官将成捆的文件直接丢入火堆里。

罗儒走过去，问道："司令部确实下达了全军撤退的命令吗？"

那军官从怀里掏出一个文件递给罗儒，道："这白纸黑字还能有错？"

罗儒翻开一看，文件写的是撤退命令和各部队的撤退路线，落款处盖着南京卫戍司令部鲜红的大章。"撤退命令传达到第一旅了吗？中华门方向还有枪声，撤退的人流中也没见到第一旅的人，应该是还没有撤下来。他们知道南京弃守了吗？"罗儒急切地问道。此刻，其他城门已经是寂静一片，唯有中华门方向枪炮声依旧。第一旅还在坚守，但不知道是因为朱旅长抗命不遵执意坚守，还是压根就没有得到撤退命令。

"一个小时前司令部召开紧急会议，宣布南京弃守。很多部队的长官一听说能撤退了，扔下部队，拔腿就跑！咱们刘师长跑得最快，他老人家跑起来，二十多岁的小伙子都追不上！他都急成了这个样子，你说他能想着通知他自己的部队吗？这第一旅，没人通知！"

罗儒细读文件，其中规定了各部的撤退路线，上面只有德械一师是由挹江门撤出，其他部队多由各城门分散突围。但眼下那些从前线撤下来的部队，完全没有按计划路线撤退，全一窝蜂似的挤向挹江门。

"为什么大家都挤向挹江门？怎么不按命令行事？"罗儒问道。

那军官冷笑连连，说道："长官们都夹着尾巴跑了，你还指望士兵们能按照计划行事？"

罗儒不敢在这里耽搁，收好撤退命令的文件，逆着人流向中华门跑去。

第一旅果然仍在同日军苦战。中华门外，敌人血流成河，尸横遍野，日本兵只得踩着自己人的尸体冲锋。第一旅同样损失惨重，虽仍然牢牢守卫着城门，但经过一日的鏖战，仅剩下三四百人。

朱旅长已整整一天未能联系上刘师长，见罗儒回来，便高声喊道："活着的军官，都过来商议！"然而应声者，只有区区七八人。

罗儒告知众人，南京卫戍司令部已经下令全军撤退，现在各城门上的守军都撤向了挹江门。众人听罢极为吃惊，朱旅长十分诧异，道："这也太突然了！几个小时前你还从师部打来电话，说继续死守，怎么一下就弃城了？而且这么重要的命令，怎么可能没有人传达给第一旅？"

罗儒拿出撤退命令，交到朱旅长手中，说道："今天早些时候，刘师长就想开溜。师部的人乔装打扮，企图蒙混出城，结果被德械三师拦在了挹江门，用枪逼了回来，没有溜成。后来南京卫戍司令部召开了紧急会议，宣布南京弃守，全军撤退。会后刘师长立马开溜了，没有做出任何撤退部署与交代，因此我们没能接到撤退命令。"

"这倒真是刘师长一贯的风格。"朱旅长冷笑一声。

"咱们怎么办？继续打还是撤？"罗儒问道。众人盯着朱旅长那张被烧得焦黑的脸，等待着他做出最后的决定。军官们都觉得，依朱旅长的个性，估计要死守到底了。不过罗儒倒是十分坦然，自打见识了刘师长的为人，他便深刻认识到有一个好长官实在太重要了。能跟着朱旅长一起打鬼子，确实是自己的福气。

"撤！"朱旅长望着远处准备再次发起冲锋的日军说道。军官们惊诧不已，没想到朱旅长会下令撤退。

朱旅长道："如果是刘师长为求自保擅自要求第一旅撤退，我肯定会抗命不遵，因为我不能让第一旅成为日军攻陷南京的突破口，我们当不起这个千古罪人！但是眼下是南京卫戍司令部下达的撤退命令，各处守军已经遵令放弃了诸城门，日军很快就会杀进南京。在此情况下，我们固守中华门已经毫无意义，徒伤我旅将士而已。我们也按命令撤退，那些能活下来的士兵，不仅是我第一旅的血脉，更是日后抗日力量的精华。日本鲸吞中国，绝非一朝一夕，中国驱逐日本，亦需经年累月。诸位军官，倘若情非得已，不必着急殉国，留得青山在不怕没柴烧。你们撤吧，慢慢和小鬼子干！"

朱旅长说罢，突然举枪对准自己的太阳穴。罗儒眼疾手快，一把掐住朱旅长的手腕。众将士从惊慌中回过神来，连声质问朱旅长为何要做这等傻事。

朱旅长淡然地笑了笑，说道："我被烧成了这样，其中的痛苦自不必言说。其实早就是该死的人了，只是之前南京战事紧张，所以才求阎王爷宽限些时间，强打着精神和诸君共同战斗。如今南京沦陷已成定局，我精神倦怠，身体亦疲乏至极，实难再撑下去了，不如一死以求解脱。况且我戎马一生，耻于为敌人所俘虏，自戕殉国是我的最佳选择。虽然对这世界有万千不舍，但是想到又能见到那些已经阵亡的兄弟，心中竟也多了几分期待。还望诸位兄弟高抬贵手，遂我心愿！"

夕阳西下，晚霞好似鲜艳的红绸，铺满了南京的天空。朱旅长又一次举起了手枪……

罗儒把朱旅长葬在一个池塘边。在断壁残垣的南京，这里也算是一处难得的景致。为了防止城破之后遭到日军破坏，罗儒不敢在朱旅长的坟冢上留下任何标记，甚至连坟上的新土也被细细扫去。只有结冰的池塘和塘边的枯树知道，这里葬着一位国军少将。

罗儒跪在坟前，泪如雨下，道："旅长，我参军时间不长，但能跟着你打仗，我从心底里觉得幸运。你是个真心抗日的汉子，我服你；你重情重义，待我如兄弟，我敬你！你和老油都走了，第一旅也被冲散了，不知道以后这个仗该怎么打，但就算剩下我一个人，我也要和鬼子干下去！你委屈委屈，先睡在这里，如果我有命等到收复南京的那一天，我再来好好葬你！"说罢罗儒磕了三个响头。

罗儒踉踉跄跄地向挹江门走去，眼前的惨象让他欲哭无泪。

/ 第二十七章 /

夜幕已经降临，但南京依然一片混乱。挹江门外的长江边，黑压压站满了人。由于此前司令部要求背水一战，调离了所有船只，但今天又突然决定放弃南京，仓促间根本没有安排足够的船只来运送军队，导致数万人马滞留江边无法离开。将士们听着日军的隆隆炮响，满眼绝望地望着惊涛拍岸的长江。没有船，谁也过不了这条滔滔大江。

"鬼子打进南京了！"呼喊声从城内传来，人们更加慌乱。有人不甘心坐以待毙，沿着江边寻找船只，然而跑出去几里地，却连一条小木筏都找不见。

突然，悠扬的汽笛声穿过弥漫在江面上的雾气，传到人们的耳中。江面上出现一个模糊的轮廓，它踏江而来由远及近，越发清晰。"小火轮！是小火轮！

能过江啦!"人群中爆发出热烈的欢呼声,纷纷冲向江边,兴奋地向那艘小火轮招手。

这种小火轮至多能搭载一百人,但江岸上足有数万人。人们心照不宣,这船是唯一的活路,因此船还没靠岸,人们就急匆匆地跳进江里,扒住船帮拼命地向上攀爬。由于扒船的人太多,小火轮迅速下沉,江水几乎要灌进船内。

小火轮上的士兵急了,抬脚将爬上船的几人踹进了江里,吼道:"这艘船不是接你们的!都滚远点!"急于逃生的人们哪里肯听,不管不顾地向船上爬。船上的士兵也发了狠,用枪托猛砸人们的脑袋。他们越砸越狠,把水草一样附着在船帮上的人们一个个砸了下去。待清理完所有扒船的人,士兵们的枪托上都已经满是血迹。

士兵们荷枪实弹地跳下船,将船警戒起来,不允许任何人靠近。小火轮上的大喇叭响了起来:"这艘船是来接高级军官的,闲杂人等切勿靠近,否则格杀勿论!下面念到名字的军官请准备登船,德械一师刘师长、李副师长,德械二师王师长、赵副师长……"

那些被念到名字的高官们,大摇大摆地登上小火轮,而后便站在甲板上抽着香烟,饶有兴致地彼此交谈着,还不时对江岸上手足无措的人们指指点点。他们神气活现,实在不像败军之将,倒像极了凯旋的得胜将军。

小火轮一直在喊刘师长的名字,却始终没有见他登船。"这可奇怪了,这么好的机会他怎么会错过呢!这可不像他雷厉风行的逃跑风格!"罗儒暗自耻笑。

小火轮在江边等了半个小时,刘师长仍然没有出现。日军的炮声越来越近,已经登船的高官们不耐烦起来,纷纷要求立即开船。小火轮鸣响汽笛,缓缓驶离了江岸。这时,江边一名军官突然冲入江中,双手紧紧扒住船帮,高声喊道:"我是军官,快拉我上去!""你叫什么名字?"船上的人厉声问道。那名军官自报姓名后,船上的人冷冷地说道:"没你的名字!"说罢将他推到了江里。

"真他妈的丢人!"罗儒骂道。

不多时,又有一艘小火轮向着江岸驶来。与上一艘船不同的是,这艘小火轮后面还拖着一个专门运送车辆的驳船。船一靠岸,人们就蜂拥着往船上爬,不一会从甲板到船顶都站满了人。人们为了能在船上拥有立足之地而大打出手,还没爬上船的人试图把已经上船的人拉下来,已经上船的人则向下猛踹想爬上来的人。

随船而来的士兵跳下船，守在驳船边进行警戒。一辆坦克从城内隆隆驶来，正在警戒的士兵们马上对坦克进行引导，指引其开上驳船宽大的甲板。原来，这艘小火轮的主要任务就是拖运这辆坦克。

坦克刚在驳船上停稳，一串机关炮子弹从漆黑的江面上飞来，打得江岸上沙石飞溅，几十人瞬间倒在了血泊之中。"鬼子的炮船来了！"有人高喊起来。江岸上的人四散逃窜，极为慌乱，小火轮上的人使劲儿捶打着驾驶室的舱门，声嘶力竭地要求快点开船。

小火轮拔起船锚，准备起航。船上的人们焦急万分，恨不能让船生出两只翅膀，径直飞到对岸去。但没想到的是，小火轮竟然动不了了！小火轮马达的轰鸣声越来越大，整个江岸都飘散着柴油燃烧的味道，但船却如秤砣一般，停在岸边纹丝不动。

"坦克太沉了，船拉不动！这样下去迟早要被鬼子打死的！"船上的人看着驳船上的坦克，火急火燎地高声喊道。他们找出斧子，对着拖曳驳船的缆绳一顿猛砍。船长上前阻拦道："住手！这船就是来拉坦克的！"话刚一出口，他就被众人摁住。"拖着它船速慢，不仅坦克保不住，咱们也得跟着死！"一名大汉一边砍缆绳一边说道。怎奈缆绳十分结实，几人抢着斧子砍半天，却连个豁口都没砍出来。

一个穿着坦克兵制服的士兵站出来，说道："别费那个劲了，我自己走就是了！"说罢，他跳下小火轮，爬上驳船，翻身进了坦克舱内。那是辆德国一号坦克，朱成曾驾驶这种型号的坦克与第一旅并肩作战。只见那辆坦克轰了下油门，"嗖"的一下从驳船上跃到了岸上。小火轮上欢呼声一片，有人冲着坦克喊道："把坦克丢那里，快点上船！"那坦克兵打开舱盖，探出脑袋，说道："坦克走不了，我也不走了！"船上的人听罢缩回脑袋，小火轮飞一般蹿了出去。

南京城内接连不断地传来巨大的爆炸声，四起的大火把古都的冬夜烧得通红。日本海军舰艇已经出现在江面上，陆军片刻之间便能杀到江边。近在咫尺的死亡威胁迫使人们开始自救。

人们破门进入江边的一排排房屋，有的人拆下了门板，有的人抱走了洗澡盆，有的人抬走了桌椅板凳。总之，所有木质的、能浮水的东西都成为众人争抢的宝贝，甚至不惜为此打得头破血流。人们抱着"宝贝"跳入长江，借着些许浮力奋力地向对岸游去。一时间，不计其数的脑袋在波涛汹涌的长江里浮浮沉沉。

几艘正在江中游弋的日军军舰发现人们开始渡江，如同嗅到血腥味的饿狼，恶狠狠地扑过去，撞向浮在江中的"猎物"。人们躲闪不及，当即被撞得脑浆迸裂。军舰玩起了游戏，肆意地在江中横冲直撞，哪里人多便撞向哪里。往来冲杀了几回，军舰又玩起了新花样，倒退着撞向漂浮在江中的人，用舰尾巨大的螺旋桨将人生生打死。

日本水兵欢呼着跑到甲板上，满脸兴奋地看着那些在江中奋力划水的中国人。他们借着探照灯的光亮，向浮在水里的人们射击，开始了猎杀比赛，每一颗浮动的头颅都是他们竞相射击的目标，有的人的脑袋上甚至被打了十余枪。江面上四起的哀号声，让日本水兵更加亢奋，每当有人脑袋被打烂时，军舰上都会爆发出热烈的喝彩声。

那些侥幸未被日军打死的人，也多半被江浪打翻，葬身江底。原本密密麻麻浮在江面上的人，不到半个小时的时间就几乎全部死光了。江岸上的人们见此情形，心里都打起了退堂鼓，不敢再涉水过江。

大批滞留在岸上的士兵扔掉武器，脱下军装，光着膀子，高喊着："我不是兵了，我要进安全区！"转身返回南京城内，向安全区跑去。有的人脱下军装后里面再无衣物，竟也光着身体赤条条地向城内跑。士兵们都知道，安全区只允许平民进入，因此脱掉军装扔掉武器便是唯一的选择。江岸一下子变成了露天仓库，武器弹药和军装扔得到处都是。

罗儒盘着腿坐在岸边，看着眼前的一幕幕，心中无限凄凉。对于其他人而言，眼下是事关生死的紧要关头，但罗儒却满不在乎，身子一歪躺了下来。摆在他眼前的只有两条路。第一，脱得精光跟着那些士兵进入安全区，可他不愿意扔掉军人的尊严，躲入安全区苟全性命；第二，渡江求生，可他水性一般，浮水过江必定凶多吉少。无路可选，他反倒轻松不少。

罗儒仰望星空，感慨着人生。短短半年，自己由手无缚鸡之力的学生成为从血雨腥风中一路闯来的军人，也眼睁睁地目睹了那么多可亲可敬的挚友离自己而去。赵元朗、张可好、老油、朱旅长等一张张熟悉的面孔浮现在眼前，罗儒觉得一种壮怀激烈冲撞着心门。他决定给自己第三个选择——回南京，继续和鬼子干！他从地上捡起一把枪，又捡些子弹揣在怀里，转身向南京城走去。"那就死在南京吧！"罗儒对自己说道。

没走出去几步，他的脚腕被一只手紧紧抓住。低头一看，原来是一名受伤的女子。她气息奄奄地伏倒在血泊之中，后背被日本军舰的机枪打出一个血窟窿。罗儒蹲下身，掏出纱布堵在她的伤口上。

"坚持住，你会没事的！"话虽这样说，但罗儒心里清楚，她不可能活下来。

"我活不了了。"那女子摆摆手，轻声哀求，"长官，你行行好，救救我的孩子吧！"说罢，她从身下掏出一个仍在襁褓中的小婴儿。罗儒接过婴儿抱在怀中，看着那粉扑扑的小脸蛋儿，顿生怜爱之心。

女子用满是鲜血的手紧紧地抓着罗儒，生怕他会突然跑掉。"我丈夫也是一名军人，他已经殉国了。救救我的孩子，我要给孩子爸爸留下一点血脉啊！"罗儒二话不说，点头应允。

南京城内的爆炸声此起彼伏，江上舰艇的枪炮也响个不停，形势越发危险，罗儒决定带着孩子马上过江。江边已寻不到任何木头，罗儒只得钻进江边的民宅，挨家挨户地翻，终于找到一个木桶。木桶虽然不大，但把婴儿放进去绰绰有余。

渡江之前，罗儒把孩子抱到女子面前，此时她已气若游丝，说不出话来。女子怜爱地看着孩子，泪如雨下。罗儒一字一句地承诺道："孩子交给我，你就放心吧！"女子用尽力气点了点头，微笑着没了气息。

罗儒把孩子放进桶里，抱着木桶跳进了江里。此时江面上已经相对安全一些，日本水兵杀得累了，都坐在甲板上懒洋洋地抽着烟。罗儒不敢大意，抱着木桶顺江漂流了好久，直到远远地避开军舰，才小心翼翼地向江对岸游去。江面上风大浪急，罗儒水性又一般，加之两手扶着木桶，只剩下两脚划动，因此扑腾了半天也没有游出去太多，但体力却消耗了不少。"坚持住！我一闭眼就过去了，可是这孩子也会跟着淹死，我如何对得起这个小生命，如何向他父母交代！"罗儒咬着牙，暗暗给自己鼓劲儿。

不远处，一个人忽沉忽浮地在水中挣扎，眼看就要坚持不下去了。他顺着江水慢慢漂来，虽然看到了近在咫尺的罗儒，却没有求救，依旧仰着脖子在水中扑腾。很快那人便力不能支，慢慢沉了下去。罗儒虽然已自身难保，但他实在不忍心眼睁睁地看着一个鲜活的生命溺毙在眼前，于是一把将那人拽出水面。

罗儒怕他打翻木桶淹了孩子，于是用手掐着他的脖子将他支得远远的，说道："救你可以，但有前提条件。如果咱们三个都能活下来，自然是皆大欢喜。如果有任何意外发生，必须要先保孩子的性命！"

那人冷笑一声，回答道："我看到你了，本想求救，却发现你桶里还带着个孩子，心想还是算了吧，一个桶肯定救不了咱们三个。"

听到这话，罗儒心中暗暗称许，原来这是个宁愿自己淹死也不愿拖累他人的汉子。他放心不少，便让那人扶在了桶上，苦笑道："你是个性情中人，我不能眼看你死。咱们俩抱着木桶往前游，未见得不能游过江去。"

两人边游边交谈，罗儒这才知道，原来这人也是军官，名叫张发远，是南京卫戍司令部的少校参谋。他参加了宣布弃守南京的会议。散会后见许多长官想丢下部队直接过江逃生，他内心极为愤慨，竟堵住了司令部大门，要求众位长官必须安排好所部撤退事宜才能离开。小小的少校居然敢让这么多将军脸上无光，张发远当即遭到众多卫士围殴，并被剥夺了乘小火轮撤离的资格。他只好自行逃生，由于没能找到木头，便扎了一捆芦苇抱着过江。怎料芦苇捆儿到了江水里直接被冲散了，他无以借力，只能随波逐流听天由命，幸而遇得罗儒搭救。罗儒也报了姓名，并说自己的师长便是会后一声未吭直接走人的。两人惺惺相惜，痛骂那些畏敌如虎的军中高官。

两人扶着桶吃力地向前游，然而江风越来越大，浪头也是一个高过一个。两人都已筋疲力尽，压在木桶上的力量也越来越大，几乎要将桶按进江中。浪头几次打在孩子身上，吓得他哇哇大哭。

看着孩子浑身上下湿漉漉的，栽歪在桶里不停打着寒战，张发远心疼地说道："这桶禁不住咱俩人，这样下去谁的命也保不住，孩子也活不了！兄弟，临了能认识你挺高兴的，我先走一步！"说罢便松开了扶在桶上的手，沉入了江中。

罗儒一把将张发远抓回来，把木桶塞进他怀里，然后猛地一蹬，便一下子漂了出去。张发远一手抱桶，一手去抓罗儒，却抓了个空，只能看着他随着江水越漂越远。张发远急得大喊："你这是干什么！要死也该我去！"

"我实在游不动了，孩子在你手里活下来的可能性更大！你就担起这个责任吧！他是咱们国军的血脉，你可一定要保住他啊！"罗儒喊道，向张发远拱手抱拳。

张发远还想再说什么，却被罗儒打断："别喊了，怕鬼子听不见吗！把孩子交给你，我走得踏实！"张发远没再说话，将木桶紧搂在怀里，郑重地给罗儒敬了一个军礼。

"结束了。"罗儒自言自语道。他放弃挣扎，随江漂流，冰冷的江水一点点带走了他的意识，他失去了知觉。

/ 第二十八章 /

"罗老弟，快醒醒！"不知过了多久，罗儒恍惚中似乎听到有人在呼唤自己。他睁眼一看，竟然是老油。

"人死了果然还有另一个世界！竟然看到老油了。"罗儒喃喃自语。

"快醒醒！你没死，我也没死！"老油一边说着，一边猛抽罗儒耳光。

不知挨了多少个耳光，罗儒终于彻底回过神来。原来，已在江中昏迷的他，又被江水冲回了南京岸边。他捂着红肿的脸颊，呆呆地看着老油，问道："你还活着？"

"我活得好着呢！要不然哪有力气把你的脸抽得那么肿！"老油笑得前仰后合。罗儒激动万分，紧紧地抱住了老油。原来，老油和一名士兵摔到城下后，背上炸药爬向日军，结果刚摸进敌人阵地便遇到了日本兵，那名士兵当即引爆炸药与敌人同归于尽。老油未及反应，便被爆炸震晕了。待他苏醒过来，发现日军已经攻占了中华门。他绕开日军，跑到江边来寻找第一旅，没想到竟然看到了被冲上江岸的罗儒。

老油问道："怎么不见咱旅长？"罗儒听罢，满脸的喜悦瞬间凝固住。老油见状，心中一惊，立刻明白了怎么回事。他长叹一声，点点头，没有说话，掏出烟塞进嘴里，两口就抽得只剩烟屁股了。

沉默良久，老油轻声问道："咱旅长，是咋走的？"

"被子弹打中了脑袋。"

老油木然地点点头，喃喃自语道："那还好，没遭罪！"他抽了抽鼻子，眼泪哗地流了下来。

两人沉寂了一会儿，老油问道："你下一步咋打算？"

"我要回南京！再和小鬼子干一仗，打死几个算几个。"罗儒望着南京城答道。此刻，这座六朝古都燃起的大火把半边夜空都烤红了。

"想好了吗？"老油问道。

"想好了，我就死在南京。"罗儒淡淡笑着，没有半分的壮怀激烈。

"正好我也是这么盘算的，咱哥儿俩结伴，先去南京城，再走鬼门关！"

老油放声大笑。

中国士兵为了逃生，在江岸上遗弃了大量的武器，轻机枪、重机枪、步枪、手枪、迫击炮，各式各样的武器应有尽有。两人挑了些枪弹，向南京城走去。滞留江岸的士兵见这两人要返回南京同日军拼命，纷纷侧目而视，更有几人聚拢了过来。一名士兵拦住两人去路，对身着军官制服的罗儒说道："长官，我也入伙！就这么死了我不服！我得拉几个小鬼子一起上路！咱们杀回去！"周围十余个士兵响应，要求罗儒带队杀敌。

罗儒没想到自己去送死还会有人跟着，便说道："跟着我们，可是要死在南京的！"

另一名士兵说道："长官，我们现在上天无路入地无门，终究难逃一死。既然如此，不如和鬼子再干一场，总比窝窝囊囊地死要强得多！"

这些中国士兵如此有血性，罗儒自是十分欣喜，但他心中也有顾虑，遂如实相告："弟兄们，我虽然是军官，可我是个军医，没什么指挥经验，恐怕不能带领大家作战。"

一名士兵抢着说道："这不要紧，我们只是不能群龙无首。仗我们自己会打，你告诉我们往哪里冲我们就往哪里冲，死完拉倒！"众人应声附和。眼前这景象让罗儒心头一热，他不再推辞，欣然应允下来。

一辆坦克隆隆驶来，罗儒定睛一看，正是小火轮没能拖走的那辆德国一号坦克。坦克员跳下坦克，走到罗儒跟前说道："我也跟着你们干！"

"请大家安静一下！"老油上前抱拳作揖，清了清嗓子，说道，"各位兄弟都是不怕死的好汉，我十分佩服。不过有句话还是要说在前面。既然大家伙都愿意跟着这位罗长官，那我们必须做到军令如山，令行禁止。如果不听罗长官调遣，擅自行事，那还不如各打各的鬼子，各逞各的英豪！诸位兄弟怎么想？"

"那是自然！这位长官敢在这个时候往城里面冲，就说明他有种！就凭这，我服他！比那些见着鬼子就吓尿裤子的长官强百倍！有种的长官带我打仗，他咋说咋是，我绝不含糊！"一位士兵高声回应道。众人也纷纷表态，表示绝对服从罗儒的命令。

罗儒郑重地向众人敬了一个军礼。这十余个士兵，虽然有的是中央军，有的是地方部队，但他们眼中都升腾着不屈的火焰。正是这火焰让罗儒觉得，虽然人少，但大有可为。

此时，天已破晓，一缕曙光从东方的地平线挤出来。一支小队加上一辆坦克，毅然决然地穿过挹江门，冲向南京城内。此时，日军已经开始在城中进行扫荡。

一进城，罗儒就傻了眼。南京城内到处都是人，没进安全区的百姓和溃兵没头苍蝇一样在街上奔跑，寻找着能藏身保命的场所。"如果袭击日军，他们会不会对这些手无寸铁的人下手？"罗儒投鼠忌器，感觉一下子被束缚住了手脚。

坦克目标大，噪声大，容易引起敌人注意，不利于隐秘行动，罗儒遂让坦克兵将坦克隐蔽在一个非常不起眼的角落里，而后众人又用碎砖烂瓦和杂草枯枝覆盖加以伪装。若非离近仔细观察，还真发现不了这个旮旯里还藏着个大家伙。

南京城内枪声此起彼伏，从未间断。罗儒疑惑不解，问道："怎么到处都有枪响？还有部队在同日军交火吗？"

老油侧耳听了一会儿，说道："这不是交火。只有鬼子的枪响，是鬼子在开枪。"罗儒听罢心里一惊，只觉得后脊梁发凉。

士兵们瞪着眼睛，道出了罗儒的担心："鬼子不会是在杀老百姓吧？"

罗儒虽然忐忑，但是总觉得日军有言在先，应该不会大规模屠杀百姓的。"他们的司令官松井石根大将，是日本军界数一数二的大人物。他言之凿凿，'对平民不加侵害'，这总归不能是放屁吧？"他分析道。

突然，不远处传来一阵"噼里啪啦"的声响。老油听了片刻，道："这种枪声从没听到过！"罗儒等人循着乱枪声悄悄前进，来到一处空场的外围。空场上似乎在进行庆典，所谓的枪声原来只是鞭炮的声响。一众人隐蔽起来，暗中观察。

空场中间搭着一个简易的台子，台架子上挂着一块大匾，上面写着"南京治安军成立庆祝大会"。二三十个配着短枪的人趾高气扬地在台前站成一圈，将一群手捧鲜花的老百姓围在里面。那些百姓佝偻着身子，吓得瑟瑟发抖。

待鞭炮响尽，一个身材精瘦穿着西服的男子走到台上，清了清嗓子，说道："今天，十二月十三日，是一个值得所有中国人都铭记的日子！因为今天，在皇军的关心关怀下，南京治安军正式成立了！我是总司令！大家鼓掌！"他自己带头鼓起掌来，不过响应者寥寥无几。见没人鼓掌，他满脸不悦，台下配短枪的人不敢怠慢，上去就对老百姓拳打脚踢，直到都使劲儿鼓起巴掌才停手。

"原来是一群汉奸。"老油愤愤地说道，"这帮老爷们也真有血性，前脚南京让鬼子打下来，后脚他们就蹦出来兴风作浪，真是一点时间都不耽误！"

那汉奸头目兴致极高，声音也因为激动而颤抖起来，道："我们南京治安军是为了日中友谊而创立，因此皇军对我们极为器重！虽说我们今天才成立，但昨天日本人便与我接洽，并给了我们一项非常重要的任务——迎接皇军进城！这可是难得的好机会！现在南京城内新成立的亲日组织很多，所以我们一定要漂漂亮亮地完成这项任务，赢个开门红，让日本人对我们刮目相看！"说罢，他让老百姓站成一排，晃动手中的花束，高喊"欢迎皇军"。他踱着步子在台子上走来走去，不停地要求老百姓"声音再大点""花儿举得再高点""笑得再好看点"。

突然，纷乱的马蹄声响起。罗儒等人躲在暗处一看，原来是四五十名日本骑兵赶了过来。敌明我暗，正是伏击的好机会，老油问道："干了他们吧？"士兵们也纷纷拉开了枪栓。

"不行！"罗儒低声说道，"这里百姓太多，如果我们袭击鬼子，鬼子肯定要拿这些百姓开刀。"众人听罢，只得把枪收起来。

日军骑兵队策马狂奔而来，速度越来越快。那汉奸头目一见主子来了大喜过望，更加起劲儿地吆喝："快！快！皇军来了！先演练一遍，让皇军看看我们的训练成果！"

"欢迎皇军！欢迎皇军！"有人机械地晃动着花束，声音有气无力。汉奸头目抢过一人的花束，夸张地摇晃起来，嗓门比任何人都大得多。

突然，日军骑兵拔出马刀，径直冲向了列队欢迎的人群。骑兵冲击速度极快，人们躲闪不及，当即便有十几颗人头落地。人群四散惊逃，但根本躲不过骑兵的追杀。骑兵往来冲杀，逢人便砍。不大会儿，空场上的几十人身首异处，尸体被马蹄肆意踩踏，脑袋则滚落得到处都是。这些被杀的人，除了手拿鲜花的老百姓，还有那些背着短枪的汉奸。

罗儒被这突如其来的杀戮惊得目瞪口呆，那名汉奸"总司令"更是瘫坐在地上号啕大哭。"皇军，你说你这是干啥啊，都是自己人啊！我们彩排得好好的，想着好好欢迎你们，你们怎么全给杀了！好容易拉起来的队伍，一下子成光杆司令了！"汉奸头目哭得凄切，如丧考妣。

日本骑兵的军官将刀架在汉奸头目的脖子上，他立刻止住了哭声，跪在地上，从怀中掏出一份文件，递了上去，道："我们正在为仪式做准备，皇军真的是杀错人了！"

骑兵军官看了看那份文件，用生硬的汉语厉声问道："那你刚才为什么要开枪？"

汉奸头目一怔，懊恼地捶了捶脑袋，说道："那哪里是枪声，是我们放的鞭炮！我们为了更好地服务皇军，专门成立了'南京治安军'，我担任总司令。今天是治安军成立的日子，所以放鞭炮庆祝！"

"哈哈哈哈哈！"日本骑兵们在马上笑得前仰后合。骑兵军官擦去眼角笑出的眼泪，将文件扔给汉奸头目，说道："误会！"而后收起淌血的军刀，调拨马头，带着一众骑兵离开了。

"现在你看清楚了吗？"老油对罗儒说道，"我们按兵不动，鬼子还是杀了那么多手无寸铁的老百姓。鬼子大老远来中国就是要杀人的，不管我们是不是发动袭击，鬼子都一样会杀人！"

罗儒点了点头。日本骑兵杀人之后脸上那轻松愉悦的神情，在他脑海中挥之不去。日本水兵在争相射杀渡江人群时，脸上也是这副神情。罗儒不寒而栗，杀戮已成为日军的娱乐活动，日本兵非常享受杀人带来的快感。原以为南京沦陷后，百姓只要屈服于日军淫威，便可保全性命，但此刻，强烈的不祥预感扑面而来：南京百姓即将面临的劫难，恐怕远比预想的要深重。

/ 第二十九章 /

见日本骑兵队走远，中国士兵从暗处冲了出来，将那汉奸头目打翻在地，绑了起来。罗儒道："这个汉奸和鬼子接触密切，肯定知道不少情报。我们找个落脚点好好盘问他，或许能事半功倍。"

德械一师常年驻守南京，老油对这里再熟悉不过。他建议道："从这往前走，有一座高楼，顶层视野非常好，我们可以藏在上面。"

众人依计而行，把那汉奸头目扛在肩上，跟着老油悄悄行进。日军已经占领全城，虽然各大路口都有日本兵守卫，但老油轻车熟路，带领众人一路抄小道，很快就钻进了那栋高楼，爬上了楼顶。诚如老油所言，这栋高楼的楼顶视野十分开阔，街面上日军的一举一动尽收眼底。罗儒无心多看，直接审问起那汉奸头目。

"你刚才说在为日军入城仪式做欢迎准备，怎么回事？"罗儒问道。

"不知道！"那汉奸头目不愿说，将头扭向了一边。老油冷笑一声，勾起脚尖，直踢他的面门。这一脚力道极大，疼得汉奸头目放声大哭，从嘴里吐出一颗颗裹着血的牙齿。

"皇军想大张旗鼓地搞一个入城仪式！"汉奸头目嘴里淌着血，不敢再嘴硬，一边哭一边说道，"为的是让全世界都知道南京是皇军的了！皇军给我的任务就是召集老百姓欢迎皇军，显得我们中国人对皇军的到来非常热情，烘托出日中亲善的气氛！"

"日本方面谁会参加这个入城仪式？"罗儒继续问道。

"两个大人物，据说是军队的大官和皇族成员。"汉奸头目战战兢兢地回答道。

罗儒眼睛一亮，追问道："什么时候举行入城仪式，地点在哪里？"

汉奸说道："仪式是十天之后举行，皇军的游行队列会经过楼前这条路。"

"太好了！我们就在这楼顶伏击鬼子的首脑！"罗儒大喜，拍着大腿说道，"射人先射马，擒贼先擒王！我们势单力薄，至多也就是弄死几个鬼子。但如果我们直接打死鬼子的最高首脑，那可真就是把天捅了个窟窿！那时候，咱们哥儿几个想不彪炳青史都难！"

老油来到楼边，悄悄向下张望。这里居高临下，视野很好，是伏击的绝佳地点。"这个位置，我想杀谁就杀谁。"他自信地说道。

罗儒对众人说道："弟兄们，原本我们杀回南京，只是想殉国之前再多杀几个鬼子。但是现在，我们有了一个千载难逢的机会，可以极大地打击日寇的嚣张气焰！我们现在的作战计划是，耐心等待，十天之后伏击敌人首脑，一举将其击毙！"

士兵们立正站好，齐声回答："是！"

"罗长官，有个鬼子进楼了！"负责警戒的士兵说道。

罗儒小心地从楼梯上探出脑袋，见一个日本兵叼着烟双手插在裤兜里走进楼内。见他这吊儿郎当的模样，罗儒心里稍稍安定一点，这个日本兵不像是发现了中国军人的踪迹。"这鬼子可能就是想爬到楼顶看看风景。咱们徒手制服，别惊动其他鬼子。"罗儒道。

那日本兵直奔楼顶，刚一现身，老油便将他打倒，虎钳般的大手便卡住他的喉咙，让他发不出声来。众人一拥而上，把他五花大绑起来。

"把这个鬼子宰了吧？"老油掏出匕首，顶在日本兵的脖子上。

"先别杀，等等再说。"罗儒知道，这个日本兵留不得，如果不小心让他跑了，小队藏匿的位置就会暴露，伏击敌人首脑的计划也将随之流产，但他实在狠不下心来杀害俘虏。

老油点点头，没有说话。在他眼里，日军凶狠残暴，丧尽天良，每个人都死有余辜。他很想一刀划开那日本兵的喉咙，但他不想在这支新拉起来的队伍面前挑战罗儒的权威，便也未作争辩。

"你们是杀鬼子的队伍吗？"一名男子突然出现在楼顶，劈头盖脸地问众人。罗儒等人大惊失色，谁都不曾注意到这人是何时来到他们身后的，就连一向机警的老油也没能察觉。众人回过神来，慌忙将那人按倒在地。那人并未反抗，只是昂着脖子重复刚才的问题："你们是杀鬼子的队伍吗？"

"我们就是杀鬼子的，你是什么人？"罗儒问道。他上下打量一番，觉得此人虽身材健硕，但却失魂落魄，仿佛精神上受到了极大的刺激。

那人并不回答，自顾自地说道："鬼子人多的时候我杀不了，我只能杀落单的鬼子。刚才我看到一个鬼子进楼了，便跟了进来，却发现你们已经把他给收拾了。既然你们也是杀鬼子的，我不如跟着你们干！"

老油觉得这人有些蹊跷，说道："跟着我们干可以，不过我们不知道你是什么来路，你得给我们纳个投名状来。"说罢，让众人放开那人。

那人从地上爬起来，毫不介意满脸的尘土，伸出手冷冷地说道："给我刀！"

老油递给他一把刀，指着那个被俘的汉奸和日本兵说道："不用你杀外面的鬼子。这里有汉奸和鬼子，把他们宰了就算你入伙儿了！"

那人接过刀，毫不犹豫地捅死了汉奸头目，而后挥刀刺向日本兵喉咙。老油见那人是真要杀鬼子，便伸手抓住他的手腕，说道："兄弟，这个不用杀了，我们信你了！"话音未落，老油便觉得不对劲，那人不仅没有停手，力道反而越来越大。老油只得用两手抓住那人的手腕，却仍然擒不住他。

那人丧失了理智，布满血丝的眼睛里满是杀气，面目狰狞，如同传说中的索命恶鬼一般。他低吼道："鬼子不是人，鬼子就该杀，鬼子一个都不能留！"老油从来没遇到过力气如此大的人，两手拼尽全力却抵不过那人的一只手。士兵们赶忙上前帮忙，费了好大的力气才将那人制服。老油虽累得气喘吁吁，却对那人颇为赏识，道："这小子有胆色有力气，让他跟咱们一起杀鬼子吧！"罗儒点头应允。

老油问那人姓名，但那人只说了一句"我是东北人"，便不肯再多说。众人只得称呼他"小东北"。小东北不愿与人交谈，坐在角落里一言不发，如同随时要冲上去扑咬猎物的野兽，两眼死死盯着那个日本兵。

"鬼子疯了！"有士兵失声喊了出来。站在高高的楼顶上，日本人的暴行尽收眼底。如同达成了默契一般，来自不同师团的日本士兵正在肆意地蹂躏着这座城市。

罗儒坐在楼顶，战栗不止，他最担心的事情还是发生了，日军开始屠城了！

/ 第三十章 /

"鬼子又造孽了！"一个士兵高声喊了起来。原来，这伙日军兽性不减，又翻墙进入了旁边的一所学校，并很快发现了藏身其中的十几名女生。女生们逃到操场上，日本兵便把枪扔在地上，在操场上饶有兴致地追逐着女生们。女生们边哭边跑，一些跑得慢的已经被日本兵抓住，死死地压在了身下。她们拼命地挣扎着，衣衫也被撕烂了。

这时，一名头发花白、身穿长袍的老者冲了出来。他挥舞着教鞭，使劲抽打着正在施暴的日本兵，高声怒骂道："你们这帮禽兽，滚出校园！"日本兵岂容这个老者来破坏兴致，举起枪托照着老者的头部狠狠砸去。老者当即倒地不起，头上皮开肉绽血流如注。

罗儒开始部署作战方案。他要求机枪手留在楼顶，嘱咐道："除了杀鬼子，你还有一个任务。那就是如果我们被鬼子包围了，你一定要打死我们，免得我们被俘！"

机枪手点了点头，将机枪枪口对准操场，说道："罗长官，放心吧！"

罗儒等人冲出大楼，跑到学校操场的围墙下，箭步而上翻过了墙头。然而跳下围墙的瞬间，众人都呆愣住了，墙根下，竟然还坐着十多个日本兵。突然出现在面前的中国士兵也让他们猝不及防。一时间，两方士兵都瞠目结舌地看着对方。

老油反应最快，大喊一声："杀！"便将刺刀捅进一个还在发愣的日本兵的胸口。中国士兵回过神来，一片白闪闪的刺刀刺向鬼子，十几个日本兵还没起身，就都死在了复仇者的刀下。

正在操场上施暴的日本兵赶忙放开身下的女生，连滚带爬地去捡枪。还没有摸到枪，埋伏在对面楼顶的机枪便响了起来，五六个日本兵当即中弹毙命。其余的日本兵见状，只好赤手空拳地冲向中国士兵。中国士兵举枪射击，唯有小东北嫌用枪不过瘾，竟拔下刺刀冲了上去。他凶猛异常，如疯如魔，杀得两眼血红。

众人杀了好一阵，才将这伙日军杀干净。女生们见得救了，都号啕大哭起来。她们满身抓痕，衣衫被撕得破烂，样子甚是可怜。

"轰"一声巨响，学校的大铁门被炸上了天，大批日军冲了进来。"嗒嗒嗒！"对面楼顶的机枪又响了起来，猛烈的射击将增援的日军压制在学校大门外。

"你们跟我来！我带你们去学校的后门！"那名被打倒在地的老者颤颤巍巍地从地上爬起来，对罗儒说道。

"校长，校长！"女生们看着满头鲜血的老者，哭得更厉害了。

"不妨事。"老者看着女生们，微笑着说道。

老者一路小跑地在前面带路，士兵和女生们紧跟在后面。老者抓着罗儒的手，一边跑一边说道："出了学校后门便是一条小路，倭寇尚未发现那里。你们逃出去后，请务必将女学生送到安全区。我这个老学究无以为谢，给各位国军将士磕个头吧！"

老者停下脚步便要下跪，罗儒诚惶诚恐，赶忙阻止，说道："使不得！我们答应就是，保证一个不少地把女生们送到安全区！"老者老泪纵横，握着罗儒的手连声致谢。

打开了后门，老者将罗儒等人送出门外，同他们摆手告别。女生们惊讶地问道："校长，您不和我们一起走吗？"

"将士为国而死，我这个老教书匠当然要为校而死。这是我的学校，我哪也不去。"老者微笑着看着这些可爱的学生，谆谆嘱咐道，"文化不亡，才能国家不亡，民族不亡。你们一定要刻苦读书，不可荒废时日！切记切记！"女生们泪如雨下，狠狠地点头。

老者慢慢地关上铁门，落上了大锁。"王师北定中原日，家祭无忘告乃翁！"老者沧桑而坚定的声音从门那边传来。"当当当！"日军的子弹在铁门上打出了几个洞，一行鲜血从门下流了出来。

机枪手继续猛烈地射击着，十余个日本兵在追击途中被击毙。一连串迫击炮弹在楼顶上炸开了花，机枪手消失在烟尘之中。

罗儒等人带着女生们钻进小巷，一路狂奔，片刻不敢停留。罗儒一边跑一边说道："弟兄们，咱们要把这些姑娘送到安全区。到达安全区前，咱们必须减少同鬼子的接触。我知道大家气愤难平，还想找鬼子拼命，但是现在不是时候，咱自己的生死无所谓，但是不能白白搭上这些姑娘的性命。"众士兵连声称是。

老油道："鬼子应该已经控制了南京的主要干道，咱们要去安全区只能钻巷子了。"他对南京了如指掌，罗儒便请他在前面带路。

一行人继续摸黑前进，走了不多时，便见一道长长的围墙出现在眼前，老油说道："这就是金陵大学，改办成国际安全区了。"南京保卫战打响之前，罗儒和老油曾来过这里。

罗儒转身对那些女生说道："这里是国际安全区，外国人开办的，日本人不敢来硬的，你们在这里是安全的。"

一行人向金陵大学的门口走去，看到一群日本兵正聚集在校门外高声喧哗，便赶忙隐蔽起来。一个日本兵使劲儿捶打着用铁皮加固过的厚重的大门。

日本兵聚在校门外叽叽喳喳讨论了很久，丝毫没有要走的意思。见无法从校门进去，罗儒决计让女生翻墙而入。众人沿着围墙来到一处僻静地，中国士兵搭起人梯，女生们踩着人梯，跳入墙内。

围墙内传来了生硬的中国话，"这里是国际安全区，里面都是手无寸铁的中国百姓！日本人滚出去！"但声音很快就变得柔和了起来，"原来是中国女学生，快来！"

女生们一个接一个爬上人梯翻过墙头，走在最后的女生走到罗儒跟前，问道："你们不一起来吗？"

"不了。"罗儒答道。

"那你们去哪里？"

"去死。"

女生一怔，转而问道："我听大家叫你罗长官，但是我还不知道你的名字。"

"我叫罗儒。"罗儒怕耽搁久了被日本兵发现，一边说着一边将那女生往人梯上推。

女生扭过身子，握住罗儒的手，说道："我叫婉莹。你要好好活着，我们还会再见面的。"

罗儒笑着回应："你也要好好活下去。"

听着围墙那边女生的脚步声越走越远，罗儒等人如释重负。

/ 第三十一章 /

"罗长官，我们下一步怎么报仇？"士兵们满腔怒火急欲拼命，围着问罗儒。

"我们德械一师的师部医院里恐怕还有数百个伤员，也不知他们是死是活，诸位可否随我一同去看看？"罗儒问道。德械一师撤得仓皇，刘师长连作战部队都顾不上，怎么可能想起组织伤兵们撤退呢？

"去哪里不是去，死哪里不是死！"众人满口答应。借着夜色，这队中国士兵向德械一师师部医院悄悄行进。

中国士兵一路潜行，来到师部医院大门外。医院门口，两个日本兵正惬意地聊着天。老油和小东北悄悄摸过去，从黑暗中一跃而出，将两人打翻在地，绑了起来。

"医院里有多少日军？"罗儒用日本话问道。那两个日本兵置若罔闻，不予理睬。老油二话不说，抢拳便打，直打得两人满嘴是血。

"就只有我们两人值守。"其中一个日本兵扛不住了，吐了口血沫子，用日本话回答道。

借着从医院透出的灯光，罗儒发现这个答话的日本兵穿的军服有些奇怪。虽然乍看上去与常见的日本军服并无二致，但仔细观察就能发现不少差别，最明显的是其军帽帽徽为黄红蓝白黑五色星图案，与挂着黄色五角星的日本军帽迥异。

罗儒用日本话问那戴五色星帽徽的士兵："你不是日本军人吗？你的帽徽为什么不一样？"

"他是日本军人。"戴五色星帽徽的士兵指着另一名被俘的士兵，用同样流利的日本话回答道，"但我不是日本军人，我来自满洲国防军。我奉命协助友邦军队驻防这个医院。"

罗儒一怔，改用中国话发问："你是东北人？"

"我不是东北人！是满洲国人！"那人同样改说中国话，义正词严地纠正道。他的口音满是白山黑水间的味道，小东北听了倍感亲切。罗儒十分惊讶，没想到眼前这个讲着一口纯正日本话的士兵竟然是个东北人。

"哟，还是个汉奸！"老油听到那人说起中国话，对着他又是一通猛打。

那"满洲国"士兵蜷缩在地上，抱着脑袋哀号道："我们本来就是满洲国，和你们中华民国也是平起平坐的。我都不是支那人，怎么就成汉奸了？"

老油怒火中烧，边打边吼，"你这汉奸当得挺到位！别的汉奸好歹还知道自己是过街老鼠，你倒真把自己当成洋鬼子了？"他拳拳到肉，打得那人哭爹喊娘。

小东北捡起那人的军帽，抠下五色帽徽，把玩了几下，丢在了地上，说道："你别说，他可能真不觉得自己是中国人。九一八事变以后，整个东北都成了日本人的天下，日本人变着法儿逼东北人忘本，好让东北人心甘情愿地当奴才！到现在就六年时间，可东北人已经没有一样东西是真正属于自己的了！图书是日本的，报纸是日本的，就连过节也必须是过日本的节日。日本天皇过生日，整个东北都要跟着庆贺，整得比过年都要热闹！不仅如此，日本人在东北横行霸道，烧杀抢掠，东北人不仅不能反抗，还得跟着跷大拇指，大唱赞歌！'满洲国'把九一八事变这天定为纪念日，每年的九月十八日都要逼着东北人举行感恩活动！所有带中国字的书全部被焚毁，日本人曾在五个月内烧了六百万本书，比秦始皇的焚书坑儒还狠！东北的学校就更别提了，小孩们上学第一堂课就是被称为'国语'的日语课，学的第一句日本话就是'天皇陛下万岁'。别的课学不好可以，日本话要是学不好只有挨打。所以这小子日本话这么好我还真不稀奇。课堂上和中国沾边儿的东西一点没有，讲的都是'中日亲善''日满不可分''大东亚共荣'。说到底，日本人就是让东北老百姓忘记自己是中国人，只念日本人的好！日复一日年复一年地这么搞，有的青年就不知自己老祖宗了！"

小东北的话让罗儒不寒而栗。日本人在东北实施的这一系列措施，如同一个紧箍咒，牢牢钳制住东北人民的思想，扼杀他们的国家意识、民族意识和反抗意识，让他们心甘情愿地当日本人的顺民。如果是国土沦丧，国民可奋起反击谋求光复，未来尚有一丝光明希冀，但倘若国民任由他国之精神占据大脑，那不出几代人，这个国家与民族必然会湮灭在历史的长河中。罗儒觉得那人反倒有些可怜，像是一个不知真相任人摆弄的小玩偶。

中国士兵径直冲入医院，但寻了几个大病房，一个伤兵都没有找到。罗儒心中暗叫不妙，拎起"满洲国"士兵吼道："那些中国伤兵呢？"

"满洲国"士兵颤颤巍巍地说道："都在手术室。"众人押着两个俘虏来到手术室门口。手术室的墙上，用鲜血写着一行大字——荣字第1644部队中支那防疫给水部队。

推开手术室大门，浓烈的血腥味迎面扑来，明晃晃的灯光下，满屋的血红色直刺双眼，让这些铁打的汉子也禁不住战栗起来。这间手术室如同一座屠宰场，屋内血流成河，地板就像用红颜料刷过一样，丝毫看不出原本的颜色，房间一角则堆放着大量的尸体，更确切地说，是人肉皮囊——所有尸体的内脏都被摘除了！桌子上的玻璃器皿内，更是摆放着各种各样的人体脏器！

罗儒感到一阵阵眩晕，他扶着墙，指着墙角那堆被开膛破肚的尸体，问道："这是怎么回事？"

"都是伤员，桌上摆的都是他们的器官。""满洲国"士兵战战兢兢地回答道。

"继续说！一五一十地说！"罗儒咆哮着。

"满洲国"士兵见罗儒等人眼中喷火，不敢再有隐瞒，将师部医院发生的一切和盘托出。"我跟着日本人来到这个医院，发现这里还有三百多个没有撤走的伤兵。日本人准备就地处决这些伤兵，但他们惊讶地发现，这里竟然还有一个被俘的日本小兵。一个中国老兵正在悉心照料着他，那老兵衣衫单薄，冻得瑟瑟发抖，日本伤兵则裹着厚厚的棉衣。若不是两军交战，真会以为他们是真正的父子俩。""满洲国"士兵回忆道。

"日本人觉得很有意思，于是将这三百多名中国伤兵的命运交给那名日本小兵，让他来决定这些人的生死。那个日本小兵毫不犹豫地说，处决这三百多人。在场的日本人都鼓起掌来。日本小兵解释说，他被中国人俘虏就已经耻辱万分，如果再心慈手软，那更是铸下大错。他要用这些人的鲜血洗刷自己的耻辱，维护帝国军人忠勇神武之形象。"那人声音越来越小，说到最后已声如蚊蚋。

但这细微的声音仍然如惊雷一般在罗儒脑中炸响，他怒目圆睁，脸涨得通红，身体如触电一般不住地颤抖起来。他一拳击碎手术室大门的玻璃，手也被划得鲜血淋漓。"我错了，是我错了。日本鬼子不是人，真的不是人。"他咬着牙说道。

"满洲国"士兵见这为首的军官如此气愤，哪里再敢言语，便跪在那里不再作声。罗儒抬手一刀，那人的耳朵便飞了出去。那人疼得满地打滚，被罗儒一脚踩住。"把你知道的都告诉我，少说一个字扯烂你的喉咙！"罗儒吼道。

那人哀号着说："日军正准备对伤员进行处决的时候，来了一大批日本军医。他们没让杀，说要拿这些伤兵做解剖实验。那个日本小兵告诉军医，他很感谢那个照顾他的支那老兵，所以他请军医帮忙取了那名老兵的心脏留作纪念。别说你们，我都觉得那个日本兵没良心，既然有恩于你，你就不该杀，就算要杀，也不该人还活着就给开了膛。"

"你说什么！"罗儒暴跳如雷，掐着那人的脖子将他拎了起来，吼道，"那个老兵还活着就给开膛了？"

"不光那老兵，三百多号人都是活着开膛的。"那人战战兢兢地回答道。

三百多中国伤兵被活体解剖了！

罗儒的理智彻底被砸碎了，他弓着身子，疯狂地撕扯着自己的头发，尖厉地放声长啸。他举起凳子，哭号着将桌上装有各种脏器的器皿打得稀烂。顷刻间，手术室的地板上摔落的满是心、肝、脾、肾等人类器官。

在医院门口与这个"满洲国"士兵一同被生擒的，还有一个日本兵。罗儒决定以其人之道还治其人之身。

罗儒跌跌撞撞地走到那个被俘的日本兵身前，将他拖到手术台上。"我把你也活着开膛，摘了你的心肝脾肺，我倒要看看日本人疼不疼，看看日本人的良心都藏到哪里了！"众人扯开日本兵的衣服，将他的胸膛露了出来。

罗儒双手紧握刀柄，将刺刀顶在日本兵的心口。然而下了几次决心，却始终下不去手，他感觉到一股源于人性深处的力量死死地钳制住了自己的双手。愤怒可以让他血液沸腾，也可以击垮理智，但终究无法战胜人性。

罗儒放弃了，但看着墙角里堆放的那些被掏空的尸体，他心有不甘。他将刺刀递给老油，说道："油爷，你把他活体解剖了！"老油咽了口唾沫，拿起刺刀在日本兵的肚皮上比画了许久，却也没下得去手，只得又将刀递给了小东北。杀鬼子不眨眼的小东北此时面有难色，握着刀盯着日本兵的肚皮好一会儿，憋出一句"干不来"，又将刀递给了旁边的中国士兵。刺刀就这样在士兵手中传递着，很快又传回到罗儒的手中。罗儒收起了刺刀，他明白，大家不愿意将这个日本兵活着开膛破肚，不是因为缺少胆量，而是因为拥有人性。

"用你们的方式解决吧！"罗儒说道。小东北麻利地将那日本兵的脖子拧断了。

"罗长官，这个怎么办？"士兵指着跪在地上瑟瑟发抖的"满洲国"士兵问道。未等罗儒回答，小东北杀气腾腾地走了过来，将双臂缠在了那人的脖子上。

"长官，我告诉你个情报，你饶我一命！"那"满洲国"士兵见大难临头，对着罗儒拱手作揖，急切地说道。罗儒点点头。

"那帮日本军医在这边给人开完膛，就去德械一师的师部休息了。你们要是想报仇，就去德械一师的师部。"那人说道。

罗儒思索片刻，将刺刀贴在那人脸上，问道："消息准确吗？谁睡在师长那屋？"

那人见罗儒感兴趣，觉得自己活命有望，忙不迭地说道："绝对准确！我亲自把他们送到那里去的。他们睡在师长那屋，那屋床大，又有沙发，住的都是军官。"

"杀了吧！"罗儒说道。一声脆响，小东北拧断了这个东北老乡的脖子。

"走！咱们去德械一师师部！"罗儒大步流星地走出医院。众人尾随而出，消失在浓浓的夜色之中。

/ 第三十二章 /

"师部本身就是个军事据点，易守难攻，没有千八百人根本打不下来，咱们这点人估计几个鬼子哨兵就能把咱们挡在外面！"老油一边走一边对罗儒说道，"我没别的意思，死哪里不是个死？我就是给你提个醒，别白白喂了鬼子！"罗儒木然地快步疾走，没有理会老油。他的思绪被困在了医院的手术室里，眼前晃动的满是那些被掏空了的尸体。

中国士兵很快便来到德械一师师部附近。罗儒没有组织进攻，而是带着众人七拐八拐，钻进了一个破落的院子里。罗儒指着院中的一口枯井说道："这是条暗道，能够直通师长的卧室。"

众人听罢目瞪口呆，老油更是不敢相信自己的耳朵，瞪着眼睛问道："你哄我呢，我在德械一师混了这么多年都不知道有这事，你刚来几个月怎么可能知道？"

"刘师长为了保命，也是煞费苦心。"罗儒把因救治有功而被刘师长特批进入密室拿酒拿肉的事情，向众人简单地解释了下。

老油拍着脑门想了起来，说道："我说那酒和腊肉怎么那么地道呢，敢情都是师长珍藏的宝贝！"

众人跟着罗儒爬到井下，进入了暗道。推开密室厚重的铁门，浓重的酒气和肉香迎面扑来。罗儒拧亮了电灯，一座深藏地下的酒池肉林呈现在众人眼前。已经一天多没吃没喝的士兵见到这么多好酒好肉，眼睛都冒出了绿光。老油抱起一瓶酒，将鼻子凑到瓶口嗅个不停，连声称赞："这酒可真香！师长这老小子真是鬼精，地底下藏了这么多宝贝！"

罗儒示意众人安静，悄声说道："这条暗道的另一头就是师长的卧房，按照那个'满洲国'士兵的供述，这里面睡着不少军官。咱们悄悄地摸上去，把他们全宰了！完事之后，咱们再回这里大吃大喝！"众人连声称是。

罗儒等人悄悄来到暗道尽头，却听得师长卧房内歌舞声不断。看来，屋内的日军无意睡眠，仍然在放肆地狂欢，庆贺南京的沦陷。见无机会下手，罗儒便示意众人退回暗室，等待出击时机。

回到密室，饥肠辘辘的众人抓过熏肉，坐在地上狼吞虎咽地吃了起来。大家伙吃得尽兴，一时忘了身处险境，抓起酒瓶就要豪饮，但美酒尚未入口，便忽地想起来，眼巴前还有一位军官，于是都齐刷刷地瞅着罗儒，生怕他下"禁酒令"。

罗儒笑道："这是咱兄弟的'断头饭'，现在再不吃好喝好，难道要去阎王殿开洋荤吗！"话虽凄凉，却没影响众人的兴致，大家兴高采烈，举起酒瓶开怀畅饮起来。

老油靠在墙上，咕咚咕咚地往肚子里灌酒。他酒劲上头，脸上泛起了红晕。"当兵这么多年，无数次死里逃生，不过这次，是真的活不成了。咱们哥儿几个能死到一起，这是多大的缘分？我也就不见外了，给大家说说我的故事！"老油挤出一抹微笑，淡淡地说道。

"我家在乡下，离上海不远。虽说我是粗人一个，但我家祖上可真出了不少读书人，用我爹的话说，这叫家学渊源。我爹就是个读书人，大清朝的时候参加过科举，没有考中，回到村里当了个私塾先生。他一直觉得自己读书多学问深，要不是大清朝完了，一准儿能成为造福百姓的父母官。"老油笑着说道，温情暖暖的笑意难掩那一抹顽皮的戏谑。

"我爹这人，脾气倔得厉害，比驴都倔！"老油接着说道，"他一心希望我成为读书人，哪承想，我年纪不大就成了一个混子，坑蒙拐骗偷样样精通。他骂过我打过我，但最终也没管住我，十里八村的乡亲都戳着我爹的脊梁骨说，老秀才家门不幸，没生出小秀才反生出个大祸害。我爹气不过，把我轰出了家门。后来，我发誓要干出点名堂，让我爹也宽宽心，于是我就参了军。不是吹牛皮，我脑子非常灵光，很快就被提拔为连长。我满心欢喜地请人给我爹写了一封信，告诉他这个好消息，没想到他的回信是：纵成将军，亦不过是中国内战之走卒，祸乱百姓之帮凶，何足道哉？

　　"五年前，一九三二年一月，日军进攻上海，我们师和鬼子干起来了。我又请人给我爹写了一封信，告诉他我在前线打鬼子，有可能会殉国，让他照顾好自己。我很快就收到了我爹的回信，上面只有四个字：父心甚慰。后来听乡亲们说，我那一向清高的老爹拿着我的信，在村里挨家挨户地敲门，告诉人家他儿子长出息了，成了保家卫国的抗日英雄了。"说到这里，老油腼腆地笑了起来，似乎赢得父亲的认可是他一生中最大的成就。

　　"后来，日军行军经过我们村，有汉奸跑去告诉鬼子，说我爹的儿子正在前线和日本人作战。"痛苦在老油的脸上蔓延开来，他的声音也低沉下来，"日本人把我爹绑在树上，又将全村人聚集了起来。日本人对乡亲们说，日军进攻上海是为了反击中国的挑衅，保护中日两国的和平，这个老头的儿子在上海抵抗日军，是破坏和平的大恶人。我爹哈哈大笑，说他自己报国无门，生的儿子却能上阵杀敌，保卫国家民族，真是祖上积下大德。日本人恼火了，对他拳打脚踢，并将刀架在他的脖子上，告诉他只要修书一封，宣布和我断绝父子关系，就能饶他不死。我爹又是一阵大笑，说他生了个好儿子，脸上有光，他不要命也得要这个好儿子。日本人挥刀砍下他一条胳膊，我爹还是不肯改口。乡亲们看不下去了，都哭着求我爹，赶快写一封断绝父子关系的信，先把命给保住。于是我爹提笔写了一封信。"老油从怀中掏出一封信交给罗儒，请他读给大家。

　　罗儒接过信，一字一句念与众人："吾儿勿念，安心杀敌为当前之紧要。你是军人，讲求宁死不降之气节；我是文人，亦当效仿文天祥为国殉难。倘我迫于倭寇淫威，与你断绝父子关系，那便是我失了身为父亲的傲气和身为文人的傲骨。今日斧镬加身，虽九死而不悔。倭寇凌辱中华，七尺男儿自当捐躯赴国难。昔日为你冥顽不灵而无比烦忧，今日得见你成为抵御外辱之栋梁，老父心中万分宽慰。老父今日归去，在天之灵必佑我儿奋勇杀敌！"

家书读罢，老油早已泪雨滂沱，罗儒等人深觉震撼，也都小声啜泣起来。

"鬼子看完了信暴跳如雷，在我爹身上捅了十七刀！整整十七刀！鬼子走后，乡亲们把我爹葬了，又跑到前线，把那封信交给了我。"老油拿过信，小心翼翼地折好揣进怀里。

老油眼中的绝望迅速被仇恨吞没，喷射出令人胆寒的杀意。他死死地盯着手中的刺刀，强烈的复仇欲望几乎撑破了他的胸膛。"自那以后，我这辈子就只剩下了一件事，那就是杀鬼子。我爹被杀没几天，我俘虏了一个鬼子，当时就把他给宰了。因为这事我被送上了军事法庭，指控我违反了国际法。法庭念我军功卓著，说如果我认罪就可以从轻发落。我告诉法庭，我不知道什么国际法，我就知道血债血偿是天底下最大的法！

"后来我因为杀俘虏被军事法庭判处死刑。朱旅长知道后，四处找人托关系，把我搞了出来，并留在了他身边。当时中央军忙着打军阀、剿红军，我是真不想打，我要死也得死在日本人手里，被中国人打死算是怎么回事？朱旅长对中国人打中国人也是恨得牙根痒痒，就把我调离前线，让我负责训练新兵。卢沟桥事变一爆发，立刻又将我调回最前线，让我真刀真枪地杀鬼子。要说朱旅长对我是真够意思，我这辈子都欠他的情。"

老油讲完了自己的故事，密室内静得只剩下彼此的呼吸声。与老油一起闯过那么多血雨腥风，罗儒还是第一次知道这个"老兵痞"背后的故事。

"罗长官，屋里消停了，估计鬼子睡熟了！"留在密道尽头盯梢的士兵返回密室报告。众人听罢，抹去眼泪扔掉酒肉，拎起步枪跟着罗儒走了出去。

密道尽头，已听不到日本人的歌舞声，取而代之的则是如雷的鼾声。众人悄悄顶开密道的门和覆盖在上面的地毯，从密道中爬了出来。

屋内漆黑一片。罗儒摸索着来到宽大的会客桌前，桌上摆放着日本军官的军刀。他细数一下，共有十一把刀。日本军官素来刀不离人，因此这屋内肯定有十一人。罗儒等人顺着鼾声，蹑手蹑脚地来到床边和沙发边，清点一番，正是十一个人。士兵们拔出了刺刀，一人负责干掉一个日本军官。

"杀！"黑暗中传来罗儒的声音。十一把刺刀高高举起，又齐刷刷扎入日本军官的喉咙。日本军官猛地惊醒，在黑暗中奋力挣扎，但他们的嘴被中国士兵死死捂住，发不出一点声音，喉咙上的刺刀更如钉子一般将他们紧紧地钉在床上。日本军官又抓又挠，如同泥鳅一般在床上扭动着身体，很快就都没了动静。

罗儒让老油在这些军官的尸体上安置诡雷，把事后发现尸体的日本兵也一并送上西天。处理完毕后，众人又爬进密道，沿原路返回，从枯井中爬出，来到了那座破落的院子当中。

一个姓赵的士兵问道："罗长官，我就是南京本地人，我家就在挹江门附近。看到鬼子在南京这么杀人，我挺担心我爹娘的，我想回去看看他们。完事之后我再归队跟着你打鬼子，你看行吗？"

"要去一起去，遇到事情还有个帮衬。"罗儒说道。

/ 第三十三章 /

一队人拎着枪，急匆匆地向挹江门跑去。此时，夜色消退，繁星隐去，只留下启明星孤寂地挂在东方。凛冽的寒风扫过大街小巷，裹挟起弥漫在空气中的血腥味，让人感觉这风仿佛都要被染成红色。如果能抓住风，定能从中挤出鲜血来。

中国士兵原想穿巷而行，但惨烈情形一如之前所见，连走了十几个巷子，每个巷子都躺满了死人。士兵们不忍心踩踏同胞的尸体，对罗儒建议道："咱们走大路吧，终究好走一些，如果遇到鬼子咱们就和他们干！"一队人随即向通往挹江门的主干道行进。

来到大路上，眼前的景象几乎让众人昏厥过去，这里是比小巷更加触目惊心的地狱！宽阔的路面上趴满了死人，密密麻麻的尸体沿着道路绵延而去，望不到尽头。路旁的电线杆和树上，笔直地吊着许多尸体。路旁还有许多被烧得如焦炭般漆黑的尸体。他们扭曲地躺在地上，只能从轮廓大致辨别出人形。他们大张着嘴巴，定格了被烈火吞噬时的痛苦哭喊。眼前这惨象，让这群见惯了血雨腥风的中国士兵剧烈地呕吐起来。日本人刚刚进入南京，就将南京杀得日月无光，以后南京的日子会如何，罗儒想都不敢想。

那名赵姓士兵见到这幅惨绝人寰的景象，更加担心家中的爹娘，便向着挹江门方向狂奔而去，其余士兵也尾随着跑了起来。跑了好一阵，众人才赶到挹江门。来到赵姓士兵家，发现院门大开，罗儒心中暗叫不好。中国士兵冲入屋内，只见到两具无头尸体和满地的鲜血。这两具尸体跪在地上，双手则被反绑在背后，仍然保持着被斩首时的姿势。赵姓士兵识得尸身上穿着的衣服，连滚带爬地跑过去，抱起尸体大声哭喊："爹、娘，你们的脑袋呢？"

突然，门"吱扭"一声被推开了，众人慌忙举枪瞄准。没想到进来的是一位老大娘，她哭着径直奔向赵姓士兵。士兵见到这位大娘也一怔，然后两人抱在一起失声痛哭起来。哭了好一会儿，赵姓士兵才说道："这是我家几十年的老街坊。她是个哑巴，大家都喊她哑娘，她看着我长大的。"

哑娘拉着赵姓士兵往外走，嘴里急切地啊啊喊着，罗儒等人也赶忙尾随出去。路边躺着不少无头尸体，众人心里犯起了嘀咕：那么多的人头都去哪里了？

走出不远，一座大坟包赫然出现在眼前。"这里怎么多了座坟？原来没有的。埋的是谁？"赵姓士兵惊奇地喊道。

走近一瞧，众人才震惊地发现，坟前竟然密密麻麻摆放着几十颗人头！赵姓士兵一眼便认出了自己爹娘的脑袋，扑过去将两颗头颅抱在怀里，号啕大哭起来。

罗儒走近墓碑，发现上面写的是日本字。借着熹微的晨光，他翻译给众人："地王星，英勇果敢，忠心耿耿。不幸触支那人地雷而牺牲。特斩五十颗支那人头颅以慰其英灵。战事紧急，草草埋葬，待帝国光辉普照支那，我必将重新厚葬地王星。十六师团第二十联队联队长内山。昭和十二年十二月十三日。"

哑娘跪在地上，用手使劲刨着坟，似乎想告诉众人坟墓中的秘密。罗儒说道："把鬼子的坟刨了，我倒要看看是什么大人物值五十颗人头！"士兵们找来铁锹，开始深挖这座刚筑好一天的新坟。

众人挖了好久，刨出来一个大麻袋。麻袋非常大，而且极沉，十几人费了九牛二虎之力才把它从坟坑里拉上来。中国士兵打开麻袋，顿时呆愣住了——里面装的竟然是一匹马的尸体！日本人为了给一匹马报仇，竟然砍了五十个中国人的脑袋！

突然，哑娘跳进坟坑，在埋葬日本马的地方继续往下挖，没几下便挖出来一具尸体。中国士兵见状，又跳入坑中继续挖起来。没过多久，竟然先后刨出来十多具尸体。这些身着百姓服装的尸体，面容扭曲，大张着嘴，口鼻内塞满了土，显然是被活埋的。哑娘指着这些尸体急切地比画了好一会儿，众人才明白了她的意思。原来，这些人都是被抓来给日本马挖坟的，挖完之后被就地活埋了。

"一匹联队长的马要几十个中国人殉葬。在日本人眼里，中国人的命连畜生都不如！"罗儒哀叹道。看着码放了好几排的头颅和被活埋的尸体，罗儒知道，在日本人眼里，杀掉南京人和宰只鸡并没有实质性区别。

中国士兵掩埋了众多尸体，由于脑袋和尸身对不上号，也只能一个脑袋配一个身子这样草草下葬。

众人离开了赵姓士兵的家，寻找伏击日军的地点。老油来到一间临街店铺前，喊道："罗老弟，你过来一下！"罗儒赶忙跑了过去。这间店铺内，躺着三十多具尸体。

"这有什么奇怪的，哪家哪户不是堆满尸体，没死人才是奇怪的。"罗儒说道。他的神经自城破之后就一直浸泡在血腥之中，对尸体甚至已经有些麻木了。

"你看看死的是谁。"老油指着一具胸口被捅了七八刀的尸体说道。

罗儒仔细端详，发现那人面相颇为熟悉，又见堂内高悬一块"百年老店"的金字大匾，方才恍然大悟，高声叫了出来："林老板！"在南京守城战打响前夕，他和老油曾拿着腊肉和酒来到这家酒店，和店主人林老板畅饮了一番，还说了不少掏心窝的话。

店还是那家店，"百年老店"的招牌也依旧高悬，只是店中之人都已命丧黄泉。林老板和前来投靠他的亲戚三十多人，悉数被鬼子刺死。被他们视为救命稻草的日军传单，仍然紧紧地捏在手中。那传单虽然已经被鲜血洇湿，但上面"不加侵害"四个黑体大字却依然醒目。

"让他走他不走，偏偏相信鬼子不杀人的鬼话，还拿着鬼子的传单当尚方宝剑。这下可好，不仅老店断了香火，还让鬼子灭了门。"物是人非，老油坐在几日前喝酒时曾坐的位置上，把弄着桌上的酒碗，叹息着说道。

突然，老油脸色一变，喊道："有机枪射击的声音，从江边传来的！"众人支起耳朵倾听了片刻，并没有听到什么响动。

虽然罗儒也没有听到枪声，但他毫不怀疑这名老兵的判断。"出城，去江边！"罗儒喊道。士兵们从店内鱼贯而出，跟着老油向城外跑去。

老油所言不虚，还未出城，枪声就越发清晰起来。枪声激烈而密集，只有大规模兵力作战时才会有这样炽热的火力。"是不是江对面的国军打过来了？"罗儒有些兴奋地推测。

老油阴着脸，冷冷地说道："这都是鬼子的枪，二十挺九二式重机枪。不是交火，是鬼子在杀人。"罗儒听罢，心里寒意陡升，鬼子这是要杀多少人，竟然用上了这么强的火力！

旭日初升，江雾消散。中国士兵来到城墙根下，寻到一处被日军炮火炸塌的城垣。越墙而出，夹带着浓重血腥味的江风迎面扑来，那感觉就如同一盆盆鲜血溅在脸上。举目眺望，眼前的景象惊得人心胆俱裂——江岸黑压压铺满了尸体，沿着江岸绵延伸向望不到的远方，江面上也满是随波逐流的浮尸，打着旋儿沉沉浮浮地向下游漂去。夜里曾看到的一串串被日本兵用绳子拴住的中国人，现在正一串串地躺在岸边，漂在江里。

士兵们跳下城垣，沿着江岸狂奔起来，他们要看看，这由尸体铺成的江岸，到底哪里才是尽头。然而一直跑到筋疲力尽，目之所及依然是密密麻麻的尸体。一个迫切想知道却又不敢面对的问题撞击着他们的心：日军到底杀了多少人？

机枪声远远地传来，夹杂着人们的哭号声。"跟鬼子拼了！"罗儒喊道。子弹上膛，中国士兵向着枪声响起的地方冲去。

循声追了很远，枪声越来越响，哭号声越来越小，终于发现了日军的影踪。五十多个日军操着二十挺重机枪，向被聚拢在一起的一千多名中国百姓喷吐着火舌。机枪有序地扫射着，子弹交织成一张细密的网，打得百姓们血肉横飞。人们哭号着成片地倒在血泊之中，鲜血把周遭的江水染得一片黑红。日本兵亢奋异常，一边射击一边咧嘴狂笑。罗儒等人赶了过来，迅速做好了战斗准备。

机枪终于止息住咆哮。十多个日本兵走入尸堆，用刺刀不停地戳着尸体，检查是否还有幸存者。见这批中国人已经死透了，日军军官挥了挥手，说道："快走，去下一处清理现场，中队长他们已经把人押到江边了。真是忙碌的一夜啊！我知道大家很辛苦，但还是要打起精神来！"日本兵听罢，赶忙拆解机枪。

"打！"罗儒吼道。

老油率先开枪，那日本军官脑袋当即被打出个血窟窿，一声未吭地栽倒在地。接着，数十枚手榴弹齐刷刷地飞了过去，在日军中间炸开了花，密集的子弹也紧跟着迎面扑来。没等这伙日军反应过来，二十多人就已命丧黄泉。侥幸未死的机枪兵一边趴在地上躲避子弹，一边手忙脚乱地重新组装机枪。一时间，日本兵完全丧失了还击能力，只能撅着屁股挨打。

然而这样的局面并没有持续很久，日军优良的作战素质很快便体现出来。他们迅速恢复了镇定，顶着弹雨有条不紊地组装机枪。眼看着日军的机枪就要组装成了，罗儒挥臂喊道："弟兄们，往上冲！一会儿鬼子机枪响了，咱浑身是铁也招架不住！"

中国士兵端着刺刀，旋风一样冲了上去。日本兵见状，也只得丢下机枪起身应战。怒发冲冠的中国士兵如久未尝腥的饿虎，哪里有敌人便挥舞着刺刀冲向哪里。日本兵虽然拼刺技术了得，但此刻手中只有机枪枪管、支架等物，终究敌不过中国士兵的利刃。没过多久，五十多个日本兵悉数被中国士兵歼灭。中国士兵也有两人身受重伤。

一仗杀了这么多日本人，士兵们大呼过瘾，纷纷要求回南京城内杀个痛快。罗儒看看长江，又看看众人，说道："昨天在这江岸上，我们决议一同杀回南京；今天，我们还要再次杀回南京。我想再给你们一次选择的机会。你们可以想办法过江去，过了江就是生，跟着我就是死。你们想好，现在打退堂鼓还来得及。"罗儒回想这一天一夜经历的那么多事情，颇有恍若隔世之感。

士兵们无人应声。老油点燃一支烟，边抽边说道："罗老弟，别耽误工夫了，没人走。昨天，你带领大家杀回南京，是为了你们书生口中'军人的荣誉'。现在咱们再杀回南京，是为了死在南京的男女老少，是为了自己的良心！南京惨成什么样咱见识过了，我现在脑子里全是白花花的死人！咱们都是男人，谁能咽得下这口恶气？轰轰烈烈干男人该干的事，比窝窝囊囊当一辈子缩头乌龟强得多！这条命老子不稀罕了，老子就是要报仇，死也要溅小鬼子一身血！"

"对！报仇，死也要溅小鬼子一身血！"士兵们鼓起掌来。罗儒郑重地向众人敬了一个军礼。

出发前，罗儒检查了两名在刚才的战斗中负伤的士兵的伤情。他俩血流不止，伤势严重。罗儒虽心急如焚却也爱莫能助，此刻他没有任何救治药品。"背上伤员，咱们一起走。"罗儒吩咐道。

话音未落，耳边便响起了枪声，随之一块血肉模糊的东西飞落到罗儒脚下。原来，一名伤兵趁人不备举枪自尽，打飞了自己的天灵盖。另一名伤兵见状，也把枪口往嘴里塞。老油眼疾手快，未等他扣动扳机便已将枪抢了过来。

"你们这是干什么！"看着自尽士兵不断流出的脑浆，罗儒对那伤兵大声吼道。

那伤兵躺在地上，向罗儒敬了一个军礼，说道："罗长官，临了能跟着你打鬼子是我的福气。我是杂牌军的，当兵的装备差，当官的指挥笨，杀一个鬼子得搭进去十几条人命。但我跟着你，一个人就干死了快十个鬼子！我知足了！我伤成这样，也杀不了鬼子了，活着就是个累赘，白白拖累你们。我真不稀罕多喘这几口气儿。你们好好打鬼子，我先去那边给兄弟几个占个地儿，完后咱们到那边再聚，这多好呢！"说罢便笑嘻嘻地看着罗儒。

罗儒沉默良久，他知道那伤兵说得不无道理，这一队人终究都是要死的，当初杀回南京便把这个结局想得清清楚楚了。而且伤兵被日军生俘的可能性更大，饱受折磨之后仍难逃一死，相比之下，自戕殉国的确算是个好办法。

"长官，别琢磨了。我不给你们添麻烦，让你们进退自如地打鬼子，这不是我的功劳？你们杀的鬼子得有几个算在我头上吧！"伤兵边说边伸手去抢老油手中的步枪。

罗儒叹了口气，拔出手枪递给他，说道："用这个吧，不会把脑袋打碎，能留下全尸。"伤兵满眼感激地看着罗儒，接过了手枪。

"先走一步！先走一步！"伤兵躺在地上，向围在身边的士兵拱手作揖。

又是一声枪响。

/ 第三十四章 /

晨光熹微，一队中国士兵披着朝霞，冲入仍在死亡中沉睡的南京城。

罗儒决心打一场伏击战。他料定日军还会将大批中国百姓押往江边进行屠杀，因此选择了一条通往江边的街道作为伏击地点。这条街道并不宽，两侧均有二层建筑，可以居高临下对街面进行射击。罗儒让坦克手将事前藏匿起来的坦克开到街道上，又命其余人埋伏在一栋视野很好的街边二层建筑内。一番周密的作战部署后，中国士兵各就各位，静待日本人的到来。

众人静静地坐在二楼的屋内，老油嘴里叼着烟，手里把玩着手榴弹，小东北则缩在墙角，低头数着胸口上的刀口。罗儒靠在窗边，望着已渐渐明朗的晴空，梳理着已经乱成一锅糨糊的思绪。在不到两天时间里，他经历的事情比过去二十年经历的还要多。第一旅仓皇撤退，朱旅长自戕殉国，受女子之托带婴儿过江，率敢死之士杀回南京，出手营救女学生，在师部医院见到伤兵们被掏空的尸体，通过密道刺杀日本军官，奇袭正在进行屠杀的日军小队，一幕幕惊心动魄的场景清晰地浮现在罗儒的眼前。最令他灵魂战栗的，还是那些被乱枪打死的儿童，被奸淫杀害的女子，被砍掉头颅的男子，被一串串牵去江边屠杀的俘虏和被活体解剖的中国伤兵。

"鬼子来了！"

中国士兵迅速伏在窗口下面，罗儒悄悄探出脑袋，发现一大队人远远地走来，七十多个扛着机枪的日本兵列队走在前面，身后跟着千余名中国老百姓。这些老百姓并没有日本兵看守，也未被绳子捆缚，却没有一人逃跑，全都老老实实地排着长队跟在日军后面。

"按计划打！"罗儒小声命令道。

日军的队伍很快开了过来，进入了中国士兵的伏击圈。"停止前进！"走在前面的日军军官看见一辆中国坦克栽歪在道旁，机枪管也死气沉沉地低垂着指向地面，不由得心中大喜，以为这是一辆被中国军队遗弃的坦克，自己一枪未发便缴获了个大战利品。

"去看看支那人是不是拆掉了坦克的马达，希望这些鼠辈慌乱逃跑中没有破坏这辆坦克！"日本军官说道。日军进入南京后，目空一切，肆意横行，眼前这队日本兵也是没有一点警惕心。

"咔嗒咔嗒"，坦克机枪突然转动起来。日本兵脸上的笑容瞬间凝固住了，错愕地看着黑洞洞的枪口慢慢抬起，对准了自己。那一刻，全世界似乎安静得只剩下坦克枪管转动的声音，无论是日军还是中国士兵都听得格外清楚。

"支那人！"日本军官回过神来，高声大喊。然而为时已晚，坦克开火了！疾风骤雨般密集的子弹扑向日本兵，当即打死十余人。日军举枪还击，打得坦克叮当作响，却不能伤之毫厘。日本兵一个接一个中弹身亡，余下的士兵不敢恋战，爬进街边的房子内隐蔽起来。

突然，坦克机枪哑了火，接着，坦克手从坦克中爬了出来，丢下坦克飞也似的逃走了。

"坦克没有子弹了！坦克手逃走了！"藏身街边建筑内的日本兵见状，高声喊道。日军马上恢复了神勇，大叫着去追坦克手，有的甚至扔掉步枪，徒手去追击。

突然，坦克机枪毫无征兆地再次射击。毫无遮挡的日本兵成为坦克的活靶子，纷纷中弹毙命。原来，罗儒早就料到日军在遇袭后会迅速躲入街边建筑，因此他安排两人钻进了坦克，其中一人在首轮射击后佯装逃跑，制造子弹告罄、弃坦克逃跑的假象，让日军放松警惕走出屋子，重新回到中国士兵的射击范围之内，随即坦克进行第二轮射击。

日军的噩梦并未结束。"打！"罗儒高喊一声，暗中埋伏的中国士兵起身向窗下的日本兵猛烈射击，手榴弹也一同砸了出去，来不及躲藏的日本兵接连毙命。日军军官情知二次中计，不禁恼羞成怒，双手高举军刀冲向坦克，然而跑出去没几步，脑袋就被子弹开出一个拳头大的窟窿。

硝烟散尽，日军满地横尸。中国士兵冲到街面上，清点击毙日军人数。"罗老弟，咱们这把干得漂亮！咱们一人未伤，干死七十五个鬼子，还俘虏个重伤的。"老油兴奋地对罗儒说道。

士兵们将日军重伤员抬到罗儒面前，罗儒用日本话冷冷地说道："是你们逼我的。"说罢掏出手枪，对准日本兵的脑袋扣动了扳机。"击毙七十六个鬼子，未有生俘。"他面无表情地说道。

罗儒走向不远处还趴在地上瑟瑟发抖的老百姓，说道："这里离江边不远，你们直接游过去也好抱着木头漂过去也好，总之你们要马上过江。过了江你们就能活下去。"百姓们抬起头木然地望着罗儒，仍然没从刚才激烈的交火中回过神来。

罗儒催促道："我们已经把鬼子都杀了。你们快点离开南京！"

老油急切地说道："咱们在这里耽误不少时间了，恐怕附近的鬼子已经开过来了，咱们得赶快走了。"

罗儒点点头，着手部署下一步行动。他判断，周围的日军在听到枪声后一定会迅速奔向这里，为防止遭坦克打击，日军肯定会选择在坦克视线之外的街道拐角处进行集结。此时，日军不仅人员密集，而且注意力集中于排兵布阵，对其发起突然袭击定然能收到相当不错的战果。

罗儒带队直奔街道前方的十字路口，选择了街角的一栋二层小楼作为第二次伏击的地点。这是一处民宅，房门大开，一名女子死在了门口。女子的手死死扒住门框，老油搬动几次都没能把尸体挪开。

跨尸体而入，便见屋内一片狼藉，能砸的基本上都被砸了，难见一个完好的物件。显然，这些都是日本兵的杰作。然而来到二楼，却是另外一番景象。二楼干净整洁，还摆着香案，一张中国军官的遗像端端正正地摆放在上面。照片中的人，年纪轻轻，器宇轩昂。

罗儒端详了一会儿，感叹道："这人长得可真是精神，不知道因为啥这么年轻就没了！"

"先别说人家，打完这仗咱也就见阎王了，你比他还年轻！"老油笑嘻嘻地说着，点燃了一根烟，狠狠地抽了几口，放在香案上，又拱手拜了拜，说道，"大兄弟，多有打扰。借宝地一用，我们好打鬼子，为南京城这些冤死的老百姓报仇。还望你能行个方便。"

突然，老油脸色一变，示意众人不要作声，又指了指天花板，小声说道："上面有人。"众人侧耳倾听，果然一阵窸窸窣窣的声音从天花板上传来。士兵们对着天花板慢慢举起了枪，老油蹑手蹑脚地站到凳子上，对准声音传来的地方，用枪托狠狠砸了过去。天花板被砸出个大窟窿，惊恐的哭声从窟窿中飘了出来。

老油从窟窿中探进身子，看到一个被吓得瑟瑟发抖的小女孩，她的身旁还摆放着一些饼干和罐头。老油慌忙把她抱了下来，惊魂未定号啕不止的小女孩见到身边这些穿着军装的人，反倒很快安静了下来。这个小女孩只有七八岁，生得眉清目秀，甚是招人怜爱。

"你们和我爸爸一样，也是军人吗？"小女孩看了看遗像，怯生生地问道。

"是啊，我们也是军人。你看，我们穿的军装都是一样的！"罗儒微笑着答道。小女孩看看罗儒，又看看遗像，仔细对比了好一会儿，这才放下戒心。突然，她急匆匆地向外跑出去，看到门口的女子尸体后，哭喊起"妈妈"来。

/ 第三十五章 /

"鬼子来了！"在窗口警戒的士兵喊道。罗儒跑到窗前，看到足足有一千多个日本兵正远远地向这边奔来。罗儒心里清楚，无论伏击战打得多漂亮，都不可能干掉这么多日军，殉国之战终于来临了。他原以为面临死亡时自己会极度恐慌，没想到此时的内心竟如深潭之水，平静得没有一丝波澜。

罗儒向众人拱手抱拳，说道："诸君爱国爱民，守疆卫土，我钦佩之至！诸君放弃逃生，随我两入南京，我感激之至！诸君视死如归，与我共赴黄泉，我荣幸之至！诸君英雄气概，当谓之国之死士！生命已至尽头，殉国就在当下，我以军礼向诸位兄弟致敬！"罗儒郑重地向一众士兵敬礼。

随后，他叫过来一名士兵，道："给你个任务。你把这个小女孩送到国际安全区。务必要保证孩子的安全，不许出现半点闪失！"

众人都明白，这是个可以活命的任务。但这些目睹了南京惨景的中国士兵无意贪生，只求能多杀些鬼子，以解心头大恨。因此，这个活命机会并不受待见。果然，那士兵脖子一拧，挣脱开罗儒的手，道："我不去，我留在这里打鬼子!"

"就你去！打鬼子交给我们！"罗儒不答应。

"我不认路，我怕把孩子带到鬼子窝去。"那士兵也毫不退让。

罗儒无奈，便让老油去，老油轻蔑地哼了一声，没搭理他。罗儒又向小东北求助，小东北缩在墙角，眼皮都没有往上撩一下。他把所有士兵都求了个遍，但没有一个人愿意接受这个任务。

罗儒恼羞成怒，抓起一个士兵的衣领子吼道："就你去！少他娘的给我找借口！"

那士兵脾气更急，也跟着吼道："要么留我在这里打鬼子，要么一枪崩了我！"说罢，将枪塞到了罗儒怀里。

"你们一个个是要造反吗？谁都不去，这个小女孩怎么办？等着让日本鬼子糟蹋吗？孩子在她妈妈跟前怎么说的？'穿军装的叔叔把我救下来了。'你们他妈的就是这么救人的？"罗儒大声咆哮起来。士兵们低着头沉默不语，却还是没人站出来领任务。

老油拍了拍罗儒的肩膀，说道："罗老弟息怒，我说句公道话。你问了一圈人去不去，可你问没问过自己？"

罗儒刚要张嘴，却被老油打断："你先听我说完。"

老油抽出两根烟卷塞进嘴里，点燃后一边喷着烟一边说道："总要有人把小女孩送到安全区。且不说这是咱国军的孩子，只要是中国人的孩子，咱豁出命去也得救。为啥？这是咱中国的种！保住了种，就保住了希望；保住了种，中国人就是杀不绝的；保住了种，咱死得都踏实！"

老油叼着烟，拍了拍罗儒的肩膀，接着说道："国家需要种，军队也需要种！你罗儒就是军队的种！你打仗脑子活，还他娘的会说日本话，简直就是鬼子的克星！这两天，大家伙都看出来你的本事了。咱们一共就十多个人，可是咱们杀了多少鬼子？算上再过一会儿要杀的鬼子，怎么也得有一百大几十人！国军有多少军官敢拍着胸脯保证打出这样的成绩？这样的军官不就是军队的种吗？"

老油从嘴里悠悠地吐出一缕青烟，说道："你曾和我说过，想当国之死士。我觉得挺好，有种！可我觉得，如果活着能杀死更多的鬼子，就不一定非得要死。是生是死你得算算这笔账。以你的水平，将来拉出一支队伍来，死在你手里的小鬼子没有一万也得八千吧！可是你现在死了，除了自己给自己安个'死士'的虚名，你还有啥？倒是本该死在你手里的鬼子活蹦乱跳的，祸害了不知道多少你的兄弟姐妹。你自己算算这是不是个亏本的买卖？死的机会多了，不必急在这一时。说一千道一万，你把这个孩子送到安全区，然后活下去，继续打鬼子。"

老油说完，士兵们纷纷附和赞同。"罗长官，油爷说得在理。现在还有比打鬼子更重要的事情吗？中国不缺你一个烈士，但是缺你这样的军官！安全区，就得你带孩子去！""罗长官，你带孩子去安全区，路上有个万一，你脑子活也能应付过去。要是我们，可真不一定能保住这个孩子！""罗长官，你带十几个人能打出这样的战果，你要是有一个军团，那不得打到鬼子老家去啊！你死了可真就便宜日本人了！"

老油把小女孩的小手塞到罗儒手里，道："看到没，大家都觉得我说的在理。听兄弟们的劝，别急着这会儿死，活下去，打鬼子！"

"我是军官，我不能临阵脱逃！"罗儒说道。

"你们这些书生怎么都他娘的一根筋？"老油颇有些愠怒地说道，"还没见到鬼子就先吓尿了裤子，丢下自己的兵夹着尾巴往后方跑，这叫临阵脱逃！和你一样吗？你这叫'留得青山在，不怕没柴烧'！"

"这支队伍里谁活下去都是应当应分的，唯独我不能活。是我带大家以必死之心杀回南京，我又怎么能脱离队伍，独自苟活？"罗儒神情坚定地摇了摇头。

"娘的，那一大通都他娘的白说了！"老油狠狠嘬了一口，将嘴里的两根烟抽完，使劲儿地将烟屁股摔在地板上。他向窗外悄悄探出头，观察片刻后迅速缩了回来，对罗儒说道："鬼子马上到咱窗户底下，我也不跟你废话了，你给我句痛快话，你能不能带孩子走？"说罢，将子弹推上膛，顶在自己的下巴上，手指则轻轻地敲打着扳机。其他士兵见状，也纷纷将枪口对准自己。

罗儒稍稍迟疑了片刻，老油就怒骂道："行，你狠，你不走我们'走'！弟兄们，记好了，是这个叫罗儒的把咱们逼死的！"室内一阵拉枪栓的声音。

"行行行！我走！"罗儒不敢再坚持，他知道眼前这些人真敢扣动扳机。

老油得意扬扬地将枪口从下巴上挪开，拍拍罗儒的肩膀说道："这里你就踏踏实实交给我。这种仗我可比你会打！"

日本人的脚步声越来越近，罗儒不敢再耽搁，抱起小女孩，从屋子的后门跑了出去。然而跑出去没几步，老油又追了出来，问罗儒道："'拼刺刀，有种吗'，这句用日本话怎么说？"罗儒将日本话的发音教给了他，老油默念了几遍，露出狡黠的坏笑。

罗儒背起小女孩，钻进狭窄的巷子狂奔起来。可他实在放心不下那队中国士兵，便带着小女孩又悄悄潜入了一户人家。这户人家全被日本人砍掉了脑袋，罗儒捂住小女孩的眼睛，跨过一具具尸体来到窗边，这里正好可以将中国士兵的伏击地点一览无余。

此时，大批日军在街道拐角处集结。他们紧锣密鼓地布置着对中国坦克的攻击，丝毫没有注意到他们身旁的建筑内，十几双杀气腾腾的眼睛正在虎视眈眈地注视着他们。

见日本兵越聚越多，中国士兵发动了攻击。雨点般密集的子弹从二楼的窗户内飞出，手榴弹也接连在日本兵中间炸响。中国坦克耗尽最后的燃油，冲到路口，向日军猛烈射击。日军猝不及防，顷刻间便有大量士兵中弹倒地，余下的日本兵一边慌乱地还击，一边向后退却。

日军留下一路尸体，仓皇后撤百余米后，终于稳住了阵脚。日军将反坦克炮推了出来，一炮便把坦克打得动弹不得。"轰隆"一声巨响，坦克发生了剧烈爆炸，彻底成为一堆废铜烂铁。罗儒心里清楚，那是坦克手引爆了事先准备好的炸药。

扫清坦克障碍后，日军迅速向前推进，对中国士兵藏身的二层小楼展开了攻击。日军火力炽热，轻重机枪齐发，把小楼打得土石横飞。但是中国士兵不避枪弹，伏在窗口猛烈还击，日军每前进一步都要搭进去不少人命。

"掷弹筒！"日军指挥官又想起来他们最为倚重的宝贝。"砰砰砰"，一连串榴弹划出一道道弧线后，准确地砸入中国士兵据守的窗口。密集的爆炸之后，小楼弥漫在硝烟之中，再无枪声传出。

"掷弹筒！掷弹筒！把他们全都炸死！"日本军官见效果明显，急令再次进行攻击。

"拼刺刀！有种吗？"生硬别扭的日本话从小楼内传了出来，那是老油的声音。

这句蹩脚的日本话让日军反应了好一会儿，才明白中国士兵在向他们下白刃战战书。日本军官只得放弃火力优势，命令士兵做好白刃格斗准备。枪炮声震天的街道刹那间变得死一般沉寂。

从小楼的烟尘之中一瘸一拐地走出来两个人，他们把枪当成拐杖拄在手里，旁若无人地走到了日本兵中间。罗儒定睛一看，那两人正是老油和小东北。他们虽然遍体鳞伤，血流不止，却也掩盖不住那副气定神闲的从容。

日本兵见这两人如此模样，哈哈大笑起来："这两个瘦瘦巴巴的支那人还有胆量挑战精于白刃格斗的帝国士兵！"

没想到，浑身是伤的老油笑得比日军更加肆无忌惮，他手舞足蹈地拍着小东北的肩膀，说道："听我的没错吧？要不是我这句日本话，咱一准叫掷弹筒炸死了。我这日本话一出口，怎么样？咱还可以正大光明地和小鬼子干一场！"

小东北满脸堆笑，对着老油频频作揖："油爷，我对您那是一百个心服口服！"

两人如此嬉笑，着实没有把虎狼一般的日本兵放在眼里，惹得日军暴跳如雷。一个日本兵自告奋勇地站出来，吼道："喂，别说废话了，来和我比试吧！"小东北虽然听不懂日本话，却也懂得那日本兵的叫嚣，于是端起步枪向那人走去。其他日本兵纷纷闪到一旁，腾让出场地，老油也站在边上，掐着腰惬意地抽着烟。

小东北和日本兵拉开架势，开始了白刃格斗。两人刚一交手便立见高下，日本兵不仅招式凶狠，而且力道极大，小东北只有招架之功，毫无还手之力。看热闹的日军高声助威，那日本兵得意扬扬，出枪力量越来越大，小东北虽然尽力格挡，却仍被刺得连连后退。在日本兵的喝彩声中，小东北退无可退，被逼到街边一棵树下。

"干掉他！干掉他！"围观的日军亢奋地高喊着。日本兵向前跨出一步，使出全身力气刺向小东北，不料刺刀深深扎进他身后的树中。日本兵大惊失色，慌忙想把刺刀从树中拔出来，却见小东北的刀锋已直奔自己咽喉而来。白光一闪，污血四溅，那日本兵捂着脖子跪倒在地，不停地呜咽翻滚着。

围观的日军震惊地看着眼前的一幕，日本军医跑过去试图抢救，但破裂的颈动脉像喷泉一样往外喷着血。

小东北拍了拍跪在地上急救的日本军医，笑呵呵地说道："你说你这不是埋汰人呢嘛！我给他脖子那下子使多大劲儿你知道不？这要能活过来，那我还算老爷们儿吗？"话音未落，那小鬼子就不再动弹，彻底咽了气。

小东北得意扬扬地说道："我说啥来着？死了吧！我就寻思硬来干不过你，那就得智取，结果你这山炮还真上当了！"他说罢，照着那日本兵的尸体狠狠踢了一脚。这一脚激怒了围观的日军，他们哇哇大叫着对着小东北举起了枪。

"拼刺刀！有种吗？拼刺刀！有种吗？"老油一面高喊那句日本话，一面将小东北拉了回来。日本军官面容冷峻地摆了摆手，示意士兵将枪放下。

又一名日本兵站了出来，杀气腾腾地盯着小东北。小东北冷笑一声，用刺刀指着那士兵的鼻尖喊道："瞅啥瞅！有啥好瞅的！你就说打不打，要不敢打你就滚犊子！"

那日本兵如一头狂怒的公牛，高喊着向小东北冲了过去。这个日本兵拼刺本领远在小东北之上，交手没几回合小东北便力不能支，几欲摔倒。突然，那日本兵飞脚踹来，小东北猝不及防，被踹出去五六米。接着日本兵举枪刺来，小东北赶忙起身，将其拦腰抱住，猛一发力，两人一齐摔倒在地。

两人在地上扭打作一团，步枪使不上劲，日本兵伸手去拔腰间的匕首。小东北手无寸铁，张嘴咬在那日本兵的脸上，然后猛一甩头，竟生生撕扯下一大块肉来。那日本兵疼得满地打滚，鬼哭狼嚎一般哭喊着。小东北却将那肉嚼了嚼咽了下去，还吐了口血唾沫，恶狠狠地说道："娘的，味儿不错，挺有嚼劲！"围观的日本兵越来越急躁，一人举起枪托狠狠砸向小东北。小东北突遇偷袭，猝不及防，被砸晕过去。

又一名日本兵站了出来，面向老油摆好了拼刺的架势。老油没搭理他，而是趾高气扬地指着那个带队的日本军官，用蹩脚的日本话高喊道："拼刺刀！有种吗？"无论是日本兵还是藏在暗处的罗儒都大为惊愕，老油竟要和那日本军官单挑！

日本军官面无表情地站在那里。他心里很清楚，自己上了这两个中国人的当。他们本已被打得命悬一线，却用挑衅让日军丧失了火力优势，不得不与其一对一拼刺刀以命相搏。日本军官心里打起了鼓，虽然他对自己白刃格斗技术有足够的信心，但可怕的是，眼前这两个中国人根本就没有打算活着离开，他们的目标就是同归于尽，因此自己稍有闪失轻则受伤重则毙命。

见日本军官一动不动，老油来了精神。他将头上的钢盔狠狠地摔在地上，指着军官的鼻子高喊数声："拼刺刀！有种吗？"见日本军官还是没有反应，他越发得意，把步枪往地上一扔，背着手踱着步子，如同大将军检阅士兵一般在日本兵眼前晃来晃去，而且每走几步就要扭头对着日本军官吼一嗓子："拼刺刀！有种吗？"他还在日本兵面前挤眉弄眼，指指他们的顶头上司，再夸张地做出一脸轻蔑不屑的表情。

老油这种羞辱性极强的表演激怒了日军，一个日本兵出列站到老油面前，要与其一较高下。老油冷笑一声，指了指日本军官，冲着日本兵摆了摆手。老油慢悠悠地走到一个枪口上挂着日本国旗的士兵面前，慢慢酿出一口浓痰，狠狠地吐在日本国旗之上。日本兵怒不可遏，然而这种愤怒却直指那名避而不战的日本军官。

日本军官挥刀冲向老油。老油捡起步枪，举枪迎击。被当众羞辱的日本军官将所有的愤怒注入刀锋，因此招招凶狠，刀刀夺命。老油不擅长拼刺，完全招架不住日本军官的凌厉攻势。他见取胜无望，后退几步，把枪往地上一丢，从怀里掏出一枚手榴弹，拉开导火索后直扑日本军官。没想到，日本军官早有防备，挥刀一砍，将老油抓着手榴弹的右手砍掉了。

老油迅疾用左手抓起手榴弹叼在嘴里，直接扑到日本军官身上，用四肢死死抱住他，并把嘴里的手榴弹使劲往他的脑袋上贴。日本军官拼命挣扎，极力伸长脖子，希望能远离老油嘴里的手榴弹。但老油哪里肯依，他远离一分，老油便靠近一分，手榴弹在两人的脑袋间"刺刺"地冒着烟。日本兵四散逃开，没人上前营救，他们知道，这个军官谁也救不下来了。

老油平静地看着日本军官，日本军官惊惧地看着手榴弹，日本兵则趴在地上看着两人，时间在一瞬间仿佛定格下来，只剩下咻咻作响的手榴弹。"轰"的一声巨响，两具缠抱在一起的尸体倒在地上。

日本兵费了好大的力气也没能把两人分开。他们找来斧头，一下下剁掉老油的四肢，才把他的尸体从日本军官的尸体上拿开。

小东北仍在昏迷中，日军决定烧死他。很快，他被七手八脚地绑到树上，身上被淋上了汽油，脚下则堆满了树枝、碎木等易燃物。经过这一番折腾，小东北也醒了过来。看着地上老油七零八落的尸块，他笑着说道："油爷，你咋命这么好！你好歹还有块儿，我都要成灰儿啦！"

小东北大声喊道："你整那么着急忙慌的干啥！我还有话说，我有重要情报！"日军中有人听得懂中国话，赶忙招呼停手。

一人来到小东北跟前，张口便问："你有啥重要情报？"这人的东北口音极为浓重。小东北定睛一看，此人的军服早先见识过，就是所谓的"满洲国防军"。

小东北大怒，冲着那人吼道："妈了个巴子，你个瘪犊子能不能别说东北话？你知道啥叫丢人不？能不给东北人丢人不？你他娘的配说东北话吗？没长骨头的玩意儿！给你一身狗皮你就是日本人啦？你就是日本人养的狗，会说话的狗！"那"满洲军"呆愣在原地，被骂得半晌才回过神来。

日本兵大怒，用刺刀狠狠地捅进了小东北的肚子。

"这么杀死他实在太便宜他了！烧死他！"日本兵点燃了堆在小东北脚下的枯枝。火焰一下子就蹿了上来，将小东北包裹其中。

烈火仍在燃烧。罗儒抹了把脸上的泪水，拎上枪，抱起孩子，沿着巷子奔向安全区。

/ 第三十六章 /

罗儒带着小女孩来到位于金陵大学的安全区，隐蔽起来观察了好一会儿，确认周围没有日军后，才悄悄来到厚重的大铁门前。"请开门！我是中国人，我送来一个孩子！"他小声唤门数声，又敲了敲铁门，等了很久却始终无人开门。罗儒颇觉诧异，他能听到有人就在门后，不知为何就是不给开门。过了一会儿，他才反应过来，门内的人肯定担心自己是汉奸，身后尾随着日本人，所以才迟迟不敢开门。他赶忙让怀里的女孩叫门，孩子奶声奶气的声音刚一响起，大门马上开了一条缝。罗儒抱着孩子一个箭步闪入门内，还未站稳铁门又轰隆一声闭死了，差点儿夹住他的腿。

"罗长官！"安全区内，一个年轻女孩径直冲到了罗儒面前。那女孩扑闪着两只大眼睛，直勾勾地盯着罗儒。罗儒只觉得她很面熟，却一时记不起她的名字。

"我是婉莹啊，你可真是贵人多忘事！昨天你带人救下我们十几个女生，然后又把我们送到这个安全区。临别之前，咱俩还握手了。这才一天不到，你就都忘记了吗？"婉莹虽然嘴里嗔怪，但声音里满是意外重逢的惊喜。

"想起来了！"罗儒拍拍脑门，恍然大悟道。南京沦陷后经历了太多的事情，罗儒回想起昨日之事竟有恍如隔世之感。

"真没想到是你们！太开心了！大家都还在外面吧？安全区容易招来鬼子和汉奸，所以大门看得紧。"婉莹一边说着一边走到门口，抬起了门闩，准备拉开大门。

罗儒按住大门，黯然地摇了摇头，说道："没别人了，就我一个。他们都殉国了，就在刚才。"他刚一张嘴，眼泪便掉了下来。婉莹一怔，也跟着哭了起来。

罗儒抹了把眼泪，正色说道："我来把这个女孩交给你们。她父亲是抗日殉国的英雄，她母亲为了保护她也死了。请你们一定保护好这个孩子。谢谢！"罗儒抚摸着女孩的脑袋，将她交到婉莹手里，又对着婉莹深深地鞠了一躬，然后转身便走。

"请稍等！"有人喊道。

罗儒循声望去，只见几位金发碧眼的外国人跑了过来。见是外国人，他赶忙整理了一下千疮百孔的军装，然后持枪立正站好。

婉莹迎了上去，将外国人引到罗儒身边，向他介绍道："这几位外国人士是南京安全区的负责人，他们保护着大约三十万难民。战争爆发前，他们没有随本国撤侨队伍离开，而是自愿留下来帮助南京百姓。如果没有他们，这么多老弱妇孺就会和那些没进入安全区的人一样，成为一具具惨死街头的冰冷尸体。"罗儒顺着婉莹手指的方向望去，发现安全区内虽人满为患，但秩序井然，充满了生命的活力，与墙外那遍地尸体、死气沉沉的绝望世界截然不同。

罗儒凝重地点了点头，对几名外国人说道："国土沦丧，国都失守，是中国军人莫大的耻辱。幸蒙国际友人救助南京百姓，不至让日寇屠戮殆尽。救助三十万百姓之恩德，我实应长跪以表谢意，但我军装在身，不敢施此大礼。生命将尽，心意至诚，我向诸位友人行军礼！"说罢，郑重地敬了一个军礼。礼毕后，罗儒从肩头摘下枪握在手里，微笑着向婉莹和几位外国人道别，转身开门欲走。

"稍等！"一名外国人叫住罗儒，用生硬的中文说道，"你不必死，扔掉枪，躲在这里。"

"谢谢，不必了。"罗儒淡然地笑着说道，"我要报仇，枪比命重要。"

"如果我告诉你德械一师的师长也藏在这里，你是否愿意留下来？"那位外国人实在不忍心看着眼前这位年轻的军官走向日本人的枪口，因而执意挽留。

罗儒不敢相信自己的耳朵，弃城命令一下达，刘师长甚至没给自己的部队传达命令就溜之大吉了，他怎么可能没有过江呢？但是那外国人语气坚定，却也由不得罗儒不信。"打仗无方，逃命有术，竟藏到安全区里了。"罗儒轻蔑地笑了笑，回答道，"他藏他的，我打我的，人各有志。"他拉开铁门蹿出去，钻进了巷子里。

罗儒拎着枪在巷子中穿行，不知道要去哪里。他忽地想起之前伏击日军首脑的计划，不禁心头一喜。虽然得手的可能性微乎其微，但总比这般没头苍蝇似的在南京城里瞎撞要强。拿定了主意，他来到日军入城仪式上敌人首脑将要经过的道路。

这条路是南京的主干道，路面上躺满了尸体，四处流窜的日本兵到处搜索着可以杀戮和劫掠的目标。罗儒瞅准机会，翻窗爬进一栋临街的房屋。屋内一片狼藉，所有的橱柜、抽屉被翻得乱七八糟，日本兵没有放过一个值钱的物件儿，就连孩子玩的陶瓷储钱罐都被摔得粉碎。

罗儒来到二楼的卧房，见到屋内的大床，他顿觉困意袭遍全身，想来已经很长时间没有睡个好觉了。虽然窗外不时有日本兵经过，随时都有可能进入这栋房门大开的屋子，但罗儒早已不计生死，便把枪抱在怀里，跳到床上倒头便睡。"我光脚的还怕你穿鞋的？"他喃喃自语，眨眼便进入了梦乡。

不知睡了多久，罗儒被窗外日军的呼喊声吵醒。他小心翼翼地伏到窗边，发现日军正在清理街面上的尸体。一队日本兵将成堆的尸体往卡车上装，另一队则用水冲刷着路面上的血迹。由于尸体太多，日本兵的清理工作进展非常缓慢。为首的军官急得团团转，大喊道："都鼓足干劲儿！杀人时是勇士，清理尸体也要是勇士！还有半天时间东京的慰问团就要来了，我们要在他们到来之前把这部分街道彻底清理干净！"

"又搞什么鬼！"罗儒低声骂着，翻身上床，继续蒙头大睡。

又过了许久，他再次被窗外的声音吵醒。他揉揉惺忪的眼睛，望了望窗外，才发现自己已经睡了多半天，此时太阳已经快要落山，南京城笼罩在一片血红的晚霞之中。他起身来到窗边悄悄向外观察，看到几名女子正在和巡逻至此的日本兵进行热切的交流。

那几名女子身穿白色的长围裙，肩上挎着一条长绶带，上面写着"大日本妇人国防会"。一个挂着大佐军衔的日本军官向巡逻兵介绍道："这是来自东京的大日本妇人国防会慰问团。她们已经在我们师团驻地进行了慰问，听说诸位在这里维护城市治安后，便马不停蹄地赶来看望大家！"

慰问团为首的一名年轻女子向巡逻兵鞠躬致谢，说道："本土和满洲得知勇士们攻陷敌都的喜讯，都极为振奋，举行了各种各样的庆祝活动。你们是勇士，请接受来自数百万日本妇女的慰问和祝福吧！"这些女子微笑着，将写有"慰问袋"字样的包裹递到那些日本兵手中。

"实在是太感谢了！"日本兵笑开了花，弯着腰毕恭毕敬地接过慰问袋。巡逻队军官背书似的说道："各位不远万里从日本来到支那战区，为我们带来了慰问与祝福，我们真是受宠若惊。我们唯有奋勇作战，才能不负天皇和国民的厚爱与信任！"

慰问结束后，大部分女子都随着巡逻队向前开进，唯有刚才讲话的那名年轻女子掏出相机，对着南京的街道一通拍摄。那名大佐则在旁再三提醒："请您一定要注意，您拍摄的照片，必须全部提交军方，经过军方审查通过后才能公开。您必须明白，那些被打上'不许可'印章的照片一旦流传出去，美英等国必定借此发难，会对帝国事业产生非常负面的影响！"女子一边拍照一边点了点头。

那女子玩心很重，一直不停地拍照，虽然巡逻队已经开出去了很远，但她的闪光灯一直在不停地闪动。那名大佐看上去有些焦急，却又似乎不敢催促。直到看不到巡逻队的踪影了，他才小心翼翼地对那女子说道："我们还是快些离开吧！南京治安并非万无一失，还活跃着支那残兵。"女子并不理会，手中的快门咔嗒咔嗒按个不停。

罗儒心里有些纳闷，这个年轻女子到底是什么来头，竟然让一个日军大佐全程陪伴。他转念一想，自己孤身一人势单力薄，伏击日军首脑的计划到最后可能只能打死一两个小兵，不如见好就收，伏击眼前这两人，至少能干掉个大佐。"大佐也是个不小的官！"他自言自语道。

见街道上再无他人，罗儒悄悄打开窗户，从二楼一跃而下，冲到二人跟前，高高跃起用枪托向那大佐的脑袋上猛砸了下去。那大佐还没回过神，便眼前一黑昏死过去。罗儒接着挥拳砸向女子，也将她砸晕了过去。罗儒连忙将两人拖进屋里，又找来绳子将他们的双手反绑在背后。

罗儒身上的军服已是千疮百孔，丝毫不能抵挡南京十二月刺骨的寒冷。他见大佐穿的军大衣料子好，又厚实，便将军大衣剥了下来，穿在了自己身上。

没过多久，这两个日本人醒了过来。那大佐见自己被绑了起来，又见坐在对面那人穿着自己的军大衣，顿时勃然大怒，吼叫起来。

罗儒用中国话吼道："喊什么喊！"接着便用枪托狠狠砸在大佐的嘴上，当即砸掉他几颗牙。

大佐用日本话对女子说道："中岛小姐，千万不能让这个支那人知道您的身份，如果他知道了您是中岛师团长的女儿，您一定会遭毒手的。"

"我知道了，山田叔叔。"女子回答道。

两人都以为罗儒不懂日本话，不想罗儒却听了个明明白白。罗儒向那个叫作山田的大佐拱拱手，用纯正的日本话说道："难怪你鞍前马后地照应着，原来这位是中岛师团长的千金！多谢山田大佐阁下告知，否则我还真想不到。"

听到罗儒流利的日本话，两人瞪着眼睛吃惊地问道："你是日本人？"

"我是中国人，会说日本话的中国人！"罗儒一边用军大衣的袖口擦拭着步枪，一边对大佐说道，"如果中岛小姐受到伤害，这可全是山田大佐阁下的功劳！"山田又羞又恼，气得哇哇大叫。

"我叫中岛由美。虽然我还在读大学，但是我参加了大日本妇人国防会，这次专程来慰问前线勇士。"那女子见被识破，反倒大方地做起了自我介绍。罗儒冷冷地看了她一眼，没有搭理她。

看着山田，南京一幕幕惨绝人寰的景象又浮现在罗儒眼前。他血往上涌，猛地站起身，一枪托砸在山田的脸上，吼道："你们为什么要在南京杀这么多人？你们已经杀了多少人，三万、五万还是十万？你们还要杀多少人，三十万、五十万还是一百万？"

"你不要动手打人！"中岛由美跪起身子，挡在山田面前，抢着说道，"你说话要有依据！帝国军队是来解放你们的，不是来杀人的！我来南京参观，就没有见到一具尸体，怎么可能死了那么多人！"

"你们送慰问袋的地点是他们事前安排好的，尸体早就被运走了。你去南京其他地方看看，到处都是死人！你问问这个山田，他们到底杀了多少人，为什么要对平民下毒手？你们就是一群烧杀抢掠的禽兽！"罗儒吼道。

中岛由美听罢颇为诧异地看着山田，见他面带微笑，丝毫不想反驳，才意识到这个中国人所言不虚。"我在日本的报纸上看到的照片，都是一派祥和景象，比如日本军医抢救受伤的中国士兵，日本军官背着年迈的中国老太太逃离被点燃的房屋，还有日本士兵给围在身边的小孩分发糖果。我觉得，帝国军队对大部分人是友好的，只有那些反抗日军的人才会遭到杀戮。也许是因为像你这样的军人偷袭了帝国军队，他们才迫不得已报复杀人的吧！"她喃喃自语道。

未等罗儒反驳，山田先放肆地大笑起来。他知道自己生还无望，索性再招惹眼前这个中国人一番。"中岛小姐，你实在是太单纯了！日本报纸上所有的照片都是经过军方审核的，那些展现日军残忍血腥的图片当然不会让日本民众看到。这也是我反复要求你必须将所拍摄的照片提交给军方的原因！所以，诸如给中国小孩发糖果的照片，只是哄骗国际社会而已。糖果征服不了他们，但大屠杀可以！"山田说道。

"不过，我们可不是为了报复他们的偷袭而进行大屠杀。"山田继续说道，"大规模屠杀战俘和平民是件极其危险的事情，如果屠杀的事情传出去，必定激起国际社会的强烈反应，美苏等国甚至有可能军事介入，这将给雄心勃勃的大日本帝国带来重大打击。我们必须一边杀人一边封锁消息，这是多么有难度有风险的事情！你觉得帝国军人会为了几个残兵的偷袭而去冒这样大的风险吗？当然不可能！"

　　"屠杀是日军在攻入南京之前，就已经做出的决定！"山田笑意盈盈地解释道，"中岛小姐，眼下的这场战争被他们称为'全民族抗战'，整个中国都被动员起来了！他们会用自己的血与肉守卫他们的每一寸国土，像一九三一年满洲事变那样兵不血刃地夺取大片土地的事情不可能再次发生！我们只有打碎他们的抵抗意志，才能让他们俯首称臣。而大规模屠杀，是实现这一目标最简单、最有效、最能震慑人心的途径！"

　　他顿了顿，眯起双眼，幽幽地说道："另外，帝国士兵连月征战，疲乏不堪，身体和精神均承受了巨大的压力。劫掠、强奸和杀戮，对士兵们而言既是最好的宣泄，也是最好的奖赏。既然大屠杀有如此多的好处，我们何乐而不为？"

　　山田扭过脸，一脸轻蔑地对罗儒说道："你一定希望大屠杀快点结束吧？很遗憾，大屠杀才刚刚开始！现在的强奸杀戮行为都是各师团下的命令，所以规模并不是最大的。等到日军大本营正式下达屠杀令的时候，死的人会比现在多很多！"

　　罗儒怒不可遏，勾起脚尖向山田的脸上一通猛踢。他力道极大，山田的口、鼻、眼眶、眉骨、额头、脸颊无一处不往外冒血。

　　"山田大佐、中岛小姐，你们在哪里？"街上响起了呼喊声。藏身地下室的罗儒心里一惊，想不到日本人这么快就找来了。他赶忙将棉布塞入两人口中，让他们叫喊不得。

　　罗儒爬出地下室来到窗边，才发现夜幕早已降临。百米开外的路上聚集了大批日本兵，正在慢慢向这边推进。他们一边高喊着两人名字，一边拿着手电扫来扫去。"不愧是师团长的千金，找人的阵仗可真大！"罗儒自言自语道。

　　突然，一个黑影在罗儒背后一闪而过，而后夺门而出。罗儒大惊，山田趁他不备逃跑了！山田虽然双手被反绑在背后，但跑起来依然健步如飞，直奔远处的日本兵。

　　罗儒冲出门外，但已追不上山田。他心生一计，用日本话对远处正在找人的日本兵放声大喊："支那人身上有炸弹！快杀了他！"

　　日本兵循声而望，借着手电亮光，发现一个穿着日军军官大衣的人正在呼喊示警。顺着那"军官"手指的方向，果然有一黑影向着他们狂奔而来。日本兵没起半点疑心，认为这黑影肯定是个企图用炸药与日军同归于尽的中国人，于是举枪瞄准。

山田眼睁睁地看着自己的士兵对着自己举起了枪。他想大喊，但嘴里塞着棉布，双手也被缚在背后，没有一点自我证明的能力。日本兵乱枪响起，那黑影直挺挺地倒在了地上。罗儒大笑，他觉得山田毙命之前必定是不甘与绝望的，他一定没有想到自己一个堂堂的日军大佐，会被中国人借刀杀人，死在自己人的枪下。

日本兵呼啦啦地向那黑影跑去。"打死的怎么是山田大佐！"日本兵惊叫起来。他们惊慌失措地看着被打成筛子的山田，坠入大祸临头的恐惧之中。

"刚才穿军官大衣的那人呢？"士兵中有人喊了一句，几十支手电筒随即四处照射，哪里还寻得到罗儒的身影。正当日本兵懊恼不迭高呼上当之时，一个嘶嘶作响的物体滚了过来。"手榴弹！"日本兵高声喊起来。然而未及卧倒，手榴弹便轰然炸开，将十余人掀翻在地。

"啪！"一个日本兵应声而倒。日军循着枪声寻找，终于在一幢建筑的窗口发现了那个穿着日军军大衣的人。此刻，罗儒正伏在窗口，搞枪瞄准。

日本兵一边射击一边伏低身子向那栋建筑靠拢。日军越逼越近，射出的子弹也越来越密集。罗儒只得不停地变换位置，打一枪换一个地方，在几个窗户间游移射击。

"单凭你一个人无法挽救中国，就像单靠我一个人不能阻挡帝国军队进行杀戮。你还是放弃抵抗吧！我的父亲是师团长，我可以保证你性命无忧。"声音从背后响起。罗儒回身一看，中岛由美不知何时已站到自己的背后。她已挣脱开绑在手脚上的绳索，完全可以神不知鬼不觉地溜走，不过她却没走，而是一脸诚挚地盯着眼前这个中国军人。

密集的子弹"嗖嗖"飞入屋内，把墙壁打得千疮百孔碎砖飞溅。"危险，趴下！"罗儒对直着身子站在弹雨中的中岛由美高声吼道。

"放弃抵抗好不好，那样你就不会死了。"见罗儒没有正面回应，她又不甘心地追问道。

"砰砰砰"，窗外传来一串闷响，罗儒对这个声音再熟悉不过，是日军的掷弹筒！罗儒来不及多想，一个箭步蹿出去，将中岛由美扑倒在身下。榴弹在他们身旁接二连三地爆炸，当即将罗儒震晕了过去。

朦胧中，罗儒看到一群人端着枪杀气腾腾地冲入屋内，中岛由美挥舞着胳膊护在自己身前，大声地喊道："我是中岛师团长的女儿。请不要杀死这个中国人！是他救了我！带我去见我的父亲！我要让他马上下令，不能杀死我的救命恩人！"那些人收起狰狞的面孔，毕恭毕敬地连连点头称是。

　　罗儒强打精神，竭尽全力撑起身体，想从地上爬起来。一见这个中国人又动弹了，几十个黑洞洞的枪口立刻齐刷刷地顶上他的脑袋。中岛由美赶忙将罗儒按在地上，挥手推开枪口，哭着劝慰他："不要抵抗了，单凭你一个人能干什么？你把命搭上又能改变什么呢？"

　　"匹夫不可夺志。"罗儒说完，便彻底地昏死过去。

/ 第三十七章 /

　　从夜里一直昏迷到日上三竿，罗儒才清醒过来。他发现自己正躺在一个宽阔的空场中央，拇指粗的铁链从肩膀一直缠到脚脖子，捆缚得他丝毫不能动弹。"哎，还是被生俘了！"他心中哀叹。

　　几步之外，百余名日本兵满脸沮丧，腰杆笔直地跪在地上，双手则将步枪高举过头顶。虽然时值深冬，但他们的额头上密布汗珠，两臂也因为酸痛而不停地颤抖。一个挂着大佐军衔的军官紧握军刀站在最前面，虎视眈眈地盯着这些日本兵。罗儒从来没有见过这样的阵仗，搞不懂日军这是在搞什么名堂。

　　"联队长，作为本中队的中队长，我要为误杀山田大佐和误伤中岛小姐负主要责任！但是，这个支那人实在是过于狡猾！"跪在队伍第一排的一名军官向那个大佐联队长辩解道。

　　"再狡猾也不过是个支那人！经受过严苛训练的帝国士兵，竟然栽在一个四处流窜的支那人手里！你们真是废物！作为你们的联队长，我感到耻辱！"联队长指着那个中队长的鼻子高声咆哮，飞溅的唾沫喷了他一脸。

　　联队长继续吼道："你们真是愚蠢至极！先是中了支那军人的诡计，乱枪打死了山田大佐，而后整整一个中队围攻这个支那军人，竟然被他打死打伤十多人！一群废物！当然，我还是要感谢这个支那军人，如果不是他，师团长的女儿就被你们的掷弹筒活活炸死了！那样的话，我们整个联队集体剖腹都无法向师团长谢罪！"联队长越骂越恼，抡圆了膀子给了中队长一记响亮的耳光。那中队长当即被打趴在地，但他如弹簧一般翻身而起，恢复罚跪的姿势。

联队长极尽嘲讽地冷笑几声，说道："这个人从你们的手上救下了中岛小姐，而中岛小姐又在师团长面前苦苦求情。因此，师团长命令，不许杀死这个支那人。"

那名中队长大声喊起来："绝对不行，联队长！他让我们蒙受奇耻大辱！他必须死！我要将他一刀一刀捅死！"那军官红着眼睛咬牙切齿地盯着罗儒，如同一只饥饿已久的野兽，随时准备冲上去咬断他的喉咙。

联队长暴跳如雷，又甩手给了中队长好几个耳光，抬脚将他踹飞出去。"你早干什么去了！我不仅无法宰了袭击我们的凶手，还沦为其他师团的笑柄，不都是因为你这个废物中队长吗！"那中队长被踹得满脸是血，却丝毫不敢擦拭，赶紧爬回联队长身前跪好。

"记住，不许杀掉这个支那人！违反师团长命令的人不能进入靖国神社！"联队长说罢，骑上他的高头大马，扬鞭而去。

直到马蹄声渐渐消失，跪了半天的日本兵才敢动弹，纷纷挂着枪站起身，活动一下早已发僵的手脚。"中队长，联队长已经走了，您快起来吧！我们田中中队依然是最优秀的！"一群士兵围过来，将那名满脸是血的军官扶了起来。

在士兵面前被联队长打得如此狼狈，中队长田中感到威严扫地。他一把推开搀扶自己的士兵，大步冲到罗儒跟前，举起枪托狠狠砸在他的脑袋上。这一下力气极大，当即把罗儒砸得鲜血四溅。

眼见中队长又高高举起了枪托，日本兵生怕他违抗军令将罗儒砸死，赶忙上前阻拦，喊道："中队长，这人不能杀！否则真的无法进入靖国神社了，这可是让家族蒙羞的丑事啊！"

见中队长余怒未消，日本兵像拉牲口一般用绳子牵来十个中国人。这些中国人衣衫破烂，脸上布满皱纹，如同老树皮一般皱皱巴巴，双手粗糙干枯，青筋迸出，满是皲裂的口子，身上则因常年暴晒于烈日之下而显出黑红色，一看便知道他们是面朝黄土背朝天的地地道道的农民。这十个中国农民低着头，在日本兵的嬉笑声中两股战战。"中队长，消消气，请你享用这些支那人吧！"那日本兵喊道。

田中端着步枪大步流星地走到中国人面前，连续刺出三刀，三个中国人当即倒地，胸口的血一股一股地往外涌，抽搐几下便不再动弹。剩下的中国人磕头作揖，不住哀求，但仍被田中接连刺穿了喉咙。在日本兵的欢呼中，这十个中国平民都倒在了田中的刺刀之下。

"你这个畜生，他们是手无寸铁的老百姓，为什么要杀掉他们！我是中国军人，有种冲我来！"罗儒倒在地上，昂着脖子高声叫骂。

"我当然知道他们是老百姓！我杀的就是老百姓！"田中指着罗儒，命令日本兵，"把这个支那军人绑树上！"罗儒被铁链结结实实地绑在了树上。

"中队长，两封急电！"一个日本兵跑来，将两封命令递到田中手上。田中打开一看，顿时喜形于色，放肆地大笑起来。日本兵迅速集结起来，在田中面前列队站好，等待他传达命令。

田中拿着两个命令在罗儒面前晃了晃，说道："这是极为机密的军令，本不该给你看，但这实在是个大快人心的命令，我一定要把它分享给你！"

他走到队伍前，清了清嗓子，展开第一份封皮上写有"阅后销毁"字样的命令，大声读道："处决全部俘获人员。上海派遣军司令朝香宫鸠彦。"

随后，他又读起了第二个军令。"此后六周，驻守南京之帝国军队以处决支那人为主要任务。我十六师团处决任务量为五万人。我师团各部务必以帝国勇士之勇武精神，确保按时按量完成处决任务。各部应利用机会，对新兵进行训练与教育，以期让新兵迅速成长为合格的帝国勇士。十六师团师团长中岛今朝吾。"

田中收起两份命令，扫视了一眼满脸兴奋的日本兵，扬起嘴角说道："命令宣读完毕！"话音未落，日本兵便雀跃鼓掌，山呼海啸般齐声高喊"万岁"。

日本士兵群情激奋，振臂高呼。他们嗷嗷号叫，如同一群冲破藩篱窜入羊群的恶狼，眼中满是对杀戮和血腥的渴望。

"游戏开始啦！"日本兵欢呼起来。罗儒看到，一条蜿蜒绵长的队伍在十余个日本兵的押送下缓缓走来。队伍开到眼前，带队的日本兵跑来报告："中队长，分配给咱们中队处决的五百多个支那人带过来了！"

田中大手一挥，五百余人的俘虏队伍被押解着缓缓地向江边开去。罗儒放声大哭，却哭不回一个走向死亡的背影。

/ 第三十八章 /

太阳快要落山之际，田中中队唱着军歌回来了。

"五百多人处理起来可真是棘手，不过心里舒坦多了！"田中一边说着，一边走到罗儒面前，掏出白手绢，擦拭起血迹斑斑的军刀。

罗儒铆足了劲，使劲朝他脸上吐了口唾沫。田中毫无愠色，笑呵呵地命令身旁的日本兵："往这个支那人嘴里塞几块饼干。"日本兵听罢，便掏出饼干使劲往罗儒嘴里塞。

罗儒哪里肯吃，将饼干碎屑全都喷在那日本兵的脸上。日本兵举拳就打，直打得罗儒昏死了过去。"看来他是活不成了。把他放下来吧，半夜会有野狗来吃掉的，我们也好向长官交差。"田中道。

田中对着中队大声说道："不要在这里耽搁了，我们马上回营地，保养枪支后迅速休息。明天的任务会比今天更为艰巨！"日本兵高声应和，唱着军歌离开了。

苏醒后的罗儒踩着铺满小路的尸体，深一脚浅一脚地向城外走去。他计划先出城再过江，然后去找国军。

然而他来到城墙根底下后发现，日军加强了戒备，城墙垮塌之处已有日本兵往来巡逻，城门处更是灯火通明，重兵设防。守卫如此森严，要想出城绝非易事。

正当罗儒一筹莫展之时，忽听得不远处一片嘈杂之声。他悄悄摸过去，躲在暗处隐蔽观察，看到大批仅着单衣的平民正将堆积如山的死尸往一辆辆平板车上抬。平板车装满之后，这群平民便在日本兵的押送下推着车向江边走去。过了个把小时，日本兵推着小车回来了，却不见了那群平民的身影。很快，又一批平民被日本兵拿枪顶着走了过来，同之前那批人一样，抬起死尸往平板车上扔。

"天一亮皇军就要举行入城仪式了，道路上还有这么多尸体怎么行！我们必须在天亮之前把所有的尸体都扔到江边！大家努力工作，大日本皇军是不会亏待咱们的！"一个身材肥硕的人站在废墟上，双手叉腰，趾高气扬地高声大喊。这人对中国平民吆五喝六，但是对日本兵却低眉顺目，一看便知这人是汉奸。他的声音嘶哑难听，就如喉咙中塞入半斤火炭一般。

罗儒恍然大悟，原来日军将尸体拉到江边，是为了举行入城仪式。那些运送尸体的平民有去无回，想必也是死在江边了。

他意识到，这是个出城的大好机会，于是伏低身子，借着夜色的掩护悄悄爬了过去，趴在尸堆上面，装起了死人。过了没多久，就有人拎起了他的衣领和裤带，将他扔上了平板车。罗儒身下压着厚厚几层尸体，尸臭四面八方扑来，熏得他头昏脑涨。

刚把罗儒扔上去，平板车就吱扭吱扭地动了起来，一支平板车车队浩浩荡荡地向城外开去。罗儒暗暗叫苦，他趴在众多尸体最上面，位置十分显眼，更要命的是，平板车由于载尸太多走起来并不平稳，趴在最上面晃动得非常厉害，稍有不慎就可能会摔下车去。

长龙似的车队缓缓地走上一段土路，平板车在坑洼不平的路面上如跳舞一般上下颠簸，佯装死人的罗儒则像炒锅上的黄豆一般在尸体堆上颠来颠去，身体也越发地向外滑去。他心里紧张万分，却也无计可施。

"扑通"一声，罗儒像麻袋一样从车上滚落，狠狠地跌在了地面上。推车人赶忙停下了车，压队的日本兵发现有情况，一边冲过来一边高喊："怎么回事？"罗儒屏住呼吸，一动不动躺在地上。

推车人不敢耽搁，赶紧弯腰去抬那具掉落的"尸体"。然而，当他触碰到"尸身"后，手竟如触电般缩了回去。"你身子没硬，还有体温，是不是装死呢？"推车人低声问道。听声音，这是位中年大叔。

罗儒正在迟疑如何应对，便听推车大叔低语道："别动！""咚"的一声，大叔掀翻了平板车，车上十几具尸体砸落下来，将罗儒埋了下面。

其他推车人也停下平板车，立在原地默默地盯着眼前的一幕。推车人抱拳向众人说道："各位就当什么都没看见，积个德行个善，咱们到阎王爷那里也少一桩罪状。"

夜色沉暗，跑过来的日本兵并未看到推车人的小动作。那日本兵冲到跟前，见尸体散落一地，用中国话问道："怎么回事？"

"路不平，摔了。"推车大叔回答道。旁人立在原地，皆未多言。

日本兵将信将疑，用刺刀在尸体上乱捅一番，见都是硬邦邦的死尸，才放下心来。他甩手给了大叔几个耳光，要其快点装好尸体，随后便转身离去。大叔从十几具尸体中翻出罗儒，把他扔到车上，又将其余尸体压到他的身上，才又推起平板车重新上路。罗儒的心里，充盈着来自陌生人的温暖。

平板车又走了一段时间，罗儒忽然发觉，扫过发梢和双脚的风变得十分湿润，汹涌澎湃的江涛之声也随之飘进了耳朵。"一定是到江边了！"罗儒心中暗喜。

果然，平板车很快就停了下来，日本兵吆喝着众多推车人往江边搬运尸体。一具具尸体被从罗儒身上抬走，扔到了尸体密布几无下脚之地的江边。随后，罗儒被拖到江边，耳边响起了推车大叔的声音："小伙子，活下去。"

话音刚落，日本人的机枪响了起来，推车人当即被呼啸而来的子弹削掉了半个脑袋，栽倒在罗儒身上。罗儒紧闭双眼，泪流不止，自己没来得及向救命恩人道谢，甚至没有看清他的脸，就被他的脑浆溅了一脸。

杀光了所有的平民，日本兵推着平板车吱扭吱扭地离开了。过了个把小时，平板车回来了，而后枪声响起，接着平板车又离开了。日军流程化地为入城仪式进行着屠杀，罗儒已经记不清楚机枪响了多少次，只是觉得压在身上的尸体越来越多越来越重。他被压得有些透不过来气，混沌之中竟昏昏地睡了过去。

罗儒一直沉睡到中午时分才被喧闹声吵醒。他透过尸体间的缝隙向外窥探，看到离自己不远的地方，搭起了一座简易的台子。台上插着一面大旗，旗上赫然写着三个大字"慰灵祭"，台下则密密麻麻站满了日本军人。原来，日军要在长江边举行祭奠阵亡军人的活动。

一个穿着僧袍的日本僧人和一个挂着中将军衔的日军军官走上台，台下日军瞬间变得鸦雀无声。那中将走到话筒前，说道："上午，我们在南京城见证了盛大的皇军入城仪式。现在，我们在扬子江边举行慰灵祭，祭奠那些为了帝国事业献出宝贵生命的勇士们！虽然江边肮脏污秽，但令逝者和生者都感到无比欣慰的是，我们的大法主专程来到了南京，慰问帝国勇士，并为我们主持这场慰灵祭！"

罗儒脑袋"嗡"的一声，这位法主是日本佛教界的领袖之一，在日本可谓大名鼎鼎，如此精通佛法之人怎么还助纣为虐，成了日本侵略军的帮凶？

中将将法主引到话筒前，自己则谦卑地退到了法主身后。法主双手合十，向台下的日军深深地鞠下一躬。"在上午的入城仪式上，我第一次进入了南京。昂首阔步地走在南京的街道上，听着勇士们山呼海啸般的欢呼声，我如同沐浴在神圣的佛光之下，激动不已，泪如雨下。日支战争爆发以来，我英勇无敌的大日本帝国勇士，所向披靡摧枯拉朽，不到半年即攻克敌国首都，以横扫千军之气概向全世界证明天皇之贤明、帝国之雄壮、皇军之无畏！吾等深以为傲，并感激不尽，谨代表大日本帝国逾万所寺庙和千万门徒，向我无往不胜的大日本勇士，致以最诚挚的祝贺。"法主说罢，带领日军遥拜天皇并三呼万岁。

"天皇陛下皇恩浩荡，泽润东亚，东亚各国无不感恩戴德，中国四万万之民众亦一心想与帝国重修旧好，增进友谊。然而，支那之蒋政府恶意曲解我帝国之善心，屡次制造事端，伤我士兵，杀我侨民，残害亲日友人。我帝国一再忍让，然而蒋政府不知悔改，反而变本加厉，愈加猖獗，终于导致日支战争的爆发。日本佛教以辅助天皇之盛世为己任，自日清战争以来便全力以赴支持皇军的行动，此次战争事关帝国之基业和大东亚之永久和平，吾等更是鼎力相助。"法主朗声说道。

"日本僧侣们日夜念诵经文，保佑帝国武运长久，更于皇军攻克南京之际，举行各种大型法会庆祝皇军这一惊天伟业。现在的日本，每一座寺庙都悬挂着庆贺皇军大捷的横幅，每一位僧人都沉浸在帝国军队战无不胜的喜悦之中！与此同时，我们还派出了从军僧。"法主刚刚说出"从军僧"一词，会场上就响起了热烈的掌声，日本兵将钦佩的目光投向人群中一队穿着僧袍的人的身上。

法主激越地说道："我们的从军僧任务繁重，他们不仅要慰问伤病员，为战死者主持追悼法会，还要冲到最前线，不惜性命地鼓舞士气稳定军心。从军僧与士兵同进退，甚至在战况紧急的时候，还要放下佛珠拿起枪支直接参加战斗。一位部队长告诉我，在最先冲入南京城的部队中，就有从军僧！"台下掌声雷动，那队从军僧也面带荣光，双手合十向众人鞠躬致意。

"今天，我们在此举行慰灵祭，超度为天皇献身的勇士。请逝者聆听，利剑即是佛陀，为国献身必当往生到西方极乐；请生者谨记，我一心护汝，汝当勇往直前，勿虑堕水火。"法主言毕，和台下的从军僧念诵起超度经文，众多日军也虔诚地垂首闭目。

整个世界似乎都沉浸在无边佛法带来的静谧祥和之中，唯有漂满死尸的长江，浊浪涛涛，如泣如诉，不合时宜地破坏着神圣的氛围。

罗儒暗暗感慨，本是大慈大悲的佛教，竟成了日本的侵略工具；本应普度众生的僧侣，却助纣为虐，成为杀人者的帮凶。日本从上到下从内到外，每一个细胞都服务于侵略，每一寸肌理都深深烙上了扩张的野心。

慰灵祭持续到日落时分才宣告结束。仪式刚结束，在旁等候多时的日本随军记者便冲上前去，想以长江为背景给法主拍几张新闻照片。对于挖空心思鼓吹侵略的日本媒体而言，法主来到南京是个鼓舞人心的大事件，不仅证明了日军攻城略地英勇无敌，也说明了日本的文化力量不容小觑，同样可以将五千年的中华文明打得一败涂地。

"请各位记者注意，照片中绝对不允许出现任何支那人的尸体！你们拍摄的每一张照片都必须经过军方审核，只有审核通过的才允许刊发，审核不通过的立即销毁，绝不允许面世流传！"那个中将对着不停拍照的记者厉声说道。

记者犯了难，围着法主上蹿下跳，左拍右拍，然而无论怎么选取角度，却始终避不开江边密密麻麻的尸体。最终，记者们只得蹲下身子，以蓝天为背景仰拍法主，才算没把尸体拍进去。

拍照完毕，几名日军高官簇拥着法主钻进小轿车，向南京城疾驰而去，士兵和一众从军僧也列队向城内开去。江边很快又恢复了宁静，只剩下江水拍打着死尸的声音。

"麻利点，别磨蹭！"一个沙哑的声音飘来，接着便传来平板车"吱扭吱扭"的声响。罗儒在死人堆里偷偷观察，发现这次的推车人着装一致，都穿着灰布衫，押送车队的人也不是日本兵，而是手拿棍棒的中国人。

"跟着我算你们祖上积德！你们之前那好几千号人，前脚把尸体拉到江边，后脚就被皇军打死了！为啥你们不用死，那都是因为我！我是皇军册封的拖尸队队长，而你们是我拖尸队的人，皇军买我的面子，自然不会杀我的人！"沙哑的声音再度响起，一个身材肥硕的胖子正叉着腰，趾高气扬地讲着话。罗儒认出来，他就是夜里催促平民赶快干活儿的那个汉奸。

"以前生不逢时，只能干些偷鸡摸狗的事情；现在是皇军的天下，也到了我的出头之日，一定要好好地大干一场！你们都听好了，以后只要你们踏踏实实地跟着我干，不仅能保住小命，还能吃香的喝辣的。拖尸队队长不是我的目标，我要往更高处走，最好当上个总统国王啥的！待我飞黄腾达之时，各位拥立有功，我一定同各位有福同享！"那汉奸十分激动，声音几近撕裂。

拖尸队将平板车停下，将车上的尸体扔到江边。"这是咱们最后一趟活儿，干完活儿就撤。"那汉奸对众人说道。拖尸队的人陆陆续续往回走，但躺在死人堆里的罗儒却感觉到，有人在自己身边停下了脚步，他甚至能够感觉到一双锐利的眼睛正在死死地盯着自己。

"你没死？"罗儒耳边响起一声低语。

第三十九章

那人声音虽轻，但在罗儒听来却响若炸雷，瞬间惊出一身冷汗。但他担心对方是使诈试探，因此继续趴在尸堆上一动不动。

那人蹲下身，附在罗儒耳边，低声说道："我知道你没死。我姓张，别人都喊我老张，是国军军官。你躺在这里不要动，我想办法夜里过来找你。"

"老张，你在那里干吗呢？"沙哑的声音传来，又是那个汉奸在叫嚷。

"吴队长，这里有个痨病鬼，还没有死透？要不要救一下？"老张蹲在罗儒身边，高声回应道。

"救你娘蛋！痨病鬼你还敢沾！往后几天你离老子远点！你要是染上痨病，老子指定崩了你！"汉奸吼道，声音中多了几许慌张。老张慢慢悠悠站起身，推着平板车走了。

夜幕降临，将长江锁在一片墨色之中，唯一收拢不住的便是那随着江风弥漫的浓烈尸臭。日军军舰在江中往来巡逻，探照灯打出的光柱不停游移，把江岸上的尸体照得更加惨白。

罗儒躺在尸堆中，心里琢磨。虽然不知道那个"老张"的底细，但他看出自己是装死却没有举报，说明这人心眼不坏，不妨依他所言，在这里等着。

一直等到后半夜，老张才猫着腰匆匆忙忙地赶来。"夜里鬼子戒严得紧，费了好大劲才跑来这里。幸亏吴队长怕我染上痨病，让我睡到屋外面，否则就更逃不出来了。"老张俯低身子，悄声说道。

未等罗儒应声，老张便单刀直入地问道："你下一步要干什么？"

罗儒一怔，心想这人也是个敞亮人，便直言说道："我要过江，打鬼子！"

老张面容冷峻，死死地盯着罗儒，似乎质疑他说的每一个字。虽然被那犀利的目光压迫得浑身不自在，但罗儒早已不计较生死，遂回敬以阴冷的目光。两人沉默对视了半晌，老张才说道："这里太危险，跟我来。"

见罗儒颇为迟疑，老张说道："我要是害你，还用等到现在？"罗儒听罢，便紧跟了上去。

两人悄悄爬进江边一间民宅内，这栋房子的门板、窗户全部不翼而飞，屋内也是一片凌乱，见不到一件木质家具。南京陷落之时，为了过江逃生，慌乱的军民抢走了这户人家所有可以浮水的东西。

两人来到后院，见到一口地窖，便钻了下去。下到窖底，恶臭迎面扑来，令人几欲昏厥。老张打亮手电，地窖内的惨象一览无余，七八名老人和孩童横躺在地上，脑袋上各有一个拳头大小的血窟窿。这样的惨状两人已是司空见惯，只是叹了口气，便坐下身来。

借着微弱的光亮，罗儒才第一次看清楚老张。老张其实一点也不老，看上去也就三十岁，眉宇之间透露出一股子精明与圆滑。

老张又死死地盯着罗儒看了好一阵，突然说道："罗儒，大学生，在上海读医学，四个月前弃笔从戎。先在战区总医院工作，后随德械一师第一旅转战，在淞沪会战中表现出色，在朱旅长那里既当军医又当参谋。我说得没错吧？"

罗儒听罢大惊，连声问道："你是怎么知道的？"

"我也是德械一师的，中校，在师部负责军官的管理工作，看到过你的资料和照片，所以能认出你。"老张淡淡地说道。

"你当真是德械一师的？"罗儒觉得有些难以置信。

老张微微一笑，如数家珍般将德械一师从师长到营连长的名字点了个遍，甚至连朱旅长的家庭状况也说得分毫不差。对德械一师如此知根知底的人，怎么不会是自己人？罗儒如见到久别的亲人般激动万分，死死地抱住老张，差点儿失声哭出来。

老张远没有那么兴奋，他推开罗儒，正色问道："你想不想过江？"

"想！"罗儒答道，"长江这边已经没有中国军队了，我得过江找队伍，接着打鬼子！"

"好！有志气！我没看走眼！"老张说道，"我一直在寻找过江的机会，但这事光靠我一个人做不来，我需要志同道合的人协助，和我一起过江。你装死被我识破，但你一动不动，显出几分胆色，不如咱俩搭伙，渡过长江，再杀鬼子！"

"行，长官！都听你的！"罗儒表态。

"下一步，我介绍你加入拖尸队，先争取把命保住，然后静待过江时机。"老张说道，"我在拖尸队十来天了，情况基本上也搞清楚了。这个拖尸队的队长姓吴，叫什么名字不知道，人前喊他吴队长，人后都喊他吴胖子。这人以前就是南京街头的地痞，坑蒙拐骗偷什么都干。日本人来了以后，他马上投靠鬼子当了汉奸，像伺候亲爹一样伺候鬼子。鬼子不拿他当回事，就让他集合手底下的小流氓，成立个拖尸队。虽然天天和死人打交道，但这吴胖子野心还挺大，一心想抱着日本人的大腿鼓捣出点名堂来。"

老张继续介绍道："再说这拖尸队，每天的任务就是把南京城内的尸体拖到江边。这活儿又脏又累，身上的尸臭味洗都洗不掉，恶心至极。但是有一点好处，吴胖子的拖尸队是日本人批准建立的，所以他们看见拖尸队的灰马甲基本上都网开一面。"老张脱下沾满血渍的灰马甲，借着光亮，罗儒看见上面印着两个大字"不杀"。

"当然这也不是万无一失的，遇到心情不好的鬼子，哪里管这套，照样把你杀了。"老张又将灰马甲穿了起来。

"吴胖子能让我加入拖尸队吗？"罗儒问道。

"现在南京城是尸多人少，吴胖子缺人手，不会有问题的。进了拖尸队，就算暂时安全了。"老张回答。

"好，我听长官安排。"罗儒道。

"看得出来，你对日本人有血海深仇。"老张正色说道，"但自今日起，渡过长江为你我二人首要任务。无论你有多大的仇，也必须暂时忍在心里，不能因为一时激愤和冲动，毁了我们的过江计划。在我们抵达江北之前，一切都要为过江让路，明白吗？"他又用那双犀利的眼睛盯着罗儒，言语中充满着不可置疑的威严。

"过江为首要任务，明白了长官。"罗儒点点头。

老张盯着罗儒，道："你现在这模样，人不人鬼不鬼，吴胖子肯定生疑。我得给你修剪一下胡子和头发。"他从怀里掏出一块小圆镜，递到罗儒手中。

借着手电的光亮一照，罗儒惊得险些将镜子失手摔碎。那镜中之人，脸上血迹斑斑，胡子拉碴，头发更是又长又脏，黏在一起打起了绺。如今这副蓬头垢面的模样，像极了山间的长毛野人，绝无半分英姿飒爽之神韵。

老张拿出刮脸刀，给罗儒剃了胡子，又用剪刀帮着剪了头发。

两人爬出地窖，向拖尸队的驻地走去。此时，淡红的朝霞在东方冒出了头，熹微的晨光穿透层层江雾，洒在长江岸边。老张和罗儒无心欣赏江上日出的盛景，低着头踮着脚，避免踩到密布江边的尸体。

"什么人在那里？"突然，有人在前方用日本话大喊。老张如同受惊的兔子拔腿便跑，转瞬间便没了踪影。

罗儒本也想跑，但他被绑在树上好几天，全身酸痛，两腿没有半分力气。这时，一人举着枪从雾气中跑出来，冲到罗儒跟前，将枪口指向他的脑袋。罗儒定睛一看，原来是个日本军官，竟然挂的是少将军衔！

　　"将军阁下，请不要开枪！我对帝国军队没有任何恶意！"罗儒高举双手，抢先用日本话大声说道。

　　"你是日本人？"罗儒流利的日本话让少将放松了几分警惕，将枪口向下移了些许。

　　罗儒的脑子开始飞速地旋转起来。"我身世很复杂。我的父亲是日本人，二十年前来到上海工作，但是他的真实身份是日本的情报人员，负责勘察淞沪地区地形地貌和交通线路。为了掩人耳目，他娶了一名支那女子，并生下了我。父亲很爱我，他教我日本语，教我日本的礼仪习惯，还给我讲述日本的风土人情。他告诉我，等帝国征服了满洲和支那，就会带我回到日本本土去生活。没想到，十年前他在勘察时被人捉住，当时就被处决了。自那以后，我就与日本失去了联系。虽然身上流淌着日本的血液，我也自认为是日本人，但除了口中的日本话，我已找不到一丝日本留在我身上的痕迹了。"

　　这个故事并非罗儒信口胡诌，类似的事情时常见诸日本报纸。日本为征服中国做了几十年的准备。大批日本间谍在中国长期潜伏下来，刺探各种情报，为战争做着细致的准备。为了掩护间谍身份，他们常常会在中国娶妻生子。当这些间谍被中国政府捕获后，其亲眷也难免受到牵连，下场多半十分凄凉。日本媒体非常喜欢报道这样的事情，以间谍及其家庭的惨烈付出来刺激日本国民的爱国热情。

　　少将听罢，深觉震撼，但他仍然没有放下警惕，问道："你如何证明？"

　　"我国军队世为天皇所亲御……"罗儒朗声背起了《军人敕谕》。《军人敕谕》是一八八二年日本政府以天皇名义发布的对军人的训令，要求士兵"尽忠节"和"尚勇武"，要有以死效忠天皇的决心。《军人敕谕》在日本军人心目中神圣无比，不仅人人倒背如流，更会每日早诵晚读，强化为天皇献身之意愿。

　　背完《军人敕谕》，罗儒又背起了《教育敕语》。《教育敕语》同样以天皇名义颁布，鼓吹忠君爱国，其不仅是日本国民道德教育的基础，更是日本学校教育的最高纲领，师生必须人人能够全文背诵。日本每所学校内还会特设被称为"奉安殿"的建筑，其中供奉的除了天皇和皇后的御真影，还有这部《教育敕语》。每当学校举行重大活动时，教师和学生会面对御真影鞠躬行礼，奉读《教育敕语》。不仅如此，师生上下学经过奉安殿时，也必须敬礼。当遇有地震、台风等灾害时，学校首先保护的不是学生，而是安放着御真影和《教育敕语》的奉安殿。在《教育敕语》的浸染下，学校培养出大批心甘情愿为天皇献身的战争狂热分子。

罗儒一字不差地背完后，那名少将再无半点疑心，点头说道："你父亲真是一个尽职尽责的天皇臣民啊。"

少将放下了戒心，将手枪收了起来："我是小笠原，负责南京城内支那组织的管理。这份工作对我来说真的是不容易，我一点支那语都不会说，却不得不每日和支那人打交道，真是痛苦极了。不过也不是一点好处都没有，他们像供奉佛祖一样供着我，这感觉倒是好极了！"

罗儒听后心中大喜，问道："拖尸队也是您来管理吗？"

"当然。我们进入南京后，向皇军表达归顺和忠心的支那人多如过江之鲫。他们成立了大大小小几十个组织，涉及政治、经济、文化、治安等各个层面，也包括你说的拖尸队。这些组织我们要好好加以利用，毕竟我们最终要靠听话的支那人去消灭不听话的支那人。"小笠原说罢爽朗地笑了起来。

罗儒窃喜，没想到碰到了拖尸队的顶头上司。忽然，一个沙哑但极尽谄媚的喊声传来："将军大人，您在这里啊！让我找得好苦啊！"这个声音罗儒已经颇为熟悉，是拖尸队队长吴胖子来了！

吴胖子拎着热气腾腾的饭盒，跑到小笠原身边，呼哧呼哧地喘着粗气，说道："将军大人，您起得太早了！怎么不多睡一会儿呢？我到府上给您送早点，结果您已经出来遛早儿了。怪不得您身体好呢！"

小笠原一脸茫然地望着罗儒，说道："这位是拖尸队的吴队长，非常热情。但我不会支那语，听不懂他在说什么。平时办公的时候有翻译人员，早上出来散步没带他们。所以，请帮忙翻译一下吧！"

罗儒点点头，转而问吴胖子："你会日本话吗？"

"一个字儿都不会！"吴胖子答道。他不知道这问话的年轻人是谁，瞥了罗儒一眼后问道："你是中国人？"罗儒点了点头。

罗儒原原本本地将吴胖子的话翻译给小笠原，小笠原的工作是和中国人打交道，因此对吴胖子还算客气，连声致谢说自己已经吃过饭了，太让吴队长费心了。两人热烈寒暄，尽管一个极尽奉承，一个满脸堆笑，却如隔万重山水，只能依靠罗儒从中翻译。罗儒觉得有机可乘，便打起了自己的算盘。

吴胖子掏出香烟，恭恭敬敬地递给小笠原一根，自己也掏出一根夹在手上，丝毫没有理睬站在一旁的罗儒。罗儒看得明白，吴胖子把他也当成了汉奸，这故意冷落就是在向自己警告与示威。俗话说同行是冤家，汉奸之间也是不共戴天的冤家，大家都是卖国的，国家利益就这么点，你卖得多了我自然卖得少了，那皇军势必重用你而抛弃我，你大富大贵我却如丧家之犬，我能不恨你吗？

小笠原见惯了汉奸之间的钩心斗角，自然知道吴胖子怎么想的。他拍着罗儒的肩膀对吴胖子说道："吴队长也要给这个年轻人一根烟嘛，他是大日本帝国遗落在支那的一颗明珠。等皇军赢得了战争，你们都是帝国的大功臣！"

罗儒动起了"歪脑筋"。他转身对吴胖子说道："吴队长，小笠原将军说我能力突出，尤其是日本话很好，让我加入您的拖尸队，协助您的工作，还请您多多照顾。"

吴胖子面露不快，心中暗想，拖尸队虽是个苦差事，但也是自己的一亩三分地，安排这么个人进来，那拖尸队以后到底听谁的？想到这里，他连连摆手，对小笠原说道："将军大人，您推荐的人一定是人中龙凤，只是我们拖尸队又脏又累，实在是小庙容不下大佛啊！"

罗儒扭头对小笠原"翻译"道："吴队长说，中国讲求论资排辈，他不想给一个刚刚来到皇军身边的中国人敬烟。"

小笠原也察觉到吴胖子的不快，于是收起笑容，正色说道："我知道你并非吝啬一根香烟，你是想借此给这个年轻人一个下马威，让他知道你才是皇军最看重的人，不要妄想撼动你在皇军心中的地位。皇军用人历来谨慎，器重之人不仅要为帝国事业做出贡献，更要心胸宽广。你扪心自问是否符合皇军的要求？我可以告诉你，我已经收到了很多支那组织对你的控诉，他们众口一词地指责你使用各种卑劣的手段党同伐异，排除异己。你必须知道，我绝对不允许你胡来！今天，你必须给这个年轻人烟！"

罗儒对吴胖子"翻译"道："将军说，'皇军信任你，希望你能做出更大的成绩，所以才会给你派出一个参谋。皇军信得过他，你也必须无条件信任他！他是一个非常睿智的人，会给你许多有益的帮助，你要多多依靠他。虽然现在大家生活都很艰苦，但在生活上也不要亏待他，虽不必好酒好肉，但也不能太差劲。如若不然，我定要重重地责罚你！'"

吴胖子心灰意冷，委屈至极，刚和日本人打得火热，如此辛苦地拉起一支队伍，竟被这半路杀出的程咬金劫掠一空。但他岂敢抗旨不遵，遂低下头，微微鞠躬，说道："我听您的。"

"恕难从命。"罗儒"翻译"道。

"浑蛋，你胆敢违抗我的命令！"小笠原怒火中烧，一个大耳光狠狠地抽在吴胖子脸上。吴胖子捂着脸，被打得眼冒金星。

"浑蛋，为何答应得如此不情愿？"罗儒也跟着冲吴胖子喊道。

"将军大人，我服从皇军和您的所有决定！"吴胖子扯着沙哑的嗓子，哆哆嗦嗦地高声表态。

"吴队长说，为了表现他对您的敬重，他想让我加入拖尸队。"罗儒"翻译"给小笠原。

小笠原收起严峻的表情，换上一副慈眉善目的面孔，拍了拍吴胖子的肩膀，说道："很好，这就对了！我非常清楚你对皇军的忠诚，但是只有心胸宽广的人才能成就大事！"

"今天的不愉快到此为止，以后不允许再提起，否则严惩不贷！"罗儒为绝后患，如此"翻译"道。吴胖子点头哈腰，连声称是。罗儒终于松了一口气，那番极耗脑力的对话让他精疲力竭。

一辆小汽车开了过来，小笠原钻进车内，吴胖子忙不迭地将饭盒递了上去。汽车扬长而去，已经开出好远，吴胖子还在那里目送挥手。

/ 第四十章 /

罗儒跟着吴胖子沿江而行，向拖尸队驻地走去。一路上吴胖子不停追问罗儒是何来路，与小笠原什么关系，如何攀附上这个高枝儿的。罗儒笑而不语，不肯透露一字。然而他越是这般，吴胖子便越觉得神秘，越认定他背景深厚。

行至半路，一人连滚带爬地跑到吴胖子跟前，哭丧着脸说道："吴队长，刘副队长被皇军打死了！"

"咋回事？"吴胖子大惊失色。

"刘副队长带着拖尸队正处理着尸体，小笠原将军大人恰好路过，就下车观看。这时候突然响了一声枪，事后才知道是日本兵自己的枪走火了，但是当时谁也不知道咋回事，都以为有人偷袭。刘副队长忠心护主，高喊着'护驾'冲向小笠原将军大人。可小笠原大人不懂中国话，见刘副队长高喊口号冲向自己，还以为是他开的枪，要行刺自己，于是拔出手枪打死了刘副队长。"来人带着哭腔说道。

"最后怎么样了？小笠原将军大人知道这是误会了吗？他不会以为是我派人杀他吧？"吴胖子吓出了一身冷汗，事情怎么这么寸，自己前脚刚和他闹了不愉快，被他打了一耳光，后脚他便遭了"刺杀"，怎么看都像是自己派人干的。

"后来皇军戒严了，翻译官赶到现场，才把事情的来龙去脉搞清楚，小笠原将军大人这时才知道自己误杀了刘副队长。"那人说道。

吴胖子如释重负地松了一口气，转而问道："刘副队长如此忠勇，小笠原将军大人可说我用人有方？"

"那倒没有。"那人回答道，"小笠原将军大人得知事情原委后，哈哈大笑，说了句'旧的不去，新的不来'。"罗儒不动声色，心中暗暗惊喜。这本是小笠原的敷衍之言，但在吴胖子听来却另有意味。他看了看罗儒，脸上的表情十分复杂。

两人走了许久，来到了江边名为草鞋峡的地方。在一处宅院外，吴胖子停住了脚步。"这里就是拖尸队的驻地。皇军在草鞋峡两天之内处决了六万人，为了方便工作，我就把拖尸队的驻地选在了这里。"他冷冷地说道。

吴胖子用满是杀气的眼睛凝视着罗儒，压着沙哑的嗓子，恶狠狠地道："你是小笠原将军大人推荐的人，我不能冷落了，再加上我的副队长刚刚让他给崩了，我就任命你当副队长吧。不过丑话说在前面，这拖尸队是我的地盘，无论谁是你的靠山，都休想让我大权旁落！"

罗儒对"副队长"之职毫无兴趣，回应道："吴队长多虑了，我只是奉命协助您的工作，莫说觊觎您的地盘，就是这副队长一职我也无力承担。更何况您足智多谋，智勇双全，深得皇军信赖，我又岂敢造次，触怒虎威？您放心，我必会谨言慎行，唯您马首是瞻！"

吴胖子冷笑一声，冲着宅院内大喊："老张，滚出来！"

一人闻声奔出院门，罗儒一看，此老张非别家老张，正是搭救自己的那个老张，也正是撇下自己独自逃跑的那个老张。见到罗儒，老张的脸上闪过一丝惊讶的神情，但他很快恢复镇定，径直走到吴胖子跟前，恭恭敬敬地询问有何吩咐。

　　吴胖子指着罗儒说道："这是新来的罗长官。你赶快给罗长官收拾出来一间屋子。"老张震惊得目瞪口呆，他原以为罗儒必死无疑，没承想他不仅没死，反而一跃成了自己的长官！

　　"吴队长，我初来乍到，还是和大家住在一起吧！"罗儒谦逊地说道。

　　"那随你。"吴胖子也不谦让，袖子一甩，背着手进了大宅院。

　　见吴胖子离开，老张赶忙将罗儒拉到一旁，急切地询问到底发生了什么，不仅让他化险为夷，还成了汉奸的座上宾。罗儒本是有些寒心的，日本人突然出现之时，老张不念袍泽情谊，丢下自己跑得无影无踪，但又转念一想，如今人人自危，他逃走自保也在情理之中。于是，罗儒把自己巧妙"翻译"小笠原、吴胖子对话的情形据实以告。

　　老张听得瞠目结舌，怔了好一会儿，才板起脸，严肃地说道："你此次冒险是为了保命，我不予追究。但你来了拖尸队，绝对不能再做这样摸老虎屁股的事情！因为你的每一次节外生枝，都有可能破坏我们的过江大计，让我们功亏一篑！过江为首要任务，一切都要为过江让路，懂吗？"罗儒心中颇有几分不快，但仍点了点头。

　　老张带着罗儒来到大宅院角落里一间低矮无窗的屋子前，清了清嗓子大声说道："罗长官，咱们拖尸队的人，长官住在坐北朝南的大房内，干活的都住在牲口棚和柴房里。您不肯住大房，就只能跟我们挤了。我住在柴房里，要不然您跟我凑合凑合？"

　　罗儒半弯着腰，钻进了柴房内。这柴房虽然不大，却有三四十人躺在地上，身下只铺着一层薄薄的茅草。屋内阴冷潮湿，昏暗无光，尸臭和人臭混杂在一起臭气熏天。他叹了口气，心中暗道：这总比被绑在树上强得多。

　　"队伍集合！开工干活！"院内响起吴胖子沙哑的嗓音。紧接着，七八个打手冲了进来，挥舞着棍棒向外驱赶着人们。有一人如同没听见般，躺在地上纹丝不动。打手走到那人跟前，用棍子抽了几下，又狠狠踢了几脚，但那人依旧一动不动。"这屋又死了一个，拖出去！"打手冲着屋外喊道。

　　老张将罗儒拉出屋外，低声说道："没啥好看的，拖尸队一天死几个人太正常了。这活儿就不是人干的，天天连饭都吃不饱还要去抬死人，身上的尸油洗都洗不掉，谁能受得了？有的人突然疯了，有的人一头栽过去咽了气，还有的像这样睡一觉就醒不过来了。他们姓甚名谁，怎么死的，谁也不知道，也没有人想知道。遇到心情不好的日本兵，就算咱们穿着'不杀'马甲，也会被打得稀巴烂。总之，一定要小心翼翼，否则还没过江，人就先没了。"

人们穿好马甲，将铁锹、绳索等工具放到平板车上，推着车吱扭吱扭地出发了。平板车队伍的两侧，跟着那些提着棍棒的打手，他们时不时地高喊几声，催促拖尸队脚下麻利点。老张低声介绍，说那些人是拖尸队的打手，都是吴胖子昔日的狐朋狗友，如今好兄弟突然发迹，抱上了日本人的大腿，那帮人便纷纷前来投靠，也想着有朝一日能当官发财。

行至江边，裹挟着腥臭味的江风拂面吹来。罗儒远远地望见，远处有无数座黑黢黢的小山丘矗立在江边，星罗棋布，蔚为壮观。

"那里是什么景致？"罗儒指着那些小山丘问老张。老张冷笑一声，没有作声。

拖尸队向着那些小山丘前进，但一直走到跟前，罗儒才发现，那根本不是什么景致，而是一座座用尸体摞成的山！细观尸山，景象极惨。有的尸体被烧得面目全非，通体焦黑，成了炭人；有的尸体皮肉烧尽，只剩下干柴似的一把黑骨；有的尚未完全烧化，和其他尸体粘连在一起。地上铺着一层厚厚的油脂，那是被烧出来的尸油。

老张说道："鬼子在南京杀了那么多人，自知罪孽深重，因而想尽办法毁尸灭迹。他们之前常常挖坑埋尸，但后来意识到，那些尸体一旦被挖出来就是罪证，所以他们就改用火烧的办法，试图更彻底地处理尸体。他们让拖尸队把尸体堆成小山丘，然后浇上汽油，一把火点着。但令鬼子没想到的是，死人太多，尸山太厚，耗费了大量汽油，却始终烧不透，这才留下了一座座黢黑的'景致'。"看着矗立在江边的一座座尸山，罗儒觉得头晕目眩，阵阵作呕。

"用火烧这招不行，这几天就开始往江里扔。扔到江边还不成，过不了多久又会被冲到岸上，只有往江心扔，尸体才能顺着江水冲到海里去。"老张向江边的方向瞅了瞅，那里停着一排小船，每只小船上都站着个日本兵。

拖尸队忙碌起来，人们爬上尸山，像扔麻包一样将一具尸体扔下来，再用平板车将尸体运到江边的小船上。待小船满载尸体之后，拖尸人便在日本兵的看守下，划船来到江心，将尸体抛进奔腾不息的长江之中。

那些被大火烧过的尸体极为脆弱，拖拽时时常会撕下一大块炭化的皮肤，甚至拽下一整条腿。一名拖尸人从尸山中拽出来两具尸体，这两具尸体虽然被烧得面目全非，却依然紧紧地搂抱在一起。众人揣测着他们的关系，心中暗暗感慨着那份死亡也无法分离的情感。

那拖尸人也动了恻隐之心，盘算着就是抛进江里也要让他们在一起，于是他小心翼翼地将两具尸体一起抬了起来，生怕自己拿捏不好力道掰断木炭一般焦黑的胳膊，让两人分开来。

这时，一名汉奸打手咆哮了起来："你多大本事，拖得动两个人？把他们分开！"

"分不开，抱得太紧了！"那拖尸人怯生生地回答道。

"我还就不信了！"那汉奸打手冲了过来，推倒了拖尸人，掏出匕首，用力切割两具尸体的胳膊。

罗儒怒火中烧，冲到那汉奸打手身前，狠狠给了他两个耳光，吼道："你还有没有点人性！"

"啪！"站在远处监视的日本兵发现有情况，立即冲天鸣枪，吓得众人一缩脖子。

日本兵端着枪冲到跟前，吼道："怎么回事？"

罗儒用日本话抢着回答道："我在训斥这个没规矩的支那人！"

"你是日本人？"日本兵的注意力马上转移到了罗儒身上。

"满洲国人。"罗儒张嘴便来。

日本兵笑着拍了拍罗儒的肩膀，回身狠狠抽了那汉奸一记耳光，又用刺刀在他的胸口威胁性地点了点，而后转身离去。

看到日本兵走了，吴胖子这才呼哧呼哧地跑了过来，那被打的汉奸如同受了天大委屈的孩子见到了爹，捂着脸哭着说："吴队长，这个人打我！"

罗儒心知自己犯了忌讳，打了吴胖子的人，赶忙深深鞠下一躬，极为诚恳地说道："此人做事唐突，若不制止恐怕会招致日本人不满。我护主心切，才出手教训这狗奴才。但我不该未经您的允许就动手，请您责罚！"

罗儒对那日本人不卑不亢，却对自己鞠躬行大礼，一番言辞又说得谄而不媚，吴胖子的虚荣心一下获得了满足，也不去管事情的来龙去脉，故作威严地对罗儒说道："下不为例。"虽然那汉奸不甘心，却也无可奈何，吴胖子的意思很明显，这事就这么过去了。

吴胖子走后，老张跑了过来，将罗儒拉到一旁，咬牙切齿地说道："你到底还想不想过江！因为个死人，把鬼子都招来了！你是孙悟空吗，管那么多闲事干什么？你别觉得你能说会道就作死，你想死不要拉着老子！"

罗儒本想争辩，但还未开口便被老张挡了回去。"我不听你解释。你就记住一点，过江大计是重中之重，你不要再招事惹事了！下不为例！"老张恨恨地说道。

拖尸队忙碌了整整一天，直到太阳西垂才收工。返回驻地的路上，罗儒悄悄对老张说道："咱们可以利用抛尸的小船过江。"

"我也想到了这点，但是太难了。这些船平时停在江边，不仅用铁链锁起来，还有鬼子把守，根本无法靠近。虽然往江中抛尸的时候可以登船，但始终都有鬼子押船。"老张说道。

整日与成堆的尸体打交道摧残着人的精神，大多数拖尸人都没精打采地推着车，长龙一般的队伍只能听到平板车发出的"吱扭吱扭"的声音。然而有一人却是例外，他一会儿推着车贴上这个人悄声说几句，一会儿又贴上那个人再小声说上几句，就这样来回在队伍中穿行，即使遭到汉奸打手的呵斥，他也只能老实一小会儿，没多久又开始"走亲访友"。

罗儒问老张："那人干什么呢？"

"那小子叫铁锤。他发觉日本鬼子想毁尸灭迹，就多了个心眼儿，每次下工都要挨个问人家处理了多少尸体，然后他再把数加起来，通过拖尸队处理尸体的数量来估算鬼子在南京城杀了多少人。"老张低声回答道。

罗儒听罢连声称赞："这个铁锤拳拳爱国心，了不起！"

"不过是一介莽夫！"老张冷笑一声，不屑一顾地说道，"日本人极力想毁尸灭迹，隐瞒屠杀真相，他却统计死亡人数，这不是找死吗！你离他远点，别坏了我们的过江大计。"

一路无语。

回到拖尸队驻地，罗儒口渴难耐，飞奔到水井旁，从井里打上来一桶水，抱着桶大口喝了起来。突然，他"哇"的一声将水全吐了出来，跪在地上不住地干呕。

呕了一会儿，罗儒问道："这井水怎么这么腥？"

老张见四下没有吴胖子的打手，便将手伸进桶里，捧出一汪水，说道："你看看这还是水吗？"

罗儒吃惊地瞪大了眼睛。老张手中，是一捧淡淡的红色。"这不是水，是血。南京死的人太多了，江水被染了，连这井水也被染了。"老张叹了口气，将手里的红色液体洒在地上，又把手使劲在衣服上蹭了蹭，擦掉手上的血红。

这时，那个名叫铁锤的青年走了过来，举起水桶便要喝。罗儒赶忙阻拦道："别喝！井水都被血染了！"

"那也是中国人的血！"铁锤咬牙切齿地说道。说罢，他举起桶大喝起来，淡红色的液体顺着他的下巴哗哗往下流。

老张将罗儒从那青年身边拽开，低声呵斥道："以后离那个人远点！他就是嫌命长，嫌死得慢！不要节外生枝，不要招惹是非，过江大计为重中之重！"

/ 第四十一章 /

第二天，天刚蒙蒙亮，院子里便响起了吴胖子沙哑的声音："拖尸队，集合！"打手们随即冲进牲口棚和柴房里，挥舞棍棒抽打还在熟睡的人们。

拖尸队集结完毕，吴胖子高声训示："南京城内，有个什么国际安全区，是由几个不识时务的洋人开办的。那里面死了不少的人，需要把尸体运出来，可是那帮洋人又不让皇军进，因此皇军特别委派我们去安全区内把尸体拉出来！这是我们在皇军面前表现的大好机会，你们一定要把握住，给我挣点脸！"

他又将罗儒叫到队伍前面，大声说道："打今天起，这位就是你们的罗副队长。今天由罗副队长带队！出发！"

这个毫无征兆的任命让罗儒措手不及，他不想与这支队伍有任何瓜葛，更不想给汉奸当副队长，于是一边作揖一边鞠躬，故作诚惶诚恐地说道："吴队长，您智勇双全德高望重，是皇军眼中的大红人，能为您效劳我已感恩戴德，实在不敢有非分之想。更何况我才疏学浅，能力不及您的万一，实在不配做您的副队长。我就想做您的马前卒，鞍前马后侍奉您！这个副队长我做不了，还请您收回成命，另请高明！"

吴胖子一直担心罗儒是日本人派来夺他权的，因此刚才的说辞只是虚晃一枪的试探。他见罗儒拒不接受副队长一职，心里踏实了不少，说道："你若爽快应下这副队长之职，我反倒会提防你，可你再三推辞，足见你对我并无二心。这样吧，从今天起你就是拖尸队的长官，但具体官职咱们以后再说！今天，你就带队去国际安全区吧！"

罗儒再次推辞，恳请吴胖子亲自带队。吴胖子摆摆手，道："今天早上给小笠原将军大人送早饭去了，起得太早，得补个回笼觉。"说罢，打着哈欠回屋了。

罗儒无奈，只得带队出发。刚出大门几步，老张便追了上来，悄声说道："你带队的话就好说了，今天我不去拖尸了，实在是不想碰那些死人了，恶心！"未等罗儒应声，老张转身便走。

拖尸队向城内进发，一路沿江踏尸而行，来到了挹江门，正遇上日军车队出城。近五十辆日军卡车由城内驶出，浩浩荡荡地开往江边的码头。守卫城门的日本兵命令拖尸队暂缓进城，就地等待。

挹江门附近尸体很多，都横七竖八地躺在道路上。日军卡车肆无忌惮地碾尸而过，如行驶在崎岖不平的山路上一般左摇右晃。罗儒定睛一看，双腿几乎瘫软下去，这鱼贯而出的卡车的后斗内，装载的竟然是各种各样的文物！那里面有尽显千年沧桑的青铜礼器，有绘着山水花鸟的象牙屏风，有胎釉精细的青花瓷花瓶，甚至还有几辆卡车上拉的是一尊大佛和几个佛头。

南京藏宝极多。南京是六朝古都，国立中央博物院等南京本地馆藏文物数量不菲。而且，四年前为防止日军进攻北平，上万箱文物被从北平的故宫博物院运到了南京。现如今，南京被日军劫掠一空，难以计数的稀世珍宝悉数落入敌手。

日军不仅洗劫古董文物，连寻常百姓家的好物件也不放过，有十余辆卡车拉的都是精美的八仙桌、太师椅、罗汉床等家用物件。

这队拉文物的车队刚刚驶过，又开来了一路更为壮观的卡车车队。这队卡车首尾相连，足有上百辆之多，打头的卡车上挂着一个横幅，上面写着"占领地区图书文献接收委员会"。这辆卡车碾过路面上的尸体，颠簸了起来，车斗里摞得跟山似的箱子也跟着不停地晃动。虽然有绳子捆缚，但还是有一个木箱子摔了下来，"砰"的一声砸在了罗儒脚下。木箱子被摔得四分五裂，箱内已经泛黄的书籍也摔在地上的血泊里，被血污染得乱七八糟。

罗儒刚要俯身去捡，卡车上跳下来一个白发苍苍的老者，一边小跑一边戴上白手套，用日本话大声喊道："不要碰我的古籍！"罗儒这才发现，木箱上还贴着个封条，上面写着"宋版医书"。

那日本老者跑过来，看着沾满血污的古籍，蹲下身抱着脑袋，心疼得几乎要哭出来。他将污染较少的书籍挑选出来，让助手抱回卡车驾驶室，自己又仔细翻看起一本污染严重的古籍。那本书被血浸透，上面的字迹已难以辨认，老者几经思量最终决定放弃，长叹一声将书又扔进了血污之中。

罗儒心想，南京的文物已被洗劫一空，虽然这本宋朝医书已被污损，但终究是中国的古物，总比白白扔了要强。于是他小心翼翼地捡起书，揣进了怀里。那日本老者看到这一幕，一把从罗儒怀中抢过古籍，将书撕得粉碎，然后将碎片扔在地上，狠狠地用脚碾着。

"这些古籍，能带走的要带走，不能带走的也不会留给支那人。"日本老者推了推鼻梁上的眼镜，文质彬彬地说道。

日本老者挥手叫来守卫把江门的军官，说道："我是占领地区图书文献接收委员会的专家。这些是我们从南京各图书馆、科研文化机构还有私人手中寻获的几十万册图书典籍，都非常珍贵。其中很多是有着千年历史的名贵古籍，随便挑出一本放在日本任何一个博物馆、图书馆里，都会是当之无愧的镇馆之宝。因此，这些图书典籍不允许出现任何闪失。我已经损失了一本宋代的书了，我绝不能再损失第二本。这几十万册图书典籍必须完好无损地运到日本去！路面上尸体太多了，卡车碾轧上去书箱会发生晃动，太危险了！现在，你命令这些支那人把路面上的尸体全部挪走！"

那个日本军官迟疑了一下，说道："死人太多了，恐怕一时半会儿清理不完。"

老者吼道："军方难道没有通知你们，要通力配合我们委员会的工作吗？"

那军官被吓得一激灵，连声说上级通知了，随后转身对拖尸队喊道："你们快些把路面上的尸体拖走！"

罗儒深恐日本人开枪杀人，因此不敢耽搁，赶忙命令众人清理路面上的尸体。然而那些尸体被此前驶过的卡车碾轧得支离破碎，五脏六腑流了满地，大量皮肉被碾得像肉饼一样贴在地面上，清理起来极为困难。

日本军官冲天鸣枪，吼道："你们加快速度。十五分钟之内清理不好，全部杀掉！"他身旁的日本兵闻之架起机枪对准了拖尸队。

"用铁锹！"罗儒命令道，虽然心有不忍，却也无可奈何。拖尸人拿起铁锹，将地上一摊摊的碎肉、内脏攲起来，抛在了路旁。

路面很快就清理干净了，罗儒站在道旁，眼见着长龙一般的车队在眼前缓缓驶过。每辆卡车的后斗里都密密实实地摞满了大箱子，箱体上则用粗黑的大字写着箱内所装之书，其中不乏《永乐大典》《本草纲目》《神农本草经》《金匮要略》等中国人如雷贯耳的著作名称。还有的卡车车身上写有"宋孤本善本""元孤本善本""明孤本善本""清孤本善本""佛教经卷""中医典籍"等字样，每一种类型的图书典籍都有几辆甚至十几辆卡车运载。

卡车车队走了足足两个小时才全部走完。码头上传来悠长的汽笛声，一艘悬挂着日本国旗的货轮，正准备载着这些凝聚着中华民族五千年智慧的文化瑰宝离开中国，驶向日本。

拖尸队被放行了，罗儒带人穿过挹江门进入南京城。城内连绵数日的大火仍未熄灭，道路两侧的建筑或被焚毁或被炸毁，目之所及皆为断壁残垣。街道上死一般的寂静，除了四处游荡的日本兵和啃噬着尸体的野狗，再也看不到其他生灵。日本兵见到这群穿着"不杀"的中国人，虽然没有大开杀戒，却也极尽戏弄。他们有的突然冲过来给拖尸人一记耳光，有的高举战刀佯装劈砍，有的则冷不丁开枪，打在拖尸队脚下。见这群中国人被吓得觳觫不止，日本兵放声大笑。一路上耀武扬威的汉奸打手们也没了之前的神气，将棍棒藏在怀里，灰溜溜地跟在队伍后面。

拖尸队向着安全区走去。在此之前，罗儒已与安全区打了三次交道：第一次，南京保卫战之前，自己和老油扛着枪拎着酒肉经过安全区，被外国人要求远离；第二次，南京陷落，他和那队重返南京的死士从日本兵的魔爪之下救出十多名女学生，并将她们送到了安全区；第三次，一队人全军覆没之际，罗儒将一名藏在天花板上避难的小女孩送到了安全区。

忽然，前方传来惨叫，罗儒循声而望，一个日本军官正在士兵的配合下，当街强奸一名中国女子。女子声嘶力竭地大哭，但她的双手双脚皆被日本兵按住。一队戴着宪兵袖标的日本宪兵正站在旁边，饶有兴致地观看着。

罗儒怒火中烧，正欲上前与日本人博命，忽然见一男子飞一般地蹿了出去，将那日本军官从受害女子身上推了下去，又挺身而立，挡在女子的身前。罗儒定睛一瞧，见义勇为的是名黄头发的西方男子，胳膊上裹着两个袖标，一个是德国国旗，另一个则写着"南京安全区国际委员会"。他头发凌乱，面无血色，眼中更是布满血丝，仿佛几日几夜没有睡过觉一般。

日本军官气急败坏地站起身，提上裤子，两眼死死地盯着西方男子，纵然是远处的罗儒也觉得不寒而栗，深深感到那双眼睛传递出的死亡的压迫感与窒息感。然而那西方男子没有闪避，反而针锋相对，直视日本军官的目光。

对视了片刻，日本军官见无法让那西方男子屈服，便开口用中国话说道："给我们十个姑娘！"

"一个也没有！"西方男子斩钉截铁地说道。

"我杀了你！"那日本军官彻底被激怒了，从腰间拔出手枪，顶在西方男子的脑袋上。

"很好！请开枪吧！"西方男子冷笑一声，说道，"南京发生的一切是每一个有良知的人都不能容忍的！我实在为我的祖国与这样的国家结盟而感到悲哀耻辱！我的死必然动摇德日同盟，这是我的愿望，请一定要杀了我！"他一边说着，一边用脑门顶着枪口往前走。

那日本军官恨得咬牙切齿，目眦尽裂，但终究因为忌惮惹来外交争端而不敢扣动扳机，被西方男子顶得连连后退。日本军官见讨要姑娘无望，朝西方男子吐了口唾沫，带队走了。

西方男子又走到那队一直在旁围观的日本宪兵跟前，说道："你们是维护军纪的宪兵，你们有义务制止日本士兵侵害平民的行为！你们刚刚为什么不制止他们的强奸行为？"

宪兵队的军官冷笑一声，同样用中国话回答道："我们没有参与强奸，这已经很不错了！如果不是我们克制，那个支那女人早就被强奸致死了！你应该感谢我们！"说罢，带着那队宪兵大摇大摆地走了。

站在不远处的罗儒早已被吓出一身冷汗，他深知以如此强硬的姿态面对丧心病狂的日本人是何等的危险。纵然有外交层面的忌惮，但这些嗜杀成性的恶魔也仍有可能大开杀戒。这个西方人为了保全中国百姓的性命，竟能有如此胆识与勇气，实在令人钦佩。罗儒走上前，向那名西方男子深深鞠下一躬。

"你们是谁?"西方男子看到罗儒与拖尸队，警惕地问道。

"我们是来安全区清理尸体的。"罗儒回答道。

西方男子正了正胳膊上的袖标，淡淡地说道："跟我走。"

/ 第四十二章 /

拖尸队跟着西方男子来到了金陵大学大门前。这座久负盛名的高等学府，此时已成为南京最大的难民收容所之一。

学校厚重的大门缓缓打开，呈现在眼前的景象令罗儒大吃一惊，校园的草坪上，上千顶破席子搭成的窝棚连成一大片，密密实实歪歪扭扭地挤在一起。每个窝棚里都塞满了人，有白发苍苍的老人，有孱弱不堪的病患，还有啼哭不止的孩子。大风呼啸扫过，破席子上下翻飞，放眼望去，整个窝棚区如同波浪一般上下起伏，其情形甚为悲惨。

西方男子走进校园，立刻在窝棚区引起了震动。人们相互传告，起立注目，老弱病残者也从窝棚中爬出来，在旁人搀扶下站了起来，一时间草坪上竟站起来上万人。这万人之众，无论男女老幼，皆一边口中喊着"菩萨"，一边对西方男子连连鞠躬。罗儒为眼前的情景所震撼，他能够感觉到，人们集体行此大礼无半点勉强，都是发自肺腑地对西方男子表达着感激。西方男子鞠躬回礼，示意众人不必拘礼，但"菩萨"的呼声依然经久不息。

"拉贝先生，听说您找我，您有什么吩咐？"耳畔响起一位姑娘的声音，罗儒循声望去，只见一个学生打扮的姑娘不知何时站到了西方男子的身边。他定睛细看，发现这姑娘竟是婉莹，那个从日本兵手中救下来的女生。

婉莹抬眼见到罗儒，也露出一脸惊讶的表情。罗儒担心拖尸队中有吴胖子派出监视自己的人，便轻轻摇了摇头，婉莹也极为聪颖，马上心领神会，收回了放在罗儒身上的目光。

"这是拖尸队的长官，请你协助一下他的工作吧！我还有其他事情要忙。"西方男子一边嘱咐婉莹，一边急匆匆地走了。

"好的，拉贝先生。"婉莹答应道，随后向罗儒介绍起安全区内的尸体分布状况。待她介绍完毕，罗儒将拖尸队分成若干组，分别开展拖尸工作。

"安全区里面人多，咱得把活儿干利索了，如果尸体发臭发烂，肯定会引起大规模的传染疾病。再一个，死的都是咱们中国人，大家手脚能轻就轻点，别刀劈斧砍的，给留具全尸。"罗儒对拖尸队众人说道。

"明白，长官！"拖尸人回答道。

身边已无旁人，婉莹拉住罗儒，连珠炮似的发问："怎么你成了拖尸队的长官？你是跟着吴胖子当汉奸了吗？"

"我没有当汉奸。"罗儒摇头说道。

"你怎么证明？"婉莹追问。

"确实说不清楚。我就自断一根手指吧！"罗儒苦笑一声，伸出手指，高高举起了铁锹。他想用铁锹锋利的边缘削掉自己的手指。

"别做傻事，我信你！"婉莹见罗儒动真格的，赶忙阻拦。

罗儒苦笑一声，放下了铁锨。死了真要比活着畅快千百倍。

婉莹道："我相信你没当汉奸。在安全区这段时间，我见识了汉奸的嘴脸，拖尸队的吴胖子就是个铁杆儿大汉奸，三天两头打安全区的主意，经常派小汉奸从安全区抢姑娘送给日本人，真不是东西！但你和他们不一样，你连中国人的尸体都要求善待。更何况你在城破之后仍敢杀回南京，有这样魄力的人怎么可能会当汉奸！"

罗儒问道："婉莹，你近况如何？"

"南京安全区国际委员会的委员们觉得我还算聪明伶俐，又懂英文，就留我在委员会工作，所以，我对安全区内的情况还算了解。"婉莹说道。

"南京城内断壁残垣，横尸无数，这里恐怕是南京城唯一有大批活着的中国人的地方了。可否请你带我在安全区转一转，我想看看。"罗儒一脸悲戚，向婉莹请求道。

"没有问题。"婉莹边走边介绍，"安全区占地面积三平方公里，二十五个难民收容所分布其中，庇护着二十多万难民。安全区由南京安全区国际委员会的二十多名外国人管理，大大小小的事情全要依赖于他们。这些委员没有返回自己的祖国，执意留在南京救助难民。如果没有他们，这二十多万人也会和那些没进入安全区的人一样，被杀得一个不剩。委员会的主席是拉贝先生，就是你刚才见到的那个外国人。"

罗儒跟着婉莹走进教学楼，看到教室内、走廊上、楼梯上，甚至厕所里，都打着地铺住着人，挤得满满当当的。幼童们奔跑打闹，嬉笑之声不绝于耳；老人们蹒跚着跟在后面，絮叨着要孩子们注意安全；女人们整理着破衣烂布、瓶瓶罐罐等仅存的家当，盘算着未来的生计。虽然空气污浊，空间狭小，条件恶劣，但相比安全区外，这里终究多了几分生命的气息。

两人又来到学校的操场。操场中央搭起了一长串灶台，三十多口大锅架在上面。"这里是粥厂，难民们可以免费在这里领粥喝。"婉莹介绍道。

灶里的火烧得很旺，火苗不时从灶口蹿出来，大锅中的水不停地翻滚，熬粥的人用刀划开米袋，将米倒入锅中。虽然每口锅中倒入的米并不多，但三十多口锅下来也倒空了七八袋米。虽然粥还没有熬好，但等着领粥的人已拿着饭碗，在操场上曲曲折折排起了长龙般的队伍。一个西方人和几个中国人正在忙前跑后，维持着这支庞大队伍的秩序。

没过多久，三十多个锅盖就都被掀开，锅中冒出腾腾的热气。人们精神为之一振，随着队伍慢慢向前挪动。三十多口大锅同时开始发粥，不多时，操场上喝粥的声音便响成了一片。有的人孑然一身，蹲在地上自顾自地喝了起来；有的人惦记着自己的白发高堂，满心欢喜地将粥碗捧给爹娘；有的人带着孩子，便将孩子拉在怀里，一勺一勺地喂给他。

"安全区粮食匮乏，因此粥厂的粥并不黏稠，就算喝下三大碗也难保半天肚皮不饿，但总不至于让人饿死。"婉莹说道。

"太了不起了！"罗儒红着眼睛喃喃自语。死亡围城，眼前这片并不蓬勃的生机足以让他感激涕零。

"金陵大学是安全区内比较大的难民收容所，其他收容所与这里大同小异。我带你去安全区的医院吧！"婉莹说道。军医出身的罗儒对安全区医院的状况十分关心，因而连连称好。

两人离开了金陵大学，步行了一会儿，便来到医院的大门前。"这是鼓楼医院，安全区内最主要的医疗单位。南京沦陷前，医院大部分医护人员都走了，现在只剩下为数不多的外国医生和中国医生坚守在这里了。"婉莹说道。

医院楼内人满为患，就连走廊内也躺满了伤者。一些穿便装的女青年往来奔忙，走路都如一阵风似的，她们或换药打针或叮嘱安抚，在一个病患跟前待不了三五分钟就要去照顾下一个人，片刻不得休息。"这些护士其实也都是难民，由于医院人手奇缺，委员会便招募了一些志愿者。对她们进行了简单的培训后，就开始在医院帮忙了。"婉莹介绍道。

医院为了便于治疗，对病房重新进行了规划，不再按照常规的内科外科等科室进行划分，而是分成了枪伤、刀伤、烧伤等区域。枪伤和刀伤这两个病房区，伤者哀号之声震天响，声音之凄厉令人毛骨悚然。

"你看到那个女人了吗？"婉莹指着病床上一个从头到脚裹满绷带的伤者说道，"她已怀有七个月身孕，三个日本鬼子想强奸她，她拼死反抗，硬生生挨了三十七刀也没有让鬼子得逞。家里人准备埋她的时候，才发现她还有一息尚存，赶紧送到了这里。经过抢救，她的命保住了，但是孩子没有了。"罗儒听罢，顿时对那女子心生敬意。

烧伤区的人也不少，每个伤者都被烧得面目全非，全身焦黑，如同一根根粗木炭。他们的皮肤极为脆弱，护士们不得不加倍小心，但即使如此也仍有意外发生。一名护士在给伤者喂水的时候，不小心碰到了伤者，就是这轻轻的一下，竟然擦掉了那人巴掌大的一块皮，露出了里面的鲜肉，登时将那伤者疼晕过去。这里重伤之人极多，很多人烧伤面积几乎达到百分之百，就在罗儒停留的片刻之内，便有数名伤者咽了气。

两人来到了医院手术室，门口等着做手术的人排起了长龙。"威尔逊医生是安全区国际委员会的委员，也是医院唯一的外科医生。所有的手术都是由他一人完成，因此工作量非常大。"婉莹介绍道。

她向值班的护士问道："威尔逊医生忙多久了，还撑得住吗？"

"他已经连做大大小小二十台手术了，三十多个小时没有休息了。人都站不稳了，但就是不肯下手术台。"护士既心疼又焦急地回答道。罗儒十分震惊，医生出身的他深知做手术是极为耗费精神与体力的工作，自己当军医时连做四五台手术便已觉虚脱，他无法想象威尔逊医生是用怎样的意志强撑着连做二十台手术的。

手术室的大门打开了，做完手术的伤者被推了出来。一名穿着白大褂的西方男子走到门口，扶着门框对护士说道："请叫下一位吧。"他满面倦容，脚步不稳，显然身体已经极度透支。

"威尔逊医生，您已经连续三十多个小时没有睡觉了。您或多或少睡一会儿吧！"护士哀求道。

"这里就我一个外科医生，我不救人谁救人？如果我睡觉，必然会有人延误救治，甚至有可能丢了性命。别人睡觉是休息，我睡觉是杀人，我哪里还敢睡觉！我洗把脸清醒一下就好了。快让下一个人进来吧。"威尔逊边说边转身向洗手池摇摇晃晃地走去。

护士无奈，只好让人将伤者抬进手术室。当她转身再看威尔逊医生的时候，泪水一下夺眶而出。原来威尔逊医生竟站在洗手池旁边，用头顶着墙，睡着了。

婉莹又带罗儒来到了鼓楼医院内一个面积颇大的院落，院中坐落着一座西洋小楼。"这里是妇产科，生命开始的地方。"婉莹轻声说道，仿佛怕打扰了这里的宁静。

冬日暖暖的阳光洒在院中，呼啸的寒风吹过这里时似乎也变得柔和了许多。掀开厚厚的门帘进入楼内，一股如春天般怡人的温暖便迎面扑来。走廊里，小火炉每隔不远就会摆放一个，把楼内烤得暖烘烘的，让人感觉极为舒适。

一个慈眉善目的外国老太太坐在走廊内的藤椅上，怀里还抱着个四五个月大的中国娃娃。那老太太身穿白大褂，头戴护士帽，几缕银丝被拢到了耳后。

此刻，她正透过鼻梁上的老花镜，满脸慈爱地端详着怀里的娃娃。那中国娃娃嘟噜着红脸蛋，斜躺在老人的臂弯里，抱着奶瓶"咕咚咕咚"地喝个不停。

祖孙二人相依相偎的温馨画面令人动容，引得罗儒站在旁边凝视半晌也不舍得离开。"这位是海因兹女士，战争爆发后没有撤离，执意留守鼓楼医院。她是安全区的婴儿们共同的奶奶。"婉莹轻声说道。

罗儒向海因兹女士鞠躬致意，随后走向育婴室。他透过门上的小窗户看到，屋内摆放了几十张婴儿床，每张婴儿床上都躺着一个小小的婴儿，他们或安然睡眠，或手舞足蹈，或放声大哭，或嗷嗷待哺，一颦一笑一哭一闹皆可爱至极令人着迷。护士往来奔忙，忙得不亦乐乎。

罗儒趴在门上，如痴如醉地看着室内的小生命，他的心境已经许久没有像现在这般宁静澄澈了。他抚摸着育婴室的墙壁，祈愿这道墙能将南京的血腥之气阻隔在外面，不要侵袭到这里的孩子。

突然，走廊的大门被踹开，两名西方男子抬着一个大肚子的孕妇冲了进来，高喊着："医生！医生！快救人！"几名医生闻声跑了出来，海因兹护士也将怀里的孩子交予他人后跑了过去。

"我们在医院大门口发现的这个孕妇，当时她已经体力不支，瘫坐在地上，我们就给抬过来了。你们快给看看。"西方男子急切地说道。

医生将孕妇抬到推车上，大致检查了一下，说道："孕妇情况不乐观，得赶快手术，要不然大人孩子都保不住。"说罢，推起推车向产房跑去。

年过六旬的海因兹护士随着推车一路小跑，紧紧地抓着孕妇的手，轻声安慰："没事的，我们会让你们娘俩平安的。"

那孕妇看着海因兹护士，哀求道："求求你们，救救我的孩子！我是死是活不打紧，但一定要保住我的孩子！我丈夫为了救我们娘俩已经没了，我得给他留后啊！"她闭上眼痛哭起来，眼泪如泉水般从眼角淌下来。孕妇被推进产房，产房的大门随之紧紧闭合。

突然，一个浑身是血的人一瘸一拐地冲入走廊，四下急切地环顾了一番，而后高声大喊起来："桂芝！桂芝！"

罗儒怕惊扰到医院内的婴儿，顿时火冒三丈，上前呵斥："这里是医院！你小点声！"

那"血人"向着罗儒憨憨地鞠了一躬，问道："大哥，我太着急了，对不住！不过大哥，你刚才见没见到一个孕妇进来？"

"有。一个梳着大辫子、穿蓝棉袄的孕妇。"罗儒答道。

"那个就是我媳妇！她在哪里？"那"血人"兴奋地用一双血手摇晃着罗儒，高声大喊。

"这里这么多小婴儿，你喊什么喊！"罗儒指着产房说道，"她被推进产房了，在这里耐心等着。"

那"血人"瘸着腿冲到产房大门前，咚咚地砸着房门，高喊起来："桂芝，我没有死，我还活着！你好好生孩子！"

产房的门打开了，海因兹护士走出来，笑着对那"血人"说道："陈桂芝知道了，特别高兴。她的情况比预想的要好，现在正努力生孩子呢，你耐心等会儿，一会儿就能让你们一家三口团圆。"

"血人"听罢如释重负，向着海因兹护士连连鞠躬，随后腿一软，瘫坐在地上。罗儒赶忙将他扶了起来，这才发现那人头上、胳膊上都被开了口子，血流不止，腿上和腰上也各有一个血窟窿在向外冒血。

婉莹对那"血人"说道："跟我去包扎一下，你血流得太多了。"

"不去，我哪里都不去。我媳妇马上就要生了，我要当爸爸了！"这个汩汩往外冒着血的"血人"难掩兴奋地说道。罗儒也几次劝说，但他坚决不肯离开，执意要在产房门口等待。罗儒无奈，只得找来绷带帮他简单地包扎了起来。

"血人"打开了话匣子："我媳妇挺着大肚子，行动不方便，所以我们没敢去安全区，而是躲在了自家地窖里，好几拨鬼子来家里翻腾都没有找到我们。原想着在地窖里把孩子生下来，哪承想生了两天都生不出来。我想着别在地窖里干等着了，去安全区找医生吧。于是我们趁着天黑跑出了家。我媳妇身子笨走得慢，我俩走走停停走了一夜才来到安全区边上。没想到有三四个鬼子一直堵在进安全区的路上，我俩等了好久也不见他们走。后来我媳妇疼得特别厉害，估计马上要生了，我就告诉她，我去引开鬼子，让她趁机进入安全区，找医院把孩子生下来。原以为我再也见不到他们娘俩了，没想到福大命大，能活着见到他们！"

"你这些伤都是鬼子打的？"罗儒一边给他包扎一边问道。

"是的。我冲出去以后，朝鬼子丢了几块石头。鬼子起身追我，还不断开枪，有几枪打中了我，但没能要了我的命。我跑进了一片巷子，甩掉了鬼子，然后我就来这里找我媳妇了。""血人"说道。

一声嘹亮的哭声从产房内传来，"血人"浑身一震，当时就红了眼圈。产房的门再一次打开，海因兹护士将一个裹在褯褓之中的小小的婴儿抱了出来。"快来抱抱吧，你的儿子。"她笑着对那"血人"说道。

"血人"痴痴地走过去，捻起衣角使劲擦了擦手上的血污，轻轻地接过褯褓。他出神地凝视着婴儿粉粉的脸蛋，身体颤抖不止，豆大的眼泪更是不住地滚落下来。他跪下身去，在地上猛磕起头来，如同擂鼓一般将地面撞得咚咚响，旁人拉都拉不住。

产妇被推了出来，"血人"赶忙奔过去，两人抱头大哭。产妇看着孩子，说道："如果不是安全区的菩萨们和海因兹护士的帮助，我们娘俩真得是一尸两命了。我想给我们的孩子起名'荫梓'，听上去很像'海因兹'的后两字，你看好不好？"

"好！好名字！""血人"满口答应。他看着褯褓中的儿子，柔声说道："荫梓，你要快快乐乐地长大，爹一定会好好保护你！"

这温情的一幕，让罗儒感受到久违的温暖。他奔出走廊，跪在院子中，失声痛哭起来。罗儒走不出南京的尸山血海。闭上眼，眼前仍是四处滚落的头颅；堵住耳，耳中仍是女人被强奸时的惨叫；纵是睡觉，也有数不尽的白花花的尸体横躺在脑中。而今天，这个呱呱坠地的婴儿，让他意识到，虽然南京已被日本人杀得十室九空，但仍有一样东西没被杀绝，那就是希望！

罗儒清楚，南京能保存下这些许的生机与希望，要归功于那些建立并保护安全区的外国人。他抹了一把眼泪，对站在身后手足无措的婉莹请求道："请让我见见安全区国际委员会的委员们吧！"

"好。今天是西方的圣诞节，他们要开会，正好所有委员都会到场。"婉莹说道。

/ 第四十三章 /

两人来到一栋门口插着德国国旗的庭院前，这独门独院的庭院，战前应当是十分雅致的，但如今却如同监狱一般，紧闭的院门上加固有厚厚的铁皮，不高的院墙上则挂上了锋利的铁丝网。

婉莹介绍道："这里是委员会主席拉贝先生的私人住宅。拉贝先生是德国人，德国和日本身处同一战壕，因此日军不敢动拉贝先生。"

婉莹叫开大门，带着罗儒走进院子。虽然是私人宅邸，但这里也和金陵大学的难民收容所一样，草坪上密密实实地挤满了芦席棚。

"拉贝先生只给自己留了一间屋子，作为卧室和办公室，其余的房间都给了难民，就连厕所里也住满了人。后来又有大量的难民拥入，就只能住在露天草地上了。拉贝先生家不大，但一共住进了六百多人。"婉莹一边在芦席棚间寻找下脚之地，一边对罗儒说道。

两人进入小洋楼，来到一间屋前。婉莹说道："你等我片刻，我进屋通报一声。"婉莹进去好久才又打开门，对等在门外的罗儒说："罗长官，请进！"罗儒赶忙整理了一下自己的衣服，深呼了几口气，毕恭毕敬地走进屋去。

屋内满满当当坐的都是外国人，罗儒之前见过的拉贝主席、海因兹护士、威尔逊医生也都在。

"拖尸队的罗长官，你好。我们一般不会在这样的场合接待陌生人。不过婉莹小姐再三保证你非常可靠，又向我们讲述了你是如何率队营救那些女学生的，我们才愿意让你出现在这里。听说你有话想对我们说，那就请讲吧！请长话短说，因为我们一会儿还有个会议。"拉贝主席用中国话冷冷地说道。罗儒意识到，拉贝主席把自己认作汉奸了。

"我是中国德械一师的罗儒。可能在座诸位都不记得我了。南京城破之后，我曾将一个小女孩送来这里，那时我们便见过面了。当时诸位劝说我放下武器，躲进安全区，而我没有从命，转身离开了。"罗儒言罢，一众西方人方才恍然大悟，想起来这回事。

"在那之后，我继续与日本人作战，侥幸未死，现在在汉奸吴胖子手底下的拖尸队干活，算是个小头目。今天带着拖尸队来到安全区，看到诸位竭尽全力庇护着二十多万难民，让生命和希望得以在破碎的南京延续，心中无限感激。"罗儒哽咽着说道，"首次见面之时，我军装在身，不敢施以全礼，仅以鞠躬表达谢意。此番见面，已无军装束缚，我当叩首以谢诸位救我百姓之恩！"说罢，他跪倒在地，磕起头来。

拉贝先生扶起罗儒，道："恕我冒昧，但有件事我不得不问。听婉莹所述，你当是有傲骨之人，可为何今日要听命于吴胖子？吴胖子是个出了名的大汉奸，三天两头差遣小汉奸来安全区偷姑娘。"

"诸位都是救我南京百姓的活菩萨，我不敢有丝毫隐瞒。我跟着吴胖子只为暂时容身，待时机成熟，我便会渡过长江，寻找队伍，继续抗日！"罗儒据实以告。

拉贝先生若有所思，道："刚才你说你是德械一师的，我这里恰好有位客人，你一定很想见。他马上就到。"罗儒心中疑惑，自己在这安全区能有什么想见的人？

房门打开，出现在眼前的竟然是德械一师的刘师长。罗儒大为震惊，赶忙跑到老长官面前立正敬礼。

刘师长没有还礼，而是小心翼翼地问道："你没有当汉奸吧？"

"没有！"罗儒斩钉截铁地回答道。

刘师长满腹狐疑，道："兵败如山倒，南京城破之时我没能冲过挹江门，幸亏被拉贝收留，日本人的几次扫荡才没有把我搜去。我现身与你相见风险极大，如果你投了日本人，拿我去向日本人邀功请赏怎么办？"

刘师长死死地盯着罗儒的眼睛，试图以目光压迫他自乱阵脚。罗儒直直地与其对视，没有一丝闪避。对视了很久，刘师长突然换上一副笑脸。"我相信你没有投敌，可我有一件事不明白。"他从怀里掏出一份报纸，递给了罗儒，道，"日本人的飞机常常会空投报纸和传单，这份报纸就是他们扔下来的。上面说有一个年轻的中国军官在南京城破后数次伏击日军，造成了不小的伤亡，还刊登了那人的照片，我仔细辨认很久，方才认出那人是你。不过报纸上说你已经被擒获了，怎么如今又在拖尸队干上了？"

罗儒接过报纸一看，上面果然写的都是自己的"丰功伟绩"。不过此时他无心细述，只草草回答："此事说来话长，但我绝对没有投敌。我目前留在拖尸队，主要目的是寻机过江，找到队伍后再和鬼子干！"

"很好！有种！"刘师长将一张字条交到罗儒手里，说道，"我现在被困在安全区，随时都会有危险，必须尽快把我转移出去。你过了江以后，马上让国军过来营救我。"罗儒点点头。

"你对过江有几成把握？"刘师长接着问道。

"咱们德械一师师部的老张也在拖尸队，我俩一起谋划如何过江。老张足智多谋，办法很多，应该是能够成功的。"罗儒想起老张，赶忙激动地向刘师长报告。

"师部的老张？"刘师长一脸茫然。

"对！老张！"罗儒赶忙解释，"因为他是中校，军衔高我很多，他不说自己姓名我也不敢贸然相问。他让我喊他老张，我便一直这样称呼他。他在咱们师部工作，主抓军官工作。"

"没这么个人。"刘师长立刻说道，"军官工作从来都是我亲自负责，从来没有交给过其他人。"

罗儒觉得有些奇怪，进一步说道："他记忆力非常好，对咱们师大小军官的履历都知道得一清二楚，像我这样的小军官的从军履历他都能如数家珍地说出来。"

"不可能！"刘师长斩钉截铁地说道，"这么详细的军官资料是军事机密，除了我任何人都接触不到。这个所谓的老张，肯定有蹊跷。"

罗儒傻眼了，刘师长言之凿凿，由不得他不信。那这老张到底是谁？

"在找到中央军之前，我藏身安全区的事情你不要告诉任何人，尤其不能让你口中的那个老张知道。这个人对你撒了谎，你也不知道他是何居心，一定要提防他。如果被他人知道我的藏身之所，恐怕我真要被鬼子生擒了去。"刘师长握着罗儒的手，言辞恳切地恳求道。

"请师长放心，我只字不提。待我过江，一定找人营救您。"罗儒向刘师长和拉贝等人告辞。

罗儒走出会议室，见到来这里处理尸体的拖尸队的铁锤迎了上来。

罗儒非常清楚，要想对安全区施以援手，必然会在南京多耽搁些日子，甚至不小心还会把命搭进去。老张张口闭口"过江大计""不要节外生枝"，现在又真实身份成谜，已经不敢依靠，自己必须另寻帮手才行。他将目标锁定在铁锤身上。铁锤虽然有些鲁莽，却也是个有血性的汉子。

罗儒说道："我不是汉奸，而是国军。我在拖尸队不是为了跟着吴胖子当汉奸，而是为了帮助安全区。如果帮完以后还有命活下来，我就过江找队伍杀鬼子。现在，你已经知道了我的全盘计划，你有三个选择：一、去日本人和吴胖子那里告发我；二、装作什么都不知道；三、跟着我一起干，杀鬼子，除汉奸！"

"没说的！我跟着你一起干！"铁锤眼睛一亮，脱口而出。

罗儒暗笑铁锤的毫无城府，道："你就不怕我真是汉奸，说这些话是在试探你？"铁锤听罢，顿时瞪大了眼睛，一脸的愕然。

罗儒哈哈大笑，道："鬼子和汉奸什么时候先试探再杀人了？他们向来不都是想杀人就杀人吗！"

铁锤细细琢磨了一会儿，觉得这位长官说得不无道理，于是双手抱拳，说道："罗长官，我信你！我是沧州人，在南京当学徒，开战后没能离开南京。南京有多惨我看在眼里，到处都是死人，多少人家被杀得一个不剩，这仇不报能行吗？再说这安全区，要不是这些外国人，南京城的老百姓就要被鬼子杀绝了！我是打心眼里想帮帮安全区的忙。长官，只要你是真心打鬼子，真心要帮安全区，刀山火海我也跟着你干！"

"好！咱们一起干！"罗儒说道。

忙到日落十分，分赴安全区各个难民收容所的拖尸人都陆续归队。平日里如行尸走肉一般的拖尸人，此时竟有几许轻松挂在脸上，三五成群地聚在一起。在安全区内见到了这么多活着的中国人，令他们非常兴奋。不少人向罗儒请命，说自己尸气太重，要求多来安全区几次，沾沾这里的人气。

拖尸队回到驻地后，罗儒向吴胖子做了汇报，随后便回到柴房里休息。在柴房睡了一天的老张见罗儒回来，赶忙迎上来，连声询问是否又干了节外生枝的事情。罗儒心中有所提防，把这一天的所见所闻说了一遍，没说自己准备暗中帮助安全区，也未提及见到刘师长的事情。老张颇觉欣慰，不过还是再三叮嘱："一切以过江大计为重！"

罗儒琢磨，自己必须先在拖尸队立住脚，才有可能对安全区施以援手，而立住脚的关键就是取得吴胖子的信任。随后几天，罗儒对吴胖子一改不冷不热的态度，转而对其极尽吹捧，抓住一切机会示好示弱。然而在吴胖子心里，罗儒是小笠原将军安排进来的人，大权旁落的威胁始终萦绕在心头，因此虽觉得罗儒的阿谀奉承极为受用，却也在时刻提防着他。罗儒深知这点，迫切希望能有机会扭转局面。

这日，罗儒正欲带队去清理尸体，被吴胖子叫住了。"罗长官，你留步。我这里有个事，你给参谋参谋。"吴胖子穿着一件非常不合身的衣服匆匆忙忙跑过来，边说边将罗儒往屋里拉。吴胖子的屋内，各式各样的衣服铺了满满一床。

"这不是马上就到昭和十三年的新年了嘛，小笠原将军大人组织了一个新年会，邀请南京各路有头有脸的中国人参会，共同商讨天皇治下的南京发展之路。我自然也在被邀请之列。"吴胖子满脸得意，站在镜子前，往身上比量着一件件衣服，说道，"我现在为穿什么衣服而犯愁。我以前就是在街头混，收个租子讨个账，从来不穿西服或者长袍，虽然现在出人头地了，却也没有一身像样的衣服。你会日本话，了解日本人，你给我出出主意，我该穿什么？"

虽然吴胖子说得含蓄，但罗儒听得出来，这就是一场日本人举办的汉奸头目的大聚会。在这样的聚会上，吴胖子自然想出风头，赢得日本人最多的关注。罗儒挑出几件还算看得过眼的衣服让吴胖子试了试，确实都非常不合体，看上去极为滑稽可笑。

"吴队长，您面生龙虎之气，此乃权倾天下之相，谁又敢与您争锋？您穿平时的衣服就可以了，再普通的衣服穿在您身上，那也能够不怒自威，虎视群雄！"罗儒没挑出来合身的衣服，只得如此作答。

吴胖子觉得这话很中听，自是满面得意，拿起茶杯抿了一口茶，说道："兄弟，你有所不知啊。现在的南京城中，有好多中国人的组织都在为皇军效力。这些组织，涉及文化、经济、治安等方方面面，多的能有几百上千人，少的也有三五十人，他们都玩了命地巴结讨好皇军，所以彼此看不起，互相不顺眼。咱们这个拖尸队，虽然名字不好听，但是也有好几百号人呢，再加上我很有能力，皇军也非常赏识，因此很多人对我处处刁难。今天皇军这个新年会，邀请的是各路组织的头头脑脑。他们不少人都是乡绅名流，衣服肯定穿得非常好，如果我穿得不好，那一定会被他们笑话的！"

"那些人若是存心刁难，无论您穿得多好看得体，都难免要被调笑一番。唯一能做的，恐怕就是以口舌挽回局面了。"罗儒说道。

吴胖子叹了口气，道："唉，我这人千般好，就是嘴太笨。别人骂我，我嘴巴跟不上，还不了嘴，只能干着急。"他沉思片刻，似乎在权衡利弊，随后说道："你跟我一起去，出事儿的话你帮我挡一下子。"

罗儒连连摆手拒绝，说道："参加皇军的新年会都是有头有脸的大人物。我是您的兵，我去实在是不合适。"

"这倒无妨，皇军允许带一个助手。起初没想带你去，因为你和小笠原大人是老相识，怕你抢了我的风头。可转念一想，你小子反应快，若那些王八蛋笑话我，你能帮我挽回一些颜面，这样也很好！你还是跟我一起去吧！"

罗儒心里寻思，这或许能成为取得吴胖子信任的契机，于是故作勉强地说道："那行，听您的。若相安无事，那皆大欢喜，我必一言不发；若有人言语冒犯，我愿为您马前卒，保您周全。"

"好！你就是识时务！"吴胖子拍拍罗儒肩膀，又指着一床的衣服说道，"你说我穿哪件衣服？我听你的！"

罗儒指着自己身上的"不杀"马甲，说道："您穿这个！"

"开什么玩笑！"吴胖子有些愠怒，瞪着眼睛说道，"我穿绫罗绸缎都会成为被嘲讽的对象，如果穿这个马甲，岂不是要成为所有人的笑话！"

"您听我的，保准没错！"罗儒打了包票。

吴胖子思量再三，同意了罗儒的建议。他穿上粗布的衣服、鞋帽，又将"不杀"马甲套在了身上。

在拖尸队惊诧的目光之中，吴胖子和罗儒向日军司令部走去。路上，吴胖子还不踏实，又嘱咐道："罗老弟，不瞒你说，那些人自认为是社会名流，觉得我就是个小人得志的地痞流氓，百般看不起。我敢肯定，他们一定会在言语上刁难我。你不仅要保护好我，还要反击他们，不能让他们把我踩下去，抢了我的风头！"

"您放心！保证让皇军眼里就您一个人！"罗儒说道。

/ 第四十四章 /

所谓的"新年会"上，罗儒凭着机智与口才，千方百计为吴胖子评功摆好，力压一众汉奸，使小笠原满意有加，吴胖子真是赚足了脸面。在回驻地的路上，吴胖子兴奋得手舞足蹈。罗儒知道，他在吴胖子心中的地位已经不可撼动。果不其然，吴胖子在路上提出，要罗儒担任拖尸队副队长。相比之前拿副队长一职做试探，罗儒感觉得到，吴胖子这次真诚得多，是发自肺腑地想拉自己入伙。然而罗儒只是想获取吴胖子的信任，方便自己下一步行动，对这个副队长丝毫不感兴趣，因此再次婉言谢绝。

"我这里是小庙，容不了你这尊大佛，是吧？"吴胖子满脸怒容，未及罗儒开口争辩，便摆摆手说道，"不管你怎么想，今天也由不得你，这个副队长必须得你当！"

刚到驻地，罗儒便见老张正跪在地上呕吐。他面色蜡黄，连胆汁都呕了出来。老张见到罗儒，哭号着说道："满手都是尸油，洗上一百遍手还是黏糊糊的。沾了满身的尸臭，躲都没处躲，臭得人真想死！我受不了了，我要疯了！"说罢，号啕大哭起来。在罗儒面前，老张一向以长官自居，威仪庄严，不容置疑，这还是头一次见到他如此狼狈痛苦。不过罗儒也很理解，每日与腐烂的尸体、破碎的尸块打交道，逼得不少拖尸人精神出现异常，现在连老张的情绪也彻底崩溃了。

老张哭了很久方才平静下来。与刘师长见过面后，罗儒对老张有所防备，因而没有告诉他自己在新年会上同汉奸头目们的激烈交锋，只说了吴胖子非让他当副队长的事情。

"你常说不要节外生枝，不做于过江无益的事情，因此虽然吴胖子这次很坚决，但我也没有答应。"罗儒说道。

"你不当让我当啊！"老张腾地从地上弹起来，抓着罗儒的手，说道，"我说真的，我想去当拖尸队副队长！我是说真的！你和吴胖子说说，我给他当副手。"他可怜巴巴地望着罗儒，声音近乎哀求，完全没有了以前训斥罗儒时的长官风范。

罗儒很意外，他不知道张嘴闭嘴都是"过江大计"的老张，怎么会想"节外生枝"跑去当拖尸队的副队长。他悄声说道："长官，当副队长必然树大招风，对咱们过江没什么好处，不如就当个拖尸人，暗中搞点小动作也不会有人注意到。"

"可我真的活不下去了！我哪里受过这样的煎熬？"老张又扯着嗓子号啕大哭起来，道，"天天泡在死尸里，一天少说也得扔百具尸体，劲儿小了挤出一手尸油，劲儿大了就得拽掉整条胳膊。只要一闭上眼，那些被火烧得跟木炭一样的尸体和被水泡得巨大走形的尸体，就在我眼前飘个不停。"老张一把鼻涕一把泪，如丧考妣，简直要哭晕过去。罗儒默默看着，没有上前安慰。

老张又哭了半天，抓着罗儒的手，说道："我受不了了，我真的要疯了！你跟吴队长说说，让我去当副队长，副队长好吃好喝好住不说，也肯定不会干这些活儿了！"罗儒见他实在可怜，便应允去找吴胖子试一试。

罗儒找到吴胖子，先说自己自由散漫，无心仕途，又言之凿凿地表态会死心塌地地辅佐他，最后又把老张大肆吹捧一番，力荐其为副队长。吴胖子既得罗儒允诺，又觉得老张为人周全，阿谀之词颇为受用，便同意让老张当副队长。

吴胖子办事利索，当晚便向拖尸队宣布任命老张为拖尸队副队长。也是这个晚上，老张从臭气熏天的柴房搬进了一个坐北朝南的大房中。这间大房本是前任副队长的，自其被小笠原误杀后便空置了下来。屋内不仅各种家具一应俱全，更有一张非常宽大松软的大床。老张躺在床上，如做梦一般，激动得眼泪差点儿淌下来。当然，吴胖子也没亏待了罗儒，也同样给他安排了一间条件非常好的大房。

老张的境况发生了翻天覆地的变化，他如脱胎换骨一般，很快地完成了从拖尸人到副队长的角色转换，焕发出令人咋舌的活力。他世故圆滑，把吴胖子伺候得极为到位，两人感情也迅速升温。老张每日都会陪着吴胖子去南京城内为数不多的酒楼，宴请形形色色的日本人。这些酒楼多半是在日军逼迫之下才开张营业的，厨师不是逃走了就是被杀了，因而菜品质量下降不少。虽然如此，却也足以让吴胖子和老张花天酒地一番。两人无一日不醉，每天夜里他俩都是相互搀扶着，一步三晃地返回驻地。

一天晚上，夜色深沉，老张踹开罗儒的房门闯了进来，扯着他的衣领子，醉醺醺地说道："兄弟，我是专门来谢谢你的！我终于不用和死人打交道了！现在的日子可真是太美了！今天我陪着吴队长去了慰安所，上了一个中国女人和一个日本女人！你小子会日语，可你睡过日本女人吗？猜你也没有！放眼全中国，能有几个人睡过日本女人！"

"鬼子建立慰安所祸害中国女人，为什么你还要去助纣为虐？"罗儒不管他醉意朦胧，气愤地质问道。

"我是官员，这是皇军给我的特权，如果不去，那我和普通老百姓有什么区别？再者说，身为慰安妇，这是她们的本职工作！"老张醉意醺醺，淫笑着说道。

"无耻！"罗儒怒吼一声，抬脚将老张踹出了门外。他打心眼里后悔向吴胖子举荐了老张。

自那日之后，罗儒和老张日渐疏远，更不提"过江大计"了。两人虽不至形同陌路，却也相差无几。

一日，不少拖尸人来到罗儒房前，向他表达感谢。原来，日军破天荒地给拖尸队送来了不少米面油，甚至还有一些肉，让拖尸队的伙食一下子提高了不少。人们听说日军如此大发慈悲是因为罗儒在新年会的建言，因此前来致谢。罗儒道好处是吴队长争取来的，便带领众人找到吴胖子，当众对他吹捧一番，夸得吴胖子心花怒放。

罗儒见日军采纳了自己的建议，改善了拖尸队待遇，便琢磨着日军会不会依自己所言，也为安全区提供粮食，遂打发铁锤去安全区找婉莹打听情况。果然，日军也给安全区送去了粮食，虽然无法彻底解决难民的粮食危机，但足以缓解燃眉之急。

又过了几日，日军为汉奸头目专门开设了宣抚班，学习日本侵华的方针政策，加强对汉奸头目的思想管控。吴胖子作为拖尸队队长，也被要求参加。小笠原公开宣称这个宣抚班旨在为皇军选拔治理南京的人才，因此各路汉奸都极为重视，吴胖子更是把这当成飞黄腾达的好机会。

吴胖子专门将罗儒和老张叫到跟前，说道："咱们三人都是人中龙凤，却不得不在拖尸队忍辱负重。熬了这么久，这次终于有机会成为堂堂正正的朝廷大员了。我去读宣抚班期间，还望两位兄弟鼎力相助，日后我为皇军重用，成为一方诸侯，我定会好好提拔二位！"

宣抚班每日课程完毕，都会布置关于如何帮助皇军管理城市与民众的题目。吴胖子自己不会，便派人将题目给罗儒送去。罗儒找来日本报纸和亲日的华文报纸，将报纸上的内容摘摘抄抄，再加以润色，整理成文。依靠着这位幕后高参，吴胖子的论述每次都会被宣抚班评为优秀。

吴胖子不在拖尸队期间，老张也丝毫没有闲着，他接管了拖尸队的所有事务。每日除了例行安排拖尸任务，跟一帮新结交的酒肉朋友花天酒地之外，他还下大功夫整治了打手队伍。这些打手本是些无法无天的地痞流氓，但老张恩威并施，竟将他们治得俯首帖耳，令行禁止。罗儒看在眼里，心中暗叫不好，老张这是想在汉奸窝里扎根了。

一日晚间，罗儒在房间内读报，一则消息让他心情沉重起来——日军已经打过长江，长江以北淮河以南已经落入敌手。这样一来，即使过了江，也不过是由龙潭跳入虎穴，仍然十分危险。不过报道中也有令罗儒聊以自慰的信息，那就是日军过江后立足未稳，对岸仍活跃着游击队。

房间的门忽地被推开，老张大步走了进来。两人已经许久没有说过话了，这次他不请自来，让罗儒颇感意外。

"罗老弟，你知道吗，日军已经打过长江了！"老张坐定后，一脸正色说道。

"我看报纸了。"罗儒淡淡地说道。

"日军已经过江了，占领了江北，我们过了江也没有用，总归逃不出日本人的地盘。"老张说道。

"现在看来，渡过长江后还要继续向北渡过淮河，才能看到国军。我们可以借助江北游击队的力量。"罗儒说道。

老张盯着罗儒，迟疑了片刻，低声问道："你还是想过江？"

罗儒一愣，他从来没想过放弃过江。

"你在吴队长这里左右逢源，混得很好，还天天好吃好喝地供着……"老张欲言又止。

罗儒愕然，老张不想过江了！

罗儒压住火气，反问道："你还想过江吗？"

"不是想不想的问题，而是能不能的问题。过江本就是难事，过了江再走上几百里地到徐州，更是难上加难。"老张回答道。

"那你怎么着？"罗儒冷笑着反问，"当汉奸吗？"

老张瞪了他一眼，起身头也不回地走出了屋子。

老张走后，罗儒焦躁地在屋内走来走去。他确信，这个曾经言必称"过江大计"的老张，如今已经无心过江了，虽然并未言明要当汉奸，但其实已在这条不归路上越走越远。想来让老张发生如此剧烈转变的，就是这里穷奢极欲的生活，和日本人高官厚禄的承诺。罗儒很后悔，倘若当初没有为他争取副队长的职位，那他可能还是那个与自己志同道合的战友。

此时夜已深，但罗儒无心睡眠，便来到屋外。刚出屋子，便听到此起彼伏的剧烈的咳嗽声。这声音是从十多间住着拖尸人的房间内传出来的。凭着医生的敏感，罗儒意识到这么多人如此剧烈的咳嗽，肯定不是因为伤风感冒，而是源于更为严重的传染疾病——肺结核。罗儒马上想起来，白天日本人曾送来一份标记着"紧急"字样的文件，上面说南京霍乱、肺结核等传染病疫情严重，要求各单位以强有力的措施防止疫情扩散。

第二天一早，老张将拖尸队集合完毕准备出工，队伍中仍有不少人在咳嗽。罗儒来到队伍前，高声说道："这几天谁咳嗽得比较厉害，站出来！"他吆喝了好几声，才有五个人晃晃悠悠地站了出来。罗儒戴上口罩上前检查，果不其然，这些人都染上了肺痨，也就是肺结核。这种传染病传染性强，病死率高，自古便有"十痨九死"的说法。

这五人"扑通"一声跪在地上，声泪俱下地哀求道："罗长官，我们知道自己害了痨病，但我们还有力气，还能干活儿。你千万不要枪毙我们啊！"

罗儒知道，当晚咳嗽的远不止这几人，人们之所以不敢站出来，就是害怕被当作痨死鬼拉出去枪毙。他对着队伍喊道："我向大家保证，绝对不会枪毙任何害了痨病的人！得了痨病的人，我会给你们单独安排几间房间，吃喝不愁，我还去为你们找药，治好你们的痨病！如果你们这个样子出去，被日本人看到，日本人为了避免被传染，肯定会杀了你们！"

罗儒连哄带吓，很快，那些近几日咳嗽厉害的人纷纷出列，清点下来竟有三十人之多。他将这三十人安排在与其他住房相隔绝的一处小院落，专设看守阻拦靠近之人，并告知伙夫增加更有营养的病号饭。

罗儒安排妥当后，便急匆匆地向安全区跑去。虽是学医出身，但面对这夺命无数的千年之疫，罗儒同样束手无策，只有去请教安全区的外国医生，看看他们有无救命良策。

然而行至半路，铁锤便气喘吁吁地追了上来，上气不接下气地说："那些得瘿病的人，都让老张给杀了！"罗儒大惊失色，赶忙询问到底是怎么回事。

"你前脚刚走，老张后脚就把日本人领了过来。日本人把那三十个害了瘿病的人拉到院子里，用机枪给杀了。"铁锤说道。罗儒心口一紧，拔腿就往回跑。

回到驻地，他径直冲向隔离着肺瘿病人的小院，小院的入口已被日军打上了封条。扯下封条推开院门，只见三十具尸体横七竖八地躺在地上，尸体身上还覆盖着一层厚厚的消毒粉。"兄弟们，对不住！"罗儒咬牙说道，转身去找老张算账。

罗儒一脚踹开老张的房门，却见老张正和新结交的汉奸们把酒言欢。他怒火中烧，大步流星地冲入屋内，一把掀翻了桌子。那些汉奸见情况不妙，纷纷告辞，只剩下了老张一人。

罗儒吼道："你为什么要杀那些人？"

"你又为什么要隔离他们？"老张冷笑一声，理直气壮地回答，"他们害的是瘿病，不仅自己必死无疑，还会拉着没病的人一起死！他们就是定时炸弹！无论是隔离还是处决，目的都是完全一样的，那就是防止疫情扩散到其他人！只不过我的方法一劳永逸，彻底地消除了隐患！"

"你不要拿瘿病当杀人的借口！我已经把人给隔离起来了，他们不会再传染给其他人了，根本没有必要杀死他们！"罗儒大吼。

"日本人下的文书你也看到了，三令五申地要求以强有力手段防止疫情扩散。如果发现咱们留着这么多瘿病鬼，日本人不得气死？那还有咱们的好果子吃？"老张说道。

"你怎么这么害怕日本鬼子？是不是要当汉奸？"罗儒大声问道。

老张怒视罗儒，没有答话。罗儒挥拳打去，与老张打成一团。两人都使出了全身气力，拳脚直奔对方要害而去，一招一式皆欲置人于死地。屋内橱柜倾倒，狼藉一片。

那些汉奸打手们听闻打斗之声，赶忙跑了过来。自打当上副队长，老张就和他们处关系，此时他们自然是站在老张这一边。打手们把缠斗在一起的两人分开后，毕恭毕敬地掸掉老张满身的土，又将罗儒的双手反剪到背后。

"张副队长，罗长官怎么处理？"一个打手问道。

"他算老几？我只听吴队长的！"罗儒一边挣扎一边高声喊道。

"全都给我住手！"吴胖子厉喝一声，迈步走进屋内。原来，已经有人跑去给吴胖子通风报信，他已经知道罗儒和老张打了起来，也知道老张带着日本人枪杀三十人的事情。

/ 第四十五章 /

见吴胖子来了，老张抢先告状，将处决身患肺结核的拖尸人简略一提，便大谈自己如何忠心可嘉，如何为拖尸队的利益殚精竭虑。打手们也连连在旁边帮腔，说张副队长杀人是顾全大局，为他大叫委屈。

"那三十个痨病鬼，死有何惜？张副队长竟然以为我是为了那三十人才大打出手，看来我还是没有把他打明白！"罗儒见吴胖子来了，马上想出一套说辞，"这数百人的拖尸队，是吴队长的地盘，生杀予夺都应该是吴队长说了算。没有请示吴队长，就擅自杀人，是谁给你的熊心豹子胆！别说拖尸队的三十个人，就是三十条狗，要杀要剐也轮不到你这个副队长拿主意！新官上任三把火，可你这火是不是烧得太旺了！你是副队长，不是摄政大臣！你眼里还有没有吴队长！"

老张万万没有想到，罗儒明明就是为了那三十人之死而来，但他不仅矢口否认，反而巧舌如簧，一句话就改变了整个事件的性质，打在自己未经请示便擅自杀人的死穴上。老张被噎得哑口无言，他身后的打手们见势不妙也悄悄散去。

罗儒自认稳操胜券，老张也做好了挨骂的准备，但令两人都没想到的是，吴胖子没有半分恼怒，似乎丝毫没有将此事放在心里。他将翻倒在地的桌椅一一扶起，又拉着两人的手坐下。

"二位可知道，我马上将迎来人生中最辉煌的时刻？"吴胖子挑着眉毛，缓缓说道。罗儒和老张不知所云，皆一脸茫然。

吴胖子继续说道："南京马上要成立南京自治委员会，也就是在皇军监督下管理南京的新政府！政府中的大员全部是中国人，而且都来自我正在参加的宣抚班。宣抚班即将结束，小笠原将军马上就要进行职务分配。

"在所有职位里面，最重要的就是警察厅厅长，这可是皇军在南京的第一个警察厅厅长！我盯上的就是这个职位。我如果能当上警察厅厅长，那前途真是不可限量了。等皇军把华东和华北占领的领土连成一片，就会建立起一个和满洲国一样的新国家。那时，我就会是国家警察部队总司令，管理整个国家的警察力量！这得多么威风啊！"吴胖子满脸得意，说得眉飞色舞，唾沫星子横飞。

"你俩是我的左膀右臂，我不可能亏待你们！"吴胖子用手杵了杵老张，一脸坏笑地说，"咱在这小小的拖尸队，就有酒有肉有女人。如果咱真的成了国家大员，那日子真是要比神仙强百倍啊！"老张听罢眼睛放光，激动地频频点头。

"我现在是小笠原将军大人眼中的红人，也是警察厅厅长最有力的竞争者！但是还有很多人盯着这个位置，对我威胁最大的就是那个奸商叶龙！"吴胖子突然收敛起笑容，正色说道，'现在，绝不能有任何我的负面消息传到小笠原将军大人的耳朵里！如果被人知道了我的副队长和我的高参打了起来，势必会被人诟病连手下都管不了，如何管理全国的警察！这会对我产生不利影响，我绝对不允许这样的事情发生！所以，为了我的事业，为了我们共同的前程，为了皇军的大东亚梦想，请二位冰释前嫌！"

罗儒站起身，主动向老张伸出手，老张也识趣地伸出了手。在吴队长面前，他俩"握手言和"。但两人心里都清楚，今日之决裂是信仰之决裂、道路之决裂，绝无和解可能。

离开老张的房间，吴胖子将罗儒拉到了自己屋内。"罗贤弟，今天你是为了维护我才跟张副队长打这一架的，我这心里跟明镜儿似的，我特别感激你。只是目前形势特殊，我不能让家丑外扬，所以没有批评张副队长。"吴胖子拉着罗儒的手，诚恳地说道。

他继续说道："看张副队长官瘾挺大，当着他我就没有说那么多，但我得和你交实底。其实形势并没有那么乐观。我和叶龙都盯上了警察厅厅长这个位置，而且我俩已经较上劲了。若论在宣抚班的表现，我有你做高参，一点不惧他，但是架不住那小子有钱啊。有钱能使鬼推磨，他小笠原也不是木头疙瘩，也爱真金白银。如果那小子使钱买官，我还真干不过他。罗贤弟，还要帮我想出一个对策来才好！"

吴胖子不等罗儒答话，又说："咱们已经到了成王败寇的境地，如果叶龙把我排挤走，说不定我还是个拖死人的，我也肯定给不了你高官厚禄。但如果是我把他给排挤走了，我向你保证，我当皇上你就是宰相！"罗儒对这期许丝毫不感兴趣，却不得不表现出兴奋的样子，对着吴胖子千恩万谢。

从吴胖子屋里出来，罗儒疾步向自己屋里走去，并把铁锤叫了过去，道："过江不成了，咱们投了日本人吧！"

话音未落，一阵拳风袭来，罗儒眼前一黑，便栽倒在地。接着，雨点般的拳头砸在了他脑袋上，他赶忙抱着脑袋求饶，连声称自己无意投敌，只是在试探。铁锤这才罢了手，将罗儒从地上拉起来。

虽然被铁锤揍得满脸是血，但罗儒还得忙不迭地道歉："不瞒你说，我曾经谋划着和老张一起过江。二十天前，老张还苦思冥想如何过江寻找国军，没想到他当上副队长以后，整日吃喝玩乐睡女人，做着升官发财的美梦，乐不思蜀，直接留下当汉奸了。人性之善变令我心生感慨，不免多问你一句，兄弟别见怪。"

罗儒道："今日我与老张彻底决裂。我们帮助安全区的计划必须马上进行，免得夜长梦多。"

罗儒拿出几日前从威尔逊医生那里要来的白大褂等物装入怀中，匆匆离开驻地，潜行半日，来到一处日军营地外。他躲进阴暗角落，穿上白大褂，戴上医生帽、白口罩和白手套，随后镇定自若地向日军营地的岗哨走了过去。

罗儒用日本话对营地门口的哨兵高声喊道："我是荣字第1644部队，也就是中支那防疫给水部的军医官，奉命来你们这里调查传染病情况。"毫无破绽的日本话，一身医生的装束，再加上能够准确地报出只有日军才知道的南京细菌部队的内部番号，让日军哨兵毫不怀疑眼前这个人日军军医的身份。

荣字第1644部队——中支那防疫给水部，这个部队的番号写在德械一师师部医院的墙上。在那里，这支部队活体解剖了三百多名中国伤兵。那一具具仅剩皮囊的尸体，无一日不血淋淋地挂在罗儒的脑海中。

罗儒虽不清楚这个日军营地疫病的具体情况，但疫病在军营这种人口密度大的地方非常容易传播扩散，这个营地平安无事的可能性微乎其微，因此不容易被哨兵识破。

果然，哨兵向罗儒行礼，说道："军医官，你好！不过，上午不是已经对营地进行过消毒了吗？"

"我就是来检查消毒效果的。"罗儒反应极快，镇定地回答道，"给我拿几套军装来，军官和士兵的都要，衣、帽、腰带、鞋等日常衣物全部都要。如果抽查合格你们基本上就高枕无忧了，但如果抽查出来问题，肯定还会有人生病，还要再消毒。"

哨兵没有一丝怀疑，转身跑向营房，不大会儿，就拿来一箩筐的衣物。"各种疫病闹得人心惶惶，每日都沉浸在对疫病的恐惧和焦虑之中，总觉得自己一定是被感染了。这日子真的太难受了，所以我们全力配合你们的工作。这里共有一套军官和两套士兵的衣物，军帽、军装、腰带、军靴、军刀等一切齐全。请一定要细细检查，拜托你们了！"那哨兵将箩筐放在地上，深深鞠下一躬。

罗儒装模作样地记录一番后拎起箩筐便走，留下那哨兵在身后鞠躬道谢。他兴奋至极，日军军装一向管理严格，但自己略施小计便一下子搞来了三套。夜幕降临，罗儒借着朦胧的夜色，悄悄溜回了驻地。

罗儒叫来铁锤，让他前往安全区，深入各个难民收容所，佯装汉奸做派，大肆散布消息：三天之后，将会有皇军前来，对襄助皇军之人论功行赏。铁锤领命而去。

第二天，铁锤向罗儒报告，谣言已经在安全区内传开，藏身其中的汉奸们奔走相告，弹冠相庆，仿佛升官发财指日可待。

三天后，罗儒身着日军军官军装，铁锤穿着日本兵军装，出现在安全区。他要作为"日军军官"，为活跃在这里的汉奸"论功行赏"。他原以为汉奸隐藏得深，没承想一进安全区马上就能将他们辨认出来。真正的难民对日军打扮的罗儒避之不及，而那些潜伏在难民中的汉奸，眼神中却始终闪烁着期待的光芒。

罗儒快速地在安全区几个较大的难民收容所转了一圈，确保汉奸们都知道"论功行赏"的日本军官已经来了。随后，他来到位于金陵大学角落里的一间仓库。这间仓库四壁无窗，前后各有一门。安全区委员们事先得到了罗儒通知，连夜将这里清理了出来。

"日本军官"前来犒劳汉奸，难民们心中暗暗咒骂，而那些汉奸们则精心打扮了一番，候在仓库外面听封等赏。罗儒开门一看，仓库外已经乌泱泱挤满了前来邀功请赏的人。

那些汉奸见到"日本军官"，纷纷鞠躬作揖，连声问好。罗儒故意拿着日本人说中国话的生硬腔调，对众人说道："今天，我代表大日本皇军向各位表示答谢。请大家排好队，依次向我汇报为皇军做出的贡献。大家一个个来，前门进，后门走。没得到指令的人不得进入，亦不得到后门围观，违者格杀勿论！"

说罢抽出军刀，狠狠地插在了仓库门口。汉奸们吓得魂不附体，连连称是，并迅速排起了队伍。

罗儒返回屋内，翻开了《安全区犯罪记录册》。拉贝先生为确保锄奸时有据可查，避免误杀错杀，特意将这本厚厚的册子拿给了罗儒。这本记录册记录着日军在安全区的各种各样的暴行，所有暴行都由受害人或者目击者报案陈述，时间、地点、细节一应俱全，完全可信。

铁锤将仓库大门打开一条缝隙，指了指排在队首的那个中年男子，挥手示意他进屋。中年男子进屋后，铁锤迅速关门落锁。罗儒已经事先嘱咐，让铁锤不要当众说中国话，避免引起怀疑。

"皇军好！"那中年男子点头哈腰满脸堆笑地走进来，坐到了罗儒面前。

"说说你的贡献吧！"罗儒拿着腔调，微笑着说道。

"总的来说，我帮助皇军偷女人二十五人，往井里投毒两次。为皇军的事业，虽不算居功至伟，却也是鞠躬尽瘁。"中年男子自豪地说道。

罗儒让那人一一讲述各个案件的详细细节，自己则打开记录册进行核对。一番核对下来，此人所述内容在记录册上均有据可查，各处细节也十分吻合，可以认定他就是那些强奸案和投毒案的幕后黑手。

确认了汉奸身份，罗儒不再同他啰唆，向一直站在中年男子身后的铁锤使了个眼色。铁锤心领神会，掏出早已备好的绳子，猛地勒到那人的脖子上，罗儒则一个箭步蹿上去，捂住那人的嘴，防止他喊叫出声。绳子越勒越紧，那男子瞪着双眼，眼球仿佛都要从眼眶中掉出来了，脑门上的血管也越发凸显，几乎要爆裂开来。他的脸由红变紫，屎尿拉了一裤裆，两脚拼命乱蹬，挣扎了不大工夫便没了气。罗儒和铁锤赶紧把尸体抬到了仓库的角落，用帆布盖住。

随后，铁锤打开仓库大门，示意第二个人进来"汇报"。接着，两人如法炮制，先让那人自述"功勋"，再对照《安全区犯罪记录册》进行查证，如果诸多细节全部吻合便认定此人确系汉奸，而后合力将其勒死，再将尸体抬到角落里藏起来。

两人接连勒死二十余人，一直杀到满头虚汗、手脚发软。被杀之人，有男人有女人，有青年有老年，其汉奸行径也是五花八门，有的引导日军强奸中国女人，有的往安全区的井里、食物里投毒，有的造谣生事、煽动难民围攻拉贝等外国委员，还有的在难民中大肆替日军宣传，鼓动人们离开安全区。恶劣行径种种，不一而足。

铁锤透过门缝，看到门外还有很多人在等待着"汇报"，便小声问道："这么多人，都要杀吗？"一连杀了二十多人，铁锤的精神濒临崩溃。

"杀！"罗儒咬着牙说道，"他们是汉奸，害了那么多人，死不足惜。他们不死，还会有更多的难民遭殃。我们要杀一儆百，给那些蠢蠢欲动想当汉奸的人提个醒！"

铁锤道："有些人当汉奸，可能也是为了保命吧。"

罗儒长长地叹了一口气，说道："国家衰败，民众更是危如累卵。饥寒至身不顾廉耻，如今人们连命都保不住，又怎么能奢求他们高风亮节，心系国家民族呢？我们拿着枪炮尚且不能抵挡日军，又怎么能奢求手无寸铁的百姓去反抗呢？所以，不能苛责那些老老实实地给日本人当良民的人，也不应认为他们是汉奸。但是，通过祸害中国人去讨好鬼子的人，那便是十足的汉奸。想想那些被他们偷走的女人，被几十个鬼子强奸完再一刀切掉脑袋！这些汉奸死一万次我都不解气！"

"咱们接着杀！"铁锤整理了一下身上的日军军装，深吸一口气，拉开了前门。

罗儒和铁锤高效而默契地处决着汉奸，至日落时分，仓库外已空无一人，帆布下面则横尸七十余具。杀完最后一个人，他们瘫坐在地上，双手累得如触电般抖个不停。

罗儒事先已经托婉莹打听好，金陵大学有间礼堂，里面摆放着一尊高大的关公像。这关公像是一家外国公司赠送的，但不知什么原因，塑像一送来就被摆在礼堂里闲置起来。入夜后，罗儒和铁锤将七十多具尸体搬到礼堂，扔在关公像脚下。这关公像两米多高，怒目圆睁，气势逼人，一手捋着美髯，一手握着大刀。

罗儒在关公像前拜了拜，对铁锤说道："难怪金陵大学不敢把这关公像摆放出来呢！咱们中国有'关公睁眼必杀人'的说法，因此关公像大多都是眯缝着眼的，但是外国公司不知道中国这个民俗，就送来个睁眼关公，学校当然不敢摆出来了。但是这个睁眼必杀人的关公今天能帮上大忙了！"

离开礼堂，两人脱了日本军装，在安全区各难民收容所内大喊"关二爷显圣了"，逢人便说关公像突然活了，派遣天兵天将捉拿了许多汉奸，怒斥一番后打散了众汉奸的三魂七魄，将其全部处死。无论是汉奸还是普通百姓，普遍文化水平都很低，能够识文断字的人凤毛麟角，带有浓烈迷信色彩的故事在这样的人群中非常受欢迎。

果不其然，"关公显圣"的消息在难民中飞快地传播，并且不断地被添油加醋，半天时间便已被传得沸沸扬扬人尽皆知。罗儒和铁锤准备离开安全区时，正遇到一个老人绘声绘色地讲着这个故事，几十口人围着他聚精会神地听着，两人便也凑了上去。

"汉奸作恶，惹怒了关二爷。就在刚刚，关二爷显了圣，腾云驾雾而来。他所穿绿锦战袍，乃刘皇叔刘玄德赠送；手中兵刃，是青龙偃月刀，为青龙啐血所铸；胯下坐骑，是赤兔马，可不饮不食日行千里。关二爷大喝一声，天兵天将便将一众汉奸擒了去。关二爷手绰美髯，怒目圆睁，喝道：'尔等奸贼，认贼作父，毁节求生，不仁不义，坑害百姓，为祸一方，纵将尔等碎尸万段，亦不足解关某心头之恨。关某斩颜良诛文丑，过五关斩六将，从不杀无名之鬼。今日气愤难当，故不循旧例，不问尔等小贼姓甚名谁，径自取尔等首级！'说罢，青龙偃月刀从天劈下……"老人讲述滔滔不绝，令罗儒与众人身临其境，大呼过瘾，皆拍手称快。

一日后，婉莹传来消息，难民们发现了关公像脚下的七十多具尸体，印证了疯传的关公显圣的传说，朴实的老百姓们毫不怀疑关二爷现了身，杀了不忠不义的汉奸。此事在安全区引起了极大的震动，难民们精神为之一振，漏网的汉奸则惶惶不可终日，生怕哪天关二爷再度显圣杀了自己。日军也闻知此事，但其素来敬畏鬼神，更不敢招惹关公，加之这些小汉奸命如草芥，日军根本无意兴师动众替他们出头，因此对此事置若罔闻。汉奸们见日军此种态度，更加心灰意冷。

/ 第四十六章 /

锄奸之事办妥，罗儒便思量着下一步如何为安全区搞到点钱。这日，他正在屋内苦想，忽地有人跑来报信，说吴队长回来了，让他赶紧过去一趟。罗儒赶忙向吴胖子屋跑去，老张也火急火燎地跑来，二人在门口相遇，互不搭理，一前一后进了屋。

一进门，就看见吴胖子歪坐在椅子上，神情沮丧，如丧考妣。"全完了！烤熟的鸭子飞走了！今天去小笠原的办公室，他私下透露了南京自治委员会的人事情况，我的警察厅厅长被人抢了！"吴胖子撩起眼皮看了罗儒和老张一眼，有气无力地说道。

罗儒无意"仕途"，面色平静，但老张则瞬间面如死灰，一屁股瘫坐在椅子上，嘴里嘟囔着："你的正厅长没了，那我这个副厅长也不成了！"

"废话！没有老子哪有你！"吴胖子没好气地吼道。

罗儒问道："正式对外公布了吗？"

"没有对外公布，但是已经板上钉钉了。连这个都他妈提前给我了！"吴胖子从怀中掏出两个纸卷，摔在了桌子上。

老张赶忙展开纸卷，竟然是两张任命书，分别任命吴队长和老张为南京自治委员会教育厅厅长、副厅长。

老张如获至宝，小心翼翼地捧着自己那张任命书，脸上的阴郁顿时一扫而光，喜笑颜开地说道："刚才以为是没有官做了呢，吓得我魂都没了！这不是还有教育厅嘛！教育厅也不错，好歹是个副厅长，也是个挺大的官呢！"老张醉心欣赏着任命书，轻轻摩挲着"副厅长"三个字。

"瞧你那点出息！给你个教育厅乐得你口水都流下来了！"吴胖子使劲拍着桌子，对老张吼道，"老子告诉你，有枪才有权，有兵才有钱！管教育能有多大出息？没兵没枪谁都能碾死你！今儿是厅长，明天就有可能被人赶下台！只有警察厅厅长，才是真正的官！将来才有大发展大前途！"

"吴队长，这个警察厅厅长被谁抢走了？"罗儒问道。

"还能有谁！叶龙！"一提起这个名字，吴胖子便怒不可遏，拍着桌子扯着沙哑的嗓子高声吼道，"我听说，那个姓叶的王八蛋给小笠原送了整整二十根金条！"

"又是这个叶龙，果然是财大气粗！您能给我说说这个叶龙是个什么样的人吗？"罗儒沉默片刻，严肃地问道。

吴胖子见罗儒在活动心思，自然是极力配合，于是将他所知的叶龙其人其事都通通讲了个遍。通过吴胖子的描述，罗儒知道叶龙是个善于钻营、喜好攀附的势利小人，为了谋取高位不择手段，曾经数次捏造事实抹黑上司，将上司拉下马后他取而代之。

罗儒沉思片刻，说道："事情或许还有转机。"

吴胖子眼睛放光，弹簧般从椅子上弹了起来，跑到罗儒跟前，抓着他的肩膀说道:"好兄弟,你说说怎么办?"

"我需要十根金条,我也去行贿小笠原,让他收回成命,任命你为警察厅厅长。"罗儒答道。

"这怎么可能,那个姓叶的可是送了二十根金条呢,你用十根金条怎么能把他拿下来?"吴胖子眼神黯淡下去,摇了摇脑袋说道。

"我有办法。"罗儒神秘地微笑着回应。

吴胖子想起新年会上罗儒为他卖力的情景,觉得他巧舌如簧,或许真能力挽狂澜,于是赶忙跑到里屋拿出十根金条,交给了罗儒。罗儒回到自己屋中,将金条小心翼翼地藏了起来。他压根没想将这金条送给小笠原,而是准备找机会送到安全区。

罗儒找到吴胖子,称已差人将金条给小笠原送了过去,请吴队长随他一同去找小笠原商谈。罗儒拿起桌上吴胖子的任命书转身便走。

"好兄弟!"一直留在吴胖子屋内的老张突然叫住了罗儒。老张从未这样热切地称呼过罗儒,自打两人发生直接冲突后更是形同陌路,如今这突然一声"好兄弟"叫得罗儒浑身发冷。

"好兄弟,你把我的任命书忘了。如果能改还是一起改了,我还是愿意给吴队长当差,吴队长去哪里我就去哪里。"老张可怜巴巴地说道。

罗儒见状冷笑一声,说道:"你就留在教育厅吧!你不也说了嘛,教育厅挺不错!"

老张将任命状硬塞到罗儒的手里,讪笑着说道:"教育厅好也赶不上吴队长和兄弟你你的好,我还是愿意跟着你们混!"

罗儒见吴胖子点了点头,便冷笑一声,卷好了任命状,和吴胖子一起向南京城走去。

进了城,来到日军司令部小笠原办公室门外,罗儒请小笠原的秘书进去通报一声,就说拖尸队吴队长前来求见。过了一会儿秘书从办公室出来,称小笠原事务缠身不便接见。罗儒心中琢磨,小笠原肯定是料到吴胖子会因为警察厅厅长一事纠缠,所以才闭门不见。

"烦请您再进去通报一声,就说吴队长并非因个人利益而来,而是为小笠原将军消灾免祸而来。小笠原将军大祸将至却仍浑然不知,实在是太危险了!"罗儒对那秘书说道。日军司令部内都是日本人,罗儒与那秘书交流也是日本话,吴胖子听不懂,只得老老实实地站在罗儒后面。

那番消灾免祸的说辞果然管用，小笠原亲自打开办公室大门，将两人迎了进去。他殷勤地让座看茶，吴胖子受宠若惊，只当是罗儒的三寸不烂之舌又显了神通，心中暗暗叫好。

"刚才你说为我消灾免祸，不知这话怎么讲？"小笠原直截了当地发问。

"我想先请问将军大人，您怎么看待捏造事实、抹黑上司、打上司小报告这种行为？"罗儒问道。

"当然是可恶至极，无法容忍！"小笠原一怔，回答道。

"如果您的下属有这样的人，您会怎么办？"罗儒追问。

"严惩不贷，弃之不用！"小笠原道。

"将军大人麾下正有这样的小人！"罗儒大声说道。随后，他将叶龙为了谋求更高职位，数次检举告发自己长官的"黑历史"一一道来，并不断地添油加醋，将叶龙描述成一个踩着上司尸体向上爬的阴险狠毒之人。

小笠原听罢倒吸一口凉气，说道："这些事情我曾有所耳闻，但没有想到会这么恶劣！"

罗儒趁热打铁，说道："叶龙权力欲望极大，对官位从来不知满足。他当上警察厅厅长后，必然会故技重施，会向您的上司甚至东京告发检举您。将您排挤走之后，他就会四处撒钱行贿，以求接替您的职务。中国有句老话叫作有钱能使鬼推磨。他家财万贯又出手大方，将您取而代之恐怕不是什么难事。纵然您对当前的职务没有眷恋，但以这种方式被他排挤回国甚至接受调查，也是很不光彩的吧！"

"就算他想抹黑我，但他能向东京告发我什么呢？"小笠原觉得罗儒有些危言耸听。

"比如，您收了他二十根金条的贿赂。"罗儒幽幽地说道。

"你怎么知道这事的？"小笠原几乎要跳了起来，瞪着眼睛高声吼道。他显然没有想到受贿的事情会传出去。吴胖子在旁边吓得一激灵，但他不知两人在交谈些什么，只得默默祈祷罗儒千万别捅娄子。

"您收他二十根金条的事情叶龙逢人便讲，已经人尽皆知了。想来他大肆宣扬的目的，是让吴队长等盯着警察厅厅长一职的人知难而退，不敢再与其竞争。但换个角度想，这件事传出去对您最不利，如果此事被您的上司知道了，您恐怕真要吃不了兜着走了。可是他叶龙不在乎这些，他只在乎自己的前途，不考虑您的死活。您有把柄落在这样的人的手里，栽跟头是早晚的事！"罗儒做出诛心之论。

"这个忘恩负义之徒，谁提携他谁就要倒大霉！"小笠原气得怒目圆睁，高声喊道。他坐在沙发上，抓起茶几上的茶杯猛灌了一大口。

"我有一警察厅厅长人选，可保您高枕无忧。"罗儒道。

小笠原撩起眼皮问道："谁？"

"吴队长。"罗儒回答道。

"叶龙奸诈狡猾，你又怎么敢保证吴队长不是这样的人？"小笠原问道。

"中国有句老话叫作无商不奸，话虽有偏颇，却也道出了商人出身的叶龙奸诈狡猾、精于算计的特点。反观吴队长，他出身草莽，混迹于街头，身上的江湖习气极重，把忠义与恩情看得比生命都重，他绝对不会伤害提携他的恩人的。"罗儒缓缓说道，"还有一点非常重要，吴队长非常听话。中国古代的皇帝，最喜爱才能平庸却顺服听话的奴才，最厌恶才华横溢的帅才，因为有才之人多桀骜不驯，一旦得势必会尾大不掉，最后很可能反噬其主。这样的例子在中国历史上不胜枚举。吴队长资质平平，也就没有那么大的野心，自然会心甘情愿地供您驱使。"

小笠原若有所思地点点头，继续问道："那如何安排叶龙，让他和吴队长对调一下，去教育厅当厅长？"

"我先问您两个问题，南京自治委员会中最重要的位置是什么？宣抚班中锋芒最露的两个人是谁？"罗儒问道。

小笠原觉得罗儒说话蕴含着不少中国古人的智慧，十分愿意听他高谈阔论，于是很配合地回答道："南京自治委员会中，警察厅厅长之职最重要。你们吴队长和叶龙明争暗斗，是锋芒最露的两个人。"

"那我可以回答您的问题了。我认为，应该把叶龙留在警察厅，让他当副厅长。"罗儒说道。

小笠原听到这个答案颇感意外，连忙说："愿闻高见！"

"叶龙和吴队长水火不容，不仅不能将他们分开，反而要将他们放在一起。这样做不是为了团结，而是为了便于您的控制。两人如今势不两立，若想不在争斗中败下阵去，必然会争先恐后地依附于您，唯您马首是瞻，不敢对您有丝毫怠慢。这样一来，您可以通过一人获知另一人的动向，更可以在有人不听您调遣的时候，以另一人打击之。两人互相牵制互相制约，反倒让您可以轻易地掌控两人，把握全局。"罗儒缓缓说道，摆出一副深谙中国官场用人之道的神情。

"精彩！太精彩了！"小笠原拍着巴掌叫了起来，"中国人的智慧都用在了官场上，真是妙。"

小笠原从吴胖子手中拿过任命状，让中文秘书划掉"教育厅"三个字，改写"警察厅"；又找出叶龙的任命状，让秘书在"厅长"二字前面加了个"副"字。罗儒在旁边看得目瞪口呆，鬼子也太不拿汉奸当回事儿了，他们大小也是厅长，任命状这么重要的东西都不重新制作一张，而是直接在上面涂涂改改。

吴胖子则全然不在乎，他盯着字迹未干的"警察厅"三个字，激动得眼泪都要掉了下来，连连向小笠原作揖致谢。看着叶龙那张被硬生生贬为副厅长的任命状，罗儒完全能够想象叶龙接受任命时勃然大怒的样子。

事情办妥，两人向小笠原告辞。小笠原拍着吴胖子的肩膀说道："好好干，皇军非常信任你，千万不要辜负了这份信任！"

罗儒见那中文秘书早已离开，屋内只有他们三人，于是故技重施，为吴胖子"翻译"道："小笠原将军说，你送的金条他就留下了，这件事绝对不能让其他人知道，否则别怪他不客气。"罗儒想让那些已被他私藏起来的金条稳稳地吃到肚子里，再无后患。

"什么金条！我不知道啊！实在不知道将军大人在说些什么。"吴胖子笑呵呵地回答道。罗儒心中暗暗叫绝，这吴胖子也是人精，反应机敏说话乖巧。只可惜只有罗儒知道这份机敏与乖巧，因为他在"翻译"时告诉小笠原，吴队长在表达感谢。

返回驻地的路上，吴胖子觉得身体飘飘然，如同做梦一般，明明几个小时之前自己还是个管学生的教育厅厅长，现在摇身一变竟然成了有枪有兵的警察厅厅长了！一路上，他反复从怀中掏出那张任命状，仔细端详着手写上去的"警察厅"三个字，仿佛稍不留神这三个字就要飞走了。

"吴厅长，您就把心放肚子里。这警察厅厅长就是您的！您看您这任命状，'教育厅'清清楚楚划掉了，'警察厅'明明白白写上去了！"罗儒指着那任命状说道。吴胖子这还是第一次听人喊他吴厅长，乐得前仰后合，半天都合不拢嘴。

"吴厅长，有件事我比较担心。"罗儒对吴胖子说道，"我向小笠原将军大人推荐您当警察厅厅长，他同意之后我就不敢再提让老张去当警察厅副厅长这档事了。我担心惹恼了小笠原，骂咱们贪得无厌，一生气再不给您这厅长之位了。所以，老张没动，现在还是教育厅的副厅长。"

"你做得对！不能让他影响我！"吴胖子拍拍罗儒的肩膀，安慰道，"你不用担心，你没瞧见他见到任命状时的没出息样吗？给他个教育厅副厅长就不错了！"

吴胖子和罗儒还未走到驻地，便望见老张正焦急地等候在驻地门口，来来回回地踱着步子。老张远远地见到两人回来了，便一路飞奔着迎了过去。

"吴队长！怎么样，事情办得怎么样？"老张一边朝这边跑一边急不可待地高声喊道。

"以后喊我吴厅长！老子现在是警察厅厅长！"吴胖子得意地哈哈大笑，扬了扬手中的任命状。

"恭喜吴厅长！"老张满脸堆笑地作揖，随即小心翼翼地问道，"那我是不是也跟着您成了警察厅的副厅长？"

"这个事情让罗老弟给你解释吧，他和小笠原一直在说日本话，我是啥也听不懂。"吴胖子拍了拍罗儒的肩膀，自己乐颠颠地小跑回驻地。

见吴胖子这个反应，老张脸上的喜悦之情瞬间黯淡了下去，不过他还是抱着一丝希望地问道："好兄弟，你给说说，我是不是也跟着去警察厅了？"

"警察厅、教育厅都是一样的，你不也说过吗，好歹也是个副厅长，也是挺大的官呢！"罗儒一边说，一边将老张的任命状还给了他。

老张打开一看，还是那张教育厅的任命状，顿时暴跳如雷。"罗儒，你算是个什么东西！我冒着生命危险把你从死人堆里救出来，你就这么报答我？你把吴胖子的事情办妥了，把我晾一边了，你什么意思啊？咱俩之前是因为杀死几个痨病鬼发生过矛盾，但是那事儿怨我吗？我不也是为了大家的安全吗？你至于这么记恨我吗？你至于在我的仕途上摆我一道吗？你就记着咱俩的矛盾了，你怎么不记着我救你的时候呢？"老张跳着脚，歇斯底里地叫骂。

罗儒觉得老张对权力的痴迷已经到了成疯成魔的地步，便也没有搭理他，径自离开了。

晚上，罗儒已经准备就寝，忽然有人敲门。开门一看，竟然是老张。他一手拎着酒，一手拎着菜，不由分说硬往屋内挤。将酒菜摆好后，他热情地招呼罗儒落座，罗儒怔在原地，不知道这是唱的哪一出。

老张先给自己倒满一杯酒，举杯说道："今天哥哥不对，冲兄弟发火了，太不应该了！好兄弟不要往心里去，哥哥给你赔个不是。我自罚一杯。"说罢，一饮而尽。

"有话直说。"罗儒冷冷地说道。罗儒已经看透了他的为人，心知他无事不登三宝殿，突然造访必然是为了自己的"仕途"。

"你看你说的，我能有什么事情。我一来是给你赔礼道歉，二来是想修复一下咱们兄弟俩的感情。"老张赔着笑脸说道。他不断往罗儒的碗里夹菜，但罗儒始终没有动筷子，只是面无表情地看着他。

老张有些尴尬，只得说出自己的来意。"好兄弟，我确实有个小忙想请你帮一下。你看，吴队长调到了警察厅去当厅长，那教育厅的厅长之位就空出来了，而我还是个副厅长……好兄弟，明白我的意思了吗？"老张说罢，端起酒杯向罗儒敬酒。

罗儒恍然大悟，才明白老张这是又惦记上了教育厅厅长之位，但他明知故问："我不太懂，你啥意思？"

老张知道罗儒是揣着明白装糊涂，但也不好发作，便耐着性子说道："你和小笠原将军熟识，你既然能帮吴队长从教育厅调到警察厅，那也肯定能让我从副厅长提到厅长。我这个难度要小很多，教育厅本身就是个清水衙门，没有那么多人竞争，再者厅长这个职位现在不是没人了吗，我递补上去那不也是顺理成章的事情吗！只要你帮我好好跟小笠原将军说一下，这事儿一准能成。哥哥先在这里谢谢好兄弟了！"老张抓起酒杯，扬脖喝尽一杯。

"你先别谢，这忙我帮不了。"罗儒摆摆手说道。

老张阴沉下脸来，满腹不快地问道："为什么不行？"

"吴厅长肯定不同意我这么做。你一直是他的下属，要是你也当了厅长，就和他平起平坐了，他能乐意吗？"罗儒解释道。

"你不告诉他不就完了吗！这事儿天知地知你知我知。"老张小声说道。但罗儒还是不肯答应。

老张愈加可怜地苦苦哀求，又是敬酒又是夹菜。然而好话说了一箩筐，罗儒就是不肯帮忙。

老张终于忍不住了，将酒杯摔在桌子上，吼道："你必须去！要不然我就去日本人那里，说你是他们的逃犯！"

"哈哈，好好好！"罗儒第一次拿起筷子，夹了口菜缓缓地放入口中，慢悠悠地说道，"不过死前我得说点啥，这一说恐怕你连副厅长都保不住了！"

"你能说什么？你对我一无所知！"老张一脸轻蔑地说道。

"没错，你从头至尾都没有说实话，你根本不是德械一师的人。不过你是谁不重要，重要的是鬼子认为你是谁。"罗儒一边大口吃菜，一边说道。

老张恶狠狠地盯着罗儒，问道："什么意思？"

"我这张嘴可不是只会喝酒吃菜。"罗儒夹了口菜塞进嘴里，吧唧着嘴说道，"我会让鬼子相信，是你和我一起潜回的南京，是你和我一起伏击日军，是你和我一起暗杀了熟睡中的鬼子军官！你信不信？"说罢，他微笑着看着老张。

老张怒目圆睁，气得浑身直哆嗦。

罗儒慢悠悠地继续说道："不过你放心，我不会轻举妄动。我的原则是，你不动，我不动；你若动，我乱动。"

老张摔门而去。

/ 第四十七章 /

过了几日，小笠原对外宣布了人事任命结果。吴胖子被正式任命为警察厅厅长，自是兴奋异常，每日呼朋唤友大摆宴席，庆贺鱼跃龙门。老张的表现更让人瞠目结舌，他白天去酒楼花天酒地，去慰安所强奸慰安妇，晚上就戴上眼镜穿上长袍，将自己打扮成文人模样，时常还会捧着书本高声朗诵诗词。罗儒每见此景必会哑然失笑，想当初张嘴闭嘴都是过江大计的老张，此刻竟成了一个跳梁小丑，比起其他汉奸也是有过之而无不及。

叶龙得知吴胖子夺了自己的官职之后暴跳如雷，恨不得将吴胖子碎尸万段。看到自己任命状上的"厅长"二字前被手写加进一个"副"字，他更是觉得受了奇耻大辱，必欲置吴胖子于死地而后快。

这日，太阳西斜，吴胖子和罗儒正在南京城中闲逛，碰巧在一处慰安所外见到了老张。老张正一边整理西装一边从慰安所往外走，满脸的意犹未尽。他身后还跟着一人，此人姓沈，也是铁杆汉奸，因为是拖尸队的账房先生，因此人们都喊他沈账房。沈账房也是酷爱吃喝嫖赌，和老张臭味相投，两人很快就成了挚友。

"吴厅长，怎么愁眉不展呢？进来放松一下吧，皇军又抢来不少姑娘，有的还挺漂亮！"老张见到吴胖子便迎了上去，指着慰安所说道。

"不去了！"吴胖子摆摆手，指着罗儒说道，"罗老弟不好这口，我也不好当着他的面让他不痛快。"

吴胖子看着罗儒、老张、沈账房三人，提议道，"你们三人都是拖尸队的元勋！我吴胖子能成为吴厅长，你们三人功不可没！现在老张也成了朝廷大员了，今后大家聚在一起就更难了。咱们四个去酒楼大吃一顿，以表我对各位的谢意！"

四人就近选了一家酒楼，钻进包间落座之后，老张便张罗着点菜。自打当上副队长，老张便日日跟着吴胖子花天酒地，再后来自己领着一帮汉奸打手出来胡吃海喝，所以他对南京城开门营业的这几家酒楼再熟悉不过，对菜品更是如数家珍。

满满一桌子菜很快便上齐了，四人推杯换盏大快朵颐，吴胖子和老张说起升迁之事更是喜形于色，酒像白水一样往嘴里倒。

这时，一个人走进包间，喊了声："吴厅长！"

醉意朦胧的吴胖子刚一应声，来人便将手伸进怀中。罗儒在战场上摸爬滚打过，一看那姿势便知道到那人是在掏枪。

"他有枪！"罗儒站起身，高喊一声。那人果然掏出一把手枪，将枪口指向吴胖子。罗儒飞身扑了上去，一把抓住了那人的手腕，将枪口猛地上抬。"啪"的一声枪响，子弹呼啸而出，擦着吴胖子的头皮飞过。罗儒闪身来到那人身侧，一拳砸到他的下巴上，那人当即直挺挺地摔在地上，晕了过去。

吴胖子被那一枪吓得脸色惨白，瘫坐在椅子上半天动不了。老张和沈账房也被吓傻了，这会儿见杀手被打晕了，瞬间来了精神，一个掏出刀子一个捡起地上的手枪气势汹汹地要杀了那杀手。

"不能杀！"罗儒挡在杀手身前说道，"这个杀手要严加审问，杀了就死无对证了！"

"言之有理，罗老弟，你说现在怎么办？我全听你的！"吴胖子哆哆嗦嗦地站起身，说话还不是十分利索。

罗儒道："这是冲着吴厅长来的，保不齐后面还有杀手。此地不宜久留，我们必须尽快离开这里！"

罗儒沉思片刻，接着说道："咱们分三路出城，老张从城东出城，沈账房从城西出城，我带着这个杀手，和吴厅长从城北的挹江门出城。回到草鞋峡的驻地咱们就安全了。"罗儒扯下杀手的裤腰带，将他捆缚得结结实实，又扒下那人的袜子塞进他的嘴里，防止他醒来后喊叫。

"按照罗老弟说的来，都赶紧走！"吴胖子惊魂未定，催促各人赶快动身。四人按照罗儒的安排，分三个方向钻入夜色之中。

皓月当空，整个南京城都披上了一层清冷的银色，街上空空荡荡，寻不见一个人影。罗儒扛着还在昏迷中的杀手，跟着吴胖子一路狂奔。虽然吴胖子身材肥硕，但此刻跑起来腿脚十分麻利。两人很快就跑到了通往挹江门的大路上，跑在前面的吴胖子吆喝罗儒："快点跑，再跑几步就能出城了！"

罗儒反倒停下脚步，叫住了吴胖子："吴厅长，别跑了，咱们先藏起来。"

吴胖子有些恼怒地吼道："哪还有时间藏！赶快跑！"

罗儒前后张望了一会儿，说道："你信不信，要杀你的人一会儿就到！咱们藏在这里，才能逃过一劫。"

吴胖子不知道罗儒葫芦里卖的是什么药，但转念一想，罗儒从未害过自己，刚才在饭店还舍命相救，听他的不会错。"行，你小子鬼主意多，老子听你的！"吴胖子说道。

罗儒和吴胖子藏进一片临街的废墟中，悄悄地观察着路上的动静。过了没有十分钟，便传来一阵纷杂的脚步声。借着月色，他们发现有两拨人正沿着马路相向跑来。这两拨人加起来足有三十多人，全部蒙着面拿着凶器，手中的利刃在月光下闪着寒光。两拨人相遇后各自停下了脚步。

"你们抓到吴胖子了吗？"其中一拨人问道。由于距离非常近，他们的对话罗儒和吴胖子听得极为真切。

"我们没有抓到。你们也没抓到吗？"另一拨人回答道。

"这可奇了怪了。得到的消息说吴胖子会从挹江门出城，这条路又是通往挹江门的必经之路，照理来说咱们肯定能从这条路上把他逮住。但你从后面撵，我从前面堵，都没看到人，难不成这吴胖子还会上天遁地？"

"咱们赶紧再细细寻找！放跑了吴胖子，咱们都得吃不了兜着走！还有，大家手脚轻点，如果惊动了皇军，咱也是死！"

两拨人很快便散开了。趴在废墟中的吴胖子吓出了一身冷汗。"那么多人都是要杀我的？他们都是什么人？"他战战兢兢地问罗儒。

"是什么人不好说，但是看这阵势，不把您杀了肯定不会罢休。如果您刚才还一个劲儿傻跑，现在一准儿是没命了。"罗儒回答道。

"那现在怎么办啊？我这厅长还没当够呢！"吴胖子几乎要哭了出来。

"您信得过我吗？"罗儒问道。

"我信不过我爹娘也信得过你！"吴胖子说道。

"您信得过我，那我就说说我的想法。"罗儒缓缓说道，"您位高权重，又是皇军眼前的红人，难免得罪人，保不齐这其中就有人想对您下黑手。但今天这事儿没那么简单，太过蹊跷。"

"你仔细给我分析分析。"吴胖子凑到罗儒跟前。

罗儒分析道："今天在酒楼这顿饭，并非提前安排好的，而是您遇到老张后临时决定的。那杀手又是怎么知道您在这里的？有可能是仇家碰巧看见您，但还有一种可能，就是出了内奸！咱们桌上有内奸，是他叫来了杀手！"

罗儒继续说道："为了确认是不是出了内奸，我才说咱们分三路出城，并且明确说出了您要从挹江门出城。如果有人在去挹江门的路上追杀您，那必定就是出了内奸，因为只有咱们桌上的四个人知道您的路线。"

吴胖子倒吸了一口凉气，说道："那谁是内奸？老张？沈账房？还是他俩都想杀我？"

"这个不好说，两个人在酒楼时都离开过包间，都有可能是去通风报信；两人也都在杀手被制服后急着除掉他，这有可能是想杀人灭口。所以，两人都有嫌疑。"罗儒说道。

"老弟，那你说我该咋办？我现在对你是一百个佩服，你说咋办我就咋办！"吴胖子说道。

"您回去以后千万不要将怀疑写在脸上，就当不知道有内奸这回事。待他麻痹大意再次露出马脚之时，我必能将他擒获！"罗儒道。吴胖子点头答应。

罗儒指着仍在昏迷之中的杀手说道："当务之急是保住这个人的性命。内奸为了防止杀手泄露秘密，必然会千方百计地除掉他。在我们掌握所有情况前，他绝对不能死。"

"我有一处私宅，除了我没有其他人知道，把杀手藏在那里吧！"吴胖子建议。罗儒点头赞同。

罗儒扛着杀手，跟着吴胖子来到了那处私宅。这处宅子位置偏僻，人迹罕至，确实十分安全。吴胖子不愿久留，先回了草鞋峡驻地。

罗儒将杀手绑在椅子上，然后一瓢水浇醒，连夜进行审讯。起初杀手沉默不语，不肯透露半个字，直到罗儒告诉他很多人想杀他灭口时，他为求自保才一五一十地进行了交代。原来，这个杀手平素里也是个地痞流氓，因为赌博欠下高利贷又还不上，便被债主叫来，寻机刺杀吴胖子。倘若成功干掉了吴胖子，所有债务一笔勾销。

"你的债主是谁？"罗儒追问道。

"叶龙。"那人回答道。

罗儒听罢大吃一惊，他原以为老张或者沈账房是幕后黑手，没想到黑手之后还有黑手。不过，"叶龙"这个名字也让罗儒为之一振，此人向来财大气粗，如果能抓住他的把柄，那便是拿到了金库的钥匙。

"你是怎么知道吴胖子在酒楼的？"罗儒问道。

"叶龙为了给我壮胆，告诉我他买通了吴胖子身边的人。里应外合，肯定能成功。他还说那个内奸是吴胖子的手下，用了十一根金条才收买过来的。吴胖子在酒楼吃饭的消息就是他提供的。叶龙接到消息后就让我马上赶过去了。"杀手说道。

"那人叫什么名字？"罗儒赶忙追问。

"不知道。我没有见过那人，也不知道他叫什么名字。"杀手回答道。

罗儒慢慢梳理清楚此次暗杀事件的来龙去脉。由于从警察厅厅长被贬为副厅长，叶龙对吴胖子恨之入骨，因而动了杀机。他买通了老张或沈账房做内线，又找来一个欠债人充当杀手。那个内奸与吴胖子同桌就餐，找机会把吴胖子所在的酒楼通知了叶龙，叶龙随即让杀手动身。杀手失利之后，那名内奸听了罗儒的安排，再次给叶龙送去消息，告知吴胖子将从挹江门出城，叶龙又派出几十人围追堵截。一切顺理成章。

早上，罗儒安置好杀手，起身返回草鞋峡。回到驻地，发现驻地内已然戒备森严，三步一岗五步一哨，吴胖子的屋外更是被里三层外三层地保护着。

吴胖子听说罗儒回来了，赶忙将他叫到屋里，低声问道："杀手都交代了吗？"

"咱们确实出内奸了。"罗儒低声说道。

"是老张还是沈账房？"吴胖子咬着牙，恶狠狠地说道。

"内奸非常狡猾，杀手没见过他，也不知道姓甚名谁，只知道要取您性命！"罗儒没有提叶龙，他心里打着自己的算盘，没想着为吴胖子报仇。

"我遭人暗杀这件事小笠原将军大人已经知道了，他老人家勃然大怒，说这是动摇皇军统治南京的根基！"吴胖子得意扬扬地说道，"刚才皇军发来通知，小笠原将军大人今晚召集大大小小的南京官员开会，当堂审讯那个杀手。

到时候老子一定要让这吃里爬外的东西现原形！"吴胖子一脸愤恨，牙齿咬得咯咯作响。

"吴厅长，只要您听我的，这件事我不仅能漂漂亮亮地给您解决了，免除您对安全的忧虑，还能帮您在同僚中树立起威望，让他们对您心服口服，更能让小笠原将军对您刮目相看。您看成吗？"罗儒笑着问道，脸上挂满了自信。

"行！老子听你的！老子现在就信你！你咋说我咋办！"吴胖子毫不迟疑地说道。

罗儒刚从吴胖子屋里出来，就被沈账房和老张拉到了一旁。"罗老弟，你可算回来了！昨晚饭桌上吴厅长遇刺，可真是吓死我了，心惊肉跳到现在。不过吴厅长夜里回来后，啥话也不肯说，我们就等着你回来想问问清楚，结果你一宿也没回来。现在这事有什么进展吗？那个杀手交给皇军了吗？"沈账房关切地问道。

"那杀手被吴厅长给关起来了。一开始没打算把人交给皇军，想着连夜审讯问出幕后真凶，然后就宰了他。没想到那杀手嘴硬得很，打了一宿都没有招供！吴厅长没办法，只好告诉了小笠原将军。小笠原将军知道这事后大发雷霆，要晚上公开审问那个杀手，到时候南京城大大小小的中国官员都要去参会，一会儿宪兵队就要去挹江门提人。我就不信皇军还撬不开他的嘴巴！"罗儒恶狠狠地回答道。

"挹江门？"沈账房和老张一脸疑惑。

罗儒紧紧捂住嘴，不肯再言语，一副大意失言的模样。见罗儒不再说话，沈账房越发好奇，拉着他的胳膊非要打破砂锅问到底。罗儒四下张望，故作神秘地低声说道："皇军马上就去提人，现在告诉你们也无妨。吴厅长和我把杀手藏在紧挨着挹江门的巷子里了。现在没人看着，就杀手一个人在那里。"

"那多不安全，让他跑了怎么办？"沈账房说道。

"不会，我把杀手绑得结结实实的，跑不了。再者皇军把那一带都赶尽杀绝了，十分安全。"罗儒回答道。

两人还想继续发问，罗儒摆摆手劝阻道："先不和二位说了，宪兵队马上去提人，我现在得赶去宪兵队协调此事。"说罢，他一路小跑着离开。

罗儒没去日军宪兵队，而是直奔挹江门。罗儒料定，叶龙和这名内奸此刻一定心急如焚，因为一旦将杀手移交给心狠手辣的日军，整个事情必然败露，他们随之将被一网打尽，因此这个内奸肯定会千方百计地赶在移交之前杀死杀手。罗儒在刚才的对话中，有意透露出藏匿杀手的地点、没有安排看守、日军马上要提人等信息，就是刺激内奸放心大胆地尽快动手。谁若去揾江门杀那个杀手，谁必然就是内奸。

/ 第四十八章 /

罗儒钻进揾江门附近的巷子里，爬上屋顶静静观察。没过多久，便有一人飞快地钻进巷子，挨家挨户破门而入，仿佛在寻找什么重要的东西。终于，他在一间屋里停住了脚步，露出了如释重负的笑容。他的面前，一个戴着头套的人正被捆绑在椅子上。

"你是昨天晚上刺杀吴胖子的杀手吗？我是叶龙的手下，来救人的！"那人说道。被绑在椅子上的人狠狠地点了点头。

那人微微一笑，掏出了手枪。

突然，他背后响起一声断喝："老张，内鬼果然是你！"

原形毕露，老张像遭到电击般浑身哆嗦了一下，回身一看，说话的竟然是罗儒。"你怎么在这里！"老张吼道。

"这是我设的局，我当然要在这里了！"罗儒笑着说道。坐在椅子上的人也猛地站起身，抖掉身上的绳子，摘下了头套，原来是铁锤。老张明白这回是结结实实地栽进了罗儒的陷阱中。

罗儒淡然一笑，说道："我当着你和沈账房说的那番话，只是为了诱出内奸，所以话中有真有假。真的是小笠原今天晚上确实要当众审讯那个杀手，假的则如你所见，我并没有将杀手藏在这里，宪兵队也不会来提人，还有我已经审讯过杀手了，他已经一五一十地全告诉我了。"

罗儒顿了顿，看着一脸绝望的老张，继续说道："但是我没有告诉吴胖子审讯的结果，他也不知道我在这里用计，因此无论是吴胖子还是小笠原目前都还不知道你参与了这次暗杀。但是今晚小笠原亲自审讯杀手之后，你的命运如何就不得而知了。"

惊喜的神色一下子绽放在老张的脸上，他扔掉手枪，扑通一声跪倒在地，抓着罗儒的裤子，苦苦哀求："好兄弟，暗杀吴胖子这事有我份。原想着能够神不知鬼不觉地杀了吴胖子，没想到落到了今天这步田地。看在咱们以前同为国军的分儿上，看在我好歹曾搭救你一命的分儿上，我求你救兄弟一命！"

"我有一些问题要问你，只要你一五一十地交代，我兴许还能救你，但如果你说的和我掌握的对不上，那就只有让小笠原处理这事了。"罗儒冷冷地说道，老张连连点头称是。

"暗杀吴胖子这事，是谁找的你？沈账房是否参与了？"罗儒问道。

"叶龙找的我。沈账房没有参与，对此事不知情。"老张回答道。

"叶龙用金条收买你的，没错吧？"罗儒嘴唇微扬，着重强调了"金条"二字。

老张岂能不知这言外之意，赶忙解下腰带放在桌上，说道："他给的金条都藏在这腰带里了。"

"就四根金条？"罗儒捏了捏腰带，冷笑一声，转身对铁锤说道，"去告诉吴胖子，老张是内奸。"杀手曾向罗儒供述，叶龙一共给了那名内奸十一根金条。铁锤得令转身就要走。

"别去，别去！还有，还有！"老张慌忙拦住铁锤，又解下一条腰带，毕恭毕敬地放到罗儒手中，说道，"就这些了。"

罗儒又捏了捏，说道："这里一共是十根，还少一根。"

老张一怔，他没想到罗儒能够知道得这么清楚，赶忙从衣服里子中又掏出一根金条，满脸尴尬地交给罗儒。

"再耍花样，我真救不了你！"罗儒一字一顿地说道。

这个下马威效果非常明显．老张再不敢隐瞒，将所有情况和盘托出。除了金条收买，叶龙还向老张承诺，事成之后自己任警察厅厅长，让老张任副厅长，待自己升任南京市市长，就让老张任警察厅厅长，总之，会一路提携。在酒楼刺杀和围追堵截失败后，叶龙要求老张不惜一切代价一定干掉杀手，但杀手被罗儒扛走了，不知所踪无从下手。老张如坐针毡，一夜未睡，早上得知罗儒回驻地后便拉着沈账房过来打探消息。得到罗儒故意释放的假消息后，便决定铤而走险除掉杀手。

"老张，我有个问题一直没有想明白，今天借这个机会问问清楚，你以前一门心思地想过江重投国军，怎么成了拖尸队的副队长之后，就一下子铁了心要当汉奸呢？"罗儒抛出这个困惑已久的问题。在他看来，老张就像被施了法一般突然鬼迷心窍了。

老张沉默半晌，说道："我喜欢当官，向往呼风唤雨的感觉，但是我的仕途太不顺了。我是有才能的人，有着过目不忘的本领，看一眼军官的材料就能深深地刻在脑中，几千名军官的履历能记得分毫不差，人家都管我叫'活档案'。可是有什么用呢？没背景没后台，就是有天大的本事也只能像老黄牛一样干活。我任劳任怨干了十多年，还是芝麻大的少校。可悲，可叹，可笑！但就是这个小小的少校，也是我拼了十几年拼回来的，太不容易了，我舍不得，所以这才拼了命地想要过江。"

"我一开始也不想做汉奸，后来为啥变了呢？因为死人！在拖尸队，我天天抱着死人往江里扔，沾得满身都是碎肉和脑浆子，尸油顺着手指往下滴，那尸臭味儿更是直接往脑仁里冲。白天，眼前是白花花的死人，到了晚上，无穷无尽的死人往我脑袋里爬，要把我逼疯了！我一刻也受不了了！"老张紧锁着眉头，努力阻止那些尸横遍野的场景再度钻入脑中。

"但是，那些死人也让我想透了一件事。"他话锋一转，继续说道，"那就是没什么能比活着更重要！什么忠诚什么气节，在死亡面前太苍白太无力了！那些不肯投降的人，除了几句虚而又虚的赞誉之辞还能得到什么，值得为此死在泥里，泡在江里，烂到鱼肚子里吗！我不想死，我想活着！给日本人干活儿听日本人话，就能活着！

"后来当了拖尸队副队长，我发现给日本人做事真是好，不仅能活着，还能活得很滋润！每天好酒好菜，有睡不完的女人，最重要的是我可以实现做官梦想！给日本人做事没多久，日本人就让我当了副厅长，可我在国军里面干了那么多年，国军给我什么了？我在国军里猴年马月也爬不到今天的位置！随着日军的不断胜利，我的官会越做越大，仕途不可限量！这样高官厚禄的生活，不正是我梦寐以求的吗？既然日本人给了我想要的一切，我为什么还要过江？"老张滔滔不绝地说着，似乎这些话已憋闷在心中很久，不吐不快。

罗儒心知老张是十头牛也拉不回来了，也无意与之争论，便换了话题，说道："我有一事，还要你帮忙。你若帮忙，你还可享这荣华富贵；你若不帮，便自求多福，盼着小笠原、吴胖子别把你碎尸万段。"说罢，将计划说与老张。老张听完，拧着眉毛半晌没有言语，但最终点头同意。

罗儒离开挹江门，由老张带路，直奔叶龙家中。叶龙是巨商富贾，南京人都知道他的府邸雕梁画栋，奢华气派。没想到了叶府之后，才发现他家竟然是在一个并不十分招摇的宅院内，虽然这样的宅院也绝非寻常人家能够住得起的，但是实在与叶龙腰缠万贯的身家不相符。老张道出了事情的原委。叶龙原本的住宅确实极为气派，被日本人看上了。日本人不念叶龙死心塌地认贼作父，强行征用了那处豪华宅院，改建成了日军高官的宅邸。叶龙几次上门讨要都被撵了出来，有一次甚至还被日本兵暴打了一通。无奈之下，只得带着全家另觅住处。

罗儒让老张躲在暗处，独自一人前去叫门，向管家自报了姓名和来意。管家见罗儒衣着普通，料定不是啥达官显贵，因而颇为怠慢无礼，慢悠悠地去通禀。然而没过多久，那管家竟如同换了个人般，拎着长袍飞奔而来，跑到罗儒跟前点头哈腰地说："我真是有眼不识泰山，不知是贵客来访，您多担待！我给您前面带路！"管家这番前倨后恭的表现让罗儒吃了颗定心丸，对于叶龙而言，这实在是难熬的一天，暗杀失败，杀手被掳，他一定很想知道事态发展到了何种程度。

管家将罗儒引入会客室。会客室内烟雾缭绕，甚至有些辣眼睛，地上的烟蒂则扔得到处都是，足有上百个。坐在太师椅上的叶龙见到罗儒，缓缓站起了身，虽然他满脸笑意，却掩盖不住恐惧与焦躁。

"不知道是什么风把吴厅长座下高参给吹来了！"叶龙迎上来，向罗儒抱拳作揖说道。

"久闻叶副厅长的宅邸是琼楼玉宇，青砖碧瓦，金碧辉煌，美轮美奂。今日得见，方知民间流传颇有偏误！"罗儒专拣叶龙痛处调笑。

叶龙面色一沉，不快地说道："你来到底所为何事？"

"吴厅长昨天在酒楼遇袭，返回驻地途中又险中埋伏，几乎丧命。小笠原将军得知后震怒，今晚将公开审讯那名杀手，南京大小官员都要到场。叶副厅长知道这些吗？"

"知道知道。"谈及暗杀一事，叶龙声音已然有些颤抖。

"叶副厅长好气度！杀手过堂就在今晚，您作为幕后真凶，竟然还能如此泰然自若，真是令人钦佩！"罗儒笑着说道。

"你不要胡说八道！"叶龙猛地站起身，高声吼道，"吴厅长也是我的长官，我怎么可能谋害他！你不要含血喷人！"他虽然调门很高，但脸色却惨白得吓人。

罗儒端起茶杯抿了口，将杀手的口供娓娓道来，听得叶龙心惊肉跳冷汗淋漓。话至最后，罗儒起身抱拳，冷笑道："原以为杀手所言俱实，所以就想着给您支个去灾免祸的招儿。没想到那厮血口喷人，竟然污蔑叶副厅长！此等小人，就让皇军去拷问吧！我多有打扰，告辞！"说罢，转身便走。

"贤弟留步！你有什么高招儿不妨说说看！"叶龙拉住罗儒的胳膊，不让他走。

"您都没参与这事，就别蹚这浑水了！咱就等着晚上看热闹吧，看那杀手在严刑拷打下到底会供出谁！"罗儒笑呵呵地说道。

叶龙紧走几步关上屋门，又将罗儒按坐在沙发上，作着揖说道："贤弟是明白人，就别拿我叶某人寻开心了。这事是我做的，但我也是一时糊涂才做了傻事。事到如今，还请贤弟指条明路啊！"

罗儒笑着说道："我是拿出百分之百的诚意来救您的性命，您要是不拿我当回事，我也不必热脸贴冷屁股。"

"罗老弟，刚才是哥哥我不对！给你赔不是了！你千万别放心上，赶快给哥哥出出主意！"叶龙没了脾气，满脸诚恳地说道。

罗儒见叶龙老实了，便小声说道："目前只有我一人知晓真相，吴胖子和小笠原都还不知道。不过今天晚上，一旦杀手指认您是幕后真凶，您就是九条命也不够杀的。如果您有诚意，我能保您渡过这一劫。"

叶龙大喜过望，连忙问道："你的意思，是在会前把杀手杀掉？这个好！杀掉他一了百了，永绝后患！"

"那杀手是小笠原将军钦点的人，动不得！过堂受审是免不了了，但是我能让他不说出您的名字！"罗儒说道。

"愿闻其详！"叶龙凑过来，几乎要贴到罗儒的脸上。

"我有把握，您大可放心。当然，这还要看您的诚意。"罗儒露出狡诈的笑容。

"你要多少？"叶龙斜着眼，警觉地问道。他是个精明人，自打罗儒一进门便知道是为讹钱而来。

"五十根金条。"罗儒笑着伸出五根手指。

"五十根金条？你他妈是不是疯了！"叶龙被罗儒的大胃口吓了一跳，指着他的鼻子骂道。

"您的命难道还不值这几根破金条？"罗儒看了一眼挂钟，端起茶杯跷起二郎腿，淡淡地说道，"我不逼您，您自己拿主意。反正几个小时后杀手就要过堂了，到时候您别后悔就成。"

"能不能少要一点，这五十根金条确实不是个小数目啊！"叶龙赔着笑哀求。

罗儒笑而不语，指了指墙上嘀嗒嘀嗒走着的挂钟，起身便向屋外走去。

"就依你！管家，去取金条！"叶龙一拍大腿，咬着牙说道。

没多久，管家拿来了一个木匣，木匣内整整齐齐地码放了五十根金条。叶龙一根根地数了好几遍，越数越心疼，眼泪几乎都要掉下来了。他捧着木匣正欲交到罗儒手中时，屋内电话突然铃声大作，他触电一般将手缩了回来，把木匣紧紧抱在怀中。

管家接起电话后，看了罗儒一眼，对叶龙说道："是那个人。"

叶龙抱着木匣飞奔到电话旁。他拿起电话，方才的痛心疾首瞬间烟消云散，取而代之的则是难以抑制的激动与惊喜。叶龙"啪"的一声放下电话，将放着金条的木匣扔到管家怀中，高声说道："这五十根金条，从哪拿来的就给老子放回哪去！"说罢，放声大笑。

罗儒瞪大眼睛，震惊地问道："叶副厅长，这是何故？"

"刚刚得到消息，刺杀吴厅长的杀手死了！如此一来，这个要案变得扑朔迷离，幕后真凶更是无从得知！这不成了无头悬案了吗！这可如何是好？"叶龙说罢，又是一阵大笑，高亢的笑声中满是扭转乾坤后的畅快。

见罗儒一脸惊愕，叶龙更加兴奋，得意地说道："刚才你小子说我是幕后凶手，你要拿出证据啊！你若无凭无据，那便是含血喷人诽谤官员，这可是要治罪的！还有，我现在也是替你着急，再过几个小时杀手就要过堂了，结果人死在你们手里了，这可怎么向小笠原将军交代啊！"接着，又是一阵放肆的大笑。

罗儒呆若木鸡地看着叶龙，方才"讹钱"的神气荡然无存。叶龙抿着嘴，强忍住笑，指着门下了逐客令："门在那儿，不远送！"

伴随着肆无忌惮的笑声，罗儒走出会客厅。然而走出去没多远，便又听得一阵急促的铃声，那笑声也随之戛然而止。

罗儒向宅院大门走去，却见叶龙从后面追了上来。叶龙不由分说地将刚才那个装着金条的木匣塞入罗儒怀中，拉着他的胳膊便往回拽，颇有些尴尬地说："罗老弟难得来一次，再坐会儿，再坐会儿！"

"怎么，您还担心我在这深宅大院之中迷路不成？没事，您刚才不都明明白白地指给我门在哪里了吗！"罗儒甩开叶龙的胳膊，将木匣放回他的手中，冷冷地说道。

那木匣如烫手的山芋一般，叶龙接都不敢接，直接又推给了罗儒，满脸堆笑地说道："刚才是误会，罗老弟千万不要见怪。这盒金条你收好，今天晚上杀手过堂，还请老弟多多照应！"

罗儒将木匣挡了回去，冷笑着说："杀手不是已经死了吗，还怎么过堂？再者说，我现在是泥菩萨过河自身难保，小笠原发现杀手死了，不得把我生吞活剥了！我得赶紧走，回去想想辙。"

"误会！误会！我这边情报有误，那个杀手没有死，还活得好好的！今晚上还请罗老弟多多周全，这五十根金条是辛苦钱！收好，收好！"叶龙说罢，又把木匣推了回来。

罗儒再次挡住木匣，说道："五十根金条是刚才，现在可不是这个价了。"

"你要多少？"叶龙战战兢兢地问道。

"五百根！"罗儒大声说道。

叶龙气炸了，把木匣扔到地上，拔出手枪顶在罗儒脑门上，扯着嗓子吼道："你他娘的太黑了！鬼子没把老子榨干，倒全被你小子榨干了！信不信老子毙了你？"

"你开枪试试！"罗儒指着闻声出来的他的几房妻妾说道，"你枪一响，我死一个，你死一家！"说罢，在一片女眷的哀号声中，快步走出叶家大院。背后的枪声始终没有响起。

走出去没多远，管家便追了出来，点头哈腰地说道："您的条件我家老爷全答应！"

罗儒将装着五百根金条的袋子放在平板车上，得意扬扬地走出了叶家大院。原来，他也为这个富豪汉奸叶龙下了个套。叶龙接到的那两个电话，第一个告诉他杀手已死，第二个告诉他情报有误，杀手还在罗儒手中，全部都是老张按照罗儒事先的安排打的。这么做一箭双雕，一来方便在讹钱时狮子大开口，二来离间了叶龙和老张。

夜幕降临，罗儒和铁锤秘密地将杀手押送至日军司令部。

/ 第四十九章 /

晚上，日军司令部的会议室内灯火通明。杀手戴着手铐脚镣，被架到了会议室最前面，他的面前，站着南京几十个汉奸头目。汉奸们叽叽喳喳地议论着，吴胖子险遭暗杀一事早已在汉奸圈里传得沸沸扬扬。

小笠原、翻译、吴胖子和罗儒四人先后走进会议室，站到了杀手的身后。在座的汉奸虽然立马闭紧嘴巴，不敢再议论，但除了叶龙，人人都是一脸看热闹不嫌事大的激动神情。

小笠原大声说道："昨天晚上，南京发生了一起令人发指的案件！警察厅吴厅长竟然遭到了暗杀！吴厅长怀疑，这起案件的幕后黑手就在在座诸位当中！如果真的是这样，这就是令人无法容忍的反叛！涉案人员必须要绳之以法，以死谢罪！"小笠原激愤地讲着话，翻译则忙不迭地将日本话翻译成中国话。虽然那名中文翻译在气势上逊色很多，但措辞之严厉仍然吓得叶龙两股战战。

"你，说！到底是谁指使你暗杀吴厅长的？"小笠原冲着杀手咆哮道。杀手被吓得扑通一声跪在地上，叶龙也因为极度恐惧而脸色惨白。

"指使我的人，是……"杀手正欲回答，罗儒一个箭步冲到他身前，将一团棉布塞进了他的口中。在场的所有人都惊愕地看着罗儒，不知他哪来的胆量竟敢在小笠原面前如此放肆。

罗儒指着在座的几十个汉奸头目，对杀手说道："你不用说话，只要通过点头或摇头告诉小笠原将军，指使你的人是不是在他们当中。"

杀手狠狠地点了点头，会议室内一片惊叹之声。

"虽然我们不知道杀手要说出谁的名字来，但我们现在知道，幕后黑手就在我们当中！"罗儒蹲下身，用两指捏着塞在杀手嘴里的棉布，说道，"只要我拔出这块棉布，就会掀起一场血雨腥风，在座诸位就要有一人甚至数人因为暗杀罪名而死在皇军的枪下！"

罗儒激昂地说道："看看我们身后的南京，已是满目疮痍，亟待恢复与重建。而在座诸位，都是国家的栋梁之材，皇军的肱股之臣，是帮助皇军重建南京新秩序的重要力量！此刻，最需要的就是我们齐心协力，精诚团结！"

他放下挥舞的拳头，转而捂着胸口，一脸痛心地说道："吴厅长遭同僚暗杀，这已是对我们南京自治委员会内部团结的极大伤害，如果将那名同僚拎出来枪毙，这便是对团结、对皇军事业的第二次伤害！兄弟相残，同室操戈，几时才能让南京恢复元气？我们是上对不起天皇陛下，下对不起为蒋政府所蒙蔽的中国劳苦大众！诸位，我们不能再干这样亲者痛仇者快的事！"罗儒捶胸顿足，声泪俱下，众汉奸也不得不作势掩面而泣。

"为了团结一致共襄大业，吴厅长决定，刺杀之事到此为止，幕后诸人再不追究！吴厅长愿与包括幕后真凶在内的所有同僚，同心同德，休戚与共！"说罢，罗儒拔出吴胖子腰间的手枪，对着跪在地上的杀手扣动了扳机，杀手当即脑浆四溅，向前扑倒过去。

　　这枪来得太突然，惊得屋内众人猛一哆嗦。门口执勤的日本兵听到枪声如临大敌，纷纷端着枪冲进会议室。小笠原却满脸欣喜，挥手将他们赶了出去。

　　叶龙被那杀手的脑浆子溅了一脸，却毫不在意，兴奋地站起身，对众汉奸说道："吴厅长心胸宽广、气度非凡，实乃大将之风！我等心悦诚服！让我们向吴厅长致敬！"说罢起身带头鼓起掌来。其余的汉奸也跟着站起来，向还有些发蒙的吴胖子鼓掌致敬。吴胖子平日里受尽这些人的白眼，如今突然得到这样的礼遇，一时间激动得难以自已。

　　小笠原一直为汉奸之间的钩心斗角伤透了脑筋，如今罗儒用杀手的一条命就唤醒众人的团结意识，让他大喜过望，不仅没有责怪罗儒先斩后奏，反而走上前去握住吴胖子的手，欣慰地说道："吴厅长对帝国的赤诚之心令人感动。还有，中国人的智慧太可怕了。"吴胖子更加激动，握着小笠原的手频频鞠躬。

　　原本要大开杀戒的会议在一片热烈振奋的气氛中结束了，刺杀事件也就此画上了句号。虽然吴胖子仍然不知道幕后黑手是谁，但他并不在意，他得到了小笠原的大力颂扬和包括叶龙在内所有汉奸头目的拥戴，没有比这更让他舒心的事情了。

　　罗儒心中更是暗暗得意：这场杀手过堂的大戏让吴胖子、叶龙和小笠原都感到了惊喜，殊不知自己才是一箭三雕的最大赢家，既巩固了自己在吴胖子心中的地位，又让老张与叶龙决裂，更从叶龙手中讹来了大量金条。

　　罗儒不敢多耽搁，会议一散便马不停蹄地跑回驻地，趁着夜深人静和铁锤扛着五百多根金条直奔安全区。当把金条交到拉贝先生手中的那一刻，罗儒心中无比自豪，当初承诺的除掉汉奸和搞到钱，如今悉数兑现。回想着这段时间与日伪斗智斗勇的种种，他觉得自己非常伟大，可以游刃有余地周旋在日本人与汉奸之间，不仅能不为其所伤，还能救民于水火。

　　罗儒和铁锤从安全区返回驻地时已是凌晨，但吴胖子的屋内依然喧闹无比。吴胖子一向为汉奸同僚所鄙视，但是今天，在叶龙的带领下，所有的汉奸头目都当着小笠原的面大肆称颂自己，这让吴胖子欣喜若狂，因而在屋内摆宴庆贺。

吴胖子听说罗儒回来了，赶忙将他拉到自己屋里，又是夹菜又是敬酒，极为殷勤。酒过三巡，吴胖子揽着罗儒肩膀，附到耳边悄声说道："罗老弟，指使杀手的幕后真凶我可以不去理会，可这内奸不能不除啊，这吃里爬外的东西不死我都睡不踏实！老弟你再费费心，想办法帮我揪出这个内奸。"

话音未落，屋门"砰"的一声被撞开，老张急匆匆地冲进来，手里还拿着一张信纸。"吴厅长，沈账房畏罪自杀了。这是他留下的信。"说罢，将手中的信递给了吴胖子。

吴胖子大吃一惊，可他不识字，便将信转交给了罗儒。"罗老弟，你快给看看，这信上说的是什么？"吴胖子急切地说道。

罗儒接过信，眼睛却死死地盯着老张，他知道沈账房不是自杀，而是被老张当成替罪羊给杀掉的。老张面色平静地看着罗儒，但眼神中却满是哀求之意。

罗儒扫了一眼信，淡淡地说道："沈账房在信中承认自己是内奸，勾结他人企图暗杀您，所以他畏罪自杀了。"沈账房虽然没参与暗杀，但他是个铁杆汉奸，干了不少丧尽天良的恶事，算是死有余辜，因此罗儒也懒得理会这"狗咬狗"的事情。他只是对汉奸之间的友谊略生感慨，老张与沈账房平日里交好，近来更是以兄弟相称，但关键时候老张为求自保，还是拿所谓的兄弟当了替死鬼。

"想不到竟然是他，亏我这么厚待他！算他识相，自行了断了，倘若被老子抓住，肯定要活扒了他的皮！"吴胖子愤愤地说道。

隐患去除，吴胖子更加高兴。他给老张满上酒，举杯说道："老弟马上要去教育厅上任了，好好干！朝堂之上有自己的兄弟不容易，只要咱们互相帮衬互相配合，南京再大也是咱们说了算！"老张接过酒杯一饮而尽，只觉心头如释重负，轻松舒畅。

老张如此心狠手辣，也让罗儒提高了警惕。目前只有自己和铁锤知道暗杀事件的背后真凶，叶龙和老张必欲除之而后快。宴会过后，他主动找到老张，说道："我知道你和叶龙已经对我和铁锤动了杀机。不过我劝你们不要轻举妄动，一来这事我没打算和任何人说；二来我已经写了告发你们的信，一式三份放在三个人身上，这三人都是我的心腹，我已事先嘱咐好，如果连续两日没接到我的信号，他们会分别将信交给小笠原。你也知道，我这人说话有水分，一些不是你们干的事情也被我安在了你们的头上，保证小笠原看了立刻剥了你们的皮。你转告叶龙，如果不想让日本人看到那封信，你俩就不要暗地里打我的主意，我如果有个三长两短，你俩谁也活不了！"罗儒其实并无此安排，故意编出这套说辞让老张有所顾忌，不敢下手。

过了数日，吴胖子等汉奸迎来了一件大事——日军召开南京自治委员会成立大会，汉奸政府正式走马上任。南京大大小小的汉奸官员悉数到场，罗儒虽无任何职务，但吴胖子走到哪里都要带上他，因此他也来到了大会现场。

会场设在南京城内的一处大广场，广场四周拉着横幅，上面写着"南京市民喜迎新生活""南京市民摇旗庆祝新政府成立""南京市民企盼东亚新秩序"等标语，营造出一派日伪与南京市民其乐融融相处融洽的景象。

但是，事实远非如此。广场被分成了三大片区域，站在中间区域的都是挂着军刀面无表情的日本军官，日本军官的一侧是南京自治委员会及其下属各级单位列队的区域，挤满了弹冠相庆的汉奸们，另一侧的大片区域则是预留给参加庆祝大会的南京市民的，然而这块偌大的市民区却只站了七八个哆哆嗦嗦的老百姓。原来，日军曾四处搜捕市民来参会充场面，但人都杀绝了，费了好大的劲也没找出几个活人来。最后日军便去向安全区要人，并许诺前来参加大会的难民将获得数量可观的米面油等物品。然而难民们深知日军嗜血残暴，愿意前往参会的人屈指可数。

成立大会开始后，小笠原走到台上，看着空空荡荡的市民区大为不快，铁青着脸宣布南京自治委员会正式成立，并公布了委员会下辖机构及负责人的名单，随后便拂袖而去，台下的日本军官见状也纷纷退场。这场日伪精心策划了两天的庆祝大会，不到十五分钟便草草结束了。不过这丝毫没有影响正式走马上任的汉奸们的兴致，整个广场上空飘荡着"恭喜恭喜""同喜同喜"的道贺与奸笑之声。

众汉奸还在广场上互相恭维之时，便有人跑来传令，要求南京自治委员会的各位厅长马上赶往小笠原将军处开会，有重要事项需要商讨。

各位汉奸头子不敢怠慢，赶忙动身向日军司令部走去。吴胖子不知小笠原突然开会所为何事，深恐自己应付不来，非拉着罗儒一同前往。

众汉奸嬉笑着走进司令部，但一进小笠原的办公室便觉气氛不对，赶忙收敛笑容，在他的办公桌前恭顺地低头站好。小笠原面容冷峻地端坐在座位上，用阴冷的目光扫视着屋内的每一个人，让众汉奸不寒而栗。

"奇耻大辱！"小笠原拍案而起，瞪着眼睛高声吼道，"南京自治委员会成立，是皇军非常重视的大事，东京还专门为此发来了贺电！我们此前一直对外宣传，说南京自治委员会是南京民众自发请愿成立的，无论是大日本皇军还是自治委员会都受到了南京民众热烈支持拥护，和平与繁荣再次降临在重生的南京城！我最初的设想，是要办一场有大量南京民众参加的盛大庆典，让全世界都知道皇军是友善热情的，南京民众是热烈拥护的！结果呢？南京市民竟然只来了七八个人！这不是让西方人看我们的笑话吗！"小笠原吼得唾沫星子四溅，身后的中文翻译也跟着高声喊起来。

"你们知道是什么原因造成了南京今天的局面吗？是安全区！南京活着的人，都躲到了安全区！现在的南京所有设施都瘫痪了，就连最基本的水和电都没有！于我们而言，南京就是一座空城，一座死城！"小笠原拍着桌子咆哮。

小笠原指着面前的汉奸们，恶狠狠地说道："诸位权倾南京，可是有人听你们的号令吗？没有！南京活着的人只听安全区那些西方人的！你在警察厅，可你去管谁？民众都在安全区！你在教育厅，可你有老师学生吗？他们全都躲在安全区上课！你在税务厅，可你去向谁征税？商贩们早就跑到安全区内做起了小买卖！南京的统治权实际上在安全区手中，安全区已经把你们架空了！安全区如果不除，你们官职再高也只是光杆司令！"

汉奸们激愤地随声附和。

小笠原站起身，说道："没错！我们必须关停安全区，让里面的难民重回我们的管理之下！我们马上就要针对安全区展开行动。警察厅组织行动，帝国军队做后卫保障。"罗儒心里一紧，不知道安全区又要受什么难了。但吴胖子满脸欣喜，非常郑重地向着小笠原点了点头。小笠原接着说道，"你们都是皇军的股肱之臣，我也不必像面对西方记者那般遮遮掩掩，因此就有话直说了。警察厅此次行动，是要向安全区强征慰安妇！"罗儒心头如炸惊雷。

小笠原大声说道："皇军士兵在南京城内大肆强奸支那女人，制造的强奸案少说也要有数万起了。这说明什么，说明男人没有女人是不行的。身为为战场效力的军人，没有女人更是不行，会极大地影响战斗力！经过讨论，皇军决定增加南京慰安所的数量。目前南京仅有十家慰安所，这远远不够，完全不能满足皇军士兵的需求。我们的目标是，至少建立五十家慰安所！因此我们需要大量的慰安妇，下一步工作就是要征召慰安妇。这就要拿那该死的安全区开刀了！安全区内女人众多，我们就向安全区要人，要三百个女人！如果不给，我们就强征！"

事态严重，罗儒顾不得许多，开口说道："将军大人，我们愿意为皇军效劳，但恕我直言，强征慰安妇将破坏皇军的光辉形象，引得民怨沸腾……"

"闭嘴！"小笠原打断罗儒，拍着桌子吼起来，"慰安妇制度是日本国策！这就意味着它是长期的、公开的、有计划的，必须不折不扣执行的！不单是南京，每一寸大日本帝国征服的土地都要实行慰安妇制度，强征大批妇女，让她们成为日军官兵的泄欲性奴！"小笠原拿起桌上一份文件展示给众人，罗儒懂得日文，识得写在文件封皮上的大标题：《方面军关于慰安设施的实施意见》。这竟然是日本军方发布的关于强征慰安妇的正式文件！

小笠原平复了下情绪，翻看着文件，缓缓说道："慰安妇制度最重要的作用是发泄怨气，提振士气！这场战争远比预想的要艰难，皇军向前迈出的每一步都要付出死亡的代价，士兵也因此产生了厌战、沮丧的情绪。这样的负面情绪需要宣泄，作为性奴的慰安妇是再好不过的发泄对象。与此同时，慰安妇提升战斗士气的作用也非常明显。当一座城池久攻不下，士兵无比沮丧之时，强奸慰安妇可以让他们获得强大的精神力量。强奸不仅会让士兵们感受到报复的快感，更会刺激他们对征服支那城池的渴望，因为征服了一座城池，就意味着可以强奸更多的女人！士兵们会重新鼓舞士气投入战斗！慰安妇直接关系到皇军的战斗力，她们的作用不亚于一个师团！"

见小笠原向自己的高参咆哮，吴胖子赶忙示意罗儒不要再说话。罗儒只得闭嘴不言，这个被称为"国策"的慰安妇制度让他一时想不出应对的办法。

/ 第五十章 /

散会后，罗儒找了个借口没有返回驻地，而是直奔安全区，将小笠原要在安全区强征慰安妇的计划告诉了安全区的委员们。拉贝先生等外国委员们虽然义愤填膺，却也没有好的应对办法。

"难道我们真的要把三百个可怜无辜的女人交给日本人吗？她们会被成百上千人轮奸，成为日本人的性奴，没人能够活下来！""如果不交人，日本人肯定不会善罢甘休，必然会纵兵抢人，这样会造成大量难民死伤，沦为性奴的女人也会远超三百人！"激烈地争论了很久，委员们的意见终于趋于一致，安全区无力同日军抗争，只有屈服于日本人的淫威。

"把谁送去当慰安妇呢？"不知是谁的一句话，让屋内所有人都沉默了。

没有人愿意去当日本人的性奴，安全区委员会更没有权力强迫谁去当性奴。屋内死一般地沉寂了许久，谁也不知道这三百人要怎么选，但无论怎么选都必然是残忍的。

罗儒打破沉默，说道："既然不知道怎么选，那我们索性搏一搏！请各位委员想办法联系西方媒体，向他们曝光日本军方将在难民中强征性奴。西方世界必定一片哗然，并会向日本施加压力。如此一来，被推到世界舆论风口浪尖上的日本人肯定会放弃强征慰安妇！"

"好主意！"拉贝先生当即表示赞同。

看着外国委员们纷纷联系西方媒体，罗儒为自己又挽救了一大批中国女人而无比自豪。现在的罗儒，不再像以前一样渴望过江，渴望回到军中扛着枪端着炮和鬼子战斗。他觉得自己留在南京、留在汉奸身边，反而能够更好地保护无辜的中国百姓。

第二天一早，罗儒刚刚起床，铁锤便溜进屋子，附在他耳边悄声说道："婉莹小姐刚才派人过来递话给你，说曝光慰安妇计划的文章已经在好几家西方大报上见报了。"

罗儒听了很高兴，忽然听到窗外传来喧闹声。他趴到窗户上一看，原来是拖尸队的汉奸打手们正在配发警察制服和手枪。吴胖子站在台阶上，扯着沙哑的嗓子高声喊道："昨天南京自治委员会正式成立，这南京城就算是真正改朝换代了。弟兄们，想当初咱们在南京街头混的时候可没少吃警察的苦头，不过皇帝轮流做今年到我家，打今儿起你们就是这南京城的警察了！你们手里拿的不是摆设，而是实打实的真枪！你们都听好了，好好跟着老子干，老子不会亏待你们！但如果跟沈账房一样吃里爬外，我弄死你！"

"誓死追随皇军！誓死追随吴厅长！"那些小汉奸一边高声喊着一边急急忙忙地将那警察制服往身上套。这些整日为非作歹、鱼肉乡里的地痞流氓，摇身一变成了警察，得意到无以复加。有的把大檐帽摘了戴戴了摘，仿佛这个动作饱含了警察所有的神气；有的耀武扬威地举着手枪东瞄一下西瞄一下，嘴里发出"啪啪"的声响；有的则把步枪往肩上一扛，背着手，一步三晃地在院里过起"巡逻"的瘾来。

一阵敲门声传来，罗儒开门一看，原来是吴胖子。吴胖子捧着警服递到罗儒手中，说道："没有你老弟，就没有我的今天。今后你老弟继续帮助我，天下就是咱兄弟俩的！我专门给你要来一个小礼物。"说罢，将一把南部十四式手枪放在了警服上。罗儒大喜过望，连声致谢。

"老弟，换上制服，咱就出发！"吴胖子说道。

"去哪里？"罗儒有些发蒙。

"去安全区征慰安妇呀！这不是小笠原将军大人开会定下来的吗，这可是咱们警察厅第一次行动！"吴胖子道。

"没通知行动取消吗？"罗儒颇为质疑，西方世界已经关注了这次行动，日军怎么敢顶风犯案。

"怎么可能取消！"吴胖子道。

罗儒情知阻挡不住，只得随伪警察出发。进入安全区，身穿高级警官制服的吴胖子带着几十个全副武装的伪警察冲进一所难民营，小笠原和日本兵则在难民营外围架起了十几挺轻重机枪。

藏身于这个难民营的上万名难民被从芦席棚中驱赶出来，并被集中到了一起。拉贝先生等十余名安全区委员也赶了过来，手拉着手将难民们挡在身后。

小笠原挂着军刀，得意地微扬嘴角，用豺狼一般冷峻的眼神扫视着拉贝等委员，说道："有人把日军强征慰安妇的计划曝光给了西方媒体，想借此给我们施加压力，让我们放弃此次强征慰安妇的行动。这是个聪明的办法，西方媒体确实又把我们推到了风口浪尖。"小笠原将手中几份外文报纸扔到了地上。身后的翻译忙不迭地将他的话翻译成汉语，对着安全区委员和难民们高声大喊。

"但是，这起不到任何作用，更救不了中国女人！"小笠原大声咆哮，"你们必须要明白，慰安妇制度是日本国策！不要说西方媒体，就是西方军队与我们开战，我们也要继续执行慰安妇制度！大日本帝国存在一天，慰安妇便会强征一天！"

小笠原清了清嗓子，幽幽地说道："为了给那些自作聪明的人一个教训，我决定，将强征慰安妇的数量从三百人提高至六百人！"

罗儒顿时大脑一片空白，他万万没有想到自己的计策不仅没能帮助难民，反倒又将一批女子推入了虎口。然而容不得他多想，眼前的情势正在急剧恶化。

吴胖子一声令下，伪警察们张牙舞爪地扑了过去，先将国际委员们打倒在地，接着便冲进难民人群中。他们看见年轻女子便如恶狗一般扑过去，哪怕十一二岁的小女孩也不肯放过。站在外围围观的日本兵满脸淫笑地鼓着掌，鬼哭狼嚎般地给他们的狗腿子加油助威。

伪警察们抓着那些年轻女孩的胳膊，使出全身蛮力往人群外面拖拽，家属们则拼死将自家女孩护在身后。在激烈的拉扯中，女孩们衣服被撕烂了，头发被扯掉了，胳膊上也满是血迹斑斑的抓痕。伪警察们拉拽不动，便发起了狠，挥舞着警棍将阻挠他们的人往死里打，很快地上便躺满了被打得头破血流的难民。随着冲突越发激烈，日本兵的嬉笑声和助威声也越发响亮。

一名女孩被两个伪警察架着胳膊，拉出人群，向日军拖去。这时，一个头发花白的老人冲出人群，拦腰抱住了女孩，不让她被拉走。伪警察恼怒不堪，抡起拳头砸向老人面部，将那老人眼眉、嘴角打得鲜血直流，眼睛更是肿胀不堪，几乎难以睁开。但老人不肯放弃，跪在地上死死地抱住女孩。伪警察抽出警棍，狠抽老人头部。老人被打得血肉模糊，但他依然没有松手。女孩扑在老人身上，挡住雨点般落下的警棍，哭号着喊道："别打了，我跟你们走！别打了！"她又捧起老人那张面目全非的脸，哭着说道："爷爷，我下辈子再来孝敬您！"说罢，掰开了老人双手。老人趴在地上，看着孙女一步步走向满脸淫笑的日军，凄厉地高声哀号。这哀号，如同一支利箭，狠狠地刺穿了罗儒的心。

被抢走的女孩越来越多，难民们也越发愤怒，他们面对着黑洞洞的枪口，高喊道："拼了吧！拼了吧！"人们开始还手，痛殴抢人的伪警察们，并像决堤的洪水一般冲向日军。

小笠原见状，转身小跑到机枪阵地后面，淡淡地说道："杀。"

罗儒见势不妙，挥舞双臂对着冲过来的难民大喊："不要冲！趴下！"然而，他的声音淹没在难民愤怒的呼号之中，他眼睁睁地看着难民排山倒海般冲向轻重机枪的枪口。

日军十多挺机枪响了起来，难民就像那被收割的麦子，一层层地倒下。罗儒连滚带爬地跪到小笠原跟前，哭喊着哀求道："杀不得啊！南京已经死绝了，就剩下这么点活口了！不能再杀了！"

小笠原瞥了罗儒一眼，说道："停止射击。"然而，不知是枪声盖住了他的声音，还是日本兵杀得兴起不愿执行命令，十几挺机枪依然向难民们喷吐着火舌。

和难民一起被打死的，还有冲进难民群中的伪警察们。吴胖子完全没有想到小笠原如此心狠手辣，自己的人还没有撤出来就下令开枪。他也跑来跪在小笠原脚下，哭着说："将军大人，我的人还在里面，我就这点老本儿啊！"

"停止射击！"小笠原举起军刀高声喊道，机枪终于停止了嘶吼。

罗儒跪在小笠原脚下，看着眼前惨绝人寰的一幕，摧心剖肝欲哭无泪。至少有一千人被打死，难民的尸体铺了好几层，鲜血如山泉般从血窟窿中往外涌，染得人满眼皆是赤红。

一个看上去也就一周岁多的孩童，坐在地上放声大哭。他哭得很用力，许久也不换口气，憋得面色青紫。也许他的父母已经被打死了，没有人去安慰这个孩童，任由他窒息般地大哭。罗儒站起身，向那孩童走去。"啪！"身后响起枪声，孩童瞬间不再哭泣，向后栽倒过去。那孩童的天灵盖被子弹打飞了！他回过身，看到的是黑洞洞的枪口和小笠原一脸平静的神情。

"他还是个孩子啊！"罗儒掩饰不住自己的愤怒，向着小笠原高声咆哮。

"他让我想起了我的孩子，因此让我动了恻隐之心，这是不被允许的。这个孩子必须要为自己的哭声付出代价。"小笠原淡淡地说道。

吴胖子还呆若木鸡地跪在小笠原跟前，小笠原抓着他的衣领将他从地上拎了起来。"让你的人快点抓女人！"小笠原冲着吴胖子大吼道。

超过半数的伪警察和难民一同被日军打死，然而吴胖子顾不得悲伤，恭恭敬敬地向小笠原敬了个礼后，对幸存的伪警察命令道："还喘气的，都跟我上！"吴胖子带着人踩着满地的尸体冲向年轻的女子。

这一天，共有七百多名年轻女子被抢走，一千五百多人被打死。

回到驻地，罗儒躲进屋里，再不出来。此后整整三天，他不思茶饭，日夜躺在床上，瞪着双眼，一动不动，如同失了魂魄的活死人一般。罗儒细细反思过往，自从进了拖尸队，他便凭借机敏的头脑和会说日本话的优势，在汉奸圈里混得如鱼得水，在小笠原那里说话也比其他汉奸有分量，故而两次三番将这些日伪大员玩弄于股掌之中，让他们为己所用。他甚至不再想过江，以为他仅凭三寸之舌就可以救民于水火，让日伪饱受苦头。然而，这次日军强征慰安妇，他为何连一个孤苦无依的孩童都无法保全？罗儒一遍遍质问自己，却始终没有寻到答案。

铁锤端着饭敲门进来，见上次端来的饭菜还一动未动地摆在桌上，又见罗儒活死人一般瞪着眼躺在床上，叹了口气说道："我有个消息，你若吃了这碗饭，我便告诉你。"罗儒就像没听见一般，躺在床上纹丝不动。

铁锤无奈，只得说道："刚才安全区传话来，说有个女孩从慰安所逃了出来，让你去鼓楼医院看看。"罗儒像突然活过来一般，从床上一跃而起，向安全区飞奔而去。

跑到安全区鼓楼医院的妇科门诊，罗儒看到婉莹正守在诊室外面。"听说有女孩逃出来了？情况怎么样？"罗儒急切地问道。

"具体伤情还要海因兹护士检查后才能确定，但情况不会很乐观。"婉莹长叹一口气说道，"女孩逃回来后跟我们讲，被抓走的这三天来，日本人排着队强奸她，被他们没日没夜地强奸了二百多次，就连吃饭都是一边吃饭团一边被强奸。由于被强奸的次数太多，她现在已经大小便失禁了。此外，这姑娘乳头被咬掉了一个，身上抓痕密布，到处都是瘀青，牙也被打掉了好几颗……"婉莹哽咽着说不下去了。

诊室的门开了，海因兹护士走了出来。罗儒赶忙迎了上去，问道："那姑娘情况怎么样?"

海因兹护士摘下口罩，说了个"惨"字，便不再言语。她紧闭双眼，仍未从方才诊室内的梦魇中走出来。过了许久，她才接着说道："那姑娘，阴道严重撕裂，甚至无法止血。子宫也严重感染，即便能活下去，这辈子也不可能要孩子了。"

罗儒恨得几乎咬碎了牙齿，正欲再问，忽有人急急忙忙地跑进来报告："吴胖子带人来了，马上就要到医院门口了!"

海因兹护士对罗儒和婉莹说道："你们不要出去。那帮汉奸连狗都不如。"说罢转身向外走去，罗儒阻拦不住，只得由她一人独自去面对那帮来势汹汹的伪警察。

罗儒和婉莹躲在走廊里，暗暗观察着医院外面的情形。海因兹护士走出医院，关上大门，迎上前去，挡住吴胖子的去路，问道："吴厅长，你来我们医院有何公干?"

"你少装模作样!我接到线报，有个慰安妇就藏在这医院里面!"吴胖子掐着腰拎着枪，指着海因兹护士的鼻子喊道，"你要是识相，就乖乖把人交出来!只要我们把那个慰安妇带走，这事就算是两清了，我也不会追究你窝藏皇军慰安妇的罪责。但倘若你不识相，我手里的这铁家伙可不是烧火棍子!"

"这里是医院，不是你撒野的地方!请你们迅速离开!"海因兹护士面不改色，厉声喝道。

吴胖子拉开手枪的枪栓，将枪口顶在海因兹护士的脑袋上，咬牙切齿地说道："老不死的，信不信我一枪打死你!"

"我是美国人，你要是杀了我，必然引发外交纠纷!给你的日本主子惹这么大麻烦，你敢吗?而且日本不会因为你而得罪美国，肯定会把你交给美国法办，到时你也难逃一死!"海因兹护士正色说道。

"行！算你狠！"吴胖子耀武扬威的劲头一下被压了下去，气得直嚼牙花子。

他站在原地，冲着医院的小楼大喊："那个逃走的慰安妇，我知道你在这里，我也知道你能听见我说话。你给老子听好了，你马上从楼里走出来，乖乖地跟老子回慰安所。否则的话，我就再抓一个姑娘去慰安所！"

见医院的大门依然紧闭，吴胖子换了一副推心置腹的嘴脸，站在医院楼外喊道："大家都是中国人，我也说句掏心窝子的话。皇军很看重慰安妇，少一个就要补一个。你逃跑了，我当然可以抓别人去充数，皇军也高兴看到新面孔。可你想一想，你已经这样了，我若为顶你的缺再抓一人，是不是又要毁掉一个女孩？有句话叫，我不入地狱谁入地狱。你自己一人受罪就得了，别再祸害其他人了。我知道委屈你，但我是警察厅厅长，我得从大局出发！"

"厚颜无耻！"罗儒躲在走廊的窗帘后，恶狠狠地骂道。

"吱扭"一声，妇科诊室的门打开了，一个面如白蜡的女孩扶着墙缓缓地走出来。她就是那个从日军魔窟中逃出来的女孩。她虽面相清秀，但脸上却无半分血色，眼睛不知流了多少泪肿得如桃子一般。由于日军无休止地凌辱，女孩下体受到严重摧残，让她此刻只能撇着腿，扶墙缓步而行。

婉莹上前扶住那个女孩，说道："你怎么出来了？我扶你回去休息！"

"我跟这个汉奸走。"女孩儿说道。

"这怎么行！"婉莹着急地说道，可是她也没有更好的办法。

"我不去他们就要抓其他女孩。那是地狱，那不是人待的地方，少祸害一个是一个吧！我无所谓了，死了就好了，死了就结束了。"女孩流着泪对婉莹说道。

看着那女孩一步一步缓缓地向医院大门走去，罗儒心如刀绞。面对无休无止的强奸，他不知道女孩此刻是怎样的绝望。

"我们会想办法救你出来的。"罗儒对着女孩的背影喊道。

女孩停住脚步，回过身望了罗儒一眼，说道："日本人不走，谁也救不了我们。"

女孩的话让罗儒瞬间清醒了。自打跟上了吴胖子，太多的得意之作让他有些飘飘然，但日军此次强征慰安妇却将他狠狠地打回了现实：自己那些所谓的智慧，对于日本人而言只不过是隔靴搔痒的小伎俩，只有在一些他们不甚重视的事项上才能发挥些许作用，一旦触及日本人全力捍卫的核心利益，那些"奇谋神策"根本救不了任何人。正如女孩所说，日本人一日不走，中国人便一日生活在水深火热之中。只有把日本人赶出中国，才能让中国人免于灾祸，这才是救国救民最根本最彻底的途径！

"过江找队伍，把日本鬼子打出中国。"看着女孩被吴胖子五花大绑地捆走，罗儒咬着牙自语道。

/ 第五十一章 /

回到驻地，罗儒认真盘算起如何过江。吴胖子突然推门而入，高声喊道："罗老弟，又要请你出手了！"

吴胖子细细道来，原来日军下达了一个几乎不可能完成的任务。日军鉴于军中严峻的传染病形势，要求南京自治委员会各厅正副厅长每人在三日之内赶制出一万个口罩，如不能按时完工便将就地免职。工期已是十分紧张，更要命的是，制作口罩的工人和原料全要汉奸们自己筹备。惨遭血洗的南京已经成为死城，去哪里找工找料？

吴胖子见罗儒面露难色，赶忙说道："罗老弟，这个活挺难，但是干好了的话回报也很丰厚！小笠原将军大人说了，谁如果能完成这个任务，谁就能当南京自治委员会的会长，这可是南京政府的第一把交椅，比我现在的警察厅厅长可大多了！罗老弟，一定要想想辙，帮我再上一个台阶啊！"

"南京自治委员会的会长不是陶博三吗？"罗儒不解地问道。罗儒虽然没有和这个叫作陶博三的人打过交道，但知道他是个亲日派，战争爆发前在南京政商两界颇有威望，因此日本人才将伪组织的最高职位给了他。南京自治委员会成立大会当天，罗儒还看到这个陶会长满面春风地接受众汉奸的道贺。

"陶博三把会长职务给辞了！"吴胖子满脸兴奋地说道。

"前几天才当上会长，怎么这会儿就辞职了？"罗儒更加诧异。

吴胖子笑着说道："你是不知道，这里面的故事太精彩了！皇军在南京四处抢劫，结果就在昨天，两个日本兵抢到了陶博三家里。陶博三当时不在家，他正在小笠原将军那里开会，只有他的管家在家。这个管家不知哪里来的胆量，拦住日本兵不让进，说这是南京自治委员会会长的宅邸。皇军哪里管这个，打死那个管家后就把陶家洗劫一空，走时还特意叫板挑衅，把自己的名字和部队番号写到了他家墙上。这两个日本士兵劫走了大量金银细软，但最让陶博三心疼的是，他们把陶家佛堂给抢了，其中珍藏的《太乙北极真经》《午集正经》《未集经髓》等典籍一本不落，全抢走了！"

吴胖子幸灾乐祸至极，唾沫星子四溅，继续说道："陶博三觉得自己是南京自治委员会的首脑，小笠原将军大人肯定能给自己做主，于是就去找小笠原将军大人哭诉，要求严惩凶手，将财物物归原主。没想到小笠原将军大人告诉他，凶手无从查找，典籍由皇军代为保管。陶博三受不了了，提出辞去会长职务，想以此要挟皇军，不承想小笠原将军大人不吃这套，当即批准了他的辞职请求！会长职位这不就空出来了吗！"吴胖子说罢哈哈大笑起来。

罗儒暗暗感叹，日本人真是不拿汉奸当人看。这陶博三诚心诚意地认贼作父，鞍前马后地伺候日本人，绝对算是铁杆汉奸了，但到最后不仅命根子似的宝贝让日本人给抢走了，还被人家毫不留情地扫地出门，落得个中国人和日本人都看笑话的下场。

"罗老弟，机不可失啊！口罩的事情有困难，但你给想想办法，我想再往上走一步！"吴胖子作着揖对罗儒说道。罗儒只觉得好笑，这个吴胖子怎么就只盯着官位，没有一点兔死狐悲的哀伤呢？

罗儒的大脑飞速运转，迅速酝酿出一个计划。他建议道："咱们没工没料，一个口罩也做不出来。不如我们去买回来一万个，这样直接就能交差。"

吴胖子摇了摇头，道："行不通。皇军四处搜罗口罩，别说南京，就是上海的口罩生产也被管控起来，市面上根本买不到。"

"这个您放心，我有办法。别人买不到，咱买得到！我在武汉有朋友做军需品的生意，他手里有货，我让他想办法运来。这事就交给我了。"罗儒神秘地说道。

吴胖子大喜过望，搂着他的肩膀，赞道："罗老弟路子够野啊！这事全权交给你处理，我就等着三天后取货！你可真是我的大福将！等我当了会长，一定给你封个厅长，不想当都不行！"说罢，大笑着出门去了。

罗儒没有耽搁，马上奔赴叶龙家中。见到叶龙，罗儒开门见山，说自己能搞来一万个口罩。叶龙曾被眼前这位不速之客讹诈过，至今想起仍觉心痛，因此这会儿十分警觉。

"有话直说，你到底想干什么？"叶龙不想兜圈子，直接发问。他靠坐在沙发上，眼中满是防备与不信任。

罗儒答道："帮你完成任务，让你成为南京自治委员会的会长，压过吴胖子。"他言语之中流露出坦诚。

叶龙猛地站起身，两眼恶狠狠地盯住罗儒。虽然那鹰一般犀利阴冷的目光让罗儒有些不寒而栗，但他仍旧面无表情地同叶龙对视着。

两人冷冷地对视了一会儿，或许是没有从目光交锋中发现破绽，叶龙这才又满腹狐疑地发问："你是吴胖子的人，为什么要帮我？"

沉默良久，罗儒才说道："我只有一个条件，那就是你成为南京政府首脑后，要给我一个厅长职位。"

这个答非所问的回答一下子让叶龙放松下来，他重新坐下，靠在沙发背上，跷起二郎腿，缓缓地点上一根烟。"是不是吴胖子许诺过你官职，但是没有兑现，所以你才来找我？"他悠然地吐着烟圈问道。

罗儒点了点头。叶龙又忽地一下站起身，满脸堆笑地挽着罗儒的胳膊，说道："找我算是找对人了！吴胖子算什么啊？皇军来之前就是一个地痞流氓，当了厅长也是个流氓，指望他提拔你，门都没有！"

他继续说道："老弟，现在口罩全被皇军控制起来了，我托人四处打听，别说南京，就连上海、无锡、苏州、常熟也根本搞不到！我正为这一万个口罩发愁呢！"

叶龙让罗儒详细讲讲如何才能够按时交差。罗儒事前已经打好腹稿，自然不会被问住。他称自己在武汉有位做军需品生意的朋友，手中恰好囤积了一批口罩，可让这位朋友将口罩装船，沿江而下偷运至南京。

"我这位朋友在武汉也是响当当的大老板，他表示愿意白送这一船口罩，不为别的，只求能交个朋友，以期将来日军攻陷武汉之时能有人为他在皇军面前美言几句，保全他的诸多事业。"罗儒说道。

罗儒把故事编得滴水不漏，没有一丝破绽，由不得叶龙不信。叶龙拍着胸脯保证道："请转告你那位朋友，让他放一万个心。我用人格担保，皇军攻陷武汉时，对他的资产将秋毫无犯！"

叶龙沉思片刻，接着说道："不过，我还要请他再答应我一件事，那就是只给我一个人运口罩，不要管其他人。我是个讲究人，言出必行言而有信，不像吴胖子之流，说话就像放屁一般。你吃过他的亏你还不知道吗？你请你这位朋友只给我运口罩，我承诺的事情，也一定做到，如何？"罗儒微微一笑，点头应允。

此后三日，罗儒均按时向两人汇报"进展"：第一日，一万个口罩已装船；第二日，小火轮起航驶向南京；第三日清晨，小火轮将于晚间抵达码头。吴胖子和叶龙大喜过望，美滋滋地盼着晚上的到来。

同样期盼着夜幕降临的还有罗儒和铁锤。

夕阳西下，南京城沉入静谧的夜色之中。吴胖子的房门"砰"的一声被撞开，只见罗儒跌跌撞撞地跑了进来。

"吴厅长，大事不好了！叶龙不知从哪里得到了消息，知道您有一批口罩运到了码头，就想把这批货给劫了。他手段太狠了，逢人便说自己运了一船口罩到码头，搞得您倒像是抢劫的了！他现在正带着他的人马往码头赶，手里都拿着枪呢！"

"他妈的！"吴胖子拍案而起，气得眉毛都立了起来，大声喊道，"他小子是不想活了，敢在太岁头上动土！警队集合！抄家伙！去码头！"

与此同时，铁锤也赶到了叶龙家中，称罗儒为叶龙牵线搭桥运送口罩之事为吴胖子所知，吴胖子大为震怒，不仅囚禁了罗儒，还带着警队要去码头抢货。叶龙听罢恼怒至极，急忙纠集手下，奔赴码头。

夜色之中，吴胖子和叶龙各自带人向城外的码头狂奔，还没出城，这两支杀气腾腾的队伍就撞到了一起。刚一照面，双方便进入剑拔弩张的对峙局面。

吴胖子喊道："叶龙，你是想造反吗？"

"我只是要去码头接我的货。我不想造反，可我也不让旁人骑在我脖子上拉屎撒尿！"叶龙冷笑着回答。

"那一船口罩是我的，可不会凭你这空口白牙一张一合就成你的了！"吴胖子吼道。

"吴厅长，你这是要生抢啊？"叶龙大声问道。

"亏你还知道我是厅长，是你的长官！我现在命令你，马上带你的人回去，听候发落！"吴胖子高声命令道。

"我呸！"叶龙啐了一口唾沫。

两拨人各为其主，互相推搡起来，乱成一团。两队人马都带着枪支，但都比较克制，虽已拳脚相向，但没有人将枪掏出来。

日军听闻警队异动，赶忙全副武装地赶了过来，但来了后发现，这一大群人并非叛乱，而是发生了纠纷，于是也不插手，乐呵呵地在旁边看起热闹来，还不时地为殴斗在一起的汉奸们加油喝彩。

已换上日军军装的罗儒和铁锤，此刻正躲在暗处，密切观察着眼前的混战。铁锤有些着急，悄声说道："咋还只是动拳脚，快掏枪啊！"

　　"我给他们添把火！"罗儒拔出手枪，悄悄瞄准。

　　"啪！"一个正在围观叫好的日本兵应声倒地。原本坐山观虎斗的日军一下子被激怒了，带队的日本军官抽出军刀，高声喊道："杀，一个不留！"日本士兵扣动扳机，十几挺机枪咆哮起来。

　　密集的扫射过后，殴斗在一起的两拨人无一活口，罗儒更是眼看着吴胖子和叶龙被打得千疮百孔，倒在血泊之中。

　　"走！"罗儒和铁锤转身离开，向江边跑去。

　　出城没多久，一个黑影猛地蹿出来，拦住两人去路。那黑影大喝一声："举起手来！"接着便是拉枪栓的声音。罗儒和铁锤没想到半路杀出个程咬金，只得乖乖举起手来。

　　"吴胖子和叶龙刚一打起来，我便知道肯定是你做的局。他们两败俱伤之后，你下一步必是过江。我已经在这里恭候多时了。"那黑影说道。

　　这声音再熟悉不过，是老张！罗儒放下双手，冷冷地说道："老张，你是来替吴胖子和叶龙报仇的吗？"

　　"不是，我要和你们一起过江！"老张说道。

　　"这可奇了，你不是铁了心要留在南京当汉奸吗？现在南京自治委员会会长职务空缺，警察厅的正副厅长又都死了，这可是你的大好机会啊！"罗儒嘲讽地说道。

　　"放屁！你就是我仕途的克星！"老张用枪顶着罗儒的额头吼道，"我因为暗杀那事被你当成猴子戏耍，叶龙与我决裂，处处与我作对！好容易走马上任了，想着离你远了能清净一些，能踏踏实实做我的官，没想到你又在南京城掀起血雨腥风，让吴胖子和叶龙打了起来。烂成这样的自治委员会，日本人怎么可能还留着！委员会都保不住，我这个教育厅副厅长又怎么保得住！你毁了我在南京拥有的一切，我只有回国军当我的少校！我要和你们一起过江！"老张高声吼叫，用枪顶得罗儒连连后退。

　　"我俩都有日军军装，但你没有，怎么骗得过江边守船的日军？"罗儒说道。

　　"那我就杀了他！"老张将枪口挪到了铁锤的额头上。

　　铁锤看着枪口，扭过头请示罗儒："我穿了两身鬼子衣服。我看料子挺好，扔了可惜，就全套身上了。给他吗？"

"给他吧，一起过江。"罗儒说道。铁锤遂脱下一身日本军装交给了老张。

三人借着夜色，向着江边跑去。他们来自拖尸队，对尸体密布的江边十分熟悉。一排被铁链子串起来的小船浮在江边，这些船都是往江心抛尸用的，为防有人偷船渡江，船在不用时都会用铁链子拴起来，还有专门的日军值守。

三人刚接近那些小船，便有一道光束打了过来，直直地照在他们脸上。"口令！"一个守船的日本兵高声喊道。他手中的手电筒不停地在三人身上上下打量着，当照到罗儒所穿军装的军衔时，那光束马上垂了下去。

罗儒用日本话说道："没听见刚才城内传来的枪声吗！有支那人叛变了，城内发生了激烈的交火，部分支那人过河了！你们马上放开一条船，我们要过江劝降他们！"

正规的日军军装和流利的日本话让守船的日本兵没有产生丝毫怀疑，但他们仍然有很大的顾虑。"长官，我知道事态紧急，但是您如果没有路条的话，我们实在没有办法放船给您！"日本兵十分为难地说道。

"这伙人让我们措手不及，根本没有时间去开路条。如果他们过了长江，同江北的游击队联系上，我们在南京的许多秘密就都暴露了！一旦因此出现灾难性后果，你能为此负责吗？"罗儒声调越来越高，几乎是脸对脸地对那守船的日本兵吼叫。

那几个日本兵被眼前的"长官"吼得瑟瑟发抖，不敢再耽搁，赶忙打开锁链放了一条船。罗儒、铁锤和老张跳上船，拿起桨拼命地划起来。朦胧的月色之下，小船划开如镜的江面，飞一般地驶离江岸，钻进了浓浓的雾中。

/ 第五十二章 /

三人拼命划桨，冲向江北岸。小船行至江心，忽然江上疾风骤起，掀起的浪头一个高过一个，打得小船左右摇摆几欲倾覆。突然，隆隆的马达声划破夜空，透过浓浓的江雾传了过来，日军为了追击他们，竟然出动了军舰。马达声越发清晰，三人划桨速度也越来越快，倘若被军舰追上，必死无疑。

然而祸不单行，江面上风浪越来越大，一个大浪打来，竟直接将铁锤拍入江中。罗儒大吃一惊，马上丢下船桨，伸手去救他。但风高浪急，几个浪头打过来，把他越推越远。罗儒未加犹豫，掉转船头就要去追铁锤。

老张一把抓住罗儒的船桨，说道："你疯了？日本人在追我们，你还有时间救他？"

罗儒看着在江面上起起伏伏的铁锤，对老张说道："要么和我一起救人，咱三个人合力一起划；要么你就一个人划，看看你的桨能不能快过鬼子船的马达。"

老张愤恨至极，把牙齿咬得咯咯作响，却不得不让步，松开了罗儒的船桨。两人向铁锤划去，将已经精疲力尽的铁锤拉上了船。

突然，一个庞大的如鬼魅般的黑影从浓雾中钻出，出现在小船侧面，是日本军舰！三个人的心都提到了嗓子眼，大气也不敢喘。日舰缓缓驶过，离小船仅有一臂之距，不仅舰体黑黢黢的轮廓清晰可辨，就连舰上日本兵的说话声也分外真切。

由于重重浓雾的掩护，日军舰艇并未发现这艘小船，而是轰鸣着径直驶去。马达声越来越远，三人瘫坐在船内，都惊出了一身冷汗。

东方露出了鱼肚白，天一点点亮了起来。三人摇着桨，终于划到了长江北岸。疲乏不堪的罗儒连滚带爬地爬上江岸，四仰八叉地躺在地上，大口地喘着粗气。他觉得心肺极为舒畅，在南京待得太久了，已经很久没有呼吸到没有血腥气味的空气了。

"你干啥！"铁锤突然大喊起来。罗儒回身一望，却见老张正举着枪，将黑洞洞的枪口指向自己。铁锤飞身起腿，直踢老张手腕。"啪"的一声，老张的枪响了，子弹擦着罗儒的头皮飞了过去。他目瞪口呆地怔在原地，铁锤却已和老张扭打在一起。

"举起手来！"突然，有人在不远处高声喊道。罗儒头皮一麻，绝望瞬间在胸膛膨胀，那人说的是日本话！循声望去，一支十人的日军巡逻队气势汹汹地冲了过来。

老张见势不妙，拔腿便跑，一溜烟地钻进旁边的树林，眨眼没了踪影。铁锤和罗儒反应慢半拍，还没来得及跑，日本兵便鸣枪警告。子弹准确地打在二人脚下，他们不敢再动，只得束手就擒。

这支日军巡逻队带队的是一名少尉，方才这三人的打斗被他看了个满眼。他上下打量着眼前这两个穿着日军军装却尽显狼狈的人，又仔细查看了停在江边的小船，问道："你们为什么半夜乘小船过江？那个士兵为什么要杀你？"

"我来自驻守南京的第十六师团。我师团个别士兵不堪打骂携枪叛逃，我带着两名士兵奉命追赶。由于事态紧急，只得乘小船渡江。过江时，我同其中一名士兵发生了争执，威胁抵达北岸后就枪毙了他，没想到他先下手了。"罗儒强作镇定地说道。他的日本话毫无破绽，但日军少尉眼中仍然没有一丝信任。

日军少尉走到铁锤面前，厉声问道："他说的是实情吗？"铁锤听不懂日本话，只好垂首而立，默不作声。

"说话！"少尉在铁锤耳边高声咆哮。

罗儒说道："他是朝鲜籍士兵，不会日语。你有什么话问我就好了。"

那少尉没有搭理罗儒，指着站在巡逻队最后的一名士兵，吼道："五郎，你过来问问他！"那名士兵虽然同样身穿日军军装，但身形却比其他日本兵瘦弱许多。他像骆驼一样，后背上背负着好几个行军背包，细一看才发现，原来整个巡逻队的行囊和大大小小的野炊用具全都压在了他的肩上。

这个被叫作"五郎"的士兵诚惶诚恐地走上前来，冲着少尉鞠了一躬，而后便对着铁锤叽里咕噜地说了一通。这次，不单铁锤听不懂，连罗儒也不知道那人在说些什么。罗儒猛地明白过来，这个日本兵说的是朝鲜语！

那少尉见铁锤一脸茫然，当即明白过来，这个穿着日军军装的人既不是日本人也不是朝鲜人。他跨步上前，一把扯开铁锤的军装上衣，露出了里面写着"不杀"的坎肩。

"是支那人！"少尉后退几步高声喊了起来，日军士兵纷纷举起了枪，对准了罗儒和铁锤。罗儒心里暗骂，这傻小子怎么什么衣服都不舍得扔啊！

"不要开枪！"少尉压低了士兵们的枪口，说道，"军装和船只都是军方严格管理的，这两个人却都能搞到，肯定有蹊跷，要把他们带回去详细审问。把他们绑了！"日本兵一拥而上，将罗儒和铁锤绑了起来。

日军巡逻队用绳子牵着两人沿江而行，一直走到中午方才停下来生火造饭。日本兵有的坐在一起聊天，有的躺在地上打起了鼾，唯有那个叫作"五郎"的日本兵不得休息，一会儿生火，一会儿打水，一会儿煮饭，累得气喘吁吁汗流浃背。而到了吃饭时候，五郎却不能和众人一起吃，只能等其他人吃饱之后才敢去吃锅里剩下的。锅里剩下的饭食虽然不多，但他却分给了罗儒和铁锤一些。"都是日本兵，他们怎么那么欺负你？"罗儒好奇地问道。五郎听罢没有说话，只是摇了摇头。

午饭完毕，巡逻队开拔，很快便走进山林之中。目之所及，神秀俊美；层峦叠嶂，绵延不绝；奇峰险峻，壁立千仞；古木参天，亭亭如盖；翠竹欲滴，郁郁葱葱；山泉潺潺，落英飘零；群鸟争鸣，声振林樾。倘若不是被鬼子俘虏，罗儒定要好好欣赏一番这秀美的景色。同样无心欣赏的还有日军巡逻队。进入山林后，他们一改方才的轻松愉悦，个个变得小心翼翼紧张兮兮。

"大家警醒一些，共产党的游击队时常在这里出没。"少尉轻声说道。日本兵端着枪，片刻不停地环顾四周，脚步也放得十分轻缓。

突然，一棵十多米高的大树的树冠上传来了扑簌簌的声音。一个日本兵迅速对着传来声音的树冠猛烈开火，其余的士兵见状也不假思索地举枪打了起来。然而打了一大通，除了惊起飞鸟无数，就只打落了一些干枯的松枝。

少尉狠狠地给了那个首先开枪的士兵两记耳光，吼道："吓都被你给吓死了！"

日本兵和少尉如此草木皆兵，令罗儒大为诧异。日军见到国军常常摆出一副恶狗扑食的架势，不想对共产党游击队却如此谨小慎微。

突然，密林深处传来枪响，一名日本兵应声倒地毙命。"游击队！"少尉高声喊道。其余人迅速伏低身子，寻找掩护。

"怕什么来什么，真他妈倒霉！"少尉一边观察地形，一边懊恼地说道。他打出一系列作战手势，日本兵心领神会，迅速展开战斗队形，六人正面佯攻，向响枪的地方射击，另外三人则从侧翼包抄过去。整个过程全无言语交流，但日本士兵理解准确，行动迅速，配合更是行云流水。罗儒虽成战俘，却也不得不为日军的训练有素暗暗叫好。

"没有人！跑了！"负责侧翼包抄的士兵小心翼翼地匍匐到响枪的地点后，却连一个人影也没有看到。他们四下检查，看到地上有一面青天白日旗，兴奋地大叫起来："这里有一面蒋政府的旗！"旗帜是日本兵最喜欢的战利品之一。

"不要靠近那个旗子！"站在几十步开外的少尉高声喊道。

然而为时已晚，一声巨响撼动山林，巨大的火球腾空而起，吞噬掉了前去包抄的三个日本兵。少尉咒骂着冲了过去，发现其中两人已经死亡，另一人双腿炸断，口吐鲜血，放声惨叫。少尉拔出了手枪，喊道："靖国神社再见！"枪毙了这名断腿士兵。

少尉看着地上炸出的大坑，说道："游击队埋设了地雷，再用旗子来引诱我们。我要杀了他们！"他咬着牙，满脸杀气。

"游击队在那里！"一个日本兵指着远处高声喊道。果然，不远处有十几个身影。那些人见被日本兵发现，拔腿便向密林更深处狂奔。罗儒这时才看清了那些游击队员，他们衣衫褴褛，一人背枪一人扛红旗，其余人手中拿的都是大刀长矛。

"追！"少尉歇斯底里地高声怒吼。十个人的巡逻队片刻便死了四个，这是对他身为帝国军官的极大侮辱，他不能允许拥有大和魂的帝国勇士被这些手持原始武器的游击队员杀死。日本兵迅速向游击队逃跑的方向追去。

牵着罗儒和铁锤的日本兵嫌两人碍事，举枪要处决他们，却被少尉拦住了。"游击队来去无踪，我们有可能一无所获。如果那样，这两个人就是我们唯一的收获，不能杀。"那日本兵听罢牵着两人追了上去，罗儒和铁锤也只得跟着在密林中跑了起来。

两拨人越跑林子越密，越跑林子越深。游击队员跑得很有策略，快被日军追上时，便脚下生风，瞬间拉开距离；甩下日军太远时，又故意放缓脚步，似乎在等待日军。总之，游击队始终游刃有余地把距离控制在日军追不上却又看得见的范围内。

日本兵穷追不舍，直到夜幕吞噬掉最后一缕光线，他们才被笼罩天地的黑暗逼停了脚步。少尉恍然大悟，意识到中了游击队的圈套，因为他们在这黑漆漆的密林之中彻底迷失了方向。

"大家不要慌！虽然迷了路，但是我们手里有枪，拿着大刀长矛的游击队奈何不了我们。我们只要做好防守，等到天亮，就能够全身而退。"少尉悄声安慰众人。

日本兵不敢再走，抱着胳膊蜷缩着坐在了地上。时值冬末，山林之中寒风呼号，温度奇低，冻得人瑟瑟发抖。他们不敢生火，也不敢说话，生怕引来游击队。日本兵端着枪，把眼睛瞪得溜圆，期望眼睛适应黑暗后能多少看见点东西，然而过了许久，眼前依然是漆黑一片，就连坐在旁边的人的轮廓都看不清楚。日本兵只能互相靠坐在一起，默默祈祷这黑暗也能让游击队望而却步。

突然，日本兵中一阵骚动。少尉知道发生了意外，便也顾不得许多，打亮了手电筒。借着亮光，令人惊骇的一幕呈现在眼前：两个士兵脸色苍白地倒在地上，双手死死地捂住脖子，大量的鲜血从他们的手指缝中涌了出来。他们被割喉了！两人呜咽不止，抽搐了一阵，就不再动弹。

"游击队来了！"日本兵慌乱起来，打亮手电四处寻找游击队，然而能看到的却只有影影绰绰的大树。罗儒和铁锤十分震惊，刚才莫说是游击队的人影，就连一点异常的响动都没听到。

眼下，这支原本十人的巡逻队只剩下了四个人。游击队神出鬼没，悄无声息地来，悄无声息地杀人，又悄无声息地离开，让日本兵陷入巨大的恐惧之中。即使是罗儒，想想刚才的情景，也会觉得不寒而栗。

　　少尉意识到自己已是瓮中之鳖，黑暗不会影响游击队的行动，只会于自己不利，便就近捡来树枝生起了火。仅剩的四个日本人背对着火堆，各自守住一个方向。虽然篝火很旺，但这四个人依旧觳觫不止。

　　接下来的近一个小时平安无事，又饿又乏的四个日本人坐着打起了瞌睡，但一有风吹草动他们马上就会惊醒，端着步枪四处瞄准。突然，山林之中枪声和喊杀声大作，惊得日本兵从地上一跃而起，做好了射击和肉搏的准备。"游击队进攻了！大家鼓起勇气！"少尉给另外三人鼓劲。密林之中，枪声猛烈异常，喊杀声亦有雷霆万钧之势，然而等了很久，却根本不见游击队的踪影。此后枪声又响了数次，始终不见人冲杀过来，少尉方才意识到这是游击队的扰敌之计，故意让自己不得休息。四人疲倦至极，却不得不硬撑着，不敢再有半分瞌睡。

　　突然，有日本兵发出惊慌的号叫。众人回身一看，才发现那个日本兵脖子被套上了绳索，一条从黑暗中伸出的麻绳正将他拉入密林深处。少尉等人不敢贸然上前施救，他们担心那样正中游击队下怀。他们沿着绳子的方向射击，但绳子拉拽的速度没有丝毫放缓，只能眼睁睁地看着那个日本兵挣扎着被拖入黑暗之中。

　　很快，黑暗之中便传来那个日本兵的惨叫声。"疼啊！住手！""妈妈，救救我！""求求你们，杀死我！"静谧的林中飘荡着日本兵异常凄厉的哭喊声，让身为中国人的罗儒都深感毛骨悚然，更将那仅剩的三个日本人吓得魂飞魄散。这样的惨叫声持续了三四个小时，极大地刺激着三人的神经。终于，其中一人情绪崩溃，站起身大声号叫，冲着黑暗的密林胡乱放枪，随后将枪口塞进了嘴里，扣动了扳机。

　　眼下，火堆之前，只剩下少尉和那个被叫作五郎的日本兵，以及罗儒、铁锤这两个俘虏了。少尉对五郎说道："五郎，就剩咱们两个了，一定要坚持住，证明你忠于大日本帝国的时候到了！"五郎默默地点了点头。

　　少尉看了看罗儒和铁锤，对五郎说道："咱们能活着出去就已经很费劲了，不可能再带着这两个支那人。杀了他们！"五郎得令，掏出匕首走向罗儒和铁锤。

　　罗儒心头一沉，暗自哀叹：这下子是真没命了。五郎高高举起匕首，刀尖如流星般坠落。罗儒引颈就戮，但没想到的是，这一刀不仅没有要了自己的命，反倒是割断了捆住双手的麻绳。他大吃一惊，却见五郎已经同日军少尉缠斗在了一起。

"你们果然靠不住！"那少尉一边奋力搏斗一边骂道。罗儒极为诧异，日军内讧是极为罕见的事情，自己在生死攸关之际竟能遇到这好事？来不及多想，杀了那个少尉才是当务之急。他起身扑了过去，与五郎合力将少尉打倒。罗儒抓住机会，拧断了少尉的脖子。

/ 第五十三章 /

罗儒、铁锤和五郎，面对着黑漆漆的密林，高高地举起了双手。一个浑厚的声音随之从黑暗中传来："怎么，这就投降了吗？"

"游击队的弟兄们，我们投降！"罗儒对着黑暗高声大喊。

"把你们的武器全部扔掉！"声音又从黑暗中飘了过来。罗儒用日本话转告五郎，五郎迅速扔掉步枪和匕首。

"同志们，擦洋火，点火把！"那声音又响了起来。黑暗中，有火把被点燃了，一个、两个、三个……最后，竟有几十个火把亮了起来。摇曳的火光将日军妄图死守的这片地方围了起来，瞬间驱散了那令人绝望的黑暗。火把也让游击队员们现了真身，树上，灌木丛中，石头后面，到处都站着人。这些游击队员竟然一直就在十步开外的地方！游击队在这样近的距离，监视着日军的一举一动，压迫着他们紧张的神经。五郎看得目瞪口呆，感叹道："少尉如果见到这一幕，一定会羞愧死。人家已经把枪口顶在了他的脑门上，他不仅毫无察觉，还幻想着全身而退。"

一个中年男子微笑着走过来，罗儒赶忙立正站好，行了个军礼。

中年男子热情地和三人握手，朗声说道："我们是中国共产党领导下的游击队。我是这支游击队的政委，我叫高超，你们可以叫我高政委。刚才，见识到我们的游击战术了吧？从我们开第一枪开始，你们就一步步往我们设下的陷阱里钻！侵略者无论多么猖狂，也难逃失败的命运。这支日军巡逻队是这样，整个日本侵略军也是这样！你们做了个明智的选择！"火光之下，他满脸自豪。

罗儒对着高政委恭恭敬敬地鞠了一躬，说道："您的战法真是令人毛骨悚然！你们摧毁了日军的心理防线，全歼其一个巡逻队，自己却没有一人伤亡，这真是太了不起了！"

他话锋一转，指着自己和铁锤说道："我和他并不是日本人，我们是中国人，为了逃出南京，骗来了身上这身日军军装。"

"原来是这样，难怪你杀死那个日军少尉时动作那么利索。"高政委笑着说道。

高政委又指着五郎问道："那他是日本人吗？"罗儒随即将问题翻译给了五郎。

"我不是日本人，我是朝鲜人！所以你说你朋友是朝鲜人时，日军少尉要把我拎出来与他对话了。"五郎回答道。

罗儒听罢，惊讶得把眼珠子都要瞪出来了。游击队的人也非常震惊，他们不知道朝鲜人为什么会加入日军军队。五郎道出了其中的缘由。原来，日本早年吞并朝鲜后，就在朝鲜半岛大力推行皇民化运动，强迫朝鲜人学习日语、使用日本姓名、遵从日本的生活习俗等，以此同化朝鲜人民，让他们忘记自己是朝鲜人，而一心一意地为日本服务。皇民化运动在朝鲜半岛大张旗鼓地推行了几十年，确实让很多朝鲜人从内心深处认可日本，把自己当成了日本人。日本发动侵略中国的战争后，深陷于中国战场的泥潭之中，兵员严重短缺，于是开始征召朝鲜人进入日本军队，并将他们派往中国战场。虽然同为日本帝国主义受害者，一些被皇民化运动洗脑的朝鲜人却心甘情愿地成为日军的鹰犬，在中国大地上烧杀抢掠。与此同时，还有一大批朝鲜人是被强征入伍，他们不想成为日本侵略战争的帮凶，更不想成为替日本士兵挡子弹的炮灰。五郎就属于后者，他原本是中学教师，被日军强行拉进训练所，训练了数月后被派往中国。

五郎脱下上衣，身上青一块紫一块，密布着各种伤痕。他指着这些伤说道："无论是自愿的还是强征的，等待朝鲜籍日军的都是悲惨的命运。没有战斗的时候，我们是牛马，军中的脏活儿累活儿苦活儿都是我们的，稍不符合日本人的心意就会遭到殴打。有战斗的时候，我们是炮灰，日本人逼着我们抱起炸药包冲向中国人的阵地，他们却躲在防御工事里等着看我们和中国人一起被炸上天。"

五郎越说越激动，抹了把眼泪，哽咽着说道："我根本不叫五郎。日军中有'军人、军犬、军马、军属、军夫'的地位排序，我们朝鲜籍军人就是军夫，最卑劣的第五等！日本人喊我五郎是为了羞辱我，提醒我狗和马的地位都要比我高！

"我是朝鲜人，不是日本人！日本人也侵略了我的国家，我不愿意替日本人卖命！来到中国后，我一直试图逃离日军，但是苦于没有机会。今天，我终于遇到了中国游击队，请让我加入你们的游击队！"五郎向高政委请求道。他将日本军帽摔在地上，狠狠地踩了几脚。

罗儒刚刚翻译完，高政委就一把握住五郎的手，激动地说："欢迎你，来自朝鲜的朋友！虽然我们语言不通、文化不同，但是我们有着共同的目标和共同的理想，那就是驱逐日寇，恢复山河！"

高政委又走到罗儒面前，说道："你和你的朋友也加入我们吧。我们非常需要像你这样懂日本话的才俊！"虽然高政委态度诚恳，但看着这些穿着破衣烂衫、拿着大刀长矛的游击队员，出身中央军的罗儒还是觉得优越感膨胀，没将他们放在眼里。

高政委读懂了这个年轻人的神情，没有丝毫愠怒。他从地上捡起日本兵的步枪，说道："你们国军，尤其是中央军，那是亲娘生的，好枪好炮都是直接发到你们手里。我们共产党八路军、新四军，尤其是游击队，那都是后娘养的，武器弹药只能自己想办法。除了抢鬼子的，我们还能咋办？我们的武器不能和国军比，但我们手中每一杆三八大盖，都是要了一个鬼子兵的命；每一把王八盒子，都是要了一个鬼子军官的命！我们用自己的办法，让日本鬼子意识到，中国人不好惹！"

罗儒回想起刚才的黑暗，那深深的恐惧仍然让他心有余悸。他很早便知共产党善用游击战术，但这一次，他置身日军队伍中，切身感受到了这种战术带给日军士兵心理的冲击。每一步都有可能是陷阱，每一秒都有可能遭遇偷袭，每个方向都有可能打来致命的子弹，死亡随时降临的绝望真实而强烈。

但罗儒还是想回到国军。"我是从南京的尸山血海中爬出来的，那是几十万人的尸、几十万人的血！"罗儒红着眼圈说道，"我苟活至今，就是为了报仇！虽然对贵军战法心生敬仰，但国军力量更为强大，能杀更多的鬼子！"

"年轻人，有种！"高政委握紧罗儒的双手，说道，"只要有你这样的青年，中国就不会亡！不管你是国军还是共军，只要你真心实意地打鬼子，你就是我们的同志！长江以北至淮河以南，已为日军所占据，没有国军了，只有我们游击队。离这里最近的国军是在淮河以北的第五战区，战区的长官司令部设在徐州。我们送你去徐州！"

罗儒赶忙谢绝，说道："谢谢高政委的好意！您已经给我们指出了一条明路，我们还是自己去徐州吧，贵军不必因为我俩以身试险。"

高政委哈哈大笑，说道："你是友军，护送你抵达安全地区也是应当应分的事情。再者说，我们不光是送你，沿途我们还要打鬼子呢！我们游击队，历来是走一路扰一路。"

高政委是个办事利索的人，他马上点了十余人的将，连夜护送着罗儒和铁锤向淮河以北的徐州进发。

路上，高政委一边走一边介绍游击战术，尤其详细讲解了"敌进我退，敌驻我扰，敌疲我打，敌退我追"的游击战十六字诀，让罗儒受益匪浅。一行人昼伏夜行，走一路打一路，伏击敌哨，袭扰敌营，火烧粮仓，破坏铁路，埋设地雷，搅得沿途日军如惊弓之鸟草木皆兵，但每次日军追出来的时候，罗儒等人早已跑远。十多天后，一行人才抵达徐州。

来到徐州地界，高政委停下了脚步。"送君千里终有一别。这里是国军的地盘，我们就不进城了，免得再生事端。"他握着罗儒的手笑着说道，"这几百里路走过来，我们是怎么打游击的你也看到了。虽然也杀了一些鬼子，但是在你这个中央军眼中还是不足为道的，你不要笑话我们才好啊！我们若是有你们这么好的装备，一定打得不比你们差！"

罗儒恭敬地说道："相处十余天，徒步数百里，让我对共产党领导的队伍、对游击战术都有了全面深刻的认识！对于游击战的威力，我最有发言权，因为我曾跟着鬼子被困密林，能够站在鬼子的角度去感受这个战术。我打心眼里佩服你们！"这十几天让罗儒大开眼界，这番话也是他发自肺腑的。

同高政委等人告别后，罗儒和铁锤走进徐州城，这是他俩几个月来第一次进入由中国人控制的城市。站在城门口，两人的眼泪几乎都要落下来，在城中修筑工事的是中国士兵，在路上来来往往的是中国老百姓，商店五颜六色的招牌上写的是中国字，大喇叭里唱的是宣传抗战的中国歌曲，飘进耳朵里的也是中国话，他们心头充盈着从地狱回到人间的激动与欣喜。

徐州城是第五战区长官司令部所在地，也是日军准备进攻的下一个大城市，因此城内战争气氛颇为浓郁，中国士兵更是随处可见。罗儒和铁锤沿街而行，寻找可以收容士兵的兵站，却看到法院门前里三层外三层围满了人。

罗儒和铁锤十分好奇，便钻进人群挤到最前面，才发现人们围观的是法院贴出的告示。告示中细数了十余人的汉奸罪行，并言明法院两日后将对这些汉奸进行公开审判。告示的最下方，写着一行血红的大字：一切汉奸行径从严从重从速判决！罗儒和铁锤刚刚从南京的汉奸窝里逃出来，因而很想看看法院对汉奸是如何判决的，遂决定审判那天一定要来法院瞧瞧。

两人很快就找到了兵站。罗儒将自己的姓名、原属部队和军衔等一一做了登记，并表示想去自己的老部队。但铁锤因为本就不是国军，因而无法登记。见铁锤一脸怅然若失，罗儒赶忙安慰道："不管我去哪里都会带着你。"

过了没多久，兵站负责人找到罗儒，说道："德械一师确认了你的身份，并表示愿意让你归队。你去火车站吧，晚上有火车去武汉。明天你就能离日本鬼子远远的了，给你道喜了！"说罢，向着罗儒拱手作揖。

罗儒一头雾水，问道："为什么去武汉？"

见罗儒满脸茫然，兵站负责人说道："你还不知道吗？你们德械一师伤亡太大了，原本一万余人的精锐部队从南京撤出来不足千人，连堂堂的师长大人都是生不见人死不见尸。这种事要是放到地方部队身上，早被撤销番号了！但你们是嫡系中的嫡系，委员长不仅保留了番号，还将残部带到了武汉去补充休整。天底下的好事，可都让你们中央军给捞尽了！所以，你要回原部队，就只能回武汉了。"

罗儒一时间难受得说不出话来，他做梦都想重归德械一师，但现在，它成了回不去的老部队。"我不回德械一师了，我去其他部队，去马上就能参战的部队。"罗儒斩钉截铁地说道。

"你说什么？"兵站负责人张大了嘴巴，吃惊地说道，"多少人做梦都想去武汉，这是多好的活命机会啊！"

"我是从南京出来的。"罗儒冷冷地说道。南京惨绝人寰的景象再度浮现在脑中，他努力稳定情绪，不让自己崩溃。

兵站负责人听罢一怔，点了点头，抱拳说道："小鬼子畜生不如，在南京杀了那么多人！兄弟，你是好样的！我再给你联系其他部队！"他热情地给罗儒和铁锤安排了个宿舍，让他俩歇歇脚。

说是宿舍，其实就是间破屋子，只不过屋里有个铺着稻草的土炕。一直不得休息的两人顾不得许多，爬到炕上倒头就睡，没多久便鼾声大作。

第二天早上，两人还做着美梦，便有人破门而入。罗儒迷迷糊糊地睁开眼，发现冲进来的是一队中国士兵。

"谁是罗儒？"为首的军官厉声问道。

"我是。"罗儒回答道。

"绑了！"那军官一挥手，他身后的士兵掏出绳子就要往罗儒身上捆。

"为什么抓我？"罗儒大惊失色，高声问道。

"你干了什么好事，你自己心里清楚！"军官冷笑着回答。

铁锤见那军官说不出个缘由就绑人，按捺不住火气，上去和士兵们打作一团。虽然他手脚上带着功夫，但终究双拳难敌四手，被那些士兵打晕了过去。

罗儒见铁锤倒地，也急了眼，拼命挣扎反抗。一个士兵举起步枪，用枪托狠狠砸向他的脑袋。罗儒眼前一黑，便不省人事了。

/ 第五十四章 /

罗儒醒来，发现自己竟然是在一间鸽子笼般的牢房里。他有些慌乱，实在想不明白自己怎么一下子就被扔进了监狱。

罗儒大声呼喊，把牢房的铁门晃得哐哐作响。过了半晌，才有一名狱警走了过来，冲着他吼道："喊什么喊！这里是法院的牢房，不是你家后院！少在这里大呼小叫的！"

"你们为什么抓我？我犯了什么罪？"罗儒喊道。

"你能不知道？"狱警冷笑着说道，"关到这里的，全都是汉奸！你给日本鬼子干了哪些丧良心的事儿你不知道？"

"汉奸？我不是汉奸！"罗儒听到这个罪名十分意外。

"关在这里的，没有一个承认自己是汉奸的。等明天到了法庭上，也照样还会是铁嘴钢牙。不过，你嘴硬也没用，你的汉奸行径早就调查清楚了，写成告示贴在法院门口昭告天下呢！"狱警冷笑着说道。

罗儒站到床上，透过墙壁上方的小窗向外张望，那小窗正对着法院门口。就如自己之前见到的情形，愤怒的人群围观着告示，谩骂之声不绝于耳。

"我有什么汉奸行径？"罗儒觉得后背发凉，自己虽然曾委身于汉奸吴胖子，但来徐州尚不足一日，法院也不可能知道这事啊！想来想去，他觉得其中肯定有蹊跷。

忽然，罗儒在围观人群中看到一个熟悉的身影，是铁锤！铁锤挤到人群最前面，双手高举展开一块大大的白布。白布上写着四个血红的大字：罗儒冤枉！

人们见有人竟敢公然为"榜上有名"的汉奸叫屈，自然恼怒至极，指着铁锤的鼻子破口大骂。"他的恶行一条条罗列得如此清楚，你竟然还敢替他喊冤！""那个姓罗的是汉奸，你也不是什么好鸟！""中国就是因为你们这些汉奸才会一败再败！"骂声远远地飘入牢房，钻进罗儒耳中。

"你们知道罗儒多少！罗儒不是汉奸！"铁锤冲着人群高声咆哮。

"打死汉奸！"人群排山倒海般呼喊起来。

铁锤不再争辩，而是直接跪在了地上，双手仍旧高高举着那块喊冤的白布。人们的情绪越来越激动，开始向他扔石块、丢砖头，没一会儿就将他砸得头破血流。血流满面的铁锤就像一座红色的石雕，跪在地上纹丝不动，既不还嘴也不还手，只是稳稳地举着手中的白布。

看着铁锤为自己鸣冤竟遭此大罪，罗儒心如刀绞。"铁锤，快站起来，我会和法院解释清楚的！"他扒着牢房的小窗扯着嗓子高喊，眼泪啪啪直往下掉。

然而，法院门口人声鼎沸，铁锤根本听不到罗儒的喊声，反倒是牢门外的狱警又冷笑了起来。"你省省吧！"他说道，"你知道现在审判汉奸是什么原则吗？一切汉奸行径从严从重从速判决！所以呀，审判不走正常的程序，不会给你在法庭上说话的机会。让你上法庭只是走个过场，读完审判书就直接拉到刑场枪毙。之前审判了好几批人，都是这么处理的。你呀，就等死吧！"罗儒听罢，心里一阵绝望。

铁锤在法院门口跪了整整一夜。虽然罗儒几次高喊要求他离开，但他置若罔闻，执着地跪在地上，将白布上的"冤"字展示给过往的每一个路人。

第二天上午，牢房的铁门被打开了，几个中国士兵走了进来，不由分说地将罗儒五花大绑起来，并把一团棉布塞进他的嘴里，又将一个写着"汉奸罪"的长长的犯由牌插到了他的背后。走出牢房，罗儒看到还有十多个和自己一样背着汉奸牌子的人，被从各自的牢房中推了出来。

他们被士兵拧着胳膊押解着，走进了法院的审判厅。刚一进门，山呼海啸般的咒骂声便扑了过来，刺眼的闪光灯也在不停地闪动。审判庭内座无虚席，就连过道也被民众和记者挤得密不透风。审判厅的门外也围了不少人，全都伸长脖子透过门上的小窗向里张望。

法官见犯人到庭，片刻没有耽误，直接开始宣读判决书。判决书历数各人汉奸罪行，有给日军通风报信的，有为日军窃取情报的，有接受日军命令刺杀抗日志士的，有破坏国军油库、军火库的，还有在地面上引导日军飞机进行轰炸的，不一而足。

法官最后一个念到罗儒，罗儒马上支起了耳朵。判决书称，罗儒在南京犯下大量汉奸罪行，手上沾满了中国百姓的鲜血。罗儒傻了眼，判决书所列罪行全是凭空捏造，没有一个是他做的。他想大声争辩，怎奈口中塞着棉布，根本说不出话来。

"上述诸人，汉奸罪行确凿，毫无疑义。"法官大声宣判，"本法庭判处上述诸人死刑，并立即执行！"旁听席上掌声雷动，欢呼声震耳欲聋，闪光灯又频频地闪动起来。

一队士兵走了进来，准备将犯人押赴刑场。犯人们有的哭了起来，有的腿一软瘫在了地上，而罗儒只是轻轻地摇摇头。他是从血淋淋的南京走出来的，灵魂也早已死在了那座城市，因而他把生死看得很淡。他只是觉得很憋屈很滑稽，没死在日本人手里，反倒顶着汉奸的帽子死在了自己人枪下。

正当士兵准备将一众人犯押出审判厅时，忽然听得有人高喊："罗儒是冤枉的！不能杀！"循声望去，只见一个身着军装之人冲到了法官面前。罗儒定睛细瞧，却不认识这个为自己喊冤的人。

审判厅内一片哗然，人们没有想到一个国军军官竟然敢公开为汉奸喊冤。记者们兴奋起来，端着相机对着那名军官猛拍起来。

法官虽有一丝慌乱，但是很快就镇定下来，厉声问道："你是何人，竟敢咆哮法庭！"

"我叫张发远，第五战区中校军需官！"那人回答道，"罗儒对我有救命之恩。南京城破之时，我徒手泅水过江。游至江心，我体力不支，险些溺亡，多亏罗儒向我伸出援手。然而，他当时的处境也十分危险。他手中能稍许借力的，只有一个木桶，而桶中还有个同样是他搭救的小婴孩。木桶难以支撑这么多人借力，罗儒遂主动放弃，松开了手，随后便被江水卷走了。"听到这里，罗儒才恍然大悟，想起来这个在江中相识的张发远。

审判厅内鸦雀无声，全都静静地看着张发远。张发远继续说道："我和那个孩子后来顺利游到了江北，安全脱险。我将'罗儒'这个名字深深地刻在心里，他的救命之恩我永远不能忘记！后来，我重新加入了国军，并来到了徐州。昨天，我经过法院门口，看到人们正在殴打一个申冤之人，我上前阻拦，方才知道那人是在为一个叫'罗儒'的人申冤。我细细询问，才确定这个'罗儒'正是我的救命恩人。我认为，判决书上对罗儒的指控是一派胡言！"记者们越听越兴奋，手中的笔飞快地写着，将他的话一个字不差地记录下来。

"你凭什么说指控是一派胡言？"法官拧着眉毛问道。

"你们认定罗儒是汉奸，所列罪行是否一一查证？"张发远当庭质问。

"日寇铁蹄践踏我国土，汉奸败类更是为虎作伥。为杀一儆百警醒世人，对待汉奸必须从严从重从速地进行判决！我们没有时间去调查每一个证据！这是从大局出发，这是形势所迫！"有众多记者在场，法官不好当庭发作，只得强压怒火进行解释。

"从严从重从速不代表就要草菅人命，形势所迫也不能滥杀无辜！"张发远据理力争高声质问。

"我们掌握了可信的证据！"法官调门越来越高。

"可信的证据是什么？"张发远追问道。

法官沉思片刻，见躲不过张发远鹰一般犀利的目光，只得回应道："有人寄给我们一封匿名信，信中详细记录了罗儒在南京的所作所为，我们认为这封信非常可信！"法官没了方才的气势。

"没有任何有力证据，甚至没有给罗儒自我辩护的机会，单凭一封没有署名的信件，你们就要剥夺一个爱国军人的生命吗？"张发远高声质问。旁听席上也叽叽喳喳响起了议论之声。

法官无言以对，转而斥责押运犯人的士兵："愣什么神，赶快把人带走！"士兵得令，架起罗儒的胳膊便向外走。张发远见势不妙，赶忙上前想拉住罗儒，却被士兵拦住去路。"长官，我们也是当兵的，有任务在身，别逼我们动粗！"两个士兵横起步枪，不让张发远靠近罗儒。

眼见着罗儒要被带走，张发远心急如焚。忽然，他看到旁听席前排坐着一名身穿地方军军装、挂少将军衔的将军，于是跑过去"扑通"一声跪在那名少将脚下，说道："罗儒绝不可能是汉奸，我愿以性命担保！我人微言轻，还望老将军出面过问此事！"

那少将已年过花甲，满头银发，谓之老将军却也恰如其分。老将军站起身，扶起张发远，对着众人朗声说道："我不认识眼前这位中校，也不认识那个叫作罗儒的人，我只想说句公道话。人命关天，草率不得，一定要调查详细了再做决断，千万不能做亲者痛仇者快的蠢事！单凭一封匿名信就认定他是汉奸，确实不能令人信服。可否请法官大人暂缓处决，再仔细调查一番，如若真的是汉奸，再杀他也不迟！"

这时，坐在不远处的一个挂着少校军衔的中央军军官接过了话茬儿。"嚯，这是哪里来的大将军，好大的官威啊！"那少校跷着二郎腿，瞥了老将军一眼，冷嘲热讽地说道。

"我没有什么官威，只是这个案子确有不严谨之处，才站出来说句公道话。"老将军冷笑一声，说道，"另外，还轮不到你一个小小的少校来教训我！"老将军声若洪钟，不怒自威。

"我虽是少校，可我是中央军；你虽是少将，可你是杂牌军。你那少将能有多少分量你自己心里不清楚吗？看看你们那几条破枪，跟叫花子似的，杂牌军的少将白给我都不当！"说罢，那个少校放肆地大笑起来，坐在他旁边的几个穿着中央军军装的人也跟着哄笑起来。

"你说什么？"老将军瞪着眼睛吼了起来。

"你跟我能耐什么？你跟日本人能耐去啊！"那少校的笑声愈加放肆，道，"你以为我不认识你那身军装吗？我太认识了！你们第三集团军在全中国都是鼎鼎有名，见到鬼子望风而逃一退千里，那么多一夫当关万夫莫开的天险守都不守，直接把山东让给日本人，多威风！在山东威风完，又来徐州的法院威风来啦？你是不是管得有点多？"

"今天这事，老子管定了！"老将军怒吼一声，冲过去抬脚将那少校踹翻在地。少校的中央军朋友挥拳打来，同老将军的卫士打作一团。接着，老将军的卫队拎着枪冲进了审判厅。没多久，中央军也有数十人端着枪闻讯赶来。两方近百名全副武装的士兵持枪对峙，放眼望去尽是黑洞洞的枪口，法官、记者和民众全被吓傻了眼。

双方对峙了半个小时，谁也不肯让步。忽听得门外有人喊道："第五战区司令长官李长官来了！"一听说战区最高长官来了，双方赶忙放下了枪，立正站好。

"敬礼！"门口传来一声口令，厅内所有人都站了起来，军人们则全部收枪敬礼。一个挂着上将军衔的中年男子在侍卫的簇拥下阔步走进审判厅，径直走到了老将军跟前，老将军这才将一直踩在那中央军少校身上的脚抬开。

"李长官！"老将军向那上将行礼。

"老大哥，你说说你干的这是啥事？我那边正主持着军事会议呢，就得到急报，说你把法院给冲了，还要劫法场！你这是唱的哪一出啊？"李长官无奈地对老将军说道。

"我一时冲动，带人持枪冲击了法院，恳请李长官降罪，要杀要打我绝无二话。不过，这法官断案不严，有草菅人命之嫌，还请李长官主持公道！"老将军抱拳说道。罗儒心中暗暗赞叹，这个老将军就事论事，竟绝口未提自己受辱之事，胸襟气量令人心生敬仰。

李长官点点头，说道："整件事情的来龙去脉，来的路上我已经听了详细汇报。这件事情就交给我吧！"

见战区最高长官来了，法官不敢怠慢，赶忙走下审判台，一路小跑过去汇报："李长官，被认定为汉奸罪并被判处死刑的这十几人，除了罗儒外，其余的都是人证物证俱全，绝无半分疑义。至于这个罗儒，是因为我们接到了一封匿名信，上面不仅列举了他的犯罪事实，还提供了他的身份、履历等非常详细的个人信息。经过核查，这些个人信息与他本人的实际情况完全一致。我们认为这是熟悉罗儒的人写的举报信，因此有理由相信信中所列罪行也是真实可信的。本着对汉奸从严从重从速判决的原则，我们这才未经常规调查步骤，直接判了他的死刑。"

"其他人的汉奸罪行确凿，那就拉出去毙了。把这个罗儒留下，至少听听他本人怎么说。单凭一封匿名信就处决他未免太过唐突。"李长官说道。他示意法官和旁听群众各归各位，自己也在最前排位置坐下。

法官让人去掉罗儒嘴里的棉布，问道："罗儒，你可有证据证明你不是汉奸？"

罗儒活动了下嘴巴，说道："南京城破之后，我率一支小队杀回了南京，数次伏击日军，后来被日军所擒获。日军派出很多随军记者采访了擒获我的日军中队，并且给我拍了照片，全部都刊登在报纸上。你们去查阅日军报纸即可。"

"去情报厅查！"李长官立即命令道，副官马上小跑了出去。

不过十分钟，副官便拿回一份日文报纸交给李长官。李长官阅罢又交给了法官，法官看完后又将报纸交给了旁听的群众。这张报纸头版头条的照片中一个穿着破烂军装的中国军人抱臂于胸前，微笑着看着镜头，而其身后都是虎狼一般的日本兵。人们争相传阅，看看照片上那个蓬头垢面却从容淡定的中国军人，又看看站在法庭上这个眉清目秀的青年，反复比对后，一致认定照片上的人就是眼前的罗儒。李长官一名副官懂日语，他告诉众人，日本报纸称罗儒是"支那恶匪"，痛斥他"恶行累累，屡次以卑劣之手段杀害皇军"。从日本人的口中证实罗儒确实曾潜回南京并数次伏击日军，显然是极为有分量的。审判厅内沸腾一片，人们没有想到这个叫作罗儒的年轻人竟然在南京有过那样英勇的壮举。

"还有一件事情，可以佐证我没有投敌。"罗儒大声说道，"但我只能跟李长官一人说。"李长官毫不迟疑，走上前去，将耳朵附了过去。

罗儒悄声在他耳边说道："德械一师的刘师长目前还在南京，藏在安全区主席拉贝先生的宅邸。他命令我在脱险之后，找到国军去营救他。"这审判厅里满满当当数百人，其中很可能藏有汉奸或者日本人的探子，为了保护安全区和刘师长，罗儒只敢将此秘密告诉李长官一人。

李长官听罢大惊，赶忙将叫来副官，低声说道："马上起用南京的潜伏人员，火速联系南京安全区主席！"那副官得令后匆匆离开了。

等了快一个小时，那副官上气不接下气地跑来，站在门口扶着门框，气喘吁吁地说道："人已经联系上了，罗儒所言完全属实。"

李长官听罢，整理好军装，走上前去，亲自解开了罗儒身上的绳子，并说道："罗兄弟，你受委屈了！你是抗日义士！"法官随即宣布，罗儒无罪释放。

记者们兴奋异常，中国军人在兵败城破之后，抱必死之心杀回南京，这是何其悲壮的事迹，完全值得大书特书！他们按捺不住激动的心情，冲到罗儒身边将他团团围住，要求他详细讲一讲在南京成为"支那恶匪"的经过。

"那些事情日本报纸上都写了，大家看看报纸就好了。"罗儒笑着对记者们说道。他不愿回想在南京的那段经历，回忆的大门一旦打开，他便躲不过平民的尸山血海，躲不过妇女被轮奸时的痛苦哀号，这些，都是他一辈子不想再触碰的。

记者们不依，纷纷要求罗儒接受采访，但均被他婉言谢绝，他急着去感谢四个人，铁锤、张发远、老将军和李长官。然而记者的簇拥令罗儒寸步难行，铁锤和张发远赶了过来，一左一右护着他，费了好一番周折才冲出了记者堆。而此时，李长官和老将军早已离开。

/ 第五十五章 /

甩开一路尾随的记者，张发远将罗儒和铁锤引到一个僻静的小酒馆。三人要了几碟小菜和一壶酒，举杯对饮。张发远兴致极高，一上来便连干三杯，第一杯谢罗儒江中舍命相救之恩；第二杯敬罗儒英雄孤胆，在龙潭虎穴之中与日寇抗争；第三杯敬铁锤义薄云天，为友申冤不避砖石。罗儒向两人举杯致谢，若无此二人出手相助，自己早已成为枪下野鬼。

酒过三巡，张发远询问起罗儒未来的去向。罗儒回答道："原计划回到德械一师，没想到他们撤到了大后方，但我不能走，我还要打鬼子。所以，我就在第五战区找一支作战部队吧！"

"行，我把你推荐到中央军去！"张发远说道，"真不是我瞧不上那些地方上的杂牌军，但他们要枪没枪，要饷没饷，跟叫花子似的！"罗儒赶忙举杯致谢。

三个人正说着，一人径直朝他们走了过来，抬眼一看，竟然是那位在法庭上为罗儒鸣不平的老将军。三人赶忙立正站好，老将军满脸微笑地摆摆手，示意他们坐下。"你们可让我好找啊！"老将军说着话，自己也坐了下来。三人不知老将军找他们所为何事，又不好直言相问，只得端坐在那里不敢作声。

老将军先自饮了一杯酒，开口说道："我姓雷名龙，第三集团军一一四师少将师长，今年六十多了。我行伍出身，一辈子南征北战。"

雷师长长叹一声，又干掉了杯中之酒，苦笑着说道："今天在法庭之上，我对那中央军少校大打出手，只是因为他当众伤了我的面子。但实际上，人家并没有说错。日军进攻山东，虽然来势汹汹，但倘若我们步步为营拼死抵抗，即使不能取得最后的胜利，也绝对能打得鬼子伤筋动骨。但是我们集团军司令历来对蒋委员长不满，把个人恩怨凌驾于国家利益之上，不思拼死抵抗，反而刻意保存实力，稍作抵抗就大规模撤退。二十多日连退数百里，把辽阔的山东大地拱手让给了日本。日本媒体大肆宣扬'无血占领济南'，这是在抽我们的脸啊！现如今，司令因为擅自撤退被枪毙了，我们整个集团军也淹没在全国人民的骂声中，根本没有脸见人！"雷师长捶胸顿足，话未说完便已老泪纵横。

雷师长拿起酒壶直接往嘴里灌，喝了几大口后，大声说道："我们现在是活着让世人戳脊梁骨，死了也不能进祖坟！要想洗刷掉这个耻辱，只有一个办法，那就是打鬼子！我现在着了魔一般，天天盼着上前线，日日琢磨打鬼子！我需要打鬼子的兵，但我更需要带兵的将。"

雷师长顿了顿，满脸期待地看着罗儒，道："我在法庭上听了你的经历。你是个难得的人才，我非常佩服。我这次专程前来，就是想请你加入我一一四师，带兵杀鬼子！"

"雷师长的忠肝义胆令人钦佩，不过罗儒已经决定去中央军了。毕竟他原本就是中央军，再回中央军会更习惯一点。"张发远说道。

"这样啊！"老将军一怔，失落地笑了笑，说道，"去中央军挺好！装备好，补给足，杀起鬼子来也痛快！去中央军挺好！来，我敬你一杯，祝你前程似锦，多杀鬼子！"雷师长端起酒杯，向罗儒敬酒。

罗儒端起了酒杯，没有敬雷师长，而是敬给了张发远。"今日若无张兄出手相救，我这会儿怕是正插着汉奸罪的犯由牌，躺在乱坟岗让野狗大快朵颐呢。现在，张兄再次仗义出手，介绍我去中央军。这样的恩德，罗儒永远铭记在心！这杯我敬你！"说罢，他一饮而尽。

罗儒沉默了片刻，继续说道："南京的惨象在我脑中挥之不去，我现在只有一个想法，那就是杀鬼子报仇。当今中国，武器装备虽然重要，但更重要的是抗战到底的决心！即使武装到了牙齿，如果见到鬼子望风而逃，那又有什么用呢？雷师长一心抗日，没有半点私心，令我深为感动。——四师武器虽差，但雷师长的抗日决心能够很好地成全我的杀敌之志！张兄，我还是加入雷师长的队伍吧！"张发远听罢，凝重地点了点头。

"太好了！"雷师长喜出望外，将杯中酒一饮而尽，激动地说道，"我给你一个旅长！你若打得好，我这个师长之位让给你都行！"

罗儒给雷师长和自己各自斟满酒，端起酒杯，说道："谢师长抬爱，不过我不适合当旅长。我另有几个要求，还望师长成全！"

雷师长也端起酒杯，大笑着说道："只要有利于杀鬼子，你咋说咋是！"

"您给我一个营，请尽可能多地给这个营调配老兵。"罗儒请求道。

"没有问题！"雷师长爽快地答应，"我有一个直属特务营，现在归你指挥。这个营现在是三百五十人，我给它翻一番，扩成七百人，并把全师的老兵抽调给你营。另外，你营人事、训练、财务等所有事宜我一概不过问，皆由你来裁量。怎么样？"

罗儒连忙说不可，称自己身为下属，向长官提要求已属过分，不敢再独断专权。雷师长听罢哈哈大笑，说道："疑人不用，用人不疑。只要你真心打鬼子，那些繁文缛节不必计较！"两人举杯互敬，一饮而尽。

张发远见此情景大为感动，说道："中国军人要都如二位这般，日寇何愁不灭！我也为二位助助兴！我是战区军需官，我调拨给你营三百支新枪！"雷师长与罗儒听罢喜出望外，连忙举杯致谢。

几人正在把酒言欢，忽地有人前来报告，称战区召开紧急会议，要雷师长迅速前往。雷师长不敢耽搁，匆匆离开。雷师长走了没多久，又有人来找张发远，并交给他一个档案袋。

　　送走那人，张发远从档案袋中拿出一沓材料，阅罢，小声对罗儒说道："当前战事胶着，情报工作尤其重要。为防情报外泄，凡是邮寄信件的人，邮局不仅会详细查阅他的证件，还会暗中拍摄下他的相貌，秘密拆开他的信件，以备日后查证。因此对于邮局来说，根本不存在匿名信，即使他不写名字，他的身份和相貌也能知道得一清二楚。此事一直秘密进行，从来不敢公开，只有战区高层和邮局等极少数人知道，我也是因为邮局负责人是我的多年挚友才获知此事的。得知你为匿名信构陷后，我马上托这位朋友查了一下。一番追查下来，确认写信诬赖你的人叫作孙掌财，战区调查处少校主任。"

　　"孙掌财？少校主任？我不认识这个人！"罗儒颇为疑惑地说道。

　　"你看看照片。这是他在做寄信登记时，邮局例行偷拍的照片。"张发远从档案袋里拿出一张照片，摆在桌子上。

　　"老张！"罗儒和铁锤同时喊了起来。照片中的人，正是那个官至南京伪教育厅副厅长的老张！过江后，老张曾偷袭罗儒，妄图置他于死地，如今又写匿名信诬告，借刀杀人。

　　"老张原来根本不姓张，而是叫孙掌财！他从开始就在骗我们！"铁锤说道。

　　"这样一来，我的疑惑就都迎刃而解了。"罗儒冷笑一声，说道，"第一，他记忆力很好，有过目不忘的本领。他曾见过我的军籍登记表，把我的个人信息一一刻在了脑袋里。这就解释了为什么匿名信中会有我的详细信息。

　　"第二，起初他和我一同被困南京，后来他落水当了汉奸，还当上了南京伪政权的副厅长。他本想留在南京伪政府，但是我在伪政府中左右挑拨，引得两派火并。他担心受此事件拖累，才被迫离开了南京。此人极重仕途，把官职看得比什么都重要。我毁了他在傀儡政府中的高官职位，他已是恨我入骨，而今他重回国军再谋发展，历史必须清白。如果当汉奸一事为人所知，他的仕途不仅会戛然而止，而且极有可能因此身陷囹圄。我深知此事来龙去脉，他担心我说出去再次毁了他的仕途，所以才想杀人灭口。第一次他在江边动手没有成功，这次又写匿名信妄图借刀杀人。"罗儒说罢，张发远恍然大悟。

　　"不过，他是怎么知道你来到徐州的？"铁锤问道。

　　张发远沉思片刻，忽而问道："你来徐州后，是不是在兵站登记过？"

见罗儒点头称是，张发远道："这就是了。根据规定，士兵尤其是军官在兵站收容登记之后，要仔细进行甄别，防止汉奸和共产党借收容之机混入国军。进行甄别工作的，正是孙掌财所在的调查处。也就是说你前脚在兵站登记，后脚他便知道你到徐州了。"

铁锤担心地问罗儒："你打算拿他怎么办？我怕他再害你。"

罗儒沉思片刻后说道："我去找他聊聊。我得让他明白，只要不影响我杀鬼子，我就和他井水不犯河水，不会跟任何人提起他的那些烂事儿。"

三人又聊了很久，直到月挂柳梢头方才作罢。与张发远道别后，罗儒对铁锤说道："咱们去会会孙掌财。"两人根据张发远提供的信息，找到了孙掌财工作的地点。

这是一幢颇为精致的小楼，小楼四周守卫森严。楼门口的卫兵拦住了罗儒和铁锤，罗儒说道："我想找孙掌财孙主任。"

"孙主任嘱咐过，晚上概不见客。你明天再来吧！"卫兵说道。

"我可是孙主任朝思夜想的人。你告诉他，罗儒求见老张。"罗儒笑着说道。

"老张？哪个老张？你到底是见谁，孙主任还是老张？"哨兵有些发蒙。

"你只管对孙主任说，罗儒求见老张。"罗儒道。

哨兵将信将疑地钻进岗亭，拿起了电话。没一会儿，他便探出脑袋说道："进去吧，孙主任让你去他办公室详谈。"

罗儒已知"老张"的阴险，遂对那哨兵说道："请转告孙主任，要是想详谈，就来路对面的茶馆。"说罢，便和铁锤转身离开，穿过马路钻进了茶馆。

两人坐下没多久，身着戎装的"老张"便走了进来。"老张"看到两人，皮笑肉不笑地走过来，坐在了两人对面。

"老张，好久不见！"罗儒笑着说道。

"孙主任，好久不见！"铁锤也跟着打招呼。

"老张"见这两人一唱一和，不由得一愣，知道自己的真实身份已为二人所知，只得讪讪一笑。"还是依铁锤兄弟，就叫我孙主任吧！不知道二位深夜来访，所为何事？"

"孙主任，当初我们三人同乘小船逃离南京，不想您上岸之后突然要杀我，不知是何缘故？"罗儒笑着问道。

"我一时脑热，做了傻事！罗老弟，千万不要见怪！"孙掌财尴尬地笑着说道。

"那孙主任写匿名信污蔑于我，又是因何缘故？"罗儒继续笑着。

孙掌财一愣，随即摆出一副蒙受大冤的表情，喊道："这是谁向你进的谗言？我光明磊落，从来没有写过什么匿名信，更没有污蔑你！"

罗儒若有所思地点点头，说道："原来不是你干的，错怪孙主任了。看样子我要把手中掌握的材料交到战区了，看看战区能不能查出这个写匿名信的人到底是谁。直觉告诉我，这个人一定有着不可告人的秘密，比如落水当过汉奸，还是个伪政权的高官。"他字字如刀，但依然满脸微笑。

孙掌财听罢，猛地站起来，两眼恶狠狠地盯着罗儒，眼神之中杀气四溢。罗儒不为所动，若无其事地微笑着同他对视。对峙了许久，孙掌财突然如泄了气的皮球，重重地瘫坐在沙发上，说道："你想怎么样？"

"你两次想置我于死地，就是怕我告发你曾在南京当过汉奸，没说错吧？"罗儒笑着说道。

"你小点声！"孙掌财生怕别人听到，环顾四周后咬牙切齿地说道，"你开个价！以后不要再说这个事情！"

"堵住我的嘴很简单，给我三十挺机枪。我拿到这些枪，你的事情我这辈子都不会再提。"罗儒笑着说道。

"三十挺机枪！我到哪里去给你搞这么多军火！"孙掌财愤恨地说道。

"这就是你的事情了。我只问你行还是不行？"罗儒依旧微笑。

孙掌财沉思片刻，咬牙说道："行！"

罗儒站起身，握着孙掌财的手，高声说道："虽然是与孙主任第一次见面，但真是有一见如故的感觉。我的那件事情，就仰仗孙主任的虎威了！"说罢，和铁锤离开了茶馆。

两人随后直奔一一四师的师部。虽然已是夜半时分，但师部内仍然一片忙碌景象，雷师长正和参谋们站在作战地图前热烈讨论着。雷师长见到罗儒，欣喜地说道："我这人办事就是不喜欢拖泥带水。你营人员我已经连夜调配完毕，他们正在校场集结等待，快随我来看看。"说罢便拉着罗儒向屋外走去。他们来到一片灯火通明的空场上，这里聚集着几百名中国士兵。这些士兵一见雷师长，马上列队站好。

雷师长指着那些士兵，笑着对罗儒说道："这是我从师里面抽调的七百个老兵，分成了三个战斗连。人我给你挑好了，但是没有指定职务，任命谁当连排长那是你的事，我就不过问了。怎么样，还算满意吧？"

罗儒恭恭敬敬地向雷师长行了个军礼，感激地说道："雷师长栽培之意、信任之恩，我铭记在心，唯有用多杀鬼子来回报您了！"

雷师长大步流星地走到队伍前面，开始训话："今天，我抽调了全师精锐老兵，组成了新的特务营。罗儒，就是你们的新营长！大家鼓掌欢迎！"雷师长带头鼓起掌来，但是老兵们见罗儒不过二十出头，打心眼里不信服他，因此跟着鼓掌的人稀稀拉拉没几个。

雷师长见状，顿时大发雷霆，叉着腰骂起来："有种啊，敢不鼓掌！看来你们受得了这种被人指着鼻子骂孬种的日子啊！但是，老子受不了！老子就是要全中国都看看，我雷龙不是孬种，我一一四师不是只会逃跑！这位罗长官，就是我请来带你们杀鬼子的！他一个人杀的鬼子比你们见过的鬼子都多！都他娘的给我鼓掌，谁不鼓掌我他娘的毙了他！"雷师长从腰间拔出了手枪，冲天开了两枪。台下掌声雷动，无人再敢怠慢。

"以后，罗营长的命令就是我的命令！"雷师长将手枪放到罗儒手中，高声说道，"我把我的配枪交给罗营长。谁以后要是不听罗营长的号令，罗营长无须请示，直接用这枪把他毙了！一一四师没有这样的兵！"罗儒接过手枪，内心十分感激。

罗儒深知老兵虽然作战技术好，但是也十分难管理，如同野马一般桀骜不驯。随后的几天，他深刻地感觉到，虽然雷师长为自己做了铺垫，但大部分士兵对自己并不心悦诚服，常常明里暗里地违抗自己的命令。罗儒命令全营士兵早晨五点进行武装越野，然而到了五点只有不到一半人出操，其余人全都以各种理由请假；罗儒要求士兵学习大刀刀法，但许多士兵不是拎着刀磨洋工，就是叫嚷着练大刀是瞎闹，怎么干得过刺刀；罗儒要求士兵练习射击，一些士兵趴在地上捅枪瞄准时，竟鼾声大作睡起了觉。铁锤替罗儒着急，劝他用雷师长给的手枪，枪毙几个人以立军威。罗儒不以为然，长官怎么能靠杀人来树立权威？

虽然罗儒威望不高，但他还是做了一个大动作——将"特务营"更名为"死士营"。罗儒对士兵解释，"死士营"这个名字寓意全营皆为国家之死士，民族之柱石。

罗儒找裁缝赶制了七百个臂章，上面白底黑字缝着一个大大的"死"字，以此做死士营的标识。他将这批臂章发下去，要求每个士兵都佩戴上，然而士兵们认为此物晦气无比，都抗命不遵。罗儒颇为无奈，却也无计可施。

/ 第五十六章 /

罗儒苦苦思索如何能够提高威望，然而搜肠刮肚仍想不出良策。几日来，大批记者对罗儒围追堵截，缠着他讲述在南京发生的事情，但罗儒无心接待记者，对采访要求一概拒绝。

这日清晨，罗儒又在伏案苦思，身后突然响起了一个女孩的声音："罗营长，我是《奔流日报》的记者。"

未等那女孩说完，罗儒就头也不回地说道："我不接受采访！谁允许你进来我营部的！请你出去！"

"一逗就急，谁说要采访你了！我只是来看望我的老朋友！"那女孩说道。罗儒扭过脸，如同被施了定身术般僵在了那里，那女孩则一脸得意地看着他。

"婉莹！怎么会是你？你不是在安全区吗？怎么来徐州了？"罗儒惊喜地大喊。未等婉莹回答，他便急急忙忙地又是倒水又是削苹果，兴奋得手足无措。铁锤闻声跑来，跟着手忙脚乱地招待婉莹。

"你看你，哪里有个大英雄的样子！听我慢慢讲嘛！"婉莹笑着对罗儒说道。原来，战区得到罗儒的情报，与刘师长取得联系后，便设法带他逃离南京。拉贝先生请求刘师长将婉莹一起带走，刘师长几个月来深受拉贝先生庇护，自然无法拒绝他的请求。经过周密策划，刘师长和婉莹终于离开南京，渡过了长江，并由共产党游击队一路护送到了徐州。来到徐州后，凭借优秀的文化素养，婉莹很快就找到了一份报社的工作，成为一名记者。

从婉莹那里，罗儒得知了两个令他非常震惊的消息。其一，日军在向国际社会做出一系列不再伤害平民的公开承诺后，安全区委员会同意了日本关闭安全区的要求。其二，由于南京自治委员会内部出现了极为严重的内讧，并引发了武装冲突，日本政府一怒之下将其取缔。这个日本人一手扶植起来的汉奸政府，在成立仅仅四个月后，又被日本人砸得粉碎。

婉莹又问起罗儒的现状，罗儒愁容满面地诉说了营中士兵不服从自己命令的苦恼，言语间流露出的无奈和沮丧让婉莹颇为心疼。

婉莹沉思片刻，说道："士兵们不了解你的经历，因而只能以貌取人，觉得你是个乳臭未干的毛头小伙，所以才不服你。如果他们知道了你在南京所做的一切，肯定会视你为英雄，你的困扰也就迎刃而解了。我有个办法可以一试。如果你能接受采访，通过报纸进行宣传，人们就会了解你、热捧你，士兵也自然会对这位忠肝义胆的长官敬畏有加，威望自然就树立起来了。"

罗儒沉默良久，说道："南京承载了我太多的痛苦，那些记忆涌出来一次，我便要死一次，所以不想再触碰。不过，如果能让我的死士营拧成一股绳，我愿意接受采访。你来采访我吧，你是从南京出来的，那里的惨绝人寰你是清楚的。"婉莹点了点头。

两人坐在屋里，打开了回忆之门，也卷入了痛苦的旋涡之中。一个边讲边哭，另一个则边记录边哭，两人有时不得不停下来，放声痛哭一阵，才能继续说下去、写下去。待罗儒讲完自己的故事，已是月上柳梢头。两人哭了一天也饿了一天，此时已是疲劳至极，罗儒本想请婉莹吃点东西，但婉莹不依，急匆匆地赶回报社写稿子。

第二天清晨，罗儒被营房外报童嘹亮的叫卖声吵醒。"号外号外！南京大屠杀走出传奇英雄，来徐州建死士营再战日寇！快来看报！"他赶忙起身奔出门外，买回一份报纸细细地读了起来。

这篇作者署名为婉莹的报道，写了整整两个版面，讲述了罗儒及其所率敢死之士的英勇事迹，如利用暗道夜袭日军军官卧房、利用坦克设下连环套伏击日军、俘获师团长女儿并杀死日军大佐；刻画了罗儒被俘后亲历的日本人之残暴血腥毫无人性，如拿中国人当刺杀训练的靶子，进行争先恐后的杀人比赛，采用军犬撕咬、坦克碾压等方式虐杀中国人；还详细讲了他周旋于汉奸之间，引得两虎相争两败俱伤，最终导致了日本苦心经营的汉奸政府的解体。文章的最后，重点介绍了罗儒刚刚组建的死士营，盛赞其为"国家之死士，民族之柱石，军人之典范，未来之希冀"。

婉莹思路清晰，文笔流畅，不仅以细腻的笔触刻画出罗儒智勇双全、忠义爱国的军人形象，还以其极富感染力的文字，让人感觉仿佛就在罗儒身边，与他一起战斗，一起冲杀，一起因手刃日寇而大呼过瘾，一起为百姓惨遭屠戮而悲愤恸哭。

这篇文章一经刊发，便好评如潮，在第五战区更是引起了极大的反响。人们纷纷购买报纸，市面上的报纸很快便告罄，报社连续加印数次仍然供不应求。徐州城内处处都是读报的人，死士营的士兵们也在营内争相传阅报纸，每个识字的士兵都被一大群目不识丁的战友簇拥着读报。伴随着这番洛阳纸贵的风潮，罗儒的声望迅速提升。

罗儒觉得，自己的局面终于打开了。首先让他感受到这点的，是死士营士兵态度的转变。起初，士兵们见到罗儒都爱搭不理，而现在，他们对罗儒变得热情洋溢，礼敬有加。

更为明显的是，那个曾被视作不祥之物的"死"字袖标，现在也被士兵们整整齐齐地佩戴在左臂上。几个上街回来的士兵跑到罗儒跟前，兴奋地说道："我们把袖标往胳膊上这么一戴，往街面上这么一走，那真是威风十足万众瞩目！我们走到哪里都有人叫好，都有人抢着和我们握手！"

"还有人送我们礼物，嘱咐我们好好跟着罗营长打鬼子！"另一个士兵抢过话茬，举着市民赠送的馒头和布鞋说道。

"当死士营的兵，太有面子了！中央军一向牛气得不得了，从来都是用鼻子眼看我们！现在倒好，有一些中央军的士兵也偷偷戴上'死'字袖标，在大街上冒充死士营过起瘾来！"有士兵扬眉吐气地说道。

这些饱受歧视的杂牌军士兵，享受到了从来不敢奢望的英雄般的礼遇，自然对罗儒感恩戴德。然而这篇报道引发的轰动效应还远不止于此，此后一段时间，信件、慰问品、募捐款源源不断地从全国各地邮寄过来，徐州及附近的百姓还送来了猪牛羊犒劳死士营，各种各样的物资堆满了死士营的仓库。

罗儒将慰问物资照单全收。他下令将猪牛羊以及各式食品全部用来改善死士营伙食，保证士兵天天有肉顿顿吃饱。死士营的士兵都是穷人家的孩子，从小到大没有吃过几口肉，即使当了兵，也是只能看着当官的吃肉，自己连汤都喝不着，而今罗营长却将这些大鱼大肉悉数让给士兵，士兵自然是感动万分。

与此同时，罗儒将全部慰问款分发给士兵，并请来一些青年学生为士兵代写家书，同钱款一起寄回家中。士兵们从未遇到过如此体恤下情的长官，全都感激涕零。很多士兵都在家书中说：祖上积德方才遇到罗营长这样的长官，必以死士之决心报答长官。

好事成双，张发远之前承诺的三百支新枪和从孙掌财那里"讹来"的三十挺机枪这时候也运到了死士营。第三集团军是地地道道的杂牌军，武器装备极其低劣，死士营士兵手中拿的也多是老式步枪，无论是威力还是射程均远不及中央军装备的步枪。这三百支还包在油纸中的中正式步枪和三十挺机枪，都是士兵们梦寐以求的宝贝，全营官兵个个喜上眉梢。

民众对罗儒及死士营赞誉如潮，加之死士营改善伙食、分发慰问款、代写家书、分发新枪等一系列举措撼动全军，全营上下士气大振，对罗儒无不敬重有加。

罗儒威望日隆，备受爱戴。他见时机成熟，便启动了连长的任命工作。死士营下面有三个连，每连二百多人，必须有得力的连长才能做到令行禁止。铁锤忠肝义胆，一心抗日，罗儒欲任命他为连长。罗儒知道铁锤拳脚功夫了得，遂举行了一场比武大赛，以求为其树立威信。比武大赛上，十名被推选出来公认功夫最好的士兵，依次与铁锤对战。铁锤不负期望，将这十人悉数打翻在地，赢得全营官兵的喝彩。

铁锤走上前，抱拳对罗儒说道："营长，我来自武乡沧州，我们那里人人习武，自古就有镖不喊沧的说法。方才那些拳脚功夫不算什么，我的本事是耍大刀，而且我这大刀专克小鬼子的刺刀！"

罗儒不知铁锤还有这个本事，赶忙差人取来木刀与木枪，令士兵与其对战。士兵拿着木枪，摆出日本兵惯用的刺杀姿势，与铁锤对攻起来。那士兵使出浑身解数，刺刀却始终不能触及铁锤，反倒是铁锤的大刀上下翻飞，舞得虎虎生风。忽听铁锤大喝一声，举刀迎面劈向那士兵的脑袋。铁锤点到即止，那士兵鞠躬认输。铁锤此后又与十多人对战，皆获胜绩。

日军凶狠的拼刺技术一直为罗儒所忌惮，如今寻得制敌之策自是大喜过望，当即宣布任命铁锤为第一连连长和死士营的刀术教官，负责第一连所有事务及全营的大刀教学。

二连连长的任命颇费了些周折。二连中有一壮汉叫作夏虎，原本是一名排长，听说跟着罗儒能多杀鬼子，便跑来死士营当了个大头兵。此人脾气暴躁，性格刚烈，绿林之气甚重，平素里最好行侠仗义打抱不平，因此颇得营内士兵敬重。

罗儒虽有意提拔夏虎为二连连长，但最大的问题是，此人谁也不服，天不怕地不怕。比武大会上，夏虎被铁锤接连打翻十余次，仍然不肯认输，最后是被人绑住抱下了擂台，但即便如此他仍是不服气，叫嚣要再找铁锤单练。别说铁锤，就是对罗儒他也不服气，屡有抗命不遵的情况。罗儒思量再三，决定收拾他一顿，杀杀他的锐气。

一日清晨，罗儒在营中吹响了集合哨，所有士兵迅速整理好战斗装备，冲出了营房。全营已经集合完毕，夏虎才慢悠悠地从营房中跑出来。

"军令一下，全营皆动。唯有你步伐迟缓，拖累全营，你可知罪？"罗儒将夏虎叫到前排，厉声喝问。

"我有什么罪过！我刚才没有睡醒，你要中午集合我肯定不会迟到！再者说，这种小军令不遵也罢，大丈夫不拘小节，晚来一小会儿又能怎样？"夏虎理直气壮地回答道。士兵们噤若寒蝉，现在已经没人敢这样顶撞威望极高的罗营长了。

"鬼子难道要看你睡醒了才肯发动袭击？"罗儒大声呵斥道，"军令如山！军令不是小节，亦不分大小高低，只要是军令，便极其严肃权威，就要不折不扣地执行，就毫无讨价还价的余地！如果士兵肆意违抗军令，即使战术正确武器精良，那他们也只是一盘散沙，难成大器！为什么日军的战斗力如此令人生惧？一个重要的原因就是他们能够非常彻底地执行军令！"

夏虎无言以对，一动不动地站在原地。

"死士营，当为国之柱石，为国而生，为国而死。我若留你，军令之威严便荡然无存，违抗军令之恶劣风气就会在营中蔓延。有令不行有禁不止，死士营将士皆成自作主张的乌合之众，这仗还怎么打，又如何抗日杀敌！这样的死士营，于国无益，于民无益，于洗刷第三集团军耻辱无益！因此，我必须杀你，以儆效尤！来人，把这个狂妄之徒拖出去毙了！"罗儒说罢，撕掉了夏虎胳膊上的死士营袖标。

听此决定，全营士兵大为震惊。两个士兵走上来，反绑住夏虎的双手，准备将他押下去执行枪毙。铁锤上前进言，道："罗营长，夏虎虽有大罪，但国家正值用人之际，还望您刀下留人，饶他一命以观后效，若他不能戴罪立功，再杀不迟！"

夏虎冷笑一声，高声说道："老子英雄一世，一不求人二不怕死！十八年后老子又是个顶天立地的大英雄！"

"英雄？你也配称英雄？"罗儒义正词严地说道，"今日家国沦丧生灵涂炭，正是中华男儿捐躯赴国难之时！真正的英雄，会同心同德共赴沙场；真正的英雄，会粉身碎骨救民于水火；真正的英雄，会赴汤蹈火挽救国家之危亡；真正的英雄，会秉承民族大义扶大厦之将倾！再看你的所作所为，没有救国救民之壮举，只有违抗军令败坏风气之恶行！军令无小事，若我营人人效仿你之抗命不遵，死士营必为日军口中鱼肉；若我第三集团军人人效仿你之抗命不遵，则我集团军更为世人所唾弃；若全国军人皆效仿你之抗命不遵，则万里江山拱手让人，四万万百姓全为日本奴役！你岂配得上这'英雄'二字，你不过是祸乱我营的害群之马！枉你父母给你七尺男儿躯！"

夏虎被说得面红耳赤，沉思片刻后，对全营士兵说道："罗营长说得在理，我该杀！大家以我为戒，千万不要学我！若有人再敢抗命，那我就是白死了，我必化成厉鬼日夜缠着你！"说罢，被士兵押着向营外走去。

铁锤"扑通"一声跪在地上，说道："罗营长，今日之事已给我等极大震撼，我等深知，抗命不遵，杀无赦！我代表全营官兵向您保证，死士营无一人敢效仿夏虎抗命之举！不过，大战在即，不如让夏虎在战场上将功补过，若拿不下大功，将其就地正法。如此既可以维护军法之威严，又可以杀几个鬼子，还望营长三思！"铁锤一跪，全营的士兵也跟着跪了下来。

"你这害群之马，还不跪下！"铁锤对夏虎吼道。

夏虎一动不动。他性格刚烈，只肯跪天跪地跪父母，哪里会给其他人下跪。

铁锤又吼道："你是愿意死在这里，还是愿意死在战场上？"

夏虎听此一言，也跪了下来。

罗儒盯着夏虎看了许久，才缓缓地说道："若非日本人杀到了家门口，我必定杀你！"众人一听罗儒松口了，连声道谢。罗儒扶起铁锤，并示意众人起身。

/ 第五十七章 /

"死罪既免，活罪难逃！"罗儒高声命令道，"来人，重打夏虎三十军棍！再打营长罗儒六十军棍！"

"打夏虎理所应当，您怎么还要打自己啊？"铁锤满脸惊愕地问道。全营士兵亦对罗儒自惩的决定震惊不已，夏虎更是惊得瞪大了眼睛。

"国难当头，父老被屠戮，妻女被凌辱。我本应率军疆场效命，但我却连自己的兵都约束不好！这难道不该打吗？"罗儒高声说道。夏虎听罢，羞愧难当，满脸通红。

士兵搬来了两条板凳，罗儒和夏虎各自趴了上去。两支又粗又长的木棍高高举起，又重重落下，狠狠打在两人的屁股上。听到那一声声闷响，无人不觉心惊肉跳。夏虎虽然被打得钻心地疼，但他的心思全然不在自己身上，而是死死盯着趴在旁边的罗营长。

十几棍下去，罗儒已被打得皮开肉绽，几欲昏厥。夏虎见状泪如雨下，从板凳上挪下来，爬到罗儒身前，挡住落在他身上的棍子，跪在地上哭求道："罗长官，都是我的错！要打要罚，都是我一个人的，你那六十军棍也算我的！求求你别在这里挨板子了！"夏虎哭，死士营的士兵也跟着哭。

"我的心头，只有'国家'二字。如果能让你成为遵守军令的杀敌勇士，能让死士营成为令敌人闻风丧胆的劲旅，别说是六十军棍，就是六十颗子弹，我也愿意挨！"罗儒气若游丝，声若蚊蚋，夏虎哭得上气不接下气，用手狠狠地抽自己的耳光。

"接着打！"罗儒对执法士兵说完，就晕了过去。

待罗儒醒来，他发现自己正趴在屋里的床上，屁股上则裹着厚厚的膏药。铁锤见罗儒醒了，惊喜万分，赶忙命人去做饭。"我的大营长，你可是昏睡了一整天啊！"铁锤给罗儒倒了杯水，说道，"夏虎已经不吃不喝在你门外跪了十多个小时了。"

"快让他进来！"罗儒吩咐道。

夏虎走到罗儒床前，又"扑通"一声跪在地上，哭着说道："营长，我错了，我对不起你！"

罗儒在铁锤的搀扶下小心翼翼地走下床，扶起夏虎说道："你我兄弟，不必说对不起。但我们是中华男儿，要对得起我们的国家、我们的民族！"

"营长，我彻底服你了。营长满腔热血，时刻以国家为重，而我却总是不听调遣，实在太混账了。从今往后，你说往东走，我绝不往西迈半步！"夏虎立正说道。

"我剥夺你死士营的袖标，但留你在营中效力，望你戴罪立功！"罗儒道。

夏虎眼中闪过一丝痛苦，道："如果我能立下大功，还望营长能再还我死士营袖标。"他的语气中已然带着些许哀求。

罗儒盯着夏虎的眼睛，缓缓说道："我现在任命你为二连连长。你要带领士兵，在战场上打出死士营的威风！"

夏虎万万没想到，自己连累营长被打个半死，营长还提拔自己，他的眼泪"唰"地一下淌了下来。"营长教给我许多道理，又如此信任我，我无以为报，只有好好带兵，好好打仗。空口白牙说大话没有用，营长你看我的行动吧！"说罢抹干净眼泪，行了个军礼，退了出去。

一连和二连的连长都已敲定，罗儒便琢磨起三连的连长人选。这日，他来到了三连的宿舍检查内务，忽然发现一人的枕头下面压着三本书，一本是毛泽东在延安抗大和陕北公学讲课、演讲、报告的讲稿，一本是朱德的《八路军半年来抗战的经验与教训》，另一本则是周恩来的《抗战军队的政治工作》。这类宣传共产党思想的书籍在国军队伍中是明令禁止的，但罗儒不管那一套。他看到贴在床头的姓名标签上写着"钱程"，便默默将这个名字记在了心里。

当天晚上，罗儒正准备就寝，忽然哨兵跑了进来，称有好几位乡亲赶着大车要求见罗营长。罗儒莫名其妙，这么晚了怎么还会有乡亲们找来。他不敢耽搁，马上穿好衣服奔了出去。

刚出屋子，门外之景便让罗儒出了一身冷汗。清冷的月光之下，一匹累得气喘吁吁的骡子从鼻孔里向外喷着白气，而它拉的大车上，赫然摆放着一口厚重的大棺材。几个同样筋疲力尽的乡亲不停地用搭在脖子上的白毛巾擦汗。

"老乡，您这是什么意思？"罗儒指着棺材，战战兢兢地问那几位乡亲。

"罗营长，您还认识我吗？"一位老乡走上前来，问罗儒道。他摘下毡帽，一张熟悉的面孔呈现在罗儒面前。

"高政委！"罗儒激动得叫出声来。眼前这位"老乡"，正是把罗儒和铁锤一路护送到徐州的共产党游击队的高政委，与他同来的则都是游击队的队员们。罗儒同高政委和游击队员一一拥抱，招呼他们进屋坐。

"我们可是共产党，罗营长如此热情不怕引火烧身吗？"高政委又将毡帽戴了回去，低声问道。

"这有什么不敢的！不管是何门何派，只要是打鬼子的，我就敞开大门欢迎！更何况，你还是我的救命恩人呢！"罗儒说道。

"罗营长果然是深明大义，以国为重！我这礼物没有送错人！"高政委笑着说道。他一挥手，几个游击队员跳上大车，三下两下就把那棺材拆了，几个大箱子随之呈现在眼前。原来，那"棺材"是用薄木片拼接而成，虽然轻薄简易，却做得十分逼真。

高政委苦笑着说道："虽然国共合作已开展有些时日了，但国民党内部有些人对我们共产党还有偏见，处处刁难我们，所以我们也不敢正大光明地来找你，只好做口'棺材'三更半夜地来给你送礼了。也多亏了这口棺材，守城门的官兵嫌晦气，没有检查就直接放我们进来了。"

游击队员将一个个箱子从大车上搬下来，放到罗儒面前。罗儒打开一看，里面竟然都是新式步枪。"我在报纸上看到了关于你的报道，才知道你是个了不起的英雄！我就想着得给你送送礼，表达一下敬意，也支持一下死士营！这不，我们前几天偷袭了鬼子一个仓库，搞出来不少好东西。我们人少，用不了那么多，剩下的就都给你送来了！一共四百支步枪！怎么样，这礼物够分量吧？"高政委得意地说道。

罗儒激动异常，虽然之前张发远送来了三百支步枪，但是还有四百人手里拿的都是烧火棍子一般的老古董。若再补充进眼前这四百支步枪，死士营就人手一支新式步枪了，这在杂牌军中可是非常罕见的！"太谢谢你们了！"罗儒兴奋地紧紧握住高政委的手。

高政委忽然敛起笑容，说道："就是有件事情我觉得很蹊跷。你先看看这些枪，能不能看出什么异样？"

罗儒不明白高政委为何突然冒出这话，便蹲下身查看起来。这一看，果然看出来问题了，那些枪全部是中正式步枪，是中国步枪！"你不说抢的小鬼子的仓库吗？怎么都是中国枪？"罗儒不解地问道。

"所以我才觉得很蹊跷！"高政委拧着眉毛说道，"我们袭击的那间仓库不大，但是里面好多中国货，不仅有中正式步枪，还有国军的军装、军靴等。原本我们想着把仓库都给他搬空了，但小鬼子的援军杀了过来，我们只把步枪全部搬了出来，其余物资没有时间搬了，甚至都来不及烧掉就匆匆撤退了。"

"你确定你抢的是日军仓库，不是国军仓库？"罗儒问道。

"那能有错嘛！"高政委的调门一下高了八度，喊道，"国军和小鬼子我还能认错了？我们袭击的那间仓库，无论是守卫还是援兵都是小鬼子。再者说，中日两军现在隔淮河对峙，淮河以南早就没有国军了，怎么可能还有仓库！"

"这就奇了！小鬼子装备那么好，搜罗这么多中国人的装备干什么。"罗儒十分纳闷。两人都觉得这里面肯定有日本人的阴谋，但想了半天，也想不出来日本人到底要搞什么鬼，索性不去再想。

罗儒又问起那名脱离日军参加游击队的朝鲜人，高政委对其赞不绝口，连声称赞他是一个抗日杀敌的好手。

两人聊得兴起，竟不觉时间飞逝，一眨眼天竟然快亮了。高政委说道："把东西送到了我就踏实了。这件事情不要让其他人知道，眼下政治环境不好，如果被人发现你和共产党接触，那你可就前途未卜了。"

"这都要亡国灭种了，还放不下党派分歧吗？我就不信这个邪！不管是什么党，只要是打鬼子的，我就欢迎，我也不怕人知道！"罗儒高声说道。

"你太年轻，没有政治经验。你就听我的，别告诉任何人你和共产党有接触。你好好打鬼子，我先走了！"高政委说罢，摆摆手，和游击队员牵着骡子走出了军营。

天一亮，罗儒便将高政委送来的步枪发了下去，死士营欢腾一片。士兵们欣喜若狂，捧着步枪左看右看爱不释手。人手一支中正式步枪，这是许多杂牌部队想都不敢想的奢望。罗儒虽然也很兴奋，但是心里仍在嘀咕，日本人搜罗那么多中国装备到底要搞什么鬼？

罗儒正在沉思之中，传令兵递过来一份通知。通知上说战区明天将组织一场以营级部队为单位的三十公里越野比赛，获得冠军的部队可以获得十挺重机枪。"为了这十挺重机枪，咱也得参赛！传令下去，全营做参赛准备！"罗儒说道。

第二天，十几个营参加了这次越野比赛，其中不乏军容齐整的中央军。比赛开始后，中央军那几个营果然脚下生风，还不到五公里便将各路杂牌军远远地抛在了身后，唯一能跟住中央军的杂牌部队就只有死士营了。罗儒对死士营要求严格，各科目的训练未曾废弛一日，加之近段时间伙食大幅改善，士兵们自觉身上气力无穷，因而能在与中央军的越野较量中不落下风。

跑过十五公里后，多数杂牌军已放弃比赛，只剩下死士营和几个中央军的营跑在最前头。然而死士营的状况并不乐观，疲惫之象尽显，士兵们两腿如灌了铅一般，早已跑不动。中央军的速度虽然也慢了许多，但是尚能支撑，渐渐地拉开了与死士营的距离。

罗儒眼看第一名要花落别家，自然是心急如焚，他虽然很想激励士气，怎奈自己也是极度疲劳，几无张嘴之力。这时，一个士兵从三连的队伍中跑了过来，对罗儒说道："罗营长，咱们都挺累的，我能不能喊几句话，鼓舞大家一下？"

"你叫什么名字？"罗儒问道。

"钱程。"那个士兵答道。

罗儒想起来，他就是那个在枕头下面私藏共产党书籍的士兵。"行！"罗儒点头应允。

"战友们，弟兄们！"钱程走到队伍外面，高声喊道，"为了抗日打鬼子，我们中大部分人都将战死沙场。但是这场战争，我们必须打，我们输不起！如果我们输了，我们的白发爹娘就会被鬼子砍死！如果我们输了，我们操持家务的妻子就会被鬼子肆意轮奸！如果我们输了，我们疼爱的孩子就会被杀死！他们是我们最爱的人，我们怎么输得起！与鬼子打，我们不能输，今天的越野赛，我们同样不能输！有了那十挺重机枪，我们的火力便强盛一分，敌人的死伤便增大一分，我们的父母妻儿便安全一分！"士兵们热烈地鼓起掌来。

"战友们，弟兄们！为了父母妻儿，拼了吧！"钱程高声喊道。

"拼了！拼了！"士兵们爆发出山呼海啸般的呼喊声。

"大刀向，鬼子们的头上砍去！全国武装的弟兄们！抗战的一天来到了，抗战的一天来到了！"钱程大声唱起《大刀进行曲》，死士营全体官兵亦跟着一起高唱起来。歌声激昂嘹亮，响彻云霄，震撼着每个人的心魄，士兵们的疲劳一扫而光，士气瞬间高涨起来。罗儒趁热打铁，跑到队伍最前面，高喊道："弟兄们，跟着我冲啊！"士兵们见状更觉振奋，拼命地疯跑起来。

死士营又冲了起来，很快便追上了跑在前面的中央军，并迅速将他们甩在身后。中央军士兵见死士营如此生龙活虎，个个目瞪口呆，惊诧得说不出话来。最终，死士营第一个跑完全程，毫无悬念地夺取了冠军。

比赛一结束，罗儒便带人马不停蹄地去领奖。可一看到奖品，他却傻了眼，那是十挺锈迹斑斑的重机枪！这些重机枪是军需处提供的，罗儒便怒气冲冲地抬着这堆破烂找到了张发远。

"我们死士营拼死拼活拿了第一名，敢情就是为了这堆破铜烂铁？这是啥意思？耍我呢！"罗儒没好气地对张发远说道。

张发远叹了口气，无奈地说道："我也没办法。原来准备的确实是新枪，后来中央军看获胜无望，便用这些旧机枪把新机枪替换走了，我根本拦不住啊！"

"这还有王法没有！"罗儒气得脸通红，咬牙切齿地说道，"我就不信没处说理！我去找战区司令李长官评评理！"说罢，转身就走。

张发远一把拉住罗儒，说道："别去了！你这个主，李长官真做不了！"

"怎么可能？李长官可是战区司令长官！"罗儒说道。

"抢走新枪的，是中央军。那些中央军大员历来只认蒋委员长一人，也只听命于蒋委员长一人。李长官虽是战区司令，但也是杂牌军出身，不是蒋委员长的心腹。所以，李长官空有战区司令之名，实际上根本指挥不动那些中央军大员！他们从未把李长官放在眼里，李长官下达的军令，如果不碍他们的利益，他们或许会赏几分薄面依令而行，但如果妨碍了他们的利益，他们定然会对命令置之不理。有很多次这些中央军大员抗命不遵，李长官只得求助于蒋委员长，由蒋委员长将命令转给那些大员，这军令才得以推行下去，你说荒唐不荒唐？你的这十挺重机枪，李长官既要不回来，也不可能因这芝麻大的事情上报蒋委员长，所以这事他肯定没有办法给你做主了。"张发远言辞恳切地道出了实情。

"中央军和地方势力之间怎么还这么多弯弯绕？"罗儒拧着眉毛问道。

张发远叹了口气，说道："这些年来，中国内战绵延不绝，中央和地方势力打，地方势力之间打，日日打年年打，打得民生凋敝，白骨千里。直至日本大举侵华，中央和各方势力之间才迫于形势暂时休兵止戈，将枪口一致对外，但是他们之间的仇恨并没有半分消解。就拿李长官来说，几年前还和蒋委员长兵戎相见，杀得日月无光，如今却又在其麾下作战，两人能无芥蒂？再说你们被枪毙了的第三集团军总司令韩长官。西安事变中蒋委员长被扣押，前途不明生死未卜，韩长官公开发电表示祝贺，说这是英明壮举，并表示自己的军队将西开，一副必置蒋委员长于死地的姿态。你说蒋委员长能不恨他？"

张发远摆弄着锈迹斑斑的重机枪，继续说道："现在中央与地方势力虽然暂时握手言和，但私底下把自己的小算盘都打得震天响。中央担心养虎遗患，因而不可能将战略资源侧重于地方势力，与此同时，也允许中央军尾大不掉，抗拒地方势力将领的指挥。地方势力也不傻，连年的内战让他们深刻地意识到，军队才是活下去的本钱，没有了军队就没有了一切。他们深恐蒋委员长举着抗日大旗借刀杀人，让自己如命根一般的军队在同日军的拼杀中消耗殆尽，因此极力避战，哪里安全就往哪里跑。你们第三集团军的韩司令就是个典型。"

"同心同德，何其难也！"罗儒叹息一声，转身离开。

/ 第五十八章 /

虽然没有拿到重机枪让人心中颇为愤懑，但罗儒却也觉得另有收获。他发现三连那个叫作钱程的年轻人非常有号召力，很善于鼓舞士气，于是将他叫来自己的房间。

钱程来后，罗儒闭紧了门窗，直截了当地问道："你是不是共产党？"钱程一愣，没有回答，只是面无表情地看着罗儒。

"你果然是共产党。"罗儒见状笑着说道，"现在，我正式任命你为三连连长，希望你能不辱使命。"

钱程惊诧万分，许久都没回过神来。当前虽有国共合作之名，但是许多国军军官并不愿意沾染上"赤色"，但罗营长在知道他的真实身份后，不仅没有伤害他，反而任命他为连长，这是他万万没有想到的。

罗儒看穿了钱程的心思，说道："我不管你何门何派，只要你能打鬼子，咱们就是一家人！"

"谢罗营长！"钱程憋了好久说道。

罗儒摆摆手，说道："除了训练好你的三连，还有一项任务要交给你，那就是担负起死士营政治教育的任务！咱们绝大多数的士兵都没有文化，对于国家也是十分朴素的情感，因而有的问题可能想不通，比如有的士兵只愿意打家乡的鬼子，而不想转战外省，这肯定是不行的。你要给大家伙讲一讲抗日救国的道理，讲一讲抗日战争的前景，宣传抗日赞美抗日，让大家同心同德齐心协力，一起把鬼子打回老家去！以共产党人的渗透能力，我想死士营里肯定还有其他共产党员，你们联合起来谋划一下，发挥共产党善于做政治工作的优势，把死士营的政治教育抓起来，让咱们的死士营成为铁板一块！"

"罗营长放心！我保证不辱使命！"钱程高兴地领命而去。

三个连长都已选定，罗儒开始强化士兵的训练。死士营训练科目多、强度大，中央军都自认难以望其项背。士兵们白天训练，晚上则参加钱程等共产党员组织的"救国课程"。经过一个月的强化训练，死士营士兵的单兵素质突飞猛进，射击能力、手榴弹投掷能力、白刃战刀术等均有大幅提升，思想上则更加坚定了杀敌报国的决心。雷师长看到死士营的变化也是喜上眉梢。

这天夜里，罗儒刚刚准备就寝，突然传来一阵急促的敲门声。打开门，一个满脸是血的士兵正站在门外。"营长，不好了，三连的钱连长被人给绑走了！"那士兵惊慌失措地说道。

"怎么回事？"罗儒急忙问道。

"今天夜里，钱连长带着我查哨。我们走到营房外面，突然被一伙人拦住。他们说钱连长是共产党，然后就把钱连长绑了。我打不过他们，赶紧跑回来向您报告。"那个士兵说道。

"对方说是什么人了吗？"罗儒感到事态严重，急切地追问。

"说是调查处的。他们喊带头那人'孙主任'。"士兵说道。

　　"孙掌财！"罗儒咬着牙说道。他当即决定去要人，起初他打算全营出动，但转念一想，这样容易被认为是军事哗变，因此便决定孤身前往。

　　罗儒直奔孙掌财所在的办公楼，正要进楼被守卫的士兵拦住。罗儒二话不说，掏出手枪顶在那士兵的脑袋上。盘问后得知，孙掌财确实绑了一个佩戴死士营袖标的人回来，并把人直接带到了审讯室。

　　罗儒冲入楼内，顺着惨叫声，很快便找到了审讯室。他一脚端开大门，杀气腾腾地冲了进去。在审讯室，罗儒果然看到了钱程和孙掌财。钱程被绑在柱子上，脸上青一块紫一块，身上更是如同被剥了皮一般，皮肉外翻，血流不止。而孙掌财正狠狠地将一根在火炉上烧得通红的拇指粗的铁扦子捅进钱程的肚子，那铁扦子烫得皮肉吱吱作响，冒出缕缕青烟。钱程惨叫一声，晕了过去。

　　罗儒失控了，他冲上去抬脚端翻了孙掌财，赤手从火炉上抽出一根通红的铁扦子，向孙掌财胸口捅去。孙掌财赶忙躲闪，虽避开了致命一击，但大腿却被铁扦子扎穿。孙掌财声嘶力竭地惨叫起来，那声音几乎要撕裂人的耳膜。

　　孙掌财的手下闻声冲进屋来，罗儒拔枪连开数枪，将来人打死。枪声惊动了整栋大楼，从审讯室外又冲进来十多人，他们将黑洞洞的枪口指向了罗儒。

　　"开枪！杀了他！"孙掌财抱着自己被捅穿的大腿，颤抖着厉声号叫。

　　"谁他娘的敢动！"门外又传来一声怒吼，接着便冲进来几十个全副武装的大汉。罗儒一看，他们皆佩戴死士营袖标，是自己人！

　　二连长夏虎冲在最前面，端着枪大吼道："想杀我们营长，我看看你们有几颗脑袋！都他妈不许动，死士营已经把这栋楼给包围了，谁跑打死谁！"孙掌财的手下只是些小特务，早被死士营的气势吓破了胆，齐刷刷地全部举手投降了。

　　罗儒把钱程从柱子上解下来，将他揽在怀中。钱程俯在罗儒耳边，悄声说道："营长，你一定要小心这个叫孙掌财的人。他真正想杀的人是你！他把我抓来，是想让我指认你也是共产党。他想把通共的罪名加在你身上，然后杀了你。我不肯，他就对我下了死手。这个人你一定要提防啊！"钱程死死地抓着罗儒的手，眼睛一动不动地盯着他，生怕罗儒不肯相信这番话。

　　"好兄弟，听你的，我会小心的。"罗儒轻声说道。钱程听罢，如释重负。他猛咳几声，吐出好多血来。

　　"兄弟，对不起。我知道，他是冲着我来的。我把你牵累了，我对不起你，兄弟！"罗儒含着眼泪说道。

"营长，这是哪里的话！我本来就是共产党员，我这也算是为党献身，光荣得很！也自豪得很！"钱程气若游丝地说道，"我这回是不成了。你是个真心打鬼子的军人，没有一点私心杂念，我佩服你！可惜的是，我不能再跟着你一起做救国救民的大事业了。政治教育还是要搞，咱们死士营不能出逃兵，更不能出汉奸！"钱程的喘息越发微弱，很快便没了气息。

罗儒放下钱程的尸体，缓步走向躺在地上的孙掌财，慢慢地举起了手枪。"他是共产党，我是为党国做事！你不能杀我！"孙掌财一边喊着一边撑着身子向屋外爬行。

罗儒一脚踩住了插在孙掌财大腿上的铁扦子，疼得他哇哇大叫，不住地打挺。"求求你，别杀我。"孙掌财哭喊着说道。罗儒不为所动，将枪顶在了孙掌财的脑门上。

这时，一只手伸了过来，抬起了罗儒的枪。罗儒转身一看，竟然是战区司令李长官和雷师长。"罗营长，把枪放下，千万不要冲动！"李长官说道。这两人都是罗儒的长官，更是他的救命恩人，因此罗儒虽然气得发抖，却不得不放下了枪。

见罗儒收起了枪，雷师长如释重负，继而对李长官大声说道："李长官，这件事情的来龙去脉咱们在赶来的路上就知道得一清二楚了。若不是这个叫孙掌财的擅自抓人、擅自杀人，罗儒不可能与其大动干戈，死士营也不可能闻风而动！整个事件的罪魁祸首就是这个孙掌财！"

"我抓的是共产党！杀的是共产党！我没有私心，我一心只想为党国去除隐患！"孙掌财躺在地上喊道。

"你有什么证据证明那个连长是共产党？退一万步说，就算他是共产党，现在国共合作，你杀共产党就是破坏抗日！破坏抗日就是民族罪人！"雷师长高声吼道。

"国共合作？政府对国共合作到底有几分诚意，国民党是不是假联共真防共，咱们心里面不清楚吗？"孙掌财大声说道。

他转而对李长官说道："长官，死士营内确实有很多共产党，整个营都有赤化倾向，就连这个罗儒也不例外！请李长官务必彻查死士营暗藏共产党的问题！如果死士营没有共产党，我愿意引颈就戮！"

"都住嘴！"李长官吼道。审讯室内死一般的寂静，只有李长官一人在焦躁地踱着步走来走去。

半晌，他才停住脚步，正色说道："此事如若外传，影响势必极其恶劣。国民党私抓共产党，动用私刑致人死亡，这是严重破坏国共关系的行径。如果为外界所知，必定民怨沸腾举国声讨，将政府与战区推上风口浪尖。与此同时，罗儒和死士营声名在外，亦被战区视为典范并寄予厚望，若死士营已被赤化的传言蔓延开来，我等定会遭人耻笑，好不容易有支像样的部队还是共产党的，这会让战区十分尴尬被动。"

李长官顿了下，继续说道："为顾全大局，我决定：不追究孙掌财杀害死士营连长一事，亦不追查死士营内的共党。"罗儒和孙掌财冷冷地看了彼此一眼，谁也没有说话。

"今天的事到此为止，今后谁若胆敢外传，休怪我动用私刑！"李长官说罢，便命各人离去。

走出审讯室，罗儒向雷师长道歉，称自己惹的麻烦把雷师长和一一四师卷了进来。雷师长沉默了片刻，问道："死士营里真有共产党？"

"雷师长，您是我的长官，也是我的恩人，我得跟您说实话。死士营里确实有共产党，但他们是真心实意打鬼子的，您不要将他们清理出去。"罗儒言辞恳切地说道。

"不管什么来路，只要能杀鬼子，咱们就不能像防贼一样防着人家！你不用怕，出了事情我替你顶着！"雷师长说道。

雷师长不无忧虑地说道："你把孙掌财伤成那个样子，我担心他不肯善罢甘休。"

罗儒把他和孙掌财在南京的纠葛，原原本本地讲给了雷师长。雷师长听罢倒吸一口凉气，说道："我说审讯个共党不至于下这么狠的死手呢，原来他想杀的人是你！这么说来，他肯定还要对你下手！"

"我的生死是小事，可我不能任由他借着窝藏共党的由头在死士营内兴风作浪！"罗儒咬着牙说道，眼中冒出丝丝杀气。

"这个事情咱们日后再细细商量。你先随我来师部，咱们师的作战任务刚刚下来。"雷师长说道。罗儒听罢兴奋异常，跟着他向师部一路小跑回去。

来到一一四师师部，师内各级长官早已聚齐，都在急切地等待着传达作战命令。雷师长清清嗓子，说道："我战区司令部判断，日军将从南北两个方向，对徐州进行夹击。咱们一一四师要打的，就是南线日军！"

雷师长指着作战地图，继续说道："鬼子攻陷南京后便渡过长江，一路北上，直抵淮河。鬼子本想一鼓作气再次强渡淮河，但是我军一系列阻击战让鬼子元气大伤，迫使其放弃该计划。因此，现在两军隔淮河对峙。不过，现在日军企图南北夹击徐州，淮河南岸的鬼子再次活跃起来，随时有可能渡淮河北犯。我们的任务就是阻击小鬼子渡河，不让他们踏上淮河北岸！"

雷师长大声说道："咱们第三集团军，擅自放弃黄河天险，一退再退，让鬼子不费吹灰之力占领了山东大部。总司令让人枪毙了，我们也被老百姓骂得抬不起头来！你们都是大老爷们儿，都自视铁骨铮铮的中国军人，可是你们走在大街上，哪个不朝你吐口水，哪个不戳你的脊梁骨，哪个不骂你是窝囊废！你们觉得好受吗？你们胸口不堵得慌吗！"此言一出，军官们捶胸顿足，哀叹连连。

"现在，打翻身仗的机会来了！"雷师长面容冷峻地扫视着军官，一字一顿地说道，"如果再输，我们再也拾不起尊严，再也拾不起血性！我们必须守住淮河北岸！"

"是！"一众军官高声喊道。终于又走上抗日战场了，罗儒激动万分，身体也不住地发抖。他回到营地，马上任命三连另一名共产党员郝大伟为连长，并命令全营整装待发。

天刚亮，一一四师便全副武装，开赴前线。虽然战区要求五天之内抵达淮河北岸各预定作战地点即可，但雷师长和一一四师一心想打翻身仗，因此当其他守卫淮河的部队还进行着战前准备时，他们已整装开拔，成为第一支奔赴淮河北岸的先锋军。一一四师士气极为旺盛，马不停蹄地行军一整天，终于抵达了淮河北岸。

淮河岸边风光旖旎，宽阔的河面没有半分波澜，如同一条长长的镜子铺在旷野之上。一一四师众军官无暇欣赏这秀美的景色，而是隔河眺望，观察对岸日军的活动情况。纵目远眺，淮河南岸的日军，就如这波澜不起的河面，没有任何异动。对岸既没有火炮、坦克等重型武器，也没有小火轮、渔船等渡江工具，只有几个日本士兵在无精打采地沿河巡逻，其慵懒散漫之状如同郊游一般。

"鬼子全然没有要发起渡河作战的架势，一时半会儿应该打不起来。"雷师长见状，对众军官说道。这时，副官跑来，送来一份战区司令部的情报，说淮河以南的日军暂时无意强渡淮河。

"大家松口气儿吧，别那么紧张了。命令大家密切关注对岸日军的一举一动，一有情况马上报告。"雷师长命令道。

此后数日，淮河南岸的日军毫无进攻意思，太阳出来便懒懒散散地沿河巡逻一番，太阳还没落山就集体开溜，甚至有时一天见不到他们的踪影。隔河对峙的——四师官兵看在眼里，心情也是大为放松，每日尽是吃饭、睡觉、聊天、晒太阳，日子过得十分惬意。

然而死士营却远没有这么轻松，罗儒不允许他的士兵有半分放松，仍然保持着高强度的训练，体能、手榴弹投掷、射击、刀法等日常科目一个都没有落下，全部照常进行。虽然有的士兵对此深感不解，但营长的命令谁也不敢忤逆，终究是不敢有半句怨言。

/ 第五十九章 /

这日早上，晨光熹微，薄雾弥漫，死士营照常进行越野训练。跑出河沿阵地没多久，士兵们便在途经一座村庄时见到了颇为奇特的一幕。十几只土狗的尸体并排摆在村口，几个村妇站在旁边，叉着腰破口大骂："早上一起来，村里的狗全给药死了！这是哪个丧尽天良的干的缺德事！你不得好死！"那些村妇怒目圆睁，唾沫星子四溅，把那毒狗之人的上下十八代全骂了个遍，骂得士兵们只觉得后脊梁阴风阵阵。当死士营经过第二个村庄的时候，村口同样摆着一堆被毒死的狗，也同样有几个村妇在高声咒骂。这一幕在途经第三个村庄时再度重现。

"这可是真够奇怪的！连着三个村的狗都被毒死了！""照理说，下药毒狗是为了偷狗吃肉，可是这怎么只下药不偷狗啊？"士兵们一头雾水地议论着。罗儒也有些疑惑，但转念一想，说不定只是哪个地痞无赖闲来无事专门使坏，便也没有将此事往心里去。

死士营又跑出数里，经过了第四个村庄。这是个非常安静的村庄，村头没有死狗，也没有妇人的咒骂，只有袅袅升起的炊烟。然而，士兵们飞奔的脚步声引起了村边一户人家的看门土狗的警觉。那土狗先是在农家的院子中隔着栅栏大叫一阵，然后跳过栅栏，冲到士兵跟前，对着这群不速之客狂吠不止。一犬吠引百犬吠，很快全村各家各户的狗都跟着大叫起来。村民们不知是何缘故，纷纷打开大门查看，这才发现有一支中国军队正在穿村而过。

"大军过境啦！"有村民高声大喊起来，很快全村的老少爷们都跑出来看热闹，更有不少村民端着饭碗蹲在家门口，一边美滋滋地吃着饭一边看着死士营跑步而过。

见此情景，罗儒恍然大悟，猛拍脑门。"一连长，马上带着你的人，把周围的村庄全部排查一遍，看看哪些村的狗被药死了！"他大声喊道。铁锤得令，迅速带人执行命令去了。

铁锤和一连清晨出去，直到夜幕降临才回来。"营长，我回来了！"铁锤跟跟跄跄地跑回死士营阵地。未及说出第二句话，他便摔倒在地。他的嘴唇干裂出几个深深的大口子，两条腿也不停地抖动起来。

"我连分头进行调查，从河边一直查到了快到徐州城根底下。"他掏出作战地图，将一些村庄勾勒出来，说道，"这些村庄的狗全部死绝，其余村庄的狗毫发无伤。"

罗儒接过地图，用笔将那些狗被毒死的村庄连起来，一条从淮河北岸延伸至徐州城下的线赫然出现在眼前。他抓上地图，拔腿便去找雷师长。

罗儒冲进雷师长的掩体，将地图摊在桌子上，喊道："雷师长，有情况！"

"你说！"雷师长本已睡下，见罗儒十万火急地赶过来，赶忙翻身下床。

"我营发现，一天之内淮河北岸十几个村庄的狗同时被毒死，如果将这些村庄连起来，会发现这是一条从淮河北岸一直延伸至徐州城下的通道！这绝对不是巧合！"罗儒边分析边说道，"狗是看家护院的，灵敏警觉得很。今天清晨时分，我营经过几个狗被毒死的村庄时，除了女人的咒骂声没有任何动静。但经过看家狗未遭毒手的村庄时，我们刚一进村全村的狗就开始狂吠，引起了所有村民的注意。"

罗儒做出大胆的判断："因此我推断，狗是被小股潜伏的鬼子或者汉奸毒死的，为的是打开一条'无狗通道'，这是第一步。第二步，日军将派出一支有力的奇袭部队，沿着'无狗通道'隐蔽行军，悄无声息地接近徐州，然后出其不意，一举拿下徐州！"

罗儒顿了顿，凝重地说道："昨天夜里，狗都已经被毒死了，今天夜里，恐怕奇袭部队就要来了。"

雷师长沉思片刻说道："鬼子如果想奇袭徐州，首先就要在淮河北岸登陆。我师在北岸层层设防，巡逻队更是日夜巡查，鬼子的奇袭部队不可能悄无声息地通过我们的防线。不过，你说的这个情况不能掉以轻心！"说罢，他命人拿来巡逻记录。

雷师长翻开巡逻记录，眼睛立刻瞪了起来，吼道："这条记录是怎么回事？把带队的军官给我叫过来！"

罗儒接过记录册，见上面有一条记录写的是：晚八时十分，丁李村，遇四百人队伍，自南向北开进，经盘查无异常。丁李村，这个毗邻淮河的小村庄，正是那条"无狗通道"的起始点。罗儒心头一震，暗叫不好。

那名带队巡逻的军官很快被叫了过来。雷师长指着那条记录，问道："这到底是什么情况？哪里冒出来一支四百人的队伍？"

那军官小心翼翼地说道："一个小时前，我们在丁李村遇到的这支队伍，就拦住他们进行了盘问。对方带队的军官，把战区开的路条拿给了我，说他们是徐州警备司令部的，来淮河边执行任务，任务执行完毕就往回开。我问他是什么任务，对方说是绝密任务不能透露。他们路条没问题，其他方面也没有什么异样，就放他们走了。"

"你确定那是中国军队，不是日本鬼子？"罗儒问道。

那军官一怔，不屑一顾地回应道："中国人和小鬼子我还能搞错？他们说的是地地道道的中国话，从头到脚穿的都是中国军装，怎么可能是小鬼子！"

"这可不一定！"雷师长摇摇头，说道，"和你说话的有可能是汉奸，那些中国军装也有可能是偷来或者仿制的！兵不厌诈啊！"

这番话点醒了罗儒。他猛然想起，死士营成立之初，共产党游击队的高政委曾送枪庆贺，同时还透露了一个情况——他们偷袭了一个日军的仓库，但里面没有日本货，反而全部都是中国军队的军装和武器装备。由于时间紧迫他们把所有的四百支中正式步枪搬了出来，没来得及焚毁那些军装。眼下，这支四百人的神秘队伍，会不会就是穿的日军仓库内的那些中国军装？

"这四百人扛的是什么枪？全部都是中正式步枪吗？"罗儒瞪着眼睛问那军官。他隐隐地感觉到，那个仓库的物资就是为了日军的奇袭行动而准备的，但由于被游击队抢走了全部四百支中正式步枪，因此奇袭的日军可能不得不使用日本的三八式步枪。

"这个还真没有留意。"那军官又是一怔，支支吾吾地说道，"不过你这么一说，我倒觉得他们背的枪好像不是中正式，感觉比中正式要长不少，更像是三八大盖。"

罗儒当即对雷师长说道："这支四百人的队伍疑点重重，请允许死士营追击。他们一个小时前刚刚经过丁李村，我们现在去追，肯定能追得上！"

"怎么追，你知道他们的行军路线吗？"雷师长说道。

罗儒指着地图上被勾勒出的从淮河边到徐州的那十几个村庄，说道："如果是鬼子，他们肯定会沿着这条'无狗通道'行进。"雷师长点头同意。

死士营随即紧急出动，钻入茫茫夜色中，向那支四百人的神秘部队追了过去。士兵们沿着"无狗通道"一路猛追，狂跑了近一个小时，累得气喘吁吁，却仍未寻见那支部队的踪影。

"绝对是小鬼子，中国军队没有这么好的脚力，咱们这么追都追不上！"铁锤叉着腰，气喘吁吁地说。

罗儒道："既然我们知道他们的行军路线，那就不在后面追了，直接抄近道截住他们。"

死士营改变路线，抄近路跑了一个多小时，在"无狗通道"上的一个村庄附近停了下来。"除非小鬼子插了翅膀，否则不可能跑到我们前面。传令下去，在这里设伏！"罗儒命令道。

月黑风高，寂寥无声，死士营埋伏在路旁，死死地盯着路面。忽然，茫茫黑夜之中传来了猫头鹰的叫声，整个死士营马上精神起来。这是埋伏在最前面的士兵发出的信号，他们发现了大规模部队。

一名士兵猫着腰爬到罗儒身边，悄声说道："营长，一支四百多人的部队这就进入伏击圈。我抵近观察，看到他们穿的是中国军装，但肩上扛的是三八大盖。一点错儿没有！"

罗儒点点头，说道："我再最后试他一试！"

越来越多的人影钻出夜幕，出现在死士营设伏的路面上。罗儒突然用日本话大声喊道："停止前进！"罗儒熟知日本操典口令，这个口令喊得十分地道。那四百多人影没有任何犹豫，瞬间停下了脚步。至此罗儒完全确认，眼前是一支穿着中国军装的日军部队！

"打！"罗儒大吼一声，死士营的轻重机枪同时开火，停住脚步的日本兵还没回过神来，便纷纷中弹毙命。接着，如雨点般密集的手榴弹，投入日军队伍中，炸得日本兵血肉横飞。

疾风骤雨般的攻击打得日军猝不及防，毫无招架之力。罗儒大声命令："全体冲锋！怯战者死！"死士营挥舞着大刀冲了上去。日军都穿着崭新的中央军军装，比死士营那破烂的杂牌军军装要好上很多，因此混战之中并不难区分敌我。死士营士兵的大刀片上下翻飞，砍得日本兵鬼哭狼嚎。

"夏虎，趁乱把鬼子的军官抓过来！争取要活的！"罗儒喊道。

　　夏虎得令，带着十多个人在敌阵中左突右杀，寻找着这支奇袭部队的军官。没多久，夏虎便擒住一个挂着中校军衔的人，将他掐着脖子拎到罗儒面前。

　　"你是这支部队的指挥官吗？"罗儒用日本话厉声问道。

　　那人用中国话回答："我是中国人，不是日本人。我虽然挂着的军衔挺高，那都是用来糊弄中国军队的！我不是指挥官，就是个小翻译！"

　　"原来是个汉奸！"罗儒冷笑一声，问道，"你指一下，哪个是鬼子的带队军官？"说罢用枪顶在了那人的下巴上。

　　汉奸哆哆嗦嗦地指认："那个人是皇军的指挥官！"

　　罗儒顺着汉奸手指的方向望去，七八个日本兵正护着一人。四起的战火照亮了那人的面庞，罗儒只看了一眼全身的汗毛都立了起来。那是一张魔鬼的脸庞，一张罗儒永远不可能忘记的脸庞！

　　"田中！田中！"罗儒突然声嘶力竭地高声号叫起来。就是这个中队长田中，将罗儒绑在树上，让他目睹了发生在南京的一幕幕人间惨剧；就是这个田中和他的中队，拿南京百姓当杀人训练的靶子；就是这个田中和他的中队，拿南京百姓当军犬撕咬、坦克碾轧的玩物；就是这个田中和他的中队，活埋了难以计数的南京百姓！

　　罗儒瞬间被复仇的烈焰点燃。他拔出大刀，发疯一般向田中扑了过去，毫不顾忌那些杀红了眼的日本兵。夏虎和铁锤不知营长为何一下变得如此疯狂，只得带人紧随其后，拼死保护。

　　罗儒冲到田中面前，迎头便是一记力劈，田中慌忙抽刀招架。但罗儒已经发狂，力道比平时大出许多，这一刀虽为田中格挡，却仍然狠狠地砍进他的肩膀中。田中大叫一声，手中的刀立声而落。死士营士兵冲上去，将田中擒住。

　　这场战斗持续了半个多小时方才结束，四百多个日本兵被打死。死士营是以多打少，也付出了牺牲五十余人的代价。

　　"你可还认识我，田中中队长？"罗儒盯着被中国士兵擒住的田中，用日本话问道。

　　田中凝视了片刻，冷笑着说道："我当初真该把你杀了！"

　　"你就是应该把我杀了！"罗儒掐住田中的脖子，声嘶力竭地咆哮，"你若早杀了我，我就不会看到地狱一般的南京，就不会像现在这般生不如死！"

　　罗儒怒吼一声，举刀劈向田中，田中当即脑浆迸裂。然而罗儒并不罢休，仍然抡圆了大刀猛砍田中的尸身。他如剁肉一般连砍数十刀，砍得那尸身全然看不出原本的模样，自己身上也溅得满是鲜血与碎肉。中国士兵满脸惊恐，他们想不明白一向冷静儒雅的营长怎么突然变成了这副模样。唯有同是从南京逃出来的铁锤，平静地看着眼前的一切，十分理解罗儒的举动。

终于，罗儒砍不动了，他将刀丢在一旁，跪在地上仰天大哭。

五个满身鲜血的日本伤兵被带到了罗儒面前，铁锤问道："这五个鬼子怎么处理？"

罗儒看着这些俘虏，想起了曾经的自己。他在淞沪会战中保护的日本俘虏，炸死了一车的中国伤兵；他在南京保卫战中救下的俘虏，指使日本军医活体解剖了三百多名中国伤兵，并把一直照顾自己的中国老兵的心脏取出来当纪念品。

罗儒冷笑起来。他觉得，那个讲人道的罗儒死在了南京，现在的罗儒，脑中挤满了南京城那些白花花的尸体。

"你们都是从南京出来的吧？"罗儒用日本话问道。那几个日本兵点了点头。

罗儒掏出手枪，冲着五人的脑袋挨个开枪。杀俘是中国政府严令禁止的行为，死士营的士兵看得目瞪口呆。

"从南京出来的鬼子，没有一个是无辜的。"罗儒冷冷地说道。

夏虎走过来，将一沓照片交到罗儒手中，说道："从鬼子身上搜出来的，您看下。"

罗儒接过照片，借着火光仔细端详，发现照片上的人全部都是战区的高级将领，如战区总司令李长官等。

罗儒将那被俘的汉奸拉了过来，一脚将他踹跪，把他的脑袋按在田中被砍得稀烂的尸体上。"我问什么你答什么！漏掉一个字，你就和田中一个死法！"罗儒吼道。

那汉奸早已吓得如烂泥一般瘫在地上，拱手作揖连连告饶："长官，您大人有大量，千万别杀我！我全都招！这支队伍里只有我一个中国人，其他人都不会中国话。根据皇军的计划，在遇到巡逻队或者骗开城门的时候，我就要冒充指挥官出面和中国军队对话，所以我挂的军衔才最高，但其实我屁都不是！"

"你们的任务是什么，为什么都穿着中国军装，每人还都有李长官等人的照片？"罗儒问道。

"这个行动代号'青大将'。这四百人被称作'田中挺身队'，队长就是被你砍死的田中。我们穿上中国军队的军装，化装成中国军队的样子，悄悄过河登陆，趁夜急行军并混入徐州城。最终目标是，袭击战区司令部，击毙军方高官，彻底摧毁第五战区的指挥系统。为了便于辨认，我们才每人随身携带着战区司令、参谋长等人的照片。"

"区区四百人就想端掉司令部，这未免也太小瞧我军了。"罗儒说道。

汉奸解释道："如果是强攻，这四百人一路从北岸打到徐州，那肯定是以卵击石。但按照计划，我们是神不知鬼不觉地登陆，悄无声息地行军，再兵不血刃地进入徐州城，那司令部便近在咫尺了。没有两千支那兵，恐怕挡不住四百名日本兵的突袭吧？"

"你详细说说这个'青大将'行动。"罗儒道。

汉奸回答道："这个计划十分周密。第一，皇军任命了田中为挺身队队长。田中在处决南京百姓的行动中表现突出，受到上级赏识，因而被委以重任。第二，皇军准备了大量中国军队的武器和军装，我们穿戴上后与真正的中国军队一模一样。第三，我们还进行了很多特别的准备，比如对我进行了强化训练，可以使我轻松应对中国士兵的盘问；比如搞来了盖着战区司令部大印的路条，确保遇到巡逻队和守城士兵阻拦时能够畅通无阻；再比如，在行动之前派亲日分子将挺进队要途经的村庄的狗全部毒死，以保证行军的隐蔽性，等等。这个奇袭计划本是天衣无缝，滴水不漏的，唯一的缺憾就是存储物资的仓库被共产党的游击队袭击了，把我们的中正式步枪全部偷走，害得我们只能使用日本的三八式步枪。"

这番话印证了罗儒的许多推断，但日军如此周密的奇袭计划也让他惊出了一身冷汗。这支挺身队既然能够轻松骗过一一四师的巡逻队，那也极有可能骗过徐州守城部队，放其大摇大摆地进城。这伙鬼子一旦进城，摧毁战区司令部绝非妄言。

"奇袭徐州之后，日军的下一步行动是什么？"罗儒问道。

"无论奇袭行动是否成功，皇军的主力部队会乘机发起渡河作战，强渡淮河，一举打垮第五战区。"那汉奸说道。

"你是说，现在日军正在准备强渡淮河？"罗儒如遭一记闷棍，瞪着眼睛追问。

"是的，皇军将在四时整强渡淮河。"汉奸说道。罗儒如五雷轰顶，此时已是凌晨三时。

"回——四师阵地！"他放声大喊，枪毙了那汉奸，而后拔腿便跑。

一路狂奔，士兵们几乎要跑废了。罗儒冲进雷师长的掩体，气喘吁吁地说："往河上发射照明弹！"

雷师长搀扶着罗儒来到淮河边，几颗照明弹呼啸着蹿上了天空。强烈而耀眼的白色光芒瞬间把淮河两岸照得恍如白昼，也照亮了雷师长目瞪口呆的神情。几日来平静得连日本兵都少见的淮河南岸，在一夜之间竟然挤满了日军士兵，河边更是停靠着大量的渔船、木筏等渡河工具。日军见渡河计划暴露，毫不慌张，照常进行着强渡准备。

罗儒说道："日本人布了一个相当大的局。他们营造出一副根本就无意进攻的假象，让我军麻痹大意，暗中却派遣一队精干力量伪装成我军士兵，悄然登陆淮河北岸。他们的目标是混入徐州，捣毁战区司令部。无论此计划是否能够得手，我军指挥系统必然会发生混乱，届时南岸日军就会大举强渡淮河，以迅雷不及掩耳之势直取徐州。第五战区休矣！"

雷师长和一众军官听到这个计划后，十分震惊。"对岸日军人多势众，足有数万人，根本不是我们师能够抵挡的！现在应该怎么办？"雷师长问道。

罗儒端着望远镜，看着对岸热火朝天的战备情景，说道："日军将在一个小时后强渡淮河。我建议，不停地发射照明弹，同时让——四师全体官兵沿阵地跑动，跑到日军目不能及的地方后再掉头回来，重新再沿着阵地跑一圈，如此反复，制造我军正在源源不断地增援河岸的假象。这样虽不能吓住日军，但是多少应该能够有些震慑效果的。"

"快按罗长官说的做！"雷师长对一众军官喊道。

/ 第六十章 /

罗儒道："您得马上给李长官打电话，让他快点派援兵来！照对面这个架势，我们撑不过半天。"

雷师长拉着罗儒回到掩体内，拨通了李长官的电话。他汇报了情况，请求战区立刻发兵淮河，驰援——四师。结果没说几句，他的脸色便黯淡下来，回答了一句"知道了"就放下了电话。

"李长官咋说？"罗儒急切地问道。

雷师长叹了口气，说道："他说，就算距离一一四师最近的部队开过来也要一整天的时间。远水解不了近渴，指望不上援兵，等他们到了，淮河北岸咱也给丢了！李长官要我们自己想办法！"

雷师长坐在椅子上，摇了摇头，说道，"我真是晚节不保啊！先是跟着老长官一退数百里，放弃山东诸多要地，淹没在老百姓的口水中；后是临危受命守淮河，原想着打一场翻身仗，不承想又落到今天这步田地。我可真是中国军人之耻啊！"他靠在椅子上，绝望地闭上了眼睛。

过了半晌，雷师长猛地站起身，朗声说道："中国虽大，诚无我一一四师可退之地。杀身成仁，就在今日！传令下去，不管有无援军，一一四师将死战不退！临阵脱逃者，格杀勿论！"副官领命欲走。

"且慢！"罗儒叫住副官，对雷师长说道，"我有一计，或许能保住淮河北岸。不过此事还需要李长官来协调。"

他正欲细说，却见雷师长把电话递了过来。"你赶快给李长官打电话！"雷师长眼睛冒光。

李长官接起电话，连声询问一一四师是否想出了御敌良策。罗儒说道："李长官，大敌当前，刻不容缓，我们也只能出些奇招了。请您让战区的广播电台立刻对外播报一条新闻，就说我军预先掌握了日军代号为'青大将'的奇袭行动的全部信息，因此布置下天罗地网，全歼'田中挺身队'四百余人。现我军张网以待，唯盼日军早日渡河！一一四师即将举行新闻发布会，带来更多前线战况。"由于时间紧迫，电话那头的李长官没有细问即应允照办。

罗儒接着请求道："李长官，请您拨出几辆车，把各个报社的记者都给请到一一四师阵地来，我师要开个新闻发布会！《奔流日报》的婉莹记者，您一定要把她叫来！"

"好。"李长官道。

片刻之后，罗儒打开收音机，里面传来了女播音员激昂的播报，其所播内容与罗儒电话中所说一字不差。

"鬼子的情报部门肯定会收听到这条广播。"罗儒长吁一口气，缓缓地说道，"我们全歼了鬼子的奇袭部队，准确地说出了被鬼子视为绝密的行动代号，再加上我军大批'援军'在阵地上'调动'，日军一定对广播的说法深信不疑，必然认为我军早已重重设伏，张网以待，强渡淮河、直取徐州已是难上加难。

日军进攻的时间肯定要被推迟了，这就为援军争取不少时间。"

这时，副官跑进掩体，兴奋地说道："雷师长，鬼子的进攻节奏放缓了，他们不再登船，好多已经上船的鬼子又都下来了，抱着枪蹲在河边待命呢！"

"罗营长，多亏了你的妙计！淮河北岸有救了！"雷师长激动异常，抱起罗儒转了好几个圈。

罗儒得意地笑了笑，说道："好戏还在后面。"他将自己的三个连长招了来，同雷师长一起密商起来。

不多时，有士兵前来报告，说载着记者的卡车已经到了阵地上。罗儒赶忙起身出去迎接。

罗儒来到阵地后方，看到一大群脖子上挂着照相机的记者，正分别从两辆大卡车上往下跳。他在记者中发现一个熟悉的身影——老朋友婉莹。

那些记者一见罗儒，就冲过来将他团团围住，七嘴八舌地问起问题来。罗儒对着记者连连鞠躬，说道："上峰安排了这次新闻发布会，想向全国人民汇报下我们的情况，辛苦各位记者朋友冒着危险赶到前线来！我本来是不够资格参加这个发布会的，但是上峰说日军'田中挺身队'四百余人是我们死士营全歼的，最为熟悉情况，因此一定要我参加。阵地上危险，条件也差，请大家随我到后方的村子去！"记者们第一次来到前线，十分兴奋，一边跟着罗儒走一边不停地用相机拍照。

罗儒主动上前向婉莹伸出了手，婉莹笑着同罗儒握手，却发现罗儒的手中有一张小小的字条。婉莹心领神会，藏起字条，趁人不备之时悄悄瞧看，原来罗儒想请她配合着演一出戏。

来到村口，几个戴着死士营袖标的站岗士兵吸引了记者们的注意。这几个士兵，身上伤痕累累，一些新鲜的伤口还透过纱布往外渗着血，所着衣衫单薄破烂血迹斑斑，被战火熏得焦黑，手中的武器也是祖宗级的老套筒。但这些哨兵却如青松一般，站在那里纹丝不动，英气逼人，不怒自威，眉宇之间流淌出的坚毅与决绝令记者们大为震撼。他们抓起照相机，对着哨兵一顿猛拍。

"哨兵，你的伤口在流血。请问你是在同日军'田中挺身队'战斗时负伤的吗？"婉莹问道。但那哨兵如同没有听见一般，双目炯炯有神地盯着前方，丝毫不予理睬。婉莹又连问两次，哨兵依然置若罔闻。

"不好意思，各位记者朋友！我们有规定，站岗放哨之时，不可以同他人谈话。死士营令行禁止，任何人不敢坏了规矩。因此士兵们不敢回答诸位的问题。"罗儒转身又对那哨兵说道，"今天破个例，请你回答下记者的问题吧！"

"这不是伤，而是勋章！我今天砍死五个小鬼子，小鬼子因此给了我这些勋章！"那哨兵回答道。

"好！"记者们听罢此言激动万分，将记录本和笔夹在腋下，拼命地鼓起掌来。

罗儒引着记者们进入村里的祠堂，一进祠堂，记者们便惊叫起来，缴获的日军战利品摆了满满一地。记者们愈加兴奋，又拿起相机猛拍起来。

雷师长早已恭候在这里，待记者们落座，他笑着坐回台上，说道："各位记者朋友辛苦了！应报界朋友的强烈要求，我们在这里开一个小小的新闻发布会，向社会各界汇报下我们的战况。死士营打了一场极为精彩的伏击战，全歼了四百多名日本精兵，下面请死士营罗营长向大家讲述一下具体情况。"记者们掌声雷动。

"为了方便各位记者朋友，我写了份文稿，上面记录了我营全歼'田中挺身队'的一些情况。"罗儒笑着说道。士兵将印好的文稿人手一份分发给记者，又给了雷师长和罗儒各一份。

"罗营长确实是个人才，这工作做得真是细致到位！"雷师长一边说着，一边看着手中的文稿。突然，他的脸色大变，说了声"稍等"便将罗儒拉到了一侧走廊内，台下记者面面相觑，不知道发生了什么变故。虽然记者们看不到二人身影，但是雷师长在走廊里的咆哮之声却清晰入耳。

"你这个文稿为什么事先不给我看？你有没有长脑子？这种绝密的事情能往上面写吗？你这么搞要害死多少人！"雷师长的吼声几乎要把祠堂的房顶掀翻了。

"我们的胜利有人家的功劳，我不愿独揽其功才提了这么一句。"罗儒的声音里满是委屈。

"饭桶！他们是潜伏人员，你这不是给他们邀功，而是要害死他们！"雷师长的声音因为愤怒而变得沙哑，"你不要废话了，马上再重新整理一份，把这句去掉！"

"是！"

雷师长和罗儒重新回到台上落座，虽然罗儒依旧面带微笑，但记者们明显地感觉到，那笑容是生生挤出来的，远没有刚才的淡定从容。

"记者朋友们，刚才发下去的文稿有一些小小的瑕疵，还请大家交上来，我们重新写了新文稿发给大家。"罗儒鞠了一躬，对台下的记者们说道。记者们纷纷起身将文稿交到了台上。很快，新印的文稿送了过来，重新发到了记者手中。

罗儒悄悄点数记者们交回来的文稿，发现之前发下去三十份，现在却只收回来二十九份。他微微一笑，把心放到了肚子里。他很清楚是什么人留下了那份旧文稿，也很确定那人一定发现了前后两份文稿唯一的不同之处——"据一位曾任南京伪政权高官的国民党官员的情报"被改成了"据可靠情报"。他更确定的是，这处改动一定会让日军把目光锁定在孙掌财身上，因为他是唯一一个在"南京自治委员会"担任厅级高官而又逃离南京的人。

随后，新闻发布会照常进行。罗儒将死士营英勇作战之情形详详细细讲给了记者，又大谈我军情报准确，称中国军队已经根据日军的行军路线、兵力部署、火力配置等做了缜密准备，只待日军渡河决战。记者们听得血脉偾张，兴奋异常。

记者们随后开始发问。婉莹询问日军行动的情报来源，雷师长和罗儒三缄其口，直言此事属于绝密，不肯再多说一句。记者们虽然好奇，但也表示理解，不再苦苦逼问。

随后，婉莹指着站岗的士兵，抛出了一个非常尖锐的话题。"现在天气还非常冷，但是死士营的将士们都穿的是单衣和草鞋，而且均已残破不堪。士兵们的武器装备也十分差，拿的都是老古董的步枪。据我所知，这种情况不可能在中央军出现。请问雷师长，您是如何看待差别的，是政府刻意厚此薄彼吗？"婉莹提问的声音很大。

记者们听到这个问题更加精神了，他们非常想知道雷师长作为一个杂牌师师长会如何直面这个问题，是委屈至极，还是牢骚满腹，抑或是满腔怒火？他们拿着笔纸，目不转睛地盯着雷师长。

雷师长沉默了片刻，郑重地说道："我们是杂牌军，这没有错。但是，中央没有遗忘我们，没有抛弃我们，更没有拿我们杂牌军当中央军的炮灰。国家正处在生死存亡之际，政府有大量的工作需要处理，千头万绪极为繁杂，因此才会出现军装和装备暂时短缺的情况。我坚信，属于我们——四师的武器和军装，中央一定没有忘记！同时，我也要借着各位记者朋友手中的笔向全国人民表个态，就算是赤手空拳，一一四师也要让日本人见识到中国军人的厉害！"雷师长说得掷地有声，记者们热烈地鼓起掌来。

随后，罗儒邀请记者来到村头，观看死士营的操练。在射击表演中，罗儒让记者们任意从营中挑选出十名射手，自己则走到百米开外，头顶着一枚鸡蛋站定。射手搁枪瞄准扣动扳机，鸡蛋应声爆裂，而罗儒毫发无伤。十名射手依次射击，无一失手。在投掷手榴弹的表演中，十名随机挑选出来的士兵将手榴弹稳稳地扔进五十米外的洗脸盆中。在随后的刀术表演中，罗儒每喊一声"死士营"，士兵们便做出一个劈杀动作，同时大喝一声"杀"。

死士营杀声震天，虎虎生风的刀法更是舞得尘土飞扬，然而记者们却毫不介意，大张着嘴巴高声喝彩，就像进了大观园的刘姥姥，一会儿跑到队伍前面，一会儿跑到队伍后面，不停地用钢笔记录用相机拍照，生怕错过任何一个精彩瞬间。婉莹和一些女记者，见到这番热烈的场景，竟激动地哭了起来。

送走了记者，雷师长问罗儒："这戏演得怎么样？"

"逼真！"罗儒笑着回答道。

第二天一早，报纸就从徐州专程送到了阵地上。罗儒拿起影响最大的《奔流日报》一看，报纸整整有六个版面都是报道记者在一一四师阵地上所见所闻：第一版——《魔高一尺，四百日寇乔装渡河欲奇袭我军首脑》；第二版——《道高一丈，死士营神兵天降痛歼日寇无一漏网》；第三版——《枕戈待旦，我军布下重兵盼日军成全决战之志》；第四版——《情报精准，详析日军"青大将"计划与"田中挺身队"》；第五版——《坚若磐石，死士营绝技加身堪为民族中流砥柱》；第六版——《单衣鸟枪，死士营破衣烂衫武器简陋不改报国忠心》。

雷师长拿着报纸兴冲冲地跑来，拉着罗儒的手，说道："我算是服了你了！有三个好消息要告诉你！第一，淮河南岸，日军的士兵、坦克、大炮什么的全都在往回运，各种渡江器械也全都拆解干净了。这回不是使诈，而是实打实地撤退，南岸鬼子彻底放弃了强渡淮河！你一个人生生吓退了数万日军！第二，刚才李长官来电话，说中央对咱们在新闻发布会上顾全抗日大局、维护中央威信的说辞非常满意，特批了一批武器装备和衣装给咱们，很快就能运到。第三，徐州传来消息，说孙掌财死了，是被日伪特工活活打死的。目击者说，那些特工对孙掌财严刑拷打，逼着他说出潜伏在南京的国军情报组织，孙掌财一头雾水，根本不知道说什么，于是屈打成招胡乱供了几个人名，不想被当场识破，很快就被打死了。一场新闻发布会，吓退了鬼子、要来了军需、干掉了仇人，这可是一箭三雕啊！"罗儒听罢，微微一笑。

雷师长接着问道："你是怎么知道那些记者里会有汉奸，会中我们的圈套呢？"

"日军精心策划的行动被我们打破，肯定怀疑是内部人走漏了风声。他们必然会拼命套取情报，怎么可能会错过我们的新闻发布会呢？再者说，现在中国哪里没有汉奸呢？哪都有！汉奸问题，是中华民族的心头大患，战争时期兴风作浪，和平时期也会沉渣泛起。"罗儒说道。

一一四师又在淮河北岸坚守数日，没有发现任何日军企图再次进攻的迹象。这日，李长官发来命令，称日军南北夹攻徐州的计划破灭，其已彻底放弃由南向北强渡淮河的进攻计划，令一一四师返回徐州休整。

此时中央特批的军需物资已经全部到位，一一四师将士穿着崭新的军装、戴着锃亮的钢盔，士气昂扬地向徐州开进。进城的时候，徐州城万人空巷，百姓们全都跑到大马路上，夹道迎接壮士凯旋，尤其是死士营经过的时候，人们更是爆发出山呼海啸般的喝彩声。

死士营又回到了之前的驻地，虽然离开这里尚不足一个月，但罗儒依然感慨万千："死士营在这里成立时的情形还历历在目，但是与'田中挺身队'一战，却让我们五十多个兄弟再也不能回到这里。"

他叹了口气，吩咐三个连长道："今天晚上，咱们在校场上摆下宴席，宴请我营士兵，好酒好菜尽管摆上来！战事越来越激烈，咱们兄弟会越打越少。相比以后，今天肯定是咱们兄弟最全的一次了！"三个连长一听要吃席，十分高兴，分头去筹备了。

晚上，校场内摆上了五十张桌子，每张桌子上都摆满了热气腾腾的各式菜肴，看得人垂涎三尺。一坛坛揭开了盖子的酒坛放在桌上，浓郁的酒香飘出去很远。

死士营全体士兵落座后，罗儒站起身，双手举起了酒碗。"今天，是我们第一次聚在一起喝酒。这酒，应该早喝，早喝就不会留下遗憾了！"他将碗中之酒洒在地上，大声说道，"这第一碗酒，敬给在同'田中挺身队'战斗中殉国的五十多个弟兄！

"这第二碗酒，敬给雷师长！如果没有雷师长的信任，就没有今日的死士营！"说罢，他一饮而尽。

"这第三碗酒，我敬在座的诸位！感谢诸位愿意与我同生死共进退！干！"他再饮而尽，翻过酒碗，滴酒不剩。

"干！"士兵们双手高举酒碗，恭恭敬敬地回敬营长，将酒喝得干干净净。

罗儒高声喊道："今天必须吃好喝好！若有人敢说吃不了喝不动，那我绝不轻饶!"

士兵们都来自贫苦人家，哪里见过这样的好酒好菜，个个眉飞色舞兴奋异常。酒桌之上，只见筷子交错上下翻飞，酒碗碰撞叮当作响，吃得好不痛快。士兵们喝得兴起，有的划起了拳，有的斗起了酒，还有的借着酒劲放声高歌，校场上沸腾一片，喧闹之声震耳欲聋。

罗儒在三位连长的引导下挨桌敬酒，每去一桌连长便会依次介绍这桌上士兵的姓名，士兵们则都站起身，毕恭毕敬地端着酒碗。待连长介绍完毕，罗儒高喊一声"兄弟"，挨个碰碗致意，然后就仰脖干了满满一碗的酒。罗儒酒喝得实在，起初铁锤等人还跟着起哄，但眼见着营长极为实诚地喝下十几碗酒后，便三番五次阻拦他再喝，让他稍稍抿一口表达个意思即可。

"战事惨烈至此，谁敢保证能活到明日？我和他们，这辈子很可能就只能喝这一次酒！真的，就这一次！以后或阴阳相隔或同赴黄泉，总之是再无机会了！你让我怎么抿一口，那样我对得起他们吗？"罗儒虽显醉意，但话语却催人泪下。

趁着给罗儒倒酒的机会，铁锤将其手中的大碗换成了小碗，罗儒醉意醺醺，根本没有发觉。但是即便用小碗，又喝下几十碗的罗儒已然不胜酒力，双腿绵软眼神迷离，全仗三位连长左右搀扶才不致摔倒。他一边呕吐一边敬酒，终于将每桌的士兵全部敬了个遍。士兵见营长这副模样，心中既感动又辛酸。

罗儒硬撑着站直身子，高举酒碗，大吼一声："死士营，烈!"言罢，身子一歪昏睡过去。

/ 第六十一章 /

不知睡了多久，罗儒忽听得有人唤自己的名字，迷迷糊糊睁开眼，发现竟然是雷师长站在床边，赶忙翻身下床。

"若不是有作战指示，我是真不忍心搅你的清梦啊!"雷师长笑着说道。罗儒一听有命令，赶忙立正站好。

"日军苦心策划的代号'青大将'行动被我们挫败，再加上他们内部争议不断，因此鬼子彻底放弃了从南面进攻徐州的计划，转而一心一意地由北面发动进攻。台儿庄是徐州北大门，是北线日军进攻徐州的必由之地，中日两军势必会在台儿主展开血战。战区命令———四师即刻出发，开赴徐州以北，死守台儿庄。"

"是！"罗儒回答得斩钉截铁。

——四师奔出徐州，向台儿庄急进，马不停蹄地行进了半天多，方才抵达台儿庄。来不及休整，雷师长便在尚未布置好的指挥所内召开了军官会议。

他指着作战地图，说道："台儿庄是徐州的北大门，日军若想拿下徐州，必须先攻克台儿庄，因此两军必然会在台儿庄发生一场恶战。此一战，事关重大，台儿庄失，则徐州失。我们不能再当历史的罪人，我——四师决心在台儿庄战至最后一兵一卒！有敌无我，有我无敌！"

雷师长继续说道："日军主攻台儿庄的是日军第十师团，师团长名叫板垣，因此该师团又叫板垣师团。板垣师团名气很大，是日军最精锐的师团之一，坦克、火炮一应俱全。板垣师团气焰极盛，妄图一口吃下我台儿庄，殊不知螳螂捕蝉，黄雀在后，他们反倒是有可能被我军包了饺子。战区总司令李长官已经命令汤军团的十万人马向台儿庄进军。届时我们在台儿庄拖住日军，汤军团则乘机从日军侧后发起攻击，形成前后夹击之势，板垣师团就算有天大的本事也插翅难逃！"

"太好了！"罗儒眼睛放光，兴奋地喊了出来。他原以为这是一场有死无生的绝命之战，没有想到竟然还有歼灭敌军的机会。如果能把板垣师团吃掉，那肯定是抗战以来的最大战果。

"也别高兴得太早了！"雷师长话锋一转，又泼了盆冷水，"前后夹击板垣师团条件有二。第一，我们得守得住台儿庄；第二，汤军团得在我师弹尽粮绝之前赶到。但汤军团距离台儿庄很远，来到这里尚需数日。更棘手的是，汤军团是中央军嫡系，只认蒋委员长的命令，因此其虽然名义上归战区司令李长官指挥，但作战时能否听从战区号令，就连李长官自己心里也没有底。"

罗儒早听张发远说过中央军和地方势力之间的龃龉，雷师长对此也是极为厌恶。"那些见不得光亮的伎俩老子懒得管，我们尽了自己的本分就好！——四师只要还有一个喘气儿的，就要死守台儿庄！"雷师长大声说道。

分配作战任务时，雷师长问罗儒："死士营防守台儿庄北面。照理说，北面是鬼子重点进攻的方向，应当部署至少一个团的兵力，但是台儿庄兵力匮乏，只能把死士营当成团用了，直面数倍于你们的鬼子。怎么样，有胆量吗？"

"求之不得！"罗儒立正，正色说道。

死士营领命后，便赶去台儿庄城北修筑工事。罗儒虽不是工兵出身，但他跟随德械一师战斗数月，又得到老油的言传身教，故而谙熟战壕的挖掘技巧。在徐州之时他已将这些技巧传授给死士营，因此士兵们挖出来的战壕十分坚固牢靠。

忽然，空中响起了隆隆的声音，一架日军飞机出现在高空，死士营士兵纷纷伏倒。罗儒直着身子站在战壕外，手搭凉棚仰望着在云层中忽隐忽现的飞机，喊道："大家不要慌，就一架飞机，而且飞得这么高，肯定不是来轰炸的！"罗儒虽然年龄不大，但他的战场经验已让士兵们钦佩不已。果不其然，那飞机撒下大量传单后就径直飞走了。纸片如下雪般漫天飞舞，士兵们纷纷伸手去抓。

"营长，鬼子在上面说了些啥？"士兵们拿着传单问道。传单虽是用汉字写的，但是识字的士兵着实是凤毛麟角。

"鬼子说，他们此番长途奔袭台儿庄，与其说是行军，不如说是旅行。他们还劝我们投降，他们是天上的日，人不可同日斗。"罗儒说道。

"日？我日他娘！"一个士兵高声喊道，粗鄙的话语引得不少人发笑。

"劝降之后就是全力进攻，不出意外的话，鬼子明天就杀到了。"罗儒说道。士兵们仍然在笑，但笑容中明显多了一丝紧张。

战壕一直挖到深夜才完工，罗儒又让众人找来大量的树枝树杈覆盖在战壕之上，以作遮蔽之用。一直忙到后半夜，死士营的士兵才忙完，倒头便在战壕中沉沉睡去。

然而天刚蒙蒙亮，士兵们便被一阵阵巨响吵醒。罗儒从覆盖在战壕上的树枝中探出脑袋，发现三十架日军飞机正向自己的阵地飞来。"都藏好了！谁也不许冒头！"罗儒喊道。

日军机群自北向南飞来，首先"光顾"的就是死士营的阵地。飞机的轰鸣声越来越近，最终悬在了死士营的头顶上。士兵们大气都不敢喘，生怕一点动静就能让日军飞机察觉到"树丛"下面的玄机。日军机群在阵地上空盘旋了两圈，除了蔓枝缠绕的树丛，没有发现有价值的轰炸目标，便掉转方向飞走了。没多久，台儿庄其他守军的阵地上就响起了巨大的爆炸声。死士营士兵安然无恙地躲在战壕里，暗自庆幸跟着罗营长真是跟对人了。

"全部撤出阵地，躲到土丘后面！"罗儒高声命令。士兵们一头雾水，不明白为什么一枪不放就放弃阵地。但死士营仍然依令而行，撤到了阵地后方的土丘后面。士兵们刚刚藏好，便看到在日军来犯的方向缓缓升起一个硕大的气球，还能隐约看到气球下面的挂篮上有两个人影。

"飞机轰炸过后，就是炮兵的狂轰滥炸。那个气球就是大炮的眼睛，指挥炮兵进行精确炮击。咱们用树枝树叶骗得过飞机，但骗不过鬼子的望远镜，他们很快就会发现我们伪装的阵地，然后就会万炮齐发把阵地炸个稀巴烂。如果咱们在里面，不被炸死，也被震死了。"罗儒解释道。众人这才恍然大悟。

"营长，你看！"一个士兵伏在土丘边上高声喊道。罗儒冒出头一看，三个国军炮兵正吃力地推着一门反坦克炮打死士营的阵地上经过。

"这不是找死吗！把他们推战壕里去！"罗儒吼道。

二连长夏虎从土丘后面蹿了出来，快步冲到那三个炮兵跟前，将他们连人带炮推进了战壕里。这时，日军的炮响了，铺天盖地的炮弹在死士营阵地上炸开了花，哪里有枝叶覆盖哪里便会遭到火力打击。士兵们伏在土丘后面，听着震耳欲聋的爆炸声，心里又在感念：要不是罗营长，自己这条小命肯定又丢了。

炮击持续了整整两个小时才停止，上千发炮弹砸到了死士营的阵地上。"真他妈的财大气粗！"罗儒掏了掏耳朵，甩了甩头上的浮土，低声骂道。他冲到战壕边，看到夏虎和那三个炮兵如同烂泥一般躺在里面，他们虽然没有直接为爆炸所伤，却也被震得神志恍惚。过了足足十多分钟，几人才慢慢缓过劲儿来。

罗儒指着那三个炮兵："我们救了你们三个人的命！要不然就刚才那顿炮，莫说是你们这肉做的身子，就是那铁铸的炮也早被炸碎了！"

其中一个挂着少尉军衔的炮兵军官回了回神，说道："多谢长官救命之恩！"说罢敬了一个军礼。

"别整那些没用的！"罗儒伸手扒拉掉那军官的军礼，说道，"我们救了你们的命，你们和这门炮就得留下来和我们一起打鬼子！炮击过后鬼子就会冲锋，我估计鬼子肯定出动坦克，你这门反坦克炮正好能派上用场！"反坦克炮对于中国军队来说是稀世珍宝，别说是死士营，整个第五战区也拿不出几门，因此罗儒见到了反坦克炮，说什么也要将人家留下来。

"长官，不行啊！我们奉命到台儿庄西面的阵地，不能留在这里！"那炮兵军官一听慌了神，敬了个军礼说道。

"在西面是打鬼子，在北面也是打鬼子，有什么区别？你就留在这里跟我们打鬼子，就这么决定了！"罗儒耍起无赖。

"长官，真的不行！我们不去西面，那就是违抗军令，这是杀头的罪过啊！"炮兵军官连连作揖，带着哭腔说道。

"我也不为难你。"罗儒见留不下人家，就又想出一个办法，"你在这里帮我们打十发炮弹，打完你就走人，怎么样？"

"长官，这门炮一共就配了四发炮弹！"那军官指了指身后那两名炮兵。两人脖子上都挂着个长长的布口袋，口袋的两头各装着一枚炮弹。

罗儒无奈地摇摇头，道："你给我们打一发炮弹，这总可以了吧？"炮兵军官沉思片刻后点头应允。

"所有人进入阵地！炮击之后就是冲锋，鬼子马上就要来了！"罗儒高声喊道。由于死士营的战壕挖掘得颇为讲究，因此在炮击中并未遭到彻底的损毁，稍加修整便可再度使用。罗儒让反坦克炮来到阵地最前沿，按照以往的经验，鬼子可能会有四五辆坦克打头阵，只要干掉其中一辆，让其知道自己有反坦克炮，其余的坦克必定不敢上前。

果然，十多分钟后，日军便黑压压地铺了过来，但是出乎罗儒意料的是，日军坦克并非只有四五辆，而是出动了整整三十辆！"鬼子这是把宝都押上了！"罗儒倒吸了一口凉气。

日军坦克一字排开，隆隆地开了过来，大批日军紧随其后。看着那三十辆坦克骄横地冲过来，罗儒只觉得自己的头皮一阵阵发麻，他还从未见过这么多的坦克发起集团冲锋。

"我让你打哪个，你就打哪个！"罗儒一边对炮兵说，一边端着望远镜仔细观察。他琢磨着三十辆坦克要想行动统一相互配合，其中总要有辆指挥车，向坦克群下达作战指令。然而所有坦克都是一个模样，根本辨别不出来哪辆是指挥车。

"长官，坦克已经进入射程，还打不打了？"炮兵军官催促道。

"你等等！"罗儒不死心，仍然在望远镜中搜寻着指挥车。

终于，他发现了端倪。有辆坦克虽然在外观上与其他坦克并无二致，但是一个不易察觉的细节却显示出它的与众不同，那就是它的车身上竖着两根细细的天线，而其他坦克上只有一根。"这一定就是指挥车！"罗儒喜出望外。

"就打那辆！"罗儒指着竖起两根天线的坦克说道。

"长官，换一辆吧！你说的那辆坦克位置靠后，不好打呀！"炮兵军官说道。

"我不管，我就要打那辆！"罗儒高声吼道，"打中了我就放你走，打不中你就一直给老子打，四发炮弹打完为止！"

三个炮兵不敢怠慢，赶忙操作反坦克炮进行瞄准。"砰！"反坦克炮开火了，一道白光从炮管飞出，直冲日军坦克群。"轰"的一声巨响，那辆竖着两根天线的坦克中弹了，炮塔被炸飞了，车身也剧烈地燃烧起来。

不出罗儒所料，这辆坦克中弹报销后，刚才还骄横异常的日军坦克一下子陷入混乱，有的继续前进，有的停下了车，还有的开始倒车。"你们打中的可是一辆指挥车！"罗儒激动地给了炮兵军官一拳，三个炮兵也是兴奋异常。罗儒挥了挥手，放这三人走了。

/ 第六十二章 /

反坦克炮用完了，剩下的战斗只能用人命往里面填了。"谁组织人手，用炸药包把那些坦克给炸了？"罗儒喊道。

"我！"三个连长异口同声地回答道。

新上任的三连连长、共产党员郝大伟向前一步说道："罗营长知道我们共产党员的身份，不仅没有把我们交给孙掌财等人，反而下大力气保护我们，让我们有机会上战场杀日寇，国军中像罗营长这样深明大义的军官并不多见。作为三连连长，斗胆请求罗营长再成全我们一次，把这个艰巨的任务交给我们连，一来报答罗营长的知遇之恩；二来让日本鬼子和瞧不起共产党的人都瞧瞧，我们共产党人的本事可并非只是做做政治工作，打起仗来也血性得很！"罗儒听罢，点了点头。

"三连共产党员突击队集合！"郝大伟喊道。六十多人闻声沿着战壕匍匐过来，罗儒吃惊不小，没想到三连的共产党员会有这么多。

"同志们，我们的任务是炸掉鬼子的坦克。每十人一组，以分散队形冲击，钻到坦克车下面拉响炸药包！现在开始准备！"郝大伟冷静地说道。包括郝大伟在内的六十多人将事先准备好的炸药包缠在身上，前胸一个后背一个，又将导火索攥在手里。他们面色平静，不慌不忙地整理着身上的炸药包，仿佛要去执行一个再平常不过的小任务。他们对死亡的从容与决绝，让罗儒深觉震撼。

"手榴弹掩护！"罗儒高声喊道。投掷手榴弹是死士营的拿手好戏，曾被抗日报纸盛赞完胜日军的掷弹筒。雨点般的手榴弹被扔了出去，划出长长的弧线后在坦克周围爆炸，轰起数丈烟尘。跟在坦克后面的日军被炸得猝不及防，倒地毙命者难以计数。

"第一组，上！"郝大伟喊道，十个背着炸药包的士兵冲了出去。日军虽然慌乱，却仍然凭借强大的火力阻止中国士兵靠近，那十人先后中弹，倒在血泊之中。

"再上！"三连长郝大伟高声吼道，又有十个人冲了出去，但仍全部被日军打死。

折损了二十人却连一辆坦克都没有打掉，气得郝大伟将钢盔摔在地上，喊道："都瞪大了眼睛，看好我是怎么炸坦克的！第三组，跟我上！"

"你死了三连谁来带？"铁锤一把将蹿出战壕的郝大伟拉了回来。

郝大伟紧了紧身上的炸药包，笑着说道："我们三连没孬种，都是一心打鬼子的真汉子，所以随便拉出来一个就能当连长！"

"上！"郝大伟高喊一声，跳出了战壕，这组士兵也跟着冲向了日军坦克。

郝大伟步伐极为灵活，左突右闪，时而翻滚时而跳跃，日军虽不断开火，但子弹都"噗噗"打在了他的身后。突然，在距离坦克不远的地方，郝大伟一个趔趄栽倒在地上，抽动几下后便没了动静。正当众人都以为他已牺牲时，他突然又"活"了过来，如蜥蜴一般手脚并用地飞速爬进离他最近的坦克下面，拉响了炸药包。一声巨响后，那辆坦克侧翻在地，车底被炸出一个大窟窿，郝大伟也只剩下了下半截身子。一同冲出去的士兵们纷纷效仿，身形漂移不定，脚步忽左忽右，令日军射击难度骤然增加。但即便如此，他们也只有一人成功炸掉了坦克，其余皆无功殉国。

下一组士兵走到战壕边，做好了出击准备。"上！"其中一名士兵喊道，这组人便冲了出去。"上！"又有十人冲向日军。"上！"再次冲出去十个人。"上"的口令一次次响起，爆炸声也一次次在坦克群中炸响。

一个年轻的士兵即将在下一组去炸坦克，他身体前后挂着两个与他瘦小身材毫不相称的巨大炸药包。他因为恐惧而面色惨白，两腿也在不停地发着抖。突然，这个年轻士兵跪在战壕里，"咚咚咚"磕了三个响头。"娘，儿子不能给您尽孝了！"他扯着嗓子大声高喊，仿佛期待着声音能飘到遥远的家乡去。"上！"口令响起，那个年轻士兵抹掉眼泪，起身跳出了战壕。没多久，坦克群里传来了此起彼伏的爆炸声。尘土飞扬，遮天蔽日，罗儒看不清那个年轻士兵是否炸掉了坦克，但却知道，一定有一声爆炸是属于他的。

此时的罗儒，已不知道炸掉了多少辆坦克，他的脑中回荡着那一声声"上"，这是进攻的号角，也是生命的绝唱。

"咱们连的共产党已经死完了，咱们不是共产党也要接着上，让小鬼子知道死士营和咱们三连的厉害！"三连的士兵高声喊道。

"上！"口令再度响起，士兵们背着炸药包前仆后继。不到半个小时，三连已经损失了一百多人，却也炸掉了日军十多辆坦克。平均用十条人命换一辆坦克，对于重武器匮乏的中国军队这算是相当不错的战绩，但罗儒依然心如刀绞，心疼那些被炸得粉身碎骨的兄弟。

"营长，鬼子开始撤退了！"铁锤高声喊道。果然，日军步兵如潮水般退了回去，坦克也一边开火一边后退。

下一组正准备冲出去的士兵，扭头盯着罗儒，问道："还炸不炸了？"

"不炸了！咱们死得太惨太多了，鬼子都撤退了，咱就不炸了！"铁锤抢着说道。听罢此言，那十个准备赴死的士兵收住了脚步。虽然他们极力掩饰，但脸上仍然写满了死里逃生的喜悦。

"继续炸！"罗儒说道，"鬼子的坦克还剩下近二十辆，如果放他们回去，这些坦克还会参与下次进攻，会给我们造成更大的损失。我们必须炸得他们再也不敢出动坦克！"说话时低着头，不敢直视士兵们的眼睛。正当他们为绝处逢生而满心喜悦之时，又毫不留情地再次将他们推入死亡的深渊，那种绝望罗儒想都不敢想。

"上！"那十个士兵冲了出去，留给罗儒的是坚毅而决绝的背影。

此后，又有几波士兵冲向日军坦克。最终，日军二十多辆坦克被炸毁，剩余的几辆也是非残即伤，狼狈地逃了回去。

战斗暂时告一段落，死士营着手寻找殉国士兵的遗骸。然而，牺牲了二百多人，却只捡回来许多断臂残肢。"都被炸碎了，找不全了。"士兵们哭着说道。

一个小时后，日军再次对死士营阵地发起了冲击，果然这次只有步兵，没有坦克协同作战了。"弟兄们，鬼子没有坦克了，这是三连的弟兄用命给咱们换来的！不能让他们的血白流，咱们狠狠地打！"罗儒高声喊道。

这支抱着旅行心态的日本陆军王牌板垣师团，原本丝毫未将眼前这支中国杂牌军放在眼里，不想却阴沟里翻了船，将宝贝坦克折损殆尽，因而恼羞成怒杀性骤起，大声号叫着发起了不计损失的亡命冲锋，发狂般一波接一波地连续冲击死士营的阵地。

死士营轻重机枪一齐嘶吼，子弹和手榴弹铺天盖地而来。日军一片一片地倒地毙命，但冲锋势头没有半分削减。那些受伤的日本兵拒绝医治，而是挺身射击，至死方休。日军猛冲猛打一个多小时，阵地前遗留下厚厚的一层尸体，大量涌出的血液竟让原本干燥的土地变得泥泞起来。

死士营虽然也杀红了眼，但面对如此凶猛的攻击却也只有招架之功，伤亡十分惨重。罗儒心急如焚，他想将伤员送回台儿庄内的医院，但眼下阵地处处吃紧，防线随时可能被日军攻破，根本抽不出人手将他们抬下火线。伤员也懂得营长的难处，都静静地躺在战壕里，眼看着自己的血一点点流干，一声不吭地等待着死亡的降临。

日军掷弹筒打出的榴弹在死士营阵地上遍地开花，弹片四处飞溅，杀伤威力极大。二连长夏虎勇猛异常，架着机枪猛烈扫射，很快便成为日本兵的攻击目标。一连串榴弹落在夏虎身边，他的副射手当即阵亡，他自己也倒在了血泊之中。

昏迷了片刻，夏虎摇摇晃晃坐起身，回了回神，伸手去捡机枪，这时才发现自己右手被炸飞了三根手指，剩下的那两根手指也被炸断了，仅有一点皮肉连接着。"娘的，这手算是废了！"夏虎骂道。他将那两根断指从手掌上扯了下来，扔到旁边。

他用左手架起机枪继续射击，然而打了没几枪便觉得自己肚子不对劲儿，低头一看，肚皮竟被弹片划开了一条长长的豁口，皮肉外翻，白色的肠子在里面蠕动着。"娘的，这回整个人都废了！"夏虎苦笑着说道。

几个士兵要将夏虎抬下火线，不想却被他一顿臭骂。"你们这不是为我好，是坑我害我！我伤成这样有得治吗？死是一定的了！我死之前不多杀几个鬼子捞捞本儿，跑后方去干什么？你们是想憋屈死我吗？"夏虎一边说着，一边驱赶那些试图把他抬下火线的士兵。

夏虎直起身，站在战壕里，架起机枪猛烈扫射。没多久，机枪强劲的后坐力便将他的肠子从肚子里震了出来。他不管不顾，直到肠子快流到了地上，才一把抓起肠子塞回肚中。可没过多久，肠子又被震了出来，他便再将其塞回去。如此反复数次，夏虎嫌影响自己射击，竟不再理会肠子之事，索性就让它垂在体外。

二连的士兵将夏虎的情况报告给罗儒，罗儒赶忙奔了过去。来到二连阵地，罗儒见到夏虎抱着机枪猛烈射击，他白花花的肠子正悬在体外，随着机枪的后坐力一起抖动。此时，夏虎也已支撑不住，晃晃悠悠地栽倒在地。

"兄弟啊，你受罪了！"罗儒抱起夏虎说道。

"不打紧。我这机枪至少'突突'了一百个鬼子，怎么样营长，打得不赖吧？"夏虎见到罗儒，赶忙说道。

"你打得真好，你们二连打得也是很好！"罗儒说道。

"营长，那我求你个事，你把我的死士营袖标还给我吧！"夏虎翕动着毫无血色的嘴唇哀求道。

"好！"罗儒从兜里掏出死士营袖标，给夏虎佩戴好。

"这下可好了。"夏虎摩挲着袖标，微微一笑，闭上眼睛，咽了气。

战斗持续了整整一天，枪炮之声直到夜色深沉方才止息，未得片刻休息的死士营也终于得以喘息。他们虽然打退了日军十余次进攻，但自身伤亡亦十分惨重。士兵们草草地裹了裹身上的伤口，便抱着枪七倒八歪地蜷缩在战壕中呼呼睡去。

虽然只打了一天，但战斗之激烈和伤亡之惨烈已让罗儒大为震惊。"哪里架得住这么死人！如果明天还这么打，真得求雷师长把死士营撤下去了！"他心里嘀咕。

第二天，依旧是白热化的鏖战。日军如潮水般攻过来，遭到阻击遗尸遍野后又如潮水般退去，没过多久又会以更加迅猛的势头扑来。日本军人在死，中国军人也在死。直到夜幕降临，士兵们才腾出手来处理自己的伤口。他们痛苦的呻吟如千把利刃扎进罗儒的心里，看着战壕内横七竖八的尸体和伤痕累累的士兵，他坐不住了。

"这仗就是绞肉机，这么死人谁受得了！我得找雷师长说说，要撤下来休整一下，哪怕一天也好。"罗儒嘴里嘟囔着，起身向战壕外走，然而走出去没多远他又停了下来。犹豫了许久，罗儒最终决定不开这个口。

第三天，日军攻势有增无减。死士营此时已死伤三分之二，全赖幸存将士苦苦支撑，才勉强守住了阵地。此时的罗儒反倒释然了，他知道自己这营人明天就要打光了。

夜晚，罗儒将几个士兵骨干叫到了身边。军官差不多死完了，他只能向士兵骨干布置次日的战斗任务了。忽然，雷师长跳进了战壕，道："你们打得很辛苦！有什么想法没有？"三日没见雷师长，他竟然一下子老了很多。

罗儒起身敬礼，说道："没想法。"他也想让死士营撤下去休整，但话到了嘴边又咽了回去，他知道仗打成了这样还没有把自己换下去，是因为雷师长手里面确实没有兵了。

"说一说你下一步的作战计划。"雷师长说道。

"没计划。咬牙顶着，死完拉倒！"罗儒苦笑着回答。

"你小子真有种啊！其他人一天打八百个电话要求撤下去休整，你们死士营伤亡这么大，你竟然还敢说顶着！真是有种！"雷师长给了罗儒一拳，大笑着说道。罗儒苦笑，没有作声。

雷师长点着了一根烟，说道："你们营打得好，守住了台儿庄的北面阵地。但其他方向的阵地失守了，已经有部分鬼子攻入台儿庄了。因此，你营没有必要继续在城外坚守了。现命令你营立即撤入台儿庄，同敌人展开巷战！"

罗儒敬礼领命，随即问道："这巷战怎么个打法？"

"咬牙顶着，死完拉倒！"雷师长回答道。

罗儒接着问道："当初说咱们死守台儿庄牵制日军，汤军团则乘机从日军侧后发起攻势，前后夹击围歼板垣师团。这都过去三天了，台儿庄的守军都要打没了，怎么还不见汤军团的影子？"

"不要指望他了。"雷师长无奈地说道，"汤军团在奔袭台儿庄的途中被鬼子拦住了，现在也在苦战之中，能不能冲过来还不得而知。我们只能靠自己死守台儿庄了。"

罗儒点点头，心中没有激起一点沮丧和失望。三日来的血战让他确信台儿庄一定会成为死士营全体将士的殉国之地，即使汤军团最后赶了过来，死士营也早已拼光了。

死士营借着茫茫夜色，撤出城外阵地，进入了台儿庄。"弟兄们，我们即将在城内同鬼子展开巷战，每一间屋子都要同鬼子争夺，就算是茅房也要让鬼子付出代价！台儿庄是死士营的坟墓，你我兄弟今日共赴黄泉！"入城后，看着全营仅剩的二百多号人，罗儒振臂高喊。

"杀！杀！杀！"士兵们高声回应。二百多人随即散于民房之中，开始为天亮之后的巷战做准备。

/ 第六十三章 /

台儿庄的民房多由砖石筑成，坚固耐用，稍加改造就能成为理想的掩体。大的民房可藏兵八九人，小的则可藏一两人，房屋之间彼此照应，易守难攻。士兵们从窗口、屋顶、墙缝等处探出枪口，对准日军即将来犯的方向。

东方破晓，一缕阳光照在台儿庄斑驳陆离的城墙上。日军阵地响起密集而急促的炮声，一段百余米长的城墙随即轰然倒塌，日本兵如决堤的洪流从坍塌处一拥而入，冲进了台儿庄。

日军肆无忌惮地向城内纵深挺进。突然枪声大作，子弹从四面八方飞了过来，冲在前面的日本兵接连中弹。后面的日本兵不知是哪里打枪，赶忙收住脚步，四处寻找掩护。晕头转向了好一会儿，他们才发现几乎每一间院落、每一栋房屋都藏着中国士兵。日军迅速进行调整，散开队形对民房展开了攻击。

台儿庄巷战开始了，在狭窄的屋内和街巷内，两军士兵或彼此射击，或互掷手榴弹，或白刃肉搏，其状极为血腥惨烈。每间房屋甚至每堆废墟，都成了激烈厮杀的战场，双方反复争抢，寸步不让，再不起眼的小屋也会葬送上几条人命。没过多久，两军士兵便杀得浑身是血，街道上、房屋内更是人尸枕藉，血流成河。

两军杀得难解难分，一直战至深夜，兵戈之声方才渐渐止息。月黑风高，台儿庄如同浸泡在浓墨之中，伸手不见五指。空气中满是血腥气味，浓得似乎能挤出鲜血来。此时，两军战线已是犬牙交错，辨别不出哪栋房屋为哪方所占据。士兵们精疲力竭，倒在驻守的屋中呼呼大睡，只有城中偶尔响起的枪声才能将他们惊醒，然而一翻身便又睡了过去。

次日清晨，士兵们正睡得香甜，罗儒迷迷糊糊地睁开了眼。猛然间，他发现屋子的一面墙上，不知道何时被凿出了不少小窟窿，黑洞洞的枪口正从那些窟窿眼中伸出来。

罗儒瞬间清醒过来，放声大喊："鬼子！"

然而为时已晚，那些从墙窟窿里伸出来的枪迅疾开火，毫无防备的死士营士兵还没起身便接连中弹。这时，一枚手榴弹被从墙窟窿里塞了过来，冒着烟刺刺作响地滚到了中国士兵的中间。一个士兵飞身扑了上去，用自己的身体压住了那枚手榴弹，哭喊着说道："营长，是我的错，我放哨的时候睡着了，没发现鬼子偷袭！"一声巨响，手榴弹所有弹片都打进了那个士兵的身体，将他抛起一米多高，而后重重地摔在地上，整个肚子几乎都被炸没了。

死士营丢了几个炸药包，炸开了那面被凿出不少小窟窿的墙，才看到墙后面埋伏着二十多个日本兵。原来，趁着死士营士兵熟睡之机，日本兵摸到了旁边的屋子，凿出了射击孔，发动了突然袭击。死士营折损了十余人，才将这伙鬼子赶出去。此后，中国士兵如法炮制，也在墙上凿眼袭击日军。两军士兵竞相施放冷枪，死伤者难以计数。

之后数日，尽管死士营在巷战中浴血奋战，与日军互有攻守，但整体上看，其防守区域仍是被压缩得越来越小。不仅是死士营，整个台儿庄的守军基本上都处于被日军逐渐蚕食的状态，超过二分之一的城区已经沦入敌手。

这日，罗儒带死士营退入了一座学堂之中。这座学堂围墙高筑，屋舍坚固，各处皆无半点偷工减料之虞，看得出当地人对教育抱有很高的热情。

罗儒走进一间宽大的教室。教室的黑板上，写着几行苍劲有力的大字——"我是中国人，我爱中国，中国现在不得了，将来一定了不得。"罗儒默念出来，感慨着老师在最后一堂课上将这几个大字写在黑板上时，师生的心中是何等的悲怆。

死士营在学堂内坚守两日有余，终究还是抵挡不住日军的攻击，只得放弃学堂继续后退。铁锤说道："营长，咱们这么一退再退不是办法。我有个想法，我带上二十人继续坚守学堂，你带其他人后撤。如此一来，我们虽然被鬼子包围了，但也成了揳在鬼子心口上的钉子！"

"这可是死路一条啊！"罗儒皱着眉头对铁锤说道。

"好像你能活多久似的！"铁锤言罢，士兵们捧腹大笑。

虽是句玩笑话，说的却也是现实。这样惨烈的战斗，死士营肯定都要殉国，多活一会儿少活一会儿实在是无足轻重。这样的绝境，逼得人看开，逼得人将生死置之度外。

二十个人很快被挑了出来。铁锤向罗儒敬了个军礼，说道："你放心，就算鬼子最后把我吃了，我也得硌下他两个大门牙！"

"九泉之下见！"罗儒说罢，紧紧抱住铁锤，随后领兵撤退。

此后三日，铁锤和那二十名士兵据守着学堂，真的成了日军胸口拔不掉的钉子。日军将学堂团团围住，一天进攻十数次，却始终攻不下来。甚至有一回已经攻进了学堂，却仍然被打了出来。当日本兵暂停进攻试图休息的时候，铁锤又会施放冷枪，对敌袭扰。无论白天黑夜，日本兵都片刻不得安宁，被搅得焦头烂额。日军恨得牙根痒痒，却又无计可施。

罗儒与死士营剩余将士继续在巷战中搏杀，然而拼死的抵抗未能稳住他们的步伐，在日军的强攻之下他们只能一退再退。每当战斗间隙，他便悄悄爬上屋顶，眺望学堂内这支不眠不休浴血奋战的孤军。

这日，天朗气清。罗儒这边激战正酣，学堂那边也是枪声大作。忽然，隆隆的响声传来，一个由轰炸机和战斗机组成的飞行编队出现在空中。"鬼子飞机来了，注意隐蔽！"罗儒高声喊道。死士营对盘旋在脑袋顶上的日军飞机早已司空见惯，因此不慌不忙地寻找掩体。

那些飞机绕着台儿庄转了好几圈，却始终没有投弹。士兵们仰头眺望飞机，问道："营长，这飞机翅膀下面印的是鬼子旗吗？我看咋不像呢！"

罗儒举起望远镜细细端详，这才发现那些飞机机翼下竟然喷涂有"青天白日"的机徽。他猛地站起身，激动地大喊："不是鬼子的飞机，是咱们中国的飞机！"自打参军，罗儒一直都是被鬼子的飞机炸得晕头转向，从没在战场上空看到过中国飞机，此番在台儿庄上空得见我军飞机翱翔，自然是兴奋异常。死士营的士兵也纷纷从掩体中爬出来，使劲挥舞着胳膊，对着飞机高声欢呼。

"营长，咱们的飞机为啥一个劲儿飞，就是不投弹呢？"士兵问道。

"两军防线犬牙交错，飞机搞不清哪片房子被鬼子占领了，哪片房子还在我们手里，所以不敢贸然投弹，怕误伤自己人。"罗儒分析道。

日本兵也发现了天上的不速之客是中国飞机，但他们的作战素质却令罗儒暗暗叫绝。台儿庄比屋连甍，藏着上万日本兵，竟没有一人向飞机开枪暴露日军藏身的位置。

死士营士兵们见状，纷纷指着被日本兵占领的区域，扯着嗓子对着天空大喊："往那边炸！往那边炸！"那些飞机盘旋在空中，看不到中国士兵的手舞足蹈，也听不见他们的呼喊，依然漫无目的地在天上转圈。盘旋了几圈，飞机编队仍不能确定日军的方位，遂掉头准备返回。

"营长，快看！"士兵指着学堂方向高声喊道。那里升腾起一条如黑龙般的烟柱。

罗儒赶忙端起望远镜，看到铁锤等人将学堂的桌椅板凳堆了起来，并一把火烧着，熊熊大火冒出的滚滚黑烟直冲云霄。正欲离去的飞机编队很快看到了这极为醒目的浓烟，径直飞了过来。

铁锤等人见飞机被引了过来，拼命挥舞着缴获来的日本旗。十几面招展舞动的日本旗，即使从高空俯瞰，也是十分醒目的。

"老子也有飞机啦！哈哈哈！炸我！快炸我！我这里鬼子多！"铁锤的喊声远远地飘来。

飞机编队确认"日军"所在区域后，迅速进入轰炸姿态，向着以学堂为中心的一大片区域投下了密集的炸弹。整个台儿庄地动山摇，学堂瞬间陷入火海。一连串爆炸过后，不仅学堂被炸成废墟，周围一大片房屋也都被夷为平地，藏身其中的日本兵也大多殒命。

"兄弟们，趁机夺回学堂！"罗儒大声喊道。轰炸余波未尽，死士营趁势掩杀过去。日军尚未从轰炸中回过神来，又见中国军队气势汹汹杀来，不敢恋战慌忙撤退。死士营如下山猛虎，一路冲到了学堂。

在废墟之中，死士营找到了铁锤和二十位弟兄的尸体。铁锤伏在地上，早已阵亡，但他双目圆睁，手中紧紧握着枪，仿佛随时准备一跃而起再与日军大战一场。他身旁是那块写着"我是中国人，我爱中国，中国现在不得了，将来一定了不得"的黑板，下面又多出一行用血书写的字——"中国人在此"。

一个士兵想将铁锤手中的枪取下来，但铁锤的手指紧紧地扣在扳机上，怎么掰也掰不动。他猛地发力，只听"啪"的一声，铁锤的手指被掰断了。那士兵看着那节错位的手指，"哇"地大哭起来，边哭边狠狠地抽自己耳光。但是，那枪却仍没能从铁锤的手中拿下来。

"闪开！"罗儒看到铁锤的遗体被损毁，推开那士兵，恼羞成怒地大吼。

罗儒坐下身，对着铁锤的遗体说道："咱们兄弟杀鬼子杀惯了，下手没轻没重，把你弄疼了。多多包涵！你快点闭上眼，枪也给我吧！"言罢，他试图合上铁锤的眼睛，但那双无神的眼睛依然不肯闭上，枪也无法取下。

罗儒静静地看着这个从南京拖尸队就和自己在一起的兄弟，又说道："兄弟，你放心，这台儿庄咱们肯定能守住。你就踏踏实实地走吧，别老惦记打鬼子了，也别再拎着枪了。把枪给我，我拿它去打鬼子！"说罢这番话语，那枪竟然被罗儒轻而易举地取了下来，铁锤的眼睛也很顺利地被合上了。

"他心里就是放不下打鬼子的事啊！"罗儒看着铁锤，轻轻说道。

/ 第六十四章 /

第二天，中国的轰炸机编队再度飞临台儿庄上空。突然，空中又传来隆隆的声响，几架机翼上喷着太阳旗的日军飞机冲了过来。我军轰炸机加速飞离，四架护航的战斗机则迅速脱离编队迎击日军。两军飞机缠斗在一起，上下翻飞，激烈异常。

中国四架战斗机虽然势单力薄，但是颇为善战，没多久便击落两架敌机。死士营仰脖观战，欢呼雀跃。这时，一架机身喷涂着两排大红点的日军飞机杀入战阵，令战局急转直下。这架飞机极为骁勇，如饥饿的秃鹫般凶狠，竟一连打下三架我军飞机。

死士营看得目瞪口呆，一个士兵指着那架日军飞机问道："营长，那架鬼子飞机怎么这么厉害？那些大红点子是什么意思？"

罗儒摇摇头，说道："我也不知道。"

"一个红点代表着击落了一架中国飞机。他的飞机上有十七个红点，意味着他一人打下了我们十七架飞机。"一个沉稳厚重的声音从罗儒身后响起。

罗儒扭头一看，雷师长和一个身着中国空军制服的男子正站在自己身后。雷师长介绍道："这位是郑志航教官，笕桥中央航校的飞行教官，也是咱们为数不多的王牌飞行员。"

"长官好！"罗儒行军礼，毕恭毕敬地说道。那位郑教官并没有理睬他，两只眼睛直勾勾地盯着空中那架仅剩的中国飞机。

雷师长摆摆手示意罗儒礼毕，说道："郑教官培养出许多优秀的飞行员，在空军可谓是大名鼎鼎，在蒋委员长那里都是座上宾。他非要到前线来观战，让我好是紧张啊！"

"天上飞的都是我的学生，他们在同鬼子拼命，我怎么可能踏踏实实地坐在屋里。"郑教官说道。

众人仰着脖子提着心，看着那架中国飞机单枪匹马地与众多敌机周旋。突然，郑教官瞪大眼睛高吼一声："坏了！"众人定睛一看，那架机身上画着十七个红点的日军飞机不知何时飞到了中国飞机的后面，从背后发起了猛烈的攻击。中国飞机左突右闪，却始终甩不掉这个尾巴，最终被它击中，开始急速坠落。飞机越飞越低，从死士营阵地上空一划而过，坠落在日军据守的民房上。空中再无中国飞机，日军飞机得意地晃动起翅膀，地面观战的日军也是欢呼声一片。

"二百三十六！这是我第二百三十六个为国阵亡的学生！"郑教官痛苦地闭紧双眼，两行清泪淌了下来。

突然，有士兵喊道："人没死！"众人一看，果然，那架坠落的中国飞机的舱盖被缓缓打开，一个浑身是血的飞行员正坐在里面。日本兵更是兴奋，大喊："支那飞行员，要活的！"他们端着枪，争前恐后地向飞机冲了过去。无论是在日本军队中还是中国军队中，飞行员都是极为珍贵的。因此，活捉对方飞行员绝对是大功一件。

"啪啪啪！"那飞行员靠在座椅上，拔出手枪，连开数枪，将跑在前面想抢头功的两个日本兵击毙。

"不要怕，继续冲！他只有一把小手枪，已经没有子弹了！活捉支那飞行员！"日本军官高声喊道。

中国飞行员站起身，仰天大吼："中国没有被俘的空军！"随后举枪自尽，魁梧的身躯从机舱跌落在地面上。

日本兵此时已经冲到了飞机跟前，见飞行员自杀身亡，皆大呼失望。他们将所有的怨气和怒气都撒到了飞行员的尸体上，飞行员如同布娃娃一般，被日本兵踢来踩去。

罗儒怒火中烧，大吼道："死士营，跟老子上，把尸体抢回来！"士兵得令，随即整理枪弹蓄势冲锋。

郑教官拦住罗儒，向他敬了一个军礼，说道："感谢你们。我的学生已经殉国，不值得你们再付出牺牲。我是他的老师，我去把尸体抢回来。"说罢，抱起机枪就要冲出去。

罗儒一把将他拉住，说道："天上的鬼子你杀，地上的鬼子我杀！"说罢，带人发起了冲锋。

日军不想为一具尸体而付出代价，因而稍作抵抗便后撤了。死士营也不追击，抢回尸体后也撤了回来。但这一来一回，还是损失了两个人。

"为了我学生的遗体，致使贵部损失了两个人，我很感激，亦很惭愧。"说罢，郑教官对着两名死士营士兵的遗体鞠躬致意。

"死士营绝不放弃袍泽兄弟之最后尊严。"罗儒说道。死士营众士兵皆大声称是。

郑教官掏出手绢,轻轻擦拭着学生脸上的血渍,说道:"我一共培养了二百三十六名飞行员,到今天,全部殉国了。这二百三十六人从航校毕业后,最长的飞了六个月,最短的毕业当日就在空战中殉国了。他们太年轻了,都是二十出头的青年,甚至有的还不到二十岁。他们和所有青年一样渴望着爱情,却没有一人结婚,他们说飞行员活不长,不能耽误人家女孩。"

"每一次接到他们阵亡的消息,我的心口就插了一把刀!"郑教官拍着自己的胸口,老泪纵横地说道,"现在,这里已经插了二百三十六把刀了!都插满了,真的插不下了!我当不了教官了,我要再驾机上天,和鬼子搏杀!"

"您是教官,您可以源源不断地培养出优秀的飞行员。您留在教官的位置上可以更好地抗日。"罗儒插嘴说道。

"不能把那个日军王牌打下来,我活不踏实。"说话间,郑教官慈祥的面容瞬间变得杀气腾腾。

"您是说那架画着十七个红点的鬼子飞机?"罗儒问道。他对那个狠角色印象很深。

"是。"郑教官说道,"今天他一人击落了我们的四架飞机。他这会儿肯定正忙着在机身上喷涂新的红点了。"

"这个人怎么这么厉害?"罗儒问道。

"这个日本飞行员叫南乡隼。原名叫南乡茂,加入日本空军后改成现在这个名字,他希望自己像隼一样凶狠毒辣。他的飞行技术非常好,战法也十分灵活,是日本数一数二的王牌飞行员。他成了日本空军不败的神话,我必须把他打下来。"郑教官说道。

"你很了解这个南乡隼呀。"雷师长说道。

"岂止是了解,他是我的老师!"郑教官说道。众人惊得目瞪口呆。

郑教官继续说道:"当年我被送到日本学习飞行,教我的教官就是这个南乡隼,他当时就已经在日本空军中小有名气了。在他的培养下,我成长得很快,并在毕业大比武中夺得了第一名。我起程回国的当天,他赶到码头送别。他问我,中国古有受人恩惠退避三舍的典故,如果中日两国开战,我要如何报答他的培养之恩。我告诉他,我可以让他三轮机关炮,但领空一寸也不让。开战以后,笕桥航校缺少教官,因此上峰不让我上天作战,但是今天我送走了我全部二百三十六个孩子。我要为他们报仇，亲手宰了南乡隼！"

次日，中国轰炸机编队出现在台儿庄上空，没多久日军战斗机便冲了过来。"南乡隼！"有眼尖的士兵高声喊起来。果然，那架画着许多红点的日军飞机冲在最前面，恶狠狠地扑向中国机群。

一架中国飞机冲出编队，呼啸着迎击南乡隼。在其低空飞行时，众人看到座舱内的人正是郑教官。郑教官虽然驾机冲向南乡隼，但其一弹未发。南乡隼的机关炮首先响了起来，甩出一串串子弹。郑教官飞出各种闪避动作，却始终不肯还击。

"怎么郑教官不打啊？这不是干等着被鬼子打下来吗？"死士营士兵看着着急，跳着脚说道。

"郑教官遵守承诺，在报答南乡隼昔日教育之恩。不要着急，再等等看！"罗儒说道。

南乡隼三轮机关炮过后，郑教官的机关炮也猛烈地响了起来。两架飞机缠斗在一起，如同相互争斗的雨燕，在空中忽高忽低忽快忽慢，灵活快速地做出一系列令人眼花缭乱的战术动作。渐渐地，郑教官开始占据有利位置，并最终形成了对南乡隼的追击态势。南乡隼使出浑身解数，也甩不掉身后的中国战斗机。终于，郑教官抓住战机，扣动了扳机。"嗵嗵嗵"一连串机关炮如流星般砸在南乡隼的飞机上，只听一声巨响，南乡隼的飞机凌空爆炸。郑教官学着当初他老师的样子，得意地晃动起机翼。死士营士兵仰望天空，振臂欢呼。

其余的日本飞机见南乡隼被打了下来，马上恶狠狠地扑向郑教官。郑教官毫不怯战，驾机迎了上去。他瞄准敌机猛烈射击，然而机关炮响了没多久竟突然哑了火。

"糟了！郑教官没有炮弹了！"罗儒喊了出来。

折了大将的日军飞机原本有些胆虚，但这会儿见到郑教官没了炮弹，瞬间勇气陡增，争先恐后地冲了过来，想趁机为南乡隼报仇。郑教官没有撤出战斗，反而驾机一边闪避着炮弹一边加速冲向日军机群。日本飞行员马上明白了他的意图，他是要与日本飞机同归于尽！

日军飞机纷纷四散奔逃，但有一架飞机躲闪不及，被郑教官拦腰撞上。一声巨响，两架飞机在空中炸成了一团大火球，残片如天女散花般密布天空。

死士营向着翱翔在中国天空的忠魂，郑重地行军礼致敬。

此后数日，死士营继续与日军在血肉之间绞杀。战斗越打越惨，人越死越多。罗儒觉得，只要日本人再发动一次大规模冲锋，死士营就将全军覆没。

这日，死士营正在浴血鏖战，雷师长赶了过来，对罗儒说道："罗营长，告诉你一个天大的好消息，咱们一直苦苦等待的汤军团已经赶到了台儿庄的外围！台儿庄的小鬼子现在已经是瓮中之鳖了！"

"真的吗？太好了！"罗儒兴奋地叫了起来，士兵们也精神为之一振。连日来刺刀见红的厮杀，让他们已经忘记了久久不到的汤军团和那个早被束之高阁的合围计划。

"你部迅速投入反击，冲击敌人所占民房。"雷师长命令道。

激动的气氛一下子凝固住了。"我不敢违抗军令。"罗儒指着身后的士兵说道，"不过，死士营剩下这么百十号人了，一个个筋疲力尽，我拿什么反击？"

"汤军团赶到了，合围计划马上实施！战区命令台儿庄所有部队全部投入反击，围歼板垣师团的小鬼子！——四师就算剩下一个人，也要冲上去！板垣师团必须死在台儿庄！"雷师长高声说道。

"死士营，跟我冲！"罗儒高喊一声，第一个冲了出去。死士营士兵紧随其后，向鬼子盘踞的民房发起了冲锋。

日本兵也知道了自己身处内外夹击的困境之中，因而无心恋战，稍作抵抗就会撤退。罗儒带领死士营猛打猛冲，很快杀到一座被铁丝网"捆"得严严实实的宅院外。这座宅院围墙高筑，显然在战前是大户人家的宅邸，现在却成了日军森严壁垒的军事据点。死士营刚刚靠近，架设在房顶上的几挺机枪就响了起来。死士营迅速将宅子围了起来，一顿猛烈的射击干掉了那几个机枪手。

死士营炸开宅院的大门，鱼贯而入冲进前院。院内晾晒着纱布，地上也散落着大量的医疗器械。军医出身的罗儒马上意识到，日军将这处宅院改造成了战地医院，这也正是这里戒备森严的原因。

"啪啪啪！"七八个日本兵把守着前院一间屋子的门窗，不断向外开枪。门窗早已被打烂，屋内的情形一览无余。穿着病号服的日本伤兵站成几排，身穿白大褂的军医正举着手枪依次向他们的脑袋上开枪。那个军医动作很麻利，走一步杀一人，伤兵们则老老实实地站在那里，等待着属于自己的子弹。当他们死亡倒地的时候，另一名军医就会用剪刀剪掉他们的一只耳朵，扔进身旁的急救箱里。

死士营士兵见状大惑不解，问道："营长，鬼子怎么杀自己人啊？"

"鬼子发现在台儿庄败局已定，能撤走的都撤走了。这些伤兵没办法随队撤退，日军担心他们成了俘虏，因此才要处决他们。你看，日本军医杀起自己人来也是一点都不含糊啊！"罗儒冷笑着回答道。

"军医为什么要割掉尸体的耳朵？"士兵追问道。

罗儒说道："鬼子是非常忌讳尸骨无存的。如果战况紧急不能带走尸身，就会切个小拇指或者割掉耳朵带回去，给他们的家人留个念想！"

死士营组织进攻，很快便击毙了负隅顽抗的日本兵，随后冲进屋内，活捉了那两个军医和二十七个尚未来得及被军医处决的日本伤兵。

"把这些俘虏押到司令部去！"罗儒命令道。士兵将日本俘虏捆绑结实后押了出去。

"这些耳朵怎么办？"士兵捧着满满一盒的鬼子耳朵问道。

"扔到火里烧了！"罗儒说道，"鬼子想得挺美，给家人留点念想。可那么多被他们杀的中国人，谁留下念想了！把那些耳朵全都烧了，灰也扬了，一点不许留！"士兵领命而去。

突然，后院传出惊恐的哭喊声，机枪声随即响了起来，片刻之后院内又陷入死一般的沉寂。这样的声音罗儒再熟悉不过，他在南京沦陷后的日子里听过太多次了。

罗儒发疯一般冲到后院，却看到院中已躺着几十具尸体，其中还有很多身体赤裸的年轻女子，一看便知中国老百姓在这里被集中处决了。和南京一样，尸堆如山，血流成河；和南京一样，老弱妇孺，皆遭屠戮；和南京一样，尸体破碎，千疮百孔；和南京一样，妙龄少女，裸身惨死。恍惚之间，罗儒觉得自己是在南京，那个堆满白花花尸体的南京。愤怒燃烧着他的理智，让他呼吸变得急促起来，身体也开始不住地颤抖。

一个执行完屠杀任务的日本兵，踩着尸体挥舞着刺刀冲了过来。罗儒怒吼一声，将步枪摔在地上，抽出背上的大刀冲了上去。他早已将刀法抛之脑后，只是疯狂地对着日本兵劈头猛砍。日本兵疲于招架，但罗儒却有使不完的力气一般。终于，那日本兵胳膊一软没有挡住，被大刀劈掉了半个脑袋。然而罗儒并没有停手，仍然铆足了力气一刀刀剁在日本兵的尸体上，直到被死士营士兵拦腰抱住，他才发现手中的刀早已被砍得卷了刃。

死士营士兵在遍地的尸体中找寻着幸存者。"营长，来这里！"一个士兵喊道。

一个五六岁的男孩正躺在地上装死，他紧紧握着旁边老太太的手，屏着呼吸，紧闭双眼，但眼珠却在眼皮下面滴溜溜地转着。罗儒蹲下身子，柔声说道：

"孩子，我们是中国人！鬼子已经被我们赶跑了！"

那孩子佯装听不见，依然在装死。罗儒笑着说道："你眯着眼从缝隙看看我们是不是中国军人。如果你觉得不是，那你就继续闭上眼装死。"

男孩纯真无邪，果然张开了一条眼缝，眼睛滴溜乱转，四处打量。"你们穿的不是鬼子的衣服！"那男孩睁大了眼睛，高兴地说道。

男孩突然回过神来，趴到旁边的老太太身上，一边摇晃着一边叫"奶奶"。接着，他又跑到尸体堆中四处寻找，在两具裸体女尸旁边跪下身，哭喊起"娘"和"姐"。士兵们看这孩子可怜，都抹起眼泪来，可罗儒欲哭无泪，这样的情形他在南京已经见过太多太多了。

男孩突然站起身，抹掉眼泪，跪在罗儒脚下，说道："长官，求求你，让我当兵吧！我要打鬼子，替我家里人报仇！"

罗儒将男孩抱了起来，柔声问道："先和我说说这里发生了什么，好吗？"

男孩细叙一番，众人才知道了详情。原来，这些被打死的老百姓都是台儿庄附近村庄的村民，被日军强掳来伺候日本伤兵的。老人和孩子被逼着给日本人做饭做菜、接屎接尿，年轻女子则沦为了日本伤兵和军医的泄欲工具。他们成了日本伤兵的撒气筒，常常无缘无故遭到殴打甚至被枪毙。中国军队反攻后，日本伤兵知道自己被日军抛弃了，便开始疯狂地杀戮老百姓。

罗儒抱着男孩，轻声安抚，而后对身旁的士兵轻声说道："把这个孩子安全地送到后方！不许有半点闪失！"

死士营继续冲杀，逐屋驱逐负隅顽抗的日军。又打了半天的时间，台儿庄的石头城墙出现在眼前。"终于打到头了！"士兵们激动得欢呼起来。

爬上城墙，士兵们看到城外一支军容齐整、装备精良的国军军队正在对狼狈逃窜的日军穷追猛打。日军望风而逃，丢盔弃甲，大量的枪支弹药和各式火炮都没有带走，许多汽车、装甲车、坦克也因为缺少汽油而被遗弃在路旁。

"汤军团来了，鬼子跑了，这台儿庄算是守住了。"罗儒瘫坐在地上，有气无力地说道。几天几夜没有合眼的他放松了一直紧绷的神经，仰面栽倒，晕了过去。

/ 第六十五章 /

罗儒睡得昏天黑地，突然，一阵密集的枪声将他从梦中惊醒，这时他才发现自己身处一间窗明几净的屋内。

"铁锤！"罗儒大声喊道。

门外站岗的士兵听到声音急忙冲进屋子，问道："营长，出啥事了？"罗儒这才猛然想起来，铁锤已经在台儿庄殉国了，心中一阵刀绞般的痛。

罗儒问道："这是哪里交火打得这么紧？鬼子又杀回台儿庄了？"

"营长，这里是徐州，咱们死士营的军营呀！"那士兵笑着说道，"鬼子早就被咱们打跑了，哪里还有什么鬼子！台儿庄战斗打完之后您就昏睡过去了，是我们把您抬回来的。您可是睡了整整一天呀！"

"外面枪声一阵紧似一阵，是怎么回事？"罗儒问道。窗外仍然"噼噼啪啪"响个不停。

"那是鞭炮！徐州的老百姓正在大游行，庆祝台儿庄大捷！"士兵推开窗户，城内的喧闹与热烈瞬间冲入屋内。人们被连战连败的气氛压抑得太久了，台儿庄大战的胜利如同久旱后的甘霖，让整个徐州沸腾了。

"营长，咱们去外面瞧瞧吧！"那士兵对罗儒说道。

"走！瞧瞧去！"罗儒爽快地答应了。他来到屋外，死士营的士兵们也纷纷跟了出来。一众人等在军营门口，翘首看着游行队伍远远走来。

参加庆祝游行的都是徐州的普通百姓，他们有的敲锣，有的打鼓，还有的喊口号，人声鼎沸热闹非凡。兴奋的人们打出各种各样的标语，有的写"速战速决，驱逐日寇"，有的写"与日寇决一死战"，还有的写"今天杀他两万八，明天杀他十万八，后天送他回老家"。

游行人群看到这些戴着"死"字袖标的士兵，知道他们就是苦战台儿庄的死士营，便成群结队地跑过来，有的献花，有的鞠躬，有的拥抱，还有的毫不羞涩地上前献吻。

英雄的礼遇让死士营受宠若惊。罗儒回身一看，只有三十多名士兵在这，赶忙吩咐道："快去把咱们营所有人都叫出来，体验一把当民族英雄的感觉！"

"营长，死士营所有活下来的人，都在这里了。七百人就剩下这三十多号人了。"士兵回答道。

罗儒痛苦地闭上眼，心中的喜悦一扫而光，脸色阴沉面如死灰。"今晚，我们在校场大摆酒宴。我要与逝者同饮，与生者同醉！"他无心再看游行，转身回屋，再不出来。

月上柳梢头，死士营在校场上摆下酒宴。傍晚的徐州城，仍然沉浸在台儿庄大捷的欢庆气氛中，而在台儿庄几乎全军覆没的死士营，此时却被悲壮与凄凉团团围绕。与半个月前一样，校场上还是摆放了五十张桌子，士兵们也按照之前的座位各自落座。然而不同的是，半个月前的七百人如今只剩下了三十多人，当时每张桌子都坐得满满当当的，但是现在要么空无一人，要么只坐着一两个士兵，看着桌上的十多套碗筷发呆。

"死士营今夜同饮庆功酒，诸位务必一醉方休！"罗儒高举酒碗，一饮而尽。

他一手端着酒碗，一手拎着酒坛，走向头一张桌子。这桌人已经全部在台儿庄殉国，但罗儒却给自己斟满酒，对着空空荡荡的桌子大声说道："我记得这里坐的是一连一排一班，没错吧？来来来！台儿庄一战大家辛苦了，我敬大家！我干了！"说罢干了满满一碗酒。他抹了把眼泪，斟满酒，走向下一张同样无人就座的桌。

罗儒就这样挨桌敬酒，多半都是他一人独饮，遇到有人的桌，那士兵必会泪雨滂沱地同他痛饮。他越喝越多，酒坛子喝光了好几个，人也越发地站不稳。

恍惚间，他看到那些殉国的弟兄们又都回来了，一个个生龙活虎，朝气蓬勃。校场上又热闹起来，觥筹交错，人声鼎沸，气氛比半个月前的酒宴还要热烈。

罗儒忽然看到了铁锤，赶忙拉住他说道："我以为你殉国了，难受坏我了！你没事就好，我干了！"说罢，仰脖干了一碗酒。

罗儒又看到朱旅长和老油在聊天，赶忙端着酒碗跑过去。"老长官，老哥哥！想不到你们也来了！好久不见，真想你们啊！台儿庄我们打得辛苦啊，不过我们死士营最终还是挺过来了！想来这都是你们的功劳！我有了你们的魂儿，死士营就有了我的魂儿！就凭这，我就敢跟鬼子硬碰硬！我是不是得敬敬你们？"言罢，又是一碗酒。

两个穿着学生装的人走了过来，罗儒眯眼一看，竟然是赵元朗和张可好。

"老同学，当初咱们一起参军，结果你俩跑得快，留我一个人和鬼子干，是不是太不仁义了？你们罚酒，我陪着！"一碗酒又下了肚子。

罗儒晕晕乎乎地瘫坐在地上，忽然看见一大群中国百姓双手被反绑着走了过来。他赶忙问道："你们都是从南京逃出来的吗？"话音未落，日军中队长田中拎着军刀走了过来。罗儒哭喊起来："不能杀！不能杀！他们都是手无寸铁的老百姓啊！"田中举刀一挥，那群中国百姓就都躺在了血泊之中。"我杀了你！"罗儒大喊着起身去追田中，但一个趔趄摔倒在地，便不省人事了。

又是昏天黑地的一觉。"营长，醒一醒，雷师长来了！"脸上残留着泪痕的罗儒被人从梦中叫醒。他迷迷糊糊地睁开眼，顶着头痛欲裂的脑袋，在床上坐起身。

"你这是喝了多少酒啊？直接睡到校场上不说，被士兵抬到床上又睡了一天一夜！"雷师长关切地问道。

罗儒正欲回答，却被眼前的雷师长惊得目瞪口呆，他竟然没了右臂！"师长，您这是？"罗儒一下子醒了酒，瞪着眼睛问道。

"小伤！小伤！"雷师长哈哈大笑，声若洪钟，"只怪我刀法不精，在台儿庄追击时和小鬼子白刃战，一个不小心弄丢条胳膊！不过好在咱们打赢了，就当我给台儿庄献份薄礼吧！"他话说得很轻松，但罗儒打心眼里佩服他，中国能有几个将军敢上战场和鬼子一刀刀互砍？

"我有两个好消息要告诉你！"雷师长绽开笑容，说道，"先说这第一个。台儿庄血战，把咱们一一四师几乎给打光了，万把人剩下不到一千人，真叫个惨。死士营是一一四师的中流砥柱，也是一一四师的灵魂所在，死士营不垮，一一四师就垮不了！我决定把咱们师剩下的这近千人全部编入死士营，迅速恢复死士营的战斗力！补充来的新兵蛋子一个也不给你们！"

罗儒大喜过望，对着雷师长又敬礼又作揖，激动得难以自持。这些经过大战洗礼的老兵是一一四师的精华，无论是作战能力还是作战经验都堪称一流。有了这些老兵，已经被打残的死士营马上又是一支劲旅。

"第二个好消息是，中国军队在台儿庄歼敌两万人，全国为之沸腾，大大振奋了我军民士气，不少报纸甚至将此次大捷称为抗日战争的转折点。我军决定乘胜追击，抽调各方部队共计六十万人驰援徐州，彻底打垮日军！抗日战争的胜利指日可待了！"雷师长眉开眼笑地说道。

雷师长原以为罗儒听到这个消息会欣喜若狂，不想他却出奇地平静。罗儒默默走到作战地图前，抱臂沉思起来。

"徐州保不住了。"沉默良久，罗儒突然说道。

雷师长十分错愕，赶忙道："你快给细说说！"

"台儿庄大捷，确实大量杀伤了日军，但谓之抗战的转折点实在是言过其实了，离抗战胜利更是十万八千里。"罗儒盯着作战地图，缓缓说道，"为了侵略中国，日本人蓄谋了几十年，上至八九十岁的老翁老妪，下至八九岁的黄口小儿，全部或直接或间接地参与到对华战争中。这场战争可以说承载了日本几代人的'梦想'，是很多日本人生命的全部意义。而且日本的现役军人和后备军人加起来有数百万人，而在台儿庄不过损失了区区两万人，实在是太微不足道了。总之，无论从军心士气上还是从军事实力上，台儿庄战役都远远算不上战争的转折点，速胜更是遥不可及。"

"就算鬼子不服输，我军六十万人前来驰援，难道还守不住徐州？"雷师长问道。

罗儒指着地图说道："徐州周围地势平坦，日军的重型作战装备有了用武之地。我军进行大规模集结，正中日本人下怀。鬼子现在肯定正在调兵遣将，准备与我军决战，把这六十万国军一口吃掉！没了这六十万人，莫说是徐州，就是武汉恐怕也成了日军的囊中之物了。"

雷师长沉思许久，道："今天在战区司令部开会，有人提出了和你一样的观点，但是很快就被速胜论和转折论给淹没了。当时我沉浸在胜利的喜悦之中，对此也没有多加考虑。现在仔细想来，觉得你说得确实在理。"

"您应该面见李长官，向他陈述想法，避免使我军陷入危局。"罗儒道。

"现在大家都嚷嚷着与日军决战，给日军最后一击，我这个时候泼冷水唱反调，会被人说成是胆小怯战的。"雷师长不无顾虑地说道。

"苟利国家生死以，岂因祸福避趋之。"罗儒劝道。雷师长听罢，转身出门。

过了没一个小时，雷师长就回来了。他对罗儒说道："见到李长官了，该说的话也都说了，但是集结六十万人增援徐州战场的作战计划无法更改。他说这是委员长下的作战命令，只能执行。当然，这可能是他的托词，我觉得他也想在徐州扩大战果。"

"既然如此。当下最要紧的是把一一四师救出来。"罗儒说道。

"怎么救？"雷师长追问。

罗儒思考片刻，说道："现在各个部队都忙着向战区要新兵来补充兵员，咱们不去要。狼多肉少，新兵很快就会被其他部队分个精光，但一一四师仍然是这点人。然后我们向战区请求参战，我师严重缺员，派不上大用场，肯定不会让我们上战场。紧接着再向战区陈情，既然难堪大用，不如离开徐州。战区考虑钱粮的耗费，必然愿意我们走人。一一四师人少，便于行动与指挥，很快就能够撤离徐州。"

雷师长听得目瞪口呆，说道："你这鬼主意可真不少。不过，开战之前溜之大吉，可不是你的风格啊？"

"咱们可以死，但不能白白送死。"罗儒道。

雷师长依计而行，果然战区十分痛快地同意了一一四师离开徐州的请求。千余人迅速行动，当晚就撤离了徐州。

一一四师撤离徐州，奉命向河南郑州开进，并归属第一战区节制。抵达郑州的当天，一一四师迅速着手补充兵员、武器、粮草等工作，并迅速对新兵展开了训练。师里的老兵全部被调入死士营，死士营又恢复了战斗力。

徐州方面的战斗也诚如罗儒所预测，日军见中国军队合兵一处，敏锐地捕捉到了战机，迅速调集了大量的军队与重型装备，欲速战速决将六十万中国军队一网打尽。中国军方高层见势不妙，幡然悔悟，急忙下令六十万军队分五路进行突围，避免被日军围歼。中国军队虽成功突围，但徐州也落入了日军手中。

此时，一一四师已在郑州休整了半月有余，并在雷师长和罗儒的悉心锻造下浴火重生，成为一支军容齐整、士气高昂、颇有战斗力的军队。

/ 第六十六章 /

这日，一纸命令送到一一四师。原来，日军土肥原师团突然向军事重镇兰封挺进。兰封是保卫武汉的关键，兰封失守则郑州不保，郑州不保则武汉危在旦夕。为守住兰封，战区命令一一四师向兰封进军，暂时归属驻守兰封的三十七军指挥。

雷师长读罢，长叹一声，道："这可是把咱一一四师往火坑里面推啊！"

罗儒不解，道："三十七军不是中央军吗，人员齐装备好，听说还配有一个战车营，咱跟着他们打挺好的呀！"

"不是咱们跟着他们打，而是他们跟着咱们打！"雷师长又是一声苦笑，说道，"你是不了解三十七军呀！三十七军军长魏用庆，黄埔一期生，在德国留过学，人称'德国将军'，是蒋委员长眼中的大红人。魏军长的心眼可是比黄河里的沙子还多，但是没用在日本人身上，全用在了自己人身上。咱们暂时归属三十七军指挥，这一个'暂时'可就让咱成了挡在三十七军前面的炮灰了，什么仗难打让咱们打什么，反正是暂时归属，打光了也不心疼。"

"那怎么办？"罗儒问道。

"看在打鬼子的分儿上，我不跟他计较！"雷师长笑着说道。

一一四师没有耽搁，马上开拔向兰封进军。徒步行军的途中，魏军长每天都要给雷师长发数封电报，内容无一例外，全是催促一一四师加快速度，尽早赶到兰封。

这天，从晨光熹微到晚霞满天，一一四师整日都在急行军，没有休息片刻。但即便如此，魏军长仍然在一天之内连发了十二封电报催促继续加快速度，而且一封比一封催得紧，惹得雷师长大怒。

"土肥原师团的先头部队距离兰封至少还有一百公里，但他还这么一个劲儿催，就是怕我不能及时赶到，无法给三十七军挡枪！中国人什么时候能不这么精明了，这仗就好打了！"雷师长哀叹。

"师长，有敌情！"副官急匆匆地跑来报告，"碰到几个逃难的农民，他们说前面有鬼子。"

雷师长命令道："全师迅速隐蔽！派人把情况探查清楚！"副官领命而去。

约莫过了一个小时，副官跑来报告："已经探清楚了，前面大约有两千多鬼子。"

"咱们现在归属三十七军，是不是打这一仗还是要请示魏军长的。马上给魏军长发报，说一一四师发现日军，是打还是放过去，请求指示。"雷师长命令道。副官领命而去。

一一四师伏在树林中隐蔽，不多时便见前方尘土飞扬，一支两千多人的日军队伍出现在视野中。日本兵一个个神态放松，怡然自得，全然没有行军的模样。

"看样子鬼子也没想到咱们会出现在这里，这是个好机会，打他个出其不意！"罗儒趴在雷师长身边，低声建议。

"这么久了，魏军长还没有回电报吗？"雷师长扭头问副官。副官摇摇头。

"再给他发报，就说一一四师请求进攻！行不行给句痛快话！"雷师长恼怒地说道。

又等了半个多小时，日军的队伍几乎要过完了，魏军长的电报仍然没有来。

罗儒对副官说道："再发电报催问！"

"不用催了，再催他也不会回电的。"雷师长对罗儒说道，"魏用庆今天连催我十二次，几乎一个小时就发一封电报，怎么这会儿却突然哑巴了？他又在动脑子耍聪明呢！他肯定已经收到我们的电报了，但是故意不给我们回复。为什么呢？这里面学问可大了！如果我们放跑了日军，引起了严重的后果，这不是他下的命令，是我们怯战避战，责任算不到他的头上；如果和日军交火打输了，这仍然不是他下的命令，是我们擅自出战，责任同样算不到他的头上；但如果我们打败了日军，他就会说是他三十七军打了胜仗，毕竟我们暂时归属三十七军指挥嘛！总之，他不给我们指示，横竖都对他有利！"

雷师长掸了掸身上的土，又正了正军帽，笑着说道："这世界上有些事情就是这么恶心，有些人就是这么自私而不顾大局。罢了，咱们就成全他。这鬼子我就打了，打不赢我就死这里！——四师是为了中华民族和子孙后代打鬼子，没时间和他斗这个心眼！"

经过一番部署，战斗打响了。罗儒带领死士营猛地从日军背后杀出来，出其不意地发动了攻击。这些经过台儿庄血战洗礼的老兵，个个都是以一当十的狠角色，杀起人来毫不手软。优哉游哉的日军被打得措手不及，死伤不计其数。但混乱了没多久，日军便回过神来，迅速收缩队形，建立防线，挡住了死士营的攻击势头，并随即转入反攻。

战况急转直下，罗儒见势不妙不敢恋战，急忙下令撤退。死士营拔腿狂奔，日军则在后面穷追不舍。追至一个大山坡下时，日军发现中国军队竟神秘地消失了。

日军四处寻找中国军队踪迹，突然，中国士兵有如神兵天降，从四面八方冲了出来。看着漫山遍野的中国士兵，日军方才知道中了埋伏，赶忙组织突围。在中国军队的包围圈上撕开一个口子后，日军夺路而逃。见日军逃遁，雷师长下令停止追击，迅速脱离战场。众参谋不解其意，询问为何不乘胜追击。

罗儒笑着解释道："这两千鬼子虽不能一口吃掉咱们，但打残咱们师却也不是难事。日军之所以撤退是因为没有摸清楚我们的底细，如果他们知道咱们只有一个师的兵力，又绝大多数是新兵，他们肯定要狠狠地咬我们一口。所以趁着日本人还没有搞清楚，咱们还是见好就收吧！"众参谋听罢，连连点头称是。

——四师随即离开战场，避开大路，绕道而行。

行军途中，雷师长叫来副官，让他给魏军长拟写电报。雷师长开始口述："报告魏军长我——四师最新情况。"然而念完这一句就没了下文，副官捧着本拿着笔，一脸茫然地看看雷师长又看看罗儒。

"就写这一句。"雷师长一脸坏笑地对罗儒说道，"我憋死他！"

没过几分钟，副官就跑了回来，说这次魏军长很快就回电报了，但就两个字——"如何？"

"也给他回两个字，'你猜。'"雷师长笑得更坏了。

魏军长的回电很快又发了回来，上面写道："军机大事，望君自重。"

雷师长拿着电文捧腹大笑。罗儒担心雷师长再回以嘲讽言语，于是抢着对副官说道："给魏军长回电，就说我——四师奇袭日寇，毙敌二百余人，现已脱离战场。"

这封电报发出去后就再也没有收到魏军长的回电。过了没多久，副官拿着收音机跑了过来，让雷师长赶快听听。雷师长拿过收音机，里面传来国民党中央台播音员清晰而洪亮的声音："就在刚才，我三十七军在魏军长的指挥下果断出击，击毙日寇两千余人……"雷师长和罗儒耐着性子听完了这条紧急插播的报道，发现全文对——四师只字未提，更把杀敌人数往上翻了十倍。

"好在老子现在是为了子孙后代打仗！要是搁以前打内战、争地盘那会儿，老子的肺都得被他气炸了！"雷师长哈哈笑着说道。

——四师又走了两日，才风尘仆仆地赶到了兰封。雷师长和罗儒屁股还没坐热乎，魏军长就派人来传话，要雷师长立刻赶到军部，说要召开军事会议，部署防守兰封的作战方案。"咱不来，这军事会议都开不成！"雷师长冷笑着说道。他让罗儒同去，遇到事情也好有个商量的人。

兰封城本就很小，如今又挤进这么多军队，更显得人满为患。雷师长和罗儒走在街上，仿佛进了兵器博览会。三十七军的火炮、坦克、装甲车等各式武器装备全都整整齐齐地摆在路边，擦得油光锃亮，新得就像工厂刚生产出来的一样。炮弹也都一尘不染，在太阳下闪闪发光。炮兵和装甲兵们趾高气扬地昂着脖子，用鼻孔扫视着满脸风尘的罗儒。

罗儒就像刘姥姥进了大观园，看看这个炮，摸摸那个坦克，震惊得不得了，他没想到竟然有中国军队能使上这样先进的武器。"中央军就是中央军！咱们可从来都是被这样的装备撵着打，哪承想咱中国军队也有这样的装备啊！"罗儒啧啧称赞，爱不释手地抚摸着一辆坦克的炮筒。

"别摸了，小心给摸坏了！"站在一旁的坦克兵对罗儒说道，眼里满是对杂牌部队的不屑。

罗儒还没回答，雷师长先说话了。"哟，你这坦克挺亮啊！嚯，看这履带，一点灰儿都没有！你这是最先进的德国坦克吧？"雷师长戴上白手套，抹了一把履带，满脸欣羡地问道。

"正宗德国坦克，比日本鬼子的都好！"坦克兵声音洪亮，得意得眉毛一扬一扬的。

"你开着你的坦克杀过鬼子吗？"雷师长一脸正色地问道。

那坦克兵的笑容瞬间凝住了，半天说不出话来。

"我在问你话！"雷师长脸色陡然一变，大声吼道。

"没。"坦克兵终于憋出一个字。他脸涨得通红，写满了无地自容，声音也是陡然低了八度。

"看你牛哄哄的还以为杀了多少鬼子呢，敢情你们就是中看不中用的摆设！"雷师长摘下手套砸在坦克兵的脸上，指着围观的炮兵、坦克兵们高声吼道，"你们手里的这些武器，能杀鬼子才叫坦克大炮！如果不能杀鬼子，那它就是一堆废铁，比烧火棍子还不如！你们少他妈看不起人！武器好怎么着，藏裤裆里能杀鬼子吗？这些坦克大炮不是让你们鼻孔朝天吹牛皮的，也不是让你们当成驴车拉着逃跑的，那是用来杀鬼子的！"

雷师长一把将罗儒拽到身边，指着他的"死"字袖标说道："这是死士营营长罗儒，你们很多人肯定都听过他的大名。我告诉你们，他杀的鬼子军官比你们见到的都多，他杀的鬼子兵够你们数到明天早晨的！再看看你们，穿得人模狗样的，可除了会擦坦克你们还会干什么？再说把坦克擦那么亮有什么用，能把鬼子的眼睛晃瞎吗？全国老百姓就靠着你们手里那块破抹布把鬼子赶出中国？一天到晚不杀鬼子，净吃饱了撑的整这些没用的！还敢跑到罗儒面前充大尾巴鹰，也不撒泡尿照照自己！"这通臭骂将围观的三十七军士兵骂得羞愧难当，方才的傲气荡然无存。

雷师长又吼一声："兵熊熊一个，将熊熊一窝！都给老子闪开！"围观的坦克兵和炮兵们马上让出一条路，雷师长带着罗儒昂首阔步地走了。

来到军部，魏军长虚情假意地寒暄了一番，雷师长爱搭不理地敷衍了几句。军事会议随即开始，参谋长介绍了当前战况。日军的意图非常明显，那就是拿下兰封。兰封西北方向有一个村寨，名叫丁家寨，扼守在日军进军兰封的必由之路上。三十七军要派一得力部队进驻丁家寨，其任务是最先接敌，并拖住日军，为保卫兰封争取更多的时间。

参谋长介绍完，魏军长笑呵呵地问道："谁愿意领兵防守丁家寨？没有丁家寨，就没有兰封。"他端着茶杯，轻轻吹着杯中袅袅腾起的热气。

会议室内寂静一片，没有一人起身回应。众人心里明白，这是个损兵折将的苦差事。雷师长和罗儒虽不畏惧，但两人深知魏军长的人性，因而互相使了个眼色，也和大家一样坐在那里闷不作声。

魏军长见状，喝了几口茶，冷笑着说道："枉你们活了一把年纪，竟如此没有胆量，越活越废物！"

罗儒听明白了，魏军长话里有话，在拿话敲打雷师长，会议室内岁数最大的就是年过六旬的雷师长了。雷师长也听出了这层意味，这个会其实就是专门为一一四师开的，意在让这支临时配属的部队挡在三十七军的前面。不过雷师长仍然稳如泰山，面不改色地坐在那里。

魏军长几次拿眼瞄雷师长，雷师长都是一脸淡然，没有丝毫主动请缨的意思。终于，魏军长憋不住了，轻轻放下茶杯，满脸堆笑地说道："一一四师死守台儿庄居功至伟，麾下死士营更是令敌人闻风丧胆，我看据守丁家寨的重任就由一一四师来承担吧！"

"我们来的路上，看到三十七军军备齐整，各式先进的武器装备应有尽有，实力远在我一一四师之上，不如抽出三十七军的一个师去防守丁家寨，这样把握更大一些！"雷师长说道。

"正是因为三十七军实力强，所以才要留下来守更为重要的兰封。"魏军长笑着品了口茶，淡淡地说道。他把恭维的话照单全收，又顺便将了一军，把雷师长噎得说不出话来。

罗儒觉得魏军长人品实在差劲，也无意恭敬，便佯装劝谏雷师长，道："三十七军的坦克大炮擦得油光锃亮，都能照出人影来，怎么能干打鬼子这种粗活！"

"让你守，你就守！哪里来的这么多废话！"魏军长脸上挂不住了，拍桌子吼道，"你们再敢多言，兰封若有闪失，必拿你们是问！"

"少他娘的在老子面前拍桌子！"雷师长也拍案而起，挥舞着独臂高声吼道，"你们都听好了，一一四师肯去守丁家寨，不是因为你个鸟军长下了命令，而是因为那里有鬼子！打鬼子，老子当仁不让！"他端起魏军长的茶杯一饮而尽，将杯子扔到了桌子上。

"呸！"雷师长向外喷着唾沫星子，大声说道，"这他娘的什么破茶！"他抹抹嘴，拂袖而去，只剩下魏军长和一众军官呆坐在那里面面相觑。

一一四师未经休整直接开拔，向丁家寨进军。然而行至距离丁家寨还有十公里的地方时，前面探路的士兵跑来报告，称丁家寨已经被日军占领了。

罗儒大惊失色，赶忙问道："鬼子什么时候到的？有多少人？"

"据逃出来的老乡说，鬼子到丁家寨也就半天的时间，大约有五百多人。"士兵回答道。

"看样是土肥原师团的先头部队，为大部队打前哨的，我们得想办法干掉他们。"罗儒对雷师长说道。

"准备夜袭丁家寨！"雷师长看着渐渐西沉的太阳说道。

入夜，一一四师悄悄接近丁家寨，村寨的土墙在朦胧的夜色中隐约可见。这附近土匪流寇猖獗，地方政府数次剿匪皆无功而返。村民们迫于无奈，只得环绕村寨筑起厚实的土墙，以作自卫防备之用。土墙宽约两丈，可容数人并排行走，虽然笨重敦实，但若不借助工具却也难以攀越。

"师长，我带五十名死士营的弟兄悄悄摸进去，干掉守卫，打开寨门。届时咱们里应外合，活剥了这一伙鬼子。"罗儒建议道。雷师长点头应允。

罗儒点出五十人，带上梯子，悄无声息地向土墙摸了过去。行动非常顺利，众人如入无人之境，轻松地抵达村寨外，开始攀爬土墙。日军防备如此废弛令罗儒颇觉意外，但他无暇思索，也跟着爬了上去。

突然，一颗照明弹蹿上了天空，如太阳般明晃晃地挂在天上。强光之下的景象，让爬上土墙的罗儒大脑一片空白。土墙之上，竟然埋伏着大量日军，十几挺轻重机枪，枪口正齐刷刷地对准死士营士兵。

"有埋伏，撤！"罗儒放声大喊。

然而为时已晚，日军的步枪和轻重机枪一齐响了起来，中国士兵无处遁形，纷纷中弹，跌落下土墙，像一口口麻袋，重重地摔在地上。五十人的队伍，眨眼间就只剩下二十来号人了。

"撤！往外跳！"罗儒大喊。

他向墙外纵身一跃，摔到了土墙外面，其余士兵也跟着跳了下去。然而没跑出几步，日军的子弹便追了过来。日军居高临下射击，精度极高，中国士兵接连倒地。

"保护营长！"几个士兵大喊着扑倒罗儒，将他压在身下。他们成了肉身盾牌，为营长抵挡着日军的子弹。"噗噗噗"，子弹打在他们身上的声音，罗儒听得十分清晰。他想起身还击，但被身上好几具尸体压得动弹不得。除了罗儒，跳下土墙的二十余人全部阵亡。

枪声止息，空气中弥漫着浓烈的血腥味。银色的月光洒在高高的土墙上，五个中弹被俘的死士营士兵立在土墙的边缘。一个日本兵站在他们身后，扯着嗓子高声喊道："支那军，我们抓了五个俘虏，现在把人还给你们！"日军哄笑成一团。中国士兵听不懂日本话，但是他们听得出，那狰狞的笑声中饱含着浓浓的死亡的味道。

"干死小鬼子！""小鬼子，我日你祖宗！""小鬼子，送爷爷们上路！""兄弟们，多杀鬼子，替我们报仇啊！"被俘的死士营士兵放声大喊，听不出半分的畏惧胆怯。日本兵的枪响了，中国士兵的叫骂声戛然而止，尸体一个接一个地从土墙上跌落，"扑通扑通"地摔在罗儒身旁坚实的土地上。

摸着那些余温尚在的尸体，罗儒狠狠地抽了自己几个耳光。日军戒备一向森严，怎么可能如此轻易地接近他们的阵地，这明摆着就是个圈套，结果自己大意轻敌，领着五十个弟兄愣头愣脑地往里钻，害得他们白白丢掉了性命。他拔出手枪准备自杀，想以死向兄弟们谢罪。

这时，身旁一具"尸体"突然起身，伸手夺下了罗儒的枪。"你小子犯他娘的哪门子傻？"那"尸体"低声说道。他声音不大，但威严十足。罗儒听出来，那人是雷师长！

"跟老子爬回去！"雷师长说道。罗儒心中愧疚不已，执意要自杀。雷师长一记耳光抽在他的脸上，打得他天旋地转眼冒金星。他不敢再固执，只得跟着雷师长小心翼翼爬回了——四师阵地。

刚进阵地，雷师长就把罗儒从地上拎了起来，说道："我就知道你小子来这手，这才亲自爬过去把你揪回来！你给那五十个兄弟报仇了吗就自杀？你就这点出息？"

雷师长递给罗儒一支烟，帮他点燃，说道："打仗就会死人。一将功成万骨枯，再英明的指挥官也做不到不死一个兵。可以死，但不能白白送死，这话还是你说的。你在土墙下面自杀了，可土墙上面的鬼子还欢实着呢！你死得一点价值都没有，白白死了！"

罗儒点点头，强打精神，准备再战。

/ 第六十七章 /

日出之前，空旷的原野上再次枪声大作，一一四师对村寨的正面发动了大规模进攻。日军迅速加强了正面防御，密集的弹雨压得一一四师寸步难进，士兵们只能趴在地上，连头都抬不起来。

突然，村寨内枪声大作，土墙上的日军机枪纷纷掉转枪口向村内射击，没过多久又都哑了火。原来，一一四师的正面强攻只是佯攻，为的是吸引敌人的注意力，死士营则乘虚而入，从村后翻越土墙，攻入村寨。一一四师和死士营内外夹击，很快便歼灭了这支日军，并俘虏了三十多个日本兵。

看到那群俘虏时罗儒愣住了，这三十多个俘虏竟然都是一群只有十五六岁的稚气未脱的少年。他们身材单薄，矮小瘦弱，清澈的眼睛与被硝烟熏黑的脸庞极不般配。

从他们身上搜出来的证件显示，这些少年都来自名为"满蒙开拓青少年义勇军"的组织。这个组织罗儒是知道的，其主要使命是将日本十五六岁的少年移民至中国东北，作为关东军的后备军力进行培养。这个组织受到日本社会的极度吹捧，罗儒在日本时就曾见到日本青少年争先恐后地要求加入。"日军一定陷入无兵可用的困境，才会抽调这些少年兵补充到了土肥原师团。"罗儒心中暗自猜测。

这时，一个士兵急匆匆地跑过来，说道："罗营长，师长让你赶快过去。村寨外出现了大批鬼子！"罗儒听罢一惊，赶忙跑了过去。

罗儒爬上土墙，看到大批日军正黑压压地向丁家寨扑过来。"看来这就是土肥原师团主力了。"雷师长淡然地说道。他命令一一四师做好迎敌准备。

土肥原师团并没有立刻发起攻击，一个摇晃着白旗的人从日军阵中跑出来。"国军的兄弟们，不要开枪！两国交战，不斩来使！我是来送信的，千万不要开枪！"那人一边摇晃着旗子一边高声喊道。原来，这是个来递话的汉奸。

汉奸跑到土墙下面，掏出一封信，称打开寨门当面详谈。雷师长不允，冷笑着说道："我和汉奸可没有那么多话说！"他命人将吊篮扔了下去。汉奸无奈，只得将信放在吊篮中。罗儒拉回吊篮，拆信一看，原来是师团长土肥原的亲笔信。土肥原力劝——四师投降，不要以卵击石，当了中央军的炮灰。信是用汉字写的，字体苍劲有力，文章行云流水，内容直指中央军和地方军之间的嫌隙龃龉，让雷师长和罗儒感慨土肥原"中国通"的绰号真不是浪得虚名。

罗儒提笔在信上写道："尔等不知台儿庄之板垣乎？"随后把信丢给土墙下的汉奸，让他转呈土肥原。

汉奸拾起信，说道："我劝二位长官早日弃暗投明，不仅为自己奔个好前程，也能保全——四师弟兄们的性命，何乐而不为？皇军所向披靡，锐不可当，南京都打下来了，区区一个村寨怎么可能抵挡得住？我们这一路攻城拔寨，日行百里，现在皇军那还有二十个国军战俘呢！"

一听日军手里有国军战俘，罗儒眼睛一亮，吩咐身旁的士兵："把那些日本少年兵，用他们来交换咱们的战俘。"他扭头又对墙下的汉奸喊道："我们手里有'满蒙开拓青少年义勇军'的三十多个少年兵，都只有十五六岁，他们可是鬼子的未来。我们用这三十多个日本少年，交换你们手里的国军战俘！"汉奸听罢揣好信，晃着小白旗向日军跑去。

汉奸回去没多久，二十多个身着国军军装的战俘被从日军中推了出来。雷师长也令人打开寨门，将日本少年推了出去。

中国战俘和日本少年相向而行，朝着各自的阵营走过去。当两拨人越走越近，最终交会在一起时，日军的轻重机枪一齐响了起来，子弹呼啸着直奔两国俘虏而去。子弹如雨点般落下，飞扬起的尘土足有一人多高。待枪声止息，中国俘虏和日本少年被打得千疮百孔，全部倒在血泊之中。

一个日本军官跑到阵前，举着大喇叭放声大喊："帝国军队不需要支那战俘，更不需要日本战俘！帝国军队只有切腹的勇士，没有被俘的懦夫！"日军阵中爆发出热烈的欢呼声。

罗儒惊得目瞪口呆，日军杀害中国战俘是家常便饭，可为什么连自己人都不放过？

随后，日军发动了全面进攻。丁家寨的土墙虽然比不上高大的城墙，但是由于村里几代人的修筑维护，也是结实异常。——四师据墙而守，寸步不让，死士营更是成为战场上的救火队，哪里情况危急就冲向哪里。土肥原师团一日冲锋数次，都被打了回来，在村寨外的田野上留下了大片的尸体。

第二天清晨，那汉奸又摇着小白旗跑来送信，仍然是土肥原的亲笔信，仍然是要——四师投降。罗儒提笔再写："尔等果真不知台儿庄之板垣！"写罢，让汉奸把信带回去。

是日，日军又疯狂进攻了整整一天，但依然没有撼动——四师的防线。

第三天清晨，那汉奸再度跑来，送上了土肥原的信。罗儒看都没看，直接在信上回复道："他日再与日寇相战，吾必问其：'尔等不知丁家寨之土肥原乎？'"

信送回去后，日军没了动静，——四师等了多半天也没见其发起进攻。众人皆说罗儒三封回信吓退土肥原大军。果然，到了中午有士兵来报，说土肥原师团兵分两路，一路原地驻守，另一路绕村寨而走。雷师长和罗儒听罢，赶忙跑出去观察，果然有接近一半数量的日军正绕过丁家寨，向兰封开去。

"咱们——四师硬得很，把土肥原师团卡在这里整整两天。估计土肥原是怕耽误了进攻计划，因而留下一部分与我军继续纠缠，另一部分则进攻兰封。若兰封得手，这小小的丁家寨自然就是日军的囊中之物了。"罗儒说道。

"土肥原这次的如意算盘恐怕是打不响了。兰封城高壑深，易守难攻，魏军长的三十七军武器精良，坦克大炮一应俱全，人数是我们的数倍，占尽了天时地利人和。土肥原以整个师团之力尚且奈何不了我——四师，又如何凭半个师团打得动三十七军？这个'中国通'这次行不通啦！"雷师长高兴地说道。

雷师长命人发电报给魏军长，告知土肥原绕道攻击兰封，魏军长回电："不足为惧。"此时雷师长与罗儒已经两天两夜没合眼，见此时战事不紧，赶忙跑去睡觉了。

一觉睡到深夜，雷师长和罗儒被叫醒，副官称三十七军魏军长发来急电，要求——四师弃守丁家寨，即刻回援兰封。两人大惊失色，接过电报一看，上面写着"土肥原师团攻势迅猛如雷，三十七军奋力苦战，仍然抵挡不住。现命令你师马上开往兰封！"

雷师长看看手表，疑惑地说道："三十七军和土肥原那半个师团至多交火了七八个小时，怎么可能这么快就抵挡不住了？"他深恐有诈，于是不让回复电报，静观其变。

过了一个小时，三十七军军部又发来一封电报，言语近乎哀求，与上封电报中的命令口吻截然不同。电报中写道："弟及三十七军已陷入死地，望兄不计前嫌，尽最快速度回援兰封，救弟出险境！"

雷师长犹豫不决，命令副官拟写电报："前嫌之说，无从谈起。土肥原师团现一分为二，一部分攻丁家寨，一部分攻兰封。我所虑者，乃一一四师一旦弃守丁家寨，丁家寨外围的日军必赶去兰封参战。两部日军会合，届时其攻击必将更为凶猛。请魏军长决断。"

罗儒也觉得蹊跷，土肥原一整个师团两天拿不下雷师长一个师，怎么可能半个师团几个小时就把魏军长一个军打得如此狼狈？他在死士营中点出十余人，令他们火速前往兰封，看看兰封和三十七军到底发生了什么状况。

等了半天工夫，这支侦察小队回来了。他们见到雷师长和罗儒的第一句就是——"三十七军真完了！"原来，三十七军自恃人数占优、武器精良，大意轻敌贸然出击，中了老奸巨猾的土肥原的埋伏，遭到了毁灭性打击。魏军长指挥无方，没能组织起有效反击，只得狼狈逃窜。主将逃跑，士兵更加无心恋战，纷纷丢盔弃甲四下奔逃。曾令魏军长引以为傲的德国战车营也被冲散了，其中有几辆战车慌不择路，竟然径直开到了日军营地，给日军送了份意想不到的大礼。目前三十七军残部正龟缩在兰封城死守，能否撑到天明还是未知数。

雷师长和罗儒听得目瞪口呆，这时才相信魏军长是真的败下阵来。他们万万没有想到，堂堂的中将军长，堂堂的中央军嫡系，堂堂的天子门生，还专门在德国留学学军事，打起仗来竟然是这个鸟样。"可浪费了那些坦克大炮了，要是给咱们用，那得多杀多少鬼子！现在倒好，全落到鬼子手里了，炮口一转开始杀咱们了！"雷师长懊恼地说道。

这时，副官又送来一份魏军长发的电报。上面写道："兄应即刻放弃丁家寨，赶赴兰封。兰封若失，留此村寨有何作用？盼兄顾全国家与民族之利益，速速回援，以解兰封之困。兰封今日之安危，郑州武汉明日之得失，尽在兄之掌握中！"

雷师长看罢，下令回电："一一四师奉令死守丁家寨两日，伤亡惨重，本已不堪再战，然国家与民族利益至高无上，一一四师即刻奉令回援兰封。"

此时正是深夜，一一四师悄悄撤出丁家寨，钻入茫茫夜色之中。突然，狂风骤起，飞沙走石，不多时竟下起瓢泼大雨。风雨交加，寒意袭身，雷师长看着在黑暗中前行的一一四师，对罗儒说道："风萧萧兮易水寒，壮士一去兮不复还。此情此景，说的不正是我们吗？"

一一四师来到兰封城外，对日军包围圈强突猛攻。日军没有想到会有中国军队雨夜来袭，因而毫无防备，防线很快被撕开一个口子，一一四师趁机冲入兰封城内。

进入兰封，雷师长和罗儒马不停蹄地赶往三十七军军部，领受作战任务。没想到来到军部后才发现这里竟空无一人，大大小小的作战地图凌乱地铺在桌子上，各式各样的资料文件散落一地。魏军长常用的茶杯还放在会议桌上，雷师长用手一摸，其水尚温。两人面面相觑，不知道军部里发生了什么变故。

　　"师长，不好了！三十七军要跑！"副官急匆匆跑来报告。雷师长一听，冲入雨幕之中。罗儒深恐有变，赶忙将死士营调了过来。

　　一众人一路追赶，终于在城门口追上了魏军长。此时，三十七军残部正准备从一一四师撕开的口子突围出去。他们的士兵一个个垂头丧气，没精打采，早没了初见之时的趾高气扬，但队伍中有不少坦克、火炮，火力仍远在一一四师之上，绝对可以与日军决一死战。不过三十七军现在是一门心思想弃城逃跑，魏军长躲在防弹汽车中，周围有七八辆装甲车保护着。

　　雷师长一个箭步蹿到汽车前面，拦住其去路。汽车见状紧急刹车，车中之人猝不及防，差点被晃断脖子。司机不敢再往前开，只能拼命按着喇叭。

　　雷师长紧握双拳，使劲捶着引擎盖，高声吼道："我们来救你们，你们反倒跑了，这是什么道理？一一四师冒雨连夜赶回兰封，是为了和三十七军并肩作战保住兰封，不是为了让你逃之夭夭！"他声若洪钟，甚至盖过了哗哗的雨声。

　　魏军长的副官打开车门走下车，拔出手枪指着雷师长吼道："你是要造反吗？敢挡魏军长的路！赶快滚开！"

　　罗儒哪里容那副官放肆，上前一招便缴了他的枪，接着将他仰面打翻在地。围观的三十七军士兵一见动了手，纷纷对着罗儒举起了枪。死士营也不含糊，大吼着举枪顶在了三十七军士兵的脑门上。在丁家寨经历过数日血战的死士营士兵，个个目光阴冷杀气腾腾，气势上远胜三十七军的残兵。

　　"怎么着，敢杀自己人了？三十七军一个个都是大英雄啊！"罗儒冷笑一声，对着三十七军士兵喊道，"你们这么英雄，怎么不跑到鬼子面前耍威风？你们这么英雄，怎么被鬼子打成了夹尾巴狗？你们这么英雄，怎么城还没丢就想着开溜？敢情你们就敢打自己人，和日本人干就成了软包尿蛋了！"罗儒骂得那些士兵面红耳赤，没一人敢正视罗儒的眼睛。

　　"都他娘的把枪给老子放下！"罗儒吼道。三十七军士兵如同触电一般，赶忙收起枪，跑回队列，不敢再逗留围观。

　　雷师长一把拉开汽车后座的门，将魏军长拉下车来，吼道："你为什么要逃？"

"日军的实力远远超乎我的想象，三十七军损失太大，不能再打了！我必须马上撤到后方去！"魏军长抹了一把脸上的雨水，说道。

　　"我大刀长矛尚且坚守了两三日，你还有那么多人，那么多坦克大炮，有什么不能打的？"雷师长厉声反问。

　　"三十七军损失太大了！三十七军是中央军嫡系，我不能把它拼光，总要为它留下一些骨血吧？"魏军长近乎哀求地说道。

　　"国家都要亡了，中华民族都要灭种了，留你娘的三十七军骨血有什么用？"雷师长揪着魏军长的衣领吼道。

　　"你不要再浪费时间了！你们一一四师愿意守兰封你们就守，不愿意守你们也撤！兰封失守的责任我来承担。"魏军长故意把话说得很义气似的。

　　雷师长不吃这一套，吼道："老子怕的不是担责任，老子怕的是中国亡了！老子就问你，兰封丢了郑州怎么办，武汉怎么办？"

　　魏军长无法回答，便挣脱开他拽住自己衣领的手，钻进了防弹汽车里，"砰"的一声关上了车门。雷师长不依不饶，拉开车门，拔出手枪顶在了魏军长的脑袋上。

　　"滚下来！"雷师长吼道。

　　魏军长强作镇定，说道："要么你打死我，要么你放我走！"

　　雷师长最看不惯为将者畏葸不前临阵退缩，此时极有可能一枪把魏军长给崩了。罗儒冲过去，拦腰抱住雷师长，将他推离汽车，道："师长，这人不能杀！杀了他，搞不好一一四师就成了叛军！"就在这个空当，防弹汽车如离弦之箭，"嗖"的一下蹿了出去，鸣着笛甩着泥，一路冲向城门。

　　风越吹越冷，雨越下越大，雨点砸在脸上生疼。雷师长仰天长吼，指天鸣枪，将手枪中的子弹全部打光。他对着身后的一一四师高声喊道："兰封，三十七军不守，一一四师来守！明知不可为而为之，非我雷龙逞能，只因为脚下的这片土地是我们中国人的，值得我们中国军人用生命去捍卫！土肥原师团兵强马壮有何惧哉？蚍蜉撼树，螳臂当车，今日是也！"

　　"杀！杀！杀！"罗儒和死士营带头喊了起来，一一四师也跟着喊了起来。在震彻雨夜的喊杀声中，三十七军灰溜溜地钻出城门，从一一四师在日军防线上撕开的那个口子，逃遁出去。

/ 第六十八章 /

一一四师进行着毫无希望的坚守，虽然曾将土肥原师团拦在丁家寨之外整整两日，但今时今日的情形却极为不同。彼时一一四师兵马齐整，丁家寨又是弹丸之地，举全师之力负隅抵抗自然固若金汤。然而经过两日血战，伤亡颇大，粮草弹药难以为继，兰封城又比村寨大得多，因而处处防守处处失守。打了不到一日，日军便已杀入城内。又苦守两日，被打得仅剩城内一角，原先的万余人也只剩下一千多人。罗儒估计，能坚守的时间要以小时计了。

终于又挨到了晚上，日军停止了进攻，一一四师也得以稍事休息。战局至此，已经没有再进行战斗部署的必要了，雷师长和罗儒便坐在坑道中收听起收音机来，这是他们了解外界的唯一途径。广播中播出的一则消息令两人大惊失色。中国政府向外界宣告，兰封会战已告失败，中国军队下一步将做好保卫大武汉的战略部署，与此同时，蒋委员长在兰封会战总结中痛斥相关将领误国误民，称此次会战是"战争史上一千古笑柄"。

雷师长和罗儒都明白，中央政府对外宣告会战失败，就意味着彻底放弃了兰封。虽然这里仍有千余名士兵浴血奋战，但不会有人前来救援，也不会有物资补给，一一四师就如同被遗忘了一般，成了真正意义上的孤军。

"罗营长，你说怎么办？"雷师长关上收音机，问罗儒。

罗儒沉思片刻，说道："我们之前死守兰封，乃至只剩城之一隅仍不放弃，是因为这里是战略要地。但如今形势已然不同，中央彻底放弃了兰封，兰封成了弃子，现在保卫武汉的所有战略部署都将以兰封失守为前提，我们的死守对于保卫武汉没有价值了。因此，我认为我们应当突围，待元气恢复，跟鬼子接着打！"

"你说得在理。一一四师剩下的千把人你就给带出去吧！"雷师长说道。

"我带出去？"罗儒颇为惊讶，赶忙问道，"您这话什么意思？您是一师之长，得您带出去啊！"

"我不跟着你们突围了，就留在兰封。"雷师长淡淡地说道，"我自幼从军，戎马一生，这辈子做的最后悔的事，就是跟着韩长官望日军而逃，一溃千里拱手让出大半个山东。我曾发誓，就算粉身碎骨也不再当长腿将军。虽然魏用庆是兰封会战的军事主官，他逃跑后我主动守卫兰封，但不管怎么说，兰封是在我手上丢的。丧城失地是为将者最大的耻辱，我不想再跑了，我就死在兰封吧。"雷师长说得风轻云淡，仿佛是在与好友淡然地喝茶品茗，而非在硝烟之中安排生死。

罗儒并不意外，这正是雷师长的秉性。主动承担守城任务与失地之后决意殉国，都源自他烙印在灵魂深处的中国军人的骨气。罗儒也露出一抹浅浅的微笑，说道："我们也不突围了，就在兰封和鬼子干，打完为止。这样倒也简单了，也省下再去制订突围计划了。"

"不行，兰封已经被彻底放弃了，你们再在这里死守就是白白送死，咱不能干这傻事。这是我的命令，你马上带领剩下的人突围！"雷师长斩钉截铁地说道。

未等罗儒回话，突然有士兵高声喊起"鬼子夜袭"，接着便响起密集的枪声。土肥原师团素来喜欢以火力压制，很少发动夜袭，但今天夜间突然发动如此大规模的进攻，看样子是要在天明之前一口气打掉——四师，彻底拿下兰封城。

雷师长一边端着机枪扫射，一边对罗儒吼道："你带人马上突围！鬼子攻势太猛，再磨蹭就走不了了！"

"要走一起走，要死一起死！没有抛弃长官自己苟活的道理！"罗儒回答得十分干脆。

雷师长知道，自己不死罗儒绝不肯带队撤退，于是拔出手枪指向自己的脑袋。罗儒眼疾手快，飞起一脚踢在雷师长的手腕上。"砰！"子弹擦着雷师长的头皮飞了出去。罗儒索性一不做二不休，跨步上前，照着雷师长的后脑狠狠来了一掌，将他打晕了过去。

"雷师长执意让我们突围，他自己殉国！我们断然不能抛弃自己的长官！"罗儒高声命令，"全师集合，向郑州方向突围！"——四师上下都深知罗儒的为人，加之他在士兵心目中威望极高，因而无人持异议，迅速执行他的命令。罗儒亲自背起雷师长，和众人一起狂奔起来。

静谧的黑夜中枪声四起，——四师千余人开始突围，死士营打头阵，冲在最前面。土肥原师团的首要目标是夺取兰封，无意与——四师过度纠缠，加之死士营攻势迅猛，因而日军防线很快就被打开了缺口。待——四师大部通过，死士营又杀回来断后。经过半宿的激战，——四师成功突围，向郑州轻装急进。经此一战，——四师仅剩八百余人，死士营更是剩下不到二百人。

经过两个昼夜的狂奔，一一四师终于跑到了郑州。不知是因为过于疲乏，还是罗儒下手过重，雷师长一直处于昏睡状态。罗儒是医生出身，虽然知道他并无大碍，但是心里仍然是忐忑不安，愧疚万分。

在营地又睡了半日多，雷师长才醒了过来，罗儒赶紧跑到床边谢罪讨饶。雷师长坐起身，沉思片刻，突然问道："武汉没有来人找我？"

"武汉？没有来人啊！"罗儒被这个莫名其妙的发问给问蒙了。

这时，有士兵敲门报告："师长，有人要见您，说是武汉派来的。"

雷师长笑着对罗儒说道："说曹操，曹操到。白白辛苦你把我从兰封救回来。"罗儒听罢更加不知所云，一脸迷惑。

未等雷师长允许，就有一大帮人闯进了屋子。为首之人是一名中将，身后跟着的也都是挎着枪的士兵，罗儒一见那气势便知道来者不善。

为首的中将大声说道："一一四师师长雷龙，你在兰封会战中临阵脱逃，现将你缉拿，押赴武汉受审。"他身后两名士兵掏出绳子，上前便要将雷师长绑起来。

罗儒跨步挡在雷师长身前，说道："长官，这是个天大的误会，实在冤枉雷师长了！临阵脱逃的不是雷师长，而是三十七军军长魏用庆！一一四师是奉命救援兰封，而后主动留守兰封的，我们一直打到中央政府宣布会战失败才撤退的。如果不是一一四师，兰封早就是鬼子的了！"

"这些话让雷龙在军事法庭上说吧！绑人！"中将命令道。

罗儒坐过大牢上过法庭，知道一旦进去就难有机会自辩清白，因此无论如何也不让他们把雷师长带走。他有些恼火，喊道："事情还没调查清楚，怎么上来就绑人！"

"先把人绑了再调查！你们赶快把雷龙绑了！"中将推了一下拿着绳子的士兵，让他们赶快动手。

"我看谁敢！"罗儒火了，拔出了手枪。

"你这是要造反吗！"中将吼道。他带来的士兵也纷纷举起了枪。

"死士营！"罗儒高吼一声，死士营士兵迅速端着枪冲入屋内，拉枪栓的声音哗哗响成一片。屋外也被死士营包围起来，进进出出的路全给封锁了，就连那中将停在营房外面的轿车也被控制起来。

"话说不清楚，你们就是有天王老子当后台，也没办法活着走出这个屋！"罗儒厉声喝道。

"罗营长，你一向沉稳，怎么今天如此鲁莽？"雷师长没了以往的火暴脾气，和颜悦色地对罗儒说道，"咱们兄弟都下下火，不就是去趟武汉吗，有什么大不了的，能比台儿庄、兰封更凶险？"说罢，主动伸出手让那些人绑缚起来。中将看了看身边杀气腾腾的死士营，摆了摆手，示意不必再绑。那些人带着雷师长，飞一般地离开了一一四师营地。

雷师长走后，罗儒左思右想，心里始终惴惴不安，武汉专门派高级将官前来拿人，想来雷师长全身而退的可能性并不是很大。思量一夜，他决定去一趟武汉。由于郑州通往武汉的铁路连遭日军轰炸，运力受到很大限制，罗儒只能孤身一人前往。他往腰上别了两把手枪，就匆匆起程了。

到了武汉下了火车，便见到鳞次栉比的楼房和比肩接踵的人流，久违的大都市的气息迎面扑来。虽然城市秩序井然，但是仍然不难嗅到战争逼近的气味。"保卫大武汉""抗战必胜"的标语随处可见，许多童子军身着制服举着募捐箱，号召民众献金救国，还有抗日歌咏队和话剧团在街头演出着各样的抗日节目。然而罗儒担心雷师长，根本无暇他顾。他立在车水马龙的街头不知所措，不知道雷师长在哪里，也不知道该去哪里打听。

"卖报！卖报！兰封会战成千古笑柄，罪魁祸首雷龙已被缉拿归案，明日过堂受审！快来看报！"一个报童高声吆喝，摇晃着手里的报纸跑过罗儒面前。

罗儒赶紧截住报童，买了份报纸，细细读罢倒吸一口凉气。报纸上说雷师长率一一四师临阵脱逃，将兰封拱手让给日军，致使整个会战失败。他又飞快地翻看了报童其他报纸，发现所有报纸只字未提魏军长和三十七军，反倒众口一词地指责一一四师是会战失利的罪魁祸首，还要求对雷师长进行审判和严惩。

报童见罗儒很关心兰封会战，道："哎，你说这雷龙有多可恨！所有人都眼巴巴盯着这场会战，都盼着能打赢，结果可倒好，连打都没怎么打，直接把兰封让给日本鬼子了！要我说，这个雷龙审也不要审，直接拉出去宰了，千刀万剐了他都不解恨！"

这话让罗儒冷汗直流，经过报纸的大肆宣传，民众已经被完全误导了。除了一一四师和三十七军，恐怕全国上下都认为不战而逃的人是雷师长。看看字字如刀的报纸和报童满脸的愤怒，他暗暗感觉到事情远没有那么简单，魏军长临阵脱逃的罪行被刻意隐瞒，主动坚守兰封的雷师长却成了替罪羊，成了为千夫所指的罪人。

罗儒在报纸上看到雷师长被关押在中央军人监狱，便直奔那里而去。监狱门口，一个少尉正带着一群士兵吊儿郎当地在那里站岗。那少尉肥头大耳，大腹便便，没有半分英气与威风，反倒像极了地痞无赖，若非穿着军装，没人会认为他是一名军人。

罗儒走上前，言明自己想见雷师长，那少尉听罢一拍大腿，说道："雷龙？那你可见不着，想都别想！他是要犯！好多人听说他关在这里，都跑来朝监狱吐口水！"

罗儒见此路不通转身欲走，却又被那少尉叫住了。"雷龙你肯定是见不着，托谁的关系也不行！不过，我倒是有个变通的法子。明天雷龙要上军事法庭过堂受审，这个审判不对外公开，也就是说一般的平头百姓进不去法庭。如果想进去旁听，必须要有高级长官特批的条子。我们监狱长就有这个权力，你可以问他要。"少尉说道。

罗儒连声抱拳告谢，跨步便往监狱里面走，不想那少尉张臂拦住了他的去路。"你怎么一点规矩都不懂？"少尉喊道，"我告诉你这么多事情，你拍拍屁股就想进去，这不大合适吧？你怎么着也得给兄弟们留下点烟钱吧？"他身旁的士兵一改方才的懒散，凶神恶煞般地抱着枪围了过来。

虽然知道军内贪腐成风，但胆敢在光天化日之下索贿，却是罗儒始料未及的。那少尉看穿了他的心思，冷笑着说道："一朝权在手，便把令来行！说我权力大，我不过就是个看门的；说我权力小，我不点头你还真进不去这个门！"少尉和他的手下得意扬扬，气焰嚣张。

强龙不压地头蛇，为了能见到雷师长，罗儒只得强忍怒火，满脸堆笑，连声称是，然后乖乖掏钱，然而把自己的衣兜翻了个遍，才找出来一点钱。他将那团皱皱巴巴的钱递到少尉面前，说道："刚才是我怠慢了，兄弟们千万别见怪！我一直在抗日战场上和小鬼子拼命，脑袋别在裤腰带上，说死就死，没存过钱。我不是有钱不给大家，真的是就只有这么多了！"他把自己军装上的衣兜都翻了出来。

少尉听罢一愣，表情变得和悦起来，道："原来是抗日军人，失敬失敬！你是杀鬼子的人，照理说我不该问你要钱，可是我也有我的难处。现在风气就是这样，别人都要就我不要，显得我跟两袖清风的大清官似的，那我不得受排挤啊？谁还跟我交朋友？以后有油水的事情我不就都得靠边站了？所以，我就拿你一个子儿！"

少尉从罗儒的手中拿起一个硬币，展示给手下士兵，道："都看好了，我可是'雁过拔毛'了！少给老子胡说八道造谣生事！要是日后有人讽我是清官，绝对是你们几个传的，你们一个都跑不了！"

罗儒点头致谢，正要往监狱里面走，却又被那少尉给叫住了。他凑近罗儒耳语道："我们几个多少还有点良心，但是监狱长不一样，人都说他是'鹭鸶腿上劈精肉，蚊子腹内刮脂油'，真是从里到外的黑。你两手空空地找他批条子，他非把你轰出来不可！你赶紧去筹钱，给他送去，这样才能给你批条子。"

"我整天打仗，能把小命保住就烧高香了，哪里有那么多的钱！"罗儒哭丧着脸说道。

那少尉一指罗儒腰间的两把手枪，说道："你去黑市，找个面相好的商人，把这两把枪卖了，差不多就够了。"

"这可是打鬼子的家伙！"罗儒说道。这两把枪是从被打死的日军军官身上缴获的，虽不是名枪，但身为军人，卖枪的行为终究是丢人的。

"这年头，不发国难财的就算是好人了，像你这么一心一意打鬼子的实在是太少见了！"那少尉感慨道，"不过风气就是这样，改变不了。你自己决定吧。"

明天的庭审罗儒一定要参加，除了卖枪也别无他法了。他向少尉打听清楚了黑市的位置，便急匆匆地向那里跑去。

/ 第六十九章 /

黑市是在郊区的一片简易房里。罗儒刚进门，便有人大喊"穿军装的主儿来了"，接着一大帮黑市商人聚拢过来，将罗儒挤在了最中间，各自使劲拉扯，都试图把他拽到自己身边。

"长官，你要卖什么？军火？烟土？情报？"那些商人七嘴八舌地围着罗儒发问。罗儒从来没有接触过黑市，一下子被这些热情的商人挤得发蒙了。

"应该属于军火吧。"罗儒摸了摸腰间的手枪，迟疑片刻后说道。

"好！好！好！我收军火！你要卖什么？卖多少？量大从优！"黑市商人兴奋起来，争相挤到罗儒面前。

"我卖两把手枪。"罗儒掏出手枪高高举起，大声说道。

"两把破手枪就叫军火？你捣什么乱啊！滚滚滚！"黑市商人感觉遭到了戏弄，大声咒骂起来。

"大家消消气！这位长官一看就没和咱们这行的人打过交道，就别和他计较了！都散了吧！"站出来解围的是一个戴墨镜的男子，看打扮也是个黑市商人。

商人们骂骂咧咧地走了，戴墨镜的男子将罗儒拉到一处僻静的角落，摘下墨镜，问道："罗长官，可还认识我？"

罗儒瞪大了眼睛，吃惊地喊出来："高政委！"眼前这个人，正是从日军手里救下罗儒和铁锤，并一路护送到徐州的共产党游击队的高政委。

高政委赶忙道："喊那么大声干吗！怕他们不知道我是共党吗！"

两双大手紧紧地握在一起。

"罗老弟，怎么就你一个人，没见铁锤老弟啊？"高政委问道。

"铁锤死在了台儿庄。"罗儒长叹一声，说道，"兰封会战后，一一四师和死士营打光了，雷师长也被抓起来了。全完了！"言罢，绝望袭遍全身。

"你们在兰封守到了最后，雷师长是清白的，临阵脱逃的是魏用庆！一一四师替三十七军背了黑锅！"高政委说道。

罗儒惊讶地睁大了眼睛，问道："你是咋知道的？报纸和老百姓把雷师长都骂成了过街老鼠！"他没想到铺天盖地的谎言之中竟然还能有人知道真相。

"国民党内有我们的情报来源，所以我们知道兰封会战的来龙去脉。国民党高层当然也清楚是怎么回事，但是魏用庆是中央军嫡系将领，军政商三界均有极为深厚的人脉资源，因此军方决定舍车保帅，保住魏用庆，拿雷师长当替罪羊，以平民怨。魏用庆为推卸责任，调动了所有能调动的资源，在宣传上更是下足了功夫。报社被勒令按照军方的口径宣传，引导社会舆论，把会战失败的责任都推到雷师长身上。老百姓都没有亲临那场会战，当然不知道实情，报纸说什么他们就信什么。"

罗儒恍然大悟，怒不可遏地说道："这太不公平了！雷师长把一条胳膊留在了台儿庄，在兰封也是守到了最后一刻，凭什么要让他背这个黑锅！临阵退缩的是魏用庆！"

"光咱们知道有什么用，老百姓不了解真相啊！魏用庆拼了命地不让报纸了解真相、说出真相。《奔流日报》有位女记者觉得事情有蹊跷，怀疑有人栽赃陷害雷师长，就打报告要求采访三十七军和魏用庆，结果惹得魏用庆大怒，把那女记者抓了起来，要以'汉奸罪'枪毙她。这位女记者是个思想非常进步的青年，我们在武汉的党组织想尽了办法，才把她营救出来。现在她正在去延安的路上。对了，那个女记者还说认识你呢！"高政委道。

"认识我？她叫什么名字？"罗儒颇觉意外。

"婉莹。"高政委说出一个罗儒非常熟悉的名字。

罗儒喃喃自语："我们都是从南京的死人堆里爬出来的。她去延安了，那挺好。"

高政委拉回话题，问道："明天就要审判雷师长了，你怎么打算的？"

"我想去审判现场看看。"罗儒道。

"明天的审判就是走个形式，魏用庆早就安排好了。我估计，雷师长的牢狱之灾是避免不了了，轻则半年，重则三年五载。抗日的紧要关头，利用栽赃陷害的卑劣行径把抗日名将投入大狱，真是荒唐！"高政委惋惜地说道。

"那我更要去审判现场了！"罗儒说道，"我到黑市来，就是来卖这两把手枪，换点银子去行贿狗官，然后让他给我批张进入法庭的条子。"

"我还纳闷呢，你小子怎么可能出现在这地方，原来是想换钱啊！"高政委从兜里掏出一小根金条，递给罗儒，说道："这钱你拿着，赶紧行贿去！"

罗儒哪里肯接，将金条推了回去，说道："谢谢高政委好意！我把枪卖了就有钱了！"

高政委立起眉毛，说道："枪是打鬼子的家伙，能卖吗？枪卖了，咱打鬼子的精气神儿就没了！这枪，万万卖不得！"说罢，他将金条塞到了罗儒手中。

这时，一辆绿色军用卡车驶进黑市。车还没停稳，几个军官就从上面跳下来，黑市商人也围拢过去，一帮人热火朝天地做起交易来。

"你看那几个国民党军官，卖的就是军火！一批批本该运往抗日战场的武器，被这些国军军官当作私人财产卖到黑市上，赚得的钱也落到了自己的腰包。这不是个例，很多军人跑来黑市，卖军火、卖情报、卖粮食、卖烟土，卖掉所有能卖的军产来中饱私囊。买家更是三教九流什么人都有，甚至还有很多替日本人卖命的汉奸！可是这些恶劣的中国军人全然不在乎，只要能开个好价钱，直接卖给日本鬼子也无妨。本该是打鬼子的枪，反被鬼子拿来打我们；很多连蒋委员长都不知道的情报，却早早地放在了日本人的案头。你说，这荒唐不荒唐？这样的军官，有什么精气神儿，怎么带兵打鬼子！"高政委气得咬牙切齿。

高政委看着一片繁忙交易景象的黑市，悲愤地说道："这个贩卖军产的黑市，让每一个有良知的中国人都感到绝望，待得越久便越绝望！枪是军人的生命，眼下更是挽救整个民族的稻草。你不能卖枪，卖枪就把骨子里的精气神儿给丢了！"

罗儒本就觉得卖枪是军人之耻，再看着那些军官和黑市商人勾肩搭背的嘴脸，心中更加觉得不应该。他把金条揣进兜里，向高政委拱手致谢。

"对了，高政委，你怎么会在这里？"交谈了好一会儿，罗儒方才觉得奇怪，高政委没有带着游击队打鬼子，怎么出现在了武汉的黑市上。

"我当黑市商人，就是为了从国民党军官手上买枪。原以为是个很危险的任务，哪想到那些卖枪的军官根本不查你的身份。别说共产党，就是日本鬼子只要价钱合适他也会卖给你。我现在是满肚子的绝望！"高政委苦笑着说道。

"等雷师长的事情落定，我一定把钱还你。"罗儒说道。

"你多杀几个鬼子比什么都强！"高政委笑着说道。

两人告别之后，罗儒跑回中央军人监狱，见到了监狱长。说明来意，奉上金条，监狱长眉开眼笑，连问都没问就批了一张条子，又签上了字。"条子我开好了。我说你是我亲外甥，可别说穿帮了！"监狱长嘱咐道。罗儒连连称是，心中暗想真是有钱能使鬼推磨，没送钱连监狱大门都进不了，送了钱一下子变成了监狱长的亲外甥。

罗儒跑到军事法庭外，找了个角落蹲了一宿。临近天亮，法庭门口陆陆续续聚集了不少民众和报社记者。人们群情激奋，痛骂雷师长，恨不得把他十八辈祖宗都从坟地里刨出来骂一遍。

清晨，法庭打开了大门。罗儒凭着监狱长的批条，顺利地进入了法庭。被挡在外面的民众越聚越多，愤怒也迅速蔓延升级。人群高喊"严惩雷龙"的口号，声势十分浩大。

庭审开始前，工作人员关上了厚重的大门，又将密不透光的窗帘拉了起来。主审法官就座后，雷师长被带了上来。他虽然穿着囚服，但没有戴手铐脚镣，嘴巴也没有被胶带封住，精神状态看上去也不错，这让罗儒稍稍放下了心。

庭审开始了。罗儒看得出，局面对雷师长非常不利，各种捏造的伪证层出不穷，证人证词也说得驴唇不对马嘴。由于事前已知魏军长在幕后操作此案，因此罗儒对这些莫须有的指控并不意外。

但令罗儒意外的是，魏军长还作为证人亲自出庭。他在法庭上称，自己曾命令一一四师坚守兰封，自己则率军侧击日军，但雷师长拒绝服从，擅自下令所部撤出兰封，致使兰封会战失败，将战火引向武汉。雷师长只是默默地坐在那里，脸上看不出来半分气愤与激动。

罗儒气得浑身发抖，他万万没想到魏军长竟如此无耻，几次想跳起来与其当堂对质，但却只得忍气吞声。因为他很清楚，雷师长已经在人家股掌之中，倘若轻举妄动反会害了雷师长。

法庭内唱戏一般走着过场，"唱"到最后，法官站起身，准备宣判。罗儒马上紧张起来，心里祈祷着少判雷师长些时日。

"雷龙罪大恶极，不杀不足以平民愤。本院判处雷龙死刑！三日后行刑！"法官大声说道。

"死刑"二字如同一记闷棍，狠狠砸在罗儒脑袋上，砸得他大脑一片空白，呆愣愣地看着雷师长被戴上死刑犯的脚镣。他原以为至多判上三年五载，没想到魏用庆下手如此之狠，竟然要雷师长用生命去背这口黑锅，堵天下人悠悠之口。

罗儒再也忍受不住了，突然发了狂一般，高吼着跳上座椅，踩着椅子背大步流星地冲向审判台。他翻身越过证人席的栅栏，一拳将魏军长打倒在地。罗儒死死掐住他的脖子，歇斯底里地喊道："三十七军守不住兰封，雷师长冲进重围救你们！没想到我们来了，你们倒乘机逃了，把兰封城丢给了雷师长！雷师长说兰封是中国领土，你们不守我们守！我们守到弹尽粮绝，守到中央宣布放弃兰封才撤退！你摸着良心说，到底是谁不战而逃？"

几个士兵冲上来，将罗儒摁在地上，但罗儒昂着脖子高声大骂："你机关算尽，步步设局！雷师长回援兰封，你却乘机开溜。这步棋真是高！如果——四师在兰封全军覆没，你就能博个治军有方誓死不退的好名声；如果雷师长下令撤退，你仍然可以操纵舆论，让雷师长当你的替罪羊！如此韬略，真是千古第一战将！"

罗儒挨了几个耳光，仍然叫骂不止："你为了抹黑雷师长，编造谎言，歪曲事实，说了那么多却没有一件事是真的！我倒是好奇，——四师打死了二百多鬼子，你对外宣称三十七军歼灭二千多，这事你怎么不提了？你指挥无方，一个装备精良的军竟然被土肥原半个师团打得丢盔弃甲，这事你怎么不提了？你被鬼子吓得龟缩在城内，一动不敢动，一天数次发报催——四师回援，这事你怎么不提了？发现你要逃跑，雷师长把枪顶在你脑门上，这事你怎么不提了？你心知肚明，如果不是雷师长，兰封早就丢了！为了逃避责任，你拿雷师长当替罪羊，你无耻！你瞒得住一时，瞒不住一世，终究有一天，天下人都要唾弃你！我操你祖宗！"

"快让他闭嘴！"魏军长从地上爬起来，气急败坏地喊道。

七八个人骑到罗儒身上，对着他拳打脚踢，打得他满脸是血。罗儒吐了口血沫子，将打掉的几颗牙齿吐了出来，随后继续叫骂。

"不许打他！"整场庭审一直沉默的雷师长大吼一声，如惊雷一般。

听到雷师长的声音，被摁倒在地的罗儒大哭起来："雷师长，是我害了你！咱们——一四师在兰封打光了，你要自杀殉国，是我拦住了你。如果没有我，你还能落个舍生取义的好名声，现在你被泼了一身脏水，还要被枪毙，这都是我的错啊！是我害了你！"

魏军长抄起卫兵的步枪，用枪托狠狠砸在罗儒的脑袋上。罗儒晕了过去，这才住了嘴。

罗儒醒来，发现自己正躺在法庭的地上，雷师长、魏军长、法官等人早已离开，身旁只站着一名法院的工作人员。想起雷师长被判死刑，罗儒赶紧站起身，想去看看雷师长。

"这位长官，你冷静冷静！这里是法庭，不是撒泼耍浑的地方！你刚才大闹法庭，如果不是雷龙苦苦求情，你早被扔到大狱里了！"那工作人员说道，"一一四师和死士营如雷贯耳，都是打鬼子的汉子，我也是打心眼里敬重你们。可这里是大武汉，你们就是有百般的无奈、千般的委屈、万般的道理，却也抵不过一个'权'字。这个案子已经板上钉钉了，想要翻案是不可能了，你只能接受现实了。"说罢他递给罗儒一支烟。

罗儒一口抽掉了半根烟，呛得喉咙里火辣辣的疼。他知道那人说得在理，从大造舆论到操纵审判，魏军长都显示出很大的能量，自己根本无法与之抗衡。但是他无法放弃，因为他不能眼睁睁地看着雷师长被推上刑场。

那工作人员又道："雷龙被枪毙前有一次见家属的机会，不过他没选择家属，而是选择了见你。你明天上午，到军人监狱去见雷龙。"罗儒点点头，转身离开了法庭。

罗儒径直来到了黑市，找到了高政委。此刻他已六神无主，自己在武汉又人生地不熟，唯一能够信赖的就是这个共产党的高政委了。

高政委见到罗儒，马上将他拉到黑市外面，见四下无人，才低声说道："雷师长的事情我已经知道了，我也没有想到会直接判死刑。这死得太他娘的冤枉了！你打算怎么办？"

"魏用庆在武汉势力太大，申冤告状什么的肯定是门也没有。我想，文的不行只能来武的了。"罗儒说道。

"武的？"高政委吃了一惊，"你想怎么做？"

"——四师尚有八百残兵在郑州，我想把他们调来，直接劫人。"罗儒说道。

"胡闹！"高政委眼睛一瞪，说道，"这是叛乱，绝对不行！"

"那你说我怎么办？我明知道雷师长是冤枉的，还要眼睁睁地看着他被枪毙吗？"罗儒激动地反问道。他知道自己出的是个昏招，但是眼下实在是无路可走。

"你在这里等我，我去找人商量一下。"高政委说罢，匆匆地走了。

/ 第七十章 /

四五个小时后，高政委回来了，对罗儒说道："你跟我来。"

他带着罗儒走了很久，来到城郊一处偏僻的宅院前。推门进屋，屋里已经坐了四五十人。

高政委向罗儒介绍道："罗营长，在座的诸位都是活跃在武汉的共产党员。我们为营救雷师长专门召开这次会议。"罗儒听罢又惊又喜，赶紧向众人鞠躬致谢。

"同志们，给大家隆重介绍一下！"高政委又面向众人说道，"这位就是——四师死士营的罗儒营长。他大学参军，参加过淞沪会战、南京保卫战、徐州会战和兰封会战，也见证过惨绝人寰的南京大屠杀。他曾带领一队敢死之士在南京沦陷后杀回南京，曾率领死士营在台儿庄重创敌军，也曾死守丁家寨让土肥原师团寸步难进。这是一位在战场上和鬼子真刀真枪拼过来的抗日英雄！"屋内所有的人全都站起身，向着罗儒热烈地鼓掌。一个个真诚而炽热的笑容，让罗儒感到发自心底的温暖。

高政委开宗明义，道："同志们，通过潜伏在国民党内部的同志，我们了解了兰封会战的来龙去脉，知道雷师长并不是报纸宣传的那样，不战而逃将兰封拱手让人。相反，他率领——四师坚守到了国民政府宣布放弃兰封。真正不战而逃的，是三十七军军长魏用庆！但是魏用庆操纵媒体，将会战失利的责任全都推到了雷师长的头上，并利用军事法庭判处雷师长死刑！这是极其不公平的！我将相关情况向上级党组织进行了详细汇报，经研究决定，组织精干力量营救——四师师长雷龙！"

他继续说道："有的同志可能不理解，觉得陷害忠良的是国民党人，被冤枉枪毙的也是国民党人，关我们共产党人什么事，我们为什么要蹚这潭浑水？我们要明确的是，事关国家民族的问题，不应狭隘地从党派角度出发。我们救他，不是因为他是国民党高官，而是因为他在抗日战场上立下了赫赫战功，他是对中国有功劳的人，对中华民族有功劳的人！这样的人，难道不应该救吗？"

"应该救！"共产党员们异口同声地说道。看着眼前的场景，罗儒努力控制着自己的眼泪。

随后高政委开始布置营救行动。这场行动计划周密，分工细致，有做内应的，有打掩护的，有盯梢的，有开车的，有驾船的，有断后的，还有负责当诱饵的。他又把营救行动的流程和需要协同的环节详详细细地讲解了一番。罗儒十分惊讶，共产党人竟然在半天时间内把行动策划得如此天衣无缝。

部署完毕，高政委又说道："虽然我们的行动符合道义和公理，也符合中华民族的利益，但是我们共产党员的身份一旦暴露，肯定会对两党关系造成冲击，进而会影响抗日大局，这是绝对不能接受的！因此，上级要求我们，一旦面临被逮捕的危险，就要立即喝毒药自尽！"说罢，他拿出一个小箱子，里面放着许多瓶药水。罗儒很震惊，他没想到这些共产党人为了营救雷师长，竟然要做出这样决绝的牺牲。

"你们不要心存侥幸，自以为骨头硬，能扛得住折磨。我告诉你们，国民党审讯有的是办法，让你真正体会到什么叫作生不如死！"高政委一边说，一边掀起自己的上衣，他身上深深的伤疤赫然出现在众人眼前，"我曾经是上海地下党，后来遭叛徒出卖而被捕。这些伤疤，就是国民党留给我的。你看，这个是鞭子抽的，这个是刀子割的，这个是烙铁烙的……"他满脸笑容，数着自己身上的伤疤。

共产党员们依次在高政委手里领取药水，他们的表情恬静而淡然。罗儒十分感激，频频地向他们鞠躬。一名共产党员扶住罗儒的肩膀，不让他再鞠躬，说道："罗营长，不必多礼！你们杀了那么多鬼子，我们为你们做点事情也是应该的！"自打从南京逃出来，罗儒就没怎么哭过，但今天，他的泪水一直没断。罗儒也拿过一瓶药水，揣进了自己的兜里。

第二天上午，罗儒来到了军人监狱。监狱外面，行人来来往往，商贩大声吆喝，看不出一丝异样，但其中不少都是共产党员乔装的。

进入监狱，罗儒跟着看守来到了雷师长的牢房。这是一个单人牢房，雷师长正在对着镜子整理自己的衣服，虽然是囚服，但仍然被他收拾得有棱有角。见罗儒来了，他高兴地大声说道："罗营长，他们昨天没有把你打出个好歹来吧？那帮杂种下手太他娘的重了！"

雷师长拉着罗儒的手让他坐下，才发现看守还直愣愣地站在他俩的旁边，便说道："你杵在这里是几个意思？我这都是要枪毙的人了，说句话还得让你听着？"

那看守道："咱们监狱有规矩，我必须在这里监督你们的谈话内容。职责所在，请勿见怪。"说罢，狡黠一笑。

罗儒知道这笑容背后的含义，于是从兜里掏出一些钱，扔到看守怀里，那看守便立刻乐呵呵地走了。

雷师长拉着罗儒坐在床上，问起一一四师和死士营的情况，但罗儒没有理会，而是低声说道："雷师长，我不能眼看着您被冤杀，我已经和共产党联系好，这就营救您出去。整个行动他们已经都安排好了，一会儿会有人进来接应咱们，到时候咱们就跟他走。"

雷师长大吃一惊，赶忙问道："你是说你找了共产党来救我？"

"是的。我一个共产党朋友知道您被魏用庆栽赃陷害的内情，他认为您是对国家对民族有功的人，不能眼睁睁地看您死于奸人之手，因此组织了几十名共产党员参与这次营救行动。"罗儒低声说道。

"你这共产党朋友真是够能耐的！"雷师长笑着说道。

"一会儿会有人前来接应，然后咱们就开始行动。"罗儒道。

雷师长拉着罗儒的手，微笑着说道："我不能和你走。"他说话声音轻柔，生怕引爆了眼前这个血气方刚的年轻人。

"什么？"罗儒如遭晴天霹雳，瞪着眼睛问道，"你不走？留在这里挨枪子吗？"

雷师长正色说道："如果国民政府知道共产党劫走了它的要犯，肯定要对共产党兴师问罪。两党合作抗日一年有余，已是嫌隙丛生摩擦频发，倘若再因我火上浇油，抗日前景便会更加岌岌可危。如果因为我而影响了抗日合作大局，那我就成了真正的民族罪人！"

罗儒从上衣兜里掏出一小瓶毒药，说道："共产党对此早有考虑。一旦有被俘的危险，他们就会吞下这种即刻毙命的毒药，确保不暴露共产党的身份。"

雷师长凝视着毒药，感慨道："想不到共产党为了救我性命，竟愿意搭上自己的性命。所谓仁义之师，果真不是浪得虚名！"

　　罗儒以为雷师长不再固执，不想雷师长道："不过，我不能走。"眼看着离行动开始的时间越来越近，罗儒心急如焚。

　　"罗营长，此事代价实在太大。"雷师长说道，"我早年搅于内战，有罪于民族，但庆幸的是保住了晚节，和小鬼子畅快淋漓地打了几场，也算是死而无憾了！现如今，我已年过花甲，却要几十个共产党人冒着生命危险前来搭救，我于心何忍？最重要的是，全国上下都很关注我的案子，如果我被劫走，这就是惊天大案。国民党绝不会善罢甘休，一定会追查到底，共产党准备得再严密也难保万无一失，事情败露只是时间问题。那时，国共两党即使没有同室操戈，也必定会极大地打击联合抗日的局面，无论怎样遭受损失的都是咱中国人，最终渔利的都是日本人！我不能走，我绝不能走！"

　　"可这是冤案，不让你当替罪羊，还要取你的性命！"这些大道理罗儒都懂，但他实在不想雷师长蒙冤而死。

　　"我的生命和名誉，同国家民族相比，实在是太微不足道了！"雷师长淡然地笑着说道。

　　罗儒还欲争辩，雷师长摆摆手，没让他开口。"枪毙我还有一个大好处！"雷师长笑着说道，"几个月前，我的老长官韩复榘不遵军令擅自撤退，被老蒋枪毙了。此举杀一儆百，震动全军，哪个还敢不听军令？哪个还敢保存实力？全国的抗战形势也因此有所好转。说句对老长官不敬的话，他死得好啊！同样的道理，枪毙了我同样可以以儆效尤！上至将军下至士兵，若再想临阵脱逃，先得数数脖颈上有几颗人头！如此一来，我军士气必因枪毙我而为之一振！"雷师长拍着手掌，满脸兴奋。

　　雷师长继续说道："我安安静静地在这里等待枪毙，既可以避免国共冲突，又可以凝聚军心，何乐而不为？死得其所，那可是人生最后一件快事！"罗儒沉默不语，只觉鼻子发酸。

　　"罗营长，你知道我为什么要叫你来见这最后一面吗？"雷师长用一双浑浊的眼睛盯着罗儒。罗儒摇摇头。

　　"因为我怕你义愤难平，耽误了抗日救国大业！"雷师长收起笑容，严肃地说道，"抗日救国是咱们的头等大事，要把全部的人力、财力、物力放在打鬼子上。至于其他的，能忍则忍，能让则让！"

雷师长握住罗儒的手，恳切地说道："抗日战争并不像寻常百姓想的，就是杀鬼子锄汉奸，这里面充满了各种各样的斗争，有国共斗争，有中央政府和地方势力的斗争，还有国民党内部的派系斗争，有的人大发国难财，有的人捞取政治资本，有的人暗中勾结日本人，还有的人拥兵自重自立山头。杀机四伏的事，心怀鬼胎的人，这些咱们统统管不了，咱们只能管好咱们自己！所以，你千万不能因为我的事情去寻仇，枉自丢了性命。只要你安安心心地杀鬼子，便是对我最大的告慰了！"

罗儒沉默良久，点了点头。两人紧紧抱在了一起。

一名狱警敲门进屋，低声说道："都准备好了，走吧！"眼前这名狱警是潜伏在军人监狱的共产党。

罗儒拱手抱拳说道："雷师长以国家民族为重，不愿离开。我们尊重他的意愿。转告高政委，行动取消，让共产党朋友们都撤退吧！谢谢你们了！"

来人一怔，看着雷师长。雷师长深深鞠下一躬，道："谢谢了！"那人点点头，转身离开。

"逢年过节不必给我烧纸，你就多送点小鬼子下来陪我！"雷师长哈哈大笑着送别罗儒。

罗儒离开军人监狱，找到了高政委，转达了雷师长的谢意，并详述了他的想法。高政委听罢也是沉默良久，半晌才说了句："真是条汉子！"

第二天就是枪毙雷师长的日子，罗儒不愿意再留在武汉，连夜乘火车赶回郑州。在郑州刚下火车，罗儒便听到报童的高声叫卖："全军震动！逃跑将军雷龙因临阵脱逃被处决！快来看报！"

罗儒买了一份报，报纸的头版头条就是雷师长被枪毙的消息。报纸还配了一张刑场上的照片，照片中的雷师长身着一身白衣，一只空荡荡的衣袖迎风而摆。他面带微笑，笑容坚定而从容。报纸上称，雷师长留给世人的最后一句话是"中国军人，以我为戒"。

一一四师驻地内，士兵们红着眼睛，满脸悲戚，每个人心中都因雷师长被蒙冤处决而充满屈辱。罗儒将雷师长与自己的最后一次长谈讲与众人，让大家死心塌地地杀鬼子，以告慰雷师长的在天之灵。

此时，战场上的情势急剧恶化。由于兰封会战失利，日军源源不断开了过来，郑州危在旦夕。身处兰封的其他部队全都战战兢兢，唯有一一四师这八百余人日夜盼着上战场，与日寇昏天黑地杀个痛快，发泄心中的悲愤痛苦。

没几日，一一四师果然等来了一纸命令，却不是命他们上阵杀敌的，而是要裁撤他们的番号！命令称，由于一一四师丢失要地兰封，严重损害了中国军队荣誉，因此决定撤销一一四师番号；死士营由于战功卓著予以保留，整体编入第一战区司令部守卫部队；一一四师所有人员编入死士营，罗儒仍为营长。

　　成为司令部守卫部队的一员，意味着可以远离战线，是前线士兵梦寐以求的归属。但一一四师没有任何欣喜，反而被裁撤番号所带来的巨大耻辱填满了胸膛。罗儒越发懊悔，如果当初自己没有阻拦雷师长在兰封自杀殉国，可能后面的一切都不会发生。然而事已至此，后悔也没有用。

　　罗儒在校场上召集众人，说道："无论是一一四师，还是死士营，抑或是我们即将并入的守备部队，诸位的使命都是一样的，那就是打鬼子，救中国！只要能打鬼子，死士营精神不灭；只要能打鬼子，一一四师军魂不灭；只要能打鬼子，雷师长英灵不灭！"台下掌声雷动，呼喊声震耳欲聋。

/ 第七十一章 /

　　忙了几日，部队改编工作完成，罗儒前去第一战区司令部报道。刚到司令部，便有人截住他，称有重要会议需要他马上参加。罗儒有些发蒙，司令部的重要会议怎么要自己一个小小的营长参加？

　　罗儒被人一路引着来到了会议室。会议室内人不多，但全部都是将军，坐在会议桌中间的人，更是挂着上将军衔。罗儒越想越觉得不对劲儿，自己怎么可能有资格参加这种级别的会议？他转身欲走，却被人叫住。

　　"你就是罗营长吧？这个会就等你了，请快点就座吧！"那名上将说道。罗儒听罢，赶忙向屋内众人敬礼，然后诚惶诚恐地找了个角落坐下来。

　　上将威严地扫视了一圈会场，向副官们点了点头，几个副官同时起身，分别锁上了会议室的大门和窗户。

　　上将正色说道："这是事关民族前途的绝密会议。今天我与诸君在会上说的每句话，请全部烂到肚子里。无论何时，哪怕是三五十年后，也绝不能向外人吐露半个字！"罗儒不知何事竟如此绝密，不由得出了一身冷汗。

　　上将说道："如诸位所知，日军攻取兰封之后，在河南势如破竹，连下数城，现在已将兵锋指向我们所在的郑州。如无意外，日军十日内可攻下郑州，三十日内可兵临武汉城下！因此，蒋委员长决定采取非正常手段，给武汉争取更多备战和疏散的时间。"

"什么非正常手段？"与会的众高官问道。

上将凝视众人片刻，说道："委员长决计在郑州花园口地区炸开黄河大堤，放出洪水，以水代兵，用滔滔洪水最大限度地延缓日军的进攻步伐！"

此言一出，寂静的会场惊呼声一片。罗儒同样被惊得目瞪口呆，如果真的炸堤，那滚滚洪流可不是温驯之物，不仅能淹了鬼子，也会冲走老百姓啊！河南人口密度如此之大，不知道要有多少老百姓受灾。

上将没理会众人的满脸愕然，继续说道："现在分配任务！林参谋长！"

"是！"一名中将站起身。

"你负责此项行动的宣传工作。黄河大堤前脚被炸毁，你后脚就联系新闻界，召集中外记者发布消息，称日军惨无人道，灭绝人性，竟派飞机炸毁我黄河大堤，造成我重大人员财产损失。切记，各宣传渠道口径务必统一，就是日本人干的！另外，你还要派人伪装一下决堤现场，再领着记者们去看一下，让他们确信大堤被毁确系日军所为！"

"是！"中将迟疑了片刻，回答道。

上将站起身，拱手作揖，恳切地说道："林参谋长，此项任务责任极大，就拜托你了！请你务必做到天衣无缝，千万不可露出任何破绽！虽然我们是从抗日大局出发做出的决定，但是老百姓不能理解。一旦事情败露，让外界知道是咱们自己炸毁大堤，咱们都得背上千古骂名，还没被日本人打死，就先被老百姓给打死了！"他声音颤抖，似有无尽的恐惧。

中将默不作声，点了点头。

"罗营长！"上将喊道。罗儒还在震惊中没缓过神来，因而没有作声回答，只是机械地站起身来。

"罗营长，你的死士营天下闻名，素来是敢打硬仗！现在命你即刻率领死士营开赴花园口，炸毁黄河大堤，以水代兵，迟滞日军！"上将还说了很多勉励的话，但是罗儒一个字都没听进去，他只知道让他炸毁大堤。

罗儒定了定神，沉思片刻，说道："我有四个问题，还请您回答。第一，预计分别有多少老百姓和日军死于洪水；第二，炸堤放水能为武汉争取多少时间；第三，给老百姓多少时间让他们疏散；第四，何时能够合龙修复大堤。"

上将没想到罗儒会发问，怔了一下，厉声说道："罗营长，为了抗战的最终胜利，有的时候难免要用局部牺牲换取整体利益。妇人之仁是兵家大忌！罗营长就不要问那么多了，请你马上执行命令！"上将眉毛立了起来。

罗儒刚进入会议室时的惶恐与怯意早已被丢到了九霄云外，他现在满脑子都是浊浪滔天的情形。"我的士兵会问我同样的问题，如果我的解释不能服众，恐怕会造成军心不稳。"罗儒冷静地说道。

上将叹了口气，说道："据估算，中国百姓死亡人数应在九十万人左右。洪灾之后可能出现瘟疫和饥荒，因此死亡的人数就难以估算了。洪水预计能够淹毙日军三万人左右，迟滞日军进攻武汉一到两个月。由于事情绝密，不能事先通知村民。他们能不能活下来，只能看造化了。至于何时修复大堤，这个说不好，一年两年有可能，十年二十年也有可能。"此言一出，满堂哗然。

"死士营恕难从命！"罗儒斩钉截铁地说道。他知道自己人微言轻，改变不了这个决定，唯一能做的就只有抗命。

"你说什么？你抗命？"上将有些不相信自己的耳朵。

"死士营是打鬼子的。打鬼子，死士营当仁不让，但是毁堤放水，我们干不了。"罗儒回答道。

上将勃然大怒，拍着桌子吼道："就你是救苦救难的活菩萨，我们都是草菅人命的衣冠禽兽？我们所做的一切都是为了武汉，为了抗日！"

罗儒也激动起来，大声说道："用九十万老百姓的性命，去换三万个鬼子，去稍许延缓日军进攻武汉的时间，这代价太大了！九十万活生生的人说没就没了，你们杀起老百姓来比日本鬼子还狠！"

"你知道抗命的代价吗？"上将砸着桌子大声吼道。

罗儒心知肚明，道："不劳将军动手！"说罢，拔出手枪顶上子弹，将枪口指向自己的脑袋。他并非作势唬人，而是真心以死抗命。他心里颇觉释然，炸堤放水绝对不能干，这样死了倒也痛快。

"慢着！"那个被指派负责宣传的中将一个箭步蹿到罗儒身边，摁下罗儒的枪，大声对上将说道，"不能让他自杀！咱们炸毁黄河大堤已经是承担了极大的政治风险，如果再因此逼死抗日军官，咱们可真是要遗臭万年了，这万万担待不起啊！"

上将点点头，拿起桌上一沓战报，对罗儒说道："鬼子的先头部队，现正在沿着黄河向郑州急进，估计再有半天时间就能抵达花园口附近。为了防止炸堤行动受到干扰，需要派出一支部队对其进行阻击和拦截。这个任务有去无回，不是被日军打死，就是被洪水淹死，你死士营敢去吗？"

"多谢将军成全！我这就去！"罗儒向屋内众人敬礼，转身离开。

罗儒回到死士营驻地，命人火速买来几十坛酒，随后便命全营紧急集合。集合完毕后，罗儒将自己抗命之事的来龙去脉讲与众人，众人无不支持赞同，高声响应。"对，咱们不能干这断子绝孙的事！""这伤天害理的活儿，谁爱干谁干！老子绝对不干！"

罗儒给自己倒满酒，又让众人满上。"今天，咱们死士营要一起喝下三碗酒！"他端起酒碗，朗声说道，"我先问问，死士营建立已有三四个月的时间，自建立之初就来到营里的老兵，现在还剩几位？"罗儒问道。全场鸦雀无声，众人四下环顾，竟无一人举手。

罗儒慢慢举起手，缓缓说道："看来，就剩我一个了，都死光了。"

"这第一碗酒，我们要敬给死士营殉国的兄弟们！"罗儒高声说道，"死士营建立只有三四个月的时间，但是我们已经打光了两次！前后有一千五百多个戴着'死'字袖标的兄弟战死沙场！他们死得悲壮，死得慷慨，死得撼动乾坤！他们是真正的死士，用鲜血铸就了令鬼子胆寒的死士营！他们默默无名，但他们彪炳史册！致敬先我们而去的死士营兄弟！"罗儒举起酒碗一饮而尽，众人也跟着干了碗中的酒。

"这第二碗酒，我们要敬给自己！"罗儒满上酒，端起碗，向众人致意，"去年的今天，我还是一个手无缚鸡之力的大学生。但今年的今天，我成了这个样子！"他扯下上衣，身上的累累伤痕触目惊心。

"能看见的伤，都是小伤。真正的伤，在这里！"罗儒用拳头使劲儿砸着自己的心窝，说道，"这一年，在上海，我救治了难以计数的伤者，也埋葬了数不尽的亡者；这一年，在南京，我眼见着成批的男女老少被残忍虐杀，目睹了成千上万白花花的尸体；这一年，在台儿庄，我杀鬼子杀到手发抖；这一年，我认识了许多人，帮助我的，教导我的，提携我的，救助我的，照顾我的，都是我的恩人、贵人，可是因为这场战争，他们都成为这个世界的匆匆过客；这一年，我从以挽救生命为己任的医学生，变成杀人不眨眼的军人，目睹了太多的死亡，经历了太多的死亡，制造了太多的死亡。这一年，是血色的，也是痛苦的。"

罗儒继续说道："战争把我们推上了前线，过起了刀尖上舔血的日子。血雨腥风的生活是痛苦的，但我们别无选择！中国大吗？大，大到有四万万中国人。中国小吗？小，小到这四万万中国人只能有两种结局：已经被日本人杀死和等待被日本人杀死！死士营兄弟的死，就是为了改变这种结局；死士营兄弟的死，就是为了大多数中国人的不死！敬给不怕死的我们，干！"

"干！"众人大声回应。

罗儒又给自己倒满酒，道："这第三碗酒，是壮行酒，也是送行酒。今天，我将率领众多兄弟，前往黄河边，打击日军进军郑州的先头部队。这一仗有去无回，我们将在滔滔洪水中与日军决一死战，或被鬼子打死，或被洪水吞没，总之无一人能够幸免。生命可贵，我不想强求大家与我同去。愿意与我同去的，我们一起喝下这碗壮行酒，大战之后黄泉路上再结伴而行；不愿与我同去而想另谋生路的，我们一起喝下这碗送行酒，我为你送行，愿你前程似锦！"

"可有与我同去者？"罗儒大喊一声，仰脖喝尽了碗中的酒，将酒碗扔在地上摔得粉碎。

"同去！同去！同去！"死士营高声大喊，皆饮罢摔碗，碗碎之声响成一片。

"死士营！"罗儒大为振奋，振臂高喊。

"杀！杀！杀！"死士营山呼海啸，大声回应。酒气、豪气、胆气一齐从喉咙冲出来，杀声震天气冲霄汉。

死士营随即向黄河边急进，士兵为营长所激励，亦有酒力相助，一个个脚下生风，很快就来到了黄河边花园口附近的一座小村庄。村庄上空袅袅的炊烟还没有散去，老人们坐在村口，有的抽烟袋，有的缝补衣服；孩子们绕着村内的老槐树追逐打闹，玩耍嬉笑；男人们和女人们整理着农具，准备到田里干活。阡陌交通，鸡鸣犬吠，黄发垂髫，整个村庄沉浸在祥和宁静之中，恍若隔绝于世的世外桃源。

想到眼前这座其乐融融的小村庄即将为浊浪所吞噬，房屋荡然无存，百姓尸骨无存，罗儒心如刀绞。他对众人说道："中央严密封锁了炸毁黄河大堤的消息，因此黄河岸边的百姓都还不知道大祸临头了。再有三个小时就要炸堤了，我们不能见死不救，得抓紧时间，尽快帮助这周围的百姓转移。"

"营长，那鬼子怎么办？还打不打？"有士兵问道。

"鬼子要打，杀一个是一个！人也要救，活一个是一个！"罗儒说道。

"一连长！"罗儒将一个大个汉子唤到身旁，说道，"你带你们连继续前进，迎击鬼子。你们连的任务就是尽可能地拖住鬼子，为百姓转移多争取一点时间。拖不住的时候发射信号弹，我们再做迎敌准备。记住，你们务必拖到最后一刻！"

"放心吧营长！不死到最后一个人，绝不发信号弹！"一连长拍着胸脯保证。

"其余人，通知花园口附近各村庄，黄河大堤即将溃堤，大洪水马上就来，要老百姓马上转移！哪里高往哪里跑！"罗儒命令道，"见到一连长的信号弹，马上向我集结！"众人领命，疾驰而去。

/ 第七十二章 /

死士营进入这个宁静的小村庄，打破了村里的宁静。士兵们挨家挨户敲门，将村民全部请到了村头的大槐树下。虽然士兵们十分客气，但村民们仍然被吓得魂不附体。

"老乡们，大家不要害怕，我们一不抢粮二不征丁三不杀人，而是来通知一件关乎生死的大事。"罗儒站在大槐树下，向村民们鞠了一躬后说道。

他恳切地对村民们说道："老乡们，黄河水涨，汛情凶猛，咱们这花园口的黄河大堤眼看就要决堤了，大洪水说来就来！大家赶快向地势高的地方转移！"村民们面面相觑，叽叽咕咕地议论着，都觉得眼前这个满脸焦躁的军人在胡言乱语。

一位老者从人群中走出来，轻咳了几声，村民们马上安静了下来。那老者白髯飘飘，腰板笔直，手中拄着一柄手杖，手杖顶端雕刻着一只精致的鸠鸟。这叫鸠杖，自古便是德高望重的长寿长者的象征，只有一族之长才有资格持有。罗儒不敢怠慢，赶忙毕恭毕敬地行礼请安。

"长官！"老者作了作揖，中气十足地说道，"我们世世代代居住在这黄河边上，至今已经八百多年了。这大黄龙什么脾气秉性，老祖宗早已经摸得清清楚楚的了。它什么时候平静，什么时候发威，我们心里有数。你看这天朗气清，惠风和畅，连日无雨，黄河怎么可能突然泛滥呢？更何况我们年年加固河堤，决堤之说更是不着边际了。"

见老者不好哄骗，罗儒有些不知所措，但他清楚，决堤真相是万万不能说出来的，因为一旦真相大白于天下，中央政府势必民心尽失，很有可能把整个抗日大业一下打入低谷。花园口决堤的命令自己无力更改，能做的只有把家毁人亡的仇恨之火引到日本人身上。

罗儒沉思片刻，改变说辞，道："您年高德劭，我据实以告，不敢再妄言欺瞒。日本侵华，势如破竹，攻无不克，现在其兵锋更是直指郑州。我们接到情报，鬼子的飞机马上就要轰炸花园口的黄河大堤，以水代兵，害我军民！到时大堤决堤，大浪滔天，乡亲们难逃一死啊！"

"长官的瞎话真是张嘴就来啊！"老者冷笑一声，说道，"倘若大堤被毁，放出洪水，这大黄龙便会一直东去，直至大海，河南、安徽、江苏都将成滔滔泽国！在这么大片的土地上，倭寇陈兵十万不止吧？他们不可能傻到把自己人都喂了鱼吧？"

罗儒语塞，他知道自己骗不过眼前这位睿智的老者。他面向村民，"扑通"一声跪下去，在地上连磕三个响头，力道之大竟把额头磕出血来。"乡亲们，晚辈言语不实，实属迫不得已。花园口因何决堤晚辈不敢多言，但是这花园口大堤是绝对保不住了！大洪水肯定要把这十里八村全给冲了！河堤必毁，以血为誓！"言罢，罗儒抽出大刀，手起刀落，砍掉了自己左手的一根手指。尽管鲜血喷涌，剧痛难忍，但他神色如常，高高举起了血手。

见这军官自断手指，村民们吓得连连后退，不忍直视。那老者也是大惊失色，喊道："小将军，这是何为？"

"晚辈愿以一指，取信于乡亲！"罗儒冷静地说道。

"古时关云长刮骨疗伤，今日小将军断指取义。佩服至极！"老者快步上前，扶起罗儒，看着一地鲜血，低声说道，"小将军虽不愿说出决堤之缘由，但我已经猜出八九分来。为了抗日救国，我河南百姓前赴后继，要人出人，要钱出钱，要粮出粮，不想却被蒋介石这般牺牲，真是令人唏嘘感慨。小将军为了疏散我等，不惜自断一指，我感激之至！若非小将军，这一村百姓将死无葬身之地！我无以为报，唯有力劝全村百姓一起转移！"

"您洞若观火，晚辈心生佩服！恳请您不要点破真相，国难当头，勠力同心才是抗日正道啊！"罗儒恳求道。

"国家负河南，河南不负国家。"老者说得十分决绝。

"这附近有没有地势比较高的地方？"罗儒问道。

老者道："距这里二十多里，有一条黄河的支流，叫作流津河，河中有一孤岛，名曰死士岛。这岛高出河面许多，躲避洪水绝无问题，上面可以安置不少人！"

罗儒指了指自己的袖标，对老者说道："这岛和我们死士营很有缘分啊！"

老者捋了捋胡子，侃侃而谈："相传在春秋时期，有一年黄河发大水，百姓便想到这流津河中的孤岛上避难。没想到一名地位显赫的王公抢先上了岛，并派兵扼守住上岛的桥，不让百姓靠近。百姓无处可去，只能等死。在这千钧一发之际，一名义士挺身而出，单枪匹马杀退了守桥卫兵，冲上孤岛杀死了那个鱼肉乡里的王公。百姓因此得以上岛，幸免于难。洪水退后，王公的弟弟带兵前来，要百姓交出义士，否则就大开杀戒。义士不愿连累百姓，自刎而亡。那名义士至死都没留下自己的姓名，只称自己是为民敢死之士。百姓为了纪念他，便将这岛命名为死士岛。"

罗儒听得津津有味，老者上前拱手抱拳，说道："虽是传说，但和今日之情形何其相似！若无小将军等死士舍命相助，我等真要沉入河中喂鱼鳖了！"

"我部之所以命名为死士营，正是敬仰'捐躯赴国难，视死忽如归'的雄浑气魄。在这危难之时，如果能以我等性命为乡亲们赢得一线生机，正成全我等的死士之志。"罗儒拱血手回礼。

老者点点头，走到村民面前，清了清嗓子，人们马上安静下来。老者道："三十年前，承蒙诸位厚爱，推选我当了族长。这三十年来，我殚精竭虑，如履薄冰，生怕对诸位有照顾不周的地方，愧对列祖列宗。令我万分欣慰的是，这三十年族中香火不断，人丁兴旺，光耀门楣的人才更是层出不穷！然而今天，大洪水突然袭来，灭顶之灾顷刻便至！也许你们仍然不相信这位断指取义的小将军，但我总不会骗你们吧？我说有洪水，就一定有洪水！如果大家还认我这个族长，那就跟着我去死士岛上避难！"老者面容威仪，声若洪钟。

一位年轻村民站出来，满腹狐疑地说道："太爷爷，您刚才也说了，咱们对这大黄龙什么时候发威一清二楚，再加上眼下就不是闹洪灾的时候，怎么可能有洪水嘛？咱们不能因为这位军爷的话，就连家也不要了！"

"好，咱们大家都听他的！这柄鸠杖你拿好，从今天起，你就是咱们这个大家族的族长，你来当这个家！"老者不怒自威，双手捧着鸠杖递给那位站出来说话的年轻人。那年轻人顿时吓得面如死灰，扑通一声跪在地上，捣蒜似的拼命磕头，连呼"不敢"。

"那还不快点收拾东西逃命！"长者断喝一声，用鸠杖狠狠砸了几下地，村民们当即四散，各自回家收拾细软去了。

罗儒激动地对老者连连鞠躬，老者摆摆手，道："为了救我们，你自断手指，要说谢的是我！"他见罗儒的手仍在不断淌血，便要为罗儒包扎。

罗儒婉拒，道："不劳您动手了，满腔的热血总是要流干的。"他向老者鞠躬告别，跑向下个村子。

在第二个村子，罗儒陷入了同样的困境，虽费尽了口舌但村民怎么也不相信他的话。万般无奈之下，他只得举刀再断一指，本就残缺的左手，再次涌出淋漓的鲜血，逼得村民们相信黄河大堤确实将会决口。

如此这般，罗儒去了五个村，也砍掉了五根手指，完整的左手不到一个小时竟只剩下光秃秃的手掌。五指连心，他疼得面如白蜡，颤抖不止。士兵们见此情景，难受得说不出话来。庆幸的是，五个村子的乡亲浩浩荡荡地开始向死士岛转移，其他村子见了，不用劝便也都跟着一起去逃难了。前前后后有数千百姓加入了逃难的队伍。罗儒给自己宽心，虽然相比所有将要受灾的人口来说，这几千人实在是九牛一毛，但总比都死了要强。

黄河岸边，一个个宁静的小村庄喧闹起来，男人的喊声、女人的哭声和孩子无忧无虑的笑声交响在一起，沸反盈天。人们套上牲口车，将桌椅板凳、面缸米缸、衣服被褥、锄头镰刀等各种家什往车上放，鸡鸭也被捆住翅膀扔上了大车。死士营士兵一边帮着抬东西，一边吆喝大家轻装简行。虽然只有土坯的房子和破落的院子，但终究是一辈子苦心经营的家，踏上逃难之路的村民号啕大哭，一步三回头。

一户人家门前，年轻的男人和女人在装得满满当当的大车上扒拉出来一点空间，对着屋内喊道："娘，给你腾出地方来了，咱们赶紧上路吧！"

一个从上到下都穿着崭新衣裳的老太太从家里慢慢走出来。男人一见愣了神，震惊地问道："娘，这是寿衣，你怎么给穿出来了？"

老太太拉着男人的手，哭着说道："小日本还没闹完又来了大黄龙，这是造了什么孽，赶上这样的世道！儿啊，你们出去逃难，活下去本就不容易，我这一把老骨头就不给你们添累赘了！"

老太太又拉起女人的手，深情地凝视着，说道："闺女啊，我一直想着多活几年，等你们有孩子可以帮你们带带孩子，现在看来是不成了。你人精明能干，我儿子又傻又愣，你多照顾他。"

她从怀里掏出一个首饰盒，放到女人手里，说道："这是我的棺材本儿，现在大黄龙来了，也用不着棺材了。我就用铁链子把自己拴到他爹的墓碑上。等水退了，如果身子还在，把我随便一埋就行，就不要铺张买棺材了。"

男人和女人哪里肯依，抱起老太太就想往大车上放，但老太太死死扒住门框，说什么也不肯松手。三个人哭着僵持了许久，直到老太太手指扒出了血，男人和女人才松了手。老太太将两人推出门，站在门口老泪纵横地目送着他们离开。

见孩子们的身影融入逃难的人流之中，老太太拿着铁链，走到一直站在家门口的罗儒面前，说道："军爷，您行个方便，把我捆在我家老头的墓碑上，这样大水就冲不走我了。"

罗儒四顾，战斗时虎狼般的士兵此时个个畏畏缩缩，无一人愿去。他只得拽出一人，安抚了几句，那士兵才极不情愿地从老人手中接过铁链。看着老太太崭新的寿衣和哗哗作响的铁链，罗儒仰天落泪，大声哀叹："这到底是造了什么孽！"

"营长，你看！"一个士兵高声喊道。

罗儒循声而望，在一连迎击日军的方向，一颗信号弹斜着飞向空中。信号弹通常都是笔直地升空，但这颗信号弹却歪得出奇。罗儒心里明白，一连已经死光了，连里最后一人在最后一刻用尽最后的气力发射了这颗信号弹。

这时，"轰！"黄河岸边传来巨响，大地也随之猛然抖动，恍若地震一般。人们耳膜一震，都停下逃难的脚步，惊恐地看着黄河边腾起的巨大的蘑菇云。

"别看了！花园口大堤被鬼子炸了，大水马上就来！还不抓紧时间逃命！"罗儒扯着嗓子大喊。逃难人群大呼小叫，步伐比原来快了许多。

"一连死光了，鬼子正朝咱们杀过来。大堤也被炸了，洪水说来就来。死士营马上集合，保护百姓逃往死士岛！"罗儒命令道。

就这片刻的工夫，黄河水卷着细细的水花，如万千条健硕的长蛇，以极快的速度在大地上漫延。水位不断升高，慌乱的人们眼见着洪水浸湿地皮，并一点点上涨。

死士营走在逃难队伍的最后，护送着数千百姓，跋涉一个多小时，终于来到了流津河边。此时，洪水已淹过了膝盖，卷起的浪头一个连一个，力道十足，打得人站立不稳跟跟跄跄。

泛滥的黄河水不断汇入流津河中，致使河水暴涨，水势湍急汹涌，惊涛拍岸如千军万马呐喊奔腾，骇人心魄。远远眺望，流津河如同一条愤怒并蓄势爆发的巨蟒，蠢蠢欲动地蜿蜒在万里平原上。死士岛安然卧于惊涛之中，睥睨着咆哮的洪水。一座石桥架在死士岛与河岸之间，这是登岛的唯一通道。

"快点过桥！"罗儒大声喊道。此时，洪水力量越来越大，有好几人还没上桥，便被猛然打来的浪头推进河里，扑腾几下便消失得无影无踪。

　　正当百姓们蹚水过桥之时，不远处突然枪声大作。原来，那支沿着黄河岸边一路突进的日军，在突破死士营第一连的阻拦后，也为洪水所迫，向死士岛跑来。他们涉水狂奔，一边跑一边向逃难的人群开枪。子弹飞来，不时有百姓中枪，一头栽倒，被冲入滔滔奔流之中。

　　此时百姓已经全部登上死士岛，罗儒命令死士营准备过桥。他心里盘算，过桥之后便将桥梁炸掉，日军就算有天大的本事，也不可能越过滔滔洪流，飞到死士岛上来，那时便可坐观洪水吞噬这几百个鬼子了。

　　罗儒举起望远镜观察，心里猛然一惊，这支日军部队竟然配备了一个扛着各式各样工程材料的架桥材料中队，遇水架桥正是他们的老本行！死士岛距离岸边并不远，日军动作快的话完全有可能在被洪水吞没前搭起桥梁。

　　"兄弟们，我们不过桥了！"罗儒说道，"鬼子有架桥中队，即使我们登岛后炸桥，他们也能架起桥梁登上死士岛。如果让鬼子登了岛，即使我们拼死抵抗，在那巴掌大的地方老百姓还是难逃一死。我们要尽可能地拖住鬼子，不让他们重新架桥！只有洪水把鬼子都冲干净了，老百姓才能真正躲过这一劫。"

　　士兵们听罢，没有任何迟疑，转身便往桥下走，那些已经登岛的士兵也拔腿往回跑。

　　"炸桥！"罗儒下令。伴随一声巨响，桥被炸得粉碎。死士营士兵心里清楚，碎的不只是桥，还有活下去的希望。乡亲们也停下脚步，回望这群自绝后路的中国军人。罗儒亦自知，自己屡次死里逃生的奇迹，今天再无上演的可能，以救民救国为己任、几次大战都没打垮的死士营，也将在这里结束自己的使命。

　　罗儒茫然四顾，目之所及，尽成泽国。虽然死士营竭尽全力四处奔走告知，但相比即将被洪水吞噬的广大地区，提前得到决堤消息的民众只是极少数，大部分老百姓都是毫无防备地被这突如其来的大洪水给包围了。有的人躲到了房顶上，有的人爬到了树上，更多的人则是在洪水中沉沉浮浮，做着最后的挣扎。眼前的流津河，一眼望去便有数百人在激流中挣扎，凄厉哀号。

　　罗儒抹了一把眼泪，扯下纱布，高举手指荡然无存的血手掌，厉声喊道："五指虽已断，杀敌亦当先！弟兄们，生还已无可能，殉国就在今日！我们要用最后之力气，为岛上的老百姓拼下一线生机！"

　　"死士营！"他振臂高呼。

"杀！杀！杀！"士兵的回应依旧气势如虹。

罗儒右手端起机枪，架在自己左臂上，对着不断逼近的日本兵猛烈射击。死士营士兵也跟着一起开火。

密集而猛烈的弹雨骤然而至，日本兵纷纷中弹，一个接一个地扑倒在水中，但他们仍然高声号叫着，迎着子弹往上冲。他们明白，唯一的活路就是歼灭挡在眼前的中国军队，架设桥梁登上死士岛。两队人马此时都是无遮无拦，只能立在水中互相射击，如同打靶一样，一个接一个地杀，一个接一个地死。

终于，日军冲到了死士营身边，死士营士兵扔掉枪，同日本兵在水中展开了搏斗。此时，洪水漫过腰部，人稍微站立不稳，便会被水流冲倒，卷入流津河中。每一个浪头打来，都会有士兵被冲走，消失得无影无踪。但即便如此，这些很快就要被淹死的人，仍然拼命地挥刀相向，不让对方多活一秒钟。

死士营士兵断了活下去的念想，因而更加决绝。他们精疲力竭无力再战之时，便抱住日本兵的身子往水下沉，日本兵如坠重石摔倒在水中，两人随之被洪流冲走，活活溺毙。就这样在水中搏杀了一阵，罗儒放眼环顾，日军全军覆没，死士营已再无活人。罗儒欣慰地笑了笑，停止了游动。

死士岛上的百姓大声呼喊，试图营救罗儒，但罗儒敬了个军礼，淡然地摆了摆手。

他浮在水面，用最后一口气大喊："死士营，悲！死士营，烈！死士营，别！"

罗儒渐渐沉入水中，耳边回荡着死士岛上老百姓撕心裂肺的哭声。

/ 尾声 /

几十年后，硝烟早已散尽。为了提高城市宜居度，河中的这方小岛被改造成了公园，方便游客游览休闲。小岛也不再叫作死士岛，更名为"烟渚"，一个雅致文艺的名字。公园中有一方小小的墓碑，上面写着：死士营殉国处。每逢清明和抗日战争胜利纪念日，总会有一些浅浅的花束放在墓碑前。原来，罗儒和死士营的抗日故事依然在这里流传。

图书在版编目（CIP）数据

壮士一去 / 高晓天著 . -- 北京：中国文史出版社，
2022.1

ISBN 978-7-5205-3231-0

Ⅰ.①壮… Ⅱ.①高… Ⅲ.①长篇历史小说—中国—
当代 Ⅳ.①I247.5

中国版本图书馆CIP数据核字(2021)第202605号

责任编辑：牟国煜
书名题写：倪　林

出版发行：**中国文史出版社**
地　　址：北京市海淀区西八里庄 69 号院　邮编：100142
电　　话：010-81136606　81136602　81136603（发行部）
传　　真：010-81136655
印　　装：北京新华印刷有限公司
开　　本：720×1020 毫米　　1/16
印　　张：24.75　　　字数：409 千字
版　　次：2022 年 1 月第 1 版
印　　次：2022 年 1 月第 1 次印刷
定　　价：68.00 元